LA LIGNE
DE PARTAGE

DU MÊME AUTEUR

CHEZ POCKET

L'HOMME QUI MURMURAIT À L'OREILLE DES CHEVAUX

LE CŒUR EN FLAMMES

LE CERCLE DES LOUPS

NICHOLAS EVANS

Nicholas Evans est né en 1950 en Grande-Bretagne, près du Pays de Galles. Il se passionne dès l'enfance pour l'équitation, les westerns et les livres de Jack London. Il commence des études de droit à l'université d'Oxford et découvre le théâtre. Il s'oriente ensuite vers le journalisme, et fait ses premières armes dans un journal de Newcastle, avant dc devenir grand reporter à Londres, où il se spécialise dans les sujets concernant l'Amérique et le Moyen-Orient. Au début des années quatre-vingt, il se tourne vers la production, entre à la télévision britannique, et reçoit de nombreux prix pour ses films, des portraits d'artistes. Encouragé par ses pairs, il s'essaie avec succès à la fiction : les téléfilms et les séries qu'il écrit et produit sont également couronnés par de nombreux prix. C'est lors d'un séjour dans le sud-ouest de l'Angleterre qu'un maréchal-ferrant lui raconte l'histoire des « horse whisperers », – ces hommes qui parlent à l'oreille des chevaux pour les calmer – que tout commence : Nicholas Evans conçoit un projet de film qui n'aboutit pas et décide alors d'en faire un roman. C'est ainsi qu'il écrit en 1994 *L'homme qui murmurait à l'oreille des chevaux*, dont le manuscrit est acheté par des éditeurs anglais et américains avant même qu'il ne soit achevé. Le succès est immédiat, dès sa sa parution en 1995, et s'étend au monde entier. L'adaptation cinématographique, avec Robert Redford dans le rôle principal, connaîtra le même engouement. Nicholas Evans vit actuellement à Londres en compagnie de son épouse et de ses deux enfants.

Retrouvez l'actualité de Nicholas Evans sur : www.nicholasevans.com

NICHOLAS EVANS

LA LIGNE DE PARTAGE

Traduit de l'américain par Françoise du Sorbier

ÉDITIONS ALBIN MICHEL

Édition originale :
THE DIVIDE

ISBN : 978-2-266-16195-4

Pour Charlotte

Au commencement, le Créateur fit toutes les créatures terrestres. Ensuite seulement il créa l'homme et la femme. Et il façonna leurs corps de telle manière qu'ils puissent se connaître dans leur chair cependant que leurs âmes resteraient à jamais étrangères l'une à l'autre. Car ce n'est qu'ainsi divisés qu'ils pourraient trouver leur véritable voie.

Calvin SASHONE,
Mythologie de la création

PREMIÈRE PARTIE

Un

Levés avant l'aube, ils sortirent sous un ciel sans lune criblé d'étoiles. Leur haleine montait en vapeur dans l'air glacé, leurs bottes crissaient sur les graviers gelés du parking. Une seule voiture était garée à côté du motel, la vieille familiale dont le capot et le toit étaient couverts de givre mat qui réfléchissait la lumière. L'adolescent fixa les skis sur le toit pendant que son père rangeait leurs sacs, puis contournait la voiture pour enlever le journal coincé entre les essuie-glaces et le pare-brise. Raidi par le gel, le papier craqua dans ses mains lorsqu'il le roula en boule. Avant de monter en voiture, ils s'attardèrent un instant, debout, pour écouter le silence et regarder vers l'ouest les montagnes qui se détachaient sur le ciel étoilé.

La petite ville dormait encore. Ils longèrent sans bruit la grand-rue en direction du nord, passèrent devant le tribunal, la station-service, le vieux cinéma et traversèrent les flaques de lumière pâle des réverbères, le reflet de la voiture glissant sur les devantures sombres des magasins. Le seul témoin de leur départ fut un chien gris qui montait la garde à la lisière de la ville, la tête basse, les yeux d'un vert fantomatique dans le faisceau des phares.

C'était le dernier jour de mars et il restait encore un peu de neige sale au bord de la route. La veille, en roulant vers l'ouest dans la plaine, ils avaient remarqué un premier soupçon de vert dans l'herbe décolorée. Avant le coucher du soleil, ils étaient sortis du motel pour se promener et avaient entendu une alouette des prés siffler comme si l'hiver était parti pour de bon. Mais derrière les ondulations des terres cultivées, le Front des montagnes Rocheuses, un antique mur de calcaire de cent soixante kilomètres de long était toujours recouvert d'une croûte blanche, et le père déclara qu'ils trouveraient sûrement encore de la bonne neige de printemps.

À un kilomètre et demi au nord de la ville, ils quittèrent l'autoroute pour prendre sur la gauche une route menant au Front, une trentaine de kilomètres plus loin, presque sans un seul virage. Ils virent des cerfs à queue noire et des coyotes ; au moment où l'asphalte cédait la place au gravier, un grand hibou aux ailes pâles sortit des peupliers, fit une embardée et se mit à glisser devant eux à la hauteur des phares, comme s'il en pilotait le faisceau. À mesure qu'ils roulaient, la muraille de la montagne approchait, d'un bleu ténébreux et prémonitoire ; elle finit par donner l'impression de s'ouvrir et ils se trouvèrent dans une sorte de couloir sinueux où une rivière de neige fondue se précipitait en cascade entre des troncs nus de trembles et de saules, tandis que des falaises de rochers ivoire couvertes de pins se dressaient de part et d'autre sur trois cents mètres de hauteur.

La pente se faisait plus raide et quand la neige tassée commença à la rendre dangereuse, le père arrêta la voiture pour mettre les chaînes. Lorsqu'ils descendirent, l'air était glacial, sans un souffle de vent, et envahi par le vacarme du torrent. Après qu'ils eurent étalé les chaînes sur la neige devant les roues arrière, le père remonta sur le siège du conducteur et avança avec mille précautions jusqu'à ce que son fils lui crie « stop ». Pendant que le père, à genoux, fixait les chaînes, l'adolescent tapait des pieds et soufflait sur ses doigts pour les réchauffer.

« Regarde », dit-il.

Ce que fit son père lorsqu'il se redressa en essuyant la neige de ses mains. Encadré dans le V des murailles de la vallée, dans le lointain, la cime d'une vaste montagne enneigée venait de s'enflammer sous les premiers rayons du soleil. Devant leurs yeux, les ombres de la nuit se retirèrent peu à peu au-dessous d'une bande dont les couleurs s'intensifiaient doucement : rose, or et blanc.

Ils garèrent la voiture au bout de la piste. Il n'y avait personne d'autre, la neige était vierge. Assis côte à côte sous le hayon, ils enfilèrent leurs chaussures. Le propriétaire du motel leur avait préparé des sandwichs. Ils en mangèrent un chacun, et burent du café sucré fumant, regardant les ombres environnantes s'emplir lentement de lumière. Les premiers kilomètres seraient raides, aussi mirent-ils des peaux sous leurs skis pour leur donner de l'adhérence. Le père vérifia les fixations, s'assura que leurs émetteurs anti-avalanche fonctionnaient, et lorsqu'il eut la certitude que tout était en ordre, ils enfilèrent leurs sacs à dos et chaussèrent leurs skis.

« Passe devant », dit le père.

La balade prévue pour ce jour-là était une boucle d'environ vingt-cinq kilomètres. Ils l'avaient faite deux ans auparavant et ce trajet à ski leur avait donné un plaisir sans précédent. Les trois premières heures étaient les plus dures : il fallait grimper longtemps dans la forêt, puis effectuer un zigzag périlleux pour monter la face nord-est d'une crête. Mais le jeu en valait la chandelle. La face sud était un contrefort parfait, sans arbres, qui s'infléchissait en trois pentes successives jusqu'au bassin suivant. Si tout allait bien, les rayons obliques du soleil toucheraient juste le sommet lorsqu'ils l'atteindraient, ramollissant les deux premiers centimètres de la couche de neige, dont la base restait ferme et gelée.

Ces balades à ski dans l'arrière-pays étaient devenus leur rite annuel que l'adolescent attendait avec une impatience qu'il savait partagée par son père. Ses amis, amateurs de snowboard, chez lui à Great Falls, le trouvaient dingue. « Si tu veux skier, disaient-ils, pourquoi ne pas aller là où tu trouves des remonte-pentes ? » Et à la vérité, lors de leur première balade quatre ans auparavant dans les Tetons, il s'était dit qu'ils n'avaient peut-être pas tort. Pour un garçon de douze ans, l'expédition semblait demander beaucoup d'efforts et donner bien peu de plaisir en retour ; trop de temps passé à grimper et trop peu de descentes. Plus d'une fois, il avait failli pleurer. Mais il avait gardé bonne contenance et l'année suivante, il avait recommencé.

Comme son père était très souvent en voyage d'affaires, ils faisaient assez peu de choses ensemble. L'adolescent avait parfois l'impression qu'ils se connaissaient à peine. Ni l'un ni l'autre n'était bavard. Mais ces excursions à deux dans ces lieux sauvages, loin de tout, réussissaient à les rapprocher plus que n'auraient pu le faire des mots. Et petit à petit, il avait compris pourquoi son père appréciait les montées autant que les descentes. C'était une curieuse combinaison d'énergie physique et mentale, comme si en brûlant, l'une alimentait l'autre. La répétition permanente et régulière des mouvements, un ski qu'on glissait devant l'autre, vous mettait dans une sorte de transe. Quant au frisson de plaisir mérité que l'on éprouvait en atteignant le lointain sommet et en voyant une pente de neige vierge de printemps se déployer en contrebas, il avoisinait l'extase.

Peut-être réagissait-il ainsi à présent simplement parce qu'il devenait plus fort chaque année. Il était plus grand que son père et certainement en meilleure forme. Et s'il connaissait moins bien la montagne, c'était sans doute lui le meilleur skieur des deux. Voilà sans doute pourquoi, pour la première fois, son père l'avait laissé passer devant.

Pendant la première heure, les masses sombres de pins et de sapins Douglas encadraient la piste qui continuait à grimper du côté sud du canyon sinueux. Ils avaient beau se trouver encore à l'ombre, ils ne tardèrent pas à être en nage à force de monter. Quand ils s'arrêtaient pour reprendre leur souffle, boire ou ôter une nouvelle couche de vêtements, ils percevaient le grondement étouffé du torrent en contrebas. Une fois, ils entendirent le bruit de brindilles écrasées par un gros animal dans le bois au-dessus d'eux.

« C'était quoi, à ton avis ? demanda l'adolescent.

— Un cerf. Un orignal, peut-être.

— Tu crois que les ours ont déjà fini d'hiberner ? »

Le père but à sa gourde, puis s'essuya la bouche du revers de sa main gantée. C'était par excellence la région des grizzlis, comme ils le savaient tous deux.

« Oui, j'imagine. Les journées sont assez chaudes depuis une semaine. »

Une heure plus tard, une fois sortis des arbres, ils avaient débouché au soleil et traversaient un ravin rempli des débris hétéroclites d'une avalanche : des morceaux de neige gelée et de pierres aux contours hachés, qui étaient venus s'embrocher sur des sapins cassés à la base du tronc.

Ils atteignirent la crête un peu avant dix heures et, debout l'un à côté de l'autre, contemplèrent en silence le paysage qui se déployait devant eux et alentour : la montagne et la forêt sous leur édredon de neige, les plaines blond pâle au-delà. L'adolescent avait même l'impression qu'à force de regarder de tous ses yeux, il parviendrait à défier les lois de la science et tous les horizons du monde et à se voir de dos ainsi que son père, deux petites silhouettes perchées sur un lointain sommet enneigé.

Au-dessous d'eux, la pente était exactement telle qu'ils l'avaient espérée. Le soleil venait de l'atteindre et elle brillait comme du velours blanc pailleté. Ils déchaussèrent pour ôter les peaux dont ils firent soigneusement tomber la neige avant de les ranger dans leurs sacs à dos. À cette altitude, il soufflait un vent froid ; ils mirent leurs anoraks, puis s'assirent sur un petit entablement rocheux pour boire du café et finir leurs sandwichs, pendant que deux corbeaux décrivaient des cercles en criant au-dessus d'eux dans le ciel d'azur.

« Alors, qu'est-ce que tu en penses ? demanda le père.

— Elle a l'air très bonne.

— Moi, je dirais que c'est le paradis sur terre. »

Pendant qu'il parlait, l'un des corbeaux vira sur l'aile, projetant une ombre sur le visage du père. Il se posa sur la crête à quelques mètres d'eux. Lorsque l'adolescent lui jeta une croûte de pain, l'oiseau battit des ailes et décolla à nouveau, mais un instant seulement. Il se reposa et, la tête penchée, inspecta la croûte, puis le garçon, et son œil revint sur le pain. Il semblait avoir rassemblé son courage pour s'en saisir quand son compagnon piqua droit dessus et s'en empara. Le premier oiseau poussa un cri rauque et s'envola à la poursuite de l'autre. L'adolescent et son père se mirent à rire en les voyant descendre vers la vallée sans cesser de se bousculer, de décrire des embardées et de croasser.

Là encore, le fils passa le premier. Sous ses skis, la neige était aussi bonne qu'elle le paraissait. Le soleil avait fait fondre la surface juste assez pour permettre une bonne adhérence et il trouva rapidement son rythme. Face à la pente, il écarta les bras et dilata sa poitrine comme s'il voulait étreindre le paysage, savourant le crissement merveilleux de chaque virage. Son père avait raison, c'était le paradis sur terre.

Arrivé en bas de la première pente, là où le terrain se nivelait un peu, l'adolescent s'arrêta et se retourna pour admirer ses traces. Son père avait déjà entamé la descente et les suivait, reproduisant soigneusement chaque courbe, décrivant une trajectoire rigoureusement parallèle jusqu'à ce qu'il arrive à côté de son fils. Alors, ils poussèrent tous deux un cri triomphal et se tapèrent dans la main, paume levée.

« Géniales, tes traces !

— Les tiennes aussi. Tu fais des progrès ! »

Le père se mit à rire et déclara qu'il passerait le premier pour la descente suivante et une fois parvenu au palier d'après, il prendrait des photos de son fils en action. L'adolescent le regarda donc skier, attendit de recevoir le signal du départ, et fonça dans l'air inondé de soleil, se donnant à fond pour le cliché.

Du second palier, après la seconde pente, ils voyaient jusqu'au bas du versant que le soleil n'avait pas encore atteint. Ayant déjà skié là, ils savaient que le torrent qui coulait au fond formait une série de trous d'eau et de cascades à pic. Mais comme il faisait plus chaud lors de leur précédente balade, la couche de neige en bas était beaucoup plus mince et, hormis quelques plaques de glace au bord des trous d'eau, le torrent coulait à l'air libre, bien visible. Maintenant, il était enseveli sous la neige amoncelée, et ils ne voyaient que des contours et des stries menaçantes.

Le père regarda sa montre puis se protégea les yeux de sa main pour regarder le soleil. L'adolescent devina sa pensée. La moitié de la pente au-dessous d'eux était encore dans l'ombre. L'air en bas serait plus froid et la neige pas encore ramollie. Peut-être feraient-ils mieux d'attendre un peu.

« Ça a l'air plutôt glacé, dit le père.

— Ça ira. Mais si tu as les jetons, on attend. »

Le père lui jeta un coup d'œil par-dessus ses lunettes de soleil et sourit.

« D'accord, bolide. Montre-moi le chemin, alors. »

Il tendit l'appareil photo à son fils.

« Et tu m'en prends des bonnes, je compte sur toi.

— Elles seront bonnes si tu l'es. Attends que je te donne le signal. »

Il mit l'appareil dans la poche de son anorak et sourit à son père en démarrant. Pendant les cent premiers mètres, la neige était encore poudreuse. Mais quand il s'approcha de la lisière de la surface ensoleillée, il la sentit durcir. Il remarqua en tournant qu'il n'y avait presque plus d'adhérence et, au lieu du crissement familier, il n'entendit que le raclement du bord de ses skis sur la glace. Parvenu à la limite entre le soleil et l'ombre, il s'arrêta et leva les yeux vers l'endroit où son père se détachait sur le ciel.

« Elle est comment ? cria celui-ci.

— Ça dérape un peu, mais c'est bon.

— Attends-moi. J'arrive. »

L'adolescent retira ses gants et sortit l'appareil de sa poche. Il réussit à prendre deux photos au zoom pendant que son père descendait vers lui. La troisième devait montrer plus tard le moment exact où les choses avaient commencé à se gâter.

Son père amorçait un virage à droite et, alors qu'il transférait son poids, le bord de son ski gauche ne réussit pas à mordre sur la neige et dérapa brutalement vers le bas. En essayant de rectifier la position, il mit trop de poids sur le ski amont, qui glissa et se déroba sous lui. Il fit une embardée, bras et bâtons battant l'air alors qu'il s'efforçait de reprendre son équilibre. Il glissait maintenant après s'être retourné vers l'amont. L'espace d'un instant, il parut comique, car il semblait vouloir skier en montée. Puis il eut un soubresaut, bascula en arrière et tomba sur le dos avec un bruit sourd. Aussitôt, il prit de la vitesse.

Le fils songea un instant à tenter de bloquer la chute de son père, ou du moins de lui faire obstacle ou de la freiner en se mettant sur son chemin. Mais au moment même où naissait l'idée, il comprit que l'impact le déséquilibrerait sûrement et que lui aussi se mettrait à glisser vers le bas. De toute façon, il était déjà trop tard. Son père accélérait si vite qu'il n'aurait pas le temps de se trouver sur son passage. L'un de ses skis s'était détaché et roulait à toute vitesse vers l'aval ; puis il perdit l'autre, et son fils se précipita, bâton tendu, trébuchant presque. Il réussit à toucher le ski, mais celui-ci allait trop vite et lui fila sous le nez.

« Relève-toi, hurla-t-il. Essaie de te lever ! »

C'était ce que son père lui avait crié une fois où il était tombé. Il n'y était pas arrivé, pas plus que son père, qui passa devant lui à une allure vertigineuse, sur le ventre maintenant, bras et jambes écartés sur la glace. Ses lunettes de soleil clopinaient éperdument à côté de lui comme un crabe curieux. Il cria quelques mots que son fils ne saisit pas. Ses bâtons de ski, dont l'un était méchamment tordu, tenaient toujours par leur boucle à ses poignets, brimbalant et tressautant sur la glace au fil de sa descente. Et il allait toujours plus vite.

Son fils s'élança derrière lui sur ses skis. Encore choqué et ébranlé, il sentait son cœur cogner comme s'il allait se décrocher, mais il savait qu'il devait absolument éviter de tomber à son tour. Il se répéta de rester calme et s'efforça de mettre en œuvre toute la technique qu'il avait apprise. Fais confiance au ski d'aval, même s'il dérape. Skie à l'oblique. Tourne la poitrine du côté opposé à la montagne et non vers elle. Va jusqu'au bout de chaque virage. À l'oblique, à l'oblique ! Regarde devant toi, imbécile, ne regarde pas la glace, ni tes pieds.

Il n'y avait plus du tout d'adhérence, mais après quelques virages hésitants, il sentit qu'il parvenait à contrôler le dérapage de ses skis et reprit confiance. Fasciné, il regarda la petite silhouette sombre qui continuait à dévisser, à s'enfoncer dans l'ombre de la vallée. Juste avant de disparaître à sa vue, son père cria une dernière fois. Le son de sa voix haut perchée était terrifiant. On aurait dit un animal confronté à un danger mortel.

L'adolescent s'arrêta sur un dérapage. Il avait le souffle court et les jambes flageolantes. Il savait qu'il lui fallait se rappeler le point exact où il avait vu disparaître son père, même s'il ne pouvait pas encore comprendre pourquoi il avait disparu. Peut-être y avait-il une brusque dénivellation invisible de plus haut. Il essaya de se remémorer la dernière fois qu'ils avaient skié sur cette pente, mais fut incapable de se rappeler si le bas du versant était plus raide ou au contraire s'aplanissait. Et il ne put s'empêcher de penser à ce qui pourrait se produire quand son père toucherait le fond. La neige entassée dans le lit du ruisseau amortirait-elle sa chute ou serait-elle glacée, dure comme du rocher ? Se romprait-il les os en s'écrasant contre elle ? À force de ruminer des pensées inquiètes, l'adolescent avait déjà perdu les repères précis du point où son père avait disparu. Dans l'ombre en bas, tout paraissait identique. Peut-être y aurait-il sur la neige des marques pour le guider jusqu'à l'endroit voulu. Il prit une grande inspiration et repartit.

Lors du premier virage, son ski d'aval glissa dangereusement et il faillit tomber. Il avait les genoux flageolants et tout le reste du corps crispé ; il lui fallut un certain temps pour retrouver assez d'assurance et repartir. Quelques mètres plus bas sur la pente, il aperçut une trace sombre d'une quinzaine de centimètres de long. Il fit un dérapage à peine contrôlé dans cette direction.

C'était du sang. Et plus bas, il en vit encore. Ainsi que des éraflures sur la glace, sans doute là où son père avait donné des coups de pied pour essayer de trouver une prise du bout de ses chaussures.

Si l'adolescent avait pu descendre la même pente sur de la bonne neige, quatre à cinq minutes lui auraient suffi. Mais sur du verglas, avec les jambes flageolantes, il ne put faire que du dérapage contrôlé. Crispé et anxieux comme il l'était, il lui fallut presque une demi-heure. Il descendit si lentement que lorsque le soleil le rejoignit, il vit la bande d'ombre se rétrécir devant lui, et les traces de sang tourner au rouge vif sur la neige immaculée.

Maintenant, sous la lumière crue, il voyait que la trace disparaissait après un rebord soudain, sur lequel se trouvait quelque chose. En s'approchant, il reconnut les lunettes de son père, perchées sur le bord d'un dernier escarpement de la montagne, comme si elles s'étaient arrêtées pour assister au clou du spectacle.

L'adolescent s'arrêta pour les ramasser. L'un des verres était cassé et il manquait une branche. Il les mit dans sa poche.

Au-dessous de lui, la pente plongeait, raide, jusqu'au fond de la vallée, soixante mètres plus bas environ. Sous ses yeux, elle s'inonda de lumière. Il scruta le paysage, s'attendant à voir la silhouette recroquevillée de son père. Mais aucune trace de lui, ni aucun bruit. Juste un aveuglant silence blanc.

Même la trace sanglante et les éraflures avaient disparu. Sentant un courant d'air soudain, il vit les deux corbeaux descendre brusquement presque au ras de sa tête avant de plonger vers le ruisseau en croassant comme s'ils voulaient lui montrer le chemin. En regardant leur ombre traverser le torrent, l'adolescent aperçut l'un des skis de son père et un trou sombre dans le manteau de neige froissé.

Cinq minutes plus tard, il était en bas. Il y avait un cratère d'environ trois mètres, trois mètres cinquante de diamètre, au bord dentelé, là où la neige gelée avait cédé en se craquelant. Il était encore trop loin pour voir à l'intérieur.

« Papa ? »

Pas de réponse. Il n'entendait qu'un léger bruit d'eau qui gouttait quelque part en contrebas. Avec précaution, il se déplaça, les skis de côté, testant la neige à chaque petit pas, s'attendant à tout moment à ce qu'elle s'effondre et l'engloutisse. Elle paraissait ferme. Puis il se rappela son émetteur anti-avalanche ; c'était exactement ce à quoi il servait : aider à localiser quelqu'un sous la neige. Il ôta ses gants, défit la fermeture Éclair de son anorak, sortit l'émetteur et commença à tripoter les boutons. Mais sa main tremblait et la panique lui obscurcissait l'esprit au point qu'il n'arrivait plus à se rappeler comment fonctionnait ce maudit bidule.

« Merde ! Merde ! Merde !

— Hé ! Je suis là ! »

Le cœur du garçon cogna.

« Papa ! Ça va ?

— Oui. Fais attention.

— J'ai vu du sang.

— Une entaille au visage. Rien de grave. Ne t'approche pas trop près du bord. »

Trop tard. Un grand craquement se fit et l'adolescent sentit la neige basculer sous ses skis. L'instant d'après, il tombait. Il aperçut brièvement le visage ensanglanté de son père levé vers lui tandis que le bord du cratère s'effondrait. Et puis plus rien que le blanc de la neige qui s'écroulait avec lui.

Lorsqu'il reprit ses esprits, son père le tirait des débris de sa chute en lui demandant s'il n'était pas blessé. Au début, l'adolescent ne sut quoi dire, mais il répondit qu'il ne pensait pas. Son père sourit.

« Beau travail, fiston. Tu viens de nous ménager une sortie. »

Il fit un signe du menton et le garçon se retourna pour voir ce qu'il voulait dire. L'effondrement avait créé une sorte de rampe qu'ils allaient pouvoir remonter. Ils restèrent là, assis, à se dévisager. Son père souriait toujours en se tamponnant la joue avec un mouchoir plein de sang. L'entaille était longue, mais ne semblait pas profonde et ne saignait presque plus. L'adolescent secoua la tête.

« Je ne croyais pas te retrouver vivant.

— J'espère que tu l'as réussie, cette photo.

— Ben dis donc, papa, tu parles d'une dégringolade ! »

Sur les parois du trou où ils étaient assis s'étageaient des couches de glace d'un blanc bleuté que leur chute avait brisées. On se serait cru dans la coupe transversale d'un gigantesque nid de guêpes gelé. Le sol paraissait ferme sous leurs pieds, et quand le garçon épousseta la neige, il vit qu'ils étaient assis sur de la glace solide. Il avait déchaussé en tombant, et ses skis étaient partiellement ensevelis. Il se leva pour les ramasser. Son père se leva lentement lui aussi, grimaçant de douleur. Le soleil commençait à se glisser à l'intérieur du cratère.

« Je crois qu'il faudrait qu'on essaye de retrouver mes skis », dit-il.

Son sac gisait sur la glace près de l'endroit où son fils avait écarté la neige. Un rayon de soleil tombait dessus. Quand le garçon se baissa pour ramasser le sac, quelque chose attira son attention : une forme pâle dans le bleu translucide de la glace. Son père le vit hésiter.

« Qu'est-ce que c'est ?

— Regarde. Regarde ce qu'il y a là en bas. »

Ils s'agenouillèrent et scrutèrent la glace.

« Grand Dieu », dit le père à mi-voix.

C'était une main humaine. Les doigts étaient écartés, la paume en l'air. Le père resta un moment immobile, puis il déblaya encore un peu de neige et ils virent le dessous d'un bras. Ils se regardèrent. Puis, sans un mot, ils se mirent au travail, déblayant, grattant, repoussant la neige, pour former une sorte de fenêtre de glace, à travers laquelle, à chaque passage de leurs gants, ils voyaient un peu plus de ce qui se trouvait emprisonné là.

Encadré par le haut du bras, à demi masqué par une épaule nue, ils distinguèrent un visage timidement levé vers eux, qui les regardait d'un œil inexpressif. Les cheveux déployés autour du visage, comme sur une photographie, donnaient l'impression qu'il s'agissait d'une jeune femme. Elle gisait de biais, les jambes de côté, disparaissant à l'oblique dans la glace plus sombre du dessous. Elle portait un haut rouge, un anorak peut-être, tout froissé et bouchonné, et qui semblait s'être déchiré, dégageant son bras et son épaule. Le tissu s'écartait d'elle, comme si elle s'était trouvée gelée alors même qu'elle l'enlevait. Sa peau avait la couleur d'un parchemin.

Deux

Le shérif Charlie Riggs regarda sa montre. Il lui fallait sans doute encore quinze minutes pour en finir avec la paperasse qui s'empilait, menaçante, sur l'unique espace déblayé dans la jungle de son bureau. S'il n'était pas parti à deux heures, il ne pourrait pas se rendre à Great Falls et revenir à temps pour l'anniversaire de sa fille, qui fêtait ses dix ans. Il fallait qu'il aille à Great Falls chercher son cadeau d'anniversaire, ce qu'il aurait dû faire la veille mais, comme d'habitude, il avait été retardé par une succession d'imprévus empoisonnants. Résultat, il n'avait pas pu y aller. Le cadeau était une selle faite à la main, qu'il avait commandée deux mois plus tôt dans un accès d'extravagance. Comment avait-il cru pouvoir se permettre une folie pareille, c'est ce qu'il se demandait encore. Il frémissait à l'idée de ce que cela allait lui coûter.

D'un coup de talon, il approcha sa chaise du bureau, poussa deux tasses où croupissait du café et prit le premier dossier, le brouillon d'un énième rapport sur la consommation d'amphétamines dans le Montana. La porte de son petit bureau exigu était ouverte sur le standard, où tous les téléphones semblaient sonner en même temps. Personne ne répondait, car c'était le jour de congé de Liza et la remplaçante, Mary-Lou (pas encore bien au courant), était à l'accueil en train de parler avec la vieille Mrs. Lawson, dont le chien avait disparu une fois de plus. La mémé avait dû oublier son appareil chez elle, parce que Mary-Lou était obligée de crier et de répéter chaque phrase. Par la fenêtre, il aperçut Tim Heidecker, l'un de ses agents, et pas des plus futés, en train de garer son camion. À tous les coups, à peine entré, il allait se pointer avec un paquet de questions foireuses. Charlie se leva, contourna son bureau et ferma discrètement sa porte. Il était déjà deux heures moins dix.

Ce n'était pas tant la déception de sa fille qu'il redoutait. Lucy et lui s'entendaient au quart de tour, et il savait qu'elle comprendrait. Ce qui le tracassait, c'était qu'il allait encore offrir une arme sur un plateau à Sheryl. Ils étaient divorcés depuis cinq ans. Elle était remariée et apparemment heureuse en ménage. Maintenant, comment un pauvre minable comme celui avec qui elle s'était maquée pouvait rendre une femme heureuse, alors ça, c'était un mystère. Ce qui continuait à sidérer Charlie, c'était que même après tout ce temps – et alors que c'était elle qui était partie – Sheryl ne résistait jamais à la tentation de lui envoyer une vacherie. Et dès qu'il s'agissait de Lucy, elle sautait sur l'occasion avec un plaisir non dissimulé. Ça ne suffisait pas que Charlie ait été nul comme mari. Il fallait qu'en plus, il soit mauvais père.

La consommation de méthamphétamine est en augmentation, lut-il. Ah, mais en voilà, un scoop, hein ? Il se demandait souvent combien ceux qui écrivaient ces foutus rapports étaient payés pour enfoncer des portes ouvertes. Parce que enfin, quoi, il suffisait d'aller cinq minutes sur le web ou d'entrer à la librairie pour savoir comment fabriquer ce truc dans sa cuisine. Peut-être qu'il était trop vieux ou trop cynique maintenant.

« Je suis sûre qu'il reviendra, Mrs. Lawson, disait Mary-Lou devant le comptoir d'accueil.

— Qu'est-ce que vous dites ?

— J'ai dit : JE SUIS SÛRE QU'IL REVIENDRA. »

Il entendit Tim Heidecker répondre à l'un des téléphones. Il n'y avait pas une chance sur un million que ce mec soit capable de résoudre le problème tout seul. Et comme de bien entendu, dans la minute qui suivit, on frappa à la porte. Elle s'ouvrit avant que Charlie ait eu le temps de se cacher, et le visage exaspérant de Tim apparut.

« Dites, chef...

— Tim, je suis vraiment débordé. Et ne m'appelle pas chef.

— Je viens d'avoir un coup de fil de chez les Drummond, vous savez, sur le Front...

— Je sais où habitent les Drummond, Tim. Tu me parleras de ça plus tard, vu ?

— Bien sûr. Mais je m'étais dit qu'il fallait que vous soyez au courant. »

Charlie soupira et laissa le dossier retomber sur son bureau.

« Alors ?

— Deux skieurs se sont arrêtés chez eux, ils disent qu'ils ont trouvé un corps à Goat Creek. Une jeune femme, emprisonnée dans la glace. »

Le ranch de Ned et Val Drummond était une petite ferme située près de la branche nord du torrent. Après leur maison, à part une ou deux cabanes utilisées en été, il n'y avait plus que la nature sauvage. Il fallut presque une heure à Charlie et à Tim Heidecker pour y parvenir, et presque une heure encore pour interroger les skieurs. Ils avaient l'air de deux braves types, qui se rendaient bien compte de la chance qu'ils avaient eue. S'ils n'avaient pas réussi à retrouver le deuxième ski, le père aurait eu un certain mal à s'en sortir. Il aurait fallu que son fils descende seul chercher de l'aide. Mais ils étaient astucieux et bien préparés, et l'on ne pouvait en dire autant de tous les crétins qui prenaient des risques inconsidérés là-haut et à qui il fallait porter secours.

Le père avait été capable de localiser exactement sur la carte l'endroit où ils avaient trouvé le corps. Charlie, qui avait apporté sur la remorque deux motoneiges, caressa un moment l'idée de se rendre sur place immédiatement. Mais le soleil s'apprêtait déjà à disparaître derrière les montagnes ; alors, la nuit ne tarderait pas à tomber et la température à dégringoler. Si, comme ils le disaient, le corps était prisonnier de la glace, il ne bougerait pas. Mieux valait le laisser là-bas jusqu'au lendemain, prévoir un plan d'action et aller sur place avec l'équipement approprié. En tout état de cause, il souhaitait que le père les accompagne : Val Drummond avait eu beau faire de son mieux pour soigner son entaille au visage, il fallait des points de suture.

Ils étaient assis tous ensemble dans la cuisine aux murs en rondins des Drummond, à boire du café serré. Charlie connaissait Val depuis qu'ils étaient gamins, et il avait toujours eu un faible pour elle. En fait, ils avaient flirté une fois après un bal du lycée. Même aujourd'hui, il se rappelait clairement ce moment. À quarante ans passés, c'était encore une belle femme, grande et musclée, avec une allure un peu chevaline. Ned était plus petit, plus vieux de dix ans, et trop bavard, comme souvent les gens qui ont du temps à ne savoir qu'en faire, mais c'était un brave type. Val s'était proposée pour conduire le père au dispensaire afin qu'il se fasse recoudre, et avait insisté pour qu'ils passent la nuit chez elle. Les deux propositions avaient été acceptées bien volontiers. Il fut convenu que tout le monde se retrouverait le lendemain matin à huit heures, pour aller récupérer le corps.

Au moment où ils prenaient congé, Charlie se souvint de l'anniversaire de sa fille et sentit son estomac lui remonter dans la gorge. Aucune barrette sur son portable à cette altitude. Il demanda donc discrètement à Val s'il pouvait utiliser son fixe. Elle le conduisit dans le salon et referma la porte. La fête d'anniversaire n'était sûrement pas finie, mais il n'avait aucune chance de pouvoir y arriver avant qu'elle se termine. Il composa le numéro de Sheryl et serra les dents.

« Allô ? »

Elle était toujours très aimable tant qu'elle ne l'avait pas reconnu.

« Bonjour, Sheryl. Écoute, je suis vraiment désolé, mais...

— Tu as appelé. C'est déjà ça.

— Il y a eu un imprévu et je n'ai pas pu...

— Quelque chose de plus important que les dix ans de ta fille ? Je vois. Eh bien c'est parfait.

— Je peux parler à Lucy ?

— Les enfants ont autre chose à faire pour l'instant. Je lui dirai que tu as appelé.

— Tu ne peux pas juste...

— Tu apportes la selle ?

— Je... Je n'ai pas eu le temps de...

— Ah. C'est bon. Je lui dirai ça aussi.

— Je t'en prie, Sheryl...

— Tu ne changes pas, hein, Charlie ? Il faut que j'y aille. Au revoir. »

Ils entendirent les motoneiges longtemps avant de les voir. Enfin, les phares apparurent. On voyait leurs faisceaux zigzaguer entre les arbres, loin en contrebas, puis grimper la pente raide après la forêt, enfin cahoter le long du ruisseau en se dirigeant vers eux, des pinceaux jaunes qui tranchaient sur la lumière bleue du jour expirant dans la vallée.

Ils avaient garé le véhicule de sauvetage au bout d'une piste, cinq kilomètres plus bas dans la vallée. Impossible d'approcher davantage. C'était un ancien bus scolaire muni de toutes sortes d'équipements sophistiqués. Les radios ordinaires ne passaient pas bien dans ces gorges encaissées, et le bus avait un survolteur de 110 watts, assez puissant pour relayer des messages entre l'équipe de la montagne et le bureau du shérif à près de cinquante kilomètres. Tout ce dont ils avaient besoin devait leur être apporté du bus par motoneige. Les deux qui montaient maintenant transportaient des tronçonneuses, des lampes à souder, et des torches puissantes pour que Charlie et ses hommes puissent travailler de nuit.

Il avait une équipe de dix hommes, dont trois étaient ses adjoints et les autres des secouristes volontaires, à l'exception du fonctionnaire de l'Office des forêts chargé de l'application de la loi, un jeune plein de bonne volonté, mais novice dans son travail, et qui était surtout une gêne. Toutefois, pour des raisons administratives, il devait être présent, puisque le corps avait été découvert sur une terre gérée par l'Office des forêts. Ils avaient travaillé par roulement et descendaient à tour de rôle se restaurer et se reposer dans le bus – tous, sauf Charlie, qui resta tout le temps à côté du corps. On lui montait des sandwichs et des boissons chaudes de temps à autre, mais il était fatigué, il avait froid et commençait à en avoir sérieusement assez de devoir attendre presque une heure l'équipement nécessaire.

Ils avaient travaillé toute la journée. D'abord, ils avaient isolé tout le secteur pour le fouiller systématiquement, photographiant et filmant les lieux sous tous les angles. Ils n'avaient pas découvert un seul indice leur permettant de deviner comment le cadavre avait pu arriver là. Avec toute cette glace et toute cette neige, Charlie n'avait guère osé l'espérer. Peut-être que lorsque viendrait le dégel, quelque chose ferait surface. Des vêtements, une chaussure, un sac à dos, peut-être. Même des empreintes sur une sous-couche de neige ou de boue, avec un peu de chance.

Les deux skieurs les avaient conduits sur les lieux à l'aube et leur avaient montré où se trouvait le corps. Jamais Charlie n'avait vu plus macabre spectacle que cette fille flottant dans la glace. Et pourtant, en tant que coroner du comté, fonction qu'il cumulait avec celle de shérif, il avait eu son lot de cadavres au fil des années. Les skieurs ne s'étaient pas attardés. Avec quinze points de suture, la joue du père était maintenant tuméfiée et violacée. Il avait hâte de rentrer chez lui. Pâle et silencieux, l'adolescent était encore un peu sous le choc. Il rentrerait plus mûr qu'il n'était parti.

Ce ne fut qu'au début de l'après-midi qu'ils furent prêts à commencer à désincarcérer la fille de la glace. L'opération s'avéra beaucoup plus délicate que Charlie ne l'avait imaginé. Le corps devrait être transporté de l'autre côté des montagnes au laboratoire criminel de l'État, à Missoula, trajet qui prendrait au moins trois heures. Les prévisions annonçaient un réchauffement de la température, et tous tombèrent d'accord que la meilleure façon de conserver le corps, c'était de le laisser dans sa gangue de glace. Jusqu'à présent, ils avaient travaillé au burin, taillant soigneusement la glace par petits fragments afin de ne pas manquer la moindre pièce à conviction susceptible d'y rester prise. Mais autant essayer de tondre un champ de blé avec une paire de ciseaux. Charlie décida qu'il fallait changer de méthode, sinon ils y passeraient des semaines.

Les motoneiges grimpaient la dernière centaine de mètres en longeant le torrent ; toutes les deux tiraient des traîneaux chargés d'outils. Charlie et ceux qui attendaient avec lui allèrent à leur rencontre. Les phares firent luire les vestes d'un vert jaune fluo qu'ils portaient tous sur leurs parkas noires. La température chutait avec la nuit. Malgré ses bottes bien isolées, Charlie avait les pieds engourdis par le froid. Il aurait donné cher pour être chez lui devant sa cheminée avec le livre qu'il venait de commencer. Il marcha lourdement dans la neige, ôta ses gants et se souffla sur les doigts pour essayer de les réchauffer. Son humeur ne s'améliora guère lorsqu'il vit Tim Heidecker descendre de la première motoneige.

« Vous en avez mis du temps.

— Désolé, chef. La motoneige est restée coincée en bas du ruisseau.

— Et pourquoi vous n'avez pas envoyé un message radio ?

— On a essayé. Personne n'a répondu.

— Bon, allons-y. »

Ils lui avaient apporté de la soupe bien chaude et des sucres d'orge, ce qui le radoucit un peu. Debout, il but sa soupe à petites gorgées, donnant des ordres de temps en temps pendant qu'ils branchaient les lampes sur le générateur et les installaient. Au-dessus de lui, la montagne n'était plus qu'un profil sombre se détachant sur un ciel qui s'emplissait lentement d'étoiles.

Bientôt, le cratère dans lequel étaient tombés les skieurs se transforma en un cocon de lumière enveloppé par l'air de la nuit. On avait entièrement déblayé la neige qui en couvrait le fond et à travers la glace noire et lisse, la jeune femme, avec ses cheveux étalés, son bras tendu et son anorak déchiré qui flottait derrière elle, ressemblait à une danseuse en plein saut prise dans un piège d'obsidienne.

Il fallut encore six heures pour découper le bloc. L'une des tronçonneuses se bloqua et on dut envoyer à deux reprises un message radio au bus pour demander des lames de rechange. Et comme la glace se fendillait et devenait opaque lorsqu'ils la coupaient, ils étaient obligés de s'arrêter souvent et d'utiliser des chalumeaux à acétylène pour la faire fondre, afin de voir dans quoi ils taillaient. Ils découpèrent une large tranchée, parallèle à l'endroit où gisait la jeune femme, y placèrent un traîneau et entreprirent de la soulever en faisant levier au moyen de bâtons. Mais son sarcophage de glace était trop lourd ; l'une des extrémités du traîneau s'effondra avec des grincements et des craquements terribles, puis bascula dans l'eau du torrent juste en dessous. Pendant quelques longues minutes haletantes, on crut que la jeune femme allait glisser et disparaître dans le trou sous la glace, mais les hommes réussirent à passer des cordes autour d'elle et à la maintenir en place jusqu'à ce qu'ils aient pu repasser les bâtons sous le traîneau, puis l'aient redressé et stabilisé.

Ils coupèrent un peu plus dans le bloc qui l'emprisonnait afin d'en réduire le poids, mais il était encore trop gros pour tenir dans un sac mortuaire, aussi envoyèrent-ils un message en bas pour se faire monter des toiles goudronnées dans lesquelles ils l'emballèrent comme un paquet, qu'ils ficelèrent et scellèrent au ruban adhésif. Juste avant minuit, les trois motoneiges et une demi-douzaine d'hommes cramponnés aux cordes réussirent enfin à enfin à hisser hors du trou le traîneau et sa funèbre cargaison enveloppée de son linceul noir.

Il fallut encore une heure pour la descendre jusqu'au bus et il était presque trois heures lorsqu'ils l'eurent enfin chargée à l'arrière du camion de Charlie, isolée au moyen de couvertures et de feuilles de carton. Tous ses adjoints lui proposèrent de l'accompagner à Missoula, mais Charlie refusa. Ils travaillaient d'arrache-pied depuis près de vingt-quatre heures, alors il les remercia tous avant de les envoyer se coucher. Il bénéficiait quant à lui de cet étrange regain d'énergie qui, curieusement, se manifeste au-delà de la fatigue et, pour une raison mystérieuse, il souhaitait être seul.

Il traversa Augusta, puis tourna à droite sur la route 200 à un carrefour désert où, un mois plus tôt seulement, il avait aidé à sortir les cadavres de deux adolescents d'une épave de voiture. Deux routes droites se croisaient au milieu de nulle part et, malgré les feux de circulation, c'était un endroit où des gens trouvaient régulièrement la mort. Ce souvenir le troubla et le fit réfléchir à la fille qui se trouvait là derrière lui, toujours figée en plein saut de ballerine. Cette image s'était imprimée dans son esprit et il essaya de la chasser, mais en vain.

Il revenait toujours à la même question : qui était-elle et comment s'était-elle retrouvée là ? Il se souvint d'un suicide qui s'était produit jadis, non loin de Goat Creek : un garçon de dix-sept ans qui avait ôté tous ses vêtements, les avait soigneusement pliés et rangés dans son sac à dos avec un long poème incohérent où il essayait d'expliquer pourquoi il devait se donner la mort. Il s'était jeté du haut d'une falaise et ses restes avaient été découverts un mois plus tard par des chasseurs à l'arc. Peut-être que cette jeune femme était un cas semblable. Ou peut-être avait-elle fait une chute accidentelle. On n'avait signalé aucune disparition chez les randonneurs ou les skieurs, mais cela ne rendait pas sa mort suspecte pour autant. Sans doute était-elle toute seule, et venait-elle de loin ; elle n'avait pas pensé à dire à qui que ce soit où elle allait. L'hypothèse était tout à fait vraisemblable. Avec un peu de chance, le corps serait en assez bon état pour permettre une identification.

Charlie pensa aux parents de la fille, à ceux qu'elle aimait, et à leur angoisse, à l'horreur quotidienne de ne pas savoir où elle était. Il ne pouvait s'empêcher d'imaginer la même chose arrivant à Lucy. Sa fille unique disparaissant brutalement, sans que sa mère ni lui ne sachent si elle était en vie ou assassinée au fond d'un fossé. Comment réagirait-il ? Bon sang, il y avait de quoi rendre fous n'importe quels parents.

Il traversa la ligne de partage des eaux à Rogers Pass et amorça la descente sinueuse vers Lincoln. Mais il était tellement absorbé par les sombres méandres de son cerveau qu'il prit un virage trop vite et faillit écraser deux cerfs à queue blanche. Il appuya à fond sur le frein, faisant chasser le camion qui zigzagua sur la route. Derrière lui, il entendit le corps glisser, et lorsqu'il dérapa pour s'arrêter en travers du bas-côté, le bloc heurta son siège. Sous l'impact, Charlie reçut un choc dans la nuque et vit trente-six chandelles.

Il resta quelques instants immobile, à reprendre ses esprits et à attendre que son cœur se calme. Sans les gravillons sur la route, il aurait décollé et serait allé valser dans les cimes des arbres. Il fit le reste du trajet à soixante à l'heure, la radio branchée sur une station de musique des années cinquante et réglée à plein volume afin de tenir en respect les pensées moroses. Dans son cou, le sang battait la mesure.

Le laboratoire de médecine légale de l'État était un

élégant bâtiment de briques situé dans une rue donnant sur Broadway, sur le chemin de l'aéroport. Il avait fait téléphoner de son bureau afin de s'assurer que quelqu'un serait là pour réceptionner le corps, et prévenir qu'il était très lourd. Apparemment, le message avait été bien transmis, car les deux types qui vinrent à sa rencontre avaient des carrures d'haltérophiles olympiques.

« Alors comme ça, c'est notre demoiselle Mystère », dit l'un tandis qu'ils s'y mettaient à trois pour la transférer sur la table d'autopsie roulante. « Eh ben dis donc, mec, on a plus de glace que de corps ici. C'est pire qu'au bistrot quand on demande un whisky on the rocks.

— La fraîcheur, c'est le premier souci de la maison », lança Charlie.

Ils roulèrent le corps tout droit dans la chambre froide, puis Charlie signa un formulaire et prit congé.

À l'est, le ciel commençait à s'éclaircir, virait au rose et au gris tourterelle tandis qu'il revenait vers la ville. Quelques voitures et camions commençaient à circuler. Charlie songea un instant à rentrer chez lui, mais se dit que ce n'était pas prudent. Maintenant qu'il avait terminé sa tâche, la fatigue lui tombait dessus de tout son poids et son cou lui faisait un mal de chien. Il trouva un motel au bord de la route et prit une chambre à peine plus grande qu'une table de billard. Mais il y avait un lit, c'était l'essentiel. Il baissa le store en plastique beige, ôta sa veste et ses bottes, puis se glissa entre les draps. Il se rappela alors qu'il n'avait pas éteint son portable, et se releva lourdement pour le prendre dans sa veste. L'écran lui indiqua qu'il avait un message sur son répondeur. Il retourna au lit, posant sa nuque avec précaution sur l'oreiller. Après avoir éteint la lampe de chevet, il écouta le message.

C'était Lucy. Elle espérait qu'il allait bien et elle regrettait qu'il n'ait pas pu venir à son anniversaire. Elle disait qu'il lui manquait et qu'elle l'aimait très fort. Alors Charlie eut une réaction ridicule, qui ne lui ressemblait pas du tout, il le savait, mais qui venait de son état de fatigue intense. Toujours est-il que, seul dans le noir, s'il s'était laissé aller, il aurait volontiers pleuré.

Trois

Elle attendait depuis près d'un quart d'heure et commençait à se sentir mal à l'aise. De l'autre côté de la petite piazza ensoleillée dallée de blanc, un groupe de lycéennes scandaleusement jolies, dont certaines mangeaient des glaces, la regardait avec curiosité. Sarah avait beau comprendre à peine un mot d'italien, elle était sûre qu'elles échangeaient des réflexions sur elle. Les lycéennes étaient censées écouter leur professeur, une femme à l'air inquiet, aux cheveux tirés en chignon strict, qui leur récitait des passages d'un livre consacré au musée qu'elles allaient visiter – et Sarah aussi, à condition que l'homme avec qui elle avait rendez-vous arrive.

Elle prit ses cigarettes dans son sac et en alluma une. Elle lui donnerait vingt minutes. C'était ce que Benjamin disait toujours. « Quand quelqu'un est en retard, attends vingt minutes et puis pars. Ainsi, la politesse est sauve, mais tu montres que tu as de l'amour-propre, disait-il. Si tu attends plus longtemps, les gens risquent de trouver que tu manques de dignité. » Cela l'agaçait de régler encore son comportement sur ses principes à lui, alors qu'ils ne vivaient plus ensemble depuis quatre ans et demi. Mais les réflexes étaient ancrés trop profond.

Dans mille et une situations différentes – qu'elle achète des vêtements, choisisse un menu ou exprime une opinion sur un sujet quelconque, elle se prenait à se demander ce que dirait Benjamin. Alors, pour se punir, elle faisait exactement le contraire, choisissait une couleur ou une entrée qu'il détestait, elle le savait, ou émettait un point de vue qui le ferait hurler. L'ennui, c'était qu'après tant d'années passées ensemble, leurs opinions coïncidaient presque toujours. Le coût de sa rébellion pouvait s'évaluer au nombre de tenues affreuses pendues dans son placard et jamais portées.

C'était son dernier jour à Venise, et elle ne voulait pas le gâcher en attendant un inconnu – ou presque –, un homme qui avait au moins vingt ans de moins qu'elle, et qui en tout état de cause l'avait sans doute complètement oubliée. Elle avait prévu de passer sa journée à lécher les vitrines et d'acheter des cadeaux à rapporter à certains de ses amis. Afin d'avoir le temps de mener à bien son programme, elle s'était levée tôt pour prendre son petit déjeuner et quitter l'hôtel avant huit heures.

Ils s'étaient rencontrés la veille sur le vaporetto menant à Torcello. Le groupe de touristes dont elle faisait partie s'était divisé en deux pour la journée et quelques-uns seulement avaient tenu à faire cette excursion d'une heure sur la lagune. C'étaient en majorité des couples de retraités ou des amis voyageant à deux, originaires de New York ou du New Jersey. Tous avaient au moins dix ans de plus que Sarah et elle avait peu de points communs avec eux. Elle les entendait beaucoup trop se plaindre de la nourriture de l'hôtel et du coût de la vie ici. Toute la semaine, elle avait gardé ses distances, déclinant poliment leurs offres réitérées de se joindre à eux. Sa meilleure amie, Iris, avec qui elle s'était inscrite pour ce voyage, s'était décommandée au dernier moment parce que sa mère avait eu une attaque. Sarah aurait dû annuler elle aussi. Mais elle ne connaissait pas Venise et cela l'ennuyait de laisser passer cette occasion.

Sur le bateau, elle bavarda un moment avec les veuves joyeuses, deux femmes de Newark qui riaient tout le temps, puis s'échappa pour trouver un siège où elle pourrait lire tranquillement et regarder l'eau verte et les vaporettos qui passaient avec un bruit poussif.

Le jeune homme était monté dans le bateau à l'arrêt du Lido. Il s'était installé sur un siège de l'autre côté de l'allée centrale, dans le même sens que Sarah. Il devait avoir vingt-cinq, vingt-huit ans et était habillé de façon très classique : pantalon anthracite bien repassé, chemise blanche. Quand il la vit le regarder, il lui adressa un beau sourire. Elle le lui rendit poliment, et baissa aussitôt les yeux sur son livre, en espérant qu'il ne remarquerait pas le rouge qu'elle sentait monter à ses joues. Du coin de l'œil, elle le vit prendre un carnet de croquis dans son sac de cuir noir. Il le feuilleta jusqu'à ce qu'il trouve la page qu'il cherchait, puis prit un stylo et se mit au travail.

Sarah vit qu'il complétait un dessin précis à l'encre noire, celui d'un vieux palazzo, orné de plaques de stuc qui s'effritaient et d'arabesques surchargées aux fenêtres. Il ajoutait les détails, peut-être de mémoire, à moins qu'ils ne fussent imaginaires. En tout cas, le résultat était impressionnant. Il la surprit à nouveau en train de le regarder et lui montra aimablement son œuvre. Ils engagèrent la conversation. Il se lança et, dans un anglais souvent incorrect, lui dit qu'il habitait à Rome et qu'il venait chaque année à Venise au printemps voir une vieille tante. C'était sa maison qu'il dessinait.

« Elle doit être magnifique, dit Sarah.

— J'ai dessiné la maison plus magnifique qu'elle n'est. Ma tante est très contente.

— Vous dessinez très bien.

— Merci, mais je sais que je suis trop technique. J'étudie... *architettura.*

— L'architecture. Mon mari était architecte.

— Oh. Il n'est plus ?

— Si. Enfin, il est architecte. Mais seulement, il n'est plus mon mari. »

Lorsqu'ils arrivèrent à Torcello, ils se mirent tout naturellement à marcher côte à côte sur le chemin sinueux qui partait du port en direction de la très vieille église de Santa Fosca. Le chaud soleil de ce début de printemps rendait très intense la réverbération sur le ciment blanc. Sarah enleva son pull qu'elle noua autour de ses hanches, comme une adolescente. Elle portait un T-shirt rose sans manches et une jupe de toile blanche.

Le jeune homme annonça qu'il était venu aujourd'hui pour dessiner le fameux clocher de la tour de Torcello. Il paraissait en savoir long sur l'histoire de l'île. D'après lui, elle était habitée depuis le cinquième siècle, bien plus tôt que Venise. Autrefois très prospère, Torcello avait eu une population de vingt mille personnes. Mais la malaria avait chassé les habitants et la plupart des bâtiments, tombés en ruines, avaient disparu. Il n'y restait plus aujourd'hui qu'une douzaine de personnes.

Devant l'église, il lui montra un trône en pierre grossièrement taillée qui était censé avoir appartenu à Attila, le Hun.

« Vous croyez vraiment qu'il s'est assis là-dessus ? demanda-t-elle.

— Il n'a pas dû y rester longtemps. Ça n'a pas l'air très confortable.

— Peut-être que c'est pour ça qu'il était si cruel. »

Ils entrèrent dans l'église fraîche et sombre, où régnait un silence respectueux. Ils restèrent un long moment subjugués par une mosaïque dorée représentant la Madone et l'enfant. Il lui chuchota qu'à son avis, c'était la plus belle chose à voir à Venise, à l'exception peut-être de la Scuola Grande di San Rocco. Il lui demanda si elle y était déjà allée et quand elle répondit que non, il proposa de la lui faire visiter le lendemain. Flattée et amusée par l'attention que lui témoignait ce beau jeune homme timide qui, avec sa peau superbe, ses dents parfaites et ses yeux brun clair, avait l'âge d'être son fils, elle accepta. Ils prirent rendez-vous. Elle le laissa s'installer pour dessiner la tour de l'église et ce fut seulement lorsqu'ils se serrèrent la main pour se dire au revoir qu'ils se présentèrent. Il s'appelait Angelo. Évidemment.

Et maintenant, elle attendait à l'endroit convenu, comme une imbécile, devant la Scuola Grande, si c'était bien le nom de ce foutu musée, et elle était le point de mire d'une bande de lycéennes gloussantes qui, la voyant fumer et s'efforcer d'avoir l'air chic avec ses lunettes de soleil et sa robe bleu marine Armani, l'avaient sans doute cataloguée comme une vieille qui tapinait. Elle regarda une fois de plus sa montre. Elle lui avait accordé vingt-deux minutes (deux minutes en guise de rébellion pitoyable contre son mari), cela suffisait. Elle écrasa sa cigarette sous sa chaussure, tira la langue à la plus insolente des lycéennes et s'éloigna à grands pas.

Trois minutes plus tard, elle s'entendit appeler par son nom et se retourna pour voir Angelo qui traversait à la course le pont qu'elle venait d'emprunter. Elle attendit qu'il la rejoigne et lui adressa son sourire le plus froid. Hors d'haleine, il expliqua que sa tante avait eu un malaise ce matin. Allons donc ! se dit Sarah. Il aurait sûrement pu trouver une meilleure excuse. Mais il paraissait si sincèrement contrit et désolé de l'avoir fait attendre qu'elle ne put continuer à lui en vouloir. D'accord, elle avalait n'importe quoi, mais après tout, quelle importance ? La compagnie d'Angelo était beaucoup plus agréable que celle des veuves joyeuses, qui, de toute façon, l'avaient sans doute jugée beaucoup trop snob pour être fréquentable.

La Scuola Grande était emplie de Tintorets. La salle du haut, vaste et sombre, était somptueusement tapissée de velours rouge et de lambris de noyer qui luisaient sous les halos de lumière des appliques murales. Il y avait peut-être en tout et pour tout une soixantaine de personnes, toutes muettes d'émerveillement, y compris les lycéennes, qui contemplaient les peintures ornant les murs et le plafond. Les tableaux eux-mêmes n'étaient pas bien éclairés et Sarah fut obligée de mettre ses lunettes pour voir les thèmes religieux qu'ils illustraient.

Angelo se montra un guide aussi diligent et bien informé qu'il l'avait été la veille sur l'île. Il lui glissa que l'endroit avait été construit au début du XVIe siècle et dédié à saint Roch, le patron des maladies infectieuses, dans le vain espoir qu'il protège la ville contre la peste. Le Tintoret, dit Angelo, avait passé près d'un quart de siècle à décorer cette église. C'était le genre d'informations qu'on pouvait facilement récolter dans le premier guide venu, et l'idée déplaisante qu'il avait peut-être l'habitude de draguer des femmes d'un certain âge parmi les touristes traversa l'esprit de Sarah.

Le plus célèbres des tableaux du Tintoret, *La Crucifixion*, était exposé dans une petite pièce attenante où ils restèrent longtemps à le contempler. Sarah n'avait jamais su au juste quoi penser de la religion. Sa mère était catholique non pratiquante, et à soixante-dix ans passés, son père, autrefois athée, franchissait d'un pas hésitant les confins du scepticisme pour s'aventurer dans le domaine indéterminé de la croyance. Benjamin avait toujours dénoncé toute forme de conviction religieuse comme une excuse facile pour éviter de réfléchir. Quant à Sarah, si son scepticisme était moins affirmé, sa position sur ce point – comme sur tant d'autres – avait été calquée sur celle de son mari.

Ainsi, en s'autorisant à être aussi émue par ce tableau, peut-être tentait-elle une fois de plus, de façon futile et à demi consciente, de se soustraire à l'influence de Benjamin et de se poser en esprit indépendant. Le tableau n'était qu'un tumulte de souffrance et de beauté où chaque groupe de personnages était entièrement absorbé par son propre drame. Et du Christ crucifié, avec sa couronne et ses ailes de lumière se détachant sur le ciel de pierre, le visage baissé vers le pied de sa croix, il se dégageait une telle sérénité que Sarah sentit une nostalgie confuse et sans nom l'envahir.

Derrière ses lunettes, ses yeux s'embuèrent, mais elle réussit à contenir ses larmes. Elle était cependant sûre que son émotion n'était pas passée inaperçue de son jeune compagnon. Alors qu'il était en train de lui parler de cette habitude qu'avait le Tintoret de mettre un autoportrait dans ses tableaux, il s'était arrêté et écarté de quelques pas pour examiner un autre tableau. Sarah lui en sut gré. S'il avait essayé de la toucher ou de la consoler, elle n'aurait certainement pas pu se maîtriser et se serait mise à sangloter. Or elle avait assez versé de larmes ces dernières années. Cela la stupéfiait, l'irritait même, qu'un simple tableau puisse la déstabiliser ainsi et elle profita de sa colère pour se morigéner et se calmer.

Ce fut un soulagement de sortir au soleil. Après maints détours, ils regagnèrent le Grand Canal juste à temps pour attraper un vaporetto qui allait au pont du Rialto, où

Angelo dit qu'il connaissait un bon petit restaurant fréquenté par les Vénitiens, et non par les touristes. C'était un endroit modeste, à mi-chemin d'une étroite venelle. Des garçons en veste blanche, que Sarah trouva tous singulièrement petits, trottaient entre les tables, chargés de plateaux de fruits de mer et de pâtes fumantes. Celui qui prit leur commande s'acquitta de sa tâche avec une politesse assez sèche.

Sarah demanda à Angelo de choisir pour elle, car elle aimait presque tout. Il commanda une salade de tomates douces, basilic et mozzarella de bufflonne, puis un poisson blanc grillé dont le nom ne disait rien à Sarah. Lorsqu'il arriva, il lui rappela un peu le bar rayé par le goût et l'aspect. Ils burent une bouteille de vin blanc qui, d'après Angelo, était issu de vignes plantées sur la rive est du lac de Garde. Il était frais et moelleux, et Sarah, qui en but un peu trop, sentit sa tête se mettre à tourner.

Elle éprouvait toujours une certaine réticence à parler d'elle-même. C'était un sujet qui, d'après elle, ne présentait aucun intérêt. Bien entendu, après le départ de Benjamin, elle s'était nettement améliorée à cet égard. Iris et la poignée d'amis proches qui l'avaient entourée ne lui avaient guère laissé le choix, insistant pour lui faire explorer avec eux l'échec de son couple, examinant tout dans les moindres malheureux recoins jusqu'à ce qu'il ne reste apparemment plus rien à en dire et que tout le monde en ait par-dessus la tête.

Pourtant, longtemps auparavant, du plus loin que Sarah puisse s'en souvenir, lorsque Benjamin et elle étaient un couple heureux – de son point de vue à elle en tout cas –, elle avait mis au point une technique très simple pour éviter d'en révéler trop sur elle-même : elle posait des questions. Elle ne tarda pas à découvrir que plus la question était directe et personnelle, plus il y avait de chances que l'interlocuteur (surtout si c'était un inconnu et un homme) se mette à parler de lui et oublie de lui demander quoi que ce soit sur elle-même. C'est ce qu'elle faisait à présent avec Angelo.

Elle lui posa des questions sur Rome, sur ses études, sur le type d'architecture qui l'intéressait ; sur sa tante (dont le malaise, aussi étonnant que cela puisse paraître, devait être authentique) ; et elle finit même par le faire parler d'une petite amie allemande prénommée Claudia, qu'il espérait épouser un jour. À ce stade, la disparité entre ses confessions et la réserve presque totale de sa compagne lui sauta aux yeux, et, posant les mains sur la nappe couverte de miettes, il insista pour qu'elle réponde à quelques questions.

Il lui demanda si elle travaillait et elle lui raconta qu'elle avait vendu sa librairie, et qu'elle avait été incroyablement soulagée de s'en libérer après toutes ces années.

« Ce travail ne vous plaisait pas ?

— Si, je l'adorais. J'ai une passion pour les livres. Mais les petits magasins indépendants comme le nôtre ne sont pas très compétitifs de nos jours. Alors maintenant, je ne vends plus de livres, je me contente de les lire.

— Et vous avez d'autres grandes passions ?

— Euh... Voyons. Mon jardin. Connaître les plantes.

— Maintenant que vous avez vendu la librairie, vous pouvez profiter de tout ça. Vous êtes... Comment dit-on ? Une dame de plaisir ?

— Euh... vous vous voulez sans doute dire que je ne fais plus que ce qui me fait plaisir », dit Sarah en souriant.

Elle le regarda par-dessus le bord de son verre tout en avalant une gorgée de vin, et se rendit compte qu'elle était en train de flirter. Cela faisait un siècle qu'elle n'en avait pas eu envie. Elle croyait avoir oublié, d'ailleurs. Mais elle s'amusait et si, à cet instant précis, il lui avait proposé de revenir avec elle à l'hôtel pour partager une sieste, peut-être se serait-elle laissé faire.

« Alors, vous avez été mariée, dit-il.

— Exact.

— Mais vous ne l'êtes plus.

— Exact.

— Vous êtes restée mariée combien de temps ?

— Une éternité. Vingt-trois ans.

— Et vous vivez à New-York.

— À Long Island.

— Vous avez des enfants ? »

Elle hocha la tête lentement. Et voilà. La preuve évidente qu'il fallait éviter qu'on vous pose des questions. Elle sentit le plaisir se retirer d'elle par la vanne qui venait d'être ouverte. Elle s'éclaircit la voix pour répondre du ton le plus uni possible : « Un de chaque, un garçon et une fille. Vingt et un et vingt-trois ans.

— Et qu'est-ce qu'ils font ? Ils sont étudiants ?

— Oui.

— À l'université ?

— Oui. Si on veut. On peut demander l'addition ? »

Elle avait besoin de s'en aller, d'être à l'air libre à nouveau. Et seule. Elle remarqua sa perplexité, bien naturelle d'ailleurs, devant son brusque revirement. En quoi une simple question sur ses enfants pouvait-elle ainsi mettre une femme à cran ? Normalement, c'était un sujet dont elles parlaient volontiers. Le pauvre garçon allait évidemment interpréter cela de travers, et se dire qu'elle était gênée d'admettre que ses enfants n'étaient guère plus jeunes que lui. Ou conclure qu'elle n'était pas vraiment divorcée et voulait seulement prendre du bon temps, mais que la simple mention de ses enfants avait fait vibrer la corde de la culpabilité. Elle regrettait de l'avoir déçu, d'avoir brisé ce qui avait été si spontané et si agréable entre eux. Mais elle n'y pouvait rien. Elle se leva, sortit de son sac une carte de crédit qu'elle posa sur la table devant lui, ignorant ses protestations. Puis elle s'excusa et partit à la recherche des toilettes.

Dehors, désorienté, il lui demanda si elle avait envie de visiter un autre musée, mais elle refusa, prétextant que le vin ne lui avait pas réussi, qu'elle n'avait pas l'habitude d'en boire. Elle le remercia d'avoir été aussi gentil, d'avoir si bien joué les guides et de lui avoir montré tant de choses merveilleuses. Il lui proposa de la raccompagner à son hôtel, mais elle répondit que, sans vouloir le vexer, elle préférait rentrer seule. Quand elle lui dit au revoir en lui tendant la main, il eut l'air si triste qu'elle lui mit les deux mains sur les épaules et l'embrassa sur la joue, ce qui parut le rendre encore plus perplexe. Lorsqu'elle s'éloigna, il parut complètement perdu.

À l'hôtel, tout était calme à la réception. Un couple d'Anglais venait d'arriver. Ils avaient la félicité tranquille des jeunes mariés. Sarah prit sa clé et se dirigea vers l'ascenseur. Ses talons claquaient sur le sol de marbre blanc.

« Mrs. Cooper ? »

Quand elle se retourna, le réceptionniste lui tendit une enveloppe. Elle appuya sur le bouton de l'ascenseur et, pendant que les câbles grinçaient et cliquetaient derrière la porte en verre, elle ouvrit l'enveloppe. C'était un message de Benjamin, qui appelait de Santa Fe où il habitait avec l'autre femme. Il avait téléphoné le matin à huit heures et encore à dix. Il lui demandait de le rappeler. C'était urgent.

QUATRE

Ben et Eve étaient au lit et regardaient un vieux film de Cary Grant à la télévision quand Kendrick, l'agent spécial, téléphona. Il était un peu après neuf heures. Eve avait allumé des bougies, dont les flammes, agitées par un courant d'air sournois, projetaient des ombres vacillantes sur les murs granuleux blanchis à la chaux, les panneaux de tissu drapés dessus et les tableaux. Dans la chambre voisine dormait Pablo, que Ben était allé voir un moment plus tôt. Il avait trébuché sur des jouets en voulant rajouter une couverture pour couvrir les maigres épaules de l'enfant, qui avait remué en murmurant quelques mots du fond de son rêve obscur, puis s'était à nouveau immobilisé, ses boucles brunes étalées sur l'oreiller comme une auréole.

C'était samedi, et ils avaient connu une de ces journées de printemps idéales que les habitants de Santa Fe trouvaient normales mais qui, pour Ben, étaient toujours aussi miraculeuses. Cet air sec du désert où se mêlaient les parfums du lilas et des cerises, ce ciel d'un bleu clair profond et cette lumière – la lumière crue, lavée, presque brutale du Nouveau-Mexique qui faisait paraître plus nettes les ombres portées sur les murs d'adobe, et donnait envie même à un daltonien inculte de saisir un pinceau – produisaient encore chez lui au bout de quatre ans un sentiment proche de l'euphorie.

Ils étaient allés tous les trois en jeep prendre un petit déjeuner tardif au marché du village de Tesuqua, puis avaient chiné aux puces. Pablo courait devant eux comme un rabatteur et repérait des objets, puis les appelait pour qu'ils les regardent. Eve avait acheté une robe ancienne, violette, marron et orange taillée dans le biais. Elle avait marchandé avec la vendeuse car il y avait une déchirure sous un bras ; après l'avoir obtenue à trente dollars, elle avait soufflé à Ben en repartant que le trou était facile à réparer et que la robe en valait au moins cent.

Sous le soleil plus velouté de l'après-midi, dans la petite cour derrière la maison, où le cerisier ployait sous une incroyable profusion de fleurs rose, ils avaient fait griller des tranches de thon au barbecue avec des poivrons rouges et des courgettes tandis que Pablo jouait à chat avec la petite Suédoise d'à côté. La maison d'Eve faisait partie d'un groupe de six, situées sur le flanc d'une vallée orientée au sud, tapissée d'armoise et de jeunes pins, et qui formait comme un entonnoir à l'ouest de la ville. La maison était de plain-pied, avec des murs d'adobe craquelés, arrondis aux angles, et des portes de pin grises de vieillesse. Cette maison et la cour auraient pu tenir dans le tiers de celle de Long Island où Ben avait vécu toutes ces années avec Sarah et où elle habitait seule à présent. Mais il préférait déjà celle-ci, dont il aimait le côté fonctionnel, dépouillé et patiné, ainsi que la façon de se fondre dans le paysage environnant. Il l'aimait aussi parce que c'était celle d'Eve, et plus encore parce qu'elle ne lui appartenait pas. Cela lui donnait l'impression – comme la présence de Pablo, d'ailleurs – que son association était librement choisie et qu'il avait les coudées franches. Et bien entendu, pour toutes ces raisons, il se sentait honteusement jeune et léger pour un homme de cinquante-deux ans.

Juste au moment où le repas était prêt, les enfants grimpèrent le chemin à la course, tout excités, pour dire que les colibris étaient de retour. Ils en avaient vu un près de l'atelier d'Eve, là où la cour tenait plus de la jungle que du jardin. Eve leur demanda de quelle variété il s'agissait à leur avis. Il était trop tôt pour les colibris roux, pensait-elle, et d'après leur description, elle déclara qu'il devait s'agir d'une gorge-noire. Après le dîner, lorsque Pablo eut pris son bain et mis son pyjama, ils cherchèrent des petits pots de confiture vides qu'ils remplirent d'eau sucrée et suspendirent à une branche basse du cerisier.

Pablo voulait attendre pour voir si les colibris viendraient et pendant qu'Eve prenait son bain, Ben resta assis sur le canapé, un bras autour des épaules du petit, à lire *L'Île au trésor* et à respirer l'odeur suave et chaude de cet enfant, le fils d'un autre, qu'il aimait maintenant comme le sien. Il avait presque huit ans, mais petit et maigre comme il l'était, il paraissait moins. Les colibris ne vinrent pas, et quand la nuit fut tombée, Ben porta dans son lit Pablo endormi, bras et jambes ballants.

Ce fut Eve qui prit l'appel de Kendrick. À sa voix et à son expression, Ben comprit tout de suite de quel genre coup de fil il s'agissait. Elle lui tendit l'appareil et ferma le son de la télévision. Puis elle se redressa et bascula les jambes hors du lit. Ben tendit le bras pour essayer de la retenir. Elle partait toujours et se trouvait quelque chose à faire quand l'autre vie de Ben se manifestait. Lorsqu'il le lui avait fait remarquer, elle avait répondu qu'elle ne voulait pas être sur son dos, mais il soupçonnait que c'était aussi pour se protéger qu'elle agissait ainsi. Elle lui souffla qu'elle allait faire du thé et qu'elle reviendrait.

L'agent spécial Dean Kendrick, basé à Denver, était devenu l'interlocuteur de Ben au FBI. Il en avait eu d'autres au cours de ces trois dernières années et demie, depuis qu'Abbie était en fuite. Beaucoup d'autres agents, il en était persuadé, l'avaient surveillé, filé, avaient mis son téléphone sur écoute et contrôlé ses e-mails et ses comptes bancaires, des hommes et des femmes sans visage qui en savaient sans doute plus long que lui-même sur ses habitudes.

Ceux dont il connaissait le nom et qu'il appelait toutes les trois ou quatre semaines pour avoir des nouvelles étaient assez courtois, mais rarement aimables. Kendrick, lui, était différent. Il paraissait lui témoigner une sympathie véritable et était presque devenu un ami, bien que Ben ne l'ait vu qu'une seule fois. Ils s'appelaient par leur prénom maintenant. Peut-être travaillait-il simplement mieux que les autres. Toujours est-il qu'avec lui, Ben se sentait plus à l'aise et du coup, il était plus susceptible de laisser échapper un détail, une bribe d'information secrète qui permettrait de mettre la main sur Abbie et de la faire condamner. Ben aurait bien voulu posséder ce genre de secret.

« Comment ça va, Ben ?

— Très bien. Et vous ?

— Ça va. Vous êtes seul ? »

Drôle de question, puisque Eve avait pris l'appel.

« Oui. Nous étions en train de regarder un film. Pourquoi ?

— J'ai du nouveau. À propos d'Abbie. Ils voulaient demander à l'un de nos agents d'Albuquerque de venir en voiture pour vous en informer, mais j'ai pensé qu'il valait mieux que ce soit moi qui le fasse. »

Il s'arrêta. Ben anticipait déjà la suite.

« Je regrette, ce n'est pas une bonne nouvelle. »

Son cœur cognait toujours. Quand il s'agissait d'Abbie, qu'est-ce que cela voulait dire, bonne ou mauvaise nouvelle ? Et d'abord, bonne ou mauvaise pour qui ? Elle n'avait téléphoné à aucun d'entre eux – ni à lui, ni à Sarah, ni même à son frère Josh – depuis presque trois ans maintenant. Si le FBI l'avait arrêtée, cela entrait sûrement dans la catégorie des bonnes nouvelles, non ? Il déglutit.

« Alors ?

— Son corps a été retrouvé sur le Front des Rocheuses dans le Montana, à l'ouest de Great Falls. Elle y était depuis un moment. Ben, je suis vraiment désolé. »

Cary Grant était sur le point de se faire tabasser par deux malabars. Il s'efforçait de faire un numéro de charme pour se tirer d'affaire, mais en vain. Ben avait l'impression que son cerveau s'était fermé. Sa fille, morte ? En tant que concept, il pouvait accepter cela sans émotion, mais il refusait de laisser entrer la réalité de l'information dans sa tête. Ce n'était pas possible. Eve apparut dans l'embrasure de la porte avec deux tasses de thé vert. Elle s'arrêta et resta immobile, ses cheveux corbeau épars sur ses épaules pâles, derrière l'écran de vapeur qui montait des tasses ; la lumière des chandelles dansait sur les plis de sa robe de nuit en satin pêche. Ses yeux bruns, calmes, perspicaces, le fixaient.

« Dans quel état... »

Ben ne s'autorisa pas à terminer sa pensée. Sa petite fille se décomposant, une charogne dépecée par les animaux sauvages. Non.

« Enfin, êtes-vous sûrs que c'est elle ?

— Absolument. Empreintes digitales et ADN. Ben, croyez bien que je suis désolé. »

Il y eut un long silence. Ben avait l'impression de regarder son monde se détacher de lui et s'éloigner lentement en tournoyant. Eve posa le thé pour venir s'asseoir à côté de lui sur le lit, et passa un bras frais autour de ses épaules. Kendrick attendit et quand Ben fut prêt, ils reprirent la conversation. Ils parlèrent de choses pratiques permettant à Ben de se fabriquer un bouclier fragile contre le choc. Kendrick demanda avec tact s'il devait prévenir Sarah, mais Ben dit qu'il préférait s'en charger et que, de toute façon, elle était en Italie. D'après son coup de téléphone hebdomadaire à Josh, il savait qu'elle ne devait rentrer que le lundi.

Kendrick exprima une fois de plus sa sympathie et dit qu'il rappellerait le lendemain matin. Ils décideraient alors des dispositions à prendre pour les funérailles et de la version à donner à la presse : il faudrait naturellement faire une déclaration, quelle qu'elle soit.

« Oui, dit Ben, naturellement. »

Il remercia Kendrick et, après avoir raccroché, resta assis, l'œil rivé sur la télévision. Le générique défilait. Il trouva la télécommande et éteignit. Alors seulement il se mit à pleurer.

Une heure plus tard, la tête encore nichée sur la poitrine d'Eve dont il avait mouillé la chemise de larmes, il se mit à parler avec elle de ce qu'il fallait faire. Ne devrait-il pas attendre le retour de Sarah pour lui annoncer la nouvelle ? Cela lui éviterait ces longues heures dans l'avion, cloîtrée dans son chagrin, sans personne pour la réconforter. Peut-être devrait-il prendre un vol pour New York afin d'aller l'attendre et de la mettre au courant à sa descente d'avion. Mais Eve, qui avait l'esprit plus clair que lui et une meilleure perception de la situation car elle réagissait en mère, lui dit qu'il ne pouvait faire ainsi traîner les choses. Il était légitime que Sarah soit prévenue sans délai, sinon elle le lui reprocherait toujours.

Ils calculèrent qu'à Venise, il était six heures du matin. Trop tôt pour appeler. Qu'elle dorme, pensa Ben. Laissons-lui deux heures de répit avant la douleur. Avant cette nouvelle douleur. Il téléphonerait à minuit. Ils décideraient entre eux comment annoncer la nouvelle à Josh et aux grands-parents, ainsi qu'à ceux qui devaient être mis au courant.

Pendant qu'ils attendaient, il lui répéta ce qu'avait dit Kendrick à propos de l'annonce à la presse. Jusqu'à l'année précédente, Abbie Cooper, riche petite fille devenue écoterroriste, recherchée pour meurtre dans toute l'Amérique, avait fait la une des journaux. Des émissions de télévision lui avaient été consacrées, où l'on reconstituait pour les besoins de la cause ce qu'elle était censée avoir fait. Pendant des mois, Ben avait dû répondre à cinq ou six appels par semaine de reporters qui, pour la plupart, tentaient de trouver de nouveaux angles d'attaque. Mais au fil des mois, l'arrestation ne venant pas, leur intérêt avait faibli et ils étaient partis sur d'autres pistes. Peut-être ne monteraient-ils pas en épingle la découverte de son cadavre. Ou peut-être que si.

À minuit, quand il appela Venise, on lui dit que la signora Cooper avait déjà quitté l'hôtel. Et quand il rappela, deux heures plus tard, elle n'était toujours pas rentrée. Ils attendirent, vacillant entre le sommeil et l'éveil, dans les bras l'un de l'autre, tandis que les bougies se consumaient, coulaient et s'éteignaient l'une après l'autre. À un moment, alors qu'Eve dormait à son côté, le dos tourné, la courbe chaude de sa hanche calée contre son ventre, il se réveilla et pleura de nouveau à la lumière de la lune qui entrait par la fenêtre.

Il fut réveillé en sursaut juste avant sept heures. Eve était debout près du lit et lui tendait son téléphone portable qui sonnait.

« C'est Sarah », dit-elle.

Il vit le nom sur le petit écran, mais était si désorienté au sortir du sommeil qu'il se demanda quelques instants pourquoi elle appelait. Puis le puzzle de plomb du réel se rassembla. Leur fille était morte.

Eve était déjà habillée. Par la fenêtre derrière elle entrait un flot de soleil oblique où dansait de la poussière. Ben s'assit et prit le téléphone. Elle lui déposa un baiser sur le front et sortit, laissant une tasse de café sur la table de nuit. Dans la cuisine, Pablo appelait sa mère. Ben appuya sur le bouton vert et dit : « Allô.

— Benjamin ? »

Sarah avait une voix d'arrière-gorge, tendue, à peine reconnaissable. Personne d'autre qu'elle ne l'appelait Benjamin.

« Ma chérie... »

Elle l'avait plus d'une fois rabroué quand il l'appelait ainsi – *Je ne sais pas ce que je suis pour toi maintenant, Benjamin, mais certainement pas ta chérie.* Cependant, il était difficile de perdre une habitude prise depuis tant d'années. Cette fois-ci, elle l'interrompit avant qu'il ait fini de prononcer le mot.

« Qu'est-ce qui se passe ? C'est Abbie ? On l'a trouvée ? »

Cela le sidéra qu'elle sache. Mais aussi, à présent, ils ne se parlaient plus que pour discuter de leurs enfants. Puis, Ben comprit qu'en disant « trouvée », elle voulait dire vivante. Il avala sa salive, la tête toujours embrumée malgré ses efforts.

« Sarah...

— Pour l'amour du ciel, Benjamin, dis-moi ce qu'il y a !

— Elle est morte.

— Quoi ? »

C'était plus un hoquet qu'un mot articulé. Comment avait-il pu laisser échapper ainsi la nouvelle ? Kendrick la lui avait annoncée avec beaucoup plus de délicatesse. Il poursuivit vaille que vaille.

« On a retrouvé son corps dans le Montana. Dans les montagnes.

— Non. Abbie. Oh non, non... »

Elle émit une plainte sourde, puis tenta de dire quelque chose, mais en vain. Ce son était si déchirant que, juste pour éviter de l'entendre, il se mit à parler. À parler sans s'arrêter, en s'efforçant de paraître calme et clair. Il lui dit ce qu'il savait, lui parla des empreintes digitales, de l'ADN, de l'endroit où se trouvait le corps et des décisions qu'ils allaient devoir prendre. Il parla jusqu'à ce qu'elle lui hurle de s'arrêter. Sur ce, la voix de Benjamin se brisa, il perdit le contrôle de lui-même, comme si toutes ses paroles l'avaient vidé.

Alors, séparés par tous ces milliers de kilomètres, et par une tout autre distance, bien plus grande encore, ils sanglotèrent à l'unisson, mais chacun de son côté, pleurant la jeune vie qu'ils avaient conçue et aimée ensemble, et perdue séparément.

D'après ce qu'on avait dit à Ben, le funérarium était tout près de l'aéroport de Missoula en voiture, et il avait déjà décidé de s'y rendre dès sa descente d'avion. Il n'avait pas parlé de ses intentions à Sarah, et il savait qu'il devrait sans doute attendre qu'elle arrive de New York pour qu'ils y aillent ensemble. Mais quand il atterrit et ralluma son portable, il y trouva un message d'elle disant qu'elle ne pouvait prendre un vol aussi tôt que prévu. Elle n'arriverait pas à Missoula avant la soirée, et à cette heure-là, le funérarium serait fermé. Cela signifiait qu'il devrait attendre le lendemain pour s'y rendre avec elle. Il ne pouvait différer sa visite si longtemps.

Kendrick avait eu beau lui affirmer que l'identification ne laissait aucune place au doute, il subsistait dans l'esprit de Benjamin une petite parcelle d'espoir. Peut-être y avait-il eu une erreur. Il se souvenait avoir jadis entendu parler d'un cas où cela s'était produit, où deux séries d'échantillons avaient été confondues, et où l'on s'était trompé d'étiquettes. Il fallait qu'il voie le corps. Qu'il constate de ses propres yeux que c'était bien Abbie.

Comme il n'avait apporté qu'un bagage à main, il fut parmi les premiers à sortir. Au comptoir Hertz, il fut reçu par une jeune femme enjouée qui le traita en vieil ami ; attitude sans doute apprise au cours de sa formation.

« Vous êtes en vacances ? demanda-t-elle.

— Non. Je suis venu... voir ma fille.

— C'est bien. Elle est à l'université, non ?

— Elle y était, oui. »

Il ne fallut que quelques minutes à la fille pour remplir le dossier. Elle lui communiqua le numéro de la voiture, et lui donna les papiers et les clés.

« Voilà, tout est en règle. Très bon séjour. »

Ben la remercia et franchit la porte en verre à deux battants. De nuages gris ardoise couvraient jusqu'à l'horizon. L'air était chaud et frémissant, comme si la pluie menaçait d'un instant à l'autre. Abbie disait toujours que dans le Montana, le temps était comme la boîte de chocolats de Forrest Gump : impossible de savoir sur quoi on allait tomber. Il se souvenait de cette première visite à Missoula, cinq ans auparavant, où Sarah et lui étaient venus en avion avec leur fille pour voir à quoi ressemblait l'université. C'était fin octobre, et à leur arrivée, il faisait vingt-sept degrés. Le lendemain, quand ils s'étaient réveillés, il y avait trente centimètres de neige et ils avaient été obligés d'aller s'acheter des vêtements chauds. Dans un magasin de North Higgins Road, ils avaient offert à Abbie un anorak patagonien rouge cerise qui coûtait plus de deux cents dollars. Dieu qu'elle était belle ce jour-là. Si sûre d'elle, si joyeuse.

Ben se ressaisit. Il ne devait pas penser à elle ainsi. Il y avait trop d'interrogations, trop de décisions importantes à prendre, de gens à voir – le shérif, les agents locaux du FBI. Il fallait savoir comment ils expliquaient ce qui s'était passé. S'il s'autorisait à se souvenir d'Abbie rayonnante et heureuse, il était sûr de perdre pied et de ne plus pouvoir réfléchir correctement. Et surtout, Sarah aurait besoin qu'il soit fort. Il ne voulait pas la décevoir, lui donner une raison supplémentaire de le haïr.

La voiture était une petite japonaise gris métallisé. Il fut obligé de reculer le siège à fond pour pouvoir loger ses jambes sous le volant. Sarah trouverait probablement qu'il était radin et aurait dû en louer une plus grosse. Ils ne s'étaient pas vus depuis plus d'un an, mais déjà il sentait l'appréhension lui nouer l'estomac. Il mit le contact, sortit de l'emplacement de parking en marche arrière et se dirigea lentement vers l'autoroute.

Lorsqu'il lui avait parlé au téléphone une seconde fois en Italie avant qu'elle prenne l'avion pour rentrer, elle avait retrouvé tout son calme. Elle avait été froide, comme si elle traitait une affaire. Ni l'un ni l'autre n'avait versé une larme. Ben s'attendait à une discussion, mais en fait, elle lui avait annoncé une série de démarches : le corps serait transporté à New York, où aurait lieu l'enterrement, car c'était là que vivaient tous les proches d'Abbie. Le *tous* excluait Ben, naturellement, mais il ne le releva pas. Et ce serait un enterrement, car c'était la coutume dans la famille de Sarah. Ben avait prévu de suggérer une crémation, puis une dispersion des cendres dans le Montana, le lieu qu'Abbie déclarait préférer au monde. Mais il n'avait pas l'intention d'entamer une controverse.

Et ce n'était pas tout. Sarah avait déjà téléphoné à Josh à New York. Il était effondré, mais tenait le coup, annonça-t-elle. Ben, qui s'était attendu à discuter de la façon dont ils allaient annoncer la chose à leur fils, fut ulcéré. Il s'était préparé à aller en avion à New York pour le faire de vive voix. Il regrettait d'avoir attendu. De plus, Sarah avait pris toutes les dispositions nécessaires pour que leur fils aille chez ses parents à elle à Bedford. En fait, ils étaient déjà partis le chercher en voiture à New York. Sarah le verrait, ne fût-ce qu'entre deux avions, quand elle rentrerait, puis elle repartirait directement à Missoula. Josh ne viendrait pas avec elle.

Ainsi, Ben avait été complètement court-circuité et évincé. Comme d'habitude, il ravala sa colère et ne dit rien ; Sarah avait utilisé cette technique à maintes reprises depuis son départ, et l'avait parfaitement rodée. Elle l'excluait des décisions importantes concernant leurs enfants avec un aplomb si naturel, voire même amical, qu'il eût été discourtois de se plaindre. Le message implicite était toujours le même : en partant, il avait prouvé qu'il se moquait éperdument d'eux et avait donc renoncé à avoir voix au chapitre.

Elle faisait parfois ce numéro avec un art si consommé qu'il ne pouvait s'empêcher de l'admirer. Et s'il était surpris de la voir se comporter ainsi maintenant, alors qu'ils étaient plongés dans le même chagrin, il comprit plus tard qu'elle s'était surpassée ; car il allait devoir téléphoner à Josh dans le camp ennemi de ses ex-beaux-parents. George et Ella Davenport avaient toujours considéré Ben comme indigne de leur fille chérie, et son abandon du domicile conjugal les avait confortés dans leur mépris. Ben était maintenant rangé comme il convenait dans la catégorie inférieure des fourbes, des menteurs et des bons à rien.

Dès qu'il eut fini d'écouter la liste des décisions prises par Sarah, il appela Josh sur son portable.

« Bonjour, Joshie.

— Salut.

— Je voulais prendre l'avion pour t'annoncer ce qui était arrivé à Abbie, mais Maman dit qu'elle t'a déjà prévenu.

— Oui.

— Comment ça va ?

— Pas trop mal, l'un dans l'autre. »

Il y eut un long silence. Ben crut entendre des chuchotis en fond sonore.

« Tu es avec tes grands-parents ?

— Oui. On est en voiture.

— Ah bon. Eh bien dis-leur bonjour de ma part.

— D'accord.

— Maman dit que tu n'iras pas à Missoula.

— Ça servirait à quoi ? »

Sa voix sans timbre était si neutre que Ben se demanda s'il n'avait pas pris une dose trop forte de ces antidépresseurs qu'on lui avait prescrits ces derniers mois. À moins qu'il ne soit encore sous le choc, ou gêné de parler devant Ella et George. Ben se maudit de ne pas être allé lui-même à New-York. C'était lui qui aurait dû se trouver auprès de son fils à un moment pareil, pas ces deux-là.

« Oui, tu as sans doute raison. Écoute, appelle-moi quand tu seras un peu tranquille.

— D'accord.
— Allez, au revoir. Je t'aime, petit.
— Oui. Au revoir. »

Le Funérarium et Crématorium de la Vallée – depuis 1964 au service des familles de Missoula en deuil – était situé entre une casse à voitures et un bar sinistre à l'enseigne de Mountain Jack. L'étroite bande de pelouse qui l'entourait s'efforçait d'évoquer les champs élyséens. Ben se gara dans le parking désert et, les mains enfoncées dans les poches de sa veste, se dirigea vers la réception. Le bâtiment, un ensemble de colonnes palladiennes et d'enduit crème appliqué en touches circulaires, était un curieux croisement de temple et d'hacienda qui, en d'autres circonstances, aurait fait sourire l'architecte en Ben. Loin derrière, à l'ouest, un éclair trembla sur le ciel bas qui couvrait les montagnes de son linceul gris acier. L'air sentait la poussière humide et, au moment où Ben atteignait l'abri du portique, quelques grosses gouttes se mirent à tomber avec un bruit mou, tachetant l'asphalte.

La réception était un grand espace discret – moquette rose poudre et murs blanc cassé, décorés de petits cadres et de bouquets élaborés de fleurs artificielles. Dans le coin le plus éloigné, une télévision dont on avait coupé le son tenait compagnie à une table basse et à deux canapés vides en velours bleu. Ben pressa un bouton muet sur le bureau et, pendant qu'il attendait, il arpenta sans bruit la pièce pour examiner les reproductions. Des paysages représentant de l'eau sous toutes ses formes : un lac, une rivière, la mer. Ils avaient en commun une tranquillité fade ; rien de trop audacieux ni de trop poignant, pas de couchers de soleil ni de ciels d'orage ; pas la moindre allusion à l'enfer ou au Jugement dernier. Il se demanda si l'on censurait les images en fonction de la sensibilité des clients. Peut-être était-ce le cas pour lui, car assurément, aucune montagne enneigée ne figurait sur les murs.

« Je peux vous aider ? »

Un jeune homme aimable au visage rond et au corps trop long pour ses jambes traversait la moquette rose et venait vers lui. Quand Ben se présenta, il vit son interlocuteur rectifier très légèrement son sourire. Rien d'exagéré, non ; il calibrait simplement sa dose de sympathie professionnelle. C'était le Jim Pickering à qui Sarah et lui avaient eu affaire au téléphone.

« Votre femme a appelé pour dire que vous ne pourriez pas venir aujourd'hui.

— Elle a dû prendre un vol plus tard. J'ai pris l'avion ce matin à Albuquerque. Nous sommes divorcés. »

Il se demanda pourquoi il avait donné cette information, mais l'homme hocha la tête et réajusta son sourire, ajoutant une petite note de sollicitude à son expression.

« Est-ce que cela pose un problème si je vois... » Ben laissa sa phrase en suspens. Devait-il dire Abbie ? Ma fille ? Le corps ?

« Pas du tout. Tout est prêt pour vous.

— C'est que je voudrais juste m'assurer...

— Je comprends tout à fait. »

Il lui demanda de bien vouloir attendre un instant et repartit rapidement là d'où il était venu. Lorsqu'il eut disparu dans un couloir, le silence retomba. Il y avait longtemps que Ben n'avait remarqué une aussi bonne insonorisation. Il se prit à se demander quels matériaux on avait utilisés. Qu'est-ce qui se passait donc dans sa tête ? Il attendait pour voir le cadavre de sa fille et se posait des questions ineptes sur l'acoustique ?

Jim Pickering reparut et pria Ben de le suivre. Tandis qu'ils enfilaient une série de couloirs, il expliqua qu'on avait embaumé le corps, à la demande de Mrs. Cooper, et que l'équipe de secours en montagne leur avait considérablement facilité la tâche en le conservant dans beaucoup de glace pendant la récupération et le transport. Le résultat était du coup bien meilleur qu'on aurait pu s'y attendre, compte tenu des circonstances. Était-ce là un satisfecit professionnel discret, ou une façon de tenir l'angoisse en respect ? Ben n'aurait su le dire.

« Comme nous n'avions pas de vêtements, nous lui avons mis ce que nous appelons une chemise d'hôpital. Et naturellement, nous n'avions aucune indication pour la coiffure ou le maquillage, aussi avons-nous choisi le look le plus naturel. Si vous le souhaitez, nous pouvons faire de petites rectifications. Et le cercueil est provisoire. Mrs. Cooper ne nous a pas dit si vous souhaiteriez en prendre un chez nous ou au funérarium de New York. Nous avons un choix assez large.

— J'en suis certain.

— Eh bien, nous y voici. C'est notre salon funéraire. »

Il s'arrêta en face d'une porte blanche à double battant, la main sur la poignée. Il regardait Ben, attendant qu'il lui fasse signe d'ouvrir.

« Nous sommes prêts ? »

Ben hocha la tête.

La pièce avait environ quatre mètres vingt sur trois mètres, et était éclairée d'une lumière rose par quatre grands candélabres dont l'extrémité s'évasait en forme de lys. Le simple cercueil de bois clair était posé sur une table à hauteur de la taille. De la porte, tout ce que Ben voyait de l'intérieur était une bande de doublure en satin rose.

« Je vous laisse, dit Jim Pickering. Je serai dans le couloir. Prenez tout votre temps.

— Merci. »

Les portes se refermèrent sans bruit derrière lui. Ben resta là un instant, essayant de ranimer un soupçon de l'espoir absurde qu'il avait nourri auparavant, à savoir que le corps serait celui de quelqu'un d'autre. Mais il savait que c'était bien Abbie. Il sentait son sang courir plus vite, battre avec insistance dans ses oreilles, et une main de glace lui étreindre l'estomac. Il avala sa salive et avança d'un pas.

Cela faisait presque trois ans qu'il ne l'avait vue. À l'époque elle avait les cheveux coupés court, teints en noir et coiffés en hérisson, comme si elle voulait faire étalage de sa colère. Mais maintenant, ils avaient retrouvé leur couleur naturelle, blond vénitien, étaient plus longs et bien coiffés, encadrant son cou mince et adoucissant son expression. Son visage, avec le petit nez mutin et l'arc gracieux des sourcils, était à des années-lumière du masque hostile, crispé, hurlant, qui le hantait depuis cette fameuse nuit terrible. Perverse, la mort avait rendu à Abbie sa chaleur. Le savant maquillage funéraire avait donné à sa peau un éclat sain. On percevait même dans la ligne du menton et les fossettes au coin de sa bouche une curieuse impression d'imminence, comme si le détail d'un rêve l'avait amusée et qu'elle risquait à tout moment de sourire, de se réveiller et de le lui raconter. Et d'ouvrir les yeux. Gris-vert, pailletés de noisette. Si seulement il pouvait les voir encore une fois.

Le seul autre cadavre que Ben avait vu était celui de son père, presque vingt ans auparavant. Et les thanatopracteurs s'étaient trompés sur tout : son expression, sa coiffure, sa façon de faire son nœud de cravate. Ils avaient eu la main si lourde avec le rouge, le mascara et le rouge à lèvres, qu'il ressemblait à une horrible drag-queen sans sa perruque.

Mais sa fille, elle, avait un visage serein et innocent. Vêtue de sa robe blanche, telle la mariée qu'elle ne serait jamais, elle était belle comme le jour.

« Oh, ma chérie, souffla-t-il. Ma petite chérie. »

Il crispa les mains sur le rebord du cercueil, pencha la tête et ferma les yeux. Alors, les sanglots montèrent et le secouèrent sans qu'il cherche à les refouler. Il était seul et pouvait se permettre de pleurer. Plus tard, il serait d'autant plus fort auprès de Sarah.

Combien de temps il resta là, il n'aurait su le dire. Lorsqu'il n'eut plus de larmes, il se redressa et se dirigea vers une petite table sur laquelle était posée un boîte de mouchoirs en papier. Lorsqu'il se fut essuyé le visage et eut repris son calme, il retourna auprès du cercueil et se pencha pour embrasser la joue de sa fille. Il ne sentit aucune odeur. Contre ses lèvres, la chair avait le froid de la pierre.

CINQ

Sarah laissa la serveuse lui remplir sa tasse de café pour la troisième fois et s'efforça de ne pas regarder les deux hommes qui terminaient leur petit déjeuner en face d'elle à la même table. La vue et l'odeur de tout ce bacon, de ces œufs et de ces pommes de terre sautées lui donnaient la nausée.

À cause du décalage horaire, elle avait pris un somnifère peu après minuit, mais il n'avait servi qu'à la plonger dans une sorte de demi-coma traversé de cauchemars. Elle s'était réveillée entortillée dans ses draps comme une momie, embrumée, avec un mal de tête que deux antalgiques puissants ne réussirent pas à dissiper. Dehors, la pluie tombait toujours. Elle n'avait pas cessé depuis son arrivée.

Benjamin, qui l'attendait à sa descente d'avion, l'avait conduite à l'hôtel dans sa ridicule petite voiture de location. Pourquoi il était aussi radin, elle se le demandait, mais n'avait fait aucune réflexion. Dans l'avion, elle s'était juré de rester courtoise. Mais grand Dieu, que c'était difficile. Le simple fait de le regarder maintenant, en train de prendre son petit déjeuner et de parler avec ce shérif, l'irritait. Il s'était laissé pousser les cheveux et avait acheté de petites lunettes dernier cri cerclées de métal. Un look très Santa Fe.

Benjamin avait retenu deux chambres voisines à l'Holiday Inn de Parkside et, après avoir pris leurs clés à la réception la veille, ils avaient emprunté un parapluie et s'étaient rendus à pied dans un restaurant japonais de North Higgins. La nourriture était bonne, mais la conversation effroyablement guindée, car ils faisaient l'un et l'autre d'énormes efforts pour éviter de parler d'Abbie. On aurait dit que Benjamin ne pouvait pas regarder Sarah en face et il ne cessait de la presser de questions sur Venise. Elle n'avait qu'une envie, lui crier de se taire. Pour *qui* se prenait-il, cet étranger poli qui avait partagé sa vie tant d'années et qui la traitait maintenant comme une inconnue avec laquelle il se serait trouvé coincé à un cocktail ?

Elle savait qu'elle était injuste et que c'était probablement sa faute à elle s'il se comportait ainsi. Un curieux mécanisme de défense semblait s'être mis en place dans son cerveau. Elle ne pouvait faire face à la situation qu'en se montrant froide, cassante et hostile. Si elle s'autorisait à manifester plus de sympathie, à accepter du réconfort, elle perdrait prise, basculerait et tomberait en tourbillonnant dans le gouffre noir qui l'attendait en bas, elle le savait. Sa petite fille morte, froide, gisant dans une boîte. Non, elle n'allait pas laisser ses pensées glisser de ce côté-là. Mais lorsque Benjamin lui avait passé le bras autour des épaules en rentrant à l'hôtel, elle avait bien failli. Et à nouveau quand il lui avait souhaité bonne nuit en l'embrassant dans le couloir défraîchi devant sa porte et que chacun était entré seul dans sa chambre à grand lit, séparée de celle d'à côté par une cloison si mince que chacun entendait le moindre geste de l'autre, qu'il marche, tousse ou tire la chasse.

Le shérif Charlie Riggs n'avait pas de bureau à Missoula. Voilà pourquoi il leur avait proposé de se retrouver pour le petit déjeuner à La Cabane. Abbie les avait emmenés une fois dans cet endroit discret de West Main. Ce n'était pas non plus loin de l'hôtel à pied, mais il fallait affronter la pluie.

Le shérif les attendait. Il avait posé à côté de lui sur la banquette du box son Stetson trempé et un petit sachet en plastique blanc. Il se leva pour les saluer. Il était grand, encore plus que Benjamin, et plus costaud, avec une moustache broussailleuse qui grisonnait et un regard doux, plein d'une tristesse qui, d'après Sarah, devait être permanente, et pas seulement affichée à leur intention. Il avait ces manières un peu désuètes des gens de l'Ouest qu'elle trouvait pleines de charme, inclinant la tête en lui serrant la main et l'appelant respectueusement « madame ».

Il leur présenta d'emblée ses condoléances.

« J'ai une fille aussi, ajouta-t-il. Je préfère ne pas penser à ce que je ferais en pareil cas.

— Elle n'est pas encore recherchée pour meurtre, j'espère », lança Sarah, cinglante, sans même réfléchir. Benjamin détourna les yeux et le pauvre homme tressaillit.

« Non, madame », dit-il calmement.

Ils s'assirent et les deux hommes se mirent à parler de la pluie et du beau temps jusqu'à ce que la serveuse vienne prendre la commande. Après quoi, Riggs se pencha vers eux et à mi-voix, pour ne pas être entendu des autres tables, il les informa des derniers événements. Il leur parla des deux skieurs qui avaient découvert Abbie dans la glace et leur dit que l'autopsie au laboratoire de médecine légale n'avait pas permis d'établir comment elle était arrivée là ni les causes exactes de sa mort. Lorsqu'il leur demanda s'ils avaient une idée des raisons qui avaient pu l'amener dans cette région, Benjamin répondit que non, aucune. Abbie avait eu un traumatisme crânien, poursuivit le shérif, ainsi qu'une jambe cassée et une épaule démise. De plus, elle avait de l'eau dans les poumons, ce qui laissait supposer qu'elle s'était noyée. Pour l'instant, l'hypothèse la plus plausible était que ses blessures étaient dues à une chute grave dont la cause restait inconnue.

« Vous voulez dire qu'elle a peut-être été poussée ? demanda Benjamin.

— On ne peut pas écarter cette possibilité, monsieur, en effet. » Il jeta un coup d'œil à Sarah, manifestement pour voir comment elle réagissait à ce genre de propos, et elle en fut un peu mortifiée.

« Et le suicide ? » lança-t-elle.

Benjamin la regarda, stupéfait.

« Jamais Abbie n'aurait fait ça ! » s'exclama-t-il.

— Qu'est-ce que tu en sais ? » rétorqua-t-elle.

Les deux hommes la regardèrent, surpris. Le fiel semblait jaillir spontanément de sa bouche. Pour essayer de tempérer sa remarque, elle se hâta d'ajouter : « Enfin, comment pouvons-nous avoir des certitudes ? Ça fait des mois que nous sommes sans nouvelles. Comment savoir ce qui a pu se passer ?

— Vous avez raison, Mrs. Cooper, dit Charlie Riggs d'une voix douce. C'est une possibilité que nous ne pouvons pas écarter non plus. » Elle voyait bien qu'il essayait de se faire une idée des relations entre son ex-mari et elle. Il l'avait sans doute déjà cataloguée comme une vraie teigne. Elle aurait intérêt à se contrôler et à surveiller ses paroles.

« Quoi qu'il en soit, poursuivit le shérif, sachez que cette affaire nous mobilise en priorité. Nous continuerons à monter là-bas tant que la neige n'aura pas fini de fondre. Avec un peu de chance, nous découvrirons un indice qui nous permettra de reconstituer les événements. »

S'ils voulaient aller voir l'endroit où avait été retrouvée Abbie, dit-il non sans embarras, il se tenait à leur disposition. Benjamin le remercia et ajouta qu'il reviendrait peut-être d'ici une ou deux semaines dans ce but. Quelle démarche absurde et inutile, pensa Sarah qui, toutefois, se garda de rien dire. Elle ne pouvait imaginer pire épreuve, hormis peut-être celle de voir le corps, ce qu'ils devaient faire un peu plus tard, bien qu'elle ne fût pas du tout sûre de pouvoir s'y résoudre.

Le shérif parut vouloir dire autre chose, mais la serveuse arriva avec leur commande. En tout cas, il se ravisa et les deux hommes se mirent à manger sans ajouter grand-chose. Sarah avait demandé des toasts auxquels elle ne toucha même pas. Ce dont elle avait vraiment envie, c'était d'une cigarette, mais elle n'allait pas faire une nouvelle entorse à sa dignité en sortant en fumer une sous la pluie.

Lorsqu'ils eurent terminé, Charlie Riggs dit que s'ils n'y voyaient pas d'inconvénient, il les conduirait aux bureaux du FBI, dans Pattee Street, pour voir l'agent local, car il avait quelques questions de routine à leur poser qui seraient utiles à tous pour essayer de découvrir ce qui était arrivé à Abbie. Sarah accepta. Alors, la mine un peu gênée, le shérif prit le sac en plastique blanc qu'il avait apporté.

« Ceci contient les vêtements que portait votre fille quand nous l'avons trouvée, dit-il. Je ne sais pas si vous les voulez, mais l'une des filles du bureau les a lavés et repassés. L'anorak est bien déchiré. À cause de la chute, j'imagine. Bon, enfin voilà. »

Il le tendit à Benjamin qui, au lieu de se borner à le remercier et à mettre l'objet de côté, en sortit l'anorak et le déplia. Sarah vit ses yeux se remplir de larmes en le regardant. Oh, pour l'amour du ciel, pensa-t-elle.

Pas ici, pas maintenant. S'il se laissait aller, elle en ferait sûrement autant. Elle se pencha en silence, lui prit l'anorak des mains et le remit dans le sac.

Charlie Riggs s'éclaircit la voix.

« Il y a un autre élément important que je ne vous ai pas encore annoncé », dit-il, d'un ton grave. Il s'interrompit comme s'il cherchait le mot juste, et reprit. « C'est quelque chose qu'on a découvert au cours de l'autopsie, et que vous ignorez sans doute. Au moment de sa mort, Abbie était enceinte de deux mois. »

Au fil des ans, Charlie avait rencontré un certain nombre d'agents du FBI, et il s'était bien entendu avec la plupart d'entre eux. Un ou deux étaient peut-être un peu brutaux ou condescendants, mais la plupart faisaient bien leur travail et c'étaient des gens courtois et corrects. Avec Jack Andrews, le dernier à qui il avait eu affaire au siège de Missoula, un homme que les Cooper avaient rencontré au moment où leur fille avait disparu, il avait beaucoup sympathisé. Mais avec son successeur, ce jeune arriviste de Wayne Hammler, c'était une autre affaire.

Depuis presque une heure qu'ils étaient assis dans son petit bureau mal ventilé, c'était à peine s'il leur avait laissé placer un mot. Même avec sa brosse courte et son élégant blazer bleu, il paraissait avoir quinze ans. C'était peut-être pour cela qu'il se croyait obligé de plastronner comme un dindon. Pour l'instant, il gratifiait les Cooper d'un discours sur la synergie interagences et les systèmes de traitement des informations médicolégales. Quant à savoir ce qu'il voulait dire par-là, qui s'en souciait ? Jusqu'à présent, il s'était borné à répéter ce que Charlie leur avait déjà dit. Mr. Cooper semblait écouter poliment, mais depuis dix minutes, son ex-femme contemplait la fenêtre.

Charlie, lui, l'observait. C'est vrai qu'elle attirait les regards. Quel âge pouvait-elle avoir. Ces citadines de la côte Est ne se laissaient pas aller. Quarante-cinq ans, peut-être. Grande, élégante, elle avait de toute évidence été une très belle femme. En d'autres circonstances, avec un ou deux kilos de plus et ses cheveux blonds coupés un peu moins court, elle pourrait le redevenir. Sa robe bleu foncé lui allait bien, et Charlie aurait volontiers parié que ces petits brillants à ses oreilles n'étaient pas de la camelote. Tout bien considéré, Sarah Cooper était ce que son père appelait « une femme vraiment classe ». Ceci dit, elle avait aussi une langue qui semblait mettre son ex-mari au supplice. D'après ses propres démêlés avec Sheryl, Charlie pouvait se mettre à la place de ce pauvre type. Mais il avait vu d'autres mères en deuil se comporter ainsi. La rage était sans doute pour elle le meilleur moyen de se cramponner tant bien que mal à sa santé mentale.

Mais de temps à autre, derrière la froide façade, il percevait la fragilité de cette femme blessée. Et cela l'émouvait de voir un être si gracieux souffrir autant. Lorsqu'elle avait appris que sa fille était enceinte, son regard avait révélé que son cœur se brisait ; la douleur était toujours là, dans les yeux fixés sur la pluie. Depuis que Charlie avait annoncé la nouvelle, elle avait à peine dit un mot.

Le chagrin de Ben Cooper était plus visible. Il avait l'air d'un brave type. Ils avaient dû former un beau couple autrefois, comme ceux qu'on voit dans les magazines people, installés sur un yacht ou au bord d'une piscine, heureux, parfaits et sans doute à deux doigts de divorcer. Charlie se demanda ce qui avait pu dégénérer entre eux, si tout était venu de leur fille, ou s'ils s'étaient fabriqué leur propre calvaire. Il y avait un drame là-dessous, il en était certain, une variante de l'éternelle histoire de culpabilité, de rancune et d'espoirs brisés qui était la sienne et celle d'innombrables autres.

Il suivit le regard de la femme. La pluie tombait plus dru, et le vent s'était levé. Les arbres au-dehors commençaient à se couvrir de feuilles et, à travers les branches malmenées, il voyait des averses s'abattre sur le toit des trois camionnettes des postes garées plus bas dans la rue. Une jeune femme couverte d'un poncho de plastique transparent poussait un garçon en fauteuil roulant sur le trottoir en essayant de le protéger avec un parapluie. Les yeux de Charlie revinrent sur Mrs. Cooper, et il vit qu'elle le regardait. Il lui sourit, essayant de s'excuser tacitement pour Hammler, qui continuait à pontifier derrière son bureau immaculé sur lequel se trouvaient un petit pot chromé plein de crayons parfaitement taillés et un plateau assorti pour ses trombones et ses agrafes. Ce minable avait même un sous-verre pour poser sa tasse à café. Charlie se rappela avoir entendu dire qu'il fallait toujours se méfier de ceux dont le bureau est parfaitement rangé. L'ordre qui régnait sur celui de Hammler frôlait l'obsession.

Mrs. Cooper ne lui rendit pas son sourire. Elle se tourna vers son ex-mari et le fusilla du regard. Était-ce à cause de l'attention polie avec laquelle il écoutait Hammler, ou de quelque autre faute, Charlie eût été bien en peine de le dire.

« Voilà donc où nous en sommes pour ce qui est de l'enquête, dit Hammler. Et maintenant, si vous voulez bien, j'ai besoin de vous poser quelques questions.

— Bien, dit Mr. Cooper. Si cela peut vous aider, allez-y. »

Hammler avait une liste de questions soigneusement préparée sur un bloc-notes placé bien droit devant lui, et un crayon neuf. Il commença par demander quand les Cooper avaient vu leur fille pour la dernière fois. Charlie, qui avait déjà posé la question, le signala à Hammler, mais en vain. Mr. Cooper répondit patiemment, mais avec une pointe de lassitude. Quant à son ex-femme, Charlie voyait bien qu'elle commençait à bouillir. Finalement, lorsque l'agent commença à poser des questions sur le caractère d'Abbie et sa personnalité, et demanda s'ils auraient décrit leur fille comme étant *sujette à des accès de dépression*, elle explosa.

« Écoutez-moi bien. Ces questions-là, les gens de vos services nous les ont déjà posées je ne sais combien de fois. Nous sommes venus pour entendre ce que vous aviez à nous apprendre et non pour ressasser ces vieilles histoires. Si vous voulez des réponses à vos questions, vous n'avez qu'à consulter les dossiers. Tout y est. Tout ce qu'Abbie a dit ou fait ou pris à son petit déjeuner y est consigné. Vous n'avez qu'à lire. »

Hammler rougit. Charlie faillit applaudir.

« Mrs. Cooper, je me rends parfaitement compte que tout ceci est très pénible...

— Pénible ? Pénible ! Vous êtes loin du compte.

— Mrs. Cooper...

— Non mais, pour qui vous prenez-vous ? »

Elle était debout et se dirigeait vers la porte.

« Vos foutaises, je ne les écouterai pas une seconde de plus... »

Les trois hommes s'étaient levés. Hammler avait l'air d'un gamin qui vient de se faire piquer son sucre d'orge. Il voulut dire quelque chose, mais Mrs. Cooper ouvrit toute grande la porte et, se retournant pour lui faire face, lui coupa la parole.

« Quand vous aurez du nouveau à nous apprendre, nous serons ravis de vous écouter. Mais ce matin, Mr. Hammler, nous avons autre chose à faire. Nous devons récupérer le cadavre de notre fille et l'expédier à New York pour les funérailles. Alors, si vous voulez bien nous excuser, nous allons partir. Tu viens, Benjamin ? »

Et elle tourna les talons. Ses pas rageurs résonnèrent dans le couloir. La mâchoire crispée, Hammler parut un instant vouloir se lancer à sa poursuite. Charlie fit un pas en avant et le retint avec douceur.

« Laissez-la partir, dit-il d'une voix calme.

— Mais il y a beaucoup de choses à...

— Plus tard. Le moment est mal choisi. »

Ben Cooper était toujours là, debout, la tête penchée, l'air triste et gêné. Charlie prit le manteau du malheureux et lui posa la main sur l'épaule.

« Venez, dit-il. Je vous conduis. »

Le shérif se gara devant l'hôtel et ils restèrent quelques instants immobiles. La pluie tambourinait sur le toit de son camion. Il leur donna une nouvelle fois l'assurance qu'il ferait tout ce qui était en son pouvoir pour savoir comment Abbie était morte. Ben, assis à l'avant, regardait par-dessus son épaule Sarah, qui n'avait pas dit un mot et n'avait même pas l'air d'écouter. Recroquevillée, elle était assise près de la fenêtre arrière. Sa silhouette se détachait sur l'eau argentée qui ruisselait sur la vitre. Ses cheveux mouillés lui collaient au front et le col de son imperméable blanc était remonté si haut qu'on eût dit qu'elle risquait de disparaître d'un instant à l'autre.

Le shérif s'excusa une nouvelle fois pour l'agent du FBI et promit de les appeler dès qu'il aurait du nouveau. Après l'avoir remercié, ils allèrent chercher leurs bagages et régler. Pendant que Ben s'occupait de la note, Sarah resta seule sous le portique. Quand il eut fini et sortit pour la rejoindre, elle n'attendit pas qu'il arrive à sa hauteur mais se détourna et marcha la première vers la voiture, indifférente à la pluie, les bras étroitement croisés sur la poitrine. Ben remarqua qu'elle avait des taches de boue aux mollets, ce qui le toucha ; il aurait voulu lui dire des mots de réconfort, ne fût-ce que lui exprimer son admiration pour sa façon de tenir tête à ce petit minable du FBI. Mais il se méfiait trop d'elle maintenant et n'était pas non plus certain de trouver le ton ou les mots appropriés.

Tandis qu'ils remontaient lentement Broadway en direction du funérarium, le bruit régulier des essuie-glaces rendit le silence entre eux si assourdissant que Ben craqua.

« Mais comment se fait-il qu'elle ait été enceinte ? » lâcha-t-il.

Même s'il avait eu une semaine pour y réfléchir, il aurait difficilement pu poser une question plus déplacée. Sarah se tourna vers lui et le regarda. Il avala sa salive, les yeux fixés droit devant lui, et se prépara à un coup de semonce impitoyable. Mais elle ne dit rien.

Jim Pickering les attendait dans la salle de réception. Il portait un complet élégant, bleu moyen, assez foncé pour être habillé mais pas austère. Il comprit au premier coup d'œil qu'avec Sarah, mieux valait en dire le moins possible, et les conduisit sans plus attendre vers le salon funéraire.

Ben demanda à Sarah si elle voulait qu'il l'accompagne. Il ne fut ni surpris ni blessé, seulement soulagé, lorsqu'elle répondit qu'elle préférait être seule pour voir Abbie. L'image de la fille à la chemise de nuit blanche était gravée dans sa mémoire, et il n'était pas sûr de pouvoir supporter celle de la mère et de la fille ensemble. Il accompagna donc Jim Pickering à son bureau, plus loin dans le couloir, pour s'occuper des papiers.

Il y avait des documents à signer, des détails à donner pour l'établissement du certificat de décès et des formulaires à compléter pour le rapatriement du corps à New York. La seule compagnie aérienne se chargeant de transporter des corps au départ de Missoula était la Northwest, ce qui impliquait un changement à Minneapolis. Jim Pickering avait pris les dispositions nécessaires. Le cercueil d'Abbie serait placé dans ce qu'on appelait un bac aérien, une sorte de malle avec un fond en contreplaqué et un dessus en carton.

La veille au dîner, Sarah avait annoncé très naturellement que son père attendrait à l'aéroport de La Guardia, et que Ben ferait peut-être mieux de rentrer directement au Nouveau-Mexique depuis Minneapolis

« Je pensais rester à New York jusqu'à l'enterrement, avait-il dit. Pour m'occuper des démarches, tu sais, passer un peu de temps avec Joshie.

— Ce sont des choses que nous pouvons faire.

— Je sais. Mais j'ai envie de participer.

— Ah, je t'en prie. Tu ne vas pas monter ça en épingle.

— Mais non. Simplement...

— Il n'y a rien qui ne puisse se régler par téléphone. Viens si tu veux, mais je ne supporterai pas une scène entre mon père et toi à l'aéroport.

— J'ai le droit de venir à l'enterrement, non ?

— Pourquoi es-tu aussi agressif ? »

Ben faillit prononcer des paroles malencontreuses et s'arrêta à temps. Mais il était las de se faire brimer et exclure. Sur ce point-là, il ne céderait pas. Il fallait s'acquitter d'une tâche. Et il tenait à voir Josh ; il le fallait. N'importe quel père aurait réagi de la même façon.

« Écoute, avait-il répondu d'une voix aussi contrôlée que possible. Abbie est aussi ma fille. Et il n'y aura pas de scène. Je sais comment m'y prendre avec tes parents. J'ai des années d'expérience. Je tiens à venir avec toi. Je t'en prie. »

Elle avait soupiré en levant les sourcils, sans insister.

À présent, ils en avaient fini avec les papiers, mais Sarah n'était toujours pas sortie du salon funéraire. Ben se rendit donc dans la salle où était exposé un choix d'urnes et de cercueils. Comme il en faisait le tour en regardant, il se dit qu'il aurait peut-être dû opter pour quelque chose d'un peu plus luxueux que ce cercueil de bois tout simple. En ce moment même, Sarah pensait probablement, une fois de plus, qu'il avait été mesquin. Les plus beaux coûtaient dans les quatre mille dollars, mais ils avaient un aspect trop prétentieux, trop adulte. Sans doute y avait-il quelque part une gamme prévue pour les jeunes défunts, se dit Ben avec cynisme. La seule chose qui lui plaisait était une urne de bronze assez recherchée, sculptée en forme de montagne, ornée de pins et de trois cerfs, un mâle avec ses bois, une biche et un mignon petit faon. Cela faisait très Disney, mais évoquait Abbie. Seulement, elle ne serait pas incinérée.

« On y va ? »

Sarah s'encadra dans la porte, discrètement escortée par Jim Pickering. Elle portait des lunettes noires et avait le visage aussi pâle que son imperméable. Ben s'avança vers elle. Il voulait la prendre dans ses bras, ce qui semblait le geste le plus naturel du monde. Mais elle devina son intention et, d'un mouvement imperceptible de la main, l'arrêta.

« Ça va ? demanda-t-il sottement.

— Bien.
— J'étais juste en train de regarder ici et je me demandais si nous ne devrions pas choisir un plus beau cercueil, poursuivit-il maladroitement. Enfin, j'aime bien celui où elle est, qui est tout simple, mais... »

Sans ôter ses lunettes, elle examina rapidement la pièce, l'air méprisant.

« Il n'y a rien ici. J'en choisirai un à New York. »

L'avion décolla à l'heure dans un ciel bleu limpide. La pluie avait cessé juste au moment où ils arrivaient à l'aéroport, comme si elle avait été programmée juste pour leur séjour. Des baies du hall des départs, ils avaient vu le chariot qui transportait Abbie rouler sur l'asphalte mouillé jusqu'à l'appareil, où quatre jeunes gens le soulevèrent et le chargèrent, sans cesser de bavarder.

Comme l'avion virait sur l'aile et se dirigeait vers l'est, les hublots laissèrent entrevoir des perspectives obliques sur la forêt, avec son camaïeu de verts ensoleillés. Alors Sarah imagina le corps froid en train de basculer dans son étroite caisse au-dessous d'elle, dans l'obscurité de la soute. La mort de sa fille était encore un événement trop énorme pour qu'elle l'intègre ; peut-être était-ce pour cette raison que son esprit sautillait étrangement et s'attardait sur de menus faits, des détails circonstanciés de la présence sans vie de sa fille.

Lorsqu'elle s'était trouvée debout, seule devant le cercueil ouvert au funérarium, elle avait été choquée, non pas par la vision du corps, si joliment, si ridiculement apprêté, mais par son propre détachement. Elle avait cru que ce serait le moment où s'ouvriraient enfin les vannes verrouillées de son chagrin. Mais elle avait eu l'impression de se voir dans un film, ou derrière un verre épais, blindé, qui ne laissait passer aucune émotion. Si elle avait mis ses lunettes de soleil qu'elle avait d'ailleurs gardées, ce n'était pas parce que ses yeux étaient ravagés par les larmes, mais parce qu'ils étaient secs. Elle avait un sentiment d'imposture. C'est pourquoi elle avait ensuite si cruellement refusé l'étreinte de Benjamin. Et elle avait vu – non sans pitié – combien elle l'avait blessé.

Ce pauvre Benjamin. Elle lui jeta un regard de biais. Il était assis de l'autre côté du couloir central. L'avion était même à moitié vide et les bras des sièges pouvaient se relever. À l'initiative de Sarah, ils avaient pris chacun une rangée libre pour être plus à l'aise. Perdu dans ses pensées, Ben regardait les montagnes. En dépit de sa tristesse, c'était encore un bel homme, malgré ses cheveux qu'il avait laissés pousser comme s'il s'efforçait un peu trop de faire plus jeune. Il n'était pas aussi maigre que la dernière fois qu'elle l'avait vu, et ses quelques kilos en plus lui allaient bien. Elle était contente de pouvoir le regarder ainsi maintenant, presque objectivement, sans avoir envie qu'il revienne. À vrai dire, elle ne le détestait même plus.

Il dut sentir son regard, car il se retourna et l'observa d'un œil prudent. Afin de masquer ses pensées, Sarah lui adressa un sourire et, comme un chien battu qui se sent pardonné, il le lui rendit, puis se leva et traversa le couloir pour venir s'asseoir à côté d'elle. Sarah enleva son sac pour lui laisser la place.

« Nous venons de passer au-dessus de la ligne », dit-il. Comme ces mots avaient plusieurs sens possibles, il se hâta de préciser. « La ligne de partage des eaux. »

Sarah jeta un bref coup d'œil par le hublot.

« Alors l'autre ne doit pas être bien loin.

— Si quand même. C'est au sud-ouest d'ici.

— Ah bon. »

C'est là que tout avait commencé. Ou plus exactement, là que s'était produit le commencement de la fin. La Ligne, un ranch qui recevait des hôtes, où ils allaient chaque été. Ils y avaient passé les meilleures vacances de leur vie. C'était là qu'Abbie était tombée amoureuse du Montana et avait décidé envers et contre tout de venir à l'université locale. Là encore que six ans plus tôt, six ans qui semblaient aussi longs qu'une vie entière, Ben était tombé amoureux (si c'était bien le mot) d'Eve Kinsella et avait entrepris d'en finir avec leur couple.

Pendant un moment, ils gardèrent le silence. L'hôtesse vint vers eux, faisant rouler dans le couloir un chariot de boissons, sandwichs et sucreries. Ils demandèrent tous deux de l'eau. L'air conditionné de la cabine était froid et sentait l'antiseptique et le désodorisant.

« Parle-moi, demanda-t-il à mi-voix.

— Comment ?

— Je t'en prie, Sarah, on ne peut pas parler un peu ? D'Abbie ? »

Elle haussa les épaules.

« Si tu veux. Qu'est-ce qu'il y a à dire ?

— Je ne sais pas. Je pense que si on en parlait, on pourrait... se réconforter un peu mutuellement, j'imagine.

— Ah.

— Sarah, tu sais, nous n'avons rien à nous reprocher...

— À nous reprocher ?

— Non, je ne veux pas dire...

— Benjamin, je ne me reproche rien. Rien du tout.

— Je sais, je voulais seulement...

— C'est toi que je tiens pour responsable. Toi, et toi seul... » Elle s'interrompit et sourit. Lui et cette femme, naturellement. Elle vit qu'il avait deviné sa pensée. « Enfin, tu n'es peut-être pas le seul responsable.

— Sarah, comment peux-tu dire une chose pareille ?

— Parce que c'est vrai. Abbie n'est pas morte parce qu'elle est tombée, qu'elle a sauté ou qu'elle a été poussée d'une falaise ou je ne sais quelle autre raison. Elle est morte à cause de ce que tu nous as fait à tous, Benjamin. »

DEUXIÈME PARTIE

Six

La Ligne était un lieu qui paraissait vouloir rester secret. Le ranch se cachait, perché au sommet d'une vallée tortueuse et fissurée qui descendait vers une autre, beaucoup plus grandiose, au fond de laquelle une grande route suivait les méandres de la Yellowstone River. Au bord de cette route, pour ceux qui étaient capables de le voir et de le déchiffrer, se trouvait une sorte d'écriteau. Mais le panneau de peuplier noueux sur lequel on l'avait cloué bien des années auparavant l'avait si bien absorbé que les mots ressemblaient maintenant à des marques laissées par des parasites sur l'écorce. Environ trente mètres plus loin se trouvait un embranchement ; une route couverte de gravillons clairs longeait une petite rivière, dont rien n'indiquait qu'elle pût mener quelque part, hormis une vieille boîte à lettres cabossée en fer-blanc.

Lost Creek, dont la route gravillonnée suivait le cours, portait bien son nom[1]. En été, la rivière était asséchée ou, au mieux, il n'y coulait qu'un filet d'eau

1. Lost Creek : la Rivière perdue. *(Toutes les notes sont de la traductrice.)*

entre des rives envahies de merisiers de Virginie et de saules rabougris dont les feuilles avaient blanchi sous la poussière de la route. On détournait l'eau pour arroser les prairies à foin qui se déployaient de chaque côté, et pour remplir les mares où s'abreuvait le bétail en amont, là où le sol commençait à grimper et la sauge des prés à envahir l'herbe.

Même au printemps, à la fonte des neiges, et même dans sa partie la plus haute, l'existence de Lost Creek restait aléatoire. Mais de l'autre côté de l'épine dorsale de rocher revêtue de pins qui partageait la vallée comme une ligne médiane et donnait son nom au ranch, la rivière jumelle était beaucoup plus abondante et tapageuse. Baptisée d'après un pionnier depuis longtemps oublié mais certainement entreprenant, Miller's Creek[1] roulait ses eaux tumultueuses sur huit kilomètres spectaculaires où se succédaient courbes semées de gros rochers ronds, cascades et bassins à truites agités de remous.

Il fallait grimper un quart d'heure après avoir quitté la grand-route pour découvrir enfin le ranch à environ huit cents mètres seulement. Juste au moment où la pente semblait devenir trop raide, et où la forêt sombre oppressait le visiteur de toutes parts, la route s'éloignait brusquement des arbres pour plonger dans une cuvette tapissée d'herbe grasse où évoluaient des chevaux, des quarter horses à la robe luisante, qui paissaient et agitaient leur queue avec langueur pour éloigner les mouches. Au-delà, plus haut et en terrain plus sec, se trouvaient un ensemble d'écuries en planches blanchies à la chaux, une arène et des corrals de sable rouge entourés de palissades en bois décoloré par le soleil. Au-dessus, entouré de massifs fleuris et

1. Miller's Creek : la rivière du Meunier.

de pelouses, se dressait le ranch lui-même, planté dans un décor de montagnes grandiose.

C'était une bâtisse longue et basse en rondins, bordée par une terrasse d'environ trois mètres de large garnie de tables et de chaises. Le soir, par-dessus les cimes des arbres, les invités aimaient contempler les derniers rayons ocre du soleil couchant accrochés aux montagnes à l'est de la vallée. Les rivières se séparaient derrière la maison, formant deux bras qui l'enserraient de part et d'autre, enjambés par deux ponts donnant accès à l'ovale des prés gagnés sur la forêt. Dans leur périmètre, à demi cachés parmi les pins ponderosas, se trouvaient deux courts de tennis, une piscine et une vingtaine de cabanes en rondins, dont chacune avait son auvent.

On trouvait dans le Montana des ranchs plus chic, avec des hôtes plus choc et une cuisine de choix ; mais peu, pour ne pas dire aucun n'avaient un cadre aussi splendide. La Ligne ne faisait pas de publicité, ne racolait pas la clientèle car c'était inutile. Ses hôtes se recrutaient par le bouche-à-oreille et revenaient régulièrement. C'était le cas des Cooper. Pendant les deux dernières semaines de juin, ils réservaient les cabanes 6 et 8. C'était leur quatrième séjour, et ce serait le dernier, celui qui devait changer leur vie pour toujours.

C'était le jour du quarante-sixième anniversaire de Ben. Il fut tiré de ses rêves par les accents de « Joyeux anniversaire » dont jamais il n'avait entendu interprétation plus cacophonique. Il avait la tête embrumée par des bières trop nombreuses et une nuit trop courte, si bien que le refrain, chanté très faux, lui fit l'effet d'une vrille rouillée lui perçant le cerveau. Il ouvrit un œil et vit le sourire de Sarah sur l'oreiller voisin. Elle se pencha pour l'embrasser sur la joue.

« Bonjour, beau quadra, bon anniversaire, dit-elle.

— Ah, parce que c'est ça qu'ils chantent ? »

Le soleil qui entrait à travers les rideaux rouge et blanc projetait un damier aux couleurs vives sur le plancher nu et les pieds de Ben, nus aussi. Il passa son peignoir de bain pour aller ouvrir la porte. Abbie, Josh et un chœur hétéroclite d'ados du même âge étaient rassemblés dans le pré juste au-dessous de l'entrée de la cabane. Ils l'accueillirent par des acclamations quand il émergea, se protégeant les yeux du soleil avec ses mains.

« Oh, c'est vous ! Je croyais que c'était une bande de coyotes malades.

— Bon anniversaire, papa », lança Abbie.

Elle avait réuni ses amis et deux ou trois de ses préférés parmi le personnel du ranch. Ils étaient neuf ou dix en tout, arboraient de larges sourires, lui souhaitant un joyeux anniversaire et lui lançant des plaisanteries sur son âge. Abbie monta les marches avec Josh pour l'embrasser et ils lui tendirent une grosse boîte enveloppée d'un papier à motifs de petites vaches et de petits moutons. Sarah était sortie elle aussi, enveloppée d'un peignoir de bain blanc assorti à celui de Ben. Elle vint se mettre entre leurs deux enfants, leur passant les bras autour des épaules. Tous trois étaient bronzés, blonds, les cheveux décolorés par le soleil. Ben ne les avait jamais vus aussi radieux, aussi dorés.

« C'est de notre part à tous, dit Abbie.

— Eh bien, merci. Je suis censé l'ouvrir maintenant ?

— Bien sûr. »

Sur le dessus se trouvait une enveloppe que Ben décacheta en premier. C'était l'une de ces cartes que les parents devaient faire semblant de trouver plus drôles qu'ils ne le pensaient vraiment. Elle représentait un squelette de dinosaure, et à l'intérieur, on lisait une inscription disant *Bon anniversaire, vieux fossile.* Ben hocha la tête et sourit.

« Merci, dit-il, vous êtes les meilleurs, vous aussi. »

Dans la boîte se trouvait un beau Stetson en feutre beige.

« Eh bien, ça, c'est du chapeau ! »

Il le mit, sous les applaudissements et les sifflements du groupe. Le Stetson lui allait parfaitement.

« C'est terrible avec le peignoir, dit Abbie.

— Comment avez-vous fait pour choisir la bonne taille ?

— On a pris le plus grand, voilà tout ! » répondit Josh.

Tout le monde s'esclaffa et Ben fit mine de vouloir empoigner son fils, mais celui-ci se mit prestement hors de portée.

« Mr. Cooper ? »

Ty Hawkins, l'un des employés du ranch, s'avança, présentant un petit paquet. Les deux meilleures amies d'Abbie, Katie et Lane, qui avaient évidemment manigancé l'affaire, pouffaient derrière lui. Ty était un jeune homme aux manières douces, avec une tignasse blonde et le genre de belle gueule rude et innocente devant laquelle toute la gent féminine du ranch se pâmait. Surtout Abbie. Elle s'était arrangée pour se trouver dans son groupe de cavaliers tous les jours depuis son arrivée.

« Les filles se sont dit que vous auriez sans doute besoin de ça pour aller avec », dit-il.

Ben ouvrit le paquet et en sortit une cordelette en cuir à motifs, tressée avec des crins de cheval. Il savait ce que c'était, mais ne voulut pas les priver de leur bonne blague.

« Ça sert à quoi ?

— Je crois que c'est pour empêcher votre chapeau de tomber, dit Ty en souriant.

— Pour éviter les coups de soleil sur la tonsure », susurra Katie.

L'anniversaire de Ben Cooper était devenu l'un des rites de ces vacances au ranch, et s'il était de bonne composition et appréciait cette attention, il trouvait parfois un peu injuste de voir le passage de ses années ainsi souligné systématiquement en public. L'année précédente, ils lui avaient offert une petite Porsche rouge avec ces mots inscrits sur la boîte : *La Méno-porsche de Ben*. Il avait beau être moins obsédé par le vieillissement que certains hommes de sa connaissance, il ne pouvait pas dire que cela lui faisait plaisir pour autant de sentir ses os craquer au saut du lit, de voir ses cheveux se lasser de pousser tandis que des poils jaillissaient de ses narines et de ses oreilles. La veille dans la douche il avait remarqué son premier poil pubien blanc, et il s'efforçait de ne pas y voir de symbole.

« Il faut qu'on retourne travailler, dit Ty. Vous montez, ce matin, Mr. Cooper ?

— Si vous avez un cheval digne de ce chapeau, oui.

— On a un étalon à débourrer, si ça vous va ?

— Pas de problème. Sellez-le. »

La façon dont Ben montait était un autre sujet de plaisanterie. Comme pour tous les sports, il faisait preuve de plus d'enthousiasme que de technique. Abbie, qui montait depuis l'âge de six ans et avait hérité de l'élégance naturelle de sa mère, disait que sur un cheval à l'arrêt, il ressemblait à Clint Eastwood, mais dès que sa monture bougeait, il se métamorphosait en Kermit la Grenouille.

Ty et l'autre cow-boy dirent qu'ils devaient aller seller les chevaux pour la balade ; et tout le monde convint de se retrouver au ranch vingt minutes plus tard pour le petit déjeuner. Ben et Sarah s'attardèrent sur la véranda ensoleillée pour regarder la petite troupe se disperser dans la prairie.

Lane et Katie asticotaient Josh, qui faisait semblant d'être furieux mais, visiblement, buvait du petit-lait. Cela faisait plaisir à voir. Au cours de l'année, ses hormones étaient passées en surmultipliée : il se rasait à présent et grandissait si vite que c'était tout juste s'il arrivait à ne pas se dépasser lui-même. Heureusement, les vêtements qu'il préférait étaient en général deux fois trop grands.

Josh était depuis toujours source de préoccupation pour Ben et Sarah. Peut-être à cause du contraste avec sa sœur, qui avait tous les dons qu'on peut souhaiter à un enfant. Tandis qu'Abbie avançait jusque-là dans la vie avec facilité, son frère paraissait s'accrocher à chaque détour du chemin. À voir ses épaules voûtées, on sentait qu'il portait tout le poids du monde.

C'était un doux, un gentil, qui avait beaucoup d'autres qualités, mais il lui manquait la grâce naturelle de sa sœur et son physique. Ben se serait fait hacher menu plutôt que d'avouer qu'à son amour pour son fils se mêlait depuis toujours un sentiment voisin de la pitié, ce dont il n'était pas fier. Il avait été témoin de trop nombreuses déceptions, avait vu Josh comparer ses échecs aux succès des autres, rester sur la touche pendant que ses pairs, plus sportifs ou plus futés, plus beaux ou simplement plus extravertis, récoltaient les lauriers. Ben soupçonnait Sarah d'éprouver un sentiment analogue, mais ils n'avaient jamais pu en discuter sans que cela dégénère en dispute. Elle était farouchement sur la défensive et prenait comme une offense personnelle toute remarque impliquant que son fils ne soit pas absolument parfait.

L'été précédent, Josh s'était montré horriblement timide avec Katie et Lane. Mais à le voir maintenant chahuter dans la prairie avec elles, il paraissait avoir bien changé sur ce point. Ben se prit à espérer que son fils parvienne enfin à se trouver. Pour chaque enfant, il semblait y avoir un âge où il prenait sa vitesse de croisière. Peut-être le moment était-il enfin venu pour Josh. Katie lui donna une bourrade et fila devant lui avec Lane. Les deux filles couraient en riant et en le provoquant, et lui, comme un jeune labrador grandi trop vite, folâtrait à leur poursuite.

Ce qui laissait Abbie et Ty seuls. Ne se sachant pas observés, ils se rapprochèrent. Elle se pencha encore vers lui, lui murmura à l'oreille quelques mots qui le firent rire, puis elle enfonça son pouce dans la poche arrière du jean de son compagnon. Ben et Sarah se regardèrent.

« On dirait que notre fille a gagné la partie, dit-il.

— Tu l'as déjà vue perdre ?

— Il a l'air plutôt bien, ce garçon. »

Ils les suivirent des yeux sans rien ajouter, jusqu'à ce qu'il ne reste dans la prairie qu'un éventail de traces de pas dans la rosée, et le chœur des filles dont les voix aiguës s'évanouissaient dans l'air calme du matin.

Dans la salle de bains exiguë du bungalow, tandis que Sarah prenait sa douche, Ben se rasa devant la glace du lavabo, vêtu de son seul chapeau neuf, et bien décidé à faire changer les choses entre eux deux aujourd'hui. Sois gentil avec elle, se dit-il. Arrête d'être aussi grognon et de lui mener la vie dure – ainsi qu'à toi d'ailleurs. Oublie la semaine qui vient de se passer et repars de zéro.

« Je n'en reviens pas de voir Joshie comme ça, dit Sarah derrière sa porte vitrée.

— C'est-à-dire ?

— Comme il est cette année. Il s'est drôlement épanoui.

— Oui. Pour un garçon, rien de tel que la baise.

— Tu plaisantes ? »

Évidemment, il la taquinait.

« Pourquoi ?

— Benjamin, il n'a que quinze ans, voyons !

— Je sais. Il y en a qui sont vernis. »

Il avait lancé cette remarque sans arrière-pensée, sans désir conscient de provoquer Sarah. Mais à en juger par le silence qui suivit, elle l'avait manifestement prise pour elle. Il essaya de changer de sujet, mais ce ne fut pas un franc succès.

« Je me demande si Abbie est sérieuse à propos de ce jeune cow-boy.

— Je n'en sais rien, mais j'espère qu'elle sera prudente si elle ne veut pas le faire virer. Ils ne plaisantent pas avec ça ici.

— Avec quoi ?

— Tu sais, ils ne veulent pas voir le personnel frayer avec les hôtes.

— Frayer ?

— Tu vois bien ce que je veux dire. »

D'habitude, elle riait quand il la mettait en boîte sur ses euphémismes, mais pas cette fois-là. L'eau s'arrêta et la porte de la douche s'ouvrit. Dans la glace, il regarda sa femme descendre de la cabine et attraper une serviette tout en évitant soigneusement de croiser son regard.

À quarante-deux ans, elle était encore mince, avec des seins fermes, et même après vingt ans de mariage, la vue de son corps nu manquait rarement de l'émouvoir. Peut-être parce qu'il y avait accès beaucoup plus rarement qu'il ne le désirait. C'était le cas depuis longtemps, et Sarah se dérobait d'une façon à la fois habile et machinale. Comme maintenant, où, lorsqu'il se tourna et fit un pas vers elle, elle s'enroula prestement dans la serviette, si bien que lorsqu'il la rejoignit, elle était couverte. Quand il la prit par les épaules, elle lui sourit pour désamorcer tout conflit et lui posa un chaste petit baiser sur les lèvres.

« Il te va vraiment très bien, ce chapeau.

— Merci, madame.

— Tu crois vraiment que Josh et Katie ont commencé à...

— À frayer ? Bien sûr.

— Tu ne crois pas qu'on devrait avoir une conversation avec lui ?

— Ah, oui, si on tient à le mettre dans ses petits souliers. »

Il la tenait toujours et essaya de contrer son discours défensif en l'embrassant.

« Benjamin, je suis sérieuse.

— On ne peut pas en parler plus tard ? Il y a un autre membre de la famille Cooper qui a besoin d'un peu d'attention. » Excité à présent, il se pressa contre elle. Elle baissa les yeux et haussa un sourcil.

« De quel membre est-il question au juste ?

— De lui. Oublie-moi, c'est une démarche totalement altruiste.

— Tout à l'heure. Je voudrais te donner ton cadeau.

— C'est toi le seul cadeau que je veux. »

Il la serra davantage et l'embrassa dans le cou, mais elle arrêta sa main quand il essaya de dénouer la serviette.

« Plus tard. »

Il l'embrassa sur les lèvres, mais elle n'avait pas l'intention de se laisser faire. Elle lui mit les mains sur la poitrine et le repoussa doucement.

« Benjamin, on va être en retard pour le petit déjeuner. »

Il la lâcha, se retourna et se vit dans la glace, boudeur,

tumescent, l'air stupide, soudain, coiffé de son chapeau. Il l'ôta et le jeta sur une chaise.

Toujours la même chose. Le même cycle prévisible de rejet et de bouderie, de refus sexuel et d'orgueil blessé qui avait empoisonné leur mariage aussi loin qu'il s'en souvenait. Il avait beau savoir ce qu'il en était, il entretenait toujours l'illusion stupide et romanesque que tout serait différent une fois en vacances ensemble. On aurait dit qu'il courait après la déception.

Sarah avait disparu dans la chambre, d'où elle sortit quelques instants plus tard, habillée de pied en cap, les cheveux enveloppés dans une serviette. Elle portait un paquet joliment emballé, noué d'un ruban rouge. Il se séchait le visage et fit semblant de ne pas la voir. Elle lui avait probablement acheté une chemise ; probablement, elle s'excuserait en disant qu'elle n'allait pas lui plaire. Et ce serait très certainement le cas, même s'il prétendait le contraire, sans être très convaincant.

« Si elle ne te plaît pas, tu pourras la changer.

— C'est gentil. »

Il prit le paquet, qu'il posa sur la chaise.

« Je l'ouvrirai plus tard. On va être en retard pour le petit déjeuner. »

Et avec un regard en coin pour constater l'effet de sa repartie, il entra dans la douche et ferma la porte derrière lui.

Ce matin-là, ils allèrent jusqu'au Panorama, une de leurs promenades favorites, dont le but était un éperon de rocher rouge qui se dressait haut, dominant la forêt comme le front de quelque noble guerrier examinant son domaine. La course était longue, et très raide pendant les premiers kilomètres qui serpentaient au flanc du canyon. Mais au bout d'une heure, le relief s'aplanissait, se changeant en pâturage d'altitude, et c'était là où ils se trouvaient : ils traversaient une vallée large et peu profonde où les chevaux aimaient galoper avant de s'arrêter pour souffler et s'abreuver.

Cette année-là, l'herbe était haute et drue à cause des pluies abondantes du printemps. Les chevaux étaient obligés de lever la tête pendant qu'ils y couraient, la fendant de leur poitrail comme des vaisseaux à sang chaud naviguant dans un océan de vert. Il y avait neuf cavaliers en comptant Sarah qui, comme d'habitude, était la dernière de la file. Hormis Jesse, l'employé du ranch qui chevauchait en tête pour les guider, elle était de loin la meilleure cavalière, mais elle aimait rester à l'arrière pour pouvoir s'arrêter quand elle le voulait sans gêner personne. Ce qu'elle s'apprêtait à faire. Çà et là dans l'herbe, elle avait repéré des fleurs blanches et jaunes qu'elle ne reconnaissait pas. Elle voulait en ramasser quelques-unes afin de les remporter au ranch et de consulter sa nouvelle édition des *Plantes des montagnes Rocheuses* pour essayer de les y trouver.

Elle enregistrait dans sa mémoire le nom commun des plantes et leur nom latin, un peu comme elle enregistrait les titres des livres et le nom des écrivains. Mais cet été-là à La Ligne, les plantes foisonnaient à ce point qu'elle ne pouvait les identifier toutes. En montant le canyon, elle avait repéré des balsamorhizes à feuilles sagittées, des castillèjes et des coréopsis. Mais celles qu'elle venait de remarquer lui étaient inconnues. Laissant les autres la devancer, elle ralentit, mit son cheval au pas et rebroussa chemin.

Benjamin et elle faisaient la promenade en compagnie des Delstock et de deux femmes de Santa Fe arrivées la veille. Abbie, Josh et tous les adolescents étaient avec Ty et se rendaient aussi au Panorama, mais par un autre chemin. Les Delstock étaient le surnom collectif donné par Abbie aux Bradstock et aux Delroy, deux familles qu'ils avaient rencontrées là trois ans auparavant, lors de leur premier séjour à tous. Les enfants, dans les trois cas un garçon et une fille à peu près du même âge, s'étaient immédiatement bien entendus et les parents aussi. Ils étaient revenus chaque année depuis. Et si pendant les cinquante autres semaines de l'année, à l'exception du petit coup de téléphone à l'occasion de Noël et de Thanksgiving [1], tout se passait comme s'ils vivaient sur des planètes différentes, ceci ne semblait que renforcer leur amitié.

Tom et Karen Bradstock étaient de Chicago. Avocats dans le privé, ils exerçaient dans des secteurs très différents. Karen représentait les pauvres et les opprimés, Tom, leurs riches oppresseurs ou, pour reprendre l'expression de Karen, les « associations de malfaiteurs en tous genres ». Il avait les honoraires et elle la conscience sociale, ce qui faisait l'objet d'une guerre permanente entre eux, menée en public avec force remarques spirituelles, indignation feinte et le soutien de tous ceux que chacun pouvait rallier à sa cause. Dans tous les autres domaines, si tant est qu'on pût en juger, ils semblaient bien assortis. Tous deux étaient grands, bruyants, pleins d'entrain, et on sentait entre eux une sorte de connivence sensuelle presque insolente qui gênait parfois Sarah.

Les Delroy, d'Atlanta, étaient plus branchés, plus minces et finalement plus mystérieux. Phil (que tout le monde, même sa femme, appelait Delroy) dirigeait sa propre société de software dont personne ne connais-

1. Fête célébrée le 4e jeudi de novembre, où l'on se réunit autour d'une table copieusement garnie.

sait exactement la nature ; on savait seulement qu'elle était orientée vers des activités de détente. Tom Bradstock lui disait souvent sur un ton sarcastique que c'était un euphémisme désignant du porno, mais pour toute réponse, Delroy lui adressait l'un des sourires indéchiffrables de ses yeux noirs et laissait planer le mystère. Il était bronzé comme un accro de la plage et nouait ses cheveux grisonnants en queue-de-cheval. Sur son épaule droite était tatoué un idéogramme chinois dont il ne voulait pas non plus révéler la signification. Il avait ce sens de l'humour laconique et à froid auquel les femmes sont en général sensibles, mais que Sarah trouvait un petit peu trop artificiel.

Maya Delroy pratiquait la médecine parallèle. Elle travaillait sur le « centre kinétique », mais lorsqu'elle essayait d'en expliquer le sens, Sarah cessait d'écouter, ce qui indiquait sans doute qu'elle avait besoin d'une séance. Agile, légère, Maya portait beaucoup de rouge, d'ambre et de jaune, et chaque matin de bonne heure devant sa cabane, elle posait sur l'herbe une petite natte en jonc et pratiquait des exercices de yoga. Tout cela faisait d'elle le genre de femme que normalement Sarah aurait évitée avec soin. Mais le « parallélisme » de Maya était plus ou moins contrebalancé par une sorte d'autodérision salvatrice un peu vulgaire, qui pouvait laisser entendre que toute cette spiritualité n'était qu'une façade.

Benjamin affirmait que les Bradstock et les Delroy étaient si différents qu'ils n'auraient sans doute même pas pris la peine de se parler si Sarah et lui n'avaient pas servi de trait d'union. Car à la vérité, les trois couples n'avaient que peu de choses en commun, et c'étaient probablement leurs disparités ainsi que l'âge complémentaire de leurs enfants qui faisaient fonctionner leur amitié quinze jours par an.

Tous les cavaliers avaient poursuivi leur chemin et se trouvaient hors de vue. Le soleil était haut dans le ciel et chaud, et la brise suffisait juste à faire onduler l'herbe ou à pousser les quelques nuages cotonneux flottant sur les montagnes. En quête de spécimens parfaits, Sarah descendit de cheval. Elle ôta son chapeau de paille, offrit son visage au soleil, les yeux fermés, et tâcha de s'imprégner de la paix qui l'environnait. Elle n'entendait que le bourdonnement des insectes, le sifflement de la queue de son cheval, et le bruit sourd de ses dents pendant qu'il broutait du seigle bâtard à tige douce. Comme tous les autres c'était un quarter horse, un robuste bai de quatorze ans nommé Rusty à cause de sa couleur rouille. Ce n'était pas le meilleur cheval du ranch et, comme le responsable des chevaux connaissait les talents de cavalière de Sarah, il lui en proposait chaque année un meilleur. Mais celui-ci était courageux, avec un cœur gros comme lui, et elle n'en voulait pas d'autre.

Elle rouvrit les yeux et lui flatta l'encolure pour en essuyer la sueur. Il était temps de repartir. Elle ramassa les fleurs – une jaune et une blanche, et les rangea soigneusement dans la petite boîte en fer qu'elle glissait toujours à cet effet dans la poche de poitrine de sa chemise de coton blanc. Elle savait où les autres feraient halte pour reposer leurs chevaux avant la dernière étape de leur ascension au Panorama ; elle n'avait donc pas besoin de se dépêcher. Elle se remit en selle, donna un coup de genou à Rusty pour qu'il parte tranquillement au pas et respira à pleins poumons la chaude odeur verte de l'herbe. Elle se remit à penser à Benjamin, comme elle l'avait fait toute la matinée.

Le pouvoir des habitudes humaines ne cessait jamais de l'étonner. Comment expliquer que deux êtres intelligents, gentils, qui au fond s'aimaient, puissent se retrouver emprisonnés dans des schémas de comportement qui ne les rendaient heureux ni l'un et l'autre – du moins le supposait-elle. On aurait dit que chacun connaissait le rôle qu'il était censé jouer et n'avait d'autre choix que de s'exécuter. Sarah s'était souvent demandé si Benjamin se sentait aussi malheureux et déplacé dans son rôle qu'elle dans le sien. Elle, toujours la garce frigide. Lui, la brute libidineuse. Au fil des ans, comme les acteurs d'un feuilleton télévisé éculé, ils étaient devenus caricaturaux, prisonniers de leurs tristes clichés et incapables d'envisager de se conduire autrement. Mon Dieu, qu'elle était lasse de cette situation.

Pendant plus d'une semaine, il l'avait pour ainsi dire ignorée. Simplement parce que lors de leur première soirée, après toutes ces heures de voyage et une soirée un peu tardive avec les Delstock, elle s'était sentie trop fatiguée pour faire l'amour. N'aurait-il pas pu attendre le matin ? Se contenter d'un chaste câlin ? S'il avait eu cette attitude, s'il n'avait pas voulu la contraindre, elle aurait pu se laisser persuader de lui donner ce qu'il voulait, malgré sa fatigue. Mais ces temps-ci, avec Benjamin, les chastes câlins n'existaient pas. Il ne pensait qu'au sexe. Et les femmes ne fonctionnaient pas comme ça. Du moins pas elle.

Il n'en avait pourtant pas toujours été ainsi, encore que le changement ait été trop progressif pour qu'elle puisse situer le moment critique. Certes, il avait toujours été plus porté sur le sexe qu'elle. Mais n'était-ce pas le cas dans la majorité des couples ? Sarah n'avait jamais été du nombre de celles qui abordent sans embarras ces sujets avec leurs amies, à son grand regret d'ailleurs. Mais elle avait l'impression que la plupart des femmes réagissaient comme elle, du moins après la griserie des dix-huit premiers mois, où l'on n'est jamais rassasié l'un de l'autre. Une fois que la passion avait cédé la place à la familiarité, qu'arrivaient les enfants et la simple routine de la vie au quotidien, les choses changeaient. Le sexe faisait partie du confort.

Cela ne voulait pas dire pour autant qu'elle trouvait cela ennuyeux ou qu'elle ne pouvait éprouver de désir. Elle avait connu des moments, surtout au début de leur mariage, quand ils partaient seuls tous les deux, où elle trouvait grisant de faire l'amour. Mais à l'époque, quand les enfants étaient beaucoup plus petits, il se montrait plus tendre, plus patient, plus compréhensif. Maintenant, si elle ne démarrait pas au quart de tour, elle passait pour une femme froide, cruelle et asexuée.

Cette impatience était peut-être le lot commun de tous les hommes qui, atteignant l'âge mûr, voyaient leur jeunesse leur échapper. Peut-être ce premier contact avec leur propre mortalité les rendait-il plus exigeants, plus éperdument impatients de faire leurs preuves, peut-être interprétaient-ils alors le moindre fléchissement du désir de l'autre comme un coup de poignard dans le cœur de leur virilité.

En tout cas, Sarah en voulait à Ben. C'était si injuste, cela révélait un tel manque de respect. Et s'y ajoutaient des réactions systématiques difficilement supportables. Des bouderies. Des silences lourds de reproches. Cette attitude était-elle censée lui donner envie de faire l'amour avec lui ? Et quelle hypocrisie ! Car en public, devant les enfants Delstock en particulier, il était absolument charmant. L'autre soir encore, Abbie ne cessait de répéter qu'ils avaient une chance folle de former une famille aussi heureuse. La plus heureuse qu'elle connaisse, disait-elle fièrement. Apparemment, ni elle ni personne n'avait remarqué que son père avait à peine adressé la parole à Sarah depuis plus d'une semaine.

Et personne, bien entendu, ne savait comment cela se passait entre eux quand ils étaient en tête à tête. Il ne rompait le silence que s'il avait la chance de trouver un reproche à lui adresser. Sinon, il se retranchait derrière son journal ou son *Digest d'architecture* – ou encore cette maudite biographie de Le Corbusier dont il essayait de venir à bout depuis six mois – et se comportait comme si elle n'existait que dans les marges les plus froides et les plus reculées de sa conscience.

Alors que Sarah savait qu'elle en occupait le centre. Elle savait aussi que cela le faisait bouillir de penser qu'elle supportait allègrement cet exil, comme si elle ne soupçonnait même pas sa rage et son ressentiment, ou s'en moquait, tout simplement. Peut-être en était-il ainsi de tous les couples, encore une fois. Chaque partenaire trouvait une arme appropriée et apprenait à la manier à la perfection. Celle de Ben était le silence glacial. La sienne à elle – encore plus efficace, elle le savait – était de faire semblant de ne rien remarquer.

En tout cas, cette fois-ci, elle était bien décidée à tenir aussi longtemps qu'elle le pourrait. Elle se sentait coupable pour la scène du matin. Après tout, c'était son anniversaire, le pauvre, et s'il ne s'était pas excusé – il ne le faisait jamais –, cela avait dû lui coûter de cesser de bouder et de venir vers elle alors qu'elle sortait de la douche. Mais son petit côté opiniâtre, cette fameuse obstination des Davenport, qui avait permis à son père de bâtir sa fortune, s'était manifestée, l'encourageant à ne pas céder. Puisque tout ce qu'il voulait, au fond, c'était la baiser, pourquoi lui donnerait-elle satisfaction alors qu'il l'avait ignorée pendant des jours et des jours ?

La crise se résoudrait, bien sûr, comme toujours. La tension finirait par devenir si insupportable que Sarah n'y tiendrait plus et se mettrait à pleurer, à faire son mea culpa, à lui dire qu'il devrait se trouver une femme plus jeune, plus sexy, plus normale. Elle sangloterait et lui aussi, sans doute. Puis ils feraient l'amour. Et ce serait tragique, éperdu, volcanique.

Elle voyait le groupe, maintenant loin au-delà d'un océan d'herbes ondulantes. Certains s'abritaient du soleil sous un bosquet de trembles pendant que d'autres faisaient boire leurs chevaux au trou d'eau entre les rochers du ruisseau en contrebas. Les troncs pâles des arbres semblaient lumineux sur le fond bleu brumeux des montagnes au loin.

Tom Bradstock et Delroy étaient en bas avec les chevaux, en compagnie de Jesse et des deux femmes de Santa Fe. Benjamin, coiffé de son chapeau neuf, était assis à l'ombre et bavardait avec Maya et Karen. Quand Jesse vit Sarah, il la héla ; tout le monde se retourna et agita la main. Sauf Benjamin, qui resta assis à la regarder fixement, comme s'il l'évaluait, pendant si longtemps que même à cette distance, elle en fut déconcertée et mal à l'aise. Elle se demanda ce qu'il pensait de ce qu'il voyait, et s'il l'aimait encore. Car malgré les blessures et les punitions qu'il lui infligeait, elle ne doutait pas de ses sentiments à elle. Elle l'aimait et l'aimerait toujours.

Sept

Ty et son groupe jouaient depuis près d'une heure et Abbie n'en revenait toujours pas. Comme musiciens, ils étaient géniaux, et tout le monde dansait avec frénésie. Dans la grande salle à manger, on avait enlevé tables et chaises ; l'orchestre se trouvait à une extrémité, le bar à l'autre, et tous ceux qui tenaient encore debout dansaient – enfants, parents, grands-parents, sans parler du personnel. Pas avec un partenaire, mais avec celui ou celle qui se trouvait devant. Toutes les portes et les fenêtres étaient ouvertes, mais on se serait cru dans un four et tout le monde ruisselait, sans avoir l'air de s'en soucier.

Le groupe s'appelait L'Enfer au petit déj', un nom qu'Abbie ne comprenait pas bien, mais qui, au moins, était original. Et puis, comme musiciens, ces mecs étaient extra. Même si ce soir, ils avaient surtout interprété des classiques pour les anciens, beaucoup de morceaux des Rolling Stones, des Beatles et des Eagles. Ils avaient entamé une version géniale de *Born in the USA*. Abbie dansait avec Lane Delroy et son frère Ryan. L'été précédent, il avait eu un petit coup de cœur pour Abbie, mais heureusement, ça lui était passé. Il n'en avait pas fait une histoire et ils étaient redevenus bons amis. Tout le monde se marrait en regardant le père de Ryan, Delroy, qu'Abbie avait toujours trouvé un peu glauque. Le genre de mec qui a toujours une main baladeuse, qui ne vous tripote pas vraiment, mais limite. Pour le moment, il était en train d'essayer d'apprendre à Katie Bradstock et à sa mère à danser un genre de danse tribale africaine assez bizarre.

La mère d'Abbie dansait avec Tom Bradstock, qui faisait son numéro hilarant d'imitation des Blues Brothers, tandis que son père se la jouait Bruce Springsteen avec Maya Delroy. Quelques années plus tôt, Abbie aurait eu honte de voir ses parents se donner en spectacle, mais maintenant, elle était fière d'eux. Elle était contente de voir qu'ils s'amusaient et étaient heureux.

Ses yeux revenaient tout le temps sur Ty. Un type pareil, elle n'y croyait pas ! Non seulement il était adorable, sensible et ressemblait à Brad Pitt (bon, d'accord, de loin, un peu), mais il jouait de la guitare et chantait comme une des rock stars qu'on voit sur MTV.

L'autre jour, quand il avait dit comme ça en passant qu'avec des copains de fac, il avait formé un groupe et que si elle voulait, ils pouvaient venir jouer pour la soirée d'anniversaire de son père, Abbie ne s'était pas attendue à quelque chose d'aussi super, loin de là. Ty était sublime avec son jean et sa chemise blanche à boutons de perle toute tachée de sueur. Elle dansait pour lui et sentait ses yeux sur elle, suivant chacun de ses mouvements. Encore cinq jours, et il faudrait rentrer. Il allait drôlement lui manquer. Surtout après la nuit écoulée.

Chaque soir après la dernière promenade, quand on lâchait les chevaux, deux des employés du ranch les suivaient pour s'assurer qu'ils arrivaient sans problème jusqu'à la prairie. La veille au soir, c'était au tour de Ty et sous le prétexte transparent que son copain ne se sentait pas très bien, il avait demandé à Abbie de l'accompagner. C'était la première saison où il travaillait à La Ligne et, dès qu'ils avaient posé les yeux l'un sur l'autre, il avait été évident qu'ils se plaisaient et que, s'ils se l'autorisaient, il se passerait quelque chose entre eux.

Pendant des jours, Abbic était descendue aux écuries pour l'aider avec les chevaux. Ils avaient beaucoup parlé, s'étaient beaucoup frôlés comme par hasard et l'avant-veille, ils s'étaient enfin embrassés. Le problème, c'était qu'il n'y avait guère de moment où ils pouvaient se trouver seuls ensemble et que, s'il voulait conserver son travail, ils avaient intérêt à être discrets. Lane et Katie étaient au courant, mais personne d'autre. Et même si Abbie les soupçonnait d'être un peu jalouses, elles l'avaient couverte la veille.

Le spectacle des chevaux galopant à travers les buissons d'armoise et soulevant des tourbillons de poussière rouge éclairée par le soleil couchant était impressionnant. Les chevaux n'avaient pas besoin qu'on les guide, et Ty et Abbie s'étaient bornés à rester derrière. Une fois arrivés dans la prairie, ils avaient poussé jusqu'à une petite colline et s'étaient étendus dans l'herbe odorante sous les arbres en regardant les chevaux brouter leurs ombres qui s'allongeaient. Il s'était montré tendre et plus hésitant qu'elle ne l'avait imaginé, timide, presque. Et si elle n'avait fait l'amour qu'une seule fois avec un garçon de son lycée à une soirée un peu plus tôt dans l'année, elle s'était dit que pour Ty, ce devait être la première fois. Elle s'était surprise elle-même en prenant les initiatives, en l'aidant quand il avait eu du mal à mettre le préservatif, et en lui disant que ce n'était pas grave quand il avait joui tout de suite. La seconde fois, tout avait été beaucoup plus facile et beaucoup mieux.

Tandis qu'ils se rhabillaient à la nuit tombante, ils avaient entendu des voix, et, avant de pouvoir faire semblant de rien, ils avaient vu deux silhouettes surgir de nulle part, celles des femmes de Santa Fe, dont les noms, Abbie le découvrit plus tard, étaient Lori et Eve. C'était leur premier soir et elles exploraient les alentours. Sans aucun doute, elles les avaient vus, Ty et elle, assez distinctement pour les reconnaître et n'avoir aucun doute sur leur activité, mais elles firent comme si de rien n'était, et, sans un mot, changèrent de cap et repartirent vers le ranch.

En arrivant au Panorama lors de la promenade du lendemain matin, Abbie avait été horrifiée de voir les deux femmes attendre avec ses parents et les Delstock.

« Je vais sans doute devoir chercher un autre boulot », dit Ty à mi-voix lorsqu'ils mirent pied à terre.

Mais si les femmes avaient propagé la nouvelle, rien ne l'indiquait. De tous les hommes, le père de Katie était le plus taquin, et on pouvait toujours compter sur lui pour mettre les pieds dans le plat. Or, c'est lui qui prit l'initiative de présenter Eve et Lori à Ty et aux jeunes, qu'elles n'étaient pas encore censées connaître.

« Tiens, voilà la jolie princesse Abbie », annonça Tom Bradstock.

Les femmes lui adressèrent un grand sourire pour la saluer et Abbie, d'habitude assez à l'aise, répondit nerveusement et ne croisa leur regard que le temps de constater qu'il ne contenait pas le moindre sous-entendu.

« Et lui, c'est Ty, le plus beau cow-boy d'amour du Montana. »

Ty leur serra la main. Alors seulement, en constatant que le père de Katie s'abstenait de toute allusion et de toute mimique entendue, Abbie commença à se détendre et à penser qu'ils étaient peut-être passés à travers les mailles du filet.

À présent, en le regardant jouer de la guitare et chanter, elle avait envie que tout le monde sache. La salle entière hurlait le refrain final de *Born in the USA* et on aurait cru que le toit allait se soulever. Lorsque la musique s'arrêta, il y eut des acclamations et applaudissements fournis et Ty, souriant et luisant de sueur, attendit de pouvoir se faire entendre au micro.

« Merci beaucoup, dit-il. On va faire un break. Et à vous voir tous, je crois que vous en avez besoin aussi. Ça, c'était juste une mise en train. On revient tout à l'heure pour jouer du rock and roll sérieux. »

Au bar, il y avait du punch aux fruits, mais Abbie ne voulait que de l'eau. Quelqu'un lui tendit une bouteille, et elle sortit sur la terrasse, joliment décorée de guirlandes de petites lumières blanches. Comme il y avait trop de monde et trop de bruit, elle se fraya un chemin jusqu'à l'escalier et descendit les larges marches de bois menant à la pelouse. Les lampes installées dans les massifs de fleurs créaient des plages de lumière sur l'herbe mais Abbie préféra rester dans l'ombre entre elles, savourant la fraîcheur de l'air nocturne sur ses joues brûlantes et celle de l'herbe sous ses pieds nus. Elle rejeta la tête en arrière et finit son eau d'une seule longue gorgée, les yeux levés vers les étoiles. À ce moment-là, elle vit une étoile filante, puis une autre l'instant d'après.

« J'espère que vous avez fait deux vœux. »

La voix la fit sursauter, car elle s'était crue seule. Pendant un instant, elle se demanda qui c'était, puis vit Eve, qui souriait dans l'ombre.

« Oh, salut. Mais si vous les avez vues aussi, je crois qu'on devrait en faire un chacune.

— D'accord, ça marche. »

Eve ferma les yeux et présenta son visage souriant aux étoiles. Depuis la veille, Abbie, ne lui avait guère jeté qu'un regard furtif. Elle devait avoir plus de trente-cinq ans. C'était une grande femme au cou élancé et ce soir, elle avait noué ses longs cheveux noirs ondulés dans une écharpe de soie du même vert cendré que sa robe. Elle avait un visage peu banal, avec un nez un petit peu trop long et une bouche large. Si elle n'était pas jolie à proprement parler, elle faisait forte impression. C'était particulièrement vrai en cet instant où elle rouvrit les yeux. Elle avait un regard très posé, très direct, qu'Abbie trouva un peu déroutant.

« Vous avez fait votre vœu ?

— Pas encore. J'en ai tellement que je ne sais pas lequel choisir.

— C'est merveilleux d'être jeune. En vieillissant, ils se réduisent tellement qu'on finit par souhaiter toujours la même chose.

— Parce que tous les autres vœux se sont réalisés, vous voulez dire ?

— Non. Certains, si. Mais je crois qu'on se concentre sur celui qui est vraiment important.

— Celui qui ne se réalisera peut-être jamais.

— C'est peut-être ça, oui », dit Eve en riant.

Pendant quelques instants, elles gardèrent toutes deux le silence, les yeux fixés sur le ciel, attendant qu'une autre étoile file. Elles entendaient le rire tonitruant de Tom Bradstock sur la terrasse derrière elles.

« Vous habitez New York, c'est ça ? demanda Eve.

— Oui. Long Island.

— Vous allez à la fac ?

— L'an prochain.
— Vous savez où vous voulez aller ?
— Pour mes parents, c'est Harvard et rien d'autre.
— Mais pas pour vous.
— Non. Je voudrais faire mes études à l'université d'ici.
— Vous voulez dire ici, dans le Montana ?
— Peut-être. Dans l'Ouest, en tout cas. J'adore cette région. Dans le Colorado ou l'Oregon, peut-être. Je ne sais pas. En tout cas, ce qui m'intéresse, c'est la faune, la flore, l'environnement, ce genre de sujets. Je veux être dans un endroit où tout n'a pas encore été détruit. À propos, mes parents ne sont pas encore au courant de mes projets, alors...
— Ne vous en faites pas.
— Et ils ne sont pas non plus au courant pour, enfin...
— Abbie, je suis désolée de ce qui s'est passé. On jetait simplement un coup d'œil autour du ranch. On ne se doutait pas du tout...
— Ce n'est pas de votre faute. Mais je vous serais vraiment reconnaissante si...
— Je vous assure que ni Lori, ni moi n'avons rien dit à personne. Cela ne nous regarde pas. Je regrette simplement de vous avoir gênés.
— Non, c'est moi qui suis désolée.
— Alors, si on arrêtait l'une et l'autre de s'excuser et si on oubliait ça ?
— D'accord. »

À cause de ce qui s'était passé, Abbie avait été prête à trouver cette femme antipathique. Elle fut surprise de constater qu'il n'en était rien. Ryan Delroy et le frère de Katie, Will, avaient lancé un bruit ridicule, à savoir qu'elle et son amie Lori devaient être lesbiennes – ou, comme disait Will, des brouteuse de cresson –, simplement parce qu'elles étaient en vacances ensemble.

« Et vous, vous êtes de Santa Fe ?

— Exact. Enfin, c'est là que j'habite aujourd'hui. J'ai grandi en Californie.

— Vous, vous êtes le peintre et c'est Lori la propriétaire de la galerie, c'est ça ?

— Oui. C'est pratique, hein ?

— Vous peignez quel genre de choses ?

— Hum. Mes tableaux sont figuratifs, en règle générale, mais pas réalistes pour autant. Ce qui m'intéresse, c'est la dimension psychologique, exploratoire. Disons si vous voulez que je peins ce qui se passe dans ma vie. C'est comme une analyse, mais moins cher. Ces temps derniers, j'ai fait beaucoup de tableaux sur mon fils.

— Vous avez un fils ?

— Oui. Il s'appelle Pablo, il aura bientôt deux ans et, bien entendu, c'est l'enfant le plus merveilleux de la terre.

— Où est-il en ce moment ?

— Avec son père. Nous ne vivons pas ensemble.

— Oh. Il doit vous manquer – je parle de Pablo.

— Oui, il me manque. Mais nous ne sommes séparés qu'une semaine et ils s'amusent toujours beaucoup tous les deux. Tenez ! Une autre étoile ! Vous l'avez vue ?

— Oui, oui.

— Elle est à vous. Moi, j'ai déjà fait mon vœu.

— Je parie que je sais ce que vous avez souhaité.

— Tiens ? Vous lisez dans les pensées aussi ?

— Non. C'est juste que d'après mon père, quand on a des enfants, on désire seulement qu'ils soient heureux et bien portants. Alors, maintenant que je sais que vous avez un fils, je parie que c'est ça votre souhait.

— Heureux et bien portant, ça fait deux, non ?
— Alors prenez aussi l'étoile qui vient de filer. »

Ben s'appuyait contre la balustrade en bois de la terrasse où Tom Bradstock amusait un petit groupe avec l'une de ses histoires. Ben, qui était allé chercher à boire, n'avait pas entendu le début, mais il s'agissait d'un rat qui avait élu domicile dans une maison où Karen et lui habitaient quand les enfants étaient petits. Le dératiseur avait mis du produit toxique et quelques jours plus tard, au milieu de la nuit, Tom avait entendu des bruits étranges d'éclaboussures venant de la salle de bains des enfants.

« Alors j'entre, je regarde, j'écoute. Rien. Et puis je soulève l'abattant de la cuvette des chiottes et je le vois qui me regarde. Le rat. Et un gros, vous savez, de la taille d'un petit chien. Sans blague. Apparemment, le poison leur donne soif et c'est là qu'il était allé boire. Bref, je referme l'abattant et je tire la chasse, mais quand je rouvre le machin, je trouve mon rat là, le nez toujours levé pour me regarder, tout mouillé, mais se cramponnant comme un malade. »

Tom plissa le nez pour imiter le rat et tout le monde rit. Ou presque. Debout à côté de Karen, Ben l'entendit soupirer. Quand il la regarda, elle grimaça un sourire et secoua la tête.

« Ah, là là, dit-elle à mi-voix, si je recevais dix dollars chaque fois que je dois écouter cette histoire, je serais une femme riche.

« Là-dessus, voilà Karen qui arrive pour voir ce qui se passe. Alors, je lui dis... »

Karen chuchota à Ben : « "Karen, va me chercher la boîte à outils." »

« ... "Karen, va me chercher la boîte à outils." »

Ben sourit. L'histoire continua. Bien qu'elle fût un peu longue, elle n'était pas mauvaise, et Tom racontait bien. Juste au moment où il essayait de tuer le rat avec un marteau à pied-de-biche, et où le rat couinait et se tortillait dans tous les sens, la petite Karen, quatre ans, arriva à la porte, tout endormie, et dit qu'elle voulait faire pipi. Elle demanda ce que faisait son père et il répondit, comme si c'était tout à fait naturel d'être à poil avec un marteau plein de sang à la main à trois heures du matin, que les toilettes étaient cassées et qu'il essayait de les réparer, alors il faudrait qu'elle aille dans celles de papa et maman.

« Parce que, si la pauvre gosse avait trouvé un rat dans les toilettes ou l'avait vu tout plein de sang en train d'agoniser, elle n'aurait plus jamais voulu y retourner, hein ! Anorexique à vie. Voilà. Alors, Karen l'emmène faire pipi en bas et va la recoucher pendant que je finis le travail. Après ça, je descends le corps, je l'enveloppe dans un journal et je le mets aux ordures, puis je me lave les mains pour enlever le sang et je pose le marteau dans l'évier. Comme l'assassin que je suis. Et puis je remonte me coucher. Et toute la nuit, je reste là, les yeux grands ouverts, à regarder le plafond... »

Karen se retourna à nouveau vers Ben et articula sans bruit la chute d'un air blasé « ... avec l'impression d'être Anthony Perkins dans *Psychose*.

— ... Comme Anthony Perkins dans *Psychose*. »

L'histoire eut beaucoup de succès. Ensuite, Maya Delroy se mit à en raconter une sur une rencontre un peu trop rapprochée avec un scorpion, mais elle n'avait pas les talents de Tom, et Ben ne se donna pas la peine d'écouter.

« C'est un truc de mec, ou bien les femmes racontent-elles sans arrêt les mêmes histoires ? demanda-t-il à Karen.

— Tu vas me le dire.
— Pas Sarah, je ne crois pas.
— Moi non plus.
— Mais sans doute que moi, si. Tous les mecs ont leur stock d'histoires drôles.
— Alors tu vois.
— Mais pourquoi pas les femmes ?
— Parce qu'elles ne se sentent pas obligées d'épater la galerie en montrant qu'elles sont spirituelles et intelligentes.
— Alors que les hommes, si ?
— Bien sûr. Tout le temps.
— Eh bien alors ? Maya raconte une histoire. Elle n'essaie pas d'épater la galerie ?
— Non. Elle raconte une histoire, c'est tout. »

Ben secoua la tête en souriant et avala une gorgée de bière au goulot. Il aimait bien Karen, son humour subversif et sa façon insolente de prendre n'importe qui et n'importe quoi pour cible.

« Ça fait combien de temps que vous êtes mariés, tous les deux ? demanda-t-il.
— Deux cents ans à l'automne prochain.
— Arrête. Vous avez l'air de vous entendre si bien.
— Oui, finalement. Mais le mariage, c'est l'enfer, non ? Enfin, qui a inventé un truc pareil ? Obliger deux personnes à se supporter bon an mal an, et à se faire mutuellement crever d'ennui. Les ronflements, les pets. Enfin vraiment, nous qui appartenons soi-disant à une espèce hautement évoluée, nous n'avons pas pu trouver mieux ?
— Je crois que le mariage est censé libérer l'esprit pour des activités plus importantes.
— Hein ? Le mariage ?
— Oui. Sinon, nous consacrerions toute notre énergie créatrice à nous courir après.

— Je n'aurais rien contre. »

Ben se mit à rire.

« Non, mais sérieusement, poursuivit Karen, à quoi sert le mariage de nos jours ? Parce que l'idée de départ, c'était de donner un point d'ancrage aux hommes. Ramener de la viande à leurs enfants et mettre en fuite les tigres à dents de sabre. Mais maintenant, les femmes se débrouillent très bien toutes seules, même pour chasser les tigres. C'est vrai, reste la question du sexe. C'était pour ça que les gens de la génération de nos parents se mariaient. Mais avec l'arrivée de la pilule, cette raison a disparu.

— On dirait plutôt un plaidoyer contre les hommes que contre le mariage.

— Jamais de la vie. Je n'ai rien contre les hommes. Encore que, maintenant que tu m'en parles, peut-être qu'on n'a pas besoin de vous en si grand nombre. Finalement, on pourrait mettre en cage quelques spécimens de choix, pour assurer la reproduction de l'espèce et satisfaire nos besoins charnels.

— Sympa comme perspective.

— Tu crois que tu serais sélectionné ?

— Tu veux que je t'épate avec une de mes histoires ? »

Karen lui toucha le bras et se mit à rire. Delroy remontait de la pelouse et se joignit au petit groupe qui écoutait sa femme raconter l'histoire du scorpion. Il avait les yeux rouges et souriait béatement. L'une des rares choses dont il ne faisait pas mystère, c'était sa prédilection pour l'herbe. Le soir, après le dîner, il disparaissait discrètement pour aller fumer sous les arbres. La plaisanterie classique, c'était qu'il observait les oiseaux. Ben, qui n'avait pas fumé un joint, ni même une cigarette, depuis qu'il avait quitté l'université, avait éprouvé ces temps derniers une inexplicable envie de l'accompagner, mais n'avait pas encore osé le lui demander.

Tom Bradstock héla doucement l'arrivant : « Salut, Del, tu as vu des pics-verts à trois ergots là-bas ce soir ?

— Toute une colonie », sourit Delroy.

Maya arrivait à la conclusion de son histoire. Elle ne paraissait pas avoir de chute à proprement parler, mais sans doute renfermait-elle un message plus profond, plus karmique, que Ben n'avait pas saisi. Il n'avait pas vraiment écouté. Il pensait à ce que lui avait dit Karen et regardait Sarah. Elle était plus loin sur la terrasse, en train de parler et de plaisanter avec Lane, Katie et deux garçons de l'orchestre. Il lui avait toujours admiré, voire envié, son art d'être immédiatement de plain-pied avec les adolescents. Élégante comme toujours avec sa tunique de lin crème, ses cheveux sagement lissés derrière ses oreilles, ornées chacune d'une perle, elle semblait sortir tout droit d'une pub pour Ralph Lauren. Amusée mais un peu distante. Parfaitement inaccessible. En l'observant, il éprouva un curieux détachement. Comme s'il s'agissait d'une étrangère. Il se rendit compte que Karen l'observait.

« Et toi, comment vas-tu ? demanda-t-elle.

— Moi ? Super. Pourquoi ?

— Parce que ça crève les yeux que ce n'est pas le cas.

— C'est-à-dire ?

— Tu es différent cette année. Tu as l'air... comment dire ? Soucieux. Un peu triste, peut-être. »

Ben haussa les sourcils et lui adressa un sourire circonspect.

« Pardon, dit Karen. Ça ne me regarde pas.

— Je t'en prie. Mais ça va, je t'assure. À ceci près que depuis deux mois, côté boulot, ça n'est pas merveilleux. Et j'ai oublié comment on fait pour dormir.

— Qu'est-ce que tu me racontes ?

— Rien. Écoute, je t'assure, tout va bien. C'est mon anniversaire, merde ! Je prends mon pied.

— Eh bien, euh... tant mieux, Ben. »

Elle détourna le regard et prit un verre plein. Ben eut mauvaise conscience de s'être montré ainsi aussi coincé et sur la défensive. Mais que pouvait-il dire ? Qu'il avait la sensation que le monde se dérobait sous ses pieds ? Qu'il se sentait isolé, creux et dépossédé, et qu'il ne savait pas pourquoi ? Ce n'était pas facile d'aborder ces sujets-là. En tout cas pas avec une femme qui, malgré la franchise de leurs échanges, à tous, pendant ces deux semaines chaque été, n'était pas vraiment une amie proche. En fait, il ne se voyait pas en train d'en parler avec qui que ce soit. Et ce n'était pas parce qu'il redoutait de se confier, mais parce qu'il n'aurait pas su par où commencer.

En regardant Abbie et Josh traverser la prairie ce matin même, il avait partagé leur allégresse palpable. Mais l'image était restée logée dans sa tête toute la journée et, par contraste avec ce qui avait suivi, elle avait pris une coloration impitoyable et symbolique. Deux jeunes adultes partant seuls d'un pas confiant et vigoureux, pendant que leurs parents reculaient vers un espace de plus en plus froid et vide, peuplé seulement d'échos. Tandis qu'il se rejouait la scène à plusieurs reprises, comme la bande-annonce d'un film qu'il ne voulait pas voir, il eut le sentiment prémonitoire d'un deuil profond.

S'il était honnête avec lui-même, cela concernait essentiellement Abbie. Bien qu'il se fût fait hacher menu plutôt que de l'admettre, elle était depuis toujours sa préférée, tout comme Josh était le préféré de Sarah. Peut-être en allait-il toujours ainsi dans les familles à quatre : le père faisait équipe avec la fille, la mère avec le fils. C'était ce qui s'était passé pendant son enfance. Avec pour conséquence catastrophique que l'adoration aveugle de sa mère avait déclenché la jalousie de son père, brisé leur mariage et dressé entre le père et le fils un mur que ni l'un ni l'autre n'avait jamais pu franchir.

Ben avait toujours été bien résolu à ce que l'histoire ne se reproduise pas entre lui et Josh. Et de fait, cela ne s'était pas renouvelé. Ils s'entendaient bien. Mais il avait beau aimer tendrement son fils, c'était un amour d'un ordre différent de celui qu'il éprouvait pour Abbie. Elle était la lumière grâce à laquelle il tenait depuis si longtemps. Et maintenant qu'il voyait ce faisceau le quitter, se diriger vers le monde, il se sentait la proie de l'ombre.

Il n'y avait aucune logique dans tout cela, car il se réjouissait profondément de voir ses enfants devenir indépendants. Il se souvenait des paroles du *Prophète*, de Khalil Gilbran, que Martin, son meilleur ami, associé dans le travail et parrain d'Abbie, avait lues à son baptême, selon lesquelles les parents ne devaient jamais croire qu'ils possédaient leurs enfants, mais devaient se considérer plutôt comme des arcs d'où leurs fils et leurs filles seraient lancés, telles des flèches vivantes. Ben en était convaincu. Il croyait aussi que c'était une bonne chose, et qu'il ne devait pas en être autrement. Mais ce que personne ne vous disait jamais, c'était ce qu'il advenait de l'arc une fois que les flèches étaient tirées. C'était fini ? C'était tout ? Allait-on simplement l'oublier dans un coin de placard à prendre la poussière ?

L'égoïsme de cette pensée le choqua, et pour la chasser, il avala le reste de sa bière et posa la bouteille sur une table. Karen s'était éloignée et parlait avec quelqu'un d'autre. Comme il marchait sur la terrasse à travers la cohue, les visages se tournaient vers lui, souriants, et lui souhaitaient un joyeux anniversaire. Il vit alors Abbie monter les marches. Elle était en jean avec un petit haut rose qui laissait voir ses hanches et son ventre. Elle était superbe. En le voyant, elle se dirigea vers lui, lui jeta les bras autour du cou et l'étreignit.

« Oh, toi, tu veux quelque chose, dit Ben.

— Mais non ! Tu avais l'air d'avoir besoin d'un câlin. »

Il la tint à bout de bras pour l'examiner. Elle paraissait rayonner.

« Tu t'amuses ? lui demanda-t-il.

— Jamais je ne me suis autant amusée de ma vie. Et toi ?

— Moi non plus.

— Pourquoi n'as-tu pas mis ton chapeau ?

— Je ne voulais pas que les autres types soient jaloux.

— Où est maman ?

— Par là, en train de flirter avec les musiciens.

— Ils sont incroyables, non ?

— Pas mal. Sauf le chanteur du groupe.

— Je sais. Il faut qu'ils s'en débarrassent. »

Elle sourit et plissa un peu les yeux. Il se douta qu'elle essayait d'évaluer ce qu'il savait au juste.

« Ty m'a demandé si je voulais aller visiter son ranch jeudi. Ça ne t'ennuie pas ?

— Il a son ranch ? Ah, mais ça change tout.

— C'est le ranch de ses parents. Le jeudi est son jour de congé. C'est dans le Wyoming, donc, comme ce n'est pas à côté, il faudrait qu'on parte mercredi soir. Ça ne t'ennuie pas ?

— Ma foi, non. Mais demande à ta mère. »

Abbie se dressa sur la pointe des pieds et l'embrassa sur la joue.

« Merci, papa. »

Et elle partit retrouver Sarah. Ben se tourna et la regarda s'éloigner.

« Vous devez être très fier d'elle. »

Il pivota et se trouva nez à nez avec Eve, qui souriait. Elle devait avoir été là pendant toute sa conversation avec Abbie.

« C'est drôle, on le sait toujours, quand ils veulent vous demander quelque chose. Enfin. Comme fille, je suppose qu'il y a pire. C'est vous, Eve, non ?

— Et vous êtes Benjamin.

— Ah, vous avez visiblement parlé avec ma femme. Tout le monde m'appelle Ben, sauf elle.

— Ben. »

Il tendit la main et elle la serra avec une solennité feinte, peut-être parce qu'on les avait déjà présentés lors de la promenade du matin. Devant une jolie femme, Ben se comportait souvent avec gaucherie. Elle avait la main fraîche.

Il l'avait remarquée dès l'instant où elle était entrée dans la salle à manger la veille. Et bien qu'ils ne se soient pas parlé pendant la promenade, il avait passé beaucoup de temps à l'observer sous cape. Il avait remarqué le lent sourire légèrement ironique, la voix basse sans être traînante, la façon qu'elle avait de regarder sans broncher avec ces yeux sombres, comme si elle en savait plus long sur vous que vous ne l'auriez souhaité – et compte tenu du fait qu'elle venait de parler avec Sarah, c'était probablement le cas.

« Abbie dit que vous venez ici chaque été.

— Oui. C'est notre quatrième séjour. Il est sans doute temps que nous changions.

— Et pourquoi ?

— Oh, je ne sais pas. Sans doute parce que la mobilité est préférable, et qu'il vaut mieux changer.

— Tous les enfants ont l'air de se plaire beaucoup ici.

— Oui. Vous auriez peine à croire la comédie que nous a faite Abbie la première fois que nous lui avons annoncé que nous avions retenu dans un ranch-hôtel. Elle avait toujours adoré les activités d'extérieur, mais elle était dans cette phase où les filles sont véritablement scotchées au centre commercial. Toutes ses copines allaient passer leurs vacances en Europe, à Hollywood ou à Miami, et elle allait dans un *ranch-hôtel* ? Je la revois encore en train de faire la tête à l'arrière de la voiture quand on est arrivés dans l'allée menant jusqu'ici. Elle disait : *"Waouh ! Regardez, une vache ! Waouh, regardez, encore une vache !"*

— Elle a visiblement changé d'avis, dit Eve en riant.

— Ça a pris au moins cinq minutes. »

Il y eut un bref instant de silence et ils se sourirent. Ben se rendit compte qu'il regardait fixement la bouche de son interlocutrice.

« Je peux aller vous chercher à boire ? proposa-t-il.

— Non, ça va, mais allez-y si...

— Non, ça va aussi. »

Ils restèrent debout un moment pendant que Ben cherchait quelque chose à dire. Tout le monde à part eux semblait rire et bavarder. Eve regarda autour d'elle comme si elle voulait fuir, puis le regarda et surprit les yeux de Ben fixés sur elle.

« Sarah m'a dit que vous étiez architecte. Vous dessinez des maisons ou...

— Ça m'arrive. Pas aussi souvent que je le souhaiterais. C'est mon associé qui fait le travail le plus intéressant. Moi, je m'occupe du côté administratif, je poursuis les gens qui nous doivent de l'argent, ce genre de choses. À l'occasion, je retape une maison, pour ne pas perdre la main. Et de temps en temps, je construis un bâtiment neuf. D'ailleurs ces temps-ci, j'en ai un en train.

— Qu'est-ce que c'est ?

— Oh, juste un petit lotissement. Dans les Hamptons.

— Je n'aurais pas cru qu'on construisait "petit" dans les Hamptons.

— À proprement parler, ce n'est pas tout à fait dans les Hamptons. Et l'ennui, c'est que ça n'est pas assez petit pour mon goût. La parcelle est de dimension raisonnable, et vraiment jolie. Beaucoup d'arbres ; un endroit parfait pour deux maisons de taille moyenne. Seulement les promoteurs veulent maintenant arracher tous les arbres, doubler le nombre initial de maisons et les construire deux fois plus grandes. Ça ferait encore un de ces lotissements ridicules à la McManoir.

— McManoir ! Très drôle.

— Vous n'avez encore jamais entendu ça ? Ils sont partout, ces promoteurs-là. En fait, ce qu'ils voulaient, c'était plutôt un genre de Garage Mahal. »

Elle rit.

« Enfin, ça ne verra sans doute jamais le jour. En tout cas, pas sous ma responsabilité. Juste avant nos vacances, il y a eu une grosse crise. J'ai claqué la porte à une réunion. Un vrai numéro de diva. Je me suis levé et je suis parti. Ça ne m'était jamais arrivé de ma vie, mais je vais réparer ça.

— Ça vous a fait du bien ?

— Un bien fou.

— Sarah m'a dit que vous aviez dessiné les plans de votre maison.

— Oui, oui.

— Je veux en savoir plus. »

Pourquoi s'intéressait-elle à cela ? C'était curieux. Il se demanda un moment si c'était de la condescendance.

« Eh bien, vous connaissez l'incroyable bâtiment de Frank Gehry à Bilbao ? »

Elle s'empressa de hocher la tête. « Le musée Guggenheim ?

— Ça ne lui ressemble absolument pas. »

Elle rit à nouveau, et il eut l'impression qu'elle ne se forçait pas. Il se sentit très spirituel.

« C'est une maison blanche, avec des niveaux. Devant la maison, il y a une grande pelouse avec un très beau cornouiller coréen et une allée circulaire en briques. Les sols sont en chêne ou en dalles de calcaire, et il y a un escalier un peu chichi, très Audrey Hepburn, qui a été mis là juste pour impressionner mes beaux-parents.

— Et il a atteint le but désiré ?

— Pas du tout. À l'arrière, j'ai un grand atelier avec des volets à lattes que je peux fermer, si bien que je peux m'endormir devant la télé sans que personne le sache. Quant au garage, il est à l'écart, et recouvert de vigne vierge, si bien que personne ne peut dire que c'est un Garage Mahal.

— Ça a l'air superbe.

— Oh, pas du tout. C'était une imitation de Frank Lloyd Wright [1], construite à peu de frais et au mauvais endroit. J'aimerais pouvoir la raser et la reconstruire. Mais c'est chez nous, et ça remplit son office. »

Il y eut un violent effet Larsen sur la sono à l'inté-

---

1. Architecte américain (1867-1959), qui a une conception « organique » de son art. Pour lui la forme et la fonction ne font qu'un. A construit entre autres le musée Guggenheim à New York.

rieur, puis on entendit au micro la voix douce de Ty qui invitait tout le monde à retrousser ses manches et à regagner la piste de danse. Ben s'apprêtait à inviter Eve à danser quand on lui saisit les coudes par-derrière. Il se retourna et vit que c'était Sarah.

« Alors, beau quadra, tu n'as pas dansé avec moi de toute la soirée.

— Avec ta cour de jeunes cow-boys, je n'arrivais pas à passer.

— Bon, eh bien maintenant, la voie est libre. »

Elle buvait rarement, et jamais trop, mais là, elle avait les joues colorées et son exubérance paraissait un peu forcée. Elle se tourna vers Eve avec un sourire de connivence qui surprit Ben.

« Vous nous excusez ?

— Bien sûr.

— On m'a dit que vous jouiez au tennis. Voulez-vous qu'on fasse une partie demain ?

— Volontiers.

— Parfait. »

Sarah saisit Ben par la main et l'entraîna vers la porte de la salle à manger. Juste au moment où il allait la suivre, il se retourna et vit qu'Eve les regardait toujours. Elle sourit et il en fit autant. Et dans ce contact fugace, quelque chose se passa en lui. Ce ne fut que beaucoup plus tard qu'il devait comprendre ce que c'était, et même alors, il hésiterait à définir cela comme le moment où il était tombé amoureux : cela lui paraissait une formule beaucoup trop facile, floue et pompeuse. Mais il savait que quelque chose venait de changer, comme une porte qu'on ferme ou un bruit de pas qui résonne dans une maison vide.

L'orchestre entama un morceau qu'il ne connaissait pas. Sarah le conduisit sur la piste et lui dit quelque chose qui fut noyé par la musique. Il approcha se tête de la sienne.

« Qu'est-ce que tu dis ?
— Qu'elle est charmante.
— Qui ça ?
— Eve. »

Il savait pertinemment de qui elle parlait. Ce fut sa première trahison. Il hocha la tête et haussa les épaules, comme si cette idée ne lui avait pas encore traversé l'esprit.

« Mouais, elle a l'air gentille », dit-il.

Plus tard, au lit, lorsqu'ils eurent éteint les lumières et qu'il lui eut tourné le dos en un geste de rejet défensif, il sentit les doigts de Sarah effleurer la base de sa colonne vertébrale et prolonger la caresse en remontant jusqu'à sa nuque. Il resta immobile, froid comme le marbre, bien que son désir se fût éveillé, et il envisagea, non sans cruauté, de l'ignorer. Rejeter celui qui vous rejette, lui montrer comme cela faisait mal. Il l'avait fait souvent déjà et il savait qu'il se punissait autant qu'il la punissait, que cela ne ferait que prolonger leur souffrance mutuelle en leur donnant encore une nuit, encore une semaine de froid ressentiment. Il faillit persister dans sa résolution.

Mais il ne le fit pas. Il se retourna, tendit le bras vers elle et trouva son corps nu, frais, tentant. Il la tint contre lui un moment, comme il le faisait toujours, et elle leva une cuisse qu'elle posa sur la sienne, comme elle le faisait toujours. Un rituel, son contact, son odeur si familière, le lent éveil de sa chair à elle, qui ne manquait jamais d'émouvoir Ben.

Or là, comme si elle était animée d'une détermination nouvelle, elle se plaça sur lui, baissa la tête et l'embrassa profondément, effrontément, derrière le rideau de ses cheveux qui se refermait autour de leurs deux visages. Il ajusta ses hanches et se glissa en elle ; elle se pencha en arrière jusqu'à former un angle douloureux pour lui, si bien qu'il poussa un cri et la saisit par les hanches pour l'arrêter. Elle semblait en proie à une frénésie qu'il ne lui connaissait pas et qu'il aurait pu prendre pour du désir pur s'il n'y avait perçu une tristesse sous-jacente.

Dans l'obscurité, il distinguait à peine ses formes sveltes au-dessus de lui, ses seins d'un gris de parchemin, aux mamelons de fusain, ses côtes qui faisaient penser à du sable sculpté par les vagues. Elle avait le visage dans l'ombre, mais il vit luire ses yeux, ce qui le surprit, car lorsqu'ils faisaient l'amour, elle les gardait fermés, comme si elle ne voulait pas se voir si impudique.

Ils jouirent vite et ensemble, et elle lança un cri si guttural, si sauvage, qu'il reconnut à peine sa voix. Puis elle s'immobilisa complètement. Pendant longtemps, elle ne bougea plus du tout, et resta assise sur lui comme une statue, tandis que leur souffle se ralentissait, s'apaisait et que le silence se refermait sur eux. Elle avait la tête rejetée en arrière et il ne voyait pas son visage, seulement le contour de son menton, la courbe pâle de son cou et la ligne de ses épaules. Puis elle trembla. Le mouvement fut si violent, si abrupt, qu'il crut un instant que c'était un dernier spasme de l'orgasme. Mais elle pleurait. Il leva un bras et lui posa la main sur l'épaule.

« Qu'est-ce que tu as ? »

Elle secoua la tête et parut incapable de trouver sa voix. Il se souleva sur les coudes, et elle pivota pour se dégager de lui.

« Ma chérie ? Qu'est-ce que tu as ?

— Rien », souffla-t-elle.

Il la fit rouler doucement sur le côté et essaya de la prendre dans ses bras. Alors, elle éclata en sanglots. Elle avait les bras serrés et croisés contre sa poitrine, comme si elle voulait réprimer ce qui jaillissait d'elle, cette souffrance atroce qui lui convulsait tout le corps. Ben n'avait jamais entendu un bruit aussi insoutenable.

« Dis-moi, demanda-t-il. Je t'en prie, dis-moi.

— Il n'y a rien. »

Huit

Ils lancèrent leurs chevaux au trot dans les buissons d'armoise avant de leur faire gravir un escarpement au flanc duquel s'ouvrait une estafilade rouge, là où les rochers s'étaient écroulés sous l'érosion de la pluie et du vent. Du bord, Abbie voyait luire la rivière à travers les peupliers qui poussaient sur ses rives, et dont les duvets flottaient lentement, portés par l'air chaud de midi. Elle chevauchait encadrée par Ty et son père. Ils arrêtèrent un instant leurs bêtes et regardèrent l'ombre des nuages passer comme les vaisseaux du doute sur les pâturages en contrebas et les ondulations du paysage au-delà. Désignant l'est, où la rivière disparaissait derrière un lointain épaulement de rochers, le père de Ty dit que c'était là que se trouvait la limite entre leurs terres et celles du voisin.

« Et ces montagnes, comment s'appellent-elles, demanda Abbie.

— Ça, c'est le Bighorn. Et là-bas plus au nord, le Rosebud.

— Ce que c'est beau !

— Oui.

— Ça fait combien de temps que vous êtes installés ici ?

— Trois générations. Celle de Ty sera la quatrième. »

Il faillit ajouter quelque chose, mais se ravisa et se contenta de se frotter le menton en regardant sans rien dire le paysage. Là où la rivière déployait à ciel ouvert sa surface étincelante, un grand oiseau tournoyait très haut et montait lentement en spirale dans un courant d'air ascendant en poussant des cris lugubres, comme s'il déplorait la perte d'un être cher. À une question d'Abbie, Ty répondit qu'il s'agissait d'un aigle doré, et qu'elle avait de la chance, car on n'en voyait pas souvent. Et c'était vrai que la chance lui souriait : un peu plus tôt en traversant les collines, à la lisière de la forêt, ils avaient vu un orignal et des mouflons des Rocheuses, ainsi qu'une ourse noire qui faisait regagner à son petit le couvert des arbres.

« Allons voir ces poulains », dit le père de Ty.

Il pressa les flancs de sa jument grise. Abbie suivit, derrière la queue battante, et descendit à travers l'armoise et les rochers. Ty fermait la marche. On avait sellé pour Abbie un beau hongre bai dont les flancs luisaient de sueur à présent. Ty était sur un jeune cheval rouan qu'il avait dressé lui-même. Tous trois montaient sans mors, ce qui était une expérience inédite pour Abbie. Jamais elle n'avait eu un cheval si facile et si vif à la fois, et si complètement à l'aise. Ces bêtes étaient d'une tout autre classe que celles de La Ligne, mais aussi, c'était l'élevage de ces chevaux qui permettait au père de Ty de gagner sa vie. Un quarter horse de chez Ray Hawkins se vendait toujours une jolie somme, elle le découvrit plus tard.

Ray devait avoir à peu près l'âge de Ben, mais à force de sortir par tous les temps, il avait une peau burinée qui le faisait paraître plus vieux. Il avait les mêmes yeux bleu pâle que Ty et, quand il souriait, son visage se plissait tant qu'ils disparaissaient presque. Il avait cette sérénité silencieuse qu'elle observait parfois chez Ty lorsqu'il se concentrait sur son travail. En fait, elle l'avait remarquée aussi chez sa mère, chez les chevaux et les chiens et toutes les créatures vivantes du ranch. C'était un peu insolite, cette impression qu'ils partageaient tous un secret. Peut-être cela s'expliquait-il simplement parce qu'ils habitaient un lieu si exceptionnel.

La veille, le trajet avait été long depuis La Ligne. Dans la vieille camionnette vert pâle de Ty, ils avaient roulé, le soleil dans le dos, aux heures où il baissait sur l'horizon et changeait en or plaines et pics montagneux. Ils avaient fait route vers l'est pendant des heures à petite vitesse sur l'*interstate*, laissant derrière eux Billings, Hardin et Little Bighorn avant de piquer au sud et de traverser la frontière du Wyoming, puis le bassin de la Powder River. Ils avaient beaucoup parlé, mais se sentaient assez à l'aise ensemble pour se taire aussi. Ty lui fit écouter ses airs favoris, joués par d'obscurs orchestres de country dont Abbie n'avait jamais entendu parler. Pelotonnée à côté de lui, elle s'endormit. Elle rouvrit un œil à Sheridan, secouée par les cahots de la voiture qui traversait la voie ferrée, passant devant une vieille locomotive à vapeur fièrement garée à côté des rails. Le ranch des Hawkins était situé dans un creux entre des collines à environ huit kilomètres de la ville ; on y accédait par un réseau tortueux de routes non goudronnées. Il faisait nuit à leur arrivée, et ce fut seulement le lendemain matin qu'Abbie put découvrir le paysage spectaculaire environnant. Les parents de Ty les avaient attendus et, bien qu'Abbie eût préféré aller tout de suite se coucher, ils avaient insisté pour leur servir un festin de jambon et de dinde froids, de salade de chou avec des pommes de terre au four et, pour terminer, une tourte aux airelles accompagnée de glace. Ty dévora comme s'il n'avait rien mangé depuis des semaines. Pendant ce temps-là, Ray et Martha, qui avaient dîné plus tôt, les regardaient manger en souriant, assis à la table devant une tasse de lait chaud, sans rien dire ou presque, écoutant leur fils raconter entre deux bouchées les dernières nouvelles de La Ligne.

C'était leur fils unique, visiblement la prunelle de leurs yeux. Sa mère ressemblait à une de ces Scandinaves qui avaient fait partie des premiers pionniers, et dont Abbie se souvenait avoir vu les photos : ces femmes très blondes à la peau marquée de taches de rousseur, boutonnées jusqu'au cou, douées de la même dextérité pour broder un abécédaire ou tuer un coyote à cinquante mètres d'un coup de carabine entre les deux yeux.

Les poulains qu'ils venaient voir avaient été lâchés dans la dernière série de prairies bordant la rivière. Il y en avait une douzaine, qui tous dressèrent l'oreille en regardant approcher les trois cavaliers. À environ cent mètres, Ray descendit de son cheval, le laissa brouter, et se dirigea vers eux à pied. Les poulains baissèrent la tête et vinrent vers lui au pas, comme une bande d'ados béats.

Quand il s'arrêta pour les laisser s'approcher, ils l'entourèrent, se mirent à le renifler, à lui fourrer le nez dans le cou pendant qu'il leur flattait l'encolure, le museau, leur frottait le dos et leur parlait. Il appela Abbie, qui mit pied à terre ainsi que Ty pour aller le rejoindre. Si les poulains se montrèrent un peu plus timides avec elle qu'avec Ty et son père, ils se laissèrent tout de même caresser. Elle leur souffla dans les naseaux et savoura leur haleine douce et chaude.

De retour à la maison pour le déjeuner – un autre

plantureux repas de viandes froides, salades et pain maison –, Abbie déclara qu'elle n'avait jamais vu d'endroit aussi paradisiaque. Le père de Ty sourit en hochant la tête, mais sa mère, qui versait de l'eau à Abbie, soupira et haussa les épaules.

« Pour l'instant, c'est vrai. Mais combien de temps ça va durer, c'est une autre affaire.

— Que voulez-vous dire ? » s'enquit Abbie.

Martha regarda Ray comme pour lui demander la permission de poursuivre. Il avait l'air assez réticent. Ty était aussi perplexe qu'Abbie.

« Qu'est-ce qui se passe ? s'enquit-il.

— Ta mère fait allusion au forage, voilà tout.

— Comment ça, au forage ?

— Oh, rien. Ça ne se fera pas.

— Je t'en prie, Ray ! Parle-lui de la lettre.

— Quelle lettre ? » demanda Ty.

Abbie avait l'impression d'être de trop. Il s'agissait d'affaires familiales qui ne la regardaient pas. Ne ferait-elle pas mieux de se retirer sous prétexte d'aller aux toilettes ? Le père de Ty soupira et, quand il reprit la parole, ce fut à elle qu'il s'adressa.

« On fait beaucoup de forages dans le coin.

— Pour du pétrole ?

— Du gaz. Du méthane houiller. Par ici, la terre en regorge ; on en trouve encore de l'autre côté du bassin de la Powder River. Le gaz est prisonnier des filons. Ça n'intéressait pas grand monde jusqu'à ces derniers temps. Mais maintenant, on a découvert une méthode de forage très économique.

— Vous n'allez pas creuser ici pour en trouver ? » demanda Abbie.

Ray eut un petit rire triste.

« Ah, ça, non, Abbie. Même si on le voulait, on ne pourrait pas. Comme à la plupart des fermiers du coin, quand mon grand-père a acheté ce ranch, le gouvernement ne lui a accordé que des droits sur la surface, en gardant ceux sur le sous-sol, et depuis quelque temps, il commence à les donner en location. Nous venons de découvrir que quelqu'un louait notre terrain.

— Montre la lettre à Ty, dit Martha.

— Pas maintenant.

— Ray, il a le droit de...

— C'est bon, maman, je la lirai plus tard. Qui a acheté le bail ?

— Une petite société de Denver.

— Et qu'est-ce qu'ils ont l'intention de faire ? »

Son père haussa les épaules. « On va sûrement le savoir la semaine prochaine. Ils envoient une équipe reconnaître les lieux.

— Ne les laisse pas faire.

— C'est ce que je lui ai dit », lança la mère de Ty.

Ray sourit : « Comment veux-tu les en empêcher ? Ils font la loi pour eux. Ils peuvent circuler dans leurs engins, creuser, forer, faire tout ce qu'ils veulent. Ils te donnent un prétendu "dédommagement pour la surface", mais tout le monde sait que ça n'a pas plus de valeur que le papier sur lequel le contrat est écrit. Même si on ne signe pas, ils peuvent mettre leur projet à exécution.

— C'est une honte ! s'exclama Abbie.

— Il ne se passera sans doute pas grand-chose. La plupart de ces gens prennent le bail et le gardent sous le coude sans rien faire du tout. »

À l'entendre, on sentait qu'il était loin d'être convaincu, mais il parla d'autre chose et posa à Abbie des questions sur sa vie à New York. Pas désagréable, répondit-elle. À ceci près qu'elle s'y plaisait moins qu'avant. Le problème, c'était que plus elle séjournait dans l'Ouest, où il y avait tant d'espace, plus elle trouvait dur de rentrer.

« Ty dit que vous avez envie de venir à l'université par ici, intervint Martha.

— C'est vrai.

— Quelle bonne idée ! Qu'en pensent vos parents ?

— Ils ne sont pas encore au courant. Je crois que mon père sera d'accord.

— Eh bien à mon avis, jeune fille, quand on vous regarde monter à cheval, on se dit que vous êtes chez vous ici. »

Ils repartirent pour La Ligne en milieu d'après-midi. En sortant de Sheridan, Ty annonça à Abbie qu'il voulait lui montrer quelque chose. Il quitta la grand-route pour emprunter une voie gravillonnée qui serpentait. Devant eux, un grand nuage de poussière rouge s'élevait dans le ciel et en sortant d'un virage, ils virent deux énormes pelleteuses jaunes en train d'excaver le flanc de la colline.

« Ils creusent une fosse pour l'eau, dit Ty. Quand ils atteignent le filon en forant, cela en libère une énorme quantité. On pourrait croire que c'est une bénédiction dans un endroit aussi sec que celui-ci. Mais c'est de l'eau salée, alors quand elle a inondé la terre, plus rien n'y repousse. Ça tue tout. Tu vois, là en bas ? (Il désigna la vallée.) Ces plaques blanches, à côté de la rivière ? C'est du sel. Autrefois ces terres étaient d'excellentes prairies à foin, environ cinquante hectares. Elles appartiennent à un ami de mon père. Maintenant, elles ne valent plus rien. Il y avait de bons coins de pêche par-là aussi, mais il ne reste plus un seul poisson. Ils sont tous morts. Les compagnies du gaz mettent un revêtement plastique sur ces trous, comme ici. Mais ils fuient, ils laissent passer l'eau, et personne ne les répare parce qu'au fond, les compagnies s'en foutent. »

Ils poursuivirent leur route. De temps à autre, Ty

montrait à Abbie quelque chose : des gueules de puits, des stations de compression, des lignes à haute tension, des pipe-lines, des routes non goudronnées balafrant le paysage vierge. Ils quittèrent la vallée pour redescendre dans une autre et s'arrêtèrent à côté d'un petit pont de bois où l'eau d'une autre rivière bouillonnait sous l'effet du méthane libéré par le forage. Ty lui raconta qu'un jour, un de ses amis avait craqué une allumette et toute la rivière s'était enflammée.

Ailleurs, comme dans le ranch désert qu'il lui montra en regagnant l'autoroute, des puits artésiens qui fonctionnaient parfaitement depuis quarante ans s'étaient soudain mis à bouillonner en dégageant du méthane, ou s'étaient asséchés parce que des foreurs stupides avaient percé la couche aquifère à huit kilomètres.

« On ne peut pas les empêcher de nuire ?

— Non. Il y a un groupe de protestataires actifs, mais l'ennui, c'est que beaucoup de gens croient les forages avantageux pour la ville, parce qu'ils créent des emplois, stimulent le commerce, ce genre d'arguments. C'est de la foutaise. Le plus souvent, les entreprises importent de la main-d'œuvre payée à bas prix, sans permis de travail la plupart du temps, et tout ce que la ville récolte, ce sont des problèmes.

— Ça se produit aussi dans le Montana ?

— Pas encore. Mais ça ne va pas tarder. »

Ensuite, ils ne parlèrent plus guère. Ils remontèrent vers le nord, puis obliquèrent en direction de l'ouest sur l'I 90. La stéréo diffusait les complaintes de Steve Earle et devant eux, un soleil pâle descendait se glisser dans son propre gisement de nuages charbonneux. Ty dit que le temps semblait vouloir changer. Abbie n'avait jamais vu son compagnon si sombre ni si triste. Quand il alluma les phares, elle tendit la main pour lui caresser la nuque.

« Plus que deux jours. Après, tu seras partie. »

Le premières gouttes de pluie s'écrasèrent sur le pare-brise.

« Je reviendrai », dit-elle.

Il plut tout le vendredi, une partie du samedi et seuls quelques irréductibles en ciré, dont Abbie, bien évidemment, s'aventurèrent à l'extérieur pour les dernières promenades à cheval. Parmi ceux qui s'étaient abstenus, les plus hardis enfilèrent leur Gore-tex pour descendre jusqu'à la rivière taquiner la truite au lancer, ou se hasardèrent sur les chemins trempés pour monter dans les bois ; mais la plupart restèrent tranquilles à lire ou à faire de longues parties de Monopoly ou de Scrabble dans le salon du ranch.

Pendant qu'Abbie montait ou « aidait » Ty dans les écuries, Josh resta avec les jeunes Delstock. Ce qui voulait dire qu'ils traînaient dans l'un des bungalows (généralement, celui de Lane ou Ryan, parce que leurs parents acceptaient sans faire trop d'histoires le désordre qu'ils y mettaient) à écouter de la musique ou à se lancer dans de grandes conversations décousues et sardoniques sur des sujets aussi divers que la paix dans le monde, le métal compressé, les anneaux de nez et le vernis à ongles. En fait, Josh ne ratait pas une occasion de s'affaler tout contre Katie Bradstock. Ce qui était le cas à présent.

Pendant les douze jours qui venaient de s'écouler, il s'était mis dans un état de désir fébrile. Elle était présente dans sa tête en permanence, faisait vibrer chaque fibre de son corps et lui mettait les nerfs à vif. La voir, respirer son odeur ou même penser à elle lui faisait étrangement mal, comme s'il souffrait d'un vide douloureux. Des pieds à la tête, il était une blessure ouverte ambulante. Une blessure ambulante assortie d'une érection permanente. Si constante qu'il avait peur que ça ne lui abîme la santé.

Une partie du problème venait de ce qu'il attendait cela depuis trop longtemps. Au lycée, il avait l'impression que tous les autres garçons de son âge, ou même plus jeunes, avaient une vie sexuelle, sauf lui. Il savait qu'il n'était pas un canon, mais depuis la rentrée précédente, il avait remplacé ses lunettes par des lentilles de contact, perdu quelques kilos, et s'habillait un peu mieux. Il ne pensait plus avoir l'air trop ringard. Et heureusement, il n'avait pas trop d'acné – encore qu'à bien y réfléchir, ça n'empêchait pas des mecs comme Kevin Simpson, un crétin de quatrième, de sauter des nanas.

Évidemment, Josh n'était pas prêt à avaler tout ce que racontaient des blaireaux comme Kevin. Beaucoup de garçons prétendaient avoir fait la chose alors que ça n'était pas vrai. Bref, cette histoire avec Katie lui prenait la tête. Les vacances allaient se terminer, et ils ne s'étaient même pas encore embrassés. Il était presque sûr qu'elle attendait avec la même impatience que quelque chose se passe. À deux reprises, ça avait bien failli. Comme l'autre soir à l'anniversaire de son père. Ils étaient en train de danser ensemble quand l'orchestre de Ty avait entamé un slow, et elle lui avait passé les bras autour du cou en lui faisant un sourire si craquant qu'il en avait eu les jambes en coton. Seulement voilà, Lane et Abbie s'étaient pointées et avaient tout fait foirer en se mettant à danser avec eux.

C'était ça, l'ennui. Toujours en bande, ils faisaient tout ensemble. C'était sympa et plutôt marrant. Ce qui l'était moins, c'est que Katie et lui se trouvaient rarement seuls pour passer de l'amitié à un stade plus intéressant. Ils avaient beaucoup ri, s'étaient mis en boîte, avaient parlé, s'étaient couru après ; ils s'étaient même chatouillés. Mais là, ça s'était arrêté. Comme un disque rayé. Et ni l'un ni l'autre ne savait sur quel bouton appuyer pour le faire repartir.

C'était samedi après-midi et les six frères et sœurs, dont Abbie, revenue de l'écurie avec de la paille dans les cheveux, étaient vautrés sur les deux lits jumeaux réunis, dans le bungalow de Lane et Ryan. Ils étaient en train d'écouter le dernier album de Radiohead qui, d'après Ryan, était un « must ». Josh se disait que s'il l'entendait encore une fois, il exploserait. La pièce sentait la chaussette sale et la fumée de cigarette, qu'ils essayaient d'éliminer en laissant ouvertes les fenêtres de derrière et en vaporisant de temps à autre quelques bouffées de spray pour le corps Calvin Klein, qu'ils avaient promis à Lane de lui rembourser, pour la forme, bien sûr. Will Bradstock dit que ça donnait à la chambre une odeur de bordel turc, et il parut déçu que personne ne lui demande comment il savait ça. Ils étaient tous trop abrutis par l'ennui ou la défonce de la veille, où ils étaient allés se planquer derrière le vestiaire de la piscine pour fumer l'herbe que Ryan avait piquée dans la réserve secrète de son père.

Tous, sauf Josh. L'ennui ou la défonce n'étaient pas son problème. Il était bien trop occupé à se concentrer sur sa cuisse droite qui, depuis dix bienheureuses minutes, étaient pressée contre Katie. Elle était pelotonnée sur le côté, lui tournant le dos, son sublime petit cul pressé contre lui et une épaule nue doucement appuyée sur sa poitrine. Elle lisait un vieux numéro de *People Magazine* qu'elle avait calé contre Ryan. Lequel s'était endormi en travers des genoux d'Abbie.

Peut-être faisait-elle seulement semblant de lire, car elle n'avait pas encore tourné une seule page.

Elle portait son petit top jaune sexy et une minijupe en jean taille basse qui révélait dix centimètres de chair bronzée. Parfois, quand elle bougeait, on apercevait aussi le haut de son slip en dentelle rose. Josh faisait semblant de lire le magazine par-dessus son épaule, mais en fait son regard glissait furtivement jusqu'au décolleté de Katie et, par l'échancrure du débardeur, il matait la courbe du sein droit, un peu serré dans le soutien-gorge – rose aussi, mais en satin et non en dentelle. Sa proximité, la pression de son petit cul contre sa cuisse, son odeur douce et animale, tout cela lui avait donné une trique monumentale qu'avec sa main droite, il essayait discrètement d'aplatir contre son ventre.

L'endroit où sa cuisse touchait les fesses de Katie était chaud à présent Elle aurait pu s'éloigner, mais s'en était bien gardée. Elle ne pouvait pas ne pas s'en apercevoir. Ce contact lui plaisait sans doute autant qu'à lui. Tiens, tiens, se dit-il. C'était peut-être le bon moment. Celui de lui faire sentir ce qu'il éprouvait vraiment.

Le cœur de Josh se mit à cogner. Pourvu qu'elle n'entende pas ses battements. Vas-y, se dit-il. C'est au mec de faire le premier pas. Elle n'attend sans doute que ça. Elle doit mourir d'envie que tu lui montres combien tu as envie d'elle. Or il y avait une façon simple, sans ambiguïté ni doute possible. Il prit une grande inspiration, ôta lentement sa main protectrice, laissant saillir son érection contre elle.

Katie Bradstock sursauta comme si on l'avait piquée avec un aiguillon, et elle fit un bond de dix centimètres au-dessus du lit.

« Josh ! glapit-elle. Ça va pas, non ! »

Tout le monde le regarda. Il se sentit rougir.

« Quoi ? dit-il, s'efforçant en vain de prendre l'air l'innocent.

— Qu'est-ce qui se passe ? » demanda Abbie, se faisant l'interprète de tous.

Katie s'éloignait à quatre pattes sur le lit, passant par-dessus les corps enchevêtrés.

« Rien, dit-elle. Il faut que je sorte, c'est tout. »

Elle quitta le lit, fonça vers la porte et disparut prestement. Un long silence stupéfait suivit son départ. L'incident avait réveillé tout le monde. Ils se regardèrent pour essayer de comprendre ce qui s'était passé. Josh s'efforça de paraître perplexe, pendant que son cerveau cherchait à toute vitesse une excuse plus ou moins plausible.

Les moustiques, se dit-il.

« Elle a dû se faire piquer. »

Il se mit à genoux, oubliant sottement son érection. Il avait beau débander rapidement, elle était encore visible sous son short. Aussitôt, il adopta une posture cocasse, le dos rond pour la cacher, et il fit semblant de chercher des bébêtes dans les couvertures froissées. Sur la chaîne, le CD de Radiohead arrivait à un crescendo suicidaire. Abbie et Lane étaient déjà à la porte pour rattraper Katie. Will et Ryan, assis sur le lit, regardaient fixement Josh.

« Qu'est-ce qui s'est passé ? demanda Will.

— Va savoir. Elle a dû se faire piquer, voilà. »

Les yeux de Ryan glissèrent négligemment vers la braguette de Josh, puis revinrent le fixer. Un lent sourire lui fendit le visage.

— C'est ça, ouais. Je me demande par quoi. »

Ben lança le dernier des sacs à l'arrière du 4 × 4 de location et ferma le hayon. Ils devaient prendre un avion plus tôt que les autres, qui partaient aussi ce matin, et tout le monde avait traversé la pelouse pour venir jusqu'au parking derrière les écuries afin de leur dire au revoir. Le rite des adieux émus était en cours. Abbie, Katie et Lane, presque en larmes, s'étreignaient, s'embrassaient et se promettaient de se téléphoner et de s'envoyer des e-mails. Leurs frères interprétaient la version plus réservée du même numéro, s'appelant vieux frère, pote et mec, en échangeant des poignées de main complexes et des claques dans le dos.

Pendant ce temps, leurs mères sacrifiaient au rite annuel des promesses de visite. Ben entendit Sarah déclarer que cette année, ils iraient voir les Delroy en Floride, promis, juré. Peut-être qu'ils pourraient tous échapper aux grands-parents et se retrouver pour Thanksgiving ? Et aller au ski en février ? Bien entendu, rien de tout cela ne se réaliserait, ils le savaient tous. La comédie mutuelle rendait seulement la séparation plus facile.

C'était un rituel auquel les hommes, pour une raison obscure à Ben, ne participaient jamais. Peut-être par cynisme. Pendant qu'il se déroulait, Tom Bradstock, Delroy et lui, debout près du 4 × 4, regardaient la scène avec indulgence et discutaient de sujets plus virils, comme le système de verrouillage des portières de la voiture et le nombre de kilomètres de vol que chacun avait en réserve. Tom venait de commencer à raconter une histoire de chien détecteur de drogue qui s'était pris d'affection pour lui à l'aéroport de Chicago et filait droit sur lui chaque fois qu'il entrait dans la salle de livraison des bagages.

« J'essaie d'expliquer aux maîtres-chiens que nous

sommes juste bons copains, mais ils ne me croient pas et ils m'emmènent dans la cabine pour me fouiller encore une fois. »

Ben écoutait d'une oreille distraite, juste assez pour pouvoir rire quand il le fallait. Il observait Josh et, une fois de plus, il éprouvait de la pitié pour lui. L'adolescent n'était pas venu dîner la veille, sous prétexte qu'il ne se sentait pas bien. Il n'avait même pas participé ensuite à la traditionnelle soirée de fin de vacances au bar. Toute sa gaieté semblait s'être évanouie. D'après Sarah, il devait y avoir eu un accroc entre lui et Katie. Et à les voir s'éviter soigneusement, Ben pensa qu'elle avait raison. Pour couronner le tout, Abbie était arrivée en larmes au petit déjeuner, après avoir fait ses adieux à Ty. Les hommes et les femmes, soupira Ben silencieusement. Oh, pitié !

Ce fut alors qu'il vit Eve. Il l'avait cherchée au petit déjeuner, mais comme elle n'était pas descendue, il s'était résigné à partir sans prendre congé. Ce qui valait sans doute mieux. Mais elle était là, plus belle que jamais en tenue de cavalière, en train de traverser la pelouse. La promenade du matin allait partir, les chevaux sellés attendaient, rangés le long des écuries, et certains pensionnaires étaient déjà en selle. L'espace d'un instant, Ben crut que c'était aux écuries qu'elle se rendait. Elle fit un petit signe de la main et descendit au parking. Elle le regarda, ils échangèrent un sourire, mais elle alla rejoindre les femmes.

Tom Bradstock, qui avait fini son histoire, était allé parler à l'un des cavaliers. Delroy détaillait Eve.

« Je donnerais cher pour être Adam », dit-il. Ben mit deux secondes à comprendre.

« Oh, en effet, oui. Elle est sympa.

— *Sympa ?* Ce que tu peux être... timoré, Ben ! Il y a bien dix autres adjectifs qui me viennent à l'esprit avant *sympa.* »

L'avant-veille au soir, Ben avait pris son courage à deux mains pour accompagner Delroy lors de sa promenade nocturne dans les bois. L'herbe était-elle plus forte, ou y avait-il trop longtemps qu'il n'avait pas fumé ? Toujours est-il qu'après quelques bouffées, la tête avait commencé à lui cogner. Il était rentré à son bungalow étreint par la nausée, en sueur, et était resté étendu sur son lit pendant ce qui lui avait semblé des heures, persuadé qu'il allait mourir. L'humiliation était déjà assez pénible, mais ce qu'il trouvait le pire, c'était l'attitude de Delroy, qui semblait croire qu'ils étaient devenus intimes. *Timoré ?* Qu'en savait-il ? Ils ne se connaissaient pas. Ben regarda sa montre.

« Bon, allez, je crois qu'il est l'heure de partir. »

Alors qu'il s'approchait du groupe des femmes, il entendit Sarah demander à Eve s'il lui arrivait de venir à New York.

« Eh bien, il se trouve que j'y monte en septembre, pour l'exposition d'un ami.

— Ah, mais on pourrait se retrouver, dit Sarah.

— Bonne idée.

— On pourrait peut-être aller voir un spectacle. Vous aimez les comédies musicales ?

— J'adore ça. »

Pendant qu'elles échangeaient leurs numéros de téléphone, Ben alla chercher les enfants et tout le monde se dit un dernier au revoir. Lorsque Eve posa sa joue fraîche contre la sienne, il éprouva un pincement de nostalgie au cœur. Elle lui dit qu'elle avait été ravie de faire leur connaissance à tous. Pas *sa* connaissance, nota-t-il. *Leur* connaissance. Lori n'était pas encore levée, ajouta-t-elle, mais elle l'avait chargée de leur transmettre ses adieux. Les Cooper grimpèrent dans le 4 × 4 et Ben mit le contact.

« N'oubliez pas de nous téléphoner, dit Sarah à Eve.

— Je n'y manquerai pas. »

Elle n'appellerait jamais, bien entendu. Tandis qu'ils s'éloignaient dans l'allée, les enfants firent des hou ! hou ! en agitant les bras par les portières et Ben leva les yeux vers le rétroviseur pour lui jeter ce qui serait certainement un ultime regard.

Neuf

On en était à la balle de match et, comme d'habitude, le père de Sarah allait gagner. Ce qui ne surprendrait personne. Même les lézards qui se chauffaient au soleil autour du court regardaient la scène d'un air fataliste. Quoi qu'il en soit, George Davenport éprouvait une jubilation mal dissimulée à pouvoir encore, à soixante-huit ans, pulvériser son gendre en deux sets seulement. Vêtu d'un short blanc et d'un polo, ses cheveux gris bien lisses, un soupçon de sueur perlant à son front hâlé, il fit rebondir la balle et s'apprêta à servir. À l'autre bout du court, vêtu de son T-shirt gris trempé et du bermuda à fleurs qu'il arborait en signe de rébellion puérile contre le code vestimentaire de Westchester, Benjamin s'armait de tout son courage, tel un prisonnier devant le peloton d'exécution.

C'était le dimanche de la fête du Travail[1] et les Cooper étaient venus en voiture ce matin-là de Syosset à Bedford dans la morosité, malgré le soleil, pour le déjeuner traditionnel chez les parents de Sarah. Comment l'habitude s'était maintenue toutes ces années alors que tous les participants, hormis peut-être la mère de Sarah, redoutaient cette journée, c'était un

1. *Labour Day*, premier lundi de septembre aux États-Unis.

mystère aussi insondable que le plaisir vorace de son père à battre pour la énième fois un si médiocre adversaire. Peut-être pour prolonger le supplice de Benjamin, il commit sa première double faute du match.

« Quarante-quinze ! »

Le déjeuner attendait sur la terrasse qui se déployait avec majesté sur la façade sud de la maison. Sentant venir ce qui pouvait passer pour le clou du match, Sarah, sa mère, Abbie et Josh étaient descendus sur la pelouse impeccable, leur verre de citronnade à la main, et manifestaient une gaieté opiniâtre, un peu forcée. Le court de tennis, comme tout le reste chez les Davenport, était immaculé. Deux fois par semaine, l'un des jardiniers venait l'entretenir. Son pourtour de gravillons et de briques était planté de rosiers et d'hibiscus, entremêlés de buissons de lavande sculptés. Le court lui-même était recouvert d'une sorte d'herbe synthétique dernier cri qui, selon le père de Sarah, était encore plus performante qu'une pelouse véritable. Qu'un homme qui, entre autres dons à la nation, avait élaboré toute une gamme de fonds alternatifs, puisse améliorer ainsi l'œuvre divine ne pouvait surprendre personne, surtout pas Ben, qui, suant et soufflant, se préparait maintenant à affronter une seconde balle de match.

« Vas-y, papa ! » cria Abbie, qui s'était mise à l'abri du soleil sous la treille ombrageant le tour du court.

« Silence ! » dit son grand-père, qui ne plaisantait pas.

Il servit et, cette fois, ce fut un coup rapide, bas et dans les limites. Benjamin fit un écart, bras tendu vers la droite, et rattrapa la balle du bout de sa raquette pour la renvoyer haut par-dessus le filet, en un lob facile.

Son beau-père prit le temps nécessaire pour permettre à un homme de voir défiler sa vie au ralenti devant lui : il regarda descendre la balle, sa raquette se détendit comme un cobra qui attaque et il réussit un coup épique, fulgurant, parfaitement calculé, qui envoya la balle entre les pieds de Benjamin, d'où elle rebondit par-dessus le grillage métallique derrière lui pour retomber dans les roses. Les quatre spectateurs applaudirent et acclamèrent avec une ironie plus ou moins marquée.

« Merci, Ben !

— Merci à vous, George. »

Sarah regarda les deux hommes de sa vie se serrer la main au-dessus du filet avant de se diriger vers la porte. Son père avait jeté un bras condescendant autour des épaules en sueur de son gendre.

« Il a encore un peu de tonus, le vieux, hein ?

— Pas qu'un peu, George.

— Pauvre Benjamin, soupira sa belle-mère.

— Alors, papa, c'est quoi le score, lança Josh, comme s'ils ne le savaient pas tous.

— Tu ne sais donc pas que la moindre des politesses, c'est de laisser gagner son hôte ? Personne ne te l'a jamais dit ?

— Alors, comment se fait-il qu'à la maison aussi, tu perdes toujours quand tu joues contre Grand-père ? »

Les deux hommes avaient quitté le court et, sous la treille, s'épongeaient avec des serviettes à côté de la table lattée en teck, pendant que la mère de Sarah versait de la citronnade en répondant à la question de Josh.

« La raison, Josh, c'est que ton père sait très bien que personne au monde n'aime gagner autant que ton grand-père. C'est le maudit gène des Davenport. J'espère que tu n'en as pas hérité.

— Ne t'en fais pas, mamie, lança Abbie, les gènes de loser de Papa le contrebalanceront amplement.

— Non, mais dites donc ! intervint Benjamin, ne vous gênez pas ! C'est ma fête aujourd'hui. Le jour de Ben est arrivé, on dirait. »

Il vida son verre de citronnade, puis partit au petit trot vers la maison pour prendre sa douche et se changer. Sans doute pour bien montrer que lui n'avait besoin ni de l'un ni de l'autre, le père de Sarah retraversa tranquillement la pelouse avec les autres, mitraillant Abbie de questions sur son intention récemment annoncée d'aller à l'université du Montana. Sarah avait plus de réserves que Ben sur le sujet, mais pour l'heure, elle ne voulait pas désavouer Abbie en prenant le parti de son père qui, comme c'était prévisible, se montrait sceptique. Abbie défendait bien sa position, et Sarah décida de ne pas s'en mêler. Elle passa devant, seule. Josh fermait la marche avec sa grand-mère, qu'il informait des derniers exploits des Chicago Cubs[1]. Depuis que, le vendredi précédent, il avait reçu une lettre de Katie Bradstock, il nageait dans l'euphorie. Il n'avait pas voulu en parler, mais ce qui avait fait échec entre eux était maintenant oublié.

Il n'avait pas plu depuis des semaines ; cependant, grâce à un système d'arrosage sophistiqué, l'herbe était d'un vert éclatant, ridicule. Un petit vent s'était levé, qui secouait les feuilles grillées des chênes dans l'allée. Sarah ferma les yeux et prit une grande inspiration, essayant de savourer la chaleur du soleil et la douceur de l'herbe sous ses pieds nus. Mais le nœud qu'elle avait dans l'estomac refusait de se desserrer.

Chez ses parents, elle se sentait toujours très tendue. Avec sa façade de style faussement colonial et son

1. Équipe de baseball junior de Chicago.

nombre de pièces insensé, la maison ne lui avait jamais donné ce sentiment de familiarité qu'on associe à son chez-soi. Ils avaient quitté une maison beaucoup plus modeste et confortable de l'autre côté de la ville pour emménager ici lorsque Sarah avait quinze ans et que la société de son père avait été rachetée pour une somme colossale par une grosse banque de Wall Street. Pourquoi diable avaient-ils besoin d'un pareil palais, sauf par goût de l'ostentation, c'est ce qu'elle n'avait jamais pu comprendre. D'autant qu'ils ne recevaient que très rarement et que son frère Jonathan et elle avaient déjà été expédiés en pension. À l'époque, Sarah avait cru que l'idée du déménagement venait de sa mère, issue d'une famille chic de Nouvelle-Angleterre, et lui en avait voulu. Toutefois, en vieillissant, elle découvrait peu à peu que le véritable snob, c'était son père. Seulement, il était plus habile à le dissimuler. Sarah se serait fait hacher menu plutôt que de reconnaître cette vérité devant Benjamin.

Ils étaient arrivés à l'escalier devant la terrasse et, d'après ce qu'entendait Sarah, Abbie commençait à s'énerver. Mais enfin, pourquoi une fille aussi intelligente et brillante qu'elle, qui avait le choix entre de bien meilleures universités plus près de chez elle, tenait-elle à aller faire ses études dans une fac de Trifouillis-les-Oies ? lui demandait son grand-père.

Sarah se tourna vers lui.

« Je t'en prie, papa, le Montana, ce n'est pas la Mongolie.

— On vient de conclure un marché avec les Mongols. Eh bien, c'est un pays drôlement branché, en fait.

— Cela n'aurait pas un rapport avec l'occasion de rencontrer un certain jeune homme, par hasard ? » demanda la mère de Sarah.

Abbie gémit et se tourna vers son frère, qu'elle fusilla du regard.

« Josh, espèce de larve, qu'est-ce que tu es allé raconter ? »

Il leva les mains, l'image même de l'innocence.

« Absolument rien !

— Comme menteur, tu es nul. Et si je disais à tout le monde pourquoi tu es un si grand fan des Chicago Cubs, hein ? Ça n'a bien entendu rien à voir avec le fait que tu es raide dingue de la petite Katie Bradstock ?

— *Petite ?* Oh, c'est vrai que toi, t'es tellement adulte, hein ?

— Allons, allons, les enfants », intervint Sarah.

Lorsqu'ils arrivèrent sur la terrasse, la prise de bec était finie. Abbie, pressée de questions, donna à contrecœur deux ou trois détails sur Ty ; elle réussit habilement à orienter la conversation vers sa visite au ranch des parents du jeune homme, d'où elle était revenue au comble de l'enthousiasme, disant que jamais elle n'avait vu plus bel endroit, encore plus beau que La Ligne.

Au déjeuner, on servit du homard du Maine, livré spécialement par avion la veille. Il y avait aussi des huîtres, des crevettes et un étonnant assortiment de salades préparé par Rosa, qui tenait la maison depuis neuf ans et que Sarah n'avait jamais vue sourire. Benjamin disait qu'elle attendait sans doute une raison pour cela. La table ovale était couverte d'une épaisse nappe en lin blanc et ombragée par deux grands parasols crème. Elle était assez grande pour douze personnes, mais au lieu de se regrouper à une extrémité, les six convives étaient installés à plusieurs mètres les uns des autres, chacun si isolé dans son espace que pour se passer le sel, il fallait appeler Rosa, qui attendait, la mine maussade, en coulisses.

En temps normal, les vides auraient été occupés par le frère de Sarah et sa famille. Jonathan avait cinq ans de moins qu'elle, et ils n'avaient jamais été très proches. Comme son père, il était dans la finance, et s'occupait de questions assez impénétrables. Récemment, il avait accepté un poste à Singapour, emmenant Kelly, son épouse texane, et leurs deux filles jumelles, aussi gâtées l'une que l'autre. Pendant que tout le monde mâchait le homard susmentionné et que le silence se faisait de plus en plus lourd, Sarah se prit presque à regretter leur absence.

Pourquoi s'entêter à infliger cette corvée annuelle à Ben et aux enfants, alors qu'elle l'appréhendait presque autant qu'eux ? La semaine précédente avait été gâchée par une interminable querelle avec Abbie et Josh qui, jusqu'à ce matin, refusaient de venir. Au petit déjeuner, Sarah s'était finalement lancée dans une tirade sur l'importance de la famille, faisant feu de tout bois et utilisant les arguments les plus sournois et les plus culpabilisants qui lui venaient à l'esprit. Comme quoi ils étaient bien contents d'accepter les gros chèques de leurs grands-parents pour leur anniversaire, et leurs cadeaux de Noël, mais n'étaient même pas disposés à faire acte de présence pour un déjeuner. Que son père n'était plus tout jeune et qu'il ne serait pas toujours là (alors qu'en réalité, il jouissait d'une santé insolente et les enterrerait probablement tous). Elle était même allée jusqu'à évoquer Misty, le poney que ses parents avaient donné à Abbie pour ses dix ans. Benjamin s'était gardé d'intervenir. Mais bien qu'il n'ait rien dit, elle voyait clairement à son expression satisfaite combien il appréciait la révolte des enfants. Sarah lui aurait volontiers lancé quelque chose à la figure.

Pourtant, maintenant qu'ils étaient là, la culpabilité

avait changé de camp et elle les plaignait tous. Même Benjamin. Depuis des semaines, en fait depuis leur retour de La Ligne, il ne s'était pas montré très chaleureux, mais distant et préoccupé. Comme il traversait une passe difficile dans son travail, elle avait décidé d'attribuer son humeur à ces soucis. Peut-être était-elle aussi responsable que lui, car la librairie ne marchait pas très fort non plus. En fait, c'était la pire année depuis l'ouverture. L'une des grandes chaînes avait ouvert un nouveau magasin non loin du sien, et Jeffrey, son gérant adoré et dévoué, qui s'occupait maintenant presque tout seul de la librairie, parlait à nouveau de partir. Mais si Sarah discutait volontiers de ses problèmes, Benjamin ne paraissait plus vouloir l'écouter ni évoquer les siens. Son père, qui avait un flair de limier, posait à Ben des questions sur son travail.

« Comment va votre projet dans les Hamptons ?

— Ça ne se présente pas très bien, en fait, George.

— C'est quoi, le nom du type, déjà, j'ai oublié.

— Le promoteur ? Hank McElvoy.

— McElvoy, c'est ça. L'autre jour, j'ai demandé à Bill Sterling ce qu'il savait sur lui. Il m'a dit que ce type avait des ennuis et que les banques demandaient le remboursement immédiat de leurs prêts. C'est ça, le problème ?

— Non, en fait on s'est accrochés sur ce qu'on appelle des “différences de conception en matière de création”.

— Papa est un héros, lança Abbie, assise de l'autre côté de la table. Ils voulaient couper tous ces beaux arbres et il ne les a pas laissés faire.

— Dommage de perdre un contrat pour quelques arbres, je trouve.

— Grand-père !

— On a dû vous mettre sur la touche.
— Sans doute. »

Benjamin prit une bouchée de homard et regarda Sarah. Elle sourit pour manifester sa solidarité, mais il détourna les yeux.

« Ella me disait que votre société avait reçu je ne sais quel prix, poursuivit son beau-père.

— C'est exact. Pour le centre commercial que nous avons réalisé à Huntington.

— C'était votre projet ou celui de Martin ?

— Oh, nous avons tous travaillé dessus. Mais je crois qu'on peut dire qu'à la base, le concept est celui de Martin.

— C'est un type brillant.

— En effet.

— Eh bien, vous lui transmettrez mes félicitations.

— Merci, George. Je n'y manquerai pas. »

Autrefois, ce genre d'affront à peine déguisé aurait mis Benjamin en rage. Au début de leur mariage, il y avait des limites à ce qu'il pouvait supporter, au-delà desquelles il montait au créneau en prenant le premier prétexte venu. Invariablement, son beau-père l'emportait, car quel que soit le sujet, qu'il ait raison ou tort, George restait calme et souriant, stratégie qui exaspérait tellement Benjamin qu'il finissait toujours par perdre son sang-froid. Mais cette fois, en le regardant assis en face d'elle, encore en nage après ses efforts sur le court, Sarah ne décela aucun signe de mortification ni de colère, seulement une résignation lasse qui la chagrina bien davantage que ne l'aurait fait une altercation violente.

Plus tard, lorsqu'elle ramena tout le monde à la maison, ce furent Abbie et Josh qui explosèrent, pas Benjamin. D'ailleurs, il n'eut pas un sourire et ne parut pas prendre le moindre plaisir à les entendre laisser éclater leur colère et forcer Sarah à jurer ses grands dieux que jamais au grand jamais ils n'auraient à subir un autre déjeuner de fête du Travail. Elle ne fit aucune objection et s'excusa, ce qui les désarma. Un silence las s'installa entre eux. Josh mit son casque pour écouter son walkman, pendant qu'Abbie se pelotonnait à côté de lui et ne tardait pas à s'endormir. Benjamin se laissa aller contre l'appuie-tête et regarda par la vitre de la voiture, l'œil vide. Il paraissait si malheureux que Sarah tendit la main et la posa sur son bras, mais comme il restait sans réaction, au bout de quelques instants, elle l'ôta.

« Je croyais qu'en prenant de l'âge, on se bonifiait, dit-elle. Il devient de pire en pire.

— Il a toujours été comme ça.

— Il ne dit pas un mot qui ne soit pas blessant.

— Ça n'a rien de nouveau. »

Il ferma les yeux. Sarah n'insista pas et continua à conduire en silence. Dans le rétroviseur, elle vit que Josh s'était endormi lui aussi. La route était encombrée par la circulation des retours, et elle la quitta pour prendre ce qu'ils appelaient le « chemin des écoliers », mais il était engorgé lui aussi et ils se traînèrent, pare-chocs contre pare-chocs, kilomètre après kilomètre, dans les banlieues tentaculaires. Elle alluma la radio, mais ne parvint pas à trouver une station qui ne l'agace pas ou n'augmente pas son sentiment d'exclusion. Autour d'eux, les gens dans les voitures parlaient et s'amusaient.

Ce fut le vieux break Volvo qui lui donna le coup de grâce. Il se trouvait dans la file voisine et revenait sans cesse à la hauteur de celle des Cooper. Il ressemblait à celui qu'ils avaient autrefois, à ceci près qu'il était bleu alors que le leur était blanc. Sur la galerie s'empilaient bicyclettes et matériel de camping, exactement comme sur le leur. Dedans, un couple et deux jeunes enfants, une fille et un garçon, tous les deux blonds et craquants. Tout le monde riait et jacassait. Sarah s'efforça de ne pas regarder. Elle crispa les muscles de son visage de façon à repousser les larmes qui, ces temps derniers, lui montaient aux yeux pour un oui ou pour un non. Et, le regard résolument rivé droit devant, elle se reprocha sa stupidité avec amertume, se disant qu'elle était bien trop sentimentale et qu'il ne fallait pas glisser sur la pente de la nostalgie. Ne pas laisser pénétrer dans sa tête cette image de son bonheur perdu.

Dix

Ils s'étaient rencontrés pendant la seconde année de Sarah à l'université de Wellesley. Au cours sur les tragédies de Shakespeare, une fille qu'elle connaissait à peine et qu'elle ne trouvait d'ailleurs pas très sympathique lui avait proposé de se joindre à elle pour une fête à Cambridge, où un type de Harvard lui avait demandé de venir avec « un wagon de minettes ». À Wellesley, très peu d'étudiantes correspondaient vraiment à ce terme, qui aurait dû éveiller les soupçons de Sarah. Mais comme elle n'avait rien d'autre à faire, elle suivit.

En fait, c'était l'une de ces horribles soirées de fraternités[1], où s'agglutinaient des mecs bourrés et odieux, qui hurlaient, se donnaient en spectacle et vomissaient sur les pelouses. Seul dans son coin, cheveux longs, veste de cuir, Benjamin avait l'air bohème, intéressant et en tout cas, à jeun. Plus âgé que les autres, plus homme qu'adolescent, il paraissait à l'évidence aussi mal à l'aise et étranger qu'elle. Ils se repérèrent, allèrent l'un vers l'autre et se trouvèrent en connivence avant même de s'être parlé.

1. Groupes d'étudiants d'une université masculine qui se réunissent en clubs.

Ses liens avec la fête étaient aussi ténus que ceux de Sarah. Il dit qu'il était venu à titre de conducteur. Comme il avait une voiture, certains des invités l'avaient persuadé de les amener de Syracuse, où il était étudiant en architecture.

« Ils m'ont dit qu'il ne fallait pas que je meure idiot. »

Il avala une gorgée du prétendu punch aux fruits, qui lui fit faire la grimace. D'après la rumeur, le breuvage avait été arrosé d'alcool brut piqué dans les laboratoires de chimie. Quelqu'un remit un album des Wings.

« Eh bien, te voilà édifié, dit Sarah.

— Oui. Enfin, ils ont payé l'essence. Cette musique me casse les oreilles. Si on allait ailleurs ? »

Ils prirent sa vieille Ford Mustang pour aller à Boston. Le pot d'échappement, cassé, faisait un tel bruit que tout le monde se retournait. Ils trouvèrent un petit restaurant italien qu'elle connaissait. Devant des plats fumants de spaghettis aux champignons et une bouteille de chianti bon marché, ils restèrent à bavarder jusqu'à la fermeture. Sarah dit qu'elle se souvenait d'un bar dans les parages, mais ils le cherchèrent en vain et continuèrent leur chemin. C'était une belle nuit d'automne et il ne faisait pas chaud. Elle se surprit elle-même en glissant son bras sous celui de Ben. Ils durent parcourir des kilomètres sans cesser de parler.

Il lui dit qu'il venait d'Abilene, dans le Kansas, où ses parents tenaient une quincaillerie. Que maintenant qu'il n'était plus obligé d'y vivre, il s'était réconcilié avec cette ville, mais que pendant son adolescence, il n'avait qu'une envie : la quitter. Il avait une sœur aînée qu'il ne voyait presque jamais et ne s'entendait pas avec son père, qui ne lui avait pas encore pardonné son refus de devenir avocat. À la question de

Sarah : « As-tu toujours voulu être architecte ? » il répondit que non, absolument pas. Ce qui lui aurait vraiment plu, ç'aurait été d'être comédien.

« Enfin, pas exactement comédien, rectifia-t-il. Star. Star de cinéma, et célèbre, comme Paul Newman, par exemple.

— Alors, qu'est-ce qui s'est passé ?

— Je n'étais pas bon. Au lycée, tout ce que je faisais, c'était du théâtre. Je jouais dans toutes les pièces et on m'a confié de bons rôles. Mais heureusement, j'ai eu un moment de clairvoyance.

— Raconte-moi.

— Tu y tiens ? En bien voilà. Je jouais Angelo dans *Mesure pour mesure* – tu connais la pièce ? »

Elle la connaissait par cœur, mais se borna à hocher la tête.

« Bon. Tu vois le moment où Isabelle refuse de coucher avec Angelo ? C'est là qu'il donne l'ordre de couper la tête de son frère Claudio, mais au lieu d'obéir, on décapite un autre malheureux à sa place.

— Bernardino.

— Je te crois sur parole. Dis donc, tu m'épates. Bref, le metteur en scène avait demandé qu'on m'apporte la tête dans un panier et comme j'ignorais que ce n'était pas celle de Claudio, il fallait que je soulève le linge et que je regarde le résultat de mon méfait. Et il m'a dit : "Ben, je veux une nausée, une vraie nausée. Et l'apparition du remords."

— "L'apparition du remords". On dirait que ça sort d'un livre.

— Oui. C'est moi tout craché, ça. Donc, voilà. Tous les soirs, il fallait que je regarde dans ce panier cette tête en caoutchouc grotesque recouverte de ketchup. J'ai essayé. Dieu sait que j'ai fait de mon mieux. Mais tout ce que j'éprouvais, c'était une grosse envie de rire.

— Et tu as ri ?

— Non. Sauf lors de la dernière, parce que quelqu'un avait mis une grenouille gonflable dans le panier. Non, je faisais semblant. La nausée, le remords. Et ça passait bien. J'ai eu des critiques excellentes. Mais je savais que si je ne pouvais pas éprouver ces sentiments, les sentir dans mes tripes, je n'étais pas taillé pour être acteur.

— Tu crois que tous les acteurs les éprouvent ?

— Tous, non. Mais les meilleurs, oui. »

À son tour, elle lui parla de sa famille, de son enfance à Bedford – à ce nom, il fit mine d'être impressionné, comme s'il venait de découvrir à qui il avait affaire. Elle mit aussitôt un bémol sur tout ce qui pouvait suggérer l'argent, les privilèges ou les relations. Comme si le fait d'être à Wellesley ne suffisait pas à la situer.

Jamais elle n'avait rencontré un garçon qui écoutait aussi bien. Lorsque enfin, plus par hasard que par sens de l'orientation, ils retrouvèrent l'endroit où il avait garé sa voiture, elle avait été emmenée à la fourrière. Quand ils l'eurent récupérée, l'aube pointait et ils avaient encore faim. Ils allèrent jusqu'au péage du Massachusetts, où ils trouvèrent un relais routier et commandèrent des assiettes d'œufs au bacon bien gras, avec des pommes de terre sautées.

Sarah avait rarement passé une aussi bonne soirée. Et quand il lui dit au revoir avec un chaste baiser sur la joue avant de retourner chercher ses copains pour rentrer à Syracuse, elle savait – non, elle pensait, elle osait espérer – que c'était l'homme qu'elle allait épouser, le père de ses futurs enfants.

Ce n'était pas seulement vieux jeu, c'était absurde. Tout le monde connaissait la plaisanterie sur les parents qui envoyaient leurs filles à Wellesley pour qu'elles en reviennent avec leur diplôme de M.m.e. Mais l'idée, c'était qu'elles mettent le grappin sur un jeune loup de Harvard, et non un fils de boutiquier du Kansas issu de ce que le père de Sarah aurait appelé l'université de Moins-que-Rien. De plus, âgée de tout juste vingt ans, elle était encore vierge. Elle se disait parfois qu'elle devait être la seule de toute la fac. C'était au milieu des années soixante-dix, après la pilule et avant le sida, et les étudiants forniquaient comme des lapins. Sauf Sarah Davenport.

Non qu'elle eût manqué d'occasions ou qu'elle fût prude, timide ou peu intéressée. Elle savait que son raisonnement était vieux jeu et probablement un peu demeuré. Iris, la fille avec qui elle partageait sa chambre, en était persuadée. Elle trouvait même que c'était de la folie pure. Elles étaient nées la même semaine de septembre, mais Iris ne manquait jamais une occasion de lui rappeler qu'elle était son aînée de cinq jours, et infiniment plus adulte qu'elle. Assurément, c'était la seule personne avec laquelle Sarah se sentait capable de discuter de sujets aussi intimes. Iris avait grandi à Pittsburgh, où, assurait-elle, tout le monde sans exception commençait à seize ans.

« Saute le pas, ma vieille. Après, tu pourras choisir. »

Mais Sarah avait l'impression que c'était important. Aimer le premier homme avec qui elle irait jusqu'au bout, c'était peut-être une notion démodée, mais cela lui semblait justifié. Elle avait déjà eu des petits amis avec qui elle avait fait pratiquement tout ce qu'il était possible de faire excepté l'acte lui-même – si elle avait bien compris d'après ses conversations avec Iris – et elle commençait à avoir l'impression d'être un cas. Or ce genre de chose finissait toujours par s'ébruiter. Elle savait déjà qu'un petit blaireau avec qui elle était sortie un moment lui avait ensuite fait une réputation d'allumeuse. Même si, d'après ce qu'Iris avait entendu dire, il n'avait pas grand-chose à allumer, cette histoire la contrariait.

Si Benjamin lui avait proposé de faire l'amour ce soir-là, même sur la banquette arrière de sa voiture, elle aurait volontiers accepté. En fait, il n'en fut pas question pendant près de cinq mois encore. Ils se téléphonaient au moins une fois par semaine ; ils se donnaient rendez-vous à New York pour voir un film ou une exposition. Cela se prolongeait par un dîner et se terminait par un petit baiser sur la joue. Juste au moment où Sarah se résignait à l'idée que tout ce qu'il avait en tête, c'était d'être son meilleur copain, et qu'il avait sans doute une petite amie à Syracuse ou au Kansas, il arriva sans crier gare à Wellesley pour la Saint-Valentin avec un énorme bouquet d'amaryllis rouge sang, à l'aspect vaguement carnivore, et lui déclara qu'il l'aimait.

Plus tard seulement, elle découvrit qu'il s'était montré moins audacieux qu'elle l'imaginait, car il avait pris soin d'appeler discrètement Iris au préalable pour savoir si Sarah avait d'autres projets et, sinon, à quel genre d'accueil il pouvait s'attendre.

Cet été-là, il trouva du travail dans un cabinet d'architecte actif, sinon prestigieux, dans l'Upper East Side, où son rôle se bornait à répondre au téléphone et à préparer du café. Par une relation de travail de son père, Sarah avait aussi trouvé un boulot dans une société qui faisait des spots publicitaires pour la télévision. Ni l'un ni l'autre n'était payé mais, grâce au versement mensuel que Sarah recevait de ses parents, ils ne s'en souciaient guère. Ils étaient trop occupés à se découvrir l'un l'autre.

Un vieil ami que Benjamin avait connu à Syracuse

et qui passait les trois mois d'été à Florence leur avait laissé les clés de son appartement, un placard à balais de deux pièces au coin de la 93e Rue et d'Amsterdam. Cet été-là fut l'un des plus chauds jamais enregistrés, et l'appartement n'était pas climatisé. Les trottoirs fumaient et miroitaient. À l'intérieur, c'était plus ou moins pareil.

Sarah s'était imaginé que Benjamin avait l'expérience des femmes, plus à cause de ses manières décontractées et de son air averti que de ce qu'il avait pu dire. Mais lors de leurs premiers rapports, il lui parut aussi novice qu'elle, et il fallut un certain temps avant qu'ils perdent leur réticence mutuelle. Elle ne comprenait toujours pas pourquoi on accordait au sexe une telle importance et si elle ne partageait pas l'insatiable appétit de Benjamin, même pendant ces nuits chaudes où la clameur de la rue qui entrait par les fenêtres ouvertes rivalisait avec la fièvre de leur propre sang, elle avait cependant un sentiment grisant de détente et de libération.

Au début du mois de juillet, elle l'emmena pour la première fois passer un week-end à Bedford pour le présenter à ses parents, qui avaient entendu parler de lui et étaient curieux de le rencontrer. Ils ne se doutaient naturellement pas que, quand leur fille passait la nuit à New York, ce qui lui arrivait de plus en plus souvent, elle n'allait pas coucher chez une copine de Wellesley, comme elle le prétendait. Benjamin en savait déjà assez sur eux pour éprouver une certaine appréhension. Pour l'occasion il s'était fait couper les cheveux, ce que Sarah avait pris pour une preuve d'amour. Il avait même mis une veste sport pour le dîner – mais quand même pas de cravate –, ce qui ne suffit pas à charmer sa mère, qui le décrivit plus tard comme « un garçon charmant, mais un peu bohème ».

Le père de Sarah tenta de cacher son mépris pour toutes les universités extérieures au petit cercle des établissements prestigieux de la côte Est en manifestant un intérêt un peu excessif pour l'université du Kansas, où Benjamin avait obtenu son diplôme avant d'intégrer Syracuse. Ce dîner eut tout de l'entretien d'embauche. Le père de Sarah s'y connaissait autant en architecture que Benjamin en finances des sociétés, mais il s'était manifestement renseigné sans avoir l'air d'y toucher. Pendant que Sarah et sa mère mangeaient en silence, il soumit le pauvre garçon à un long interrogatoire en règle sur Werner Seligmann, un professeur de Harvard qui venait de s'installer à Syracuse et qui allait transformer les lieux dans les années à venir. Heureusement, Benjamin comptait déjà parmi ses admirateurs ; il passa donc l'épreuve avec aisance. Il dut perdre quelques points en tombant sur la mère de Sarah alors qu'il sortait en petite tenue de la chambre de sa fille. Mais il se rattrapa le lendemain en se laissant écraser pour la première fois par son futur beau-père sur le court de tennis.

Pour le déjeuner du dimanche, on avait invité deux couples de voisins. Tous deux avaient de jeunes enfants qui s'entendirent tout de suite avec Benjamin. On aurait cru qu'ils le connaissaient depuis toujours. Il les taquina gentiment, fit l'imbécile et ne tarda pas à leur donner le fou rire. Ils ne le lâchèrent pas d'une semelle. Beaucoup d'hommes de cet âge-là étaient capables de gagner la sympathie d'enfants, Sarah l'avait constaté, mais ce qui la frappa, c'est qu'il savait aussi parler avec eux, même de choses sérieuses, et se mettre à leur niveau sans la moindre trace de condescendance. Sa mère la surprit en train de le regarder fixement et, à son sourire entendu, Sarah vit qu'elle avait deviné ses intentions.

Leur mariage fut somptueux. Il eut lieu à Bedford, l'été où Sarah obtint son diplôme de Wellesley. Et jamais au cours de ces mois vertigineux précédant la cérémonie ni pendant les nombreuses années qui suivirent, Sarah ne revint sur l'impression qu'elle avait eue lors de leur première rencontre. De lui, elle adorait presque tout. Sa douceur, son humour, sa générosité, son habitude de lui demander son avis et de prendre en compte ce qu'elle disait et faisait. Sa gentillesse quand il l'installait devant une tasse de thé si elle avait un ennui, la laissant lui raconter ce dont il s'agissait, sans essayer de trouver la solution à sa place. Elle admirait sa passion pour son travail et était convaincue que si la justice existait en ce monde, il ferait un jour de grandes choses.

Leurs intérêts ne se recoupaient pas exactement, mais chacun semblait également ouvert aux choses que l'autre aimait. Il lisait beaucoup, mais pas de la fiction ; or elle lui fit bientôt découvrir les romans de Jane Austen, Henry James, ainsi que ceux d'Updike, Bellow et Roth, et lui donna des cours accélérés de musique classique. Pendant quelque temps, il fit une fixation sur les opéras de Mozart. Elle ne devait jamais oublier ses joues ruisselantes de larmes pendant le fameux duo de la Sérénade le jour où ils étaient allés écouter *Così fan tutte* au Metropolitan. Lui aussi l'emmenait voir d'obscurs films européens signés de réalisateurs qu'elle ne connaissait pas, comme Herzog ou Fassbinder. Il lui faisait écouter tous ses disques de Miles Davis et de Neil Young, l'emmenait dans de sombres caves du centre-ville entendre des groupes punk confidentiels, tous si effroyables qu'elle aussi avait envie de pleurer.

Ils formaient un couple si fusionnel que Sarah se posait parfois des questions sur leurs limites respectives. À l'occasion, elle s'inquiétait, se trouvait trop malléable, et redoutait de se faire tranquillement désarticuler et remodeler à son insu. Lorsqu'ils allaient acheter de la nourriture, des vêtements ou des meubles, ou quand ils changeaient la décoration de leur appartement, c'étaient presque toujours les goûts de Benjamin qui prévalaient. Mais pas contre son gré à elle. Elle était trop contente de donner son accord, parce qu'en général, elle ne savait pas ce qu'elle voulait alors que lui, si. Face à une douzaine de verres à vin de formes différentes ou vingt nuances de bleu, elle était perplexe ou alors son regard devenait vague. Peut-être n'y attachait-elle pas assez d'importance. De toute façon, se disait-elle pour se justifier, cela faisait partie du travail de Benjamin de s'y connaître en textures, en couleurs et en formes, c'était dans sa nature.

Elle savait que tout ne se passait pas ainsi dans les autres couples. Beaucoup d'hommes étaient soulagés de laisser ce genre de décisions à leur femme. Et sans nul doute, Benjamin avait tendance à vouloir tout contrôler. Elle se souvenait avoir étudié le cas de personnalités semblables lors d'un cours de psychologie qu'elle avait suivi à Wellesley. Leur désir de contrôle provenait souvent d'une insécurité profonde, d'une angoisse à l'idée que, s'ils cessaient d'être fermes et de garder l'œil sur tout, le chaos surviendrait et risquerait de les engloutir. Benjamin souffrait peut-être d'une forme atténuée de ce syndrome. Auquel cas, Sarah s'en accommodait volontiers. Il n'avait rien du tyran. Et franchement, c'était souvent un soulagement de le laisser faire.

Il avait parfois ses humeurs et pouvait devenir difficile, surtout quand tout n'allait pas bien dans son travail. Et il faisait preuve d'une nervosité qui aurait dû l'inquiéter davantage. S'ils se disputaient (ce qui arrivait rarement et n'en était que plus préoccupant), il pouvait se montrer cruel, et semblait avoir du mal à s'excuser ou à pardonner. Ils étaient tous deux intelligents et habiles à manier les mots, mais c'est lui qui avait la langue la plus acérée ; même quand il avait tort, il savait si bien déformer les choses que c'était souvent elle qui finissait par s'excuser.

Aux premiers temps de leur mariage, leurs disputes les plus graves concernaient ses parents à elle. Fatalement, peut-être, Benjamin leur en voulait. Il lui était très pénible de dépendre de la rente de Sarah pendant qu'il finissait ses études à Syracuse et s'acquittait péniblement de ses trois cruelles années d'internat pour obtenir à leur terme son titre d'architecte diplômé et sans le sou. Il se mit à surnommer la maison de Bedford « le Country Club » et, lorsqu'ils étaient en société, disait parfois en plaisantant que la clé du succès pour un architecte, c'était d'épouser une fille riche. Mais Sarah savait que ces commentaires étaient préventifs et dirigés contre lui, et non contre elle.

À la vérité, il lui déplaisait presque autant qu'à Benjamin de dépendre financièrement de ses parents. Elle ressentait une impression d'inutilité, comme si peu importait qu'elle fasse de sa vie une réussite ou un innommable gâchis. Après l'université, elle se vit offrir un emploi dans la société où elle avait fait son stage, mais comme le contact initial était une relation de son père et non une des siennes, elle refusa. Elle posa sa candidature dans une société de télévision qui faisait des documentaires sur l'art et, à sa grande surprise, décrocha un travail de recherche.

Son premier projet fut une série pour PBS [1] sur les

1. Public Broadcasting Service : société de production de télévision.

grands écrivains américains. Hélas, pour répondre aux critères de choix, ils devaient tous être morts. Aussi, au lieu de parler de ceux qu'elle admirait tant parmi ses contemporains, Roth, Bellow et Updike, elle dut décliner la série des habituels classiques de lycée, Melville, Twain et Scott Fitzgerald. Le producteur, un Anglais hautain qui portait des souliers en daim blanc et une moumoute, lui dit que les raisons de ce choix étaient dictées par le budget, les droits d'auteur etc, d'un ton qui sous-entendait que Sarah ne devait pas casser sa jolie petite tête à ce sujet. Toutes les alternatives qu'elle suggéra furent refusées. Henry James était trop efféminé. Poe et Bierce, trop excentriques, Hemingway trop macho. Et quand elle lança qu'Edith Wharton était probablement trop féminine, cette remarque caustique ne favorisa en rien sa carrière.

Elle était payée une somme dérisoire, mais au moins, c'était de l'argent qu'elle gagnait elle-même. Elle avait toujours appris vite ; deux ans après, elle travaillait dans une société beaucoup plus jeune et branchée de SoHo pour un salaire deux fois supérieur. Elle y produisait une série d'émissions dont elle avait la charge. Cette fois, il s'agissait d'écrivains vivants, encore que dans un cas, l'interview ait été si guindée que l'auteur eût tout aussi bien pu être empaillé.

Elle menait une vie frugale mais heureuse avec Benjamin dans le minuscule appartement qu'ils louaient à la limite de Greenwich Village. Maintenant, il travaillait pour Dawlish & Drewe, un cabinet vieillot mais assez important, spécialisé dans les projets industriels et commerciaux à petite échelle. Il ne gagnait guère plus qu'elle et son travail était du tout-venant, mais il ne tarda pas à se faire remarquer. Il était l'un des meilleurs dessinateurs et maquettistes du bureau, très sollicité pour les présentations.

Il faisait équipe avec un jeune architecte intelligent et talentueux qui avait été engagé à sa sortie de Columbia l'automne précédent, et cela rendait le travail attrayant. Petit, très brun et velu (à l'exception de son crâne poli), les yeux noirs et malicieux, l'esprit aussi vif que son sens de la mode, Martin Ingram avait le type d'ambition et de créativité qui ne pouvaient s'épanouir dans un cabinet tel que celui de Dawlish & Drew. Son humour était encore plus caustique que celui de Benjamin et, chacun à son bureau, ils faisaient des imitations sans pitié d'Adrian Dawlish, avec son nœud papillon et son caractère pointilleux, ainsi que des autres aînés parmi les associés. Ils devinrent très amis et ne tardèrent pas à former le projet de partir pour créer leur propre cabinet.

Martin avait grandi à Syosset, dans le comté de Nassau. Le nom n'évoquait à Sarah que des connotations négatives. On l'y avait emmenée une fois quand elle était enfant visiter un endroit appelé la ferme des Sucettes, où elle s'était fait mordre par une chèvre, avait mangé trop de sucettes et vomi sur la banquette arrière de la voiture neuve de sa mère. En revanche, pour Martin, Syosset était l'Amérique idéale, pur jus, le genre de lieu où on ne fermait jamais sa porte à clé et où les voisins étaient solidaires. Il avait hâte d'y retourner. Avec son épouse Beth, agent commercial dans l'immobilier, une rousse frisée à la stature nettement plus imposante que celle de son mari et à la voix claironnante, que Sarah s'efforçait en vain de trouver sympathique, ils avaient tout planifié à l'avance. Lorsqu'ils auraient des enfants – à une date apparemment prévue – ils prendraient leurs cliques et leurs claques et retourneraient là-bas.

Le soir où le grand projet fut révélé – à Sarah en tout cas – ils mangeaient une pizza toute préparée, assis devant une table en verre ronde chez les Ingram, qui habitaient dans un quartier plus chic un appartement beaucoup plus grand que le leur, mais dont Sarah trouvait la décoration surfaite. Martin et Beth se mirent soudain à vanter les mérites de Syosset à Sarah avec une insistance qui la laissa un moment perplexe.

Parmi nombre d'autres avantages, la ville avait apparemment de bonnes écoles, un air moins pollué, moins de criminalité, une bibliothèque municipale flambant neuve et un grand traiteur, Banhof, situé sur Jackson Avenue. De plus, Martin lui assura qu'il n'y avait plus de chèvres carnassières : la ferme des Sucettes avait fermé en 1967. En outre, argument plus important – là, Sarah commença à comprendre où il voulait en venir –, il y avait une pénurie de bons architectes dans le secteur, donc un beau potentiel pour les associés de l'embryonnaire ICA (Ingram Cooper Associates). Il fallait mettre les noms dans cet ordre, dit Martin, puisqu'il y avait déjà une CIA.

« Alors, nous aussi, il faut qu'on aille s'installer là-bas ? » plaisanta Sarah. Elle avait dit cela en l'air, mais le silence qui suivit sa remarque et l'expression de Benjamin lui firent comprendre que c'était exactement ce qu'il avait en tête.

« C'est effectivement à discuter, dit-il.

— Tiens donc. Et quand est-ce qu'on va en parler ? »

Ils ne firent rien d'autre pendant les semaines qui suivirent. Les discussions prirent les proportions d'une bataille en règle. Elle s'aperçut qu'il était déjà allé repérer les lieux avec Martin et que ce qu'il avait vu lui avait plu. Il les voyait bien vivre là-bas, dit-il. Sarah l'accusa de lui avoir dissimulé ses projets et d'être un macho qui faisait passer sa carrière à lui d'abord et croyait pouvoir décider seul de l'endroit où ils vivraient. Elle ne voulait pas habiter la banlieue. Peut-être à cause du ton légèrement méprisant dont elle avait prononcé ce mot, Ben l'accusa pour la première fois d'être une bourge snob, ce qui la mit dans une rage telle qu'elle ne lui adressa pas la parole de trois jours. Entre eux s'installa un froid que ni l'un ni l'autre ne semblait disposé à dissiper. Ils ne se touchèrent pas pendant plus d'un mois.

Un samedi matin, au début du printemps, alors qu'il poussait son chariot d'un air morose dans les allées d'une jardinerie des quartiers résidentiels, où ils étaient venus acheter des plantes pour leurs deux mètres carrés de terrasse sur le toit, Benjamin se pencha soudain et cueillit une clématite.

« C'est pour toi », dit-il avec un étrange sourire. Elle crut un instant qu'il avait agi par gentillesse et que c'était peut-être une offrande de paix. Puis elle vit l'étiquette. Cette variété s'appelait La Reine des glaces.

Ils surmontèrent pourtant ce différend au sujet de leur lieu de résidence. Mais la méchanceté lancée par Benjamin à cette occasion macéra longtemps dans le cœur de Sarah. C'était la première fois qu'il l'accusait d'être frigide, et il l'avait choquée et meurtrie.

Abbie naquit dix-huit mois plus tard. Deux ans après, le mois même où le cabinet reçut sa première commande digne de ce nom, Josh vint au monde. Pour chaque naissance, Sarah organisa son travail de manière à pouvoir prendre quelques mois de congé. Si sa carrière n'avait pas le vent en poupe, elle avançait cependant de façon satisfaisante. Un documentaire menait à un autre. Un film d'elle sur les photographies de David Hockney fut même sélectionné pour un Emmy Award. À présent, ils habitaient l'Upper West Side, un autre appartement loué, plus spacieux et confortable que leur premier nid d'amour d'Amsterdam. Mais avec deux enfants en bas âge et une garde d'enfants à plein temps qu'ils pouvaient à peine s'offrir, ils vivaient encore à l'étroit, dans des conditions assez médiocres. Chaque matin, Benjamin prenait leur vieille Volvo familiale et gagnait Syosset dans les embouteillages.

Martin et Beth avaient suivi leur programme et s'étaient déjà installés à Syosset avec leurs deux fils, nés exactement à dix mois d'écart. L'équipe d'Ingram Cooper Associates, en pleine croissance, travaillait dans un atelier tout en longueur au toit vitré, situé sous les érables du grand jardin derrière la maison de Martin et Beth. Lorsque Abbie eut quatre ans, les Cooper décidèrent d'aller les rejoindre. Avec un prêt nanti par la rente de Sarah, malgré la réticence de Ben, ils achetèrent une petite maison blanche en bois non loin de chez leurs amis et, quelques mois plus tard, versèrent des arrhes pour un terrain boisé d'un demi-hectare en pente douce à l'orée de la ville, sur lequel Benjamin voulait construire une belle maison qu'il aurait lui-même dessinée.

Plus tard, Sarah devait avoir du mal à situer exactement le moment où elle avait accepté sans déplaisir le déménagement. C'était plutôt un processus d'usure, le résultat d'un malaise croissant à l'idée d'élever leurs enfants à Manhattan. À la différence d'Abbie, Josh n'était pas un enfant facile. Il attirait comme un aimant le premier virus qui passait. Au cours d'un week-end terrifiant où, incapable de reprendre son souffle, il avait viré au bleu, ils avaient été obligés de l'emmener d'urgence à l'hôpital. Là, on avait découvert qu'il était asthmatique. C'était un petit garçon timide, cramponné aux jupes de sa mère, mal adapté au bruit et à la fureur de la ville. Il hurlait pendant une heure chaque matin quand sa mère partait travailler. Lorsque leur garde d'enfants, le trouvant trop difficile, rendit son tablier, Sarah commença à refuser du travail pour rester chez elle.

L'été, au fil des week-ends passés chez Martin et Beth où ils mangeaient des grillades au barbecue sous les arbres, rencontraient leurs voisins et regardaient Abbie et Josh galoper librement avec les autres enfants en toute sécurité, Sarah en vint à se dire que si elle devait consacrer plus de temps à jouer les mères au foyer, Syosset ne serait peut-être pas un si mauvais choix.

La question qui fit pencher la balance, et sur laquelle Ben et le père de Sarah eurent leur premier conflit sérieux, fut la scolarité. ICA avait beau très bien marcher, Ben n'était pas en mesure de payer les frais des écoles privées chic de Manhattan. Lorsque Sarah leur avait annoncé leur projet de déménager, ses parents avaient manifesté une sorte d'incrédulité condescendante. Pour son père, Long Island était peut-être un endroit où l'on pouvait mouiller son yacht, mais certainement pas un lieu où l'on pouvait envisager d'habiter. Jamais il n'était allé à Syosset, mais cela n'était même pas nécessaire pour s'en faire une idée. Et voir sa fille et ses petits-enfants contraints d'aller habiter là-bas lui donnait la preuve, s'il en fallait encore une, que Benjamin était incapable de les entretenir convenablement. S'ils voulaient quitter New York, pourquoi ne venaient-ils pas habiter Bedford ?

Dans une ultime tentative pour les faire renoncer à leur déménagement, il les invita à déjeuner à son club, un lieu suranné où les femmes avaient un statut très légèrement supérieur à celui d'un chien d'arrêt mal dressé. Avant même de s'asseoir, Benjamin se sentait déjà aussi humilié que hérissé. Comme il faisait trente-deux degrés, il était arrivé en chemise à col ouvert, mais pour franchir la porte, il avait été obligé d'emprunter une cravate et un blazer qui avait plusieurs tailles de trop et sentait le cigare. Avec un enthousiasme un peu forcé, Sarah s'était mise à décrire à son père la maison qu'ils s'apprêtaient à construire. Il attendit en silence qu'elle ait terminé, mastiquant ses côtes d'agneau, l'air sombre.

« Et là-bas, les écoles sont extraordinaires », conclut-elle.

Il la regarda par-dessus les montures d'écaille de ses demi-lunes.

« Parce que tu as l'intention de mettre Abbie et Josh dans l'enseignement public ?

— Oui.

— Voilà qui me sidère.

— Vous savez, George, dit Benjamin sur un ton plaisant, ça ne m'a pas mal réussi. »

Le père de Sarah tourna lentement la tête et le regarda.

« Ah oui ?

— Pardon ?

— Réussi ? Vous croyez ? Je pose la question. Je ne veux pas vous blesser. Je suis sûr que vous avez reçu la meilleure éducation que la ville de... désolé, j'ai oublié son nom...

— Abilene.

— ... pouvait offrir. Mais avez-vous jamais songé à ce que vous seriez peut-être aujourd'hui si vos parents avaient pu vous envoyer dans un meilleur établissement ? »

La remarque était d'une grossièreté telle que Benjamin regarda Sarah et sourit. Sans se rendre compte de rien, son père continua :

« Donnons-leur le meilleur départ possible dans la vie, si vous voulez bien. Je paierai. »

Benjamin se leva.

« Je vous remercie, George, mais il n'en est pas question. Ce sont mes enfants – ceux de Sarah aussi, bien sûr – et nous ferons ce que nous jugeons le mieux pour eux. Et maintenant vous voudrez bien m'excuser, il faut que j'aille gagner ma vie. »

Ce fut un moment de grande tension, mais Sarah admira son mari pour cette retenue et la fermeté et la dignité dont il avait fait preuve au cours de ce différend, et de bien d'autres par la suite.

La vie en banlieue s'avéra plus agréable qu'elle ne l'aurait cru. La maison que Benjamin finit par construire pour eux en trois étapes était absolument charmante. Et Sarah lui créa le jardin qu'elle méritait, laissant les arbres et les rochers qui l'entouraient en dicter l'agencement. Les enfants étaient comme des poissons dans l'eau. Qu'il s'agisse d'une partie de foot le samedi matin, d'équitation, d'un rôle dans la pièce de l'école ou d'un camp d'été dans les Adirondacks, Abbie était toujours la meilleure, et sans effort.

Avec Josh, cela prit plus de temps. À trois ans, il perdit la dernière phalange de son index droit que Benjamin coinça un jour dans une portière de voiture en la fermant par inadvertance. Josh subit une série d'opérations pour améliorer l'aspect de son doigt, et cet accident ne sembla pas le handicaper pour écrire, dessiner ou quoi que ce soit. Mais cela le rendit plus emprunté et plus timide encore. Il trouvait l'école difficile et mettait du temps à se faire des amis. Sans Abbie pour le protéger, il aurait pu être la victime toute choisie pour les brimades. Mais, s'il resta constamment dans l'ombre de sa sœur, il devint peu à peu plus fort, plus hardi, et ses crises d'asthme diminuèrent. C'était un enfant sensible et affectueux, avec une sorte de résistance tenace, sans doute le fruit de cette dose précoce de souffrance qu'il avait dû affronter. Bien entendu, Benjamin ne se pardonna jamais, même après que Josh se fut mis à plaisanter de l'incident, levant deux doigts et disant d'une voix pâteuse sur un ton monocorde *la demi-paix soit avec toi, mec*, phrase qui devint une sorte de formule familiale pour se saluer ou se dire au revoir.

Le prix que Sarah dut payer pour guider son fils dans ses tribulations fut le sacrifice de sa carrière, même si elle refusa de le formuler ainsi. Elle avait laissé les choses tourner au ralenti, omettant de donner suite, jusqu'au jour où le téléphone cessa de sonner. Et lorsque Josh fut enfin équilibré, en bonne santé et bien dans sa peau, et qu'elle commença à reprendre son téléphone, elle s'aperçut que le monde avait tourné sans elle. La télévision était devenue encore plus impitoyablement commerciale et personne ne semblait plus s'intéresser au genre de films qu'elle avait réalisés. Il n'y avait d'ailleurs plus de *films* à proprement parler. Ils avaient été remplacés par une technologie entièrement nouvelle. Tout le monde faisait des documentaires avec un équipement vidéo léger. Dans les salles de montage, les vieilles machines Steenbeck avaient cédé la place à l'électronique. Il n'aurait pas fallu longtemps à Sarah pour s'y adapter. Mais quelque chose la retenait, le sentiment que sa vie l'avait emmenée ailleurs et que peut-être elle devait essayer une nouvelle voie.

Ce fut Benjamin qui la trouva. Un soir en rentrant, il mentionna en passant qu'il venait de voir un écriteau À VENDRE sur la librairie de la ville. Ce n'était pas un lieu très exaltant, et si Sarah et ses amies y étaient clientes par solidarité, tout le monde se plaignait de la propriétaire, dont on déplorait le manque d'imagination, de culture et parfois même de courtoisie élémentaire. Sarah avait toujours rêvé d'avoir sa librairie à elle, mais jusqu'au moment où Benjamin lui avait suggéré d'acheter celle-ci, elle n'y pensait pas plus sérieusement que lui lorsqu'il rêvait d'être Paul Newman.

« On n'a pas les moyens, dit-elle.

— Si.

— Je ne saurai jamais m'y prendre.

— Tu sais très bien que tu feras merveille. »

Il avait raison. En trois ans, elle avait transformé de fond en comble Les Livres du Village et commencé à faire de modestes bénéfices. Elle avait demandé à Benjamin de dessiner les plans pour agrandir le magasin à l'arrière et, bien avant que cela ne devienne la mode, elle avait conçu cet espace comme un salon : lampes au sol, canapés en cuir confortables et petit bar où l'on pouvait consommer du café, des boissons gazeuses et des cookies maison. Elle installa un coin pour les enfants avec des jouets et une table basse où ils pouvaient rester assis à lire ou à dessiner avec des crayons de couleur. Elle organisa un nouveau système de commandes, plus rapide, et utilisa sans vergogne ses anciens contacts, sollicitant tous les écrivains possibles et les caressant dans le sens du poil afin qu'ils viennent parler de leurs livres et en vendre quelques-uns.

Pendant ce temps-là, Benjamin et Martin prospéraient et se développaient. Dans l'ancienne boulangerie abandonnée qu'ils avaient aménagée en atelier branché, ils employaient à présent plus de cinquante personnes. Peu à peu, de façon presque imperceptible, et sans que cela fasse l'objet d'une décision officielle, Benjamin gérait le cabinet dont Martin était devenu la locomotive sur le plan créatif. Et si Benjamin n'était pas enchanté de cette répartition des tâches, si les doigts lui démangeaient quand il voyait un nouveau projet prendre forme sur la planche à dessin, il devait reconnaître que tout fonctionnait très bien ainsi.

« Lui, c'est le génie, et moi le gestionnaire », disait-il.

Sarah le contredisait systématiquement, non seulement parce qu'elle sentait qu'il attendait cela d'elle, mais parce qu'elle espérait qu'il serait un jour un grand architecte. Néanmoins, elle finit par admettre qu'il avait raison. Il était meilleur pour les mises au point que pour la création. Quand on lui montrait quelque chose, que ce soit un brouillon de lettre, une publicité dans le journal pour la librairie ou le projet d'un nouveau bâtiment spectaculaire sur lequel travaillait Martin, il repérait d'emblée les points faibles et savait comment les améliorer. C'était un talent rare, mais il ne semblait pas en tirer satisfaction. De temps en temps, juste pour ne pas perdre la main, il participait à un projet ou faisait un plan lui-même. Et quand c'était le cas, Sarah voyait le changement qui s'opérait chez lui, la façon dont cela transformait son humeur, le galvanisait et le rendait tout joyeux.

Elle n'aurait pu souhaiter meilleur père pour Abbie et Josh. Que ce soit pour aider à faire des devoirs de maths, pour jouer au cerceau dans la cour, les conduire aux quatre coins de la ville à des leçons de violon ou se déguiser en Dracula afin d'amuser une vingtaine de gamins à Halloween, il était toujours là quand ils avaient besoin de lui. Parfois, surtout pendant ces trois ans où elle travaillait tard à essayer de transformer la librairie avant d'engager Jeffrey pour l'aider, Benjamin passait sans doute plus de temps qu'elle avec les enfants. Elle se surprit même à éprouver un peu de jalousie quand ils s'adressaient à lui plutôt qu'à elle pour demander de l'aide.

Ses amies lui répétaient qu'il était fantastique, qu'il

en faisait beaucoup plus que leurs maris, et qu'elle avait beaucoup de chance de l'avoir. Mais la remarque qui devait demeurer dans l'esprit de Sarah vint d'Iris. Mariée à un courtier en Bourse, Leo – qui, lorsqu'il ne travaillait pas, passait son temps sur le terrain de golf –, elle habitait Pittsburgh, mais dans un quartier beaucoup plus chic que celui où elle avait grandi. Iris était entrée dans le journalisme, et occupait maintenant le poste de rédactrice adjointe à la *Post Gazette.* Deux fois par an, accompagnée de ses trois enfants turbulents, mais sans Leo, elle prenait l'avion pour New York et passait un week-end prolongé chez les Cooper.

Lors d'une de ces visites, un dimanche matin, les deux amies étaient assises à la table de la cuisine, à boire du café et échanger des nouvelles pendant que Benjamin, après avoir préparé pour tout le monde les œufs au bacon du petit déjeuner, rangeait tasses et assiettes dans le lave-vaisselle, triait le linge, préparait une liste de courses (sans rien demander à Sarah). Puis il embarqua joyeusement les cinq enfants dans la voiture et tous partirent au centre commercial.

« C'est quand même assez incroyable, dit Iris.

— Quoi donc ?

— Il fait tout. Il sait tout. Les hommes ne sont pas censés savoir combien il reste de beurre dans le frigo. Je parie qu'il connaît même les tailles de chaussures des enfants.

— Effectivement.

— Et les numéros de téléphone de leurs copains.

— Aussi.

— Leo ne sait même pas leurs noms. Est-ce que Ben connaît ta taille de vêtements ?

— Oui.

— Ta taille de soutien-gorge ?

— J'ai horreur de faire les courses. C'est lui qui achète presque tout ce que je porte.

— Il sait quand tombent tes règles ?

— Iris...

— Alors ?

— Oui.

— Ce n'est pas normal.

— Iris, je t'en prie. On n'est plus dans les années cinquante.

— Ne me fais pas dire ce que je n'ai pas dit. C'est extraordinaire – enfin, certaines choses. Mais ce n'est pas normal. »

Pas dans l'instant, mais assez peu de temps après pour que le rapport soit évident, Iris répéta à Sarah une réflexion qu'elle tenait d'un de ses amis de Pittsburgh, un avocat à succès spécialisé dans les divorces.

D'après lui, deux types d'hommes quittaient leur femme : les cavaleurs et les affamés. Le cavaleur était un être simple, mené par sa queue, et incapable de lui résister. Il avait beau aimer sa famille, elle passait toujours en second, son objectif premier étant de courir les femmes. L'affamé était au départ beaucoup moins sûr de lui, et avait besoin de se prouver que tout le monde l'adorait. Sa famille était effectivement une grosse machine à aimer pour laquelle il déployait des trésors d'attention et de maîtrise. Quand ses enfants grandissaient, devenaient autonomes et n'avaient plus autant besoin de lui, il prenait peur soudain, car il se sentait vieux et inutile. Alors il partait pour se trouver ailleurs une nouvelle machine à aimer.

Iris raconta cette histoire comme une plaisanterie et non comme une observation sociale sérieuse. Mais pendant les jours qui suivirent, Sarah se surprit à y réfléchir. Et plus elle y pensait, plus ses implications l'exaspéraient.

Benjamin et elle étaient plus heureux que la plupart des couples qu'elle connaissait. D'accord, il était un peu trop maniaque, très architecte. Dans sa vie, chaque objet devait être à sa place, à l'angle qui convenait, tout bien harmonieux, bien rangé, et sans aspérité. Elle devait admettre qu'il était en effet un peu affamé. Il aimait être aimé. Mais n'était-ce pas le cas de la plupart des hommes ?

L'idée qu'il pouvait se ranger dans la catégorie de ceux qui faisaient brusquement leurs valises, si c'était bien ce qu'Iris avait voulu dire (au moment même où cette pensée lui traversait l'esprit, Sarah se taxa de paranoïa), était ridicule. Ils s'aimaient et se faisaient confiance. Et si leur vie sexuelle n'était pas aussi excitante qu'il l'aurait souhaité, ce qui, depuis longtemps déjà, était source de tensions entre eux, elle ne l'avait jamais, pas une seule fois au cours de toutes ces années de mariage, soupçonné de la tromper. Cela ne lui ressemblait pas. Ni à elle d'ailleurs.

Et dans tous les autres domaines ou presque, ils s'entendaient à merveille. Non ? Tant d'épouses et de mères étaient intarissables sur les défauts de leurs maris, leur égoïsme, leur manque d'égards, leur incapacité à communiquer. Mais Sarah n'avait jamais eu ce type de reproches à faire à Benjamin. Ils avaient toujours beaucoup parlé ; des gens qu'ils connaissaient, de leur travail, de toutes sortes de sujets. Et surtout d'Abbie et Josh. Leurs progrès, leurs problèmes et leurs espoirs, leur réussite à l'école, leurs déceptions. Leurs enfants étaient le centre de leur univers, elle était fière de le dire. Et Dieu merci. Assurément, élever des enfants et faire tout son possible pour les rendre heureux, confiants et bien armés pour la vie était le but du mariage, non ? Que pouvait-il y avoir de plus important ?

Mais beaucoup plus tard, lorsque les enfants furent de grands adolescents, Sarah commença à caresser l'idée de tout ce que Ben et elle pourraient bientôt faire, à penser aux endroits qu'ils pourraient visiter en tête-à-tête. Elle s'aperçut alors de la tristesse qui semblait parfois s'abattre sur lui. Elle surprenait son regard absent fixé sur elle ou dans le vide, si chargé de désespoir qu'elle imaginait quelque terrible catastrophe : il allait lui annoncer qu'il avait un cancer, ou qu'un de leurs proches était mort. Et quand elle lui demandait si tout allait bien, il se mettait aussitôt en mode sourire et disait que oui bien sûr, pourquoi donc ?

Le jour de leur mariage, la sœur aînée de son père avait pris Sarah à part et lui avait donné un conseil d'une voix calme mais intense. Elizabeth avait toujours été la tante préférée de Sarah. Jadis, c'était une beauté célèbre dans le grand monde. Jamais elle n'avait eu d'enfants et avait mené ce que la famille décrivait comme « une vie pittoresque », ce qui, Sarah le comprit plus tard, était une expression codée pour signifier qu'elle avait eu des amants. À l'époque, Elizabeth en était à son troisième mariage (elle devait mourir après le quatrième), et Sarah trouva assez piquant et un peu déplacé qu'elle ose donner des conseils.

« Occupez-vous bien l'un de l'autre », glissa-t-elle.

Ce n'était pas la révélation du siècle, mais Sarah sourit poliment et dit qu'ils en avaient bien l'intention. Elizabeth secoua la tête avec agacement.

« Non, tu ne comprends pas, dit-elle. *Occupez-vous l'un de l'autre*. Comme couple. Quand vous aurez des enfants, vous voudrez les faire passer en premier. C'est une erreur. La vie de couple, ça ressemble à une plante. Pour qu'elle prospère, il faut l'arroser et la nourrir. Sinon, une fois les enfants partis, tu la chercheras dans un coin, et elle sera morte. »

Onze

Eve n'avait jamais eu le projet conscient de téléphoner aux Cooper comme promis. Et même après l'avoir fait, elle préféra ne pas analyser ses motivations. Compte tenu de l'ouragan de souffrance qui s'ensuivit, elle répugnait à penser qu'elle avait déclenché le processus. Elle préférait se dire que c'était le destin. Que sinon, le hasard aurait trouvé quelque autre moyen de la rapprocher de Ben Cooper.

Pendant cette semaine à La Ligne, Lori et elle s'étaient liées d'amitié avec tout le monde et Eve avait été touchée par l'accueil chaleureux des habitués. Sarah en particulier avait cherché à les inclure dès le début. Eve la trouvait sympathique, mais pas plus que les autres femmes. Elle était séduisante, pleine d'esprit et manifestement intelligente, mais elle avait quelque chose de rigide. Non qu'elle fût hautaine ou arrogante, simplement un peu froide et inaccessible. Elle donnait l'impression que si on passait dix ans avec elle sur une île déserte, on ne serait guère plus avancé au bout du compte. Mais son mari, lui, avait quelque chose que, curieusement, Eve trouvait assez touchant.

Elle ne s'en était pas aperçue tout de suite. En fait, au début, elle ne lui avait guère prêté attention car il se confondait avec tous ces nouveaux visages du ranch. Certes, c'était l'un des hommes les plus intéressants du lot, doté d'un tempérament d'artiste. Elle appréciait sa vision sardonique de la vie et les questions qu'il lui posait sur Pablo, sur son travail et sa vie à Santa Fe. De plus, il paraissait s'intéresser sincèrement à ses réponses. Au fil de la semaine toutefois, bien qu'elle ne lui eût parlé sérieusement qu'à deux ou trois reprises, elle commença à sentir un rapport étrange s'établir entre eux.

En groupe, quand ce bavard de Bradstock ou un autre pérorait, Ben et elle échangeaient un regard et un sourire narquois. Ils avaient beaucoup parlé peinture, et elle ne pouvait nier qu'elle était flattée par l'intérêt qu'il portait à son travail. Ce qui la touchait le plus, cependant – elle le comprit plus tard –, c'était sa tristesse.

Mais il était marié. Était-il heureux en ménage ? Elle n'aurait su le dire, mais cela ne faisait aucune différence : accès interdit. Eve avait toujours soigneusement évité toute relation sentimentale avec des hommes mariés. Moins par scrupule moral que par prudence, car, à en croire l'expérience de plusieurs de ses amies, cela finissait toujours dans les larmes.

Sur le mur au-dessus du téléphone de la cuisine à Santa Fe pendait un tableau de liège où était épinglée une mosaïque de vieux morceaux de papier, de photos, de listes de courses ainsi que les dernières peintures digitales de Pablo – merveilleuses, naturellement. Au milieu de tout ce fatras, qu'Eve ne trouvait jamais vraiment le temps de ranger, était accrochée l'invitation au vernissage de son ami William. Il devait se tenir dans une grande galerie de SoHo. À l'approche de cette première exposition en solo, il était dans tous ses états et appelait Eve presque tous les jours pour qu'elle lui remonte le moral. À côté de l'invitation se trouvait le bout de papier où Sarah avait inscrit le numéro de téléphone de la famille Cooper. Un matin de la mi-juillet, après un coup de téléphone de William, Eve remarqua ledit papier, laissa son œil s'attarder dessus quelques instants, puis décrocha son téléphone et composa le numéro.

Ce fut Sarah qui répondit, et elle parut sincèrement ravie. À la fin de leur conversation, pendant laquelle, sans trop savoir pourquoi, Eve se surprit à prétendre qu'elle adorait les comédies musicales, il fut convenu qu'ils iraient voir *Kiss Me, Kate* à quatre (le quatrième étant William, qui, lui, était un fan des comédies musicales et avait insisté pour servir de chevalier servant à Eve). Une table fut réservée pour dîner ensuite dans un restaurant de Madison Avenue appelé La Goulue, qu'Eve ne connaissait pas mais que, d'après Sarah, elle allait adorer.

Lorsque le taxi d'Eve s'arrêta devant le théâtre et qu'elle vit Ben Cooper attendre dehors, s'abritant de la pluie sous les néons avec beaucoup d'autres, elle pensa que Sarah était sans doute à l'intérieur, ou qu'elle ne tarderait pas. Elle eut un brusque accès de timidité et faillit dire au chauffeur de continuer son chemin et de faire le tour du pâté de maisons, mais il était déjà assailli, aussi se résolut-elle à lui régler la course et à descendre. Elle n'avait pas de parapluie et sauta aussi vite qu'elle put par-dessus les flaques, ce qui ne l'empêcha pas de se faire tremper.

Il ne la vit que lorsqu'elle fut près de lui et quand il se retourna, son expression lasse et crispée se transforma en un sourire si chaleureux qu'elle sentit quelque chose fondre en elle. Ils voulurent s'embrasser sur la joue, mais chacun présenta la même, si bien que leurs visages se heurtèrent et qu'ils faillirent s'embrasser sur les lèvres. Après qu'ils eurent échangé quelques plaisanteries sur la pluie et les embouteillages, elle excusa l'absence de William. Il n'avait pas pu l'accompagner, car un important marchand de tableaux allemand s'était pointé juste avant la fermeture de la galerie, annonçant qu'il voulait acheter toutes les toiles exposées.

« J'aurais bien appelé, mais il était trop tard.

— Nous aussi, on voulait vous appeler, mais Sarah n'a pas pu trouver votre numéro de portable.

— Elle est déjà entrée ou... ?

— Elle a eu un empêchement elle aussi. Un auteur qui devait venir demain soir à la librairie faire une lecture s'est décommandé, le salaud. Elle attend cent personnes et ne sait pas qui leur mettre sous la dent. Elle est pendue au téléphone pour essayer de trouver un remplaçant. Je ne vous raconte pas l'humeur. Elle qui se faisait une joie de vous voir. »

Ils se retrouvaient donc en tête-à-tête. Comme le voulaient les convenances, ils évoquèrent la possibilité de tout annuler et de repartir chacun de son côté. Mais il était clair qu'ils n'en avaient pas plus envie l'un que l'autre. Des gens faisaient la queue, en quête de billets à vendre, et Ben donna ceux des deux absents à un jeune couple, refusant de se laisser rembourser.

Le spectacle était merveilleux. Comment avait-elle pu croire qu'elle n'aimait pas les comédies musicales ? Ils sortirent enchantés, se disant qu'ils ne s'étaient jamais doutés que celle-ci était à l'origine de tant de chansons célèbres. De nouveau, ils sacrifièrent aux convenances, se demandant s'ils n'allaient pas s'en tenir là et rentrer. Ils n'en firent rien, bien entendu. Quand elle se trouva à côté de lui sur la banquette arrière du taxi qui les emmenait vers Madison, si près que leurs jambes se touchaient sans qu'ils fassent l'un ou l'autre l'effort de s'écarter, elle pensa que cet homme était vraiment beau, qu'il sentait bon, puis se dit qu'elle était folle.

Comme il y avait foule au restaurant, on les mit dans un tout petit coin à côté d'un jeune couple qui ne cessait de se caresser et de s'embrasser sans vergogne. Plus par hasard que par préméditation, Eve avait mis la robe verte qu'elle portait déjà pour la soirée d'anniversaire de Ben. Quant à lui, avec son polo noir et sa veste anthracite mouchetée, elle le trouva différent et beaucoup plus élégant.

« Pourquoi vous autres New-Yorkais portez-vous tous du noir ?

— Peut-être que nous sommes tous en deuil.

— De quoi ?

— De notre innocence perdue. »

Ils commandèrent des pavés de bœuf avec une salade composée, et une bouteille de château-margaux superbe. Il lui demanda des nouvelles de Pablo, et de fil en aiguille, elle se mit à lui parler du père de l'enfant, Raoul. Ils n'avaient jamais formé un couple au sens conventionnel du terme, mais étaient plutôt deux bons amis qui avaient commis l'erreur de devenir amants. Cependant, comme le résultat avait été Pablo, elle considérait que c'était sans aucun doute la plus belle erreur de sa vie.

Ce fut ensuite au tour de Ben de répondre à ses questions. Elle l'interrogea sur Abbie et Josh, ce qui les mena à une longue discussion sur le statut de parent, puis parlèrent de leurs propres parents. Ceux d'Eve étaient encore assez heureux ensemble et habitaient à San Diego, une ville qu'elle n'aimait guère. Ben évoqua son père, avec qui il n'avait jamais réussi à s'entendre.

« Il me prenait pour un salaud arrogant, et il avait

sûrement raison. Ça fera bientôt quinze ans qu'il est mort, et je viens seulement de me réconcilier avec lui. C'est bizarre, ces différents stades dans une relation. Au début, je lui en voulais. Je n'arrêtais pas de dire qu'il ne m'avait jamais aimé, qu'il me critiquait sans cesse. Pendant un moment, je l'ai véritablement haï. Et puis ça a passé, je n'ai plus éprouvé que de la tristesse. De la frustration aussi, si vous voyez ce que je veux dire. Parce qu'on était passés à côté l'un de l'autre. Et aujourd'hui, aussi étrange que ça puisse paraître, je peux dire en toute sincérité que je l'aime. Et je sais qu'à sa façon, il m'a aimé lui aussi. Seulement, il appartenait à une autre génération. Les hommes de cette époque n'étaient pas censés montrer leurs sentiments comme aujourd'hui. Et puis il a été merveilleux avec Abbie quand elle était bébé. Il l'adorait, il en était gâteux. Il l'asseyait sur ses genoux pour lui raconter des histoires. Il faisait preuve d'une gentillesse et d'une tendresse que je ne lui connaissais pas. On aurait dit qu'il essayait de lui donner l'amour qu'il n'avait pas pu me donner à moi. »

Il sourit. « Notez que si vous voyiez les photos de moi à cette époque, vous comprendriez pourquoi il avait du mal.

— Vous étiez moche ?

— Disons plutôt puant.

— Sur les miennes, je suis moche et puante. Un mélange de Mademoiselle Chochotte et de Gribouille la Grenouille.

— Ça, vous voyez, j'ai du mal à le croire.

— Parce que aujourd'hui, je suis hyper-canon, c'est ça ? »

Elle se rendit compte aussitôt qu'elle avait fait une gaffe stupide en ayant l'air de le remettre à sa place alors qu'elle n'avait absolument pas senti qu'il cherchait à lui faire des avances. Il sourit, l'air gêné, et avala une gorgée de son vin. À la table d'à côté, les amoureux se donnaient de la mousse au chocolat à la becquée.

Elle tenta de rétablir la situation en disant : « Vous savez, si votre père revenait aujourd'hui, vous seriez sans doute amis, tous les deux.

— Vous avez raison. C'est probable. »

Elle lui posa ensuite des questions sur sa mère. Il lui avoua qu'il avait toujours été son chouchou, et qu'à ses yeux, il ne pouvait jamais avoir tort. Que s'il confessait être un tueur en série, elle trouverait encore le moyen de l'excuser et de l'admirer. Son adoration, légendaire dans la famille, suscitait maintes plaisanteries.

« Il n'y a pas très longtemps, quand elle est venue passer quelques jours à la maison, nous sommes allés en ville en voiture. Elle était devant, à côté de moi, et Sarah derrière avec Josh et Abbie. Quand je me suis garé à une place qui ne posait aucun problème, elle s'est exclamée : « Ben, tu as toujours été le roi du créneau ! » Non mais je vous jure ! Dans le rétroviseur, j'ai vu Sarah et les enfants écroulés. Depuis, ils me répètent la phrase chaque fois que je gare cette foutue voiture. »

Eve se mit à rire. Il secoua la tête, sourit et reprit une gorgée de vin.

« Ce n'est pas méchant, dit Eve. Elle vous aime, voilà tout. Il paraît qu'un garçon ne peut jamais être trop aimé par sa mère. C'est valorisant.

— Erreur. J'ai été en thérapie quelques mois après la mort de mon père. Et le psy m'a dit que quand on a l'impression d'être aimé pour un motif que l'on sait injustifié ou faux, en d'autres termes quand on sait qu'on n'est pas le super-héros que l'autre suppose, cela ne compte pas. Ce genre d'amour ne valorise pas son objet, mais lui donne le sentiment d'être un imposteur. Alors, attention avec votre fils.

— Il gare son tricycle beaucoup mieux que tous les gamins que je connais.

— Eh bien voilà. »

Comme il ne l'avait pas laissée payer son billet, elle alla discrètement régler l'addition en revenant des toilettes. Il en fut contrarié, mais pas longtemps. Dehors, la pluie avait cessé. Les rues et les trottoirs luisaient dans l'air frais et lavé, et pour la première fois, on sentait une odeur d'automne. Ils marchèrent un peu, mais au second carrefour, il se rendit compte qu'il était très tard et qu'il risquait de rater le dernier train. Ils arrêtèrent un taxi, et Ben demanda au chauffeur de foncer à Penn Station. En arrivant, il glissa en hâte par la vitre de séparation un billet de vingt dollars dans la main du chauffeur, en lui demandant de déposer Eve chez elle.

« J'ai passé une excellente soirée. Merci, dit-elle.

— Moi aussi. »

Ils s'embrassèrent sur la joue, du bon côté cette fois-ci.

« Il faut vraiment que je file, dit-il en sortant de la voiture. Je vous appellerai ; enfin *nous* vous appellerons, d'accord ?

— D'accord. Ne manquez pas l'expo de William, si vous avez le temps d'y aller.

— J'essaierai. Allez, au revoir.

— Au revoir. Embrassez Sarah et les enfants pour moi ! »

Mais il ne l'entendit pas car il refermait la portière à ce moment-là. Eve le regarda disparaître en courant dans la gare tandis que le taxi s'éloignait. Quand elle ne le vit plus, elle se laissa aller contre son siège, appuya sa tête contre le dossier et regarda fixement le revêtement taché au-dessus d'elle. Comme disait toujours Lori : « Aujourd'hui, pas de bol, les seuls mecs potables sont mariés, ou bien gays. »

Quand elle téléphona le lendemain matin, elle fut à la fois soulagée et un peu déçue de tomber sur Sarah. Elles se dirent combien elles avaient regretté de s'être manquées. Sarah avait trouvé un auteur moins célèbre pour remplacer au pied levé l'affreux qui lui avait fait faux bond. Seulement, comme il était beaucoup moins connu que le premier, elle redoutait la réaction de ses clients quand ils arriveraient. Eve reprenait l'avion pour le Nouveau-Mexique l'après-midi même, mais elle venait à New York deux ou trois fois par an, et la prochaine fois, elles se verraient sans faute, dit-elle.

« Sans faute, répondit Sarah.

— Ben et vous devriez venir à Santa Fe un de ces jours avec les enfants.

— Bonne idée. Je n'y suis jamais allée. »

Dans l'avion et pendant les jours qui suivirent, elle pensa quelquefois à Ben. Il lui plaisait vraiment beaucoup. Mais elle n'éprouvait ni nostalgie, ni regret. L'idée d'un avenir commun n'avait pas encore pris forme dans sa tête. Au fil des ans, elle avait appris que contempler les voies sans issue n'apportait que du chagrin. Elle acceptait donc simplement les choses comme elles étaient.

D'ailleurs, si Ben avait été libre, sa réaction n'aurait pas forcément été différente. Il y avait chez lui une intensité qui la fascinait, mais l'effrayait aussi. Elle n'en ressentait pas le besoin dans sa vie pour l'instant. Elle avait toujours été très autonome, même enfant. Ses parents, aimants mais assez distants, avaient encouragé chez leurs trois enfants une indépendance dont Eve devait s'apercevoir beaucoup plus tard seulement qu'elle était leur plus beau cadeau.

C'était une qualité que les autres – les hommes surtout – interprétaient souvent à tort comme un désir de ne pas s'engager, partant du principe qu'un amour sans besoin était en quelque sorte déficient. Le seul à l'avoir pleinement comprise était Raoul, qui était à l'évidence coulé dans le même moule. Pendant les deux années passées ensemble, ils avaient vécu comme deux êtres séparés, chacun seul et content de l'être. Pareils à des voyageurs en route pour des destinations différentes mais dont le trajet coïncide un temps.

Avant Raoul, elle avait vécu seule pendant la quasi-totalité de sa vie d'adulte. Mais si elle avait connu des chagrins très divers, la solitude n'avait jamais été pour elle qu'une abstraction, un état dont les autres pouvaient souffrir mais pas elle. Elle avait toujours eu son travail, ses amis et parfois, quand l'aventure lui paraissait venir à point et s'annonçait sans complications, quand le désir était mutuel et ne dépassait pas le cadre du plaisir, elle avait eu des amants.

Un soir, une dizaine de jours après son retour de New York, alors que Ben Cooper était sorti de ses pensées et qu'elle se sentait complètement replongée dans sa vie de Santa Fe, elle rêva de lui. Elle se trouvait dans un théâtre, moins somptueux, moins imposant que celui où ils étaient allés, et la mise en scène ressemblait davantage à une pièce de fin d'année au lycée qu'à un spectacle de Broadway. Au lieu de se trouver dans le public, elle était sur la scène. C'était son tour de parler, mais elle n'avait pas eu le temps d'apprendre son texte. C'est alors qu'elle aperçut Ben, au premier rang, assis à côté d'une vieille femme qu'elle ne reconnut pas. Il articulait des paroles, essayant de souffler à Eve sa réplique, mais elle n'arrivait pas à distinguer ce qu'il disait et son trac augmentait. Là-dessus, elle se réveilla.

Ce matin-là, en rentrant chez elle après avoir déposé Pablo à la maternelle, elle passa acheter un journal à Downtown Subscription[1] dans Garcia Street, au centre-ville, où elle tomba sur Lori. Elles s'installèrent au soleil dans la cour du magasin devant du thé vert à la menthe, et Eve raconta son rêve. Pendant leur semaine dans le Montana, Lori et elle étaient tombées d'accord : Ben était l'un des hommes les plus séduisants du ranch et, jouant les envieuses, Lori lui avait déjà soutiré un compte rendu de leur soirée à New York. Après douze ans d'analyse jungienne, elle estimait s'y connaître assez pour interpréter les rêves. Celui-ci, déclara-t-elle, était clair comme le jour.

« La vieille femme à côté de lui, comment réagissait-elle ?

— Comment ça ?

— Quelle était son attitude ? Elle souriait, elle fronçait les sourcils, qu'est-ce qu'elle faisait ?

— Je n'en sais rien.

— Eve, c'est important. C'était sa mère. Tu veux évidemment savoir si elle était d'accord.

— Mais non.

— Mais si. C'est pour ça qu'elle était là.

— Ce n'est pas moi qui l'avais amenée, c'est lui.

— Tu ne prends pas ce que je dis au sérieux.

— C'est vrai. De toute façon, elle devait être d'accord pour quoi ?

— Pour toi. Pour Ben et toi.

— Lâche-moi, Lori. Ben et moi, ça n'existe pas. »

Mais au moment même où elle prononçait ces mots, une petite voix en elle chuchota que si, ça existerait un jour.

1. Café, salon de thé et maison de la presse.

Il déposa ses bagages à l'hôtel juste à côté de la Plaza, une bâtisse sombre et pittoresque qui paraissait avoir connu des jours meilleurs. Il l'avait choisi sans se poser de questions dans un guide qui annonçait que JFK et Errol Flynn y avaient séjourné. En posant son sac dans la chambre exiguë et surchauffée, Ben se dit que compte tenu du motif réel de son voyage, son choix d'un hôtel avait peut-être été influencé par un désir inconscient de s'associer à ces deux dons Juans notoires.

Il était en avance et faillit appeler Eve pour modifier leur rendez-vous, mais se dit que cela trahirait son impatience. Le vol du Kansas était arrivé plus tôt que prévu et malgré la neige, les foules de vacanciers précoces et de skieurs, il avait mis juste un peu plus d'une heure en voiture pour venir d'Albuquerque. La circulation était fluide et seule sa distraction représentait un danger car il laissait son regard divaguer vers l'ouest, où un coucher de soleil de montagne dans les violets et rouges flamboyait au-dessus d'un paysage blanc fantomatique.

La neige lui avait fourni un bon prétexte pour louer un 4×4, un Ford Explorer rouge métallisé, qui lui donnait l'impression d'être un homme de l'Ouest, un vrai dur. Comme la veste en laine écossaise rouge et noire, les chaussures de marche et le bonnet de laine polaire noire, tenue qu'il avait achetée à Missoula le mois précédent lorsqu'ils avaient emmené Abbie visiter l'université du Montana. Ben avait failli apporter son Stetson, mais il s'était dit qu'il n'oserait jamais le mettre. Il croyait que le bonnet lui donnait un look branché et affranchi, mais d'après Abbie, il avait seulement l'air d'un loubard du troisième âge.

En tout cas, il était content d'être venu convenablement équipé. Il recommençait à neiger et, en remontant dans le 4 × 4, il vit au tableau de bord qu'il faisait moins onze. Sans regarder la carte, il se rendit au Paseo de Peralta dans les embouteillages du soir.

Cela faisait près de douze ans qu'il n'était pas venu à Santa Fe, mais même à la nuit tombée et malgré les décorations de Noël accrochées partout, il constata qu'il se rappelait la disposition générale des lieux. Et il ne tarda pas à découvrir le panneau qu'il cherchait. Quittant la grande avenue, il grimpa lentement la colline, puis trouva où se garer et continua à pied. Les flocons duveteux tombaient avec hésitation, comme si le temps et la pesanteur étaient tous deux suspendus. Il avait plaisir à sentir la neige s'écraser sous ses semelles : cela donnait à son entreprise un petit côté encore plus intrépide.

Canyon Road évoquait un décor de film de Noël : des guirlandes lumineuses couraient dans les arbres et le long des façades d'adobe des magasins et des galeries. Les devantures étaient hérissées de branchages et de guirlandes. Partout, l'œil se posait sur des chapelets de poivrons rouges illuminés et de petites bougies dans des sacs en papier lestés de sable. À un carrefour, il vit même un groupe en train de chanter d'obscurs chants de Noël autour d'un petit brasero. Ben s'attendait à tout moment à entendre quelqu'un crier : *Coupez !*

Il se souvenait des galeries de peinture, mais elles semblaient s'être multipliées, et beaucoup étaient encore ouvertes, cavernes d'Ali Baba chaleureuses et colorées dont les vitrines projetaient des rectangles de lumière jaune sur la neige du trottoir. La dernière – et unique – fois qu'il était venu, Ben s'était juré que si jamais il devait un jour gagner sa vie comme peintre, c'était là qu'il viendrait s'installer. Quelques-uns des tableaux exposés étaient bons, mais pas tous, loin de là. Pourtant les touristes affluaient du monde entier et payaient le prix fort. Tout se vendait ou presque, pourvu que ce soit grand, coloré et luxueusement encadré.

Il n'arrivait pas encore tout à fait à croire à sa présence ici. Il avait l'impression de regarder les chaussures d'un autre monter la colline sinueuse à sa place, un double plus audacieux et dénué de scrupules. Celui qui avait téléphoné, adopté le ton de voix désinvolte qui s'imposait pour dire qu'il descendait dans le Kansas voir sa mère, qui avait été souffrante, et que Santa Fe n'était qu'à un petit saut d'avion. Que cela leur donnerait l'occasion de discuter : serait-elle disposée à faire les peintures murales du hall d'accueil du nouveau domaine de Cold Spring Harbor, un projet passionnant sur lequel Martin et lui travaillaient en ce moment ? Peut-être pourrait-elle leur envoyer en express des photos de son travail récent ? Il s'était bluffé lui-même. Qui était cet homme ? Et savait-il vraiment ce qu'il voulait ?

Ce n'était certes pas sa première excursion sur le terrain de l'infidélité. Il se souvenait du frisson d'anticipation revigorant, de cette impression d'être intensément vivant qui abolissait toute culpabilité éventuelle. D'ailleurs, qu'avait-il à se reprocher ? Au cours de leurs longues années de mariage, il n'avait trompé Sarah que deux fois. Deux fois seulement. Et il avait si bien réussi à rationaliser la chose que la rareté de ses transgressions lui montrait qu'il faisait preuve d'une retenue quasi vertueuse.

Il connaissait beaucoup d'hommes, à commencer par Martin, qui étaient des pros de l'adultère et qui, loin de laisser passer les occasions, les recherchaient activement. Ben l'avait vu à l'œuvre quand ils allaient assister ensemble à des congrès, et il avait été témoin de la façon dont il détectait dans un bar ou à une soirée une partenaire possible. Martin prétendait qu'il les repérait à cent mètres. Ben avait observé sa technique d'approche. Il était sinon admiratif, du moins impressionné par la façon dont Martin se présentait, réussissait tout de suite à faire rire son interlocutrice, savait écouter, donner toute son attention, se mettre sur le plan de la confidence et de l'intimité, comme un jardinier soignant une fleur rare. Et neuf fois sur dix, il parvenait à ses fins – allons, peut-être pas neuf, mais mettons six, peut-être quatre.

« Le secret, c'est de ne pas avoir peur de te faire jeter, lui avait dit un jour Martin. Même celles qui disent non sont en général flattées. »

Ben lui enviait son aisance, sa légèreté et son détachement. Pour Martin, ce n'était qu'une affaire de cul. Lui et Beth – qui méritait un oscar ou était la seule personne du comté de Nassau à ne pas être au courant des frasques de son mari –, ils resteraient sans doute ensemble jusqu'à la fin des temps. Alors que les deux fois où Ben avait trompé Sarah – la première fois avec une avocate du Queens qui s'occupait à l'époque de cessions de propriétés pour lui, la seconde avec une femme mariée plus âgée qu'il avait rencontrée au club de tennis – il avait fini par tomber amoureux. Mais comme il n'avait pas l'intention de quitter Sarah (ou plus exactement les enfants qui, à l'époque, était petits), aucune de ces liaisons n'avait duré longtemps, et les deux s'étaient terminées dans l'acrimonie. C'était un miracle que personne n'en ait jamais rien su. La seule personne à qui Ben en avait parlé était Martin.

« Tu sais ce que c'est, mon problème ? » avait-il déclaré dans un moment d'imprudence où il s'apitoyait sur son sort après la fin de ses amours sportives.

« C'est que je suis incapable de dissocier l'amour et le sexe.

— Le mien, c'est de ne jamais avoir pu les associer », avait rétorqué Martin en riant.

Et c'était reparti. En tout cas dans son cœur. Reparti pour l'adultère. Il n'était pas encore tout à fait sûr d'être amoureux, mais le processus était amorcé. Ce qui était ridicule à bien des égards. Cette femme, il la connaissait à peine. Bien sûr, il s'était rendu compte, à La Ligne déjà, et plus nettement pendant la soirée à New York, qu'il lui plaisait, et qu'il y avait entre eux une forme de connivence excitante. Mais cela ne voulait rien dire. Peut-être ferait-il mieux de l'oublier. De se montrer courtois mais professionnel. De prendre un verre, de parler des peintures murales et puis de retourner à l'aéroport.

Mais dès qu'il la vit, il sut que ça ne se passerait pas ainsi. Fatigué et incapable de distinguer les couleurs après avoir visité quantité de galeries, il était assis devant un margarita bien tassé dans un coin du bar où ils avaient rendez-vous. C'était une longue salle d'un seul tenant, étroite et sombre, avec un parquet en bois ciré et des murs entièrement tapissés de tableaux (comme partout à Santa Fe). La porte s'ouvrit sur un tourbillon de flocons de neige. Lorsqu'ils se dissipèrent, il vit Eve. Elle portait un vieux chapeau de cow-boy cabossé et patiné et un grand manteau-cape ceinturé devant, rouge foncé et vert. Elle ôta le chapeau, fit tomber la neige du bord et secoua ses cheveux. L'un des clients du bar, qu'elle connaissait visiblement, lança une remarque que Ben n'entendit pas, mais qui la fit rire. Quand elle s'approcha de lui, il passa un bras autour d'elle et l'embrassa ; elle posa un coude sur son épaule et resta là un moment, à bavarder et à rire avec le groupe.

Puis l'un d'eux pivota sur son siège et désigna Ben. Elle jeta un coup d'œil dans sa direction, sourit et s'approcha. Il la regarda traverser toute la longueur de la salle sans détacher de lui ses yeux que les lumières faisaient étinceler ; son sourire vacilla un peu, s'atténua comme sous l'effet d'une arrière-pensée ou d'un signal d'alarme, puis réapparut, toujours chaleureux, juste un peu plus pondéré.

Il se leva pour la saluer, mais au lieu de l'imiter, elle se pencha sur la table, posa la main sur son bras et pressa sa joue froide, si froide, contre la sienne. Son parfum le fit presque défaillir. La galerie de Lori était juste en face et sur le point de fermer, dit-elle. Il laissa donc son margarita sur la table et suivit Eve de l'autre côté de la rue. Lori était partie, mais elle avait laissé un message à l'intention de Ben, disant que les copains de La Ligne avaient droit à une remise de 10 %.

Les tableaux d'Eve, deux énormes triptyques à l'huile, étaient accrochés sous un éclairage étrange dans une longue pièce aux murs de pierre à l'arrière de la galerie. Ils avaient beaucoup plus d'impact que sur les photographies qu'elle avait envoyées. Le plus grand des deux était intitulé *La Visitation.* Avec ses couleurs riches et sombres, violet indigo et carmin profond, il faisait penser à l'Apocalypse. Sur les deux panneaux latéraux, des animaux de toutes sortes, dans des tons plus pâles, d'ivoire et de pierre, se tordaient et s'entremêlaient au milieu de racines, comme pris dans un violent tourbillon. Sur le panneau central, dans un cercle de lumière se dressait une énorme créature ailée qui tenait du cheval, de l'humain et du reptile, toute-puissante et cependant bienveillante. Ben fut saisi et ému, mais ne sut trop quoi dire, sinon que c'était magnifique, extraordinaire, et étonnamment fort. Il pensa – mais garda sa réflexion pour lui – que pour l'atrium d'une compagnie d'assurances de Long Island on s'attendait à quelque chose d'un peu plus anodin.

En revenant dans le bar, ils s'installèrent à une table. Il commanda un verre de vin rouge pour elle, un autre margarita pour lui et ils parlèrent une heure d'affilée. Du temps, de Pablo, de ce qu'ils avaient fait pour Thanksgiving. Du voyage de Ben à Missoula le mois précédent pour visiter l'université avec Abbie, qui avait l'intention de passer l'été suivant à travailler pour Greenpeace. Et, naturellement, du travail, de ces peintures murales qui lui avaient fourni un prétexte fallacieux pour se trouver ici ce soir à Santa Fe dans ce paysage neigeux et irréel. Tout était si facile. Ils paraissaient se comprendre parfaitement, riaient des mêmes choses, se souvenaient chacun de petits détails de la vie de l'autre. Elle le mit en boîte, lui demandant où il s'était garé et s'il avait réussi son créneau.

Quand il lui demanda si elle avait dîné, elle répondit que non, qu'elle mourait de faim. Ils prirent une table à côté d'une cheminée dans le restaurant labyrinthique jouxtant le bar. Ils mangèrent des gambas, du poulet aux épices grillé avec des haricots rouges, tout en continuant à parler. Elle portait un vieux jean et un cardigan vert-de-gris en cachemire qu'elle enleva au bout d'un moment à cause de la chaleur du feu. Dessous, elle portait un débardeur assorti, qui épousait la forme de ses seins. À la lumière des chandelles, les épaules nues, elle était d'une beauté si déconcertante que Ben eut le plus grand mal à ne pas rester bouche bée.

Si elle ne s'était pas sentie, comme lui, totalement à l'aise et en confiance, peut-être se serait-elle abstenue de poser cette question. Une de celles qui arrêtent net les hommes. Et en y repensant plus tard, Ben se dit que c'était un miracle qu'un aussi piètre séducteur que lui ne se soit pas roulé en boule pour disparaître sous la table. Mais après le dîner, lorsque pour la première fois de la soirée un silence s'installa entre eux et qu'ils échangèrent un regard disant en lettres de néon de trente centimètres de haut *« Alors ? »*, elle but une gorgée, reposa son verre de vin et demanda : « Si vous me disiez la vraie raison de ce voyage, Ben ? »

Ce fut dit doucement, avec un sourire dépourvu d'ironie ou de reproche. Et au lieu d'être figé par la peur ou la gêne, il n'hésita qu'un instant, avant de lui dire très simplement, sans détourner les yeux, qu'il était tombé amoureux d'elle. Depuis sa soirée d'anniversaire à La Ligne, il n'avait cessé de penser à elle. Jamais il n'avait éprouvé de sentiment aussi fort envers une femme.

Cette déclaration étonnante (dont il fut le premier surpris), Ben ne l'avait ni préparée, ni préméditée. Il n'essayait pas d'imiter avec de gros sabots la technique de séduction de son maître Martin. En s'entendant avouer ses véritables sentiments, il avait l'impression de se livrer à la parodie d'une scène de confessionnal, tout en se rendant compte qu'il prenait un risque stupide et qu'il avait toutes les chances de faire fuir Eve. Il n'en continua pas moins.

D'une voix calme et mesurée, il ajouta que depuis leur soirée à New York, il ne savait plus où il en était, ni comment faire pour la revoir, qu'il avait à plusieurs reprises essayé de lui écrire, mais sans réussir à trouver les mots justes.

Il s'adressait maintenant surtout à ses mains, qu'il avait croisées sur la table devant lui. De temps en temps, il levait les yeux pour voir l'effet produit par ses paroles, mais ne put déceler qu'une sorte de surprise retenue. Puis, alors qu'il terminait, il la vit jeter un coup d'œil vers ses mains et se rendit compte que pendant tout son monologue, il avait joué avec son alliance.

Il haussa les épaules avec un sourire.

« Bon, eh bien voilà », dit-il.

Il y eut un long silence. Elle s'adossa à sa chaise et le regarda fixement.

« Eh bien, articula-t-elle enfin. Je ne sais pas comment répondre.

— Je suis désolé. Vous n'êtes pas obligée.

— Comme vous voulez.

— Ce que je veux dire, c'est que si vous m'avez demandé pourquoi j'étais venu, c'est que vous saviez bien que ce n'était pas juste pour les tableaux. Alors j'ai pensé : Oh, et puis à quoi bon jouer la comédie ? Autant lui avouer la vérité. »

Elle prit son verre, but une gorgée de vin sans cesser de l'observer.

« Ce n'est donc pas ma peinture qui vous intéresse en fin de compte.

— Vos tableaux sont magnifiques.

— Vous maintenez la commande ?

— Si elle vous intéresse, oui.

— Pardi ! C'est tout ce qui compte ! »

Ils restèrent un moment à se regarder avec un sourire mélancolique.

« Vous n'êtes pas censé m'expliquer que Sarah ne vous comprend pas ?

— Justement, je crois qu'elle me comprend. Trop bien, sans doute. Mais nous ne sommes plus les mêmes qu'au départ. Soyez gentille, couvrez ces épaules que je ne saurais voir. »

Elle remit lentement son cardigan.

« Dommage quand même, reprit-il.

— Dites-moi, vous faites ça souvent ?
— Non.
— C'est bien ce que je pensais.
— Merci. »

Quand la serveuse arriva et leur demanda s'ils avaient terminé, ils se mirent à rire, ce qui la décontenança un peu. Ben demanda l'addition. Une fois la fille partie, Eve tendit le bras et lui prit la main.

« Ben, vous me plaisez beaucoup. Mais jamais je n'ai eu de relation avec un homme marié et ce n'est pas aujourd'hui que je commencerai. Si vous étiez libre, ce serait peut-être différent. »

Ils se dirent au revoir dans la rue en s'embrassant sur la joue comme de bons amis, puis elle partit vers le haut de la colline sans se retourner. La neige s'était arrêtée, mais il fallut que Ben déblaie quinze bons centimètres sur son pare-brise. Il rentra à l'hôtel dans un état d'euphorie digne d'un adolescent. Et le lendemain matin, quand son avion décolla vers le nord-est, dans un ciel sans nuages, d'un bleu cobalt, il regarda les montagnes au-dessous de lui, plissées comme des cicatrices sur la blancheur du désert, et éprouva un sentiment de lucidité vertigineuse.

Il rentrait chez lui. Mais c'était un mot dont le sens avait changé, un lieu que, dans son cœur il avait déjà quitté. Même si Eve ne le lui avait pas dit, ce qu'il avait entendu, c'était que s'il se rendait libre, elle l'accepterait. Et avec l'inconscience béate des ignorants, il avait déjà entamé le processus.

DOUZE

Il n'était pas facile de se perdre à Missoula, même en le faisant exprès. Partout, pour se retrouver, il suffisait de regarder autour de soi afin de repérer la lettre M, en blanc et en relief, se détachant à mi-hauteur de l'escarpement herbu qui se dressait sur la rive sud de la Clark Fork River. Bien qu'il ne fût pas plus haut qu'une colline, on l'appelait le mont Sentinel. Ceux qui avaient des mollets robustes, du souffle et l'envie de gravir le sentier qui zigzaguait sur son flanc, jouissaient une fois arrivés à côté du M d'une vue complète de la ville sur un fond digne d'une photo pour agence de voyages, avec la forêt et les montagnes poudrées de neige depuis le début de l'automne. À supposer qu'on parvienne à en détacher les yeux, en regardant vers le bas, juste au-dessus du bout des chaussures, on voyait le campus de l'université du Montana se déployer au pied de la colline.

C'était un endroit tranquille et agréable, même si ses bâtiments de brique rouge du siècle passé avaient des prétentions de grandeur auxquelles avaient renoncé les plus récents. Le centre du campus était une vaste pelouse dénommée l'Ovale, où en été les étudiants aimaient se vautrer au soleil et jouer au frisbee. Quadrillé par des allées de pierre grise et de galets rouges provenant des rues du centre de Missoula et récupérés, l'Ovale avait jadis été orné d'ormes majestueux que la maladie avait fait mourir l'un après l'autre. Hormis quelques ponderosas courageux, leurs jeunes successeurs – érables, chênes rouvres et féviers à miel – avaient encore un aspect vulnérable. Pour les protéger, planté sur un socle de ciment gris à l'entrée ouest de l'Ovale, se tenait un grizzly massif.

Assis sur ses pattes de derrière, il fixait le lointain, la mine farouche, les mâchoires entrouvertes sur un grognement silencieux qui découvrait ses dents de bronze, comme s'il percevait une attaque imminente. Or, pour ceux qui connaissaient l'histoire récente, cette posture était assez adéquate. Car au cours de la trentaine d'années où il avait monté la garde, le collège avait été l'objet de sévères attaques en règle. Le Montana conservateur, c'est-à-dire l'essentiel de l'État, considérait l'endroit comme un chaudron où bouillonnait le poison gauchiste, dont le plus toxique était distillé dans le bâtiment juste derrière l'épaule de l'ours.

Rankin Hall se dressait sur un soubassement de roche grossièrement taillée. Douze marches solides menaient à une porte voûtée à double battant flanquée de colonnes classiques. Dans le hall, entre les posters, les caricatures, les affiches de concerts et d'expositions, était accrochée une photographie sépia de la femme qui avait donné son nom au collège. Avec son chapeau à plumes, sa blouse à col montant et son costume sombre, Jeannette Rankin, suffragette, pacifiste et première femme élue à la Chambre des représentants de la nation, paraissait beaucoup trop réservée pour présider aux destinées d'un pareil foyer de controverses. Pourtant, tel était son rôle, car Rankin

Hall était le siège du célèbre programme d'études de l'environnement de l'université.

Né dans les années de protestation contre la guerre du Vietnam, il s'enorgueillissait discrètement de former des activistes qui – du moins ses détracteurs le prétendaient-ils – avaient entrepris de ruiner l'économie de l'État en lui ôtant des milliers d'emplois de mineurs et de bûcherons, ce qui, d'après eux, expliquait que le Montana n'occupait plus que la quarante-sixième place de l'Union pour ce qui était du revenu moyen par tête. Naturellement, la vérité était plus complexe, mais les efforts des conservateurs pour faire supprimer le programme n'avaient pas faibli pour autant. Inlassablement, ils s'efforçaient d'y mettre bon ordre et d'en réduire le financement. Les professeurs étaient accusés de donner des mentions aux étudiants qui allaient manifester, clouter des arbres[1], ou s'attachaient avec des cadenas à des camions forestiers. Un jour, partant de la supposition naïve qu'une carte murale des forêts du Montana semée de punaises de couleur était en fait un schéma directeur pour le cloutage des arbres, des agents fédéraux avaient même fait irruption au collège, revolver au poing, avant de ressortir piteux, le visage couvert de coulées de jaune d'œuf.

Abbie Cooper ignorait ce type de notoriété lorsqu'elle s'était mis en tête de venir étudier dans cette université. Et l'aurait-elle connu qu'elle n'en aurait soufflé mot à quiconque, surtout pas à son grand-père, qui considérait son choix non seulement comme une aberration mais presque comme une offense personnelle. Un peu à contrecœur, semblait-il, sa mère avait

1. Pratique écoterroriste qui constitue à cribler de clous les troncs des arbres, ce qui ne les fait pas crever, mais retire au bois sa valeur marchande et dissuade les éventuels abatteurs.

pris le même parti, répétant après lui que c'était vraiment dommage pour quelqu'un d'aussi doué qu'Abbie de ne pas aller d'abord voir Harvard. Comme on pouvait s'y attendre, le père d'Abbie était déjà gagné à sa cause. Mais pour faire plaisir à sa mère et à son grand-père, elle accepta la visite proposée. Sous un crachin gris et complice, elle traîna ses baskets et un visage de plus en plus morose jusqu'à Cambridge, et un peu plus tard (*Allons, ma chérie, s'il te plaît, c'est juste à côté)*, Wellesley.

Le soir même, elle annonça sans surprendre personne, d'un ton un peu mélodramatique, qu'elle préférerait encore être caissière au supermarché que d'aller dans des endroits pareils. Sa mère renonça et l'affaire fut conclue. Elle choisirait donc l'université du Montana, où on lui proposait une place à la rentrée suivante. Bien entendu, elle prendrait comme dominante l'étude de l'environnement.

L'été qui suivit fut le meilleur de sa vie. Elle passa deux semaines dans le Wyoming avec Ty et travailla au ranch. Elle avait prévu de rester plus longtemps, mais il s'attachait un peu trop et Abbie avait beau l'aimer beaucoup, elle ne se sentait pas prête à prendre le genre d'engagement qu'il semblait attendre. Deux semaines plus tôt que prévu, elle prit l'avion pour Vancouver et s'engagea chez Greenpeace.

Le travail n'était ni exigeant, ni vraiment passionnant, mais elle rencontra des gens qui compensaient cela largement et se fit de nombreux nouveaux amis. Les moments forts furent les promenades en kayak de mer pour explorer les îlots sauvages un peu plus au nord sur la côte. Ils regardèrent des ours pêcher des saumons, pagayèrent au milieu de troupeaux d'orques, si près qu'ils auraient pu les toucher en tendant la main. Le soir, ils campaient au bord de l'eau, écoutant souffler les baleines dans la baie et hurler les loups au loin dans les forêts au-dessus d'eux.

Les seules ombres au tableau de ces longues journées idylliques étaient les oiseaux de mer qu'ils trouvaient morts ou mourants dans les trous d'eau des rochers, les plumes collées par le mazout. Ils sauvèrent ceux qu'ils purent, mais la plupart étaient trop abîmés. Le spectacle de leurs souffrances alluma une flamme de colère dans le cœur d'Abbie.

Elle rentra chez elle en août, juste une semaine avant son départ pour l'université. Sa mère était fragile, nerveuse, et on sentait chez elle une tristesse qu'Abbie ne lui connaissait pas. Son père aussi paraissait différent, plus silencieux, un peu soucieux. Lorsqu'elle lui posa des questions, sa mère prit la chose à la légère, expliquant qu'ils avaient tous les deux trop travaillé, sans pouvoir prendre de vacances. Josh, qui venait de rentrer après un mois chez les Bradstock au bord du lac Michigan, passa presque toute la semaine pendu au téléphone à parler à Katie, ou à broyer du noir dans sa chambre. Abbie trouva l'ambiance un peu déprimante.

La veille de son départ pour Missoula, pendant qu'elle faisait ses derniers préparatifs, sa mère entra dans sa chambre. Bouleversée par ce spectacle, elle s'effondra, en larmes, et Abbie la prit dans ses bras.

« Pardon. Je ne l'ai pas fait exprès, fit-elle en reniflant, d'un ton qu'elle voulait désinvolte. C'est ridicule. Mais je crois que les mères ont le droit de verser quelques larmes quand leur petite fille quitte la maison.

— Je reviendrai, maman.

— Je sais.

— C'est vraiment pour ça que tu pleures ? Il n'y a vraiment rien d'autre ?

— Pourquoi ? Ça ne suffit pas ? Écoute, c'est une période merveilleuse qui commence pour toi. Je suis jalouse, voilà tout. »

La chambre d'Abbie sur le campus se trouvait à Knowles Hall, un bâtiment d'aspect assez quelconque en brique et en ciment, dont le seul ornement était un porche festonné sous lequel étaient rangées les bicyclettes. Il était tout près de l'Ovale, auquel on accédait par une allée piétonne bordée d'érables à sucre qui, après le premier gel sévère de l'automne, avaient viré de l'orange vif au rouge. Il y avait six couloirs identiques, et la chambre elle-même, à mi-chemin de l'un d'eux, était équipée de lits, de bureaux, chaises et étagères en pin, en double exemplaire ; Abbie et l'étudiante qui partageait sa chambre avaient disposé le mobilier de telle sorte que chacune pouvait avoir une illusion d'intimité. Heureusement, chose étonnante, elles s'entendaient très bien.

Melanie Larsen venait d'une petite ville à côté d'Appleton, dans le Wisconsin. Elle était fille de fermiers et avait le physique correspondant. Blonde, le teint coloré, avec des cuisses et des épaules qui donnaient l'impression qu'elle serait capable de tirer seule un tracteur d'une fondrière, elle aussi avait choisi comme dominante l'étude de l'environnement. Si les murs du côté d'Abbie étaient recouverts de posters de montagnes, d'animaux sauvages et de héros tels que John Lennon et Che Guevara, de celui de Mel il n'y avait que trois photos joliment encadrées : son père et sa mère, ses quatre frères, et elle entourant de ses bras une génisse Hereford qui avait remporté tous les prix au concours du club rural local.

Mel était si exubérante et grégaire qu'en à peine

deux mois, leur chambre était devenue un vrai foyer de vie sociale. La porte en était rarement fermée. Aujourd'hui, toutefois, elle l'était. Et le bloc-notes qui y était fixé, assorti d'un crayon pendu au bout d'un fil, était couvert d'une mosaïque de messages.

Salut les meufs, où vous êtes ? Chuck, Rooster.

Salut, Mel. Ai des billets de concert. Appelle-moi. Jazza.

Abigail, ma ptit bomb, ta dé plan pour sswar ?

BIZZZ

Et ainsi de suite. C'était l'heure du déjeuner, à laquelle les copains passaient d'habitude avec du café et des sandwichs qu'ils venaient d'acheter au La Peak, le petit snack de l'autre côté de l'allée, au Lomasson Center. Seuls ou à deux, ils arrivaient par le couloir et, voyant la porte close, ils fronçaient les sourcils, frappaient parfois, écoutaient un moment puis, n'entendant rien, haussaient les épaules et griffonnaient un message avant de repartir en traînant les pieds dans le couloir jusqu'à l'escalier. Abbie et Mel n'étaient pas chez elles et personne ne savait pourquoi.

Abbie commençait à regretter de ne pas y être. La douleur devenait si intense qu'elle avait peur de ne pas pouvoir tenir. Elle montait par spasmes nauséeux qui lui donnaient envie de pleurer. Mais plutôt crever que d'accorder un tel plaisir à ces enfoirés. Chaque point de son corps était douloureux. Elle avait mal à des endroits dont elle ne soupçonnait même pas l'existence.

Depuis cinq heures, elle était assise, le cou attaché par un cadenas à une grille en métal. Elle avait l'impression que ça faisait cinq jours. C'était un de ces cadenas qu'on utilise pour les bicyclettes, un U en acier trempé ; la barre de la porte à laquelle il était fixé était si haute qu'Abbie avait l'impression que sa colonne vertébrale s'était déjà allongée d'une petite dizaine de centimètres. Chaque fois qu'elle essayait de se détendre, le cadenas, lui, essayait de l'étrangler. Les meurtrissures de son cou avaient dû enfler, car le cadenas semblait rétrécir. Elle devait lutter contre la panique.

La matinée avait été ensoleillée et, pour la fin octobre, étonnamment douce. Mais quand le vent avait viré au nord et que les nuages étaient arrivés, la température avait brutalement baissé. Le froid humide de la route en terre avait fini par traverser la toile cirée qu'on lui avait donnée pour s'asseoir, ainsi que toutes les couches de Gore-tex et de sous-vêtements chauds qu'elle avait superposées, et il s'insinuait comme un brouillard glacé dans tous ses os. Elle pouvait seulement espérer être bientôt assez engourdie pour ne plus rien sentir.

« Comment ça va, petite sœur ? » lança Hacker.

Abbie grimaça un sourire. Même cela lui faisait mal.

« Super.

— Tu as froid ?

— Non, ça va. »

Maintenant, un rassemblement commençait à se former. En comptant Abbie et sa dizaine de camarades protestataires, il devait comporter quarante ou cinquante personnes, avec une armée de voitures garées au bas de la colline. Une dernière arrivait au moment où elle regarda de ce côté-là. Les agents du Service des eaux et forêts, le shérif du comté et tout un groupe d'auxiliaires, des gens de la compagnie d'exploitation forestière, des reporters et des photographes. Tous se déployèrent autour d'eux, à regarder, et à bavarder, attendant qu'il se passe quelque chose. Même le petit bonhomme alerte du Service des eaux et forêts qui avait passé toute la matinée à filmer sur son caméscope semblait à court d'idées et, appuyé sur le capot de son camion, il avait la mine aussi morose que tous les autres. L'air glacial était empli des grésillements d'une dizaine de radios à ondes courtes et de la constante vibration en sourdine de l'hélicoptère qui, toute la matinée, avait hissé les pins abattus dans la vallée au-dessous. La camionnette qui venait d'arriver appartenait à une station de télévision locale. La journaliste et son cameraman montaient la colline dans leur direction. Hacker entonna à nouveau les slogans :

Hé, hé ! Ho ho ! L'abattage illégal au poteau !

Hé, hé ! Ho ho ! L'abattage illégal au poteau !

« Allez, les mecs, le spectacle continue ! »

Abbie constatait que le fait de scander le slogan lui provoquait des douleurs presque aussi insidieuses que le cadenas autour de son cou, mais elle se força à joindre sa voix à celle des autres. En mobilisant le moins de muscles possible, elle tourna les yeux de côté pour voir Scott et Mel, attachés comme elle un peu plus loin sur la grille. Oh là là, comme ils avaient l'air solides, à l'aise, et même contents ; ils lançaient le slogan avec leurs tripes. Du coup, Abbie avait l'impression d'être une loque.

Hé, hé ! Ho ho ! Le Service des forêts au poteau !

Hé, hé ! Ho ho ! Le Service des forêts au poteau !

À la périphérie de sa vision, en amont de la grille, elle voyait Todd et PJ qui, après avoir réenfilé les costumes de truites géantes en papier mâché qu'ils avaient apportés pour l'occasion, exécutaient une valse ridicule pour la caméra de la télévision. On aurait dit deux kayaks ivres sur pattes. Six mètres au-dessus d'eux, toujours suspendu par son harnais à côté de la banderole qu'ils avaient déployée entre les arbres sur la route, Eric se remit à jouer de l'accordéon. Son répertoire de quatre chansons commençait à s'épuiser. La banderole disait HALTE À LA DESTRUCTION DES FORÊTS DU MONTANA.

Hé, hé ! Ho ho ! Les sociétés goinfres au poteau !
Hé, hé ! Ho ho ! Les sociétés goinfres au poteau !

La journaliste de télévision s'arrêta cinquante mètres plus bas sur la route pour parler avec le shérif et les gens du Service des eaux et forêts pendant que le cameraman s'approchait de la grille pour filmer la danse des truites, Abbie, Mel et Scott. Abbie fit un effort pour paraître déterminée et rebelle, caressant même le vain espoir d'être interviewée et d'avoir ses quinze secondes de célébrité. Mais quand la journaliste arriva en haut de la colline, ce fut seulement à Hacker qu'elle voulut parler.

Le cameraman et elle le firent se placer devant la grille de façon à montrer derrière lui les truites en train de danser et la banderole. De sa voix traînante et assurée, il expliqua qu'ils bloquaient la route afin d'empêcher la vente illégale d'arbres, car sous prétexte de déblayer des arbres morts présentant un danger d'incendie, la société d'exploitation forestière faisait en réalité des coupes claires parmi les arbres sur pied, avec la complicité silencieuse du Service des eaux et forêts.

À son habileté pour laisser tomber de petites formules frappantes, on voyait qu'il avait une certaine pratique de la chose. Joel Hackman, dit Hacker ou Joel le Taxi, un vieux routier de la garde à vue et des arrestations – presque une centaine de chaque à son palmarès –, était l'une des nombreuses petites écolégendes de Missoula. Le crâne dégarni, barbu, avec une carrure d'ours et une bedaine de buveur de bière, il avait bien quinze à vingt ans de plus que tous les autres. Il avait obtenu un diplôme de sylviculture au début des années quatre-vingt, mais n'était jamais retourné à Omaha, sa ville natale du Nebraska. (*Qui serait assez fou pour ça ?* aimait-il à plaisanter avant que quelqu'un d'autre pose la question.) Il s'était construit une cabane en rondins dans les Bitterroots[1], et avait fondé une petite organisation appelée Forest Action dont le but premier, mais non exclusif, était de rendre la vie aussi difficile que possible au Service des eaux et forêts et aux entreprises d'exploitation forestière. Abbie et Mel l'avaient rencontré près de deux mois plus tôt, pendant leur première semaine à l'université, quand elles avaient prospecté les groupes de défense de l'environnement locaux. Il les avait charmées et galvanisées : depuis, elles faisaient pour lui du travail bénévole qui, jusqu'à aujourd'hui, consistait surtout à coller des enveloppes.

Hacker avait été marié autrefois, et avait un fils de quatorze ans qu'il adorait sans le voir beaucoup, car l'adolescent était parti vivre avec sa mère à Santa Barbara. S'était-elle lassée de payer des cautions pour sortir son Joel de prison tous les deux ou trois mois, ou de supporter ses frasques légendaires ? Personne ne le savait au juste. Il avait fait des avances à Abbie une ou deux fois et la dernière, après une soirée tardive où elle avait un peu trop bu, elle avait bien failli céder. Elle le trouvait certainement plus attirant que les garçons qu'elle avait rencontrés jusque-là à l'université, des types comme Scott et Eric, qu'elle avait plaisir à avoir comme copains, mais qui étaient un petit peu immatures. À voir les regards lourds de sous-entendus que lui lançait Hacker depuis, Abbie sentait bien qu'il la considérait comme une affaire en cours.

---

1. Région des montagnes Rocheuses aux confins du Montana et de l'Idaho.

Si elle était honnête avec elle-même, l'idée ne lui déplaisait pas et la seule chose qui l'avait retenue était peut-être un sentiment confus de fidélité à Ty, où entrait une légère culpabilité. Depuis son arrivée à Missoula deux mois auparavant, ils ne s'étaient retrouvés qu'une fois, un week-end où il était venu en voiture du Wyoming tout exprès. Si elle avait été heureuse de le voir, avec son chapeau, ses bottes et sa courtoisie désuète, il lui avait paru un peu gauche et déplacé au milieu de son nouveau groupe d'amis étudiants plus branchés.

La journaliste qui interviewait Hacker en ce moment était une femme d'environ trente ans, au visage pincé. Perdue dans sa volumineuse parka noire à la capuche bordée de fourrure, elle avait l'air en train de se faire avaler par un ours. Elle écoutait la tirade de Hacker avec un demi-sourire qui réussissait à paraître condescendant et réprobateur à la fois. Peut-être était-elle simplement gagnée par le froid et l'ennui, comme Abbie.

« Et les poissons qui dansent ?

— Cette rivière est l'une des dernières bonnes frayères pour l'omble à tête plate, dit Hacker. Le déboisement auquel on se livre en ce moment-même sur ces collines avec cet hélicoptère, va provoquer des ruissellements qui entraîneront la terre dans la rivière. La couche de sédiments s'épaissit et les poissons cessent de frayer. Tuez la forêt, vous tuerez les poissons avec. On en a trop vu à l'œuvre dans le Montana, de ces compagnies sans scrupules mues par l'appât du gain. »

Juste au moment où l'interview se terminait, on entendit le bruit d'un véhicule descendant la colline derrière la grille, puis un long coup de klaxon. Lorsque Hacker se retourna pour regarder, la journaliste manifesta pour la première fois un certain intérêt et chuchota au cameraman de continuer à filmer. Le shérif et ses adjoints, ainsi que les agents du Service des eaux et forêts se précipitèrent à leur rencontre. Rassemblant son courage pour dominer la douleur, Abbie réussit à pivoter juste à temps pour voir les deux truites en train de sauter de côté pour céder le passage à un pick-up rouge maculé de boue qui s'arrêta dans un crissement de gravier à quelques mètres de la grille.

« Qu'est-ce qui se passe ?

— Ce sont les bûcherons », dit Hacker à mi-voix.

Les portes du camion s'ouvrirent et quatre hommes en sortirent pour mieux se rendre compte de la situation. Coiffés de casquettes, ils affichaient une expression de mépris amusé. À l'exception d'un seul qui, à voir son air important, devait être le chef d'équipe, ils n'étaient guère plus âgés que les manifestants. Mais c'était là leur seul point commun. À côté d'eux, Hacker lui-même avait l'air d'un gamin. Il s'avança avec un sourire cordial.

« Salut les mecs. Pardon pour le dérangement. On est juste en train de manifester dans le calme contre le déboisement illégal en cours ici. »

Le contremaître, si telle était sa fonction, ne répondit pas et se borna à lui lancer un regard peu amène ; poursuivant son chemin, il contourna l'extrémité de la grille. Il avait une queue-de-cheval, un anneau dans l'oreille, un collier de barbe noire et une moustache encadrant une petite bouche pincée. Les pouces enfoncés dans les passants de ceinture de son jean, il passa devant Mel et Scott en les regardant de toute sa hauteur comme si c'étaient des spécimens d'une forme de vie inférieure. Puis il continua posément son chemin. Arrivé devant Abbie, il s'arrêta et resta là à mâchonner, les yeux baissés vers elle avec un drôle de petit sourire.

« Ça doit être le pied de ne rien avoir à faire de toute la journée qu'à rester le cul par terre, dit-il.

— Parce que massacrer connement des arbres verts, c'est mieux ? » rétorqua Abbie.

Elle vit Hacker froncer les sourcils et se demanda pourquoi. Les yeux du contremaître se fermèrent à demi. Il rentra les joues, tourna le menton de quelques millimètres, puis envoya une giclée de jus de tabac noir s'écraser sur la route à quelques centimètres de la botte droite d'Abbie. Elle eut une brusque envie de lui donner un coup de pied dans les couilles, mais se dit que ce ne serait pas malin.

« Et qui sont les cons d'après toi, petite écolo de mes deux ? »

Hacker s'avança. La caméra de télévision tournait toujours. On voyait que la journaliste en pissait presque dans sa culotte.

« Allons, allons, on se calme », dit Hacker.

Le cœur d'Abbie cognait à cent à l'heure. Elle espérait que sa peur ne se voyait pas sur son visage. Heureusement, juste à ce moment-là arrivèrent deux des adjoints du shérif et Iverson, le premier agent du Service des eaux et forêts. Ce dernier, un homme grand à la moustache d'un blond tirant sur le roux, aux lunettes cerclées d'or, et coiffé d'un Stetson, en imposait beaucoup plus que le petit shérif rondouillard qui peinait et soufflait derrière lui en montant la côte. Depuis le début de la manifestation, il avait pris la situation en main avec une bonne humeur ferme et courtoise.

« Bon, ça va. Ne nous énervons pas.

— On n'a rien contre vous, les gars, dit Hacker au contremaître. On sait bien que vous faites votre boulot. Ce sont vos employeurs qui devraient réfléchir. »

L'homme se tourna pour se trouver face à lui.

« Vous aussi, vous vous y mettez. On est des enfoirés qu'ont rien dans le citron.

— Non, monsieur. Ce n'est pas du tout ça que j'ai voulu dire. Nous comprenons que vous êtes obligés de gagner votre vie...

— On bosse comme des malades depuis cinq heures du mat', et on veut rentrer chez nous, vu ?

— On est désolés, mais...

— Vous ouvrez cette putain de grille, oui ?

— Bon, messieurs, ça suffit, intervint Iverson en s'interposant, paumes levées, face au bûcheron. Monsieur, si vous voulez bien regagner vos véhicules, vos collègues et vous, nous allons voir si nous pouvons trouver une solution. »

Au bout de vingt minutes de négociations, le moment qu'Abbie attendait avec impatience arriva. Hacker était persuadé que la manifestation avait porté. Quelqu'un sortit les clés des cadenas à bicyclettes et Hacker les libéra les uns après les autres. Mel et Scott d'abord, puis Abbie. Quand il s'agenouilla près d'elle, elle sourit, s'attendant à un mot de félicitation ou de sollicitude, mais il resta muet et ne croisa même pas son regard.

Lorsqu'elle se leva, elle eut l'impression que ses articulations avaient gelé et elle faillit tomber. Mais c'était bon d'être libérée. Ils s'écartèrent tous lorsque le camion des bûcherons passa. Elle vit alors le contremaître la regarder fixement à travers la vitre, avec une expression telle qu'elle espéra ne jamais se retrouver face à lui.

Il leur fallait trois heures pour rentrer à Missoula, aussi s'arrêtèrent-ils dans le premier restaurant venu, où ils s'empiffrèrent de pizza, de frites et de tarte au chocolat fondant, avec des litres de café brûlant pour faire passer le tout. Ils étaient euphoriques. Rires et plaisanteries fusèrent pendant qu'ils évoquaient encore à chaud les événements de la journée. Todd et PJ mirent Abbie en boîte à cause de sa réflexion au bûcheron, imitant son accent légèrement snob de la côte Est, qu'on lui avait fait remarquer depuis peu.

« Disparaissez, espèce d'écervelé arboricide ! » glapit Todd.

Tout cela était sans méchanceté, et Abbie ne fut pas en reste. Quand Eric annonça qu'il allait écrire une nouvelle chanson intitulée « Ecolos et arboricides », elle rétorqua que ce n'était pas trop tôt, parce que sa chanson à lui, on la connaissait par cœur. Puis ils parlèrent de leur projet d'aller à Seattle le mois suivant, après Thanksgiving, pour manifester à la réunion de l'Organisation mondiale du commerce. Todd, qui préparait déjà les banderoles, dit que ce serait un succès d'enfer, et que des manifestants du monde entier allaient venir. À l'aise en compagnie de ces nouveaux amis avec lesquels elle avait en commun la jeunesse, l'esprit d'aventure et un idéalisme sans limites, Abbie sentait le froid qui lui avait gelé les os se dissiper, cédant la place au bien-être et à la plénitude, et elle éprouvait une incroyable impression d'héroïsme, d'euphorie mêlée de fierté.

Il faisait sombre quand ils sortirent. Tandis qu'ils regagnaient leurs voitures en traversant les flaques de néon rouges du parking, elle se trouva quelques instants seule à côté de Hacker.

« Beau travail aujourd'hui, dit-il.

— Merci.

— Tes fesses se sont dégelées ?

— Presque.

— Mais tu sais, tu as eu tort de lancer une vanne à ce type. Tu t'en es fait un ennemi.

— Il n'avait pas franchement l'air amical.

— Peut-être. Mais il aurait mieux valu le faire sourire que cracher. La règle, c'est de désamorcer l'agressivité, pas de provoquer l'escalade. Une réflexion méprisante et toute l'atmosphère s'est tendue.

— Tout ce que j'ai dit, c'est...

— On a tous entendu ce que tu as dit. Seulement, à cause de toi, il a perdu la face, et ça l'a rendu furieux. Ce sont des types comme lui qu'on a besoin de gagner à notre cause.

— Désolée.

— Pas grave. Je te dis ça pour que tu le saches la prochaine fois. »

Ce fut au tour d'Abbie de se sentir humiliée. À l'arrière du vieux camping-car VW de Hacker où elle était entassée avec six autres, elle rumina un moment. Perfectionniste et orgueilleuse, elle avait toujours du mal à accepter la critique, même quand elle partait d'un bon sentiment. Mais elle n'allait pas laisser l'incident lui gâcher la journée ni montrer à Hacker qu'il l'avait blessée. Lorsqu'ils arrivèrent à Missoula, elle blaguait de nouveau avec les autres.

Ils devaient tous aller passer la soirée chez Todd et Eric, qui habitaient une maison décrépite de la 4e Rue, dont l'arrière donnait sur la rivière. Mais lorsqu'ils s'arrêtèrent au débit de boissons pour acheter un tonnelet de bière, Abbie annonça qu'elle avait du travail et qu'elle rentrait directement chez elle. À Hacker, qui lui proposa de la déposer, elle répondit qu'elle avait envie de marcher.

« Sans rancune, lui glissa-t-il à mi-voix.

— Bien sûr. »

Elle dit au revoir à tout le monde et remercia poliment Hacker de l'avoir laissée venir, et de l'avoir conduite. En tout cas, il pouvait toujours attendre qu'elle colle une autre enveloppe pour lui. Quant à coucher avec lui, ce ne serait pas demain la veille. Peut-être quand les poules auraient des dents.

TREIZE

Sarah n'avait jamais beaucoup aimé la fête de Thanksgiving. Elle était synonyme de surmenage et de tension, et deux fois plus encore quand c'était leur tour de recevoir la mère de Benjamin, tous les deux ans. Du vivant de son père, ses beaux-parents étaient toujours restés chez eux et tous les deux ans – là encore – Sarah et Benjamin étaient attendus au Kansas, où régnaient des tensions d'un autre ordre, surtout entre Benjamin et son père. Sarah se sentait plus spectatrice que partie prenante et elle pouvait se détendre un peu. Si on lui avait dit qu'un jour, elle aurait la nostalgie de ces Thanksgivings à Abilene, elle n'aurait jamais voulu le croire.

La dinde avait été mise au four à huit heures trente, et à mesure qu'elle rôtissait, Sarah sentait monter son énervement. Toutes les vingt minutes ou presque, Margaret venait dans la cuisine pour demander une énième fois si elle pouvait aider et Sarah avait beau lui dire que non, merci, elle s'était organisée et que tout allait bien, elle s'attardait et faisait des petites réflexions sur la préparation du repas. C'était *intéressant* de voir que Sarah arrosait si rarement la volaille de son jus, et *original* de ne pas fariner les pommes de terre rôties.

Plus pour se débarrasser d'elle que par besoin réel, Sarah l'avait laissée aider à dresser la table dans la salle à manger, mais Margaret n'avait pu s'empêcher d'aller chercher le fer pour lisser la nappe en toile blanche. L'insulte suprême avait été son initiative de refaire le milieu de table de lys et mahonias que Sarah avait mis une heure à composer la veille. La pauvre femme ne se rendait sans doute pas compte que ses gestes pouvaient être pris pour une critique, mais au moment même où Sarah se reprochait d'être un peu paranoïaque, car sa belle-mère ne pensait pas à mal, elle la surprit en train de passer subrepticement le doigt sur une étagère pour vérifier la poussière.

Et puis, il y avait les histoires, éternellement répétitives, sur des amis ou des voisins d'Abilene, presque toujours des gens que Sarah n'avait jamais rencontrés, ou sur quelque détail d'un programme télévisé qu'elle n'avait jamais vu, ou sur une aventure héroïque ou amusante de l'enfance de Benjamin, que tout le monde avait déjà entendue vingt fois.

Margaret Cooper était une petite femme ronde aux cheveux gris permanentés serré, arborant un sourire permanent et peu convaincant car sa bouche faisait tout le travail tandis que ses yeux restaient durs. À près de quatre-vingts ans, elle se portait toujours comme un charme et était très soignée de sa personne. Mais Sarah, qui ne l'avait pas vue depuis douze mois, trouvait que maintenant, sa tendance à radoter était impitoyable. Même si on lui faisait gentiment remarquer qu'elle avait déjà dit telle ou telle chose, rien ne l'arrêtait dans son élan.

Pendant ce temps-là, Benjamin avait disparu, ce qui lui arrivait souvent quand sa mère venait séjourner chez eux. Il était resté presque toute la matinée enfermé dans son atelier, à parler au téléphone, sans doute avec Martin ou Eve Kinsella, à Santa Fe, à propos de ces horribles tableaux qu'elle exécutait pour leur nouvel immeuble de bureaux. Et quand il était revenu, il était allé tout droit au salon où il s'était vautré sur le canapé à côté d'Abbie, pour écouter ses hauts faits dans les forêts du Montana. Sarah aurait bien aimé les rejoindre si elle avait eu un moment pour souffler. Abbie avait gentiment proposé de l'aider, mais Sarah lui avait dit que si elle voulait vraiment se rendre utile, elle pouvait s'occuper de sa grand-mère et l'empêcher de venir dans la cuisine.

Quelle mouche avait récemment piqué Benjamin, Sarah se le demandait encore. Lui qui d'habitude aidait, il ne levait pratiquement plus le petit doigt ces derniers temps. Sauf, naturellement, au club de sport, qui était devenu sa nouvelle tocade. Depuis l'année précédente à la même époque, il avait dû perdre cinq à six kilos et s'il affirmait se sentir beaucoup mieux, il ne semblait pas plus épanoui. Son visage s'allongeait un peu plus chaque jour. Peut-être était-il tiré vers le bas par tous ces muscles tonifiés de frais.

Elle savait à quel point Abbie lui manquait. Ils regrettaient tous son absence. Mais Ben réagissait en se renfermant. Elle le voyait à peine. Il se levait à six heures chaque matin pour aller s'entraîner au club, d'où il partait directement au bureau. Et quand il rentrait, il annonçait presque toujours qu'il avait du travail et se rendait dans son atelier en emmenant son dîner sur un plateau.

Quant à Josh, lorsqu'il ne sortait pas avec des amis, il s'enfermait dans sa chambre pour parler à Katie Bradstock, écouter son insupportable techno ou faire semblant de travailler. Comment il arrivait à s'écouter penser, mystère ! Aussi Sarah mangeait-elle seule maintenant ; il lui arrivait de regarder un peu la télévision et, vers neuf heures et demie, elle allait au lit avec un livre. Quand Benjamin venait se coucher, elle dormait déjà. Ils n'avaient pas fait l'amour depuis deux mois. Il ne paraissait plus intéressé. Elle avait essayé une ou deux fois de prendre l'initiative, mais il avait dit qu'il était trop fatigué.

Sarah s'était efforcée d'inverser la tendance. Les livres sur le sujet étaient unanimes : pour combattre le syndrome du nid vide – à moitié vide en l'occurrence – il fallait faire des efforts. Pas plus tard que le week-end précédent, alors que Josh dormait chez un ami, elle avait réservé à Ben une surprise en retenant une table dans un nouveau restaurant de poissons qui venait d'ouvrir à Oyster Bay.

La salle était bondée, l'ambiance animée et la cuisine merveilleuse. Sarah s'efforça – mon Dieu, avec quelle constance ! – de soutenir une conversation. Mais Benjamin ne se montra pas coopératif. Oh, certes, il répondit à ses questions, mais n'en posa aucune et au bout d'une heure et demie, ils étaient assis l'un en face de l'autre, muets, à observer les convives des autres tables qui, bien entendu, riaient et passaient tous un bon moment. Sarah se souvint qu'ils blaguaient autrefois en regardant les couples mariés dîner avec l'air de s'ennuyer ferme, le visage triste. Benjamin inventait des dialogues, mettant en paroles les pensées de chacun. Or, voilà qu'ils étaient devenus l'un de ces couples. Elle en avait le cœur brisé.

Le voir si animé, si revigoré par la présence de sa fille, plaisantant avec elle alors qu'ils étaient tous assis autour de la table impeccablement lissée, ne fit qu'accroître son malaise. Mais elle s'efforça de ne pas y penser. Elle se contraignit à sourire et à rire avec les autres, à être positive. C'était le jour où chaque famille se devait impérativement d'être heureuse sans se soucier des lézardes qui pouvaient courir sur ses murs. Tout le monde avait trouvé la dinde délicieuse malgré son arrosage insuffisant. Et si Margaret n'avait avalé qu'une petite bouchée de tourte au potiron avant de repousser discrètement son assiette, tous les autres avaient paru se régaler. Benjamin posait des questions à Abbie sur sa visite à la réunion de l'OMC de Seattle qui devait se dérouler la semaine suivante, et sur le genre de revendications qu'elle et ses amis avaient l'intention de mettre en avant.

— Mon Dieu, mais qu'est-ce que ça veut dire, OMC ? demanda Margaret.

— Ça veut dire Où est le Malheureux Copain », glissa Josh.

Abbie avait commis l'erreur de dire à Sarah en présence de son frère qu'elle n'avait vu Ty qu'une fois depuis l'été et qu'elle se sentait un peu coupable. Elle soupira en lui lançant un regard noir.

« C'est malin ! Ça veut dire l'Organisation mondiale du commerce, Mamie. Une association de pays riches qui font tout leur possible pour exploiter les pays en voie de développement et les maintenir dans la pauvreté.

— Ça me rappelle quelque chose », commença Margaret. Il y eut un fléchissement presque audible du moral des convives. « Tu te souviens de la fois où tu es allé à cette manifestation contre le Vietnam à Lawrence, Benjamin, quand tu étais à la fac... ? »

Oh, ce n'est pas vrai, se dit Sarah, c'est reparti. L'histoire des cheveux longs. Abbie et Josh échangèrent une grimace de connivence. Benjamin eut un sourire las.

« ...la fois où Harry Baxter t'a vu au journal télévisé local avec tes cheveux longs et est arrivé au magasin en disant à ton père que tu avais l'air d'une fille ?

— Oui, maman, je m'en souviens.

— Tu sais, Abbie, ton père avait les cheveux aux épaules.

— Je sais, mamie, j'ai vu la photo.

— Ils étaient toujours en train de manifester pour une chose ou une autre. La guerre, les droits des Noirs ou ce qui était à la mode à l'époque.

— Il s'agissait des droits civiques, maman. Et je ne crois pas que ce soit passé de mode.

— Peu importe. En tout cas, moi, je le trouvais beau, et il n'avait pas du tout l'air d'une fille. Mais tu sais, Abbie, après ça, il s'est laissé pousser la barbe.

— Je sais, mamie, tu nous l'as raconté.

— Ah oui ? Oh, je m'excuse. »

Mais ça ne l'empêcha pas de continuer. De leur dire que quelques mois plus tard, en vacances, Harry Baxter avait vu Benjamin avec sa barbe toute neuve et déclaré que maintenant, il ressemblait à la femme à barbe.

« Et quand il est revenu au magasin, je lui ai dit qu'il pouvait aller voir ailleurs.

— Comment va-t-il, Henry Baxter ? demanda Sarah, feignant l'intérêt.

— Oh, vous savez, Sarah, ce vieil idiot est mort il y a des années. Mais Molly est toujours là, elle. Elle nous fait peur à tous, parce qu'elle conduit une de ces petites voitures électriques comme on en donne aux estropiés.

— Aux handicapés, maman, rectifia Benjamin à mi-voix.

— Estropiés, handicapés, c'est pareil. Avec cette manie du politiquement correct, on ne peut plus appeler un chat un chat, et moi, ça m'agace. »

Voyant Josh prêt à lancer une remarque insolente, Sarah lui lança un regard glacial qui l'arrêta juste à temps.

Comment ils parvinrent à négocier le reste de la journée et le lendemain sans meurtre ou du moins sans blessure sérieuse, Sarah ne le comprit jamais. Le samedi matin, après que Benjamin eut enfin installé sa mère dans la voiture et descendu l'allée pour l'emmener à l'aéroport, Sarah et les enfants restèrent debout dans le soleil et le froid, agitant joyeusement la main en signe d'adieu, avec l'impression qu'un poids de dix tonnes venait de leur être ôté des épaules.

« Cette fois, c'est la der des ders, dit Josh qui remonta bruyamment dans sa chambre. Si elle revient pour Thanksgiving, moi, je me casse. »

Sarah ne se donna même pas la peine de protester. Elle passa un bras autour des épaules d'Abbie.

« Viens, dit-elle, je vais faire du café. Je n'ai pas eu le temps de parler vraiment avec toi depuis que tu es rentrée. »

Elles préparèrent le café, montèrent l'escalier à vis menant à la petite mezzanine qui donnait sur le jardin et la terrasse où ils faisaient les barbecues en été. Comme l'automne avait été doux, il restait des feuilles aux bouleaux argentés que Sarah avait plantés tant d'années auparavant. Au soleil, leurs feuilles brillaient, jaunes et diaprées.

Deux canapés crème se faisaient face, de part et d'autre d'une table basse en acajou. Elles s'installèrent sur l'un d'eux, qui recevait le soleil. Abbie dit à sa mère de retirer ses chaussures, prit ses pieds sur ses genoux et les lui massa, tout en lui décrivant sa vie à l'université. Elle avait sans doute déjà raconté tout cela à Benjamin, mais il ne s'était pas soucié de le relayer à Sarah. Et si celle-ci ne perdit pas un mot du récit de sa fille, elle ne pouvait s'empêcher de regarder avec un étonnement mêlé de fierté cette enfant chérie, si belle, si pleine de vie. Le massage était exquis.

« Où as-tu appris ça ?
— Ça t'a plu ?
— Un vrai bonheur.
— Tant mieux. Je me suis dit que tu l'avais bien mérité. C'est Mel, la fille qui partage ma chambre, qui m'a enseigné ces gestes. Elle a toujours été comme ça, Mamie ?
— Non. Ça s'aggrave nettement.
— Elle n'écoute rien. On a l'impression qu'elle est là à attendre de pouvoir placer une de ses histoires sur Papa, alors qu'on les a entendues cent fois.
— Peut-être que c'est la nature qui veut ça. Qui rend moins aimables les gens qu'on a aimés, pour que ce soit moins dur de les perdre.
— Tu crois ?
— C'est possible, en tout cas. »
Elles regardèrent toutes deux un moment le jardin. Deux geais se pourchassaient frénétiquement dans les bouleaux.
« Qu'est-ce qu'il a, Papa ?
— Comment ça ?
— Je ne sais pas. C'est peut-être parce que sa mère était là. Mais je le trouve très stressé. Lointain, tu vois. Comme s'il n'était pas vraiment là.
— Oh, il a des soucis au travail en ce moment. Martin et lui ont perdu deux gros projets. Ils sont obligés de se séparer d'un ou deux collaborateurs. C'est sans doute ce qui le préoccupe. »
Sarah avait presque réussi à s'en convaincre.
« Ah. Et toi ?
— Moi ? répondit Sarah en riant. Oh, tu sais, chez moi, tout est vieux.
— Maman, je suis adulte maintenant.
— Je sais, ma puce. Mais honnêtement, je vais bien.

— Tu n'as jamais su mentir.

— Je ne mens pas. C'est vrai que ces temps derniers, il n'a pas été facile à vivre, avec tout ce qui se passe. Et tu nous manques, tu ne sais pas à quel point. À tous les deux.

— Oh, maman.

— Écoute, ce n'est rien. On s'en remettra. Et puis, tu sais, à bien des égards, c'est merveilleux : moins de cuisine, moins de linge à laver. En fait, depuis que tu es revenue, c'est lourd ! »

Abbie eut un sourire sceptique.

« Donne-moi ton autre pied.

— Bien, madame. »

Ce soir-là, après le dîner, Abbie demanda à ses parents si elle pouvait aller passer la soirée chez des amis de lycée. Sarah s'efforça de cacher sa déception. « Amuse-toi bien », lança-t-elle. Josh en profita pour annoncer qu'il y avait « une petite fête » chez son meilleur pote, Freddie. Alors, puisque Abbie sortait, est-ce qu'il pouvait en faire autant ? Benjamin le prit à part pour une de ses traditionnelles mises en garde paternelles contre l'alcool et le hasch. Deux fois au cours du mois écoulé, Josh était rentré visiblement pété. Il avait nié en bloc, mais ses parents étaient inquiets. Abbie dit qu'elle le déposerait et repasserait le chercher plus tard. Ils seraient de retour avant minuit, promit-elle.

Ainsi, la scène était prête – comme Sarah devait le comprendre plus tard – pour ce que Benjamin avait dû préméditer tout le week-end, et depuis probablement plus longtemps encore. Des semaines, peut-être, ou même des mois. Dans l'heure qui suivit, les enfants partirent et le silence tomba sur la maison. Benjamin allait assurément marmonner qu'il avait du travail et filer dans son atelier. Mais les minutes passaient et il restait. De la cuisine, elle le voyait ranger assez distraitement le désordre laissé par les enfants dans la salle de séjour. Elle haussa la voix pour lui demander d'un ton léger s'il voulait de la dinde froide avec de la salade de chou et des tomates.

« Oui, oui. »

Il pourrait peut-être ouvrir une bouteille de vin ?

« Oui, oui. »

Il vint dans la cuisine, prit une bouteille dans le casier et la déboucha de l'autre côté de l'îlot central sur lequel elle préparait le repas. C'était un comptoir étroit en granit gris, comme il y en avait dans toutes les cuisines, où échouait ce qui n'avait pas de place attitrée, les vieux magazines, les piles de lettres, de factures à régler, une grande coupe en bois où ils mettaient les clés de voiture et les pièces de monnaie. On n'entendait que le bruit du couteau qui tranchait la chair de la dinde avant de claquer sur le bois de la planche à découper. Le silence de Ben emplissait la pièce comme un nuage invisible. Peut-être devrait-elle mettre de la musique. Il prit deux verres dans le placard et les posa, *ting, ting*, sur l'îlot à côté de la bouteille ouverte.

« Abbie a l'air en forme, lança-t-elle.

— Oui.

— Ah, là là, je donnerais cher pour retourner à cet âge-là. »

Elle se rendit compte qu'il se dandinait nerveusement d'un pied sur l'autre. Elle s'arrêta de découper pour le regarder. Il était très pâle.

« Ça va ?

— Pas vraiment.

— Qu'est-ce qui se passe ? Tu ne te sens pas bien ? »

Il déglutit. Pendant un long moment, ce fut le

silence total. Puis elle devina. Elle sut exactement ce qu'il s'apprêtait à lui dire.

« Sarah, je... »

Elle posa le couteau si violemment qu'il claqua sur le granit.

« Arrête, dit-elle.

— Sarah, ma chérie, je ne peux pas...

— Non ! Surtout, ne dis rien !

— Il faut que je m'en aille. Je ne peux plus mener cette vie-là...

— Tais-toi. Mais tais-toi donc. Qu'est-ce que tu racontes ? »

Il parut un moment avoir perdu sa voix. Il fixait Sarah, l'air implorant, éperdu. Elle scrutait son visage, attendant une réponse, mais il ne put soutenir son regard. Il baissa les yeux et resta là, immobile, à secouer la tête.

« Tu as une liaison ? »

Elle s'entendit : le mot avait été lancé avec rage, craché presque, comme si elle voulait se débarrasser d'un mauvais goût dans la bouche. Il secouait la tête, toujours sans la regarder. Comme un lâche et un pleurnicheur. À cette vue quelque chose explosa en elle. Elle courut de l'autre côté de l'îlot et se jeta sur lui.

« Oui ! Salaud ! C'est ça ! »

Comme une enragée, elle se mit à le frapper à la tête, aux épaules, à la poitrine. Il se protégea le visage, mais ne recula pas et se laissa rouer de coups. La fureur de Sarah redoubla en le voyant si malheureux, si humilié, martyr inerte de quelque dieu fantasque.

Puis soudain elle s'éloigna et resta immobile, les paupières hermétiquement closes, s'agrippant la tête à deux mains, se bouchant les oreilles, mais trop tard, pour ne pas entendre ce qu'elle savait à présent, la bouche crispée sur un cri muet.

« Sarah... »

Il voulut poser la main sur elle, mais à ce contact, elle se débattit et hurla.

« Nooooon ! »

Puis elle le regarda et vit les larmes rouler sur ses joues. Il lui parut si brisé, si désespéré, planté là devant elle, qu'elle se mit à sangloter. Ses épaules s'affaissèrent, elle tendit le bras et l'attira lentement à elle. Ils pleuraient tous les deux. D'une petite voix d'enfant effrayée elle articula :

« Non, Benjamin, non. Je t'en prie. Je t'en prie, ne dis rien. »

Il l'entoura de ses bras et elle posa la tête contre sa poitrine, essayant de s'enfouir, de trouver un endroit où il l'aimait et la désirait encore. Elle continua à le supplier doucement, *je t'en prie, je t'en prie.* Elle sentit son corps trembler au diapason du sien. Ce n'était pas vrai, il n'était pas sérieux, il ne pouvait parler sérieusement.

« Sarah, ma chérie. Laisse-moi... »

Elle lui posa une main sur la bouche.

« Chut. Je ne veux pas entendre ça. Je t'en prie. »

Alors surgit brusquement l'idée de quelqu'un d'autre dans ces bras-là, d'une autre femme respirant cette odeur chaude et familière qui lui avait toujours appartenu, à elle seule. Comme si elle avait reçu un coup de couteau en pleine poitrine, elle se contracta et repoussa Ben.

« C'est Eve, hein ? »

Il hésita, secoua la tête et voulut dire quelque chose, mais elle comprit qu'elle avait vu juste.

« Tu as couché avec elle ? »

Elle ne reconnut pas sa propre voix. Basse, frémissante, comme une plaque de glace près de se briser.

« Tu n'y es pas du tout, c'est...

— Tu as couché avec elle ?
— Non !
— Menteur !
— Je te jure...
— Menteur, sale menteur ! Ordure ! »

Il secoua la tête, tourna les talons et s'éloigna. Un geste d'un impact tel qu'elle se précipita, se cramponna à lui, le força à se retourner et essaya de lui faire remettre les bras autour d'elle. Mais quelque chose avait changé, et s'il la reprit consciencieusement dans ses bras, son étreinte était molle, indifférente, comme si le courant ne passait plus.

Combien d'heures cela dura, il n'aurait su le dire. Le temps paraissait suspendu, et son cours rythmé par les seules fluctuations de leurs chagrins respectifs. Elle errait dans la maison comme une âme en peine ; il la suivait et la trouvait assise sur une marche, le dos courbé, ou écroulée dans un coin de pièce où ils n'allaient jamais, à sangloter ou à regarder ses mains, comme frappée de stupeur catatonique. Tantôt elle se jetait sur lui, le rouait de coups, et l'insultait en hurlant, tantôt elle le saisissait et l'attirait dans ses bras pour le supplier, lui demandant pourquoi, pourquoi, lui disant qu'ils pourraient s'en sortir, tout de même, après toutes ces années. Elle ferait ce qu'il fallait, elle pouvait changer. S'il voulait bien lui donner une chance. Pour les enfants, pour eux. Je t'en prie, Benjamin, je t'en prie. Juste une dernière chance.

Sur la terrasse, où ils étaient cramponnés l'un à l'autre dans l'air froid de la nuit, écoutant le vent agiter les feuilles des bouleaux illuminés, elle cessa peu à peu de sangloter. Un calme hébété et lugubre descendit enfin sur eux. Ils rentrèrent au chaud et Ben versa le vin qu'il avait débouché dans ce qui semblait à présent une autre vie. Ils emportèrent leurs verres dans le salon, s'assirent sur le canapé et se mirent à parler.

Très tendue, elle se tenait assise le dos droit. D'une petite voix qui parfois se brisait, elle lui posa des questions sur Eve, auxquelles il répondit scrupuleusement, aussi honnêtement que possible, et il lui répéta que, si incroyable que ça puisse paraître, c'était vrai qu'ils n'avaient pas couché ensemble. Il ajouta une phrase qu'il avait préparée – ce qu'il sentait en la prononçant –, à savoir que ce n'était pas à cause d'Eve qu'il partait, qu'elle avait seulement servi de catalyseur. Il s'attendait que Sarah explose à tout instant, ou au moins qu'elle l'interrompe, mais non. Elle resta simplement assise à boire son vin à petites gorgées en l'observant. Il voyait quelque chose se former en elle pendant qu'elle écoutait ses explications, une nouvelle vision de lui, une nouvelle lentille, un nouveau prisme plus clair, plus net, moins flatteur, à travers lequel elle le verrait désormais.

Son regard fixe et silencieux commençait à le mettre mal à l'aise, mais il s'efforça de continuer à parler d'une voix calme et mesurée. Il lui dit qu'il n'était plus heureux depuis longtemps et que, si elle était honnête, elle conviendrait qu'ils ne s'entendaient plus depuis des années. Il n'était plus l'homme qu'elle avait épousé. D'ailleurs, il fallait bien reconnaître qu'ils s'étaient mariés vraiment jeunes, non ? C'est alors qu'il s'avisa qu'elle secouait la tête. Sans le quitter des yeux, elle faisait un signe de dénégation imperceptible comme si elle n'en croyait pas ses oreilles.

« Qu'est-ce qu'il y a ? demanda-t-il.

— Alors, c'est ça, hein ?

— Qu'est-ce que tu veux dire ?

— Tu partages ta vie avec quelqu'un pendant près

d'un quart de siècle, tu as des enfants, et puis tu décides que tu t'es marié trop jeune, que tu n'es pas heureux et tu pars. »

Il fut obligé de se pencher pour l'entendre, car elle avait murmuré ces mots dans une sorte d'expiration saccadée. Mais le ton nouveau qu'elle avait employé le déconcerta. Il révélait une colère grandissante, plus froide, plus maîtrisée. Cela lui fit peur et c'est sans doute la raison pour laquelle il tenta de se défendre ou de se justifier en prononçant des paroles qu'il devait regretter plus tard.

« Je ne me suis jamais senti désiré par toi. Jamais. Quand je nous regarde, toi, moi, je me dis que ça sera comme ça jusqu'à la fin de notre vie... » Il s'arrêta et avala. « Je ne peux pas, Sarah. C'est au-dessus de mes forces. Il faut autre chose en plus. »

Elle le regarda longtemps, le menton relevé. C'était une évaluation détachée, glaciale et hautaine. Après quoi elle avala sa salive, hocha lentement la tête et détourna enfin le regard.

« Soit. Quand vas-tu annoncer ça aux enfants ?

— Ce soir. Ou demain matin. Comme tu préfères. »

Elle rit.

« Oh, je t'en prie. C'est toi qui régales.

— Alors je leur parlerai ce soir.

— Parfait. Eh bien, Benjamin, on peut te faire confiance pour choisir ton moment. Joyeux Thanksgiving. »

Elle leva son verre avant de le vider. Puis elle quitta le canapé et se dirigea vers la porte, où elle s'immobilisa quelques instants avant de se retourner lentement vers lui.

« Quand tu dis que je ne t'ai jamais désiré, tu te trompes. Tu t'es toujours trompé là-dessus. Ce que tu dis en réalité, c'est que je ne t'ai jamais aimé comme tu voulais que je t'aime. Avec ton désir de toujours être aux commandes, tu veux même contrôler la façon dont on t'aime. J'ai supporté ça pendant des années. J'ai essayé d'être telle que tu le voulais. Mais personne ne peut être à la hauteur de tes exigences, Benjamin. Personne. »

Elle resta là un moment à le regarder, le visage frémissant, mais avec un air de défi, comme si elle s'efforçait de retenir ses larmes. Puis elle fit un petit signe de tête sec, tourna les talons et s'éloigna.

Il resta un moment assis là, puis alla la rejoindre dans la cuisine. Elle vidait dans la poubelle la dinde et la salade qu'ils avaient laissées sur leurs assiettes. Il s'approcha d'elle par-derrière et voulut lui mettre les mains sur les épaules, mais elle se dégagea violemment.

« Ne me touche pas. »

Quand il tenta de l'aider à débarrasser, elle refusa, disant qu'elle pouvait le faire toute seule. Il retourna donc dans le living s'asseoir sur le canapé. Au bout de quelques minutes, il entendit son pas et lorsqu'il se retourna, il la vit de nouveau dans l'embrasure de la porte, en train de le regarder. Elle tenait quelque chose à la main, mais comme elle avait les bras croisés, il ne voyait pas ce que c'était.

« C'est ta maison, Benjamin. Je suis ta femme. Et eux, ce sont tes enfants. »

Elle déplia les bras et ce qu'elle tenait vola à travers la pièce pour atterrir sur le canapé à côté de Benjamin. C'était une photo encadrée d'Abbie et de Josh, prise alors qu'ils étaient en vacances de ski au Canada deux ans auparavant. Sarah se retourna et disparut. Il entendit le claquement familier de ses talons dans l'escalier de bois. Devait-il la suivre ? Il décida que non. Dans le vain espoir de se distraire et de se libérer un moment du poids qui lui écrasait la poitrine, il alluma la télévision et s'adossa aux coussins en attendant les enfants.

Martin lui avait déjà dit qu'il devait être fou. Il était le seul à savoir ce que Benjamin préparait. Un soir de la semaine précédente, il avait invité Martin à prendre un verre en sortant du bureau. Cela arrivait rarement, et Ben sentit que son vieil ami était curieux, voire même circonspect.

Ils s'étaient installés dans un bar juste à côté de Jackson Avenue, un de ces nouveaux lieux branchés où le style a remplacé l'âme. Ils avaient bien vingt ans de plus que les autres clients et la musique était si forte qu'ils étaient obligés de hurler. Pendant vingt bonnes minutes, ils bavardèrent de leurs enfants, de leurs projets pour Thanksgiving ; puis Martin coupa court aux banalités et demanda ce qui se passait.

« Je quitte Sarah.

— Hein ? »

Ben lui parla d'Eve et Martin dit qu'il s'en était douté. Pourquoi, sinon, aurait-il insisté pour commander ces abominables tableaux. Il ne pouvait pas croire qu'ils n'aient pas encore couché ensemble.

« Pourquoi tu ne la sautes pas une bonne fois et qu'on n'en parle plus ?

— Je ne sais pas.

— Tu ne sais pas ? Hou, hou, Ben ? Tu dérailles ou quoi ? Tu veux tout envoyer balader et tu ne sais même pas pourquoi ? Je rêve. »

Ben ne sut trop quoi répondre, seulement que Sarah et lui ne s'entendaient plus depuis longtemps et qu'il éprouvait le besoin de, oui, de prendre le large. De respirer. De se sentir revivre.

« Tu l'as vue combien de fois ?

— Eve ? Je ne sais pas. Quatre ou cinq fois peut-être. On parle beaucoup au téléphone.

— Je rêve.

— Avec elle, je me sens...

— Revivre.

— Oui. Justement. »

Martin secoua la tête et regarda fixement son verre de vodka-martini. Il le vida d'un seul trait et en commanda un autre. Ben ne s'était pas vraiment attendu à rencontrer chez lui beaucoup de compréhension. Depuis de nombreux mois, leurs rapports étaient tendus. Si Martin n'en avait rien dit, Ben savait qu'il lui en voulait de ne pas apporter plus d'affaires au cabinet et, surtout, d'avoir fait échouer un projet sur lequel ils travaillaient depuis près de deux ans. Un peu comme dans l'affaire de McManoir, Ben s'était mis en colère contre les clients et le contrat était tombé à l'eau. À ceci près que cette fois-ci, ce n'était pas pour une question de principe, mais par antipathie pure et simple.

« Où vas-tu habiter ?

— Pour commencer, j'irai chez ma mère.

— À Abilene ? Super.

— Et si ça marche avec Eve, je me trouverai un appartement à Santa Fe.

— Et nous ? Le cabinet ? Tu vas venir d'Abilene tous les jours ?

— En fait, c'est pour ça que je voulais te parler.

— Tu veux nous quitter ?

— Si c'est ce que tu préfères. Je pourrais peut-être prendre une année sabbatique...

— Une année sabbatique ! Tu es en plein délire ! »

Ce fut là toute l'aide et la sympathie qu'il trouva auprès de son meilleur ami. Le lendemain en arrivant, Martin lui dit que mieux valait qu'ils se séparent pour de bon. Il demanda froidement à Ben de dire combien il demandait pour le rachat de ses parts, compte tenu du fait qu'ils avaient beaucoup de dettes et que le marché était ralenti. Il ajouta que Ben aurait peut-être intérêt à prendre un avocat. Ben sentit souffler le premier vent frais de l'indépendance, comme si sa nouvelle vie avait déjà commencé.

À l'arrivée des enfants, il dormait, avachi devant *Casablanca*. Le film se terminait, l'avion était parti. Bogart et Claude Rains s'éloignaient dans le brouillard.

Sarah, qui avait entendu la voiture, était descendue. Ben alla dans le hall. Josh avait des yeux de lapin albinos, et il souriait, sans doute à cause de ce dont il parlait avec Abbie en entrant. Le sourire d'Abbie s'évanouit en un clin d'œil. Elle regarda Sarah, debout en bas de l'escalier, aussi blanche que son peignoir, puis Ben qui, encore désorienté par le sommeil, essayait de remettre ses idées en ordre. Il vit la peur s'insinuer dans les yeux d'Abbie.

« Maman ? Qu'est-ce qu'il y a ?

— Votre père a quelque chose à vous dire.

— Abbie, commença-t-il. Josh... »

Il ne put continuer. Son cœur cognait si fort qu'il ne s'entendait plus penser. Tout ce qu'il avait prévu de dire s'était effacé.

« Mais enfin, papa, qu'est-ce qui se passe ! ?

— Votre mère et moi allons nous séparer.

— Non, coupa Sarah. Dis la vérité. Votre père nous quitte. »

Le visage d'Abbie se contracta.

« Quoi ? Tu nous quittes ?

— Ma chérie...

— Mais qu'est-ce que tu dis ? »

Elle jeta à Sarah un regard éperdu. Un pitoyable petit sourire incrédule trembla sur ses lèvres. Elle semblait se demander s'il s'agissait d'une très mauvaise plaisanterie au second degré.

« Maman ? »

Sarah haussa les épaules et hocha la tête.

« C'est vrai. »

Josh regardait son père, les yeux plissés, sourcils froncés comme s'il essayait de comprendre ce qui se passait.

« Vous êtes sérieux, tous les deux ?

— Oui, Josh.

— Ça t'a pris comme ça ? » demanda Abbie.

Ses épaules tremblaient et elle avait commencé à se mordre le poing. Oh, mon Dieu, se dit Ben. Qu'est-ce que je fais ? Martin a raison, je suis devenu fou. Il tendit la main vers sa fille, mais elle s'écarta et son visage se plissa en une grimace d'incrédulité et de dégoût.

« Tu ne peux pas faire ça, papa, dit Josh. Enfin... »

À court de mots, il resta là, sourcils froncés, bouche ouverte.

« Tout ira bien, Joshie. Je t'assure...

— Non, tout n'ira pas bien ! hurla Abbie. C'est dingue ! Tu te rends compte que tu fous notre vie en l'air ? »

Il voulut à nouveau la toucher, mais cette fois-ci elle repoussa violemment sa main et se précipita en pleurant vers l'escalier. Sarah ne chercha pas à l'arrêter. Elle s'écarta pour la laisser passer. Ils restèrent là tous trois, muets, et la regardèrent monter les marches quatre à quatre. Elle claqua la porte de sa chambre si fort que la maison trembla. Sarah secoua la tête et adressa à Ben un sourire désabusé.

« Bravo, Benjamin. »

Elle tourna les talons et monta l'escalier à son tour.

QUATORZE

C'était Melanie qui avait eu l'idée de se déguiser en organisme génétiquement modifié, et, au départ, ils avaient tous trouvé ça très drôle. Ils avaient passé chaque soir de la semaine précédant Thanksgiving à préparer leurs costumes avec du papier mâché. Celui de Mel, une fraise écarlate avec une tête de poisson ahuri sortant sur le devant, était le plus réussi. Tous ceux qui le voyaient s'écroulaient de rire.

Mel était venue dimanche de Missoula avec les autres dans le camping-car de Hacker, les costumes d'OGM en équilibre instable sur la galerie. C'était un miracle qu'ils soient arrivés intacts, ce qui était plus qu'on ne pouvait en dire pour celui d'Abbie en ce moment. Il était censé représenter un hybride de tomate et de mouton, mais il ne ressemblait plus à rien. Sous l'impitoyable crachin, il revenait rapidement à son état initial. Les deux pattes de devant étaient tombées, ainsi que la queue ; et la peinture rouge avait dégouliné sur le devant de sa parka et de son pantalon trempés. Eric et Scott, qui défilaient à sa gauche, s'étaient déjà débarrassés de leurs costumes et Abbie ne tarderait sans doute pas à en faire autant. Celui de Mel, à sa gauche, était toujours parfait. Elle avait dû passer sournoisement une couche de peinture étanche. À gauche de Mel se trouvait Hacker, qui ne s'était pas déguisé, s'estimant sans doute au-dessus de ces enfantillages.

C'était le début de la matinée, et Seattle n'était qu'une marée humaine vibrante. Des milliers, des dizaines de milliers de manifestants se bousculaient, épaule contre épaule, dans toutes les rues, convergeant vers le Convention Center. Et malgré la pluie et le froid, tout le monde semblait s'éclater. On criait, on agitait les bras, on riait et on scandait des slogans.

Place au pouvoir du peuple !

Le pouvoir du peuple vaincra !

Il y avait des gens déguisés en arbres, en éléphants, en tortues et en baleines – qui paraissaient tous plus étanches que la tomate-mouton d'Abbie. Au-dessus d'eux flottait une véritable voûte de banderoles criardes dénonçant les tares de l'Organisation mondiale du commerce. Le type devant eux en tenait une où s'étalait un portrait géant de Dracula en train de planter ses crocs ensanglantés dans la planète. La femme qui marchait à côté de lui en agitait une qui disait : OMC. ÇA PASSE OU ÇA CASSE. Ceux qui ne scandaient pas de slogans donnaient des coups de sifflet ou de trompe, agitaient des clochettes ou jouaient du tambour sur des dizaines de rythmes différents.

La foule ne se composait pas que d'étudiants et de hippies. Elle rassemblait des gens de tous âges, de toutes couleurs, croyances et nationalités, chauffeurs de taxi, maçons, agents de nettoyage et employés de bureau. De plus, la manifestation semblait vraiment avoir un impact. Le bruit courait que, grâce à elle, la cérémonie d'ouverture avait été suspendue et que tous les gros bonnets se terraient dans leurs suites à l'hôtel ou se faisaient assiéger dans leurs limousines. Toute la ville était en état de siège et les policiers restaient plantés là, incapables de faire quoi que ce soit.

Il y avait quelque chose de très impressionnant dans ce carnaval épique. Abbie n'avait jamais vu démonstration de solidarité plus spectaculaire. C'était l'un de ces événements qui font date, comme Woodstock, la chute du mur de Berlin ou Martin Luther King en train de décrire son rêve au monde entier. Or, là, elle était participante et témoin. Dans les années à venir, elle pourrait en parler à ses enfants et petits-enfants. Elle regrettait seulement de ne pas être plus impliquée, plus présente. Car elle avait beau essayer de les refouler, des images de ce qui s'était passé pendant le week-end lui revenaient en tête et gâchaient tout.

Elle avait bien failli ne pas venir à Seattle. La veille, sa mère avait pratiquement été obligée de la traîner à l'aéroport. Abbie avait dit qu'il était hors de question qu'elle parte là-bas. Il devaient rester tous ensemble. Elle passerait la semaine à la maison et ne retournerait pas à l'université. Mais Sarah n'avait rien voulu entendre.

Elle avait été incroyable. Le dimanche matin, pendant que l'autre enfoiré circulait en silence dans la maison pour rassembler ses affaires et préparer ses bagages, elle avait gardé la tête haute, sans verser une seule larme. Elle avait même été gentille avec lui, un comble, et l'avait aidé à retrouver ses sales lunettes. Évidemment, c'était une façade qui s'écroulerait tôt ou tard. Mais pour l'instant, elle tenait. Toute la journée, même après son départ, elle s'était occupée d'Abbie et de Josh, les avait pris dans ses bras et consolés comme s'ils étaient les seuls à souffrir.

Pauvre Joshie. Il ne savait vraiment pas où il en était. Après que leur père eut annoncé la nouvelle, Abbie s'était réfugiée dans sa chambre en hurlant.

Josh avait fini par suivre sa mère au premier et les avait trouvées toutes les deux en larmes, cramponnées l'une à l'autre. Il s'était assis simplement au bout du lit, fixant sur le mur un regard absent. Encore défoncé, il essayait d'assimiler ce qui s'était passé. Mais même le lendemain, même après ces adieux horribles et glacés où ils étaient restés debout à la porte, les bras de leur mère autour des épaules, à regarder le break de leur père, qui avait chargé toutes ses affaires à l'arrière, descendre l'allée, le pauvre gosse ne savait pas s'il avait le droit de pleurer ou s'il devait jouer l'homme de la maison, viril et courageux.

Ce soir-là, quand ils s'étaient installés autour de la table de la cuisine devant un dîner dont personne n'avait envie, Abbie avait annoncé qu'elle ne prendrait pas l'avion pour Seattle le lendemain matin. « Abbie, écoute-moi, avait dit sa mère. On ne va pas laisser ces histoires foutre notre vie en l'air. Elle continue. Peut-être que votre père reviendra. Peut-être pas. À mon avis, il reviendra. Mais ce sont des choses qui arrivent et on n'y peut rien ni les uns ni les autres. Il redescendra sur terre un jour. Ou jamais. En attendant, il faut continuer à vivre, compris ? Tu vas me faire le plaisir d'aller à Seattle, ma fille, et de leur rentrer dedans, à ces sales types du COM...

— L'OMC.

— Peu importe. Tu y vas et tu leur rentres dedans. De ma part aussi. Je ne sais pas qui ils sont, ni ce qu'ils ont fait, mais ils me sont antipathiques au départ. »

Ils éclatèrent de rire. Un rire un peu hystérique, mais c'était déjà ça.

Puis George et Ella arrivèrent. Il y eut encore des larmes, mais Sarah ne pleura pas. Bonne-maman avait l'intention de rester quelques jours. Elle aussi dit à

Abbie de ne pas renoncer à ses projets et de prendre l'avion. Grand-père, lui, déclara que cette manifestation était un regrettable malentendu, manifestement téléguidé par les anarchistes et les communistes, et que l'OMC était en fait l'une des rares forces bénéfiques existant encore dans le monde. Abbie était trop fatiguée et trop épuisée nerveusement pour discuter.

Elle était donc là, trempée jusqu'aux os, et s'efforçait de prendre son pied à être déguisée en tomate-mouton. Mais son costume était tellement ramolli et visqueux qu'il était temps de s'en débarrasser. Sans ralentir le pas, elle réussit à le laisser glisser jusqu'au sol et à s'en dégager presque gracieusement. Mel lui fit un grand sourire. Elle était la seule à qui Abbie avait dit que son père était parti, lui demandant expressément de ne pas en parler aux autres. Elle ne voulait surtout pas qu'on se mette à la plaindre et à la traiter comme si elle était en sucre.

Ho, ho ! Hé, hé ! Tous contre l'OMC !

Ho, ho ! Hé, hé ! Tous contre l'OMC !

La pluie avait l'air de vouloir s'arrêter et le ciel commença à s'éclaircir tandis qu'ils continuaient à défiler. Entre les bâtiments, elle apercevait l'océan et le port, ainsi que deux énormes bateaux-citernes ancrés plus au large. Jamais encore elle n'avait vu cette ville. Bâtie sur une colline abrupte en bordure de mer, elle était encore plus spectaculaire qu'elle ne l'avait imaginé.

Devant eux s'élevait un tourbillon de fumée noire et, à mesure que la manifestation s'en approchait, Abbie vit qu'on avait empli une benne à ordures de vieux pneus auxquels on avait mis le feu. La foule se divisa pour la dépasser. Dans le brouhaha général, elle entendit un bruit de verre brisé, mais sans pouvoir le localiser. Sur sa droite maintenant, un groupe de manifestants assiégeaient un McDonald's en scandant des slogans. Ils brandissaient une banderole disant HALTE À LA MCDOMINATION. Certains martelaient les portes et les vitrines. Sur les murs, on avait griffonné à la peinture noire MCMERDE et LA MCBOUFFE, ÇA TUE.

Les policiers qu'ils avaient vus jusqu'ici étaient plutôt sympas et décontractés. Deux flics qui suivaient la manif en VTT leur avaient même souri et avaient plaisanté avec eux. Mais ceux qui apparaissaient maintenant avaient une tout autre allure. On aurait dit une police spéciale antiémeute. Tout en noir, avec casques à visière et masques à gaz, capes longues, guêtres de cuir et bottes, ils se tenaient immobiles comme des statues, bloquant l'accès aux rues latérales, matraques à la main.

« Waouh, dit Mel, c'est qui, ceux-là ?

— C'est le congrès des sosies de Dark Vador », dit Eric. Comme d'habitude, il avait son accordéon, et se mit aussitôt à jouer le thème de *Star Wars*. Autour d'eux, tout le monde se mit à chanter et à crier : *La force soit avec vous !* Impossible de dire si les flics trouvaient ça amusant. Derrière les visières et les masques à gaz, leurs visages étaient invisibles.

Un hélicoptère vrombit soudain au-dessus des manifestants. Tous plongèrent pour se mettre à l'abri de l'air brassé par les pales. Peu à peu, la manifestation ralentit, puis s'immobilisa, et les gens restèrent longtemps à chanter et à scander les slogans, coincés de part et d'autre par les magasins et immeubles de bureaux, canalisés encore plus étroitement par les cordons de police et la pression des manifestants arrivant à l'arrière.

Quand et comment tout commença à dégénérer, Abbie ne le sut jamais vraiment. Plus tard, certains devaient en rejeter la responsabilité sur quelques policiers nerveux de la gâchette. On avait mis le feu à une autre benne : la fumée âcre et noire s'étalait sur la foule, empêchant parfois de distinguer ce qui se passait. À travers la masse des manifestants, Abbie voyait une chaîne humaine se mettre en place : les gens se tenaient par les coudes, les bras passés dans des tuyaux de métal, scandant :

Écoutez la voix de la rue !

Nous n'avons pas de votes, nous n'avons pas de sièges !

On entendit alors une autre voix percer le vacarme, une voix qui, à chaque répétition, devenait plus dure et plus menaçante. Quelqu'un parlait dans un porte-voix, ordonnant à tous les présents d'évacuer le secteur car ils étaient en infraction et violaient la loi de l'État et de la ville ; ajoutant que tous ceux qui refusaient de se disperser seraient arrêtés pour trouble à l'ordre public.

D'abord, Abbie fut incapable d'identifier l'odeur. Elle se dit que ce devait être quelque chose qui brûlait dans la benne. Puis ses yeux se mirent à lui piquer, et lorsque les rangées de manifestants devant elle se furent dispersées, elle vit une canette rouler par terre, crachant de la fumée. Quelqu'un hurla que c'était du gaz lacrymogène. Un jeune type qui avait apporté son masque à gaz se précipita pour attraper la canette et la lança à toute volée derrière les rangées de policiers qui commençaient à descendre la rue vers eux. Ils avaient des boucliers en plastique et des matraques à la main. Les manifestants commencèrent à reculer avec appréhension, à l'exception de quelques rebelles ou imprudents.

En quelques minutes, l'atmosphère avait radicalement changé. Pour l'instant, le vent rabattait le gaz en sens inverse des manifestants, mais il y eut un début de panique, qui se propagea rapidement.

À travers un trou dans la foule, Abbie vit l'un des manifestants qui n'avaient pas reculé se faire matraquer par les flics et tomber à genoux, tandis que le corps inerte d'un autre était emporté. Ceux qui avaient vu la scène se mirent à huer les policiers, à hurler, et un ou deux leur lancèrent tout ce qui leur tombait sous la main. Mais le cordon avançait régulièrement. Soudain, une fille qui se trouvait à quelques mètres devant Abbie sursauta violemment, tomba et se mit à hurler et à se rouler par terre en se tenant la jambe.

« Oh, putain ! hurla Eric, ils nous tirent dessus ! »

Au moment même où il disait ces mots, on entendit une brusque salve, des détonations sèches et deux autres manifestants tombèrent en criant. L'un se tenait le visage. Abbie vit du sang couler entre ses doigts.

« Ils tirent des balles en plastique », dit Hacker. Sans doute voulait-il les rassurer, mais cela produisit l'effet opposé sur Abbie. Jamais elle n'avait eu aussi peur de sa vie. Hacker et Scott aidaient Mel à se débarrasser de son costume de fraise-poisson, dont l'expression paraissait soudain beaucoup moins amusante.

« Allez, dit Hacker, on se barre. »

Mais c'était plus facile à dire qu'à faire. À l'exception des quelques manifestants qui résistaient à la police, tout le monde essayait de fuir. La foule était trop nombreuse, la panique trop grande, et personne ne semblait savoir comment évacuer les lieux. Le flot les poussait vers une rue transversale, mais soudain, ceux qui se trouvaient devant se baissèrent pour essayer de se protéger. De l'eau leur ruisselait dessus et pendant quelques instants, Abbie ne comprit pas d'où elle venait. Puis elle vit le camion de la police armé d'un canon à eau ; l'instant d'après, le jet frappa Mel en pleine poitrine et la projeta en arrière.

Abbie se précipita, s'agenouilla à côté d'elle. « Ça va ? » demanda-t-elle. Mel hocha la tête, trop choquée pour répondre. Elle saignait du nez. Hacker et Scott la prirent chacun par un bras et la remirent sur ses pieds. Tandis qu'ils l'entraînaient, Hacker hurla à Abbie de ne pas rester à la traîne.

Une fois à l'abri du canon à eau, elle s'arrêta et se retourna pour voir où était Eric, mais en vain. Alors, elle avisa son accordéon gisant au sol, fracassé. Elle cria à Hacker et aux autres d'attendre, mais ils ne l'entendirent pas. Ils s'étaient rapprochés de la benne en flammes et l'air était à nouveau empli de tourbillons de fumée noire. Quand elle se dissipa et qu'Abbie regarda dans la direction où étaient partis ses compagnons, ils avaient disparu.

Elle se mit à courir, mais elle dut se perdre car il n'y avait plus beaucoup de monde autour d'elle. Elle comprit alors qu'elle devait être en train de retourner vers le barrage de policiers qui avançaient. Un autre hélicoptère grondait au-dessus d'elle et en levant la tête pour le regarder, elle se heurta à un homme qui courait en sens inverse. L'impact la secoua et lui coupa le souffle. Elle poussa un petit cri et resta plantée là, s'efforçant de reprendre sa respiration et de voir où elle pouvait fuir, mais la panique lui paralysait le cerveau.

Ce fut à ce moment-là que la bombe lacrymogène la toucha, glissant sur les débris, et la fit tomber. L'arrière de sa tête heurta le sol et elle vit un éclair blanc. Combien de temps resta-t-elle inconsciente ? Elle ne le sut jamais ; peut-être quelques secondes seulement. Mais lorsqu'elle rouvrit les yeux, elle se demanda en voyant le ciel ce qu'était ce curieux voile noir et pourquoi l'air vibrait autant. Puis le monde se réorganisa ; elle comprit alors qu'il y avait un hélicoptère juste au-dessus d'elle. Elle eut la certitude terrifiante qu'il allait lui atterrir dessus, et se remit en hâte à genoux pour s'enfuir, mais elle se rendit compte qu'elle ne le pouvait pas à cause d'une violente douleur au tibia, là où la bombe l'avait frappée. L'air environnant s'emplissait rapidement de gaz lacrymogène ; elle avait les poumons en feu et ne savait absolument pas où s'abriter. Seule dans ce chaos, elle restait plantée là, les mains crispées sur les yeux, et se mit à hurler.

L'instant d'après, elle sentit quelqu'un lui empoigner le bras et la tirer. Croyant que c'était un flic, elle se débattit en criant.

« Arrête, bordel ! j'essaie de t'aider ! » dit l'homme.

Ses yeux ruisselaient et lui brûlaient tant qu'elle distingua juste le groin noir d'un masque à gaz, ce qui la confirma dans l'idée que malgré ses paroles, ce devait être un policier. Puis le groin se souleva et elle vit un visage mince, avec une barbe de plusieurs jours, deux yeux d'un bleu intense et de longs cheveux noirs retenus par un bandana rouge, façon pirate. Il était habillé tout en noir, mais n'avait vraiment pas l'air d'un flic.

« Tiens, mets ça », ordonna-t-il.

Il avait une trace d'accent allemand, ou peut-être scandinave. Avant qu'elle ait pu protester, il avait ôté son masque et le lui mettait, ajustant les lunettes et le groin du filtre sur son visage. Presque aussitôt, l'air redevint respirable. Par les lunettes, elle le vit ôter son bandana, puis le mouiller avec l'eau d'une bouteille qu'il sortit d'une poche de sa parka. Il le noua sur son nez et sa bouche, ce qui lui donna l'air d'un bandit.

« Allez, viens. »

Il passa un bras autour d'elle et la pilota à travers la foule. Elle avait mal à la jambe, mais l'oublia bientôt et se laissa guider sans plus se soucier des autres ni d'elle-même, ni de l'endroit où l'emmenait cet inconnu.

Peut-être était-elle seulement sonnée par le choc qu'elle avait reçu à la tête en tombant. Bien à l'abri derrière le masque qui filtrait le vacarme des hélicoptères, les cris et les hurlements des sirènes, elle se sentait étrangement détachée, comme si le monde tournait au ralenti ou qu'elle faisait un rêve ou regardait la scène aux informations télévisées. Elle ne devait se rappeler plus tard que des images isolées, vues à travers le petit cadre rond des lunettes : une femme ensanglantée gisant sur un lit d'éclats de verre, un moine bouddhiste en robe écarlate, agenouillé, en prière, le dos rond, sa tête rasée appuyée contre le trottoir, des banderoles abandonnées, lacérées et piétinées, un tambour africain à la peau déchirée qui s'éloignait, roulant doucement le long d'une rue menant à l'océan.

« Comment ça va ? »

Elle ouvrit les paupières, cligna des yeux et, ne voyant rien, eut une bouffée de panique, croyant avoir été aveuglée par le gaz. Elle se mit sur son séant et se frotta les yeux. C'était comme si on l'avait écorchée vive. Dirigeant son regard vers la voix, elle vit une silhouette floue dressée au-dessus d'elle.

« Bien, je crois. Oh là là, mes yeux !

— Tiens. Lave-les. »

Il s'agenouilla et posa un bol d'eau par terre à côté du matelas nu sur lequel elle était couchée. Pendant qu'elle se mettait une compresse d'eau, il craqua une allumette, alluma une bougie, et quand elle le regarda, elle reconnut le visage étroit, les yeux bleu clair. Sans lui sourire, il lui tendit une serviette qui sentait l'essence.

« Merci.

— Montre-moi ta tête, pour que je voie ce qu'il y a. »

Elle se tourna de façon à ce qu'il puisse inspecter la blessure. Elle portait un gros pull marron qui ne lui appartenait pas. Graisseux, il sentait le mouton mouillé et grattait. Il avait dû le lui mettre parce que ses vêtements étaient trempés. Si cela ne lui plaisait guère de n'en avoir aucun souvenir, elle était néanmoins contente, car il faisait glacial dans la pièce. En tout cas, elle avait toujours son pantalon.

« Tu as une belle bosse. La peau est un peu ouverte, mais tu n'as pas besoin de points de suture. Ne bouge pas pendant que je te nettoie ça. »

Il mouilla la serviette avec l'eau du bol et lui tamponna doucement l'arrière du crâne. Ils se tenaient dans une petite pièce sentant l'humidité ; les murs étaient craquelés et la peinture s'écaillait. Le plancher, dont quelques lattes manquaient, était nu, et il n'y avait pas de meubles, seulement des piles de vêtements et de bric-à-brac, des vieux journaux et des magazines. Sous une fenêtre à vantail unique masquée par une vieille couverture, se trouvait un autre matelas. Abbie entendait parler dans la pièce à côté et, par la porte entrouverte, elle distinguait des ombres qui se déplaçaient sur un mur.

« Là. Tu ne vas pas mourir. Tu as eu un traumatisme et tu t'es évanouie. Tu as dormi quatre heures. Je commençais à m'inquiéter. » Il tendit une main. « Combien de doigts ?

— Dix-huit ? »

Un sourire hésita sur ses lèvres et disparut. Il lui tendit une tasse.

« C'est du thé. Il y a de l'eau ici. Il faut boire. Tu as un gros bleu à la jambe, mais c'est tout. »

Elle sentait des élancements dans son tibia.

« Merci. Où sommes-nous ? »

Il haussa les épaules.

« Dans une maison. C'est juste un squat.

— Qui es-tu, toi ?

— Juste un squatter. »

Elle lui lança un regard noir par-dessus le bord de sa tasse, et cette fois-ci il fit un vrai sourire. Il n'était pas facile de lui donner un âge. Plus de vingt-cinq ans. Trente, peut-être. Malgré la barbe naissante, il avait une certaine délicatesse presque féminine. Elle le trouva beau, ce qu'il parut deviner.

« Je m'appelle Rolf. Toi, tu es Abigail Cooper, étudiante à l'université du Montana.

— Tu as fouillé dans mon portefeuille, c'est ça ?

— J'ai dépensé tout le fric, et utilisé les cartes de crédit. Le pied.

— Ne te gêne pas. C'est Abbie qu'on m'appelle. »

Il lui fit un petit signe de tête cérémonieux, se releva et se dirigea vers la porte, lui lançant par-dessus son épaule qu'elle pouvait venir manger dans l'autre pièce quand elle en aurait envie.

« Merci.

— Pas de quoi.

— Et merci aussi, euh... de m'avoir sortie de là tout à l'heure. »

Il se retourna, la regarda, hocha la tête à nouveau, puis sortit. Abbie resta un moment assise, les mains autour de la tasse, à boire le thé à petites gorgées. Il était trop sucré, mais enfin, il était chaud et réconfortant. Qu'était-il arrivé aux autres ? Mel et Eric s'en étaient-ils tirés sans dommage ? Ce ne devrait pas être difficile de les retrouver. Ils avaient tous mémorisé le numéro de portable de Hacker au cas où ils se trouveraient séparés.

Lorsqu'elle se sentit assez solide, elle se leva et passa dans la pièce à côté. Elle y trouva Rolf, deux autres types et deux femmes assis par terre en tailleur autour d'un grand saladier de riz complet et de légumes. Ils mangeaient avec leurs doigts. Une troisième femme, assise dans un coin, travaillait sur un ordinateur portable. Tous levèrent les yeux lorsque Abbie entra. Elle sourit et les salua. Deux seulement répondirent, les autres se contentèrent de faire un signe de tête.

« Viens, dit Rolf en lui ménageant une place à côté de lui. Sers-toi. »

Elle s'assit, prit une poignée de riz et se rendit compte qu'elle était affamée. Cette pièce était plus grande que l'autre, mais tout aussi nue. Il y avait trois matelas par terre et encore du bric-à-brac. Elle était éclairée par des bougies placées dans des pots et la lumière vacillante d'une lampe à butane au verre fendu. Un des mur était couvert de coupures de journaux, de photographies et de graffitis.

« Vous auriez un téléphone par hasard ? » demanda-t-elle.

Cela parut les amuser beaucoup, mais Abbie ne comprit pas pourquoi ; car la femme au portable semblait être reliée à une prise quelconque. Ou alors, c'était la façon dont elle avait posé sa question, peut-être ? Elle se sentit rougir. Pourvu que ça ne se voie pas !

« Il y a une cabine téléphonique dans la rue, dit Rolf. Jusqu'à aujourd'hui, on avait un téléphone portable, mais ce crétin-là s'est débrouillé pour le perdre. » Il donna une tape sur la tête à son voisin.

« C'est pas ma faute. C'est cette tête de con de flic qui me l'a pris.

— Alors tu faisais partie du groupe déguisé en fruits, c'est ça ? demanda l'une des femmes.

— Mm-mmm.

— Pourquoi ?

— C'était censé représenter des OGM.

— Ah d'accord.

— C'est cool, ce qu'on vous apprend à l'université du Montana ! » fit son autre voisin, qui avait une masse de dreadlocks et un anneau dans un sourcil. Abbie aurait aimé lui envoyer son poing dans la figure, mais préféra ignorer le sarcasme. Elle répondit que oui, il y avait des cours sur l'utilisation de la technologie transgénique, mais elle ne les avait pas suivis.

« Passionnant.

— Eh bien oui.

— Et vous êtes tous des activistes, vous vous battez pour défendre l'environnement, là-bas ? »

Posée par Rolf, la question paraissait amicale et sans arrière-pensée. Abbie eut l'impression qu'il essayait de compenser la grossièreté des autres, aussi lui répondit-elle plus longuement et avec plus d'enthousiasme qu'elle n'aurait peut-être dû. Elle s'adressa à Rolf, lui parla de Hacker, dont elle pensait qu'il avait peut-être entendu parler (ce n'était pas le cas), de Forest Action et de la manifestation le jour de la vente du bois le mois précédent. Sans trop savoir pourquoi elle avait envie de se faire mousser à ses yeux. Elle ne mentit pas à proprement parler, mais se prit à enjoliver un peu les choses et à donner de sa rencontre avec les bûcherons une version qui la faisait paraître plus dangereuse qu'en réalité.

Rolf eut l'air intéressé, sinon admiratif. Était-ce parce qu'elle était plutôt impressionnée par lui, fascinée par ses beaux yeux ? Toujours est-il qu'elle ne remarqua pas le sourire goguenard du type aux dreadlocks qui secouait la tête pendant que ses deux voisines souriaient elles aussi. Lorsqu'elle s'en rendit compte, elle s'était déjà un peu laissé emporter par son enthousiasme et racontait les expéditions étudiantes de « faucheurs volontaires », où ils allaient tous dans les montagnes arracher des plantes nuisibles.

« C'était pour les fumer ? » demanda Dreadlocks.

Abbie s'arrêta une fraction de seconde et plissa les yeux pour regarder le petit con. On aurait bien dit qu'il venait de fumer lui-même, justement. Elle se retourna vers Rolf sans se donner la peine de répondre, et poursuivit :

« C'est incroyable, ce qu'on trouve là-haut. Trois sortes de centaurée, de l'euphorbe ésule et de la cynoglosse...

— L'euphorbe, mec, ça te défonce vilain.

— Ça va, hein ! » intervint Rolf.

Exaspérée, Abbie se tourna et fit face au type.

« D'accord, alors dites-moi ce que vous faites de tellement plus important, vous autres ? »

Dreadlocks se borna à secouer la tête en gloussant.

« Sérieux. Dites-moi, ça m'intéresse. Vous faites quoi, hein ? dit Abbie, qui ne contenait plus sa colère.

— Des petites étudiantes pleines aux as qui vont arracher les mauvaises herbes, oh, oh, prout ma chère !

— Va te faire foutre !

— Oh là là... »

Rolf lui dit d'arrêter, et se pencha pour poser une main apaisante sur l'épaule d'Abbie. Elle se dégagea.

« Ne va pas t'imaginer que ce que vous faites n'a aucune valeur pour nous, Abbie. Mais ces actions nous semblent seulement un peu... comment dire ?... à côté de la plaque. Marginales, si tu veux. Comme changer les meubles de place sur le *Titanic*.

— Ah bon, d'accord. Sympa.

— Non, sérieux. Je ne cherche pas à être désagréable, seulement réaliste. Tout est allé beaucoup trop loin. Les grosses sociétés sont en train de détruire la planète. Les manifs et autres actions du même genre n'impressionnent plus personne. Regarde ce qui s'est passé aujourd'hui. Regarde ce qu'on t'a fait. »

Il tendit la main vers elle, mais elle s'écarta.

« Aujourd'hui, les gouvernements des pays industrialisés sont à la solde des multinationales. Les hommes politiques sont leurs pantins, et la démocratie, une parade. C'est tout. Pour avoir un impact, pour que les gens qui tirent les ficelles s'arrêtent, écoutent et réfléchissent à ce qu'ils sont en train de faire, il faut leur faire mal. Personnellement. Il faut leur faire très mal.

— C'était ça, votre objectif, aujourd'hui ? demanda-t-elle avec amertume.

— Oh, non, répondit Rolf en riant. Aujourd'hui, c'était de la rigolade. »

La femme qui avait travaillé sur son portable pendant tout ce temps-là vint s'asseoir de l'autre côté de Rolf et prit une poignée de riz. Elle paraissait contente d'elle. À voir leurs mouvements, Abbie eut l'impression qu'ils étaient ensemble.

« C'est arrangé ? s'enquit-il à mi-voix.

— Mm-mmm.

— Tant mieux. Bravo. »

Abbie se leva. Elle avait un peu mal au cœur et aussi envie de partir, de respirer l'air pur. De ne plus voir ces gens bizarres, et de retrouver Mel, Hacker et les autres.

« Tu t'en vas ? demanda Rolf.

— Oui.

— Je peux avoir mon pull ? » lança Dreadlocks avec un petit sourire suffisant.

Révulsée à l'idée de porter un vêtement qui lui

appartenait, elle l'ôta en hâte et le jeta par terre. Rolf retrouva sa parka qu'il l'aida à enfiler. Elle était encore mouillée. Il suivit Abbie jusqu'à la porte.

« Vas-y mollo sur l'euphorbe ! » lança Dreadlocks.

Abbie était arrivée à la porte. Elle se retourna pour le regarder et lança : « Et toi, apprends les bonnes manières avant la révolution, pauvre con ! »

Elle sortit, mais entendit l'éclat de rire général. Rolf la suivit dans l'escalier, puis l'accompagna dans la rue en pente jusqu'à la cabine téléphonique. Hacker parut soulagé en reconnaissant sa voix. Il dit qu'ils venaient la chercher tout de suite. Rolf expliqua comment trouver la cabine.

En l'attendant, ils s'assirent côte à côte sur les marches d'une maison abandonnée. Tout le quartier était évacué en attendant d'être rasé, dit Rolf. On allait construire des bureaux. Il roula une cigarette et l'offrit à Abbie, qui refusa. Une demi-lune marbrée se hissait au-dessus des toits et ils restèrent là un long moment sans rien dire, à la regarder monter lentement dans le ciel.

« Désolé pour ce qui s'est passé là-haut, dit-il. Ce type est un imbécile. »

Abbie ne répondit pas. Elle avait l'impression d'être toute petite, très seule, et, pour la première fois depuis plusieurs heures, elle avait repensé à son père et à sa mère, à ce qui s'était passé chez elle, à son univers qui, après avoir brusquement basculé, lui paraissait un sinistre gâchis. Elle sentit les larmes lui monter aux yeux mais les refoula. Il ne remarqua rien, ou fit semblant. Il lui demanda d'où elle venait et elle attendit quelques instants pour répondre, afin d'être sûre que sa voix ne la trahirait pas.

« Et toi ?

— Je suis de Berlin. Mais ça fait douze ans que je vis ici.

— À Seattle ?

— Non. Ici et là. Je m'ennuie si je reste au même endroit. »

Il sortit un stylo de sa poche, écrivit des chiffres sur le rabat de son paquet de cigarettes qu'il arracha pour le lui donner, lui disant qu'à ce numéro-là, il y aurait toujours quelqu'un qui saurait où le joindre. Il lui demanda le sien et, peut-être parce qu'elle était encore un peu embrumée, elle ne put se rappeler celui de sa résidence d'étudiants et lui donna le numéro de ses parents. La voiture de Hacker apparut à ce moment-là dans la rue. Scott l'accompagnait et ils lui firent tous deux fête. Mel allait bien, mais Eric était à l'hôpital pour au moins quinze jours. Il avait une fracture du bassin, ce qui le contrariait beaucoup moins que la perte de son accordéon. Abbie leur présenta Rolf et les trois hommes se serrèrent la main. Puis, après l'avoir remercié pour son aide et ses soins, elle grimpa à l'arrière du camping-car.

Tandis qu'ils s'éloignaient, elle lui fit un petit signe par la fenêtre. Il croisa son regard et lui sourit. À cet instant-là, elle sut qu'elle le reverrait. Pliant soigneusement le morceau de papier qu'il lui avait donné, elle le mit dans son portefeuille.

Quinze

À l'aube du nouveau millénaire, le monde entier frémissait d'espoir, de bonheur, de paix et de bienveillance universelle. Les foutaises habituelles. Ce siècle n'avait qu'une semaine, mais déjà il déplaisait à Sarah. Assise dans le petit bureau à l'arrière de la librairie, elle essayait de se concentrer sur les informations que lui envoyait son écran d'ordinateur, dont aucune ne lui remontait le moral. Tout était déprimant, y compris le temps, froid, humide, gris et brumeux, le genre de temps « à se flinguer », comme disait Jeffrey. Mais aujourd'hui il s'était abstenu, sans doute parce qu'il craignait qu'elle ne passe à l'acte.

Le chiffre des ventes pour les fêtes de fin d'année était encore plus désastreux qu'elle ne l'avait redouté, à cause de la concurrence des chaînes ainsi que d'un détaillant en ligne dont le nom, comme celui de Macbeth dans les théâtres, ne devait pas être prononcé entre ces murs, s'il vous plaît, merci. Au prix dérisoire où ils les vendaient, autant faire cadeau de ces maudits bouquins. Par la porte ouverte, Sarah entendait Jeffrey essayer patiemment d'accrocher une cliente, la seule qu'ils aient vue en une heure et demie, qui cherchait un livre mais semblait incapable de se souvenir du titre, du nom de l'auteur ou même du sujet traité.

« Vous avez une idée de l'éditeur ? demanda obligeamment Jeffrey.

— Le quoi ?

— Ce n'est pas vrai ! » murmura Sarah.

Jeffrey avait été extraordinaire. Avant Noël, il avait fait tourner la boutique pratiquement seul. Sarah était venue presque tous les jours, parce qu'elle ne supportait pas de rester toute seule chez elle, mais elle savait qu'elle avait été une gêne plus qu'autre chose. Pendant la première semaine cauchemardesque après le départ de Benjamin, quand les enfants avaient repris les cours, Jeffrey avait appelé deux ou trois fois par jour, et était systématiquement passé après le travail, avec des fleurs, de la nourriture ou une bouteille de vin. Elle avait fini par avoir l'impression d'assister à une fête dont les invités se relayaient, ou à une veillée mortuaire. Dès que la mère de Sarah était rentrée chez elle, Iris était venue quelques jours, et des amis étaient passés régulièrement pour lui remonter le moral. Résultat, il y avait parfois six ou huit personnes dans la cuisine, qui faisaient la tambouille, parlaient, mangeaient, buvaient, pleuraient et riaient, et Sarah n'avait pas le droit de lever le petit doigt, même pas pour remplir le lave-vaisselle. Elle avait tellement parlé, pleuré et ri qu'elle s'était retrouvée à bout de forces et avait dû mettre tout le monde à la porte pour retourner au travail et reprendre son souffle.

« Donc c'est un roman, mais pas une fiction ? disait Jeffrey. Un roman qui n'est pas une fiction... Hm. Oh, un peu comme *De sang froid*, de Truman Capote ?

— Comme quoi ? »

Sarah et les enfants avaient redouté Noël et le nouvel an à la maison, surtout avec toutes ces histoires d'entrée dans une ère nouvelle. Puis, chose inattendue, Karen Bradstock les avait invités aux Caraïbes. En fait, elle était au courant du départ de Benjamin parce que Josh avait envoyé un e-mail à Katie. Un client de Tom, un type incroyablement riche et rompu à la fraude fiscale, avait une maison sur l'île Moustique et avait proposé de la leur laisser – gracieusement – pendant deux semaines complètes. Il avait déjà invité d'autres amis, mais il y avait des pièces à ne savoir qu'en faire, alors pourquoi ne viendraient-ils pas aussi ? Sarah avait sauté sur l'occasion.

L'île était belle dans le genre aseptisé, car il n'y avait pas la moindre trace de culture locale. D'après Karen, elle avait été achetée des années plus tôt par un aristocrate excentrique qui la préférait déserte afin de pouvoir y organiser de longues fêtes somptueuses pour distraire certains membres blasés de la famille royale britannique. Actuellement, elle était la propriété d'une compagnie qui veillait à ce qu'elle reste un refuge pour les immensément riches.

Karen Bradstock avait invité deux autres couples de Chicago, que Sarah n'apprécia guère. Une des deux femmes la traitait comme une infirme, proposant sans arrêt de lui rendre service et demandant tout le temps comment elle se sentait sur un ton de commisération absolument insupportable. Sarah avait envie de hurler. Certaines personnes étaient vraiment à côté de la plaque. L'idéal, c'était qu'on vous traite normalement. Avec gentillesse, passe encore. Mais la compassion mielleuse lui donnait des envies de meurtre.

Heureusement, Karen avait trouvé le ton juste. Elle et Sarah avaient beaucoup de choses à se dire et, malgré les autres invités, avaient trouvé du temps pour parler à loisir. Et Ben n'avait pas toujours été au centre de la conversation. En fait, certains jours, même lorsqu'elle se promenait seule sur la plage ou qu'elle lisait au bord de la piscine, Sarah s'était souvent surprise à rester une demi-heure sans penser à lui.

Le jeune Will, qui avait pris au moins cinquante centimètres depuis l'été, ne pensait plus qu'au sport et passait presque toutes ses journées à jouer au tennis ou au golf avec son père. Josh n'y voyait pas d'inconvénient. Il n'avait d'yeux que pour Katie, et l'attirance semblait réciproque. La seule qui de toute évidence ne s'amusait pas, c'était Abbie.

Au bout d'une journée, elle avait déclaré qu'elle détestait l'endroit parce qu'il était bourré de riches fachos avec leurs bonnes femmes boulimiques et liftées. Et toutes ces starrivistes de troisième catégorie et ces rock stars has been au visage ridé lui donnaient envie de gerber. Les remarques d'Abbie auraient été carrément gênantes si Karen ne s'était empressée de l'approuver et de se ranger à ses côtés lors des débats virulents qui animaient les repas du soir, avec Tom et Will dans le rôle des « néo-impérialistes » ou des « dinosaures cryptocoloniaux » – quel que soit le sens qu'on attribuait à ces étiquettes. Tom se tirait brillamment de ces escarmouches, et n'était jamais en reste, sans se départir de son humour. Mais Abbie dépassait parfois les bornes.

« Mon Dieu, elle est déchaînée, confia Sarah à Karen un soir, après un échange particulièrement violent.

— C'est normal. Il n'y a pire furie qu'une femme en colère, et tu n'es pas la seule à avoir été bafouée. Ben et toi pourrez bien lui répéter qu'elle n'y est pour rien, que vous vous êtes séparés à cause de ce qui clochait entre vous, elle est sans doute incapable de vous croire. Tu devrais peut-être lui conseiller d'aller voir quelqu'un.

— Un psy ?

— Pourquoi pas ? Tu ne te fais pas suivre ?

— Ce n'est pas mon style.

— Je ne savais pas qu'il y avait un style. Quand tu es malade, tu vas chez le médecin, non ?

— Oh, je ne sais pas. Peut-être... un jour.

— Enfin, ça ne me regarde pas. Mais tu devrais peut-être y songer pour Abbie. »

En fait, Sarah y avait pensé, mais n'avait pas envie d'en parler, en partie par loyauté envers Abbie, mais aussi parce qu'elle sentait qu'elle avait été d'une maladresse incroyable. Elle avait bien parlé de la colère d'Abbie à son médecin traitant, qu'elle avait vu encore la semaine précédente pour lui demander de renouveler son ordonnance de somnifères. Il avait dit qu'une thérapie était tout indiquée, et qu'il était disposé à les mettre en contact avec un spécialiste. Abbie n'avait qu'à passer le voir. Mais Sarah avait failli se faire arracher les yeux quand elle en avait parlé à sa fille.

« Quoi ? Tu me prends pour une folle ?

— Mais non, ma puce, bien sûr que non. C'est juste que...

— Si c'est ce que tu crois, tu n'as qu'à me faire enfermer !

— Abbie, voyons...

— Maman ! C'est vrai que je lui en veux à mort. Mais tu ne trouves pas qu'il serait temps que quelqu'un soit en colère ici ? Ça serait plutôt normal, non ? Tu restes tellement calme qu'on pourrait croire que ça t'est bien égal !

— Tu sais que c'est faux !

— Je m'occupe de ma colère et toi, occupe-toi de tes affaires. »

Ils avaient fêté l'an 2000 dans un bar-restaurant sur pilotis, tenu par un Antillais absolument charmant qui, à en croire Abbie, était le seul être humain digne de ce nom sur l'île. Sarah s'était juré de ne pas se laisser aller, mais aux douze coups de minuit, une fois le feu d'artifice lancé, au milieu des embrassades et des bons vœux, Abbie et Josh étaient venus la trouver, et ils étaient restés enlacés comme trois âmes en peine, et elle avait craqué. Ils avaient tous les trois éclaté en sanglots, même Josh, le brave gosse. Mais Sarah avait veillé à ce que l'incident ne se renouvelle pas.

De retour à la maison, ils trouvèrent sur le répondeur un message embarrassé de Benjamin, qui prétendait appeler de chez sa mère à Abilene, et les embrassait pour leur souhaiter une bonne et heureuse année. Ben voyons, pensa Sarah.

Au début, il avait souvent téléphoné, et elle avait presque toujours fini par pleurer et hurler – c'était plus fort qu'elle. Parfois il pleurait aussi, l'appelait chérie, lui disait qu'il l'aimait, alors elle sortait de ses gonds et avait envie de tout casser. Parce que s'il l'aimait, hein, s'il l'aimait vraiment, pourquoi avait-il foutu le camp ? Finalement, elle lui avait demandé de ne plus prononcer ces mots et d'arrêter d'appeler pendant un certain temps.

Un peu plus tard, Beth Ingram avait lancé sa petite bombe. L'avait-elle fait exprès ou par mégarde ? Sarah se le demandait. Exprès sans doute. Quoi qu'il en soit, un jour, elles bavardaient et Beth la réconfortait gentiment ; et puis, comme si de rien n'était, elle avait laissé tomber une remarque sur ce que Sarah avait dû ressentir la fois précédente. Sarah avait dit : « Pardon, tu peux répéter, là ? Quelle fois précédente ? » Là-dessus, Beth avait tourné autour du pot, rouge et gênée, puis avait fini par raconter que, lors d'une soirée qui remontait déjà loin, elle avait discuté avec la femme d'un des employés d'ICA. Celle-ci avait laissé échapper que Benjamin avait eu une aventure avec une jeune avocate qui s'occupait à l'occasion des cessions pour eux. Apparemment, au bureau, tout le monde était au courant, et Beth avait cru que Sarah aussi.

Un électrochoc. Ce soir-là, après avoir bu quelques verres de vin de trop, elle l'avait appelé chez sa mère, mais ce salaud n'y était pas. Margaret ne savait pas où il se trouvait, il était en voyage d'affaires. Tiens donc. À Santa Fe, à tous les coups, pour s'envoyer l'autre salope, la bonne femme peintre. Pour s'envoyer le Catalyseur. Sarah avait appelé sur son portable et avait laissé un réquisitoire virulent, hystérique et aviné, qu'elle avait regretté presque aussitôt, mais bien moins que le lendemain matin à la froide lumière du jour.

Les nuits étaient un enfer. Quand les somnifères étaient sans effet, elle restait allongée à attendre l'aube, seule dans le grand lit, tandis qu'une main de fer lui tordait les entrailles. Parfois, en écartant la jambe, elle sentait les draps froids et lisses qui proclamaient l'absence de son mari. Au bout de quelques semaines, pour se prouver qu'elle était forte, elle avait essayé de dormir au milieu du lit. Mais quelque chose n'allait pas, c'était trop définitif, comme si elle était prête à admettre qu'il ne reviendrait jamais. Parce qu'il allait revenir, elle en était sûre. Il ne pouvait pas être parti comme ça, en laissant sa maison, sa femme et ses enfants. Ça ne pouvait pas être vrai.

Il était venu du Kansas une semaine avant Noël pour voir les enfants et leur donner leurs cadeaux. Il leur avait acheté un téléphone portable à chacun, pour qu'ils puissent le joindre à tout moment, dit-il, ce qui avait déclenché chez Abbie un rire méprisant. Et puis quoi, encore ?

Il s'était fait héberger chez un ami en ville et avait emmené les enfants dîner au restaurant. Il aurait voulu que Sarah vienne aussi, mais elle avait refusé et avait eu du mal à convaincre Abbie d'y aller. La pauvre gosse était rentrée en larmes et s'était précipitée dans sa chambre. Joshie, fatigué, était resté dans la cuisine avec Sarah pour lui expliquer qu'Abbie n'avait pas dit une seule parole agréable à leur père de toute la soirée mais au contraire avait craché son venin et lancé des remarques caustiques.

Sarah entendait maintenant Jeffrey dire au revoir à sa cliente dans le magasin, et quelques instants plus tard il était à la porte du bureau, la tête dans les mains pour signifier son incrédulité.

« Tu as entendu ça ?

— En tout cas, bravo !

— Je pense qu'on devrait laisser tomber et ouvrir un magasin de disques.

— Ah oui ?

— Comme ça au moins, quand des gens arriveraient sans connaître ni le nom de l'artiste, ni le titre, ni le label, on pourrait leur demander de chanter le truc. »

Sarah éclata de rire. Il fit un signe en direction de l'écran.

« Comment ça se présente, patron ?

— Très mal. On devrait vendre des disques.

— Mauvaise réponse. Tu devrais dire, eh bien, Jeffrey, compte tenu des circonstances, de l'état du marché, de la concurrence farouche, de la prolifération des médias haute technologie et des offres en matière de loisir et de distraction, autrement dit, puisque les moins de trente ans se fichent pas mal des bouquins et refusent toute activité nécessitant une capacité de concentration supérieure à celle d'une puce hyperactive, eh bien, compte tenu de tout ça, nous ne nous en sortons pas si mal, merci, Jeffrey.

— Bravo ! »

Il se pencha vers elle et l'embrassa sur le front.

« Fermons la boutique et allons déjeuner quelque part, dit-il.

— Bonne idée. Et je prendrais bien une de tes cigarettes. »

Le thème du jour était « Exprimez votre humanité ». Du moins, c'est ce que Ben avait cru entendre, quand la femme en collants et sarong rouges avait parlé au début, pendant qu'ils étaient tous debout, pied nus, à se donner la main pour former un grand cercle. Il n'avait pas très bien entendu parce qu'il était juste à côté d'un énorme ventilateur électrique qui se chargeait de lui refaire une coiffure. C'était peut-être « Exprimez votre humour inné », mais comme, à sa connaissance, le concept n'existait pas, il avait décidé de partir sur l'idée d'humanité. Ceci dit, certains participants avaient de quoi exciter le sens de l'humour. Notamment le type à la barbe grise, avec sa tunique mauve et son turban ; quand il tournoyait dans toute la pièce, les yeux fermés, un poivron serré contre sa poitrine, on aurait dit un vieux taliban qui aurait fumé la moquette. Peut-être qu'il n'avait pas bien entendu, lui non plus, et laissait le hasard guider ses pas.

C'était une séance de « chant corporel ». Eve et Lori venaient tous les dimanches après-midi avec cinquante ou soixante participants animés des mêmes intentions pour exprimer par la danse et le mouvement ce qu'il y avait au menu du jour. La salle était grande et haute de plafond, avec un parquet flottant. Elle se trouvait à côté de la voie ferrée, si près que, même lorsque la musique était à fond, les trains faisaient tout vibrer.

Côté musique, ils ne passaient que de la *new age*, bruits de vagues et chants de baleines. Ben s'était toujours demandé pourquoi le langage des baleines était censé apaiser et rasséréner alors que personne ne savait ce que ces fichus bestiaux pouvaient se raconter. Les baleines devaient bien se disputer comme tout le monde, non ? Peut-être qu'en fait elles se gueulaient dessus. *Espèce de grosse barrique pourrie, c'est la dernière fois que je te file du plancton. Oh, lâche-moi les nageoires, remonte prendre l'air !*

Lori était actuellement à l'autre bout de la salle où elle exprimait son humanité, et peut-être quelque chose de plus, face à un jeune type au charme exaspérant qui avait une queue-de-cheval. Il avait enlevé sa chemise, ce qu'apparemment les hommes avaient le droit de faire, mais plus les femmes, depuis qu'une pulpeuse Suédoise nommée Ulrika avait exposé ses appas, et qu'un pauvre gars qui avait eu un triple pontage s'était effondré avant d'être évacué. Même à Santa Fe, la libre expression semblait avoir ses limites.

Le règlement stipulait aussi que les contacts physiques étaient interdits. Mais apparemment, certains danseurs n'étaient pas au courant, ou alors s'en fichaient. Plusieurs couples se contorsionnaient au sol, si enchevêtrés qu'il n'était pas facile de savoir à qui appartenait quoi. Ben appréhendait le moment où il faudrait les séparer. Personne ne pourrait plus défaire le nœud. Il faudrait appeler les pompiers.

La plupart des participants, néanmoins, dansaient seuls, comme Ben. De temps à autre quelqu'un s'approchait, souriait et dansait quelques instants avec lui, puis repartait. Eve, à présent à une dizaine de mètres, ondulait, les yeux fermés, un demi-sourire aux lèvres. Sa tenue, un caraco blanc et un caleçon, découvrait ses hanches et son nombril. Elle était tellement sexy que l'humanité de Ben aspirait à s'exprimer d'une façon qui devrait encore attendre.

Elle avait hésité avant de l'amener aujourd'hui, craignant que ça ne soit pas son truc. Elle pensait peut-être qu'il serait critique, ou trop coincé pour participer. Elle l'avait taquiné en lui disant qu'il devrait mettre des collants ou au moins un cycliste. En réalité, il était loin d'être le plus vieux ou le plus strict de l'assemblée. Avec son T-shirt gris et son jean délavé, il se fondait assez bien dans le décor.

Pendant les dix ou quinze premières minutes, Eve ne s'était pas trop éloignée, le surveillant du coin de l'œil pour observer ses réactions. Il n'avait rien d'un danseur étoile et, à vrai dire, il trouvait le spectacle plutôt cocasse. Mais il essayait de jouer le jeu et y prenait même un certain plaisir. Il aurait juste aimé pouvoir se détendre un peu plus, suivre le mouvement et se vider la tête.

C'était sa troisième visite à Santa Fe depuis qu'il avait quitté Sarah, et la première qui durait aussi longtemps. Dehors, la neige avait fondu, amenant comme un avant-goût de printemps. Il était là depuis deux bonnes semaines et, sans vraiment pouvoir l'expliquer – car il aurait été facile de rester –, il sentait qu'il était temps qu'il rentre au Kansas. Ils étaient amants maintenant, et leur relation était enfin satisfaisante. Plus que satisfaisante. Ils en étaient au stade grisant où leurs corps s'attiraient comme des aimants. Même dans ses rêves les plus fous, il n'avait pas osé espérer que ça arriverait aussi vite.

Deux mois plus tôt, en décembre, il l'avait appelée de chez sa mère à Abilene et lui avait dit en tremblant que c'était fait, qu'il avait quitté Sarah. Après un silence interminable, plusieurs secondes cruciales, elle avait calmement dit : « Viens. »

Sans attendre, il avait fait les huit cents kilomètres dans le brouillard et la neige, traversant les plaines et les plaques de glace de l'Oklahoma et de l'ouest du Texas. Au petit matin, il avait frappé à sa porte. Elle portait un châle noir sur une chemise de nuit blanche, son visage inquiet était pâle comme l'aurore. Mais elle l'avait fait entrer et l'avait entouré de ses bras. Il ne voulait pas, il s'était promis de tenir bon (parce qu'elle le rejetterait, n'importe quelle femme rejetterait un homme aussi émotif, faible et abattu), mais il n'avait pas pu se retenir et s'était mis à pleurer. Elle l'avait tenu dans ses bras. Pendant longtemps, sans rien dire.

Ensuite elle l'avait installé à la table de la cuisine, lui avait fait du café, des œufs pochés et des toasts, et l'avait regardé manger en souriant tendrement, les coudes sur la table et le menton dans les mains. Sa présence dans sa maison leur semblait incroyable. Le petit Pablo, qui avait trois ans et demi et que Ben n'avait encore jamais rencontré, était alors sorti de sa chambre en pyjama et s'était installé avec eux, puis avait commencé à discuter avec Ben comme s'il n'y avait rien de plus naturel que de le trouver là.

Mais après tout, les gens se comportaient souvent de façon surprenante dans les situations de crise. Comme la mère et la sœur de Ben, pour ne citer qu'elles. Ben avait pensé, à tort ou à raison, mais visiblement à tort, qu'il ne pouvait pas leur annoncer au téléphone sa décision de quitter Sarah. Il devait le leur dire de vive voix. Il avait appelé sa mère de New York pour lui annoncer qu'il venait lui rendre visite et, bien sûr, elle avait sauté de joie. Le soir de son arrivée, elle avait préparé son plat préféré, juste pour eux deux.

Ben savait qu'elle serait forcément bouleversée d'apprendre la nouvelle. Comme n'importe quelle mère. Mais elle l'avait toujours tellement idolâtré, croyant en lui et approuvant toutes ses actions et décisions, y compris quand il savait lui-même qu'il se fourvoyait, que sa réaction ce soir-là le prit complètement par surprise. Elle fut affolée, furieuse, enragée. Elle alla jusqu'à le frapper au bras. Comment pouvait-il abandonner sa femme et ses enfants ? Comment osait-il ?

« Tu as fait un serment ! » hurla-t-elle à travers ses larmes, qui semblaient déclenchées par la colère plus que par le chagrin. « Un serment ! Tu y retournes, Benjamin ! Tu m'écoutes ! Tu y retournes ! Tu as fait un serment ! »

Elle avait fini par se calmer et avait pleuré pendant qu'il essayait doucement de lui exposer ses raisons. Ce qui n'était pas vraiment possible sans faire allusion à des choses qu'il n'avait pas envie de s'entendre dire et, à plus forte raison, qu'il n'avait pas envie de partager avec qui que ce soit, surtout avec sa mère. Donc, il avait eu recours aux clichés de circonstance, disant que, depuis des années, même s'ils n'en avaient rien laissé paraître, lui et Sarah n'étaient plus heureux ensemble, les choses s'étaient détériorées entre eux, ils avaient tous les deux changé et leurs chemins avaient divergé. En fin de compte, à défaut de la convaincre, ce laïus l'avait du moins adoucie, et elle semblait prête à admettre que, malheureusement, elle se trouvait face à un fait accompli auquel ses réprimandes ne changeraient rien. Tout ce qu'elle voulait, avait-elle dit entre ses sanglots, tout ce qu'elle avait toujours voulu, c'était qu'il soit heureux.

Si la réaction de sa mère l'avait surpris, celle de sa sœur l'avait estomaqué. Il était allé à Topeka pour déjeuner avec elle le lendemain. Sally avait cinq ans de plus que lui, ce qui expliquait qu'ils n'avaient jamais pu être proches pendant leur enfance. Conscient de bénéficier du favoritisme patent de leur mère, Ben avait toujours traité sa sœur avec délicatesse, comme si elle risquait, à juste titre, de lui en vouloir. Il avait été soulagé de constater, les rares fois où il la voyait, que ce n'était apparemment pas le cas. Du moins jusqu'alors.

Sally était ce qu'on appelle une femme distinguée plutôt que jolie ou belle. Elle avait les yeux bruns expressifs de leur père et son front carré. Plus grande qu'elle ne l'aurait sans doute voulu, elle se tenait légèrement voûtée comme sous le poids d'un invisible fardeau. Elle avait épousé un comptable du nom de Steven, un homme si ennuyeux qu'Abbie avait inventé un verbe à partir de son nom. Être ou se sentir *stevifié* par quelqu'un ou quelque chose, ou avoir l'air complètement *stevé* faisait depuis longtemps partie de leur argot familial. Sally et Steve avaient deux enfants qui, malheureusement, semblaient avoir copieusement puisé dans le pool génétique de leur père. Ils étaient tous les deux comptables.

Ben avait prévu de l'emmener au restaurant, mais Sally leur avait préparé un repas qu'ils mangèrent dans la cuisine impeccable, avec ses rideaux en dentelle et sa collection de grenouilles en terre cuite sur le rebord de la fenêtre. Steve était au travail, alors ils étaient seuls avec les grenouilles. À nouveau, Ben avait attendu la fin du repas (côtes de porc grillées et tarte au citron meringuée) pour lui annoncer la nouvelle. Il avait compris en parlant, en regardant ses yeux se fermer à demi, qu'il n'allait pas s'en tirer facilement. Une fois les faits exposés, un silence menaçant et électrique avait plané.

« Et toi, qu'est-ce qui te donne le droit ? siffla-t-elle.

— Comment ça ?

— Qu'est-ce qui te donne le droit ? De partir.

— Eh bien...

— Nous sommes tous malheureux, tous ! Tous les couples que je connais. Il n'y en pas un que je pourrais montrer du doigt en te jurant qu'il est heureux. »

Ben avait haussé les épaules en changeant de position sur sa chaise.

« Tu en connais, toi ?

— Euh...

— Hein ? Des gens vraiment heureux ? Moi pas. Ça fait partie du contrat, espèce d'idiot ! Redescends sur terre ! Tu crois que Papa et Maman étaient heureux ? Hein, Benjamin ?

— Euh...

— Bien sûr que non ! Personne ne l'est. Mais ça ne veut pas dire que tu as le droit de partir comme ça. Oh, là là, je suis si malheureux, snif, alors voilà, je vais plaquer ma femme et mes gosses. Enfin quoi, Ben, réfléchis deux secondes ! »

Le choc avait littéralement paralysé Ben. Mais elle n'en avait pas encore terminé. En fait, elle venait juste de commencer. Elle avait enchaîné sur un long sermon corrosif, lui expliquant qu'il n'était qu'une victime de plus de cette culture de consommation absurde et délirante, où les gens étaient bombardés de promesses diaboliques de bonheur ; pire, même, puisqu'on leur disait à tout bout de champ qu'ils avaient le droit d'être heureux. Et que s'ils ne l'étaient pas, ils pouvaient le devenir, ils n'avaient qu'à s'acheter de nouvelles fringues, une nouvelle voiture, un nouveau lave-vaisselle, ou se trouver un nouvel amant. Les messages étaient partout, dans tous les magazines qui traînaient, dans toutes les émissions de télé à la noix, ils alimentaient la cupidité et l'envie, rendaient les gens insatisfaits, les persuadaient que ça pouvait changer, qu'ils pouvaient être *heureux*, riches et beaux, si seulement ils se procuraient le dernier truc à la mode, une nouvelle petite amie, une nouvelle tête, ou une nouvelle paire de seins en silicone...

S'il n'avait pas été si éberlué ou si directement concerné par la diatribe, Ben l'aurait sans doute applaudie. En l'occurrence, il avait regardé par terre, hoché la tête et pris la mine de circonstance, celle du gamin penaud. Une demi-heure plus tard, après avoir nié deux fois qu'il y avait quelqu'un d'autre, quelqu'un de *nouveau*, car à ce stade il avait bien trop peur pour l'avouer, il lui avait dit au revoir et avait franchi le portail, les épaules légèrement voûtées lui aussi. Pas *stevifié* mais totalement et honteusement *sallifié.*

La danse était terminée, et les Chanteurs Corporels formaient à nouveau un cercle, mais cette fois assis par terre, les yeux fermés, et se donnant la main en silence. Ben tenait celle du taliban tourneur qui semblait être comme illuminé de l'intérieur. Ben se demandait ce qu'il avait fait de son poivron.

Vingt minutes plus tard, ceux qui le désiraient ayant partagé leurs sensations avec les autres, la séance fut ajournée. Les gens remirent leurs chaussures, Lori vint trouver Ben et l'embrassa, puis Eve arriva, et ils l'embrassèrent tous les deux.

« Ça t'a plu ? lui demanda-t-elle, inquiète.

— Super ! »

Elle lui lança un regard sceptique.

« Non, vraiment. Je me suis bien amusé. »

Il lui entoura les épaules de ses bras, et elle lui serra la taille. Son parfum de sueur chaude était délicieux. À côté d'eux, Lori les observait, souriante.

« Vous savez quoi ? Vous allez très très bien ensemble. Vous vous ressemblez presque.

— C'est un compliment ? demandèrent Ben et Eve en chœur.

— Absolument. »

Pablo était chez son père pour le week-end. Ils avaient la maison pour eux tout seuls. Ben alluma du feu dans la cheminée en pierres de la chambre pendant qu'Eve préparait du thé vert, dont il commençait enfin à apprécier le goût. Un rayon de soleil hivernal pénétrait de biais par la fenêtre et laissait une large rayure plus claire sur la couette blanche, tout en donnant à la chambre une douce lumière ambrée. Ils se déshabillèrent lentement, en se humant le cou comme des chats, puis s'allongèrent sur la bande lumineuse qui barrait le lit. La peau d'Eve avait un goût de sel quand il l'embrassa sur les épaules, sur les seins, sous les bras, il caressa le creux allongé de son ventre, puis sa main la trouva chaude et ouverte.

L'anxiété qui avait assombri leurs premières étreintes avait maintenant disparu, reléguée à la périphérie obscure de son esprit. Elle essayait encore parfois de se manifester, de lui chuchoter des réflexions sur son insuffisance, de lui faire des reproches caustiques et plaintifs sur sa culpabilité et sa trahison. Mais alors qu'au début, cette petite voix l'aurait affecté et lui aurait coupé ses effets, maintenant il était capable de la faire taire. Si Eve n'avait pas été si patiente, si indulgente et apparemment si peu affectée par ses piètres prouesses amoureuses, la honte l'aurait depuis longtemps poussé à partir. Mais elle avait paru comprendre et l'avait fait taire quand il s'apitoyait sur son sort et voulait lui donner des explications maladroites.

Encore étranger à ses formes et à son contact, il était en elle, et regardait l'arrondi pâle de son menton, ses lèvres entrouvertes, ses cils refermés, ses cheveux étalés comme une tache d'encre sur l'oreiller, et l'ombre de leurs deux corps qui bougeait lentement, très lentement, sur le plâtre rosé du mur. Il était ici, maintenant, avec elle. Ici.

Seize

Moins d'une année s'était écoulée depuis sa dernière visite, mais comme tant de choses dans la vie d'Abbie ces derniers mois, les lieux avaient subi des transformations considérables. Ty et elle avaient arrêté leurs chevaux au sommet de la crête où ils étaient passés avec Ray Hawkins deux étés plus tôt, et où ils avaient vu l'aigle royal planer au-dessus de la rivière. Ils avaient galopé dans l'armoise sur les mêmes chevaux, empruntant le même chemin. Mais là s'arrêtaient les analogies. Le paysage qu'ils contemplaient appartenait à une autre planète, moins accueillante.

« Mon Dieu, murmura-t-elle.

– Je t'avais prévenue que tu ne reconnaîtrais rien. »

Même les montagnes, par cette grise matinée de mai étouffante, semblaient changées : plus sombres, plus moroses, plus distantes. La rivière était basse, l'eau couleur de cendre, et les berges comme passées à la chaux. En aval, là où autrefois l'eau vive gazouillait et scintillait parmi les jeunes saules, on ne voyait plus que galets et boue craquelée, ainsi que de multiples taches blanchâtres, croûtes de sel laissées par l'évaporation de l'eau. Cette eau qui avait tué les poulains des Hawkins et le bétail.

« Tu vois les peupliers là-bas ? Ils devraient déjà être en feuilles. Mais ils sont tous morts. Sans exception. On espérait qu'ils s'en sortiraient, mais ils y sont passés. Et là, en bas ? Où Papa t'avait emmenée voir les poulains ? À cette époque de l'année, ces prairies étaient toujours si fleuries qu'on ne pouvait pas les traverser sans en ressortir tout jaune. Regarde-les maintenant. »

Elles étaient arides et brunes, parsemées de plaques de sel ; quelques malheureuses touffes d'herbe délavée essayaient de survivre.

« Plus rien n'y poussera jamais. Les prés d'à côté sont fichus aussi. La rivière a été empoisonnée, et maintenant c'est le tour de la terre. L'eau qui sort des puits de forage tue tout sur son passage. »

Abbie restait sur sa selle sans bouger, secouant la tête.

« Je n'arrive pas à le croire. »

Ty se mit à rire.

« Et tu n'as encore rien vu ! Viens, je vais te montrer. »

Il fit faire demi-tour à son cheval, et ils reprirent le même chemin au trot. Ils passèrent devant la balafre de roche ocre rouge et descendirent dans l'armoise. Au lieu de tourner à gauche pour rentrer au ranch, ils prirent sur la droite en direction des montagnes, montant par une vallée sinueuse semée çà et là de rochers et de pins noueux dont certains, d'après le père de Ty, avaient jusqu'à mille ans et plus.

Pendant la montée, Abbie entendit un grondement de plus en plus fort. Après un tournant, Ty ralentit l'allure, puis arrêta son cheval, tandis qu'elle le rejoignait lentement.

« Et voilà. Avant, les pâtures étaient bonnes ici. Maintenant la terre est brûlée, plus rien ne poussera, même quand ils seront repartis. »

Devant eux, un large chemin de terre entaillait la vallée de part en part et, loin de l'autre côté, il ne restait plus qu'un océan de boue pétrie et séchée, où les engins avaient creusé des ornières. On voyait des lignes électriques, des canalisations et une série de socles en ciment blanc qui, d'après Ty, étaient des têtes de puits.

Le grondement provenait de bâtiments plats aux murs blancs, autour desquels avaient été entreposés des générateurs, des derricks et des camions bizarres, le tout entouré d'une clôture métallique où étaient accrochées des pancartes DANGER et ACCÈS INTERDIT. Ty dit que c'était une station de compression, et qu'il y en avait d'autres plus loin, et aussi des cuves qui étaient censées contenir l'eau libérée par le forage. Mais c'était de la foutaise parce qu'elles ne cessaient de fuir et de déborder. En plus, la clôture était inefficace, si bien que pour empêcher les chevaux et autres animaux d'y pénétrer, c'était un vrai cauchemar. Parmi beaucoup d'autres, ajouta-t-il, amer.

C'était le week-end, donc il n'y avait personne. Mais un jour de semaine, dit Ty, ils auraient dû sans arrêt s'écarter pour laisser passer des camions et n'auraient rien vu à cause du nuage de poussière.

« Ça, c'est l'endroit où papa donnait autrefois ses consultations pour les chevaux. Il disait toujours qu'avec les montagnes au loin, la forêt et tout ça, c'était le plus joli coin du ranch, et si un client commençait à râler parce que c'était trop cher, il arrêtait net en arrivant ici. Une femme lui a dit un jour qu'elle était prête à payer ce prix-là rien que pour la vue. »

Il regarda vers l'horizon et se tut. Abbie devina à quoi il pensait.

Deux jours plus tôt, au téléphone, elle avait senti au

son de sa voix que quelque chose clochait. Au début, elle avait cru qu'il lui faisait le numéro du type meurtri parce qu'elle n'avait pas appelé depuis longtemps. En fait, ces derniers mois, elle n'appelait plus que sa mère. Depuis son retour à la fac après les deux semaines de calvaire sur l'île Moustique, elle menait une vie monacale. Elle ne sortait plus, et tous ses amis, à l'exception de Mel, l'avaient lâchée. Plongée dans ses études, elle s'enfermait jour après jour dans sa chambre ou à la bibliothèque universitaire, où elle passait son temps à lire des ouvrages sur la destruction de la planète. La colère qu'elle sentait monter en elle lui permettait d'oublier un peu ses problèmes. Mais, maintenant qu'elle savait ce que Ty avait dû endurer, elle se sentait égoïste et coupable. Au téléphone, quand elle lui avait demandé ce qui n'allait pas, il avait marqué une pause, puis avait répondu à mi-voix que son père avait eu une attaque.

Abbie s'était acheté une voiture d'occasion, une petite Toyota bleu foncé, avec l'argent que son grand-père lui avait donné pour Noël, et dès le lendemain, elle s'était rendue à Sheridan pour voir Ty. Elle savait qu'elle ne saurait pas retrouver le ranch après avoir quitté les routes goudronnées, alors ils décidèrent de se retrouver au Best Western. Il était pâle, les traits tirés, et la serra si fort dans ses bras pendant si longtemps qu'elle comprit qu'il était sur le point de craquer.

Il dit qu'il préférait lui expliquer la situation avant d'aller au ranch parce qu'il ne voulait pas obliger sa mère à entendre ; ils longèrent Main Street et trouvèrent une petite place garnie de bancs et ornée d'une statue de bronze : un cow-boy avec les cheveux longs, des jambières en cuir et un fusil sur l'épaule, prêt à l'usage en cas de besoin. Ty garda les yeux fixés sur lui tout le temps de son récit.

C'était arrivé en février. À peinc deux semaines après l'arrivée des bulldozers venus tracer le chemin d'accès. Ses parents avaient refusé de signer le contrat d'indemnisation des dommages causés en surface que leur avait envoyé McGuigan Gas & Oil. Ils avaient pris un avocat et demandaient des garanties supplémentaires quant à la remise en état du terrain.

Un matin, sans préavis, deux types étaient venus leur annoncer que l'équipe de forage arriverait le lendemain et qu'on commencerait à creuser avant la fin de la semaine. L'avocat avait fait de son mieux, mais c'était perdu d'avance. Un vrai dialogue de sourds. La compagnie de gaz ne voulait rien savoir. Le lendemain, comme prévu, les bulldozers étaient là, et en un rien de temps l'endroit avait été transformé en bourbier.

« Il y avait une bonne dizaine de gars, toute une équipe originaire du Mexique, sans papiers. McGuigan n'avait rien prévu pour eux, même pas des toilettes, alors les types faisaient leurs besoins dans l'herbe. Des bouts de papier hygiénique sales volaient de tous les côtés, jusqu'à la maison. Répugnant.

« Papa et moi, on est allés plusieurs fois les trouver pour essayer de les raisonner, mais la plupart d'entre eux ne parlaient même pas anglais, et ceux qui nous comprenaient nous répondaient qu'ils n'y étaient pour rien, qu'il fallait le dire au directeur, mais quand on téléphonait, personne ne voulait nous répondre... Et pendant tout ce temps, Maman pleurait toutes les larmes de son corps, complètement démoralisée...

« Bref, Papa a finalement réussi à avoir JT McGuigan en personne au bout du fil. C'est le P-DG ou le président ou un truc dans ce genre. À Denver. Ce type s'est mis à hurler après papa en disant qu'il n'avait à s'en prendre qu'à lui-même, qu'il aurait dû signer ce foutu contrat d'indemnisation.

« Deux jours après, Papa a pris l'avion pour aller à un rendez-vous dans le bureau de l'avocat. Et voilà ce McGuigan, ancien marine ou assimilé, charpenté comme un taureau, qui commence à gueuler et à menacer mes parents... Merde, Abbie, j'aurais dû être là moi aussi, mais il fallait que je reste à Bozeman cette semaine-là.

« Alors, Maman se fâche pour de bon et Papa essaie de la calmer, mais elle serine à McGuigan : *Vous ne pouvez pas nous faire ça, vous n'avez pas le droit.* Et puis il y a eu un grand silence, et McGuigan se lève, va droit sur elle et lui pointe le doigt sous le nez en disant : *Écoutez-moi bien, ma petite dame, je vais vous expliquer. C'est comme si vous et moi, on était mariés. Alors je peux faire tout ce qui me chante avec vous, où je veux et quand je veux, et vous, vous n'avez qu'à la boucler.*

« C'est cette nuit-là que Papa a eu son attaque. »

En allant reprendre leurs voitures, Ty expliqua que son père était rentré de l'hôpital depuis presque un mois, mais qu'il ne pouvait plus parler et qu'il était presque totalement paralysé.

« Il reste assis toute la journée devant la télé. Il ne la regardait jamais avant, mais on ne sait pas trop quoi faire de lui. On lui parle, on lui lit des trucs. On pense qu'il comprend ce qu'on dit, qu'il est toujours là, quelque part, même si on ne peut plus l'atteindre. Ça serait peut-être mieux si... » Ty s'arrêta pour avaler sa salive. « Des fois, en fait, j'espère pour lui qu'il est complètement parti.

— Comment va ta mère ? » demanda Abbie à mi-voix. Elle se rendit compte immédiatement de la sottise de cette question.

« Ma foi... comme on pourrait s'y attendre. »

Comme Ty l'avait annoncé, en arrivant au ranch, ils

trouvèrent son père avachi dans un fauteuil, les yeux rivés sur le petit écran. Abbie lui dit bonjour, mais ne vit pas la moindre lueur dans son regard. Il regardait un documentaire animalier. Une meute de hyènes essayait d'arracher un petit phacochère à sa mère. Martha prit Abbie dans ses bras ; elle tremblait d'émotion, mais réussit à ne pas pleurer. Pendant le dîner, ils firent courageusement régner une gaieté fragile ; Martha posa mille questions à Abbie sur son université et lui dit combien elle regrettait que Ty ait abandonné ses études. Peut-être qu'Abbie pourrait le persuader de les reprendre.

« Oh, maman », soupira Ty. À la télé, les hyènes aussi s'étaient mises à table.

« Vous comprenez, Abbie, il se croit indispensable, il pense que sa pauvre vieille mère ne peut pas s'occuper de ce ranch toute seule.

— Pas du tout ! »

Ils changèrent de sujet. Martha demanda gentiment des nouvelles de la mère d'Abbie. À l'évidence, Ty l'avait mise au courant.

« Ça va, merci. Elle refait surface. Elle s'est remise à fumer, bizarrement. Alors qu'elle avait arrêté il y a au moins vingt ans.

— Ne soyez pas trop dure avec elle.

— Oh, non. C'est sa vie.

— Et votre père, comment il va ?

— Bien, je suppose. Je ne sais pas vraiment. »

Elle faillit ajouter qu'elle s'en fichait, mais n'osa pas.

Il n'arrêtait pas de lui envoyer des e-mails. Au début, elle avait expédié des réponses brèves, souvent cinglantes, mais maintenant elle ne prenait même plus cette peine. Trois ou quatre fois par semaine, il l'appelait sur son portable, mais en général elle laissait sonner et écoutait ensuite les messages, qui reprenaient toujours les mêmes conneries : qu'il l'aimait beaucoup, qu'elle lui manquait, qu'il voulait lui parler. Est-ce qu'il pouvait prendre l'avion pour venir la voir le week-end suivant ? Ou celui d'après ? Ou un autre ? De temps en temps, juste pour s'en débarrasser, elle décrochait et disait froidement qu'elle avait trop de travail, alors, non, désolée, il ne pouvait pas venir pour l'instant, pas ce week-end, ni les suivants. Elle ne savait pas pendant combien de temps encore elle chercherait à le punir. Peut-être arrêterait-elle quand le son de sa voix ne déclencherait plus sa rancune et sa colère. Il lui manquait terriblement, ce qui les redoublait. Il avait toujours été présent quand elle avait eu besoin de lui ; c'était lui son mentor et son plus ardent défenseur. Elle ne supportait pas de se sentir aussi faible et désorientée sans lui.

Ty vint la retrouver dans sa chambre cette nuit-là, et même s'ils firent l'amour sous un voile de tristesse, du moins s'accordèrent-ils quelques instants d'oubli et de réconfort. Mais elle n'arriva pas à s'endormir et resta couchée l'oreille contre la poitrine de Ty, à écouter sa respiration sonore et, plus loin dans la nuit, le hurlement d'un coyote.

Une des chiennes du ranch avait eu une portée. Ty avait trouvé à donner tous les chiots sauf trois, âgés maintenant de douze semaines environ. L'un d'entre eux, un petit toutou maigrichon avec trois pattes blanches et la queue en tire-bouchon, se prit d'affection pour Abbie. Il la suivait partout, un vrai pot de colle. Les chiots n'avaient pas de nom, alors Abbie baptisa celui-là Sox. Ty lui proposa de l'emmener à Missoula mais, bien qu'elle fût tentée, elle répondit que ce n'était pas possible.

Elle resta quarante-huit heures. Le deuxième jour,

les équipes se remirent au travail dans la vallée, et elle put constater de visu le constant va-et-vient des camions qui soulevaient des nuages de poussière. Ty dit qu'ils allaient essayer d'intenter un procès à la compagnie, même si leur avocat affirmait qu'ils n'avaient aucune chance, et qu'ils feraient mieux de jeter les billets de cent dollars par les fenêtres pendant les deux ans à venir.

Le matin de son départ, Abbie dit au revoir à Ray. Elle l'embrassa sur le front. Il émit alors un faible son, mais elle se dit qu'il avait sans doute essayé de s'éclaircir la voix. Martha lui fit promettre de revenir bientôt. Elle redescendit jusqu'à Sheridan en suivant Ty au volant de son vieux pick-up. Ils s'arrêtèrent au bord de l'autoroute pour se dire au revoir.

Il sortit délicatement de son pick-up un carton contenant le chiot et une couverture, qu'il déposa sur le siège arrière de la Toyota. Abbie essaya de protester, mais il la connaissait trop bien et finit par obtenir gain de cause. Si ça ne marchait pas, elle n'aurait qu'à rapporter la bestiole. Il lui demanda ses projets pour l'été, et elle répondit qu'elle ne savait pas encore vraiment. Elle allait sûrement traîner un peu à Missoula, se trouver un petit boulot. Peut-être passer une semaine ou deux chez sa mère. À ceci près qu'avec Sox, elle ne savait pas trop comment elle allait s'organiser.

« On a un excellent chenil, et nos tarifs sont très raisonnables », dit Ty.

Il la prit dans ses bras, et ils restèrent enlacés quelques instants sans parler, à écouter le vacarme des camions qui passaient.

« Je t'aime, Abbie. »

Il ne le lui avait encore jamais dit. Personne à part ses parents ne le lui avait jamais dit. Elle faillit éclater en sanglots, mais le serra juste un peu plus fort et l'embrassa. Elle souffrait de ne pas pouvoir lui faire le même aveu, mais elle aurait menti, ce qu'elle ne voulait pas. En partant, elle le vit dans le rétroviseur. Immobile et triste à coté de son pick-up, il la regardait s'éloigner. Le chiot dormait déjà.

Sur le campus de l'université du Montana, l'ambiance était toute à l'indolence qui suit la fin des cours et marque le début de l'été. Le semestre avait beau être terminé officiellement, personne ne semblait pressé de partir. Les peupliers le long de Clark Fork étaient d'un vert éclatant, le temps clair, l'air parfumé et riche de promesses. Des étudiants faisaient du vélo dans les allées ombragées ou allaient à pied jusque chez Rockin Rudy pour regarder les CD, ou jusqu'à la boulangerie Bernice ou au Break Espresso pour boire des cafés frappés et manger des bagels. D'autres encore, étendus sur l'herbe verte et luxuriante de l'Ovale, se prélassaient au soleil en faisant des projets.

Mel et Abbie avaient vidé leur chambre à Knowles Hall et déposé presque toutes leurs affaires chez Todd et Eric, dans une maison de la 4e Rue où Abbie allait s'installer jusqu'à ce qu'elle ait décidé ce qu'elle ferait pendant l'été. Tous les autres le savaient depuis des semaines, voire des mois.

Mel et Scott étaient déjà partis au Pérou. Ils avaient essayé de convaincre Abbie de les accompagner, mais elle avait décrété qu'elle n'irait nulle part sans Sox. Eric et Todd s'apprêtaient à quitter Missoula pour l'Idaho, où ils s'étaient fait embaucher comme guides de rafting sur la Salmon River. Après six semaines dans le plâtre, la hanche d'Eric s'était bien ressoudée. Il boitait un peu mais s'estimait quand même capable de diriger un raft avec une demi-douzaine de personnes à bord. Si Meryl Streep y arrivait, lui aussi, non ? Et il emportait son nouvel accordéon, histoire de martyriser les oreilles des touristes autour du feu de camp.

Ainsi, dès le début du mois de juin, Abbie et Sox se retrouvèrent seuls dans la maison. Qui, à l'évidence, n'avait pas été nettoyée depuis des années. Les fenêtres étaient si sales qu'on voyait à peine à travers. Il n'y avait même pas d'aspirateur, et Abbie dut en emprunter un. Elle passa les jours suivants à laver et à frotter. Elle se sentait devenir le clone de sa mère, mais au moins, ça lui occupait l'esprit. Le troisième jour, alors que Sox venait juste de découvrir une pizza entière fossilisée sous le canapé, son téléphone sonna. C'était un appel local, mais elle ne connaissait pas le numéro.

« Les Ménagères Anonymes, bonjour.

— Abbie ? »

Elle faillit raccrocher.

« Papa. Où tu es ?

— À l'Holiday Inn.

— Quoi ? À Missoula ? Qu'est-ce que tu fais là ?

— Voyons, Abbie. Je suis venu te voir.

— Mais pourquoi tu ne m'as pas prévenue ? C'est juste que... enfin... en ce moment...

— Ma chérie. S'il te plaît. »

Il demanda où elle était, s'il pouvait aller la voir. Pour des raisons qu'elle n'arrivait pas vraiment à s'expliquer elle-même, elle ne voulait pas qu'il vienne chez elle. Peut-être souhaitait-elle simplement le faire souffrir en lui refusant l'accès à tout ce que, selon lui, un père avait le droit de connaître. Elle répondit qu'elle le retrouverait une heure plus tard dans le hall de l'hôtel, puis raccrocha.

Elle le regretta immédiatement et faillit le rappeler pour se décommander. Mais elle ne l'avait pas vu depuis cinq mois, depuis cet épouvantable dîner avant Noël. Elle ne voulait pas qu'il s'imagine qu'elle attachait la moindre importance à cela. Donc, elle irait. Histoire de lui montrer le peu de place qu'il avait maintenant dans sa vie.

Il lui fallait à peine dix minutes pour traverser le pont et aller le rejoindre. Elle passa les cinquante autres en proie à un tourbillon d'émotions ; son cœur battait la chamade tandis qu'elle se posait des questions angoissantes : qu'allait-elle lui dire ? Devrait-elle se montrer odieuse ou pas trop ? Elle prit une douche, se lava les cheveux, puis passa au moins vingt minutes à choisir sa tenue tout en se reprochant d'être aussi tarte, parce que après tout, ça n'avait vraiment aucune importance. Sans blague. Qu'est-ce qu'elle en avait à cirer ? Elle passa une robe, puis une autre, avant de mettre finalement un jean et un T-shirt à manches longues.

En promenade, Sox avait fait de gros progrès : il la suivait sagement et n'avait plus vraiment besoin d'être attaché. Mais il y avait souvent une circulation dingue sur le pont alors, prudente, elle lui mit sa laisse.

Elle vit son père la première. En fait, il l'avait regardée mais sans la reconnaître, sans doute parce qu'il n'était pas au courant pour Sox, ou bien parce qu'elle portait des lunettes de soleil et s'était fait couper les cheveux. Il était dehors, sous le grand portique en ciment. Comme un car de touristes venait d'arriver, c'était la cohue. Il avait maigri et s'était laissé pousser les cheveux. Il jetait sans arrêt des coups d'œil inquiets à sa montre. Puis il l'aperçut.

« Hou hou ! »

Il avança vers elle, la prit dans ses bras et l'embrassa. Il fallut à Abbie un immense effort de volonté pour ne pas succomber, s'effondrer et s'accrocher à lui. Mais elle tint bon. En retour, elle l'étreignit pour la forme. Elle n'en ferait pas plus. Pas de baiser, pas de larmes, rien. Il la tenait par les épaules et la regardait. Abbie vit qu'il avait bien du mal à réprimer ses larmes.

« Comment ça va, ma puce ?

— Ça va. Et toi ?

— Bien. D'autant mieux que tu es là. Hé ! Qui c'est, ça ? Il est à toi ?

— Mmm. Il s'appelle Sox. »

Il s'accroupit pour le caresser. Sox frétilla et sauta pour essayer de lui lécher la figure.

« Hé bonhomme, je me suis déjà débarbouillé, ce matin ! »

Il proposa d'aller déjeuner quelque part, mais Abbie répondit qu'à cause du chiot, c'était impossible. Alors, après être allés jusqu'à North Higgins pour acheter des sandwichs et des jus de fruits, ils retournèrent à Caras Park où ils pique-niquèrent dans l'herbe, face à la rivière. Une gigantesque sculpture représentant une truite mit Sox dans tous ses états, Dieu sait pourquoi. Il se mit à aboyer devant, puis aperçut un écureuil qu'il pourchassa jusqu'au pied d'un arbre, où il monta la garde pendant la demi-heure qui suivit. Le regard fixé sur le petit animal, la tête penchée sur le côté, il laissait de temps en temps échapper un gémissement.

Ben posa à Abbie quantité de questions sur la fac et sur ses occupations des derniers mois. Elle lui donna des réponses factuelles et indifférentes, restant polie mais froide. Les détails ne manquaient pas, mais elle n'y ajoutait aucune fioriture, ni quoi que ce soit qui aurait pu passer pour de l'enthousiasme ou de l'émotion. Et elle garda ses lunettes de soleil pour qu'il ne puisse pas voir ses yeux. Au bout d'un moment, elle sentit qu'il avait perçu le message parce qu'il semblait avoir épuisé toutes ses questions, son visage avait perdu sa vivacité et il finit par regarder dans le vague au-delà de la rivière, mâchant son sandwich en silence.

« Et toi, ta nouvelle vie, ça va ? » demanda-t-elle d'un ton acide.

Il l'examina quelques instants avant de répondre.

« Abbie, je suis vraiment désolé. »

Elle eut un rire sans joie et se détourna.

« Je sais tout le mal que je vous ai fait à tous les trois.

— Ah oui ?

— Oh que oui.

— Tu sais quoi ? Moi, je te dis que tu n'en sais foutre rien !

— Abbie, écoute...

— Non ! C'est toi qui vas m'écouter ! T'as tout fichu en l'air ! Tout ce qu'on avait. Et tu crois que tu peux venir faire un petit tour, dire deux ou trois petites conneries, et que tout ira mieux ? Eh bien va te faire foutre, tu entends ! Va te faire foutre ! »

Jamais elle n'avait été grossière avec lui, et la brutalité de ses paroles la surprit presque autant que lui, visiblement sous le choc. Sans parler des gens autour, qui maintenant les regardaient tous. Elle ressentit une sombre satisfaction en constatant la gêne de son père. Qu'ils regardent et qu'ils entendent ! Et tant pis si ce salaud était mort de honte ! Au bord des larmes, elle se leva brusquement et traversa la pelouse d'un air important pour aller récupérer Sox qui montait toujours la garde sous son arbre. Lorsqu'elle revint, son père était debout.

« Ma chérie, je t'en prie...

— Quoi ?

— Nous ne sommes pas la première famille à laquelle ça arrive.
— Ah oui ? Et c'est censé nous consoler ?
— Non. Bien sûr que non. Ce que je voulais dire, c'est que...
— Papa, écoute. Tu débarques sans prévenir...
— Tu n'aurais jamais été d'accord.
— Peut-être, mais il faut que je parte.
— C'est vrai ?
— Oui. Qu'est-ce que tu insinues ? Que je mens ?
— Alors on peut se voir plus tard. Aller dîner ensemble...
— Désolée. Je ne suis pas libre. »
Il avait l'air tellement triste et penaud qu'elle faillit céder. Mais elle se ressaisit.
« Abbie...
— Papa, il faut que j'y aille, d'accord ? »
Avec Sox dans les bras, elle s'approcha et lui posa un petit baiser sur la joue. Il essaya de la retenir, mais elle se dégagea.
« Au revoir.
— Abbie... »
Elle se dirigea vers le pont d'un pas décidé, puis monta les marches et disparut dans la rue. Sans se retourner. Elle se demandait s'il allait essayer de la suivre, et une fois parvenue au milieu du pont, elle regarda en bas. Mais il retraversait lentement le parc en direction de l'hôtel, tête baissée.

Plus tard, quand elle eut fini de pleurer, elle appela sa mère pour lui raconter ce qui s'était passé. Elle lui expliqua qu'elle avait du mal à s'en remettre, que son père était incroyablement égoïste de s'être pointé comme ça, sans prévenir. Comme si, après tout ce qu'il avait fait, il n'avait qu'à claquer des doigts pour que tout le monde lui tombe dans les bras. Sa mère écoutait et faisait « Mm, mmm » quand il fallait, mais Abbie avait l'impression que son message ne passait pas et qu'elle ne recevait pas toute la compassion qu'elle méritait.

« Enfin... tu ne trouves pas qu'il exagère ?

— Chérie, c'est ton père.

— Quoi ?

— Et il t'adore. Tu devrais peut-être lui donner une chance.

— Oh, parce que c'est moi qui suis déraisonnable, maintenant ? »

Sa mère soupira et lui assura d'un ton las que non. Elle essaya d'expliquer ce qu'elle voulait dire, mais Abbie refusa de l'écouter. Non mais, entendre une femme chercher des excuses à un mari qui venait de la plaquer, c'était surréaliste ! Elle se laissait marcher dessus. Un vrai paillasson. Sarah changea de sujet et lui demanda si elle allait bientôt rentrer à la maison. Abbie répondit qu'elle n'avait pas encore vraiment décidé, mais qu'elle allait sans doute rester à Missoula pour trouver un boulot.

« Et si Josh et moi on allait te voir ? On pourrait faire une virée sympa tous les trois.

— Pourquoi pas ?

— Bon. On réfléchit et on en reparle. Oh, et j'allais oublier. Un type a essayé de te joindre. Il a dit que vous vous étiez rencontrés à Seattle. Ralph, je crois.

— Rolf.

— Rolf, c'est ça. Il va rappeler. Je peux lui donner ton numéro de portable ? »

Abbie réfléchit un instant. Elle n'avait pas pensé à lui depuis des mois.

« Oh, pourquoi pas ? »

Dix-sept

Les passagers se pressaient tous contre la rambarde du côté droit du bateau. À bâbord. À moins que ce ne soit tribord. Josh ne savait jamais si le terme variait en fonction du sens où on se trouvait. Beaucoup avaient apporté des jumelles, et presque tous étaient équipés d'appareils photo. Le père de Josh n'avait pensé ni à l'un ni à l'autre, ce qui était plutôt cool. Quelques crétins prenaient même déjà des photos sur lesquelles il n'y aurait rien qu'une vaste étendue d'océan où, pour l'instant, on ne voyait d'autres signes de vie que trois autres bateaux immobiles, bourrés d'idiots du même genre. On apercevait les minables petits flashs de leurs appareils photo. Ils espéraient sans doute que ça suffirait pour éclairer la queue d'une baleine à plusieurs centaines de mètres. Dans l'éventualité – faible – où l'une d'entre elles daignerait monter à la surface. Josh imaginait ces gens montrant leurs photos de vacances à des amis. *Ça, c'est l'océan, sans rien dessus. Ça aussi... et ça aussi*. De toute façon, il ne s'agissait sans doute que d'une vulgaire arnaque. Ils étaient bien là depuis deux heures, et n'avaient vu que quelques mouettes indifférentes. Cela faisait sans doute plus de cent ans qu'une baleine n'avait pas été repérée au large du Cap Cod.

« Là-bas ! Regardez ! »

Quelqu'un derrière eux, de l'autre côté du bateau (on pouvait compter sur le petit malin de service), criait et gesticulait ; tous les autres s'étaient retournés et avaient commencé à courir vers lui. Josh avait même pensé faire la blague, attendre que tout le monde ait le dos tourné pour hurler : *Y'en a une qui souffle !* Alors ils se seraient tous retournés, et il leur aurait dit : *Crétins !* ou : *Zut alors ! vous l'avez ratée !* Il regarda son père, et ils échangèrent un petit sourire entendu.

« Désolé, dit son père, c'est pas la grande aventure.

— C'est cool. »

Ils prirent la même direction que les autres.

Ces quelques jours avaient été bizarres. Rien que tous les deux, avec tout ce temps à passer ensemble. Ça n'était encore jamais arrivé. Pendant les vacances, ils avaient toujours été quatre, comme par exemple à La Ligne, et au début, ça faisait un drôle d'effet qu'Abbie et sa mère ne soient pas là. En plus, son père avait semblé crispé, mal à l'aise, comme s'il ne savait pas quoi faire ni quoi dire.

Au départ, Josh devait prendre un avion pour aller voir sa grand-mère au Kansas, et partir ensuite à Santa Fe passer quelques jours avec son père et Eve. Les voir ensemble serait sans doute un peu étrange, mais Josh trouvait malgré tout l'idée sympa, et même assez intéressante. Mais sa mère avait piqué une crise rien que d'y penser, alors son père avait renoncé au projet et loué une baraque délabrée à Cap Cod, à la périphérie de Provincetown, assez grande pour accueillir huit ou dix personnes. C'était peut-être la seule qu'il avait trouvée, à moins qu'il n'ait espéré qu'Abbie et son nouveau petit copain changeraient d'avis à la dernière minute et se joindraient à eux.

Ils n'étaient encore jamais venus au Cap, et Josh ne serait sûrement pas trop pressé d'y retourner. Car il avait découvert que Provincetown était un lieu de villégiature privilégié pour les homos. En soi, cela ne le dérangeait pas ; mais le soir, quand il sortait pour dîner avec son père et qu'ils marchaient tous les deux dans la rue, il ne pouvait pas s'empêcher d'imaginer qu'on les regardait, surtout quand son père lui passait un bras autour des épaules, ce qui lui arrivait de temps à autre. Josh avait envie de se balader avec une pancarte où il aurait écrit : *C'est mon père, OK ?*

Déjà pendant le trajet en voiture, ils semblaient avoir épuisé tous les sujets de conversation, du moins les sujets neutres et anodins sans rapport avec la séparation, qui apparemment allait bientôt devenir (dès que les papiers seraient prêts et signés) le divorce. C'était une situation absurde, comme s'il y avait un éléphant assis au milieu de la pièce, et qu'ils aient trop peur pour en parler. Ils avaient discuté de l'école, des copains, des universités où Josh aimerait aller l'an prochain (en fait, aucune ne le tentait, mais si on lui collait un revolver sur la tempe, il choisirait probablement l'université de New York.) Il se doutait que son père aurait préféré parler de ce qui leur était arrivé, mais, au moins pendant les premiers jours, il ne savait comment aborder le sujet. Josh avait failli l'aider, *Allez papa, c'est cool, vas-y, parlons-en, ça ne me dérange pas*. Mais il n'avait rien dit, se contentant de regarder le pauvre homme se débattre et s'empêtrer de plus en plus dans ses filets, jusqu'à ce qu'il en soit réduit à parler de la pluie et du beau temps, et d'une liste de trucs sans intérêt trouvés dans son guide touristique du Cap Cod.

« Apparemment, Norman Mailer a une maison par ici », dit son père un matin alors qu'ils prenaient le petit déjeuner dans la petite cuisine sordide. À l'odeur, on aurait dit qu'un rat crevé était en train de se décomposer sous le plancher.

« C'est qui, Norman Mailer ?

— Josh, vraiment, tu ne sais pas ? Ta mère serait outrée. »

Josh haussa les épaules.

« C'est qui, un jardinier superconnu ou un truc comme ça ?

— C'est un des plus grands auteurs américains.

— Qu'est-ce qu'il a écrit ? »

Après un long silence, son père lui adressa un lent sourire penaud.

« Ma foi, je n'arrive pas à me souvenir du titre d'un seul de ses livres.

— Tu les as lus ?

— Jamais. Pas un seul. Ne t'avise pas de le dire à ta mère. »

La veille au soir, ils étaient enfin parvenus à parler de l'éléphant. Ça s'était bien passé. Sauf que son père n'arrêtait pas de lui demander comment il avait réagi, et ne semblait pas le croire quand Josh lui affirmait qu'il allait bien, vraiment bien. On aurait cru que son père voulait l'entendre dire qu'il était complètement paumé : qu'il avait besoin d'une psychothérapie, qu'il tâchait de sauver la face, mais qu'au fond il était rongé par la douleur et la colère.

Eh bien non. Évidemment, c'était dur de voir sa mère en permanence si déprimée, et parfois très lourd, comme le soir où elle et Abbie avaient craqué dans le Montana, quinze jours plus tôt. Josh avait dû s'asseoir sur le lit et les prendre toutes les deux dans ses bras jusqu'à ce qu'elles aient pleuré tout leur saoul.

Mais en vérité, il n'en voulait pas à son père. Il le plaignait, voilà tout. Le pauvre mec était parti parce qu'apparemment, il n'était pas heureux, mais il ne semblait pas l'être davantage maintenant. Parfois, quand Josh le regardait du coin de l'œil sans qu'il s'y attende, il le voyait tirer une gueule de trois mètres. Évidemment, Josh était attristé par ce qui était arrivé, mais il ne ressentait ni colère ni rancune. En fait, il se demandait si cette réaction ne prouvait pas qu'il n'était pas tout à fait normal, qu'il était insensible. Peut-être aurait-il dû réagir comme Abbie. Passer la semaine à crier après son père et à l'insulter, lui dire qu'il était un monstre, un père indigne et un mari ignoble.

Mais Josh ne vivait pas la situation ainsi. Tout était si embrouillé qu'il n'arrivait même pas à savoir ce qu'il ressentait au juste. À part un peu de honte et de culpabilité parfois. Parce que, pour être tout à fait honnête, ça ne lui faisait pas grand-chose que son père soit parti. C'était terrible à dire, mais vrai. Si son départ n'avait pas rendu Abbie et sa mère si malheureuses, il n'en aurait rien eu à foutre.

En un sens, sa vie était plutôt plus facile maintenant. Il ne vivait plus dans l'ombre de son père, qui n'était plus sur son dos toute la journée, à lui dire d'y aller mollo avec l'herbe, de ne pas boire et de ne pas rentrer trop tard. Ou à l'engueuler parce qu'il n'avait pas rendu un devoir dans les délais. D'un seul coup, il était passé du statut d'ado rebelle à celui d'homme de la maison. Il était devenu le pilier, le roc, celui qui changeait les fusibles, coupait le bois et déblayait la neige devant le portail.

Bien sûr, Josh ne s'était pas risqué à faire allusion à tout ça la veille, dans le petit restaurant où ils avaient pris l'habitude de dîner presque chaque soir parce qu'il y avait trop de monde et trop de bruit ailleurs. D'un côté, bien sûr, son père aurait sans doute été content de l'entendre. Mais de l'autre, ça lui aurait peut-être fait de la peine de découvrir qu'il ne manquait pas trop – voire pas du tout – à son fils. Alors Josh l'avait écouté se confondre en excuses, puis il s'était efforcé de répondre à toutes ses questions sur sa mère et sur Abbie. Il avait essayé de présenter les choses sous le meilleur jour possible, pour que le pauvre homme ne culpabilise pas encore plus. Après tout, quel intérêt y avait-il à lui dire à quel point elles étaient démolies ? Drôle de situation ! Josh, qui avait encore un an de lycée à faire, jouant à l'homme de la famille, solide comme un roc, même avec son père, c'était un monde !

La semaine qu'il avait passée avec sa mère et Abbie avait été à peu près aussi agréable qu'une des crises d'asthme de son enfance. Il n'avait pas revu sa sœur depuis le début de l'année, quand ils étaient rentrés de l'île Moustique (qui resterait à jamais gravée dans son cœur comme l'endroit où il avait enfin perdu son pucelage dans les bras de la sublime Katie Bradstock). Abbie avait changé de façon spectaculaire. Elle s'était fait couper les cheveux et les avait teints en noir. On l'aurait crue sortie d'une tombe. Quant à sa mère, chapeau. Elle n'avait pas bronché et lui avait même fait des compliments. À l'évidence, Abbie avait été un peu déçue.

Mais il n'y avait pas que le physique. Il y avait aussi le discours. Abbie ne pouvait plus prononcer une phrase sans l'agrémenter d'une grossièreté. Pendant toute la semaine, elle leur avait pris la tête à force de répéter que ce monde était totalement à chier, sans aucun espoir d'amélioration. Que les multinationales étaient en train de tout foutre en l'air : les rivières, les forêts, toute cette putain de planète. Et qu'on était tous d'accord : on laissait pisser.

Elle avait commencé dès leur arrivée à Missoula, où elle avait vertement reproché à leur mère d'avoir loué un 4 × 4. C'était une tradition chaque fois qu'ils allaient dans le Montana, et Abbie n'avait jamais rien trouvé à redire à ça. Comme le répétait leur père, l'Ouest sans camionnette, ça ne valait pas le déplacement.

« Tu as une idée de ce que consomment ces putains de trucs ?

— Non, ma puce, combien ils consomment, ces putains de trucs ? avait calmement répondu leur mère.

— Ils font, quoi, du 25 litres au cent ! Et tu sais ce qu'ils crachent comme dioxyde de carbone et autres merdes ?

— Ça doit faire beaucoup, sinon tu ne te mettrais pas dans cet état. »

Josh avait alors conseillé à Abbie de se calmer un peu. Grossière erreur, qui avait produit exactement l'effet inverse. Elle avait piqué une telle colère que leur mère avait fait discrètement demi-tour pour retourner chez Hertz échanger le 4 × 4 contre une Subaru.

Il était hors de question de retourner à La Ligne. Leur mère y avait trop de mauvais souvenirs. Selon Abbie, pourtant, ils auraient dû y aller pour exorciser les démons et faire un bras d'honneur à leur père. À la place, ils avaient réservé dans un ranch miteux appelé L'Éperon Paresseux, à une heure de voiture de Missoula. La bouffe était glauque, le personnel encore plus ; quant aux chevaux, ils avaient au moins cent ans et ne pensaient qu'à mordre. Abbie avait amené Sox sans se soucier du règlement qui stipulait que les chiens n'étaient pas autorisés dans les chambres ni au ranch. Elle s'était engueulée avec le propriétaire, et ils en seraient certainement venus aux mains si leur mère n'était pas intervenue pour négocier un compromis.

Elle avait compris que la colère d'Abbie et sa nouvelle vision noire du monde devaient sûrement beaucoup à l'influence de son nouveau petit ami, l'Allemand qu'elle avait rencontré à Seattle. Josh se disait qu'il devait être cool et regrettait de ne pas le connaître. D'après Abbie, Rolf voyageait beaucoup, et cette semaine-là il était à Eugene dans l'Oregon chez des amis. Plus tard, elle s'était coupée en disant qu'il était rentré à Missoula deux jours avant que Josh et sa mère ne reprennent l'avion.

Sarah avait demandé :

« On ne pourrait pas le rencontrer ? Juste pour dire bonjour.

— Ça, c'est pas son truc, avait répondu Abbie.

— Il ne dit pas bonjour ?

— Non, c'est pas son truc, de rencontrer les parents. C'est des habitudes de sales bourges.

— Ah. Eh bien, dans ce cas, tu lui transmettras notre truc, tu veux ? Tu lui diras bonjour de la part des sales bourges.

— C'est ça, ouais. »

Après L'Éperon Paresseux et une semaine d'Abbie en colère, le Cap Cod avec son père, c'était presque des super-vacances. À Provincetown, guetter les baleines était un passage quasi obligé parce que c'était la seule chose à faire, ou presque, surtout en ce moment : le temps était affreux, il n'y avait pas la télé dans la maison, et Josh avait déjà vu tous les films qui passaient au ciné. Tout bien réfléchi, c'était peut-être pour ça qu'on ne voyait plus de baleines dans les parages, même pas des baleines homos. Elles s'ennuyaient tellement qu'elles s'étaient cassées.

Alors que cette pensée lui traversait l'esprit, une femme appuyée à la rambarde poussa un cri, et tous les autres passagers se mirent à piailler, à tendre le cou et à regarder à la jumelle.

« Là-bas, hurla la femme, à dix heures ! »

Pendant un court instant, Josh ne saisit pas ce qu'elle voulait dire et eut un pincement au cœur à l'idée de passer encore cinq heures sur ce bateau, mais elle indiquait bel et bien la position de la baleine. Maintenant il la voyait. À trois ou quatre cents mètres, à peine plus grosse qu'une fourmi, une tache noire qui sortait lentement de l'eau.

« Regardez ! Regardez, elle souffle ! »

Ensuite le capitaine, ou le guetteur en chef, ou un employé quelconque se réveilla, prit le micro et leur signala avec un temps de retard la présence de l'animal. Il leur expliqua qu'il s'agissait d'une baleine franche. C'était le nom que lui avaient donné les baleiniers parce que son blanc était très riche en huile. En conséquence, c'était la plus recherchée, la meilleure. La baleine avait dû être très fière de cette appellation, se dit Josh, jusqu'à ce qu'elle en comprenne les implications.

Il sentit la main de son père sur son dos.

« Voilà, Joshie, ça valait le coup d'attendre, non ? »

Josh pensa un instant qu'il était sérieux, puis vit son large sourire.

« Tu parles !

— Qu'est-ce qu'on décide ? On est pour ou contre la sauvegarde des baleines ?

— Plutôt pour. »

Le cétacé replongeait. Sa grande queue resta un instant suspendue dans les airs, puis s'enfonça lentement dans une vague d'écume. Ils ne le revirent pas. Ce maudit animal ne daigna pas refaire surface. Mais grâce à lui, des dizaines de touristes étaient repartis chez eux le sourire aux lèvres, certains d'avoir vécu une expérience unique, enrichissante.

Ils rentrèrent le lendemain, bavardant ou écoutant

de la musique dans la voiture, s'arrêtant de temps en temps dans un McDonald's ou un Starbuck Café, ce qui leur donnait l'occasion d'échanger quelques blagues gentilles aux dépens d'Abbie. Le fait d'avoir parlé de l'éléphant l'avant-veille avait débloqué la situation et, pour la première fois depuis une éternité, Josh se sentait parfaitement détendu en présence de son père.

« Je sais que ce n'est pas pour tout de suite, avait dit celui-ci pendant qu'ils attendaient le ferry pour Long Island, mais un jour j'aimerais vraiment que tu viennes à Santa Fe pour... enfin, pour faire plus ample connaissance avec Eve.

— Ça me plairait bien. »

Pendant quelques minutes ils gardèrent le silence ; ils regardaient le Sound, les oiseaux qui tournoyaient, et le ferry qui approchait.

« Vous allez vous marier tous les deux ? »

Son père avait ri. Josh ne comprit pas pourquoi. Un rire nerveux, peut-être.

« C'est trop tôt, Joshie. Ta mère et moi ne sommes même pas encore divorcés.

— Je sais, mais Eve et toi vous... enfin, vous vivez ensemble, non ?

— J'habite chez elle en ce moment, en attendant de me trouver un logement.

— Et tu vas travailler là-bas ?

— J'espère. J'en parle à des gens, j'ai trouvé un petit boulot. Je veux recommencer à dessiner des maisons. C'est ça qui me plaisait vraiment, mais une chose en amenant une autre, j'ai laissé tomber. Je ne savais plus vraiment où j'en étais, je suppose. »

Il parut se perdre dans ses pensées. Au bord de l'eau, on voyait un drapeau américain flotter au vent ; le câble de tension tapait contre le pylône.

« Je devrais peut-être me diriger vers des études d'architecte », dit Josh sans le penser vraiment. Il voulait juste faire plaisir à son père, et c'était la première idée qui lui était passée par la tête.

« C'est vrai ?

— Ouais.

— C'est super, Joshie. Je ne savais pas. Tu dessinais bien quand tu étais petit. Et c'était quoi, ce jeu auquel tu jouais sur l'ordinateur ?

— SimCity.

— C'est ça. Tu cartonnais, dis donc !

— J'y joue encore de temps en temps.

— C'est vrai ? » Il mit sa main sur l'épaule de Josh. « Je suis sûr que tu ferais un très bon architecte. »

À l'approche de Syosset, la conversation s'épuisa. Même dans le soleil de la fin d'après-midi, l'ombre de leur foyer brisé pesait sur leur cœur, les réduisant au silence. Josh passa le premier pour entrer ; sa mère s'affaira autour de lui sans jeter un seul regard en direction de son père, qui restait en arrière et attendait timidement. Enfin, après avoir harcelé Josh de questions sur ses vacances et lui avoir fait remarquer qu'il avait besoin de se laver les cheveux, elle se retourna vers son père, lui adressant ce drôle de petit sourire formel.

« Bonjour.

— Bonjour, ma chérie. »

Leurs joues s'effleurèrent, comme deux icebergs à la dérive.

« On a vu une baleine », dit Josh. C'était le genre de remarque qu'aurait faite un enfant de quatre ans.

« Ah bon ?

— Oui. Une baleine franche.

— Ravie d'apprendre qu'elle n'était pas sournoise. »

Josh prit son sac, et se retourna au pied de l'escalier. Son père lui sourit et lui fit le signe de la paix.

« La demi-paix soit avec toi, bonhomme. »

Alors avec le majeur et un demi-index, Josh lui rendit son salut.

Il monta son sac dans sa chambre et laissa ses parents comme deux étrangers, dans le hall d'entrée. Il entendit sa mère murmurer quelque chose d'un ton exaspéré, puis son père répondre avec lassitude. Il s'agissait d'une lettre qu'elle avait reçue des avocats de Ben. Josh ne voulait pas en savoir davantage. Il mit de la musique et appela Freddie sur son portable pour lui demander ce que les copains faisaient ce soir-là, et s'il avait quelque chose de bon à fumer.

DIX-HUIT

L'ennui, c'était qu'on ne pouvait jamais vraiment admirer son travail. Il fallait entrer en douce, tout mettre en place et se tirer aussi vite que possible sans se faire repérer. Au moment où ça flambait, il fallait être à des kilomètres, dans une autre ville. Bien sûr, le lendemain matin, les photos des vestiges encore fumants s'étaleraient dans les journaux mais ça n'était pas aussi grisant que de tout voir partir en fumée.

Ce qu'Abbie préférait, c'était décrire les slogans sur les murs et sur les grandes vitrines des concessionnaires. Son boulot à elle, pendant que Rolf mettait le feu. Durant toute la durée des opérations, le taux d'adrénaline montait, parce qu'à tout moment, un garde de la sécurité pouvait décider de faire sa ronde. Elle commençait à trouver des formules inventives. Les deux dont elle était le plus fière étaient GROS PORCS POLLUEURS, et 4×4 DE SPORT APPORTENT LA MORT, qui avaient l'avantage de sonner bien à l'oreille. Rolf ne voulait pas de trucs trop intellos, parce que les gens risquaient de ne pas comprendre le message. Par exemple, il trouvait SPOLIATEURS ou GÉNÉTICIDES trop obscurs. Il lui disait aussi de varier les slogans et l'écriture pour que les flics les croient nombreux. La seule constante devait être FLT, ou mieux, si le temps et le lieu le permettaient, FRONT DE LIBÉRATION DE LA TERRE.

Il avait pour principe strict de ne pas passer trop de temps sur le site. Traîner, c'était la meilleure façon de se faire prendre, et Abbie ne cherchait pas à le contredire. Pour la première fois de sa vie, elle était heureuse de suivre les instructions de quelqu'un dont elle respectait les opinions, sans discuter. Il savait tellement de choses, c'était dingue. Comme s'il avait un super-ordinateur dans la tête. On pouvait lui demander n'importe quoi, sur la politique, l'environnement, les affaires internationales ou l'historique des droits de l'homme dans n'importe quel petit pays à peine mentionné sur la carte, et il connaissait la réponse. Elle adorait s'asseoir ou s'allonger à côté de lui pour l'écouter parler.

Abbie savait que sa propre fascination et sa docilité tenaient au fait qu'il avait dix ans de plus qu'elle. Et aussi à ce qui se passait entre eux sur le plan sexuel. Dès le début, il lui avait fait découvrir l'extase, la vraie. Il avait un corps magnifique, svelte et souple. Elle le laissait faire des choses qu'elle n'aurait jamais imaginé pouvoir aimer. Si quelqu'un lui en avait parlé avant, elle aurait trouvé ça choquant, dégoûtant, même. On aurait dit qu'il avait ouvert la porte d'une chambre secrète où elle se rendait maintenant volontiers sans qu'il ait besoin de le lui demander.

Mais elle n'était pas idiote. Elle se rendait bien compte qu'il l'avait rencontrée à un moment où de grande vulnérabilité, où la colère et le chagrin la rendaient folle. Mais grâce à lui, en quelques mois à peine, elle avait découvert une véritable raison de vivre. Il lui avait permis de retrouver son amour-propre, et elle était convaincue qu'à eux deux, ils pourraient avoir un réel impact sur la marche du monde. Et pour tout cela, quoi qu'il advienne par la suite, elle lui vouait une reconnaissance éternelle.

À part la semaine où Josh et sa mère étaient venus la voir, ils avaient passé l'été soit sur la route, soit dans la maison de la 4e Rue, toujours vacante. Pendant cette période, ils étaient intervenus chez deux concessionnaires de 4 × 4 de sport (un à Sacramento et l'autre à Portland), brûlant au total dix-huit véhicules. À Portland, ça avait été le pied. Les flammes se voyaient à près de deux kilomètres. L'incendie avait fait la une de tous les journaux et même l'objet d'une émission sur CNN, qu'ils avaient regardée dans une chambre de motel de la banlieue de Seattle, où ils s'étaient planqués pendant quarante-huit heures. Ils avaient passé ces deux jours à rire, à manger des plats tout prêts et à baiser jusqu'à ce qu'Abbie, trop meurtrie, n'en puisse plus. Alors ils s'étaient roulés en boule comme deux animaux blessés et avaient dormi.

En revanche, leur dernière sortie deux semaines plus tôt n'avait pas été un franc succès. Ils étaient allés à Reno pour faire brûler des immeubles qui se construisaient sur des terrains censés être protégés. Mais il y avait eu un problème, et le feu n'avait pas pris. Deux des meilleurs graffitis d'Abbie étaient quand même encore dans les journaux locaux. Elle avait écrit : C'EST LA NATURE QUE VOUS VIOLEZ et : VOUS LES CONSTRUISEZ, ON LES BRÛLE, qui aurait sans doute fait un peu plus d'effet si le feu avait pris. Rolf, furieux, cherchait à comprendre d'où venait le problème. En général, il se servait de mèches de coton imbibées de gasoil et d'un système d'allumage à retardement : un mélange de gel pour les cheveux et de granulés de chlore, de ceux qu'on utilise pour nettoyer les piscines. Il fallait trouver mieux.

Le mois d'août tirant à sa fin, les étudiants commençaient à regagner Missoula. Eric et Todd furent les premiers, suivis de Mel et Scott. Ils avaient mille et une histoires à raconter sur leurs aventures de l'été, et plaignaient Abbie d'être restée coincée à Missoula, où elle avait dû s'ennuyer à mourir. C'était chouette de les revoir, et amusant de ne pas leur révéler son secret. Tous étaient sympas avec Rolf, mais ils ne l'intéressaient pas, et quand la maison fut pleine, il s'éclipsa. Il déclara être obligé de partir quelques jours. Il ne disait jamais où il allait, et Abbie ne le lui demandait pas, mais cette fois elle avait son idée. Il lui suggéra de chercher un autre logement pendant qu'il serait parti, un endroit où ils pourraient habiter – rien que tous les deux.

Comme la rentrée universitaire approchait, c'était un peu tard. Tous les endroits corrects étaient déjà loués. Après trois jours de recherches, Abbie trouva une chambre dans une maison délabrée à l'angle de Helen Street. À l'extérieur, le bâtiment était revêtu de planches moisies, et la chambre elle-même était sombre et sentait l'humidité. Bien que située à l'étage, elle bénéficiait d'une entrée indépendante en haut d'un escalier de secours en bois à moitié pourri, que Sox eut du mal à monter les premiers jours. La salle de bains avait la taille d'un placard et dans la cuisine, chaque surface était recouverte d'une pellicule de graisse. Mel l'aida à déménager, puis elles s'attelèrent au ménage et finirent par passer une couche de peinture blanche sur les murs. Pour cinq dollars, Abbie acheta une paire de rideaux en velours rouge à l'Armée du Salut de Broadway. Au début de la semaine suivante, quand Rolf appela pour dire qu'il rentrait « à la maison », elle s'y croyait presque.

Il ne disait jamais à quelle heure il rentrerait, et

Abbie avait appris à ne pas le lui demander. Parfois il arrivait à cinq heures du matin, se glissait sous les draps et lui faisait l'amour.

C'était le lendemain de la rentrée universitaire. Abbie avait des TP de bio de deux heures, mais décida de les sécher. Elle mit Sox dans le panier métallique sur le porte-bagages et partit à vélo à l'épicerie fine acheter quelque chose de bon pour le dîner.

Rolf était un végétarien pur et dur, alors elle l'était devenue aussi, mais l'odeur du poulet grillé ou du bacon frit pouvait encore avoir raison de ses nobles principes. Elle opta pour des aubergines parmigiana, un des plats préférés de Rolf. Elle acheta des aubergines, des tomates, du basilic, de la mozzarella et du parmesan. Le tout issu de la culture bio. Il n'était pas aussi strict sur ce point, mais presque.

Ce soir-là, Hacker organisait une fête, et Mel appela pour essayer de convaincre Abbie de venir. Toute la bande serait là. Pourquoi ne pas amener Rolf ? S'il rentrait tard, elle pouvait laisser un message pour lui dire de les rejoindre.

« Oh, tu sais, je crois que je vais rester ici. J'ai un devoir à rendre et...

— Allez, Abbie, viens, on va s'éclater.

— Je sais, mais ça ne me dit pas trop.

— Vous commencez à ressembler à un vieux couple, tous les deux.

— Je sais. Je vais bientôt lui tricoter un pull. »

Ils étaient tous intrigués par Rolf. Tout ce qu'ils savaient, c'est qu'elle l'avait rencontré à Seattle, et que c'était le type qui l'avait « sauvée » quand la manif avait tourné au vinaigre. Mel trouvait l'histoire super-romantique et l'avait déjà surnommé Le Preux Chevalier. Ils voulaient tous savoir ce qu'il faisait et d'où il venait, alors Abbie leur avait donné la version officielle : il préparait une thèse à l'université de l'État de Washington sur « Les changements sociaux et environnementaux à l'échelle internationale », mais il prenait son temps. Elle ajoutait en riant : « Il faut prendre son temps rien que pour dire le titre », puis changeait rapidement de sujet. Même si elle avait voulu leur dire la vérité, elle n'aurait pas pu ajouter grand-chose.

Elle mit la table, sur laquelle elle posa des bougies et une bouteille de vin, puis prépara les aubergines et une salade. Tout était prêt pour huit heures. Deux heures plus tard, après qu'elle eut promené Sox encore une fois jusqu'au parc et le long de la rivière, Rolf n'était toujours pas rentré et n'avait pas appelé sur le portable. Alors, elle sortit du four le plat qui était en train de se dessécher, et mangea seule, en lisant une biographie de Fidel Castro que Rolf lui avait recommandée. Elle n'aurait sans doute jamais osé le lui avouer, mais elle la trouvait franchement indigeste.

Il débarqua à huit heures et demie le lendemain matin, juste au moment où elle sortait avec Sox pour aller faire deux ou trois bricoles sur le campus avant le début des cours. Comme d'habitude, il avait un nouveau véhicule. Il s'agissait presque toujours de camionnettes ordinaires et discrètes. Cette fois-ci, c'était une vieille Nissan grise. Abbie ne lui demandait jamais où ni comment il se les procurait.

Debout sur le petit palier au sommet de l'escalier de secours, elle le regarda monter. Sox attendait à côté d'elle, prêt à faire la fête, mais pas encore assez confiant pour descendre à sa rencontre. Rolf ne sourit pas et ne dit rien, se contentant de la fixer. Une fois en haut, il entra sans s'arrêter ; elle le suivit à l'intérieur et ferma la porte. Toujours sans un mot, il se retourna, glissa ses mains sous son blouson et la prit par les hanches pour l'embrasser, puis il lui saisit le poignet et l'emmena jusqu'au lit pour la baiser.

Ils étaient assis par terre en tailleur, le plan de la ville et les photos que Rolf avait prises étalés devant eux. Il les avait toutes numérotées et avait rédigé une description détaillée au dos de chacune. La vidéo qu'ils regardaient maintenant sur l'écran de son caméscope était beaucoup moins nette parce qu'il avait été obligé de filmer à l'arrière de la camionnette. Il commentait au fur et à mesure que le film défilait.

La rue était bordée d'arbres, avec des voitures en stationnement de chaque côté. Le quartier était chic mais pas aussi huppé qu'Abbie l'avait imaginé, juste un banal quartier résidentiel aux maisons de taille raisonnable, relativement espacées et en retrait par rapport à la rue. On voyait des jardins paysagés et de belles voitures garées dans les allées. Mais il n'y avait pas de clôtures ni de grilles ni d'écriteaux ATTENTION, GARDES ARMÉS. Rolf avait zoomé.

« C'est la maison ?

— Mm-mmm. »

Il mit sur « pause ».

« La rue est tranquille. Le soir, après minuit, il passe à peine deux ou trois voitures par heure.

— C'est sa voiture dans l'allée ?

— Ils la laissent là pour faire croire qu'il y a quelqu'un. À l'intérieur, ils ont des lumières qui s'allument automatiquement pour donner la même impression. Elles s'allument et s'éteignent exactement à la même heure chaque soir.

— Ce n'est pas vraiment un palais. Je m'attendais à quelque chose de plus tape-à-l'œil.

— Ne le plains pas trop. Ils ont une maison à Aspen et une autre à Miami, où madame passe le plus clair de son temps. Lui, il habite ici seulement quand il est à Denver, et encore, neuf fois sur dix il est à l'autre bout de la ville pour baiser sa maîtresse.

— Comment tu sais tout ça ? »

Il lui lança un regard dissuasif, sans répondre. C'était le genre de question qu'elle n'était pas censée poser. À l'évidence, il avait accès à un réseau d'information, mais il s'était borné à lui dire qu'il connaissait « des gens » qui pouvaient lui fournir des renseignements. Une fois, elle lui avait demandé si la femme du squat à Seattle, celle qui travaillait sur l'ordinateur portable, faisait partie des gens en question. Mais Rolf avait répliqué que mieux valait ne pas parler de ces choses-là, qu'il était plus prudent pour elle de ne pas être au courant. Abbie aurait aimé ne pas être atteinte ni blessée, mais elle n'y parvenait pas. Elle avait le sentiment qu'en lui cachant tout il la traitait comme une gamine et ne lui faisait pas confiance.

« Bon, dit-elle, mais comment être sûrs que le soir où on va passer à l'acte, il n'y aura personne ? Ils ont des enfants, non ?

— Deux garçons. Tous les deux en fac dans une autre ville. De toute façon, j'ai leur numéro de téléphone. Il y a une cabine pas loin. Il suffira d'appeler. Si quelqu'un répond, on laisse tomber. »

Il remit le magnétoscope sur « lecture ». Ils voyaient maintenant un autre endroit, une ruelle étroite bordée d'arbres dont les branches se rejoignaient pour former une sorte de tunnel. D'un côté se dressait un mur en béton avec des portails et des poubelles.

« La façade est trop en vue, et il y a des capteurs de mouvement qui actionnent des lampes. Ça, c'est la ruelle derrière. Il y a peut-être des capteurs, mais si les lampes s'allument, personne ne verra rien. Les arbres feront écran. »

L'image était sombre et tremblante, mais comme le caméscope avait été levé pour filmer par-dessus le mur, Abbie put se faire une idée de l'arrière de la maison. Une piscine flanquée d'un petit pavillon aux murs blancs, une pelouse en pente avec des massifs de fleurs, des portes vitrées.

« Il doit y avoir un système d'alarme.

— Dans la maison ? Bien sûr.

— Alors, comment on met le feu ? Si tu casses une vitre, l'alarme se déclenchera. »

Il sourit.

« Ils ont un chat. T'en fais pas, la femme l'emmène partout avec elle. En ce moment, il se chauffe sûrement au soleil de Floride. Mais il y a une chatière dans la porte de la cuisine. On attache un bidon d'essence sur le dos de Sox et on l'envoie à l'intérieur.

— Hein ! »

Il sourit de toutes ses dents. Rolf ne plaisantait pas souvent, et quand ça lui arrivait, il n'y avait en général pas de quoi se rouler par terre, mais elle se sentit stupide de s'être laissé prendre cette fois-ci. Couché sur le canapé, Sox les regardait, la tête posée sur les pattes avant. Rolf lui caressa les oreilles.

« Il faut bien que ce clebs commence à gagner sa vie.

— Oh, mon bébé, c'est toi que Papa appelle un clebs ? »

Elle prit Sox dans ses bras. Il se trémoussa et essaya de se redresser pour lui lécher le visage.

« Il va falloir que je me débrouille sur place, poursuivit Rolf. J'ai trouvé un meilleur système d'allumage, mais je serai peut-être obligé d'utiliser de l'essence. Je percerai un trou et je l'enverrai dans un tuyau. Mais ça, c'est mon problème. »

Le cœur d'Abbie battait à cent à l'heure. Jusqu'à présent, ils n'avaient rien entrepris d'aussi sérieux. Les concessionnaires de véhicules tout-terrain et les immeubles vides restaient anonymes, finalement, alors que là, ça devenait personnel. Ils avaient devant eux des photos de la maison de JT McGuigan, de McGuigan Gas & Oil, l'homme qui avait saccagé le ranch de Ty et bousillé la vie de ses parents en leur ôtant leurs moyens de subsistance. Ce salaud allait payer. Ils allaient réduire sa maison en cendres. Abbie aurait presque voulu que McGuigan brûle avec.

Mais le FLT était farouchement opposé à la violence. Elle connaissait les consignes par cœur. Il était légitime de causer des *dégâts matériels* à ceux qui détruisaient la planète, mais il fallait prendre *toutes les précautions nécessaires afin d'éviter de blesser les êtres vivants, qu'il s'agisse d'humains ou d'animaux*. Une définition qui malheureusement semblait inclure les porcs criminels comme JT McGuigan.

Avant juin, quand Rolf lui avait révélé sa vie secrète, partiellement du moins, Abbie n'avait encore jamais entendu parler du FLT. Elle l'avait d'abord soupçonné de lui faire le vieux numéro de l'homme mystérieux, mais les mois passant, elle en était venue à croire qu'il n'y avait pas grand-chose d'autre à dire. Le groupe s'était constitué sur le modèle du Front de libération des animaux, qui visait les élevages d'animaux à fourrure et les laboratoires pratiquant la vivisection. Les membres du FLT, Rolf inclus, pensaient que le mouvement écolo s'était égaré, qu'il s'était fait émasculer puis récupérer par des juristes et des organisations devenues aussi gigantesques, corrompues et bureaucratiques que les corporations et les ministères qu'elles étaient censées combattre.

Le FLT n'avait ni structure centrale, ni hiérarchie, ni dirigeants. C'était un groupement d'individus écoutant leur conscience et agissant seuls ou par cellules, comme Abbie et Rolf. Tant qu'ils suivaient les consignes, ils pouvaient frapper où et quand ils voulaient.

L'idée de mettre le feu à la maison de McGuigan venait d'Abbie ; elle était contente et fière que Rolf l'ait acceptée si volontiers. Elle agissait pour Ty et ses parents, pour les venger, et pour dire à tous les salauds cupides et tyranniques comme McGuigan que leurs manips étaient purement et simplement inacceptables. Il y avait une autre raison, bien sûr, qu'Abbie n'aurait jamais confiée à qui que ce soit, et qu'elle s'avouait à peine à elle-même. Puisqu'elle le faisait pour Ty, peut-être qu'avec le temps elle se sentirait un peu moins coupable de l'avoir laissé tomber.

En mai, après sa visite au ranch, il l'avait appelée presque tous les jours, lui demandant de revenir ou proposant d'aller la voir à Missoula. Mais elle avait toujours trouvé une excuse, et maintenant il ne l'appelait presque plus. Elle ne lui avait pas parlé de Rolf et n'avait même pas laissé entendre qu'elle avait quelqu'un d'autre dans sa vie. Peut-être aurait-elle dû le lui dire. Mais elle n'avait pas le courage de lui faire de la peine. De toute façon, elle avait l'impression qu'il avait deviné. Et puis, qu'est-ce que ça pouvait bien faire ? Il appartenait à son passé. À sa vie d'avant. Il était gentil mais elle n'avait rien à foutre de toutes ces conneries de *je t'aime*.

Rolf arrêta le caméscope et referma le portable.

« Alors, dit Abbie, c'est pour quand ? »

Dix-neuf

Tout se présentait comme il l'avait dit. Ils étaient passés trois fois devant la maison dans la Toyota d'Abbie et avaient vu les lumières s'allumer et s'éteindre comme prévu, à la seconde près. La voiture était garée dans l'allée comme sur la vidéo. Vers minuit, ils reprirent l'autoroute et firent trois ou quatre kilomètres jusqu'à une station-service où ils achetèrent des sandwichs, des fruits et une bouteille d'eau, puis trouvèrent un petit parc pour que Sox aille faire ses besoins.

Rolf râlait tout le temps parce que Abbie insistait pour emmener le chien, mais elle refusait de bouger sans lui, disant qu'il était leur mascotte. De plus, il leur servait de couverture parce qu'il leur donnait l'air d'un couple pantouflard, presque une petite famille. Et jusque-là, lors des trois précédentes sorties, le brave toutou avait été sage comme une image. Roulé en boule dans la camionnette, il avait attendu. La seule concession d'Abbie était d'enlever la plaque attachée au collier où figuraient son nom et son numéro de téléphone en cas de perte.

Toute la semaine, il avait fait beau et doux, mais le mois de septembre tirait à sa fin, et les nuits étaient fraîches. La météo avait annoncé des nuages arrivant par l'ouest, qui masquaient déjà les étoiles. Abbie et Rolf avaient laissé la camionnette dans une rue tranquille le long d'un terrain vague proche de la voie express, et à deux heures moins le quart, ils la récupérèrent, laissant la Toyota à sa place. Ils mirent leurs vestes sombres et vérifièrent qu'ils avaient bien tout ce dont ils auraient besoin, puis retournèrent devant la maison, juste à temps pour voir les lumières s'éteindre à deux heures et neuf minutes, comme Rolf l'avait annoncé. Ils se garèrent à côté de la cabine téléphonique, trois carrefours plus loin ; Abbie attendit dans la camionnette, fredonnant un petit air pour se calmer, et le regarda composer le numéro. Il écouta quelques instants, puis raccrocha et revint.

« Juste le répondeur.

— J'espère que t'as laissé un message ! »

Malgré son angoisse, elle s'efforçait de paraître détendue. Il ne répondit pas, lui lança juste un de ces regards dont il avait le secret, et démarra. Abbie se dit que certaines personnes laissent leur répondeur prendre les messages même quand elles sont chez elles, mais garda sa réflexion pour elle. Il lui avait déjà fait remarquer que son inquiétude tournait à l'obsession et qu'il était absolument certain qu'il n'y avait personne. Il avait vérifié. La femme et les fils étaient loin, et McGuigan avait pris l'avion pour aller assister à un congrès sur le gaz à Houston.

Ils ne prirent pas le même chemin au retour, et une fois dans la rue, ils contournèrent la maison pour se retrouver dans la ruelle de derrière. Phares éteints, ils avancèrent doucement sous le tunnel de verdure. Ils regardèrent dans tous les jardins sans voir aucun signe de vie.

À quelques mètres du portail de McGuigan, ils s'arrêtèrent, coupèrent le moteur, baissèrent les vitres et écoutèrent le silence de la nuit. Quelque part, dans une des propriétés qu'ils avaient longées, un chien aboyait. Mais il se lassa vite et se tut. Tout ce qu'Abbie entendait, c'était son propre pouls qui accélérait. Sox était roulé en boule dans son petit panier à l'arrière. Il les regardait, coincé entre les bidons de gasoil et d'essence d'un côté, et de l'autre, le sac à dos noir où Rolf avait rangé tous ses outils et le nécessaire pour le système d'allumage.

Ils mirent leurs bonnets et leurs gants noirs ; Abbie vérifia une fois de plus qu'elle avait bien les deux bombes de peinture noire dans ses poches. Elle savait déjà ce qu'elle allait écrire sur les murs du pavillon qui, d'après Rolf, ne seraient pas touchés par les flammes.

« Prête ? »

Elle acquiesça.

« Portable éteint ?

— Oui.

— Alors on y va. »

Le portail était fermé à clef, mais le mur pouvait s'escalader facilement. Rolf sauta et bascula par-dessus. Abbie lui fit passer son sac et les bidons de carburant. Puis il se hissa à nouveau pour l'aider. Ils restèrent quelques secondes accroupis dans la cour, le temps nécessaire pour s'habituer à l'obscurité. Le souffle de leur respiration embuait la nuit fraîche. Abbie regarda le ciel. Quelques étoiles brillaient encore entre les nuages qui se faisaient plus nombreux. Rolf mit son sac à dos et saisit les deux bidons de carburant.

« Tu me suis », murmura-t-il.

Il partit vite sur la droite, sans se redresser, genoux pliés et épaules penchées en avant. Un sentier menait directement à la piscine et à la pelouse, mais il resta sur le côté, et ils se dirigèrent vers la maison, protégés par l'ombre des arbres qui longeaient la clôture, se faufilant entre les arbustes et les massifs de fleurs.

Les lumières de sécurité, si elles existaient, ne s'étaient pas encore allumées. Sans perdre de temps, Rolf guidant Abbie, ils passèrent devant la piscine et le pavillon, puis franchirent un muret en ciment. Ensuite ils longèrent le bord de la pelouse jusqu'à la terrasse dallée de la maison. Toujours pas de lumières. Rolf posa les bidons, enleva son sac qu'il déposa délicatement entre ses pieds. Ils restèrent quelques instants sans bouger, haletants, le dos plaqué contre les briques froides du mur. Ils tendirent l'oreille. Au loin, le ronronnement de la circulation se faisait entendre, mais rien d'autre.

La porte équipée de la chatière n'était plus qu'à quatre ou cinq mètres d'eux. Plus loin, à l'arrière de la maison, on voyait la saillie d'une sorte de salon d'hiver ou de serre, avec une baie vitrée et des stores à moitié baissés. Rolf était sur le point d'avancer quand, cherchant à percer l'obscurité, Abbie vit quelque chose. Sous la véranda. Dans la pénombre. La tête et les épaules de quelqu'un qui regardait dehors. Elle mit sa main sur l'épaule de Rolf.

« Il y a quelqu'un. »

Il se retourna, et elle lui fit un signe de tête. Il suivit son regard, et pendant plusieurs secondes interminables, ils restèrent figés. Puis Rolf murmura :

« Putain, c'est une plante ! »

Il avait raison. Elle la voyait maintenant. Ce n'était qu'un simple palmier ou un ficus. La pièce en était pleine. Elle se sentit bête.

« Combien de fois faudra-t-il que je te le répète ! Ils ne sont pas là. Allez, prends les bidons. »

Il ramassa le sac à dos, s'avança vers la porte et s'accroupit à côté. Abbie suivit avec le carburant. Elle regarda par-dessus son épaule quand il appuya doucement sur la chatière. Qui bascula. Rolf se tourna vers Abbie en lui adressant un large sourire.

« Tu vois ? Il voulait nous faciliter la tâche. Allez, vite, va écrire tes trucs, j'en ai pas pour longtemps. Et reste là-bas, je passerai te récupérer. »

Il ouvrit le sac. Abbie reprit la direction du pavillon. Elle se sentait toujours complètement idiote et était si occupée à s'accabler de reproches qu'elle en oublia le muret en ciment, buta dessus et tomba tête la première dans un buisson. Une des branches lui griffa le visage, manquant de peu son œil gauche. Elle faillit crier, mais réussit à se retenir. Elle se releva tant bien que mal et se dirigea plus prudemment vers le pavillon.

Un des murs était couvert de lierre, mais celui qui donnait sur la maison était parfait. On aurait même dit que quelqu'un l'avait lavé et blanchi tout exprès pour l'occasion. Elle sortit une des bombes de peinture noire de sa poche et se mit au travail.

Rolf l'avait mise en garde contre des allusions trop directes au ranch de Ty ou même à la région, alors elle fit deux grands FLT, un dans chaque angle. En bas, elle écrivit ASSASSIN DE LA NATURE et HALTE AUX FORAGES SAUVAGES. Et sur toute la longueur, en plein milieu, elle commença à tracer LES MAGNATS DU GAZ PAIERONT, mais il n'y avait pas assez de peinture dans la première bombe pour écrire PAIERONT. Elle cherchait la seconde quand elle entendit un bruissement de feuilles et un déclic derrière elle.

« Tu te crois où ? »

Elle fit un bond. On lui braquait une torche en plein dans les yeux et pendant un instant elle fut complètement aveuglée. Puis elle distingua le canon d'un fusil, dirigé droit sur sa poitrine.

« Bouge pas ! Pas un geste ! Compris ? Tu restes où tu es. J'ai déjà appelé les flics. Ils arrivent. Mais si tu bouges je t'explose la tête ! »

Éblouie par la torche, elle ne pouvait se faire qu'une vague idée de son visage. Mais il était jeune, à peine plus de vingt ans. Elle remarqua qu'il était pieds nus.

« C'est pas vrai ! Une fille ? »

Elle acquiesça. À cet instant précis, elle perçut un mouvement derrière lui. S'il avait été avec quelqu'un d'autre, il aurait sûrement appelé. C'était peut-être Rolf. Ça ne pouvait être que lui. Elle s'efforça de ne pas broncher, de ne même pas battre d'un cil.

« Qu'est-ce que c'est que ça ? »

Il essayait de lire les inscriptions derrière elle.

« FLT ? Ça veut dire quoi ? »

C'est alors qu'elle vit clairement Rolf. Il s'approchait tout doucement derrière le jeune homme. Il n'était plus très loin. Le moindre bruit, une brindille cassée, et le type allait se retourner et tirer. Il fallait parler, essayer de le distraire pour qu'il n'entende pas.

« Écoutez, je suis désolée...

— Désolée ? Tu ne manques pas d'air !

— Vous ne voulez pas baisser votre lampe ?

— Bouge pas, j'ai dit !

— Je paierai.

— Quoi ?

— Je paierai. Pour les dégâts. C'est vrai. Ça n'était qu'une blague, en fait... »

Rolf était maintenant juste derrière lui. Il avait un objet dans la main, une sorte de matraque, un bout de bois ou peut-être une clé à molette. Au moment où il levait le bras, il y eut un grand bruit et la maison s'éclaira. Le type se retourna et vit Rolf sur le point de frapper. Il esquiva et le coup l'atteignit à l'épaule au lieu de la tête. Rolf plongea sur le fusil, qu'il saisit par le canon. Le type laissa tomber la torche, alors Abbie lui sauta sur le dos et essaya de lui emprisonner le cou.

L'arrière de la maison était maintenant illuminé par les flammes, qui sortaient par la porte de la cuisine et la fenêtre voisine. Ensuite il y eut une seconde explosion beaucoup plus puissante. Les vitres de la véranda volèrent en éclats, faisant appel d'air. Rolf et son adversaire se disputaient le fusil ; ils grognaient, hurlaient et juraient. Abbie, toujours sur le dos du type, lui tirait la tête en arrière de toutes ses forces, s'agrippant à ses cheveux. Il vociférait tant qu'il pouvait et essayait de la faire tomber, sans lâcher le fusil.

Alors le coup partit. Abbie eut l'impression d'avoir reçu une ruade en pleine poitrine. La détonation lui fit exploser les tympans. Puis plus rien ne bougea. Les yeux écarquillés, elle vit Rolf basculer tandis que derrière lui, la maison flambait, et elle crut que c'était lui qui avait été touché. Elle avait toujours les bras serrés autour du cou du type, mais il ne se débattait plus, alors elle desserra lentement son étreinte et, malgré les sifflements dans ses oreilles, l'entendit gémir, puis sentit qu'il commençait à s'effondrer sous elle. Il tomba à genoux. Elle recula. À la lumière de la torche tombée au sol, elle vit la tache sombre s'agrandir sur le dos de son sweat-shirt.

Ensuite il se mit à faire un bruit horrible, une sorte de gargouillis. Effrayée, elle le contourna pour aller rejoindre Rolf. C'est alors qu'elle vit le sang jaillir du trou noir et fumant que le jeune homme avait dans la poitrine.

« Oh, mon Dieu, dit-elle, mon Dieu. »

Il regardait son torse avec des yeux incrédules, puis releva lentement les yeux vers Abbie et ouvrit la bouche comme s'il voulait lui dire quelque chose.

Rolf saisit le bras d'Abbie et l'entraîna :

« Viens.

— On ne peut pas...

— On n'a pas le temps ! »

Il la tira dans l'allée jusqu'au portail. Abbie essayait de courir mais ne pouvait s'empêcher de se retourner pour regarder le jeune homme et la maison en flammes. Elle tomba deux fois, et Rolf dut s'arrêter et la relever. En fait, le portail n'était pas fermé à clef ; les propriétaires avaient seulement donné un tour de verrou. Rolf l'ouvrit. Ils étaient maintenant dans la ruelle et couraient vers la camionnette. Ils ne l'avaient pas fermée, précisément au cas où ils devraient s'enfuir précipitamment. Rolf ouvrit la portière et poussa Abbie sur le siège passager, puis referma, fit le tour, s'assit et fouilla dans ses poches pour trouver les clefs.

« Merde ! dit-il. Merde ! Merde ! Merde ! »

Il ne les trouvait pas. Ils entendirent un cri dehors, quelqu'un qui hurlait : « Hé là ! Stop ! » Ils se retournèrent et virent par la vitre arrière un homme qui courait vers eux. Rolf, qui avait retrouvé ses clefs, mettait le contact. Le moteur démarra au quart de tour, mais l'homme les avait rattrapés et il réussit à ouvrir les portes arrière au moment où la camionnette démarrait.

« Arrêtez-vous ! Arrêtez, fils de pute ! »

Il devait avoir la quarantaine, mais il était costaud et avait l'air sportif. Il essayait de grimper dans la camionnette qui avait pris de la vitesse. Sox, qu'Abbie avait complètement oublié jusque-là, s'était levé et aboyait. Elle essaya de l'attraper, mais il était trop loin et trop effrayé pour se laisser faire. Le type avait un genou sur le marchepied et essayait d'y mettre l'autre. Mais ils arrivaient au bout de la ruelle, et Rolf donna un grand coup de volant à droite. La camionnette fit une embardée avant de s'engager dans la rue, dérapa, puis vira sur deux roues dans un crissement de pneus. Le type lâcha prise et alla valser dans la ruelle comme une poupée de chiffon. Tout le contenu du coffre tomba avec lui, Sox compris.

« Arrête ! hurla Abbie, on a perdu Sox !

— T'es pas folle !

— Sox est plus là ! Il est tombé !

— Pas question.

— Rolf, il faut t'arrêter ! »

Elle essaya de tirer le frein à main. Il la repoussa violemment, l'envoyant vers la droite, où l'arrière de sa tête cogna contre la vitre.

« Salaud !

— La ferme ! Tu vas te taire, oui ! »

Abbie se retourna mais ne vit aucune trace du chien. Elle regarda ses mains, qui étaient couvertes de sang, et se mit à pleurer.

En quelques secondes à peine, tout avait basculé, et elle se sentait en plein cauchemar. Elle n'arrivait pas à y croire. Dans sa tête, les images tournoyaient comme dans un kaléidoscope : la maison en feu, le type à genoux qui regardait le trou dans sa poitrine, et son regard quand il avait levé la tête vers elle.

À travers un rideau de larmes, elle regarda Rolf. Le visage crispé par la concentration, il respirait fort et conduisait comme un fou dans le labyrinthe des rues endormies. Elle vit les maisons, les magasins, les phares d'une voiture dans l'autre sens, puis une ambulance, gyrophare et sirène en action.

« Il faut retourner là-bas.

— La ferme.

— C'était un accident. On va leur dire. Il faut y retourner pour leur dire.

— Abbie, ferme-la.

— Rolf, et si le type meurt ? Ils vont croire qu'on l'a tué !

— Il est déjà mort, pauvre conne ! »

Maintenant qu'ils étaient sur la quatre-voies, il ralentit un peu. Son regard passait sans cesse de la route au rétroviseur. Ils entendirent d'autres sirènes, virent d'autres gyrophares, et deux voitures de police qui se rapprochaient d'eux très vite dans l'autre sens. Mais elles les croisèrent sans ralentir.

« Nom de Dieu ! Arrête de pleurer ! »

Il y avait des panneaux de sorties vers l'autoroute. Une autre voiture de police passa, puis plus rien. Rolf ralentit, regarda dans le rétroviseur, tourna une première fois dans une petite rue, puis encore deux ou trois fois. Enfin, il longea le terrain vague et se gara derrière la Toyota.

« Grouille, Abbie. Allez, grouille-toi ! »

Mais elle ne pouvait pas. Ses jambes étaient comme paralysées. Elle regardait fixement ses mains. Elle avait essayé d'essuyer le sang sur son pantalon, mais il en restait sous ses ongles et dans les plis des articulations.

Rolf sortit d'un bond, déverrouilla la Toyota, puis revint en courant sortir Abbie de la camionnette et la traîner sur le trottoir, tout en s'assurant qu'ils n'étaient ni suivis ni observés. Il la poussa à l'intérieur et claqua la portière. Elle l'entendit ouvrir le coffre et prendre quelque chose. Après quelques secondes de silence, il referma le coffre, monta dans la voiture et démarra. Il fit demi-tour, s'arrêta à la hauteur de la camionnette et baissa sa vitre. Celle de la camionnette était ouverte. Il gratta une allumette qu'il jeta dedans tout en appuyant à fond sur l'accélérateur. Abbie se retourna. Elle sentit l'air se comprimer et vit la camionnette exploser derrière eux.

Peu après, ils étaient sur la voie express, sous les arches de lumière orange qui défilaient comme autant de portes de l'enfer, et quand ils sortirent de la ville, ils s'enfoncèrent dans les ténèbres. Obnubilée par la vision de ses mains ensanglantées, étrangères, Abbie ne se souciait plus de savoir où ils allaient, ni vers quelle vie, à supposer qu'elle en eût encore une.

VINGT

S'il y avait une chose qu'Eve détestait encore plus que d'être photographiée, c'était d'avoir à répondre à des questions sur son travail. Alors une interview pour une chaîne de télé locale était un double supplice. Le journaliste, qui paraissait âgé de quatorze ans au plus, avait déjà avoué qu'en principe, il s'occupait de basket et ne connaissait rien à l'art. Ce n'était pas de la fausse modestie, il était réellement ignare.

Eve se retrouvait coincée devant une de ses dernières toiles, qu'elle n'aurait sans doute pas choisi de commenter parce qu'elle ne l'aimait pas plus que ça. En fait, elle ne l'aurait pas exposée si Lori n'avait pas insisté. Mais la femme qui tenait la caméra aimait bien les couleurs et trouvait qu'en arrière-plan, c'était plutôt réussi. De plus, elle pourrait mettre quelques invités dans le champ, ainsi que la jolie plante verte à côté de la fenêtre.

« Donc, commença l'ado, est-ce que vous, euh... procédez par étapes ? Par exemple, euh... vous peignez d'abord un petit morceau, puis un autre, et ainsi de suite, ou alors vous, euh... vous vous lancez d'un seul coup et vous, euh... vous peaufinez après ? »

Eve voyait Ben, appuyé contre le mur, un verre de

vin rouge à la main. Il parlait avec Lori, mais elle devinait à leur sourire qu'ils écoutaient l'interview. Les salauds.

« Eh bien, en fait, ça dépend du tableau. Pour celui-ci, par exemple, j'avais une idée très précise des formes que je voulais et des relations que je souhaitais établir entre elles. Alors, d'une certaine manière, j'ai suivi mon instinct. Mais à chaque fois, fatalement, quelque chose se produit, qui modifie tout. Un accident, si vous voulez. »

L'ado eut l'air perplexe.

« Vous voulez dire, comme un accident de voiture, c'est ça ?

— Non. En réalité, je faisais allusion à ce qui se produit sur la toile. On commet une erreur, et puis tout d'un coup, on recule et on se rend compte que le résultat est meilleur que ce qu'on avait en tête au départ. »

À l'évidence, il était complètement largué. Peut-être fallait-il se mettre à parler basket.

La galerie était plus fraîche et plus calme maintenant que le public avait commencé à partir. Le vernissage s'était très bien passé, bien qu'Eve ne connût pratiquement personne. Elle savait que Lori s'était donné beaucoup de mal pour établir la liste des invités parce qu'elle avait essayé d'attirer de nouveaux acheteurs. Ils n'avaient donc pas vu les copains habituels ni les pique-assiettes, ceux qui en général ne venaient que pour le pinot noir et les canapés. Pour décourager ces parasites, beaucoup de galeries ne servaient rien de plus intéressant que du punch léger lors des vernissages, mais Lori, elle, avait laissé le vin couler à flots tout en vendant très bien. Toute la soirée, Eve l'avait regardée s'affairer et coller des petites pastilles colorées en bas des toiles. Beaucoup de rouges, ce qui voulait dire que de l'argent avait changé de mains et que l'affaire était pour ainsi dire conclue. Les vertes, plus nombreuses encore, signalaient que la toile avait été réservée pour une semaine, sans acompte. Pas de quoi sauter au plafond. En règle générale, cela voulait dire que quelqu'un avait un peu trop forcé sur le vin, et aurait tout oublié le lendemain.

L'ado semblait ne plus savoir quoi demander. Dieu merci. Depuis un bon moment déjà, Eve ne savait plus quoi lui répondre.

« Je vous remercie beaucoup, dit-il.

— Mais de rien. Merci à vous d'être venus. »

Il s'éloigna avec son équipière pour prendre d'autres photos des toiles, et Eve adressa une grimace à Lori et Ben avant d'aller les rejoindre. Ben lui tendit un verre de vin, qu'elle accepta.

« Impressionnant, dit-il.

— Tu parles. En voyant vos petits sourires en coin, je n'ai pas pu aligner deux idées cohérentes.

— Lui non plus. Vous faisiez une très belle paire. »

Il l'entoura de ses bras et l'embrassa sur la joue. Lori se pencha vers elle pour qu'ils soient seuls à entendre.

« On a très très bien vendu, dit-elle sur le ton de la confidence. Tu as vu ? Vingt-trois, peut-être même vingt-quatre. C'est génial !

— Et Lori m'a dit que cette fois, elle ne prenait que 5 %.

— Ne rêve pas, ma cocotte. »

Ils éclatèrent de rire. Puis Lori annonça qu'elle devait les laisser pour aller aider Barbara, son assistante, qui était seule pour encaisser les acomptes et s'occuper de la paperasse. Eve regarda Ben. Qu'il était séduisant avec sa chemise en lin noire et son pantalon blanc. Il n'avait pas lâché sa taille, qu'il serra un peu plus fort.

« Je suis très fier de toi.

— Oh, ça va.

— J'aurais voulu que tu entendes les commentaires des gens. Ils étaient épatés.

— C'est vrai ?

— Hm-mmm. Ils ont dit que c'était le meilleur pinot noir qu'ils aient jamais bu à un vernissage. »

Elle lui pinça le bras.

« Trêve de plaisanterie. Ils étaient fascinés. Tu aurais pu vendre ces deux anges-loups au moins vingt fois. Tu vois la femme de Los Angeles ? Celle qui avait une robe rouge et des boucles d'oreilles ? Elle est restée devant sans bouger pendant au moins dix minutes. Au bord des larmes.

— Ce n'est pas forcément bon signe.

— Si. Elle a adoré. Elle a eu une révélation. »

Elle sourit et l'embrassa.

« Je t'aime », dit-elle doucement.

Ils sortirent dîner chez El Farol avec Lori et son petit ami du moment, un certain Robert, qui travaillait sur une installation militaire hi-tech à San Diego, et venait souvent à Los Alamos pour des réunions top secrètes, au point qu'il avait à peine le droit de s'avouer à lui-même de quoi il s'agissait. C'était un petit type maigrichon avec des lunettes à monture dorée, un visage pointu, et l'habitude de lancer des informations qui n'étaient pas inintéressantes, mais ne débouchaient jamais sur une véritable conversation. Ben était capable de l'imiter à merveille.

« Vous savez combien il y a d'habitants sur terre ? » demanda Robert entre deux cuillerées de crème brûlée.

Ils avaient tous oublié.

« Six milliards. »

Il les laissa méditer un instant.

« Et vous savez combien il y a d'oiseaux ? »

Personne ne le savait.

« Cent milliards ! »

Il répéta le chiffre, au cas où quelqu'un n'aurait pas saisi.

« Vous savez quelles sont les proportions de terre et de mer sur la planète ?

— Non, dit Ben. Mais j'ai l'impression qu'on ne va pas tarder à l'apprendre. »

Robert ne releva pas. Eve regarda Ben et fit un effort pour garder son sérieux.

« Un tiers de terre, et deux tiers de mer. Ce qui revient à cinq cent neuf millions de kilomètres carrés de terre. Donc... »

Il marqua une pause pour ménager le suspense. Ben, sérieux comme un pape, penché en avant pour simuler la fascination, faisait du genou à Eve pour la faire rire.

« ... ça fait quatre oiseaux virgule huit par hectare. »

Ils s'efforcèrent, chacun à sa manière, de paraître à la fois surpris et édifiés.

« Où est-ce que Lori va les chercher ? » demanda Ben plus tard, alors qu'ils remontaient la rue à pied pour aller récupérer leur voiture. « C'est vrai, qu'est-ce qu'elle lui trouve, à celui-là ?

— Elle dit qu'au lit, il est fantastique.

— Ah bon ? Eh bien dis donc. Est-ce qu'il lui murmure des statistiques dans l'oreille ?

— Hm-mmm. Apparemment, c'est un aphrodisiaque d'enfer.

— Tiens donc ?

— Absolument. »

Il réfléchit un instant, puis s'approcha de son oreille.

« Est-ce que tu savais que Péruvien est presque un anagramme de prévenu ? »

Elle poussa un petit gémissement.

« Il y a seulement un *i* en trop, reprit-il.

— Arrête ! Arrête ! »

Il la tenait toujours par les épaules, et ils marchèrent encore un moment, leurs pas résonnant contre les murs d'adobe. La nuit était presque glaciale, l'automne s'éclipsait devant les gelées de l'hiver. Mon Dieu, pensa Eve, ils étaient ensemble depuis presque un an. La soirée à New York, celle de *Kiss Me, Kate* et de leur dîner ensemble, remontait à un peu plus de deux ans. Tantôt Eve avait l'impression que c'était la veille, tantôt que ça s'était passé dans une autre vie.

Elle avait toujours su que ça ne serait pas facile. Elle avait senti tout de suite, dès leur première rencontre, qu'il était prédisposé à la tristesse. Elle se demandait parfois si elle n'avait pas justement été attirée par cet aspect de sa personnalité. Car si elle n'avait jamais agi ainsi consciemment, elle se rendait bien compte qu'une femme pouvait confondre amour et pitié, et s'attacher à un homme dans l'espoir de le sauver. Ou qu'elle pouvait y voir comme un défi, persuadée qu'elle et elle seule pourrait le secourir, le protéger et le rendre heureux. Eve ne pensait pas, jusqu'à preuve du contraire, appartenir à cette catégorie de femmes, et elle priait même le ciel pour que ce ne soit pas la cas, mais allez savoir ?

En toute justice, Ben n'était pas non plus ce genre d'homme. Eve aimait mieux penser qu'elle était tombée amoureuse de l'être qu'elle avait entrevu derrière la tristesse. Ben semblait s'en rapprocher un peu plus chaque jour ; comme ce soir, il pouvait se montrer détendu, insouciant et drôle. Quand il était comme ça, elle n'imaginait personne d'autre au monde dont elle aurait préféré la compagnie.

Mais à plusieurs reprises, elle s'était demandé s'ils

allaient pouvoir rester ensemble. Jamais elle n'avait rencontré d'homme aussi apte à la culpabilité. C'était sa grande spécialité, il était médaille d'or de la discipline. Les premiers mois après sa séparation, alors qu'il vivait encore dans le Kansas et venait de temps en temps passer une semaine ou deux à Santa Fe, il se rendait tellement malade qu'elle avait failli lui demander de suspendre ses visites, au moins jusqu'à ce qu'il ait fait le point. C'était comme s'il avait un puits profond où il déversait tout ce qu'il se reprochait, et dans lequel il descendait barboter chaque jour.

Sarah et les enfants n'étaient pas seuls en cause. Il y avait aussi sa mère. Vivre avec elle le rendait fou. Dès qu'elle racontait pour la énième fois un de ses exploits de jeunesse, il se mettait en colère, lui faisait une remarque cinglante et passait le reste de la semaine à culpabiliser. Il avait même du mal à admettre qu'en si peu de temps, elle ait oublié sa première réaction pour s'employer à réécrire l'historique du mariage de son fils. Un jour, il l'avait entendue dire au téléphone à une amie qu'il n'avait jamais été heureux avec Sarah et qu'il avait fait preuve d'une patience d'ange pendant toutes ces années.

Bien sûr, sa principale source de culpabilité était Abbie. Eve se rappelait avoir d'abord essayé de le rassurer : ce n'était qu'une question de temps, Abbie se sentirait bientôt mieux et commencerait à le comprendre. Mais elle avait eu tort. L'hostilité d'Abbie n'avait fait que croître et s'enraciner. Il était rentré de Missoula brisé. Eve avait eu envie de téléphoner à cette sale gosse pour lui conseiller de grandir un peu et d'arrêter de ne penser qu'à elle, mais bien sûr, elle s'en était abstenue.

Depuis ce jour-là, Ben essayait de s'habituer à l'idée qu'il n'y aurait pas de réconciliation entre lui et sa fille, du moins pas avant longtemps. Il avait enfin suivi les conseils d'Eve et s'était trouvé un psychothérapeute. Il avait déjà fait cette démarche dans le passé, après la mort de son père, pour seulement deux ou trois séances. Elle l'avait entendu exprimer son dédain pour ce qu'il appelait la « culture psy ». D'après lui, les gens n'avaient qu'à « prendre sur eux et faire avec ». Mais apparemment, il avait fini par admettre qu'il n'y arriverait pas, et avait déniché quelqu'un qu'il appréciait et chez qui il se rendait consciencieusement deux fois par semaine.

Il ne parlait pas beaucoup de ces séances avec Eve, mais elle savait qu'un sujet revenait souvent sur le tapis : le fait que, dans quelque domaine que ce soit, lorsqu'on commençait à réagir d'une certaine façon, on ne pouvait plus faire autrement, une fois le pli pris. Le chagrin et la culpabilité pouvaient devenir des réflexes au même titre que se gratter le nez en voiture. D'après le psy, la culpabilité était le moyen utilisé par la nature pour amener un individu à réexaminer une action passée ou à revenir dessus. Mais si on était sûr et certain de ne pas vouloir le faire, alors ladite action ressemblait à ces grosses brutes de la cour de récréation, dont le seul but est de terroriser leurs condisciples. Le psy conseilla à Ben, lorsqu'il se sentait happé vers les profondeurs de son puits, de se poser sur la margelle, de regarder en bas et de se demander si, ce jour-là, il avait vraiment envie de descendre se mouiller.

Il lui arrivait encore de s'y laisser glisser de temps à autre, mais plus rarement. Tout au long de l'été, Eve l'avait vu se détendre et retrouver le sourire. Pablo l'adorait et, apparemment, Ben le lui rendait bien. Il savait s'y prendre avec les enfants, et Eve aimait l'écouter rire et parler avec son fils, et les voir s'amuser ensemble comme des gamins, se lancer un ballon, jouer au baseball ou imiter les lutteurs sumos.

Au début, Ben tenait absolument à se trouver un logement. Il avait passé beaucoup de temps à visiter des appartements qui ne convenaient jamais tout à fait. Eve n'avait pas tenté de l'en dissuader. Jusque-là, ils n'avaient jamais vécu ensemble plus d'une quinzaine de jours d'affilée et, même si tout s'était bien passé, le laisser emménager chez elle semblait prématuré et trop officiel. Mais Ben était facile à vivre, sans doute à cause de toutes ses années d'expérience en la matière. Et bientôt, pratiquement sans en discuter, il fut admis qu'il était installé pour de bon. Il avait malgré tout loué un studio en ville, qu'il utilisait maintenant comme bureau.

Eve tentait tout de même de contrecarrer sa maniaquerie. Il voulait que tout soit à sa place, alors qu'elle était moins stricte et laissait traîner certains objets. Bon, elle était désordonnée, soit. Parfois elle le surprenait à ranger derrière elle ou à vérifier qu'elle avait bien fermé sa voiture (ce qu'elle ne faisait jamais), alors elle le regardait de travers et il prenait l'air penaud.

« Pourquoi tu la fermes ?

— À cause des voleurs.

— Depuis dix ans que je la laisse ouverte, on ne m'a jamais rien volé.

— Tu as eu de la chance. »

Elle essaya de lui faire admettre que ce qu'il appelait une simple précaution pouvait s'interpréter comme une manie d'attendre le pire. Et quand on attend le pire, il a une fâcheuse tendance à être au rendez-vous.

« Donne-moi un exemple.

— Oh là là ! Il y en a tant.

— Juste un.

— D'accord. Obliger Pablo à mettre son casque dès qu'il monte sur son vélo.

— Mais enfin, il pourrait tomber !
— Tu vois !
— Tu essaies de me dire que si on lui met son casque, il a plus de chances de se retrouver par terre ?
— Possible.
— Eve, ça ne tient pas debout.
— Peut-être, mais pas sûr. Il faut que les enfants apprennent. Tu ne peux pas toujours les protéger. Comme l'autre jour quand il grimpait dans un arbre, tu t'es mis dans tous tes états parce qu'il risquait de tomber.
— Il aurait pu se tuer.
— Mais tout s'est bien passé. »
Ben secoua la tête. Elle le prit dans ses bras.
« Écoute, chéri, ce que j'essaie de t'expliquer, c'est qu'une attitude négative attire les malheurs. Les pensées positives ont un vrai pouvoir. »
Elle ne réussit pas à le convaincre, mais il parut tout de même disposé à y réfléchir. Quelques jours plus tard, il raconta à Eve que Sarah lui avait jadis reproché son besoin maladif de tout contrôler. Il lui demanda ce qu'elle en pensait, et passa deux jours à déprimer parce qu'elle lui répondit, le plus gentiment possible, qu'elle était d'accord. Mais il faisait de réels efforts, et il était sur la bonne voie, vraiment.
Elle savait que ses amis lui manquaient, qu'il acceptait mal que nombre d'entre eux aient pris fait et cause pour Sarah, le condamnant sans même chercher à entendre sa version des faits. L'attitude de son ancien associé et meilleur copain, Martin, l'avait particulièrement blessé. Après ses vacances au Cap Cod avec Josh, Ben était passé récupérer les tableaux qu'Eve avait peints pour le bâtiment administratif de Cold Spring Harbor. Les toiles prenaient la poussière dans le garage d'ICA parce que Martin avait refusé de les

accrocher. Ben avait dû attendre vingt minutes dans le hall, après quoi Martin s'était montré très froid et l'avait traité presque comme un étranger.

Auparavant, un tel incident aurait déprimé Ben pendant toute une semaine, mais à présent, une journée lui suffisait pour s'en remettre. Pour un homme qui avait toute sa vie été hypersensible au regard des autres, cela supposait de gros efforts, et Eve en était consciente. Même quand il envoyait des e-mails à Abbie, ce qu'il faisait presque tous les jours, ou quand il lui laissait des messages qui restaient invariablement sans réponse, il refusait de se laisser tomber au fond du puits.

Ils venaient d'arriver. Après avoir garé la voiture, ils poussèrent la porte en pin grinçante qui s'ouvrait sous l'arche en adobe de l'entrée et passèrent dans le jardin. Il n'y avait pas un souffle de vent, le carillon du cerisier était silencieux. Il restait quelques roses jaunes le long de la balustrade de la terrasse devant la porte de la cuisine. Eve en cueillit une pour la sentir. La gelée avait rendu les pétales fragiles, mais elle dégageait encore un faible parfum. Elle la tendit à Ben.

Maria, la baby-sitter, était endormie sur le canapé devant la télé ; Eve dut lui poser la main sur l'épaule pour la réveiller. Ben avait oublié son portable, qui était resté dans la chambre ; Maria leur dit qu'il avait sonné plusieurs fois mais qu'elle n'avait pas osé répondre. Ils lui payèrent ses heures et elle partit. Eve alla vérifier si Pablo dormait bien, tandis que Ben se dirigeait vers la chambre pour écouter ses messages.

Il y en avait trois, tous de Sarah, de plus en plus insistants. Est-ce qu'il pouvait la rappeler ? C'était important. Mais où diable était-il passé ?

Sarah avait d'abord pensé à une blague. Jeffrey aimait bien déguiser sa voix et se faire passer pour les pompiers ou un auteur célèbre particulièrement irascible, ou encore l'agence de gigolos du comté de Nassau qui offrait à Sarah un week-end spécial. Alors quand le téléphone avait sonné, et qu'un homme s'était présenté sous le nom d'agent spécial Frank Lieberg du FBI, elle avait répliqué du tac au tac, *Bien sûr, et moi je suis Edgar Hoover, et t'es viré, mon pote*. Il avait attendu un instant avant de demander, plus hésitant, s'il était bien chez Mrs. Sarah Cooper, et c'est alors qu'elle avait compris que ce devait être une affaire sérieuse.

« Excusez-moi, bredouilla-t-elle. Oui, c'est moi.

— Mrs. Cooper, êtes-vous la mère d'Abigail Cooper, étudiante en première année à l'université du Montana ? »

Elle crut entendre sonner le glas. Ses poumons se paralysèrent. D'une voix à peine audible, elle réussit à répondre que oui, c'était bien elle.

L'agent Lieberg lui demanda si elle savait où se trouvait Abbie, et Sarah répondit sans hésiter qu'elle était à l'université, bien sûr, mais pouvait-il avoir l'obligeance de lui dire de quoi il retournait ? Le téléphone avait sonné alors qu'elle était dans la cuisine, où elle s'était préparé à manger. Ses genoux tremblaient si fort qu'elle dut s'appuyer contre le bar. De l'autre côté de la pièce, à la télé, Al Gore embrassait sa femme et saluait une foule enthousiaste quelque part en Floride.

Elle n'avait pas parlé à Abbie ni reçu d'e-mail depuis plus d'une semaine, mais cela n'avait rien d'extraordinaire. En fait, Sarah avait essayé de la joindre le matin même. Comme d'habitude, l'appel avait été directement basculé sur le répondeur, et elle avait laissé un message de plus, gai et enjoué, où elle lui demandait de rappeler, mais en évitant de la culpabiliser.

« Mrs. Cooper, je vous appelle de nos bureaux à Denver. Mais je pense qu'il serait préférable de traiter cette affaire de vive voix. Est-ce que ça vous dérangerait si mes collègues de New York venaient chez vous ?

— Pas vraiment. Mais de quoi s'agit-il ? Est-ce qu'il est arrivé quelque chose à Abbie ?

— Mrs. Cooper...

— Écoutez-moi, vous ne pouvez pas appeler comme ça chez les gens sans leur dire...

— Mes collègues vous expliqueront tout ce que nous savons. Pour l'instant, tout ce que je peux vous dire, c'est que nous devons impérativement parler à Abigail...

— Abbie.

— ... pour lui poser des questions concernant un incident survenu à Denver le week-end dernier.

— À Denver ? Quel genre d'incident ? Est-ce qu'elle va bien ?

— Pour l'instant, nous n'avons aucune raison de penser le contraire. Nous ne parvenons pas à la joindre. Mrs. Cooper, est-ce que le père d'Abbie est avec vous en ce moment ?

— Il n'habite plus ici. Quel genre d'incident ? »

Mais il refusa d'en dire davantage. Ses collègues arriveraient dans moins d'une heure. Il voulait savoir si elle serait seule à ce moment-là, et elle répondit que son fils serait rentré.

Sarah appela Josh immédiatement sur son portable et lui demanda de revenir tout de suite, puis elle appela Benjamin mais tomba sur sa satanée messagerie. Elle essaya encore de joindre Abbie, sans plus de succès. Elle consulta Internet pour savoir ce qui s'était passé à Denver pendant le week-end. Mais faute d'informations précises permettant de cibler ses recherches, elle ne trouva rien qui lui évoque quoi que ce soit.

Les deux agents du FBI arrivèrent juste avant huit heures. À part l'absence de chapeau, on les aurait crus tout droit sortis d'une série télé : costumes noirs, cravates, pas un cheveu qui dépassait. Ils ne voulaient rien boire, et Sarah eut même du mal à les persuader de s'asseoir. Elle prit place avec Josh en face d'eux, et les écouta. Au fil de leurs explications, elle sentit son cœur aspirer tout son sang pour le remplacer dans ses veines par de la terreur à l'état pur. Elle avait les poings tellement serrés que ses articulations étaient blanches. Josh lui posa doucement la main sur l'avant-bras et l'y laissa.

Un jeune homme avait été tué d'une balle dans la poitrine, la maison de son père entièrement brûlée. Des témoins avaient vu deux personnes fuir dans une camionnette grise, qui avait ensuite été retrouvée, également brûlée. Un homme avait essayé de les arrêter, mais il était actuellement dans le coma, avec de multiples blessures à la tête. Les témoins avaient vu un chien tomber du véhicule. Il avait fallu le piquer un peu plus tard. Le chien avait une puce d'identification implantée dans le cou, sur laquelle se trouvaient l'adresse et le numéro de téléphone de sa propriétaire, une certaine Abigail Cooper de Missoula, dans le Montana. Celle-ci n'était pas rentrée chez elle et, depuis dix jours, personne ne l'avait vue ni en cours, ni sur le campus, ni en ville.

Ils posèrent des questions sur les convictions politiques d'Abbie, et demandèrent à Sarah si, à sa connaissance, sa fille était membre d'un groupe écologiste radical. Sarah ne put leur citer que Greenpeace, ce qui les fit sourire. Ils pensaient à des groupes moins modérés, tels que le Front de libération de la Terre, mais Sarah n'en avait jamais entendu parler.

En fait, un an plus tôt, Abbie parlait constamment de ses activités écologistes, des réunions auxquelles elle assistait et des campagnes auxquelles elle participait, mais depuis quelque temps, ce n'était plus le cas. Pendant l'été, elle avait même donné l'impression qu'elle considérait tout ça comme une perte de temps. *C'est comme changer les meubles de place sur le Titanic*, avait-elle dit. Sarah comprit d'instinct qu'il valait mieux ne pas faire allusion à cette phrase.

Les deux agents demandèrent à voir la chambre d'Abbie. Après avoir entendu leur récit, Sarah était si hébétée qu'elle les y emmena sans poser de questions. Elle resta dans l'embrasure de la porte pendant qu'ils regardaient à l'intérieur. Avec ses posters, ses photos et son bric-à-brac, ses trophées et ses étagères pleines d'animaux en peluche, la pièce ressemblait déjà à un sanctuaire. Ils lui demandèrent si elle voyait un inconvénient à ce qu'ils prélèvent quelques cheveux d'Abbie sur la brosse posée sur la table de toilette. Ils pourraient peut-être ainsi la disculper. Ils voulaient aussi des photos récentes. Sarah ne vit aucune raison de refuser.

Quand Benjamin finit par appeler, elle était couchée. Elle avait pris un somnifère, mais sans résultat, malgré le bourbon qu'elle avait bu avant de monter, alors elle avait rallumé et essayait de lire. Mais sa tête bourdonnait. Elle avait déjà lu le même paragraphe cinq fois. Hormis Benjamin, elle n'avait appelé qu'Iris. Elle ne voulait pas que les autres soient au courant. Iris avait dit exactement ce qu'il fallait, que c'était sûrement une terrible méprise, un malentendu.

Elle avait proposé de prendre un avion dès le lendemain matin, mais Sarah avait refusé et promis de rappeler dès qu'elle aurait des nouvelles. La voix de Benjamin déclencha sa colère.

« Mais où étais-tu donc, bon sang ? hurla-t-elle. J'ai essayé de te joindre toute la soirée.

— Je suis désolé, je...

— Tu sais que j'ai cru devenir folle.

— Qu'est-ce qui se passe ? »

Elle s'en voulut d'être aussi dure avec lui. Comment aurait-il pu deviner ? Mais c'était plus fort qu'elle. Ils ne s'étaient pas parlé depuis des semaines, et la dernière fois c'était à propos du divorce, d'un sale tour qu'il essayait de lui jouer avec ses avocats. Mais bien sûr, chaque fois qu'elle abordait le sujet, ça n'était jamais de sa faute, toujours celle des avocats. Elle lui fit un compte rendu de la visite des agents du FBI. Il écouta, ne rompant son lourd silence que pour lui demander de temps en temps d'éclaircir un point obscur.

« Je saute dans le premier avion, dit-il quand elle eut fini.

— Pour où ? Denver ?

— Missoula. Il faut la trouver. Il doit bien y avoir quelqu'un là-bas qui sait où elle est. Ça va, toi ? » Elle avala sa salive, les yeux pleins de larmes.

« Sarah ?

— En voilà, une question !

— Pourquoi ne viendrais-tu pas avec moi ? On pourrait se retrouver à Missoula.

— Et Josh ? Je ne peux pas le laisser ici tout seul.

— Tu as raison. Je ferais peut-être mieux de venir d'abord à New York.

— Benjamin, ne sois pas ridicule ! À quoi ça servirait ?

— Comme tu voudras. »

Il lui faisait son numéro de chien battu. Elle l'imagina planté là, l'air triste. Puis une pensée lui traversa le cerveau comme un coup de poignard, et elle ne put s'empêcher de poser la question.

« Elle écoute tout ça ? »

Il y eut un moment de silence. Il ne semblait pas comprendre de qui elle voulait parler. Ou bien il faisait l'innocent. Sans doute était-il au lit avec elle.

« Alors ? Réponds-moi.

— Non, Sarah, dit-il d'une voix lasse. Elle n'écoute pas. »

Vingt et un

Le jeune policier décrocha le ruban en plastique interdisant l'accès à l'escalier extérieur en bois, puis s'écarta pour les laisser passer. L'inspecteur Andrews fit un signe de tête et le remercia avant de conduire Ben à l'étage. En montant, celui-ci remarqua que les bardeaux étaient pourris, et, arrivé sur le petit palier devant l'appartement, il vit qu'une vitre de la porte d'entrée était fêlée ; un voilage crasseux pendait de l'autre côté. Andrews ouvrit la porte et entra le premier.

La pièce, froide et encombrée, sentait le moisi. Seule concession au confort : une paire de rideaux trop longs en velours rouge. Par terre se trouvait une gamelle de chien encore pleine.

« C'est bien une piaule d'étudiante. »

Ben haussa les épaules, hocha la tête et grimaça un sourire.

« Vous n'êtes jamais venu ici ?

— Non. La dernière fois, elle habitait dans une maison de la 4e Rue. C'était au printemps.

— On y est allés. Vous ne la voyez donc pas très souvent ?

— Depuis que nous sommes séparés, sa mère et

moi, elle n'était pas vraiment... Pas très souvent, non. Vous avez touché à quelque chose ici ?

— On a emporté certains objets au labo pour analyse. Un ordinateur, des papiers, des photos, et deux ou trois autres bricoles. Tout le reste est à peu près en l'état.

— Vous avez le droit de faire ça ? Enfin...

— Oui, monsieur. On a le droit. »

Un peu plus tôt, dans son bureau, Andrews avait mentionné les autres délits : les incendies criminels et les inscriptions taguées sur les murs. Ils avaient eu lieu dans trois États différents, ce qui expliquait en partie l'intervention du FBI. Manifestement, il s'agissait d'actes écoterroristes. Ben n'avait pas pu s'empêcher de rire. Terrorisme ? Sacramento, Reno, Portland ? Imaginer Abbie sillonnant l'ouest du pays pour mettre le feu était si absurde qu'il n'avait pas su quoi dire. Quant à cette affaire de Denver, oh, Seigneur... Andrews avait esquissé un sourire compatissant et baissé les yeux sur ses notes. Ensuite, il avait posé des questions sur le petit ami d'Abbie, celui qui se faisait appeler Rolf. Ben l'avait-il déjà rencontré ? Il répondit que ni lui ni Sarah ne lui avaient jamais parlé.

Le FBI s'était procuré les relevés du téléphone portable d'Abbie et passait en revue tous les coups de fil qu'elle avait reçus ou donnés depuis qu'elle l'avait. Plusieurs appels provenaient du domicile d'un certain Ray Hawkins, à Sheridan, dans le Wyoming. Ce nom disait-il quelque chose à Ben ?

« Ça doit être Ty. Si je me souviens bien, son père s'appelle Ray. Ty et Abbie sont sortis ensemble pendant un temps. Mais je ne sais pas ce qu'il en est maintenant. Ma femme serait plus à même de vous répondre à ce sujet. »

Ben fit le tour du petit appartement, sans savoir ce

qu'il cherchait, ni même pourquoi il avait demandé à venir. Mais il ne pouvait pas rester inactif. Le portable d'Andrews sonna, et il sortit répondre. Ben n'entendit qu'une série de *Oui, OK, d'accord*, puis Andrews revint et remit l'appareil dans sa poche.

« Mr. Cooper, il faut que je vous dise que nos bureaux de Denver ont divulgué le nom de votre fille et sa photo aux médias ce matin. Je ne savais pas que ça irait si vite.

— Oh, mon Dieu. »

À cet instant précis, le jeune policier se présenta sur le seuil.

« Inspecteur ? »

Andrews alla le rejoindre, et le policier lui dit quelques mots à voix basse.

« D'accord, merci. »

Le policier redescendit. Andrews se tourna vers Ben.

« Nous ferions mieux d'y aller. Il y a une équipe de télé en route.

— Quoi ? Mon Dieu...

— Il faut partir. »

Il était déjà trop tard. Ils n'étaient pas encore en bas qu'un camion et une fourgonnette équipée d'une parabole s'arrêtèrent dans la rue, et des gens descendirent, caméras et micros au poing. Le policier essaya de les retenir, mais ils étaient trop nombreux pour un seul homme.

« Mr. Cooper ? Mr. Cooper ? Juste un mot, s'il vous plaît ? Mr. Cooper ? »

Andrews tenta de s'interposer entre les journalistes et Ben.

« S'il vous plaît, mesdames et messieurs, pourriez-vous avoir l'obligeance de nous laisser passer ? Merci. Merci beaucoup. »

Mais il n'obtint aucun résultat.

« Mr. Cooper, vous avez des nouvelles d'Abbie ?

— Messieurs, dit Andrews, Mr. Cooper fera une déclaration plus tard. Dans l'état actuel des choses, il ne...

— Est-ce que vous avez une idée de l'endroit où se trouve votre fille, Mr. Cooper ? »

Ils étaient maintenant à côté de la voiture. Andrews ouvrit la portière pour que Ben puisse monter malgré les journalistes qui s'attroupaient et le bousculaient. Ben réussit à s'asseoir mais ne se baissa pas assez et se cogna la tête. Andrews n'arrivait pas à refermer la portière parce qu'un reporter avait glissé son micro à l'intérieur, sous le nez de Ben.

« Mr. Cooper, est-ce qu'Abbie est coupable ?

— Qu'est-ce que c'est que ces conneries ! cria Ben. Bien sûr que non ! »

La portière claqua, Ben la verrouilla et s'efforça de ne pas regarder la caméra et les visages qui continuaient à poser leurs questions muettes de l'autre côté de la vitre. Il avait l'impression d'être un criminel. Andrew avait pris le volant et démarrait.

« Je suis vraiment désolé. »

Ben était trop secoué pour parler. Il se contenta de secouer la tête, incrédule.

« En fait, Mr. Cooper, on ne l'a pas beaucoup vue ces derniers temps, dit Mel. Depuis qu'elle a commencé à sortir avec Rolf, ils ont fait plus ou moins bande à part, tous les deux. »

Ils étaient assis dans un coin d'un restaurant bruyant appelé Le Dépôt, qui se trouvait à proximité de la voie ferrée. Les murs étaient ornés de tableaux représentant un Far West version décalée, peint en couleurs fluo :

rose, mauve et vert pomme. La musique était forte, mais au moins ils pouvaient parler sans craindre les oreilles indiscrètes. Ben était assis à côté du type plus âgé, un barbu que les autres appelaient Hacker, bien que ce ne soit apparemment pas son vrai nom ; face à eux se trouvaient Mel et Scott, son petit ami. Ils avaient tous commandé des steaks, les plus gros que Ben ait jamais vus, et leur avaient fait honneur, sauf Ben qui n'avait pas touché au sien.

C'était à Mel qu'il voulait parler, mais en arrivant (en retard, à cause d'une énième conversation téléphonique aussi longue que pénible avec Sarah), il avait eu la surprise de trouver les deux autres à ses côtés. Il avait senti Mel méfiante quand il l'avait appelée dans l'après-midi, après la scène cauchemardesque avec les médias. Abbie lui avait peut-être raconté des horreurs à son sujet. À moins qu'elle ne soit simplement sous le choc, comme tout le monde. Réticente au départ, elle avait fini par accepter de le rencontrer. Scott et Hacker avaient vraisemblablement été recrutés en renfort. Néanmoins, ils commençaient tous à se décrisper un peu.

« Alors, vous pouvez peut-être me parler de Rolf. Tout ce que nous savons, c'est qu'elle l'a rencontré à Seattle.

— On n'a jamais eu l'occasion de vraiment faire sa connaissance, Mr. Cooper, dit Mel. Bonjour, bonsoir en passant et c'est tout.

— Il est étudiant ici ? »

Mel interrogea Scott du regard, puis ils se tournèrent tous les deux vers Hacker, comme pour lui laisser la parole. Il s'éclaircit la voix.

« Non. Il fait soi-disant une thèse à l'université de Washington, mais c'est faux. Je connais pas mal de monde là-bas, et personne n'a jamais entendu parler de lui. À Seattle, il a vécu quelque temps dans un squat. Là où on a récupéré Abbie après la manif. J'ai demandé à un pote d'aller jeter un coup d'œil. Ils ont vidé les lieux. »

Il but une gorgée de bière et reprit :

« À mon avis, Rolf n'est pas son vrai nom.

— Qu'est-ce qui vous fait dire ça ?

— Mr. Cooper, voilà pas mal d'années que je suis militant écologiste. J'ai même joué au guerrier de l'environnement, moi aussi, à l'occasion.

— Au guerrier de l'environnement ?

— Vous n'avez jamais lu *Ne meurs pas, ô mon désert* ? d'Edward Abbey[1] ?

— Ah. Non, je ne l'ai pas lu. Mais je vois ce que vous voulez dire. Cloutage d'arbres, et autres. »

Hacker fit semblant d'être outré.

« Vous plaisantez ! Enfin, ça a pu m'arriver. Bref, on finit par connaître des gens. Il y a un réseau. De temps en temps, on voit se pointer un mec qui a des objectifs bien à lui, si vous voyez ce que je veux dire. Ça finit par se savoir. »

Ben ne suivait pas du tout, et son visage devait le trahir. Il avait l'impression que ce type parlait à mots couverts. Hacker regarda Scott et Mel. Scott fit un signe de tête, alors Hacker se pencha un peu plus vers Ben et continua.

« Il y a quelques années, ça chauffait pas mal. Un peu en Oregon, surtout en Caroline du Nord. Lettres piégées et tuyaux explosifs, vous voyez le truc. Les cibles étaient surtout des agences fédérales : le Bureau

---

1. Écrivain écologiste radical (1927-1989). Dans ce livre-culte, quatre « guerriers de l'environnement » se livrent à des sabotages sur les routes, ponts et bulldozers entre autres. Les ouvrages d'Abbey ont pour cadre l'Utah et l'Arizona.

d'aménagement du territoire, le Service des eaux et forêts, des exploitations forestières et minières. Personne n'a été tué, mais il y a eu pas mal de blessés. Un cadre supérieur dans une scierie a eu un bras arraché. Bref, il y avait un mec qui traînait dans le coin à l'époque, et beaucoup de gens pensaient qu'il était dans le coup. Léger accent allemand ou suisse. Grand et mince, plutôt beau gosse. Il se faisait appeler Michael Kruger ou Kramer, un nom comme ça. Finalement, trois ou quatre types ont été arrêtés et mis en taule pendant un bon bout de temps. Lui, il a disparu.

— Vous croyez que c'est Rolf ? »

Hacker leva les mains.

« Allez savoir. Peut-être bien que oui, peut-être bien que non....

— Vous avez parlé de tout ça à quelqu'un ? »

Hacker se mit à rire.

« Aux flics, vous voulez dire ? Non, monsieur.

— Ça vous dérange si je le fais ? »

Hacker s'appuya sur le dossier de sa chaise, prit sa bière et adressa à Ben un sourire narquois.

« Vous savez, je crois qu'on n'a rien à leur apprendre. »

Ben lui demanda de s'expliquer, mais il refusa d'en dire plus. Il se contenta de demander si le FBI avait l'intention de diffuser la photo de Rolf et son signalement, comme pour Abbie. Ben ne put que répéter ce qu'Andrews lui avait dit : on n'avait pas encore identifié assez formellement l'autre personne impliquée dans l'affaire pour pousser plus loin l'enquête.

« Évidemment », ricana Hacker. Il finit sa bière.

Au moment de se séparer dans la rue devant le restaurant, Mel serra la main de Ben et lui dit qu'elle était sûre qu'Abbie ne pouvait pas avoir fait une bêtise pareille et que tout allait s'arranger. Ben sourit et lui répondit qu'elle avait sûrement raison. Elle l'embrassa sur la joue, puis tourna les talons et rejoignit les autres. Heureusement, d'ailleurs, car ce petit geste d'affection fit monter les larmes aux yeux de Ben, qui pleura jusqu'à l'hôtel.

Sarah lui avait demandé de la rappeler dès qu'il aurait vu Mel, quelle que soit l'heure. Alors, de retour dans sa chambre, éclairé seulement par la lampe de chevet et l'écran bleuté du téléviseur muet, il composa le numéro qui avait été le sien. Il tomba sur le répondeur. La voix était encore celle d'Abbie, enregistrée au moins deux ans plus tôt.

Bonjour, vous êtes bien chez les Cooper. On ne peut pas vous répondre pour l'instant, parce qu'on n'a pas que ça à faire, mais si vous laissez un message sympa et marrant, on vous rappellera. Salut !

« Sarah ? » dit-il dans l'espoir qu'elle décroche. Mais il n'obtint aucune réponse, alors il décida d'essayer son portable.

« Benjamin ?

— Bonsoir. J'ai appelé à la maison...

— On est chez Martin et Beth.

— Toi et Joshie ?

– Oui. Il fallait qu'on parte de la maison, on se serait crus assiégés. Les journaux, la télé... Il a fallu se faufiler par-derrière. Un vrai cauchemar. »

Elle semblait abattue, fragile, près de craquer.

« Ils ont dit aux infos qu'elle était recherchée pour meurtre. » Sa voix se brisa. « Oh, Benjamin...

— Ma chérie. »

Elle pleurait. Cela lui fendit le cœur de l'entendre.

« Oh, ma chérie.

— Viens. Je t'en prie. Viens. »

C'était une soirée d'automne idéale, claire, douce et calme, tout imprégnée de lumière dorée. Les érables dans le jardin des Ingram flamboyaient, et leur ombre s'étirait sur la pelouse. Sarah les regardait depuis cinq bonnes minutes. Debout sur la terrasse, appuyée contre le mur à côté de la porte-fenêtre de la cuisine, elle fumait une énième cigarette. Elle était en train de devenir accro. Déjà un demi-paquet aujourd'hui. Elle allait arrêter. Demain.

« Sarah ? »

Beth, qui avait pris une journée de congé pour rester avec son amie, apparut à la porte.

« Il est là. »

Sarah la suivit à l'intérieur, traversa la cuisine et le couloir, puis le long triangle de soleil projeté sur le parquet par une fenêtre à mi-hauteur de l'escalier. Beth ouvrit la porte d'entrée et sortit dans la lumière au moment où le taxi quittait l'allée, après avoir déposé Benjamin, vêtu d'un long imperméable grège. Il posa sa valise pour que Beth puisse le serrer dans ses bras. Sarah resta sur le seuil, la main en visière pour ne pas être éblouie, et le regarda s'approcher d'elle. Il avait les yeux cernés, l'air fatigué, et lui adressait un beau sourire, triste et courageux. Ce n'est pas possible, pensa-t-elle. À un moment pareil, alors que leur univers basculait si brutalement, comment pouvait-il ne pas lui appartenir ?

Il ouvrit les bras, et elle s'accrocha à lui comme si sa vie en dépendait. Elle était secouée de sanglots. Il la serra contre sa poitrine et lui caressa les cheveux d'un geste familier. Quand enfin elle put se détacher et le regarder, il l'embrassa sur le front et essuya doucement les larmes qui lui coulaient le long des joues. Ils n'avaient pas encore échangé une parole.

Beth les regardait, séchant également ses larmes. Ils

la suivirent à l'intérieur sans se lâcher, et s'enlacèrent à nouveau dans l'entrée.

« Tu sens l'avion.

— C'est ma nouvelle eau de toilette, kérosène pour homme.

— Oh, Benjamin, dis-moi que tout ça n'est pas vrai.

— Joshie est là ?

— Il a tenu à aller au lycée.

— Les journalistes sont toujours postés devant la maison ?

— J'y suis passée cet après-midi vers deux heures, dit Beth, il y en avait encore deux ou trois. Alan pense que quand vous aurez fait votre déclaration, ils vous ficheront la paix. »

Beth les avait mis en contact avec un avocat de ses amis, un certain Alan Hersh, spécialiste des cas très médiatisés. Pour l'instant, c'était lui qui leur servait d'intermédiaire avec la police. Une conférence de presse serait organisée le lendemain matin, pendant laquelle Sarah et Ben liraient une déclaration rédigée à l'avance. Hersh voulait même que Josh soit présent, mais cette idée terrifiait Sarah.

Ils se dirigèrent vers la cuisine, où Beth les fit asseoir et leur servit un verre de vin à chacun. Il n'était pas encore six heures, mais ils ne protestèrent que pour la forme. Benjamin demanda des nouvelles des fils Ingram, tous les deux à l'université. Beth lui dit qu'ils réussissaient très bien. Ils furent vite à court de banalités.

« Tu sais qu'ils ont arrêté Ty aujourd'hui ? demanda Sarah.

— Hein ?

— Sa mère m'a appelée. Elle ne savait plus où elle en était. Le père du jeune homme qui a été tué à Denver est à la tête de l'entreprise qui a fait les forages sur le ranch des Hawkins. Ils ont eu pas mal d'ennuis à cause de lui. Apparemment, les équipes ont massacré la propriété. La police sait que Ty et Abbie ont été ensemble et qu'il l'appelait souvent sur son portable. Ils le croient mêlé à tout ça, peut-être même que c'était lui qui était dans la camionnette avec Abbie.

— Ty ? Jamais de la vie, dit Benjamin.

— C'est ce que j'ai répondu. Mais pour eux, il avait un mobile. »

Sarah rapporta aussi ce que Hersh lui avait dit l'après-midi même, à savoir qu'ils devaient faire très attention au téléphone et à leurs e-mails : il y avait « de fortes chances » pour qu'ils soient sous surveillance, au cas où Abbie essaierait d'entrer en contact avec eux. Son compte en banque devait déjà être fermé. Ceux de Benjamin et de Sarah allaient sans aucun doute être contrôlés au cas où ils lui verseraient de l'argent.

« Ils ne peuvent quand même pas faire ça ? dit Benjamin.

— Il a dit qu'il était plus prudent de partir du principe qu'on était surveillés.

— Quoi ? Partout où on va ? On sera filés tout le temps ? Josh aussi ? Même au lycée ? »

Sarah haussa les épaules. Benjamin secoua la tête.

« Je ne peux pas le croire. Et toi, Beth ?

— J'ai dû voir trop de films. »

Quand Josh rentra de l'école, Ben se leva et l'étreignit longuement. Puis Martin arriva à son tour, alors ils dînèrent tous les cinq et tentèrent de parler de choses et d'autres, mais la conversation sonnait faux. Martin et Benjamin ne s'étaient pas vus depuis longtemps, et ils avaient beau y mettre du leur, une certaine rancœur persistait.

Le téléphone ne cessa de sonner. Le FBI et Alan Hersh, qui voulaient mettre au point la conférence de presse, leur envoyèrent un brouillon de la déclaration qu'ils devraient lire. Sarah, Benjamin et Beth suivirent Martin dans son bureau, où il s'installa à l'ordinateur pour taper des modifications et renvoyer le tout par e-mail. En gros, ils diraient qu'Abbie était une fille merveilleuse, qu'ils étaient fiers d'elle et qu'ils étaient convaincus de son innocence. À la fin, ils s'adresseraient directement à elle et lui demanderaient de se manifester pour couper court aux accusations. Le message s'achèverait sur ces mots : *Nous t'aimons, chérie. Reviens à la maison.*

« Tu sais que c'est toi qui devras lire ? dit Benjamin à Sarah.

— Je n'y arriverai pas.

— Chérie, je serai à côté de toi. Avec Joshie. Tu sais que je le ferais volontiers, mais vu les rapports que nous avons en ce moment, Abbie et moi, il faut que ce soit toi qui t'adresses à elle. »

Sarah protesta un peu mais il avait raison. Elle allait devoir trouver la force nécessaire.

Chez les Ingram, l'annexe où on logeait les amis formait un décrochement un peu ostentatoire, à l'évidence signé Martin. Elle était dotée d'une terrasse et de trois chambres doubles avec salles de bains, et donnait sur le jardin de derrière. Beth n'avait donc pas besoin de se casser la tête en se demandant qui dormirait où. La veille, Sarah et Josh avaient pris chacun une chambre, et Ben avait déjà posé son sac dans la troisième. Après le journal télévisé (pendant lequel, Dieu merci, il n'avait été question ni d'Abbie, ni du meurtre) les Ingram se retirèrent, laissant les Cooper monter dans l'annexe.

Ils s'assirent tous les trois sur le lit de Sarah pour

bavarder un moment. Josh leur parla de la vidéo qu'il était en train de tourner avec Freddie et d'autres élèves de terminale. Puis il se leva, dit bonne nuit, et se dirigea vers sa chambre. Benjamin semblait prêt à lui emboîter le pas. Resté seul avec Sarah, il avait l'air mal à l'aise ; il se leva et s'étira. La journée du lendemain serait longue et difficile. Il se pencha pour embrasser Sarah sur la joue, puis se dirigea vers la porte.

« Non, reste », dit-elle doucement.

Il se retourna et la regarda.

« Dors ici. Je t'en prie. J'ai besoin de toi. Juste pour cette nuit. »

Il referma la porte, revint s'asseoir sur le lit et la prit dans ses bras.

Ils se déshabillèrent pudiquement, comme deux étrangers. Elle eut une sensation étrange en voyant leurs deux trousses de toilette côte à côte dans la salle de bains, avec tous les objets qu'elle reconnaissait mais qui ne faisaient plus partie de sa vie. Le rasoir, le petit nécessaire à ongles en cuir rouge qu'elle lui avait offert, son déodorant habituel. Quand elle sortit de la salle de bains, il avait déjà éteint la lumière de la chambre, alors elle se glissa dans le lit à côté de lui, et pendant un long moment ils restèrent allongés, regardant le plafond et les volumes de la pièce, qui se révélaient au fur et à mesure que leurs yeux s'habituaient à l'obscurité.

« Tu me manques, Benjamin. Terriblement.

— Oh, ma chérie.

— Je me débrouille sans toi. Jour après jour. Mais c'est comme si... »

Elle avala sa salive, la gorge serrée. Ne pleure pas, se dit-elle, ne pleure pas.

« ... comme si je n'étais plus entière. Une moitié de moi est partie. »

Il roula sur le côté et l'entoura de son bras. Bien entendu, à son contact, elle ne put retenir ses larmes.

« Je t'aime, Benjamin. »

Plus tard, il penserait sûrement qu'elle avait tout prévu. Mais c'était faux. Il n'y avait eu aucune préméditation. Seulement la lente et inexorable conjonction de deux âmes blessées. Elle se tourna vers lui, lui passa un bras autour de la taille, et elle sentit la chaleur de son corps, les creux et les angles familiers, le torse pressé contre ses seins. Elle avait la joue contre son menton qui piquait un peu, les lèvres contre la peau douce au creux du cou. Elle respira son odeur, qu'elle n'avait jamais pu oublier.

« Sarah, écoute, nous...

— Chut... S'il te plaît. »

Elle l'avait déjà senti frémir contre sa cuisse. Elle pressa son ventre contre lui et le sentit durcir. Elle souleva sa chemise de nuit d'une main, glissa l'autre sous le pyjama de Ben et saisit doucement son membre qui tressaillit. Ben chercha sa bouche, l'embrassa et se souleva pour venir sur elle en se débarrassant de son bas de pyjama. Puis il redescendit, se plaça entre les cuisses ouvertes et plongea en elle.

Il lui appartenait à nouveau. Ne fût-ce que pour cette nuit douloureuse et volée. Il était à elle.

Vingt-deux

Abbie n'était allée qu'une seule fois à San Francisco, pour des vacances en famille quand elle avait une douzaine d'années. Les Cooper étaient descendus dans un hôtel qui, en fait, était un lieu de convalescence pour des gens venant de subir des interventions de chirurgie esthétique. Tout le monde portait des pansements ; certains avaient la tête et le visage entièrement enveloppés, à l'exception d'une fente par laquelle ils s'efforçaient d'avaler leur petit déjeuner. On se serait cru dans une salle d'auditions pour *L'Homme invisible*, avait dit Ben. C'était en plein été, mais le soleil ne parvenait pas à traverser le brouillard humide qui voilait la ville. Malgré tout, ils s'étaient bien amusés à jouer aux parfaits touristes : ils avaient pris le tramway et le funiculaire, flâné dans les boutiques de Fisherman's Wharf, acheté des T-shirts.

Cette fois-ci, c'était un peu différent.

Elle attendait sa paie dans le petit couloir sale qui menait au bureau du manager, juste à côté des toilettes. Il n'y avait qu'une ampoule nue, et les murs peints en rouge vif étaient criblés de petits points blancs là où des affiches scotchées avaient été arrachées, emportant un peu de peinture. La seule encore en place portait l'inscription BUREAU DU MANAGER, mais un petit marrant avait barré les trois dernières lettres de BUREAU pour les remplacer par -NES et, pour être bien sûr que tout le monde comprenne, il avait esquissé un croquis obscène en dessous.

À l'autre bout du couloir se trouvait le bar enfumé où, comme d'habitude, le juke-box avait été pris d'assaut par les fans de hard rock. Ils mettaient le son tellement fort qu'Abbie avait appris à lire sur les lèvres pour prendre les commandes. Le soir après le boulot, il fallait au moins une heure pour que ses oreilles arrêtent de siffler.

Il était plus de minuit, et elle attendait depuis déjà cinq minutes. Derrière la porte, Jerry le manager, et ses cent trente kilos de graisse répugnante, comptait les pourboires tout en discutant au téléphone avec un de ses potes, un minable comme lui. Voilà pourquoi il mettait aussi longtemps. Faire deux choses à la fois, ça dépassait ses compétences.

« Tu y es pas du tout, disait-il. C'est ça, t'as pigé, gros. Faut que j'y aille. Ouais. À plus. »

La porte s'ouvrit, et elle vit Jerry propulser sa chaise à roulettes pour revenir au bureau où se trouvait l'argent, réparti en cinq petites piles au milieu d'amas de vieux hamburgers, de pizzas en train de pourrir, de gobelets de café, et Dieu sait quelle vermine en pleine prolifération. Entrer Chez Billy Z, que ce soit dans le bureau ou même dans les cuisines, était dangereux pour la santé. Qui était – ou avait été – Billy Z, Abbie n'en savait rien. Peut-être quelqu'un qui avait pris un plat au menu et en était mort. Ou au contraire avait survécu, d'où sa renommée.

« Te voilà, Becky. Désolé de t'avoir fait attendre. »

Abbie se borna à hocher la tête. Il prit une des piles de billets et la lui tendit. Elle se mit à compter.

« Il n'y a que dix-huit dollars. »

Il mordit dans son hamburger et haussa les épaules.

« C'est calme en ce moment. »

Elle n'allait pas discuter. Elle mit les billets dans sa poche et se retourna pour partir.

« Ça va, toi ?

— Hein ?

— T'es pas bavarde.

— Et alors ? Je suis pas payée pour.

— Oh là, cool, ma jolie. Ce que j'en dis... »

Elle lui aurait volontiers lancé quelque chose à la tête, mais se contenta de le regarder de travers avant de sortir.

« Moi aussi, je t'aime ! » cria-t-il derrière son dos.

Ce gros con l'avait fait poireauter si longtemps qu'elle avait raté son bus pour Oakland. Elle courut, mais il redémarrait déjà pour gagner l'autoroute, alors elle s'assit sur le mur et alluma une cigarette en attendant le suivant. Les seuls signes de vie étaient le bruit de la circulation sur l'autoroute et un chat noir, assis sur le trottoir d'en face, devant une casse de voitures où s'entassaient des épaves aplaties. Le chat faisait sa toilette à la limite d'une tache de lumière froide diffusée par un unique réverbère. De temps à autre, il s'arrêtait net pour fixer Abbie de ses yeux jaunes, puis recommençait à se lécher les pattes.

« Hé, minou, appela-t-elle doucement, viens, viens voir là. »

Bien entendu, il n'obéit pas.

On était presque en avril, mais la soirée était si froide et si humide qu'on se serait cru en hiver. C'était peut-être ça qui la déprimait. Lorsque le soleil brillait, tout semblait plus facile, mais quand il faisait aussi mauvais, elle avait le moral à zéro. Et dans ces cas-là, elle n'avait qu'une envie : appeler sa mère.

La dernière fois qu'Abbie avait entendu sa voix, c'était à la télé, quand elle l'avait suppliée de se rendre. Un sale moment à passer, même si Abbie ne se souvenait pas de grand-chose, abrutie qu'elle était par les cachets que Rolf lui donnait. C'était juste après leur arrivée à Los Angeles ; ils se planquaient chez des gens que Rolf connaissait. Les jours, les semaines, les mois s'étaient succédé, se fondant dans une sorte de brume. Elle se revoyait sur le lit qu'elle ne quittait pas, rideaux fermés, télé allumée ; Rolf lui apportait à manger, de quoi fumer, ou lui faisait l'amour. Elle n'avait aucun souvenir de Thanksgiving, ni de Noël. Mais elle voyait encore ses parents et le pauvre Josh, si pâles, crispés et courageux devant les flashs des appareils photo et la forêt de micros des journalistes, et sa mère affirmant qu'elle était innocente et qu'ils l'aimaient.

Peut-être que si elle avait eu les idées plus claires, elle les aurait appelés tout de suite ou elle se serait présentée à un poste de police. Mais Rolf la surveillait de trop près pour qu'elle puisse faire l'un ou l'autre. Elle savait qu'il redoutait une bêtise de ce genre. Il lui avait répété des dizaines de fois qu'il fallait attendre que les choses se tassent, que la fièvre des médias se calme. Il avait raison, bien sûr, comme d'habitude.

Ils s'étaient d'abord retrouvés dans une maison à Whittier, quelque part dans l'interminable banlieue est de Los Angeles. Un quartier délabré, mais pas trop dangereux. C'était le genre de coin où personne ne se mêle des affaires des autres, et où les flics ne viennent qu'en cas d'assassinat. Ils partageaient une maison avec deux autres types et une femme. Abbie ne réussit jamais à savoir vraiment de quoi ils vivaient. Ils sortaient tous les matins, comme s'ils allaient travailler, mais il y en avait toujours un qui restait là. Le flux constant de visiteurs suggérait qu'ils vendaient de la drogue. Elle avait vu qu'un des types avait un flingue, et il ne devait pas être le seul. Ils étaient tous les trois aimables avec elle, beaucoup plus que les petits merdeux du squat de Seattle. Ils la traitaient avec gentillesse ; avec égards, même. Mais aussi, elle n'était plus une petite bourge écolo en mal de sensations fortes.

Peu à peu, l'horreur de cette fameuse nuit à Denver s'était, sinon estompée, du moins « replacée dans son contexte », comme disait Rolf. Il ne cessait de lui répéter que c'était un accident, qu'il ne fallait pas prêter attention à l'histoire tordue que les médias essayaient de leur faire gober. Il disait – et Abbie le croyait – qu'il regrettait ce qui était arrivé au fils McGuigan. Le jeune homme avait profité de l'absence de ses parents pour venir avec sa petite amie. Il avait dû apercevoir Abbie et il était sorti avec le fusil, passant devant Rolf sans le voir. Heureusement, la fille était dehors quand la maison avait sauté. La mort de ce type était une bavure. Désolante et regrettable, mais en plein conflit, ces choses-là arrivaient. Il ne fallait pas perdre de vue que son père avait bousillé la vie des parents de Ty et celle de centaines d'autres familles. C'était JT McGuigan le principal responsable de la mort de son fils, pas eux.

Rolf avait dit tout ça avant qu'ils voient Ty à la télé, arrêté par les flics. Alors, Abbie avait craqué. Elle avait mis son manteau pour aller téléphoner afin de se rendre, mais Rolf l'en avait empêchée. Elle avait eu beau crier, hurler et essayer de le frapper, il ne l'avait pas lâchée. Comment ces crétins de flics pouvaient-ils croire que Ty avait quelque chose à voir là-dedans ? Selon Rolf, c'était sûrement une ruse des fédéraux pour la pousser à se manifester. D'ailleurs, Ty avait été relâché quelques jours plus tard. Heureusement pour lui, plusieurs témoins l'avaient vu à Sheridan le soir de l'accident. Mais d'après les journaux, ces salauds de fédéraux n'avaient toujours pas écarté l'accusation de participation à une association de malfaiteurs.

Elle avait supplié Rolf à maintes reprises de la laisser appeler sa mère, mais il n'avait rien voulu savoir. Elle pourrait le faire bientôt, mais pas maintenant. C'était trop risqué. Il l'avait juste laissée écrire une lettre, qu'il avait relue à la virgule près. Elle disait qu'elle allait bien, que ce qui s'était passé était un accident, et qu'elle était désolée de leur créer tous ces ennuis. Rolf avait prétendu qu'ils ne pouvaient pas la poster de Los Angeles. Il l'avait adressée à un de ses contacts à Miami, qui était censé l'envoyer à New York. Était-elle seulement parvenue à destination ? Abbie l'ignorait.

De l'autre côté de la rue, le chat continuait sa toilette, sans lui prêter aucune attention. Le bus arrivait. Les portes s'ouvrirent, et elle monta. Il y avait une demi-douzaine d'autres passagers. Dont deux flics, qu'elle ne repéra qu'une fois engagée dans l'allée.

Un homme, une femme, assis côte à côte, en train de bavarder. Apparemment, ils rentraient chez eux après le service. L'homme regarda Abbie avancer, sans manifester d'intérêt particulier, mais il n'en fallait pas plus pour qu'elle sente son cœur cogner. Rolf lui avait recommandé de ne jamais avoir l'air crispé ni furtif. Elle regarda le flic droit dans les yeux et sourit ; il lui rendit son sourire et détourna le regard.

Abbie s'installa à deux rangées du fond et fixa leur dos. Ils bavardaient toujours, mais elle était trop loin pour entendre ce qu'ils disaient. Puis le type éclata de rire, ce qui la rassura.

Elle regarda par la fenêtre, à travers son reflet qui,

même après tout ce temps, la surprenait encore. Les cheveux courts, très bruns, hérissés par le gel, les sourcils teints de la même couleur, les petites lunettes rectangulaires avec leur monture noire et leurs verres neutres, un clou en argent sur l'aile gauche du nez. Elle ne savait pas pourquoi elle paniquait encore à la vue d'un flic, elle se reconnaissait à peine elle-même. Impossible de faire le rapprochement avec la princesse blonde et souriante dont la photo, prise lors de la remise des diplômes, avait été placardée dans les journaux et diffusée à la télé tous les soirs jusqu'à ce que les journalistes se lassent et passent à autre chose, Dieu merci.

Rolf s'était contenté de se laisser pousser la barbe et de se couper les cheveux. Précaution superflue. Une fois que ces crétins avaient compris que finalement, « le complice écoterroriste d'Abbie Cooper » n'était pas Ty, ils avaient diffusé un portrait-robot de Rolf si peu ressemblant que cela en devenait comique. Un détail l'avait vexé, pourtant : l'âge qu'on lui attribuait, « entre trente-cinq et quarante ans ».

Une semaine après leur arrivée à LA, il s'était arrangé pour se procurer de nouveaux papiers d'identité. Ils étaient devenus Peter Bauer et Rebecca Jane Anderson. Elle avait un permis de conduire, un numéro de Sécurité sociale et des cartes de crédit pour le prouver. Mais elle allait devoir s'habituer à endosser encore une nouvelle identité, parce que Rolf trouvait la contrefaçon médiocre et faisait le nécessaire pour s'acheter de nouveaux papiers, plus chers. Ils coûtaient mille dollars pièce, aussi Abbie était-elle obligée de travailler comme serveuse chez Billy Z.

Rolf refusait encore de lui dire comment il se procurait ce genre de documents. C'était toujours par l'intermédiaire d'un « copain » quelque part. Mais en trois mois passés à LA et deux et demi ici, pendant lesquels elle avait observé, écouté et même exécuté certaines tâches, elle avait beaucoup appris.

Elle savait, par exemple, que la meilleure technique pour se trouver une nouvelle identité était de parcourir les rubriques nécrologiques. Elle avait vu ça dans un film une fois, et n'y avait pas cru, mais en fait c'était vrai. Il suffisait de trouver quelqu'un dans la même tranche d'âge, et d'envoyer une demande écrite pour obtenir une copie officielle du certificat de naissance. C'est à peine croyable, mais quand quelqu'un meurt, il faut des mois, voire des années, pour que les autorités enregistrent le décès.

Quant aux cartes de crédit, c'était un jeu d'enfant. Les gens recevaient souvent des offres pour une nouvelle carte de crédit, et neuf fois sur dix, ils jetaient le formulaire. Il suffisait de faire les poubelles pour en récupérer un, de le remplir en indiquant un changement d'adresse et hop, gagné ! Vous receviez une carte. Mieux valait ne pas la garder trop longtemps, pour éviter de se faire repérer, donc il fallait dépenser vite et la balancer, puis en redemander une autre. Rolf évitait les distributeurs automatiques, parce qu'ils étaient tous équipés de caméras. Alors ils achetaient des trucs qu'ils revendaient après. Rolf savait comment écouler à peu près n'importe quoi, mais en principe, ils s'en tenaient au matériel électronique : ordinateurs, appareils photo, téléphones, rien de trop encombrant.

Elle était surprise, un peu choquée, même, de constater qu'elle s'était très vite adaptée à ce que Rolf appelait une vie « marginale ». Pour être parfaitement honnête, elle trouvait ça excitant. Parfois, dans ses moments d'euphorie, elle se disait que Rolf et elle étaient un couple à la Bonnie and Clyde, version écolo, mais se gardait bien de partager avec lui ce genre de salades sentimentales.

Ça ne prêtait pas beaucoup à conséquence, cette arnaque aux cartes bancaires. Rolf disait que, grâce à l'assurance, les gens ne perdaient que la franchise de cinquante dollars. C'étaient les banques de crédit et les grosses sociétés qui encaissaient le coup, pas leurs clients. Et ces salauds-là passaient leur temps à plumer tout le monde, alors on n'allait quand même pas les plaindre.

Ils étaient arrivés à San Francisco en janvier, et après avoir vécu d'abord dans un squat sordide du quartier de Mission, ils venaient de s'installer à Oakland dans un logement à eux. Rien d'extraordinaire, juste un petit deux-pièces dans un quartier paumé, mais Abbie l'avait nettoyé et repeint pour le rendre vivable, comme à Missoula. Rolf s'était moqué d'elle, disant qu'elle était indécrottable, avec ses valeurs bourgeoises. Mais elle lui avait répondu qu'elle se fichait de ce qu'il pensait (ce qui n'était pas vrai), et qu'elle ne voyait pas ce qu'il y avait de bourgeois à refuser de vivre dans la crasse et la vermine. Avec un peu plus d'argent, elle aurait pu le rendre vraiment chouette, cet appartement.

Maintenant que le traumatisme de l'accident commençait à s'atténuer et qu'ils se retrouvaient tous les deux, ça allait mieux. Elle adorait s'occuper de lui, lui préparer des petits plats et lui offrir des cadeaux. Tous les vendredis sans exception, elle achetait des fleurs qu'elle mettait dans un pichet sur la table de la cuisine. Il disait que c'était de l'argent fichu en l'air, et qu'il n'était pas sensible à ce genre de détail inutile, mais elle savait qu'au fond, ça ne lui déplaisait pas. Ce qu'elle préférait, c'étaient les week-ends où ils quittaient la ville pour aller faire des kilomètres à pied dans les collines, dans la forêt ou le long de la côte.

Ils parlaient, riaient, et faisaient l'amour. Elle lui disait souvent qu'elle l'aimait ; lui, il n'avait encore jamais prononcé ces mots-là. Il n'était pas du genre à faire des déclarations. Mais elle était sûre qu'il l'aimait. Quinze jours plus tôt, sur une plage ventée, il avait dessiné un cœur dans le sable, avec leurs initiales entrelacées au milieu.

Pour participer à l'achat de leurs nouveaux papiers, Rolf s'était trouvé un boulot lui aussi, dans un bar de Fisherman's Wharf, et bien que son salaire ne soit pas supérieur à celui d'Abbie, il gagnait cinquante fois plus. Elle ne l'avait appris que récemment, le matin où elle avait trouvé un drôle de petit gadget par terre dans la chambre. Un truc noir qui ressemblait à un bip ou un petit téléphone portable dernier cri. Elle lui avait demandé ce que c'était, mais il s'était contenté de sourire sans rien lui dire. Alors elle avait refusé de le lui rendre, et il l'avait poursuivie dans tout l'appartement, jusqu'à ce qu'elle le menace de jeter l'objet dans les toilettes s'il ne lui répondait pas.

« OK. C'est un skimmer. Maintenant, donne-le-moi.

— C'est quoi, un skimmer ? »

Il avait soupiré en indiquant la fente sur le côté de l'appareil. « Quand tu glisses une carte de crédit dedans, ça capte toutes ses données magnétiques. Si tu sais où aller, tu peux vendre les informations cinquante dollars par carte. » Rolf, évidemment, savait où aller. Il pouvait lui procurer un autre capteur qu'elle utiliserait chez Billy Z, mais elle avait refusé. Elle trouvait ça franchement dégueulasse. Arnaquer des gens comme ça, après les avoir servis avec le sourire pour avoir un pourboire, c'était moche. Rolf avait rigolé.

Le bus était arrivé à Oakland. Abbie descendait à l'arrêt suivant. Il ne restait plus que les deux flics.

Alors, pour la première fois, la femme se retourna et la regarda. Abbie se sentit très mal. Et s'ils savaient qui elle était ? Même dans le cas contraire, elle devait éviter de donner le moindre indice sur son domicile. Le mieux était de rester dans le bus jusqu'à ce qu'ils descendent, puis d'en prendre un autre pour rentrer. Oh, et puis merde. Il était tard, et elle était crevée. Il ne fallait tout de même pas être parano.

Le bus ralentit, elle se leva et se dirigea vers l'avant, mais dans sa panique elle avait oublié les feux au pied de la côte. Le bus s'arrêta au rouge, elle se retrouva à la porte bien trop tôt, obligée d'attendre juste devant les deux autres. Ils la fixaient, et elle fit celle qui n'avait rien remarqué ou s'en moquait. Elle remonta le col de son manteau.

Le flic dit quelque chose qu'elle n'entendit pas bien, mais manifestement, c'était à elle qu'il s'adressait. Elle le regarda.

« Pardon ?

— J'ai dit, ne vous en faites pas, le printemps va bientôt arriver.

— Ah, oui. Eh bien j'espère. »

Le bus redémarrait. Abbie sourit et détourna les yeux, espérant mettre un terme à la conversation.

« Vous travaillez tard ? »

Elle acquiesça, l'air las, mais aimable et résigné.

« Oui. Vous aussi, on dirait ?

— Oui. Mais pas demain. Demain, je suis de garde sur le terrain de golf.

— Super. »

Le bus s'arrêtait. Les portes mirent une éternité pour s'ouvrir.

« Bonsoir, dit-elle en descendant.

— Bonsoir. »

Quand elle rentra, le séjour était éteint. Seule une

lueur sous la porte de la chambre indiquait que la télé était allumée. En fermant la porte à double tour, elle appela Rolf mais ne reçut pas de réponse. Elle le trouva dans la chambre, allongé sur le matelas qu'ils avaient récupéré dans une poubelle. Il travaillait sur son nouvel ordinateur portable, qu'il referma dès qu'elle entra.

« Salut, Rolf, dit-elle.

— Combien de fois devrai-je te répéter de ne pas m'appeler Rolf ?

— Pardon. Tu m'appelles bien encore Abbie, toi.

— Seulement, moi, je sais que je ne risque pas de faire de gaffe au mauvais moment. »

Elle enleva son manteau et s'assit à côté de lui sur le lit.

« Et moi, pourquoi est-ce que j'en ferais une ?

— Toi, tu n'as pas l'habitude. Il faut avoir éduqué ses réflexes.

— Bien, monsieur. »

Elle l'embrassa sur le front, puis plus longuement sur les lèvres, mais il ne réagit pas.

« Je connais quelqu'un qui s'est levé du pied gauche. Qu'est-ce que j'ai fait ? »

Il ne répondit pas tout de suite, fixant la télé posée sur une caisse derrière la porte. Le son avait été coupé. George W. Bush se promenait dans un ranch, déguisé en cow-boy, un petit chien noir ridicule trottinant à ses côtés.

« Il faut qu'on se casse, dit-il enfin.

— Pourquoi ? Il ne te plaît pas, cet appart ?

— Putain, je parle de la ville !

— Tu veux quitter San Francisco ?

— T'as bu ou quoi ? Ça tourne au ralenti, chez toi !

— Non mais qu'est-ce qui te prend ? »

Il se leva et se dirigea vers la salle de bains.

« Rolf – pardon... Dis-moi ce qui se passe, enfin.

— Quelqu'un a parlé. Je ne sais pas qui. Toi, peut-être.

— Hein !

— Je n'en sais pas plus. J'ai appris ça aujourd'hui. Les fédéraux posent des questions. Bref, il faut partir. Demain.

— Pour aller où ?

— Je sais pas. Chicago. Ou Miami.

— Les nouveaux papiers sont arrivés ?

— Ça aussi, ça a foiré. On n'a pas de fric. Tu vas devoir en demander à tes parents, puisqu'ils sont pleins aux as. »

Vingt-trois

Josh s'était plus ou moins habitué à l'idée qu'entre lui et Katie Bradstock, c'était fini. D'ailleurs, il ne l'avait revue qu'une seule fois depuis qu'elle était à l'université d'Ann Arbor. Ils s'envoyaient encore des e-mails, mais ceux de Josh étaient beaucoup plus branchés sexe. C'était peut-être ça le problème. Elle ne prenait même pas la peine de relever les passages érotiques où il rêvait sur ce qu'ils avaient fait ou pourraient faire ensemble. Et pourtant Josh les écrivait dans l'espoir de l'exciter (en tout cas, sur lui, l'effet était immédiat quand il les rédigeait). Il envoyait par exemple : *Je me souviens de l'ombre de tes seins au clair de lune*, et elle répondait : *Lundi on a joué au basket et ensuite on est tous allés chez Wendy.* Elle avait un nouveau petit ami à l'université. Fatalement.

Puis il s'était dit qu'avec Abbie en cavale, elle était probablement gênée à l'idée qu'un petit pervers du FBI lisait tous leurs messages, allez savoir. En y pensant, Josh se sentait vachement gêné lui aussi. De toute façon, Katie Bradstock et ses seins éclairés par la lune étaient à huit cents kilomètres, à Ann Arbor, et lui à Syosset, alors il fallait regarder la situation en face : ça ne pouvait pas marcher. Freddie le lui répétait depuis des mois, les relations à distance, c'est pas le pied.

Aussi fut-il très étonné en recevant une lettre de Katie demandant à le voir. Sans aucun doute, il y avait quelque chose d'important et de secret, parce qu'elle avait envoyé la lettre au lycée, et lui demandait de ne rien dire à ses parents. Recevoir une lettre au bahut, ce n'était pas très discret, parce que personne n'en recevait jamais, alors il avait eu droit à des commentaires du genre : *Hé, Josh, c'est de qui, la lettre d'amour ?* Il n'avait parlé du contenu qu'à Freddie, qui s'était frotté le menton et lui avait demandé quand Katie et lui s'étaient vus la dernière fois.

« J'en sais rien. Il y a à peu près deux mois, pourquoi ?

— Huit ou neuf semaines, c'est bien ça ?

— Oui, je crois. Pourquoi ?

— Et vous avez baisé ?

— Ben oui. » Josh essaya d'adopter un ton viril et nonchalant, alors qu'en fait ça avait été un fiasco. « Pourquoi ?

— Elle est enceinte. »

Nom de Dieu ! Josh avait passé les trois jours suivants dans une brume d'angoisse. C'était sûrement ça. Sinon, pourquoi tant de précautions ? Il lui aurait tout de suite téléphoné sur son portable si elle ne le lui avait pas interdit. En revanche, elle lui avait demandé d'appeler à treize heures précises le jeudi suivant un numéro qu'il ne connaissait pas. Il devait aller dans une cabine et s'assurer que personne ne l'observait ou ne l'écoutait. Seigneur !

Le fameux jeudi, quand il appela d'une des cabines en face de la cafétéria du lycée, elle décrocha dès la première sonnerie. Il y avait de la circulation en bruit de fond, d'où il avait conclu qu'elle aussi était dans une cabine.

« Qu'est-ce qui se passe, demanda-t-il ?

— Il faut que je te voie. Je peux me faire accompagner en voiture à New York ce week-end. Samedi après-midi. Chez Bloomingdale. Tu pourras y être ?

— Oui, bon. Katie, qu'est-ce qui se passe, enfin ?

— Je ne peux pas te le dire au téléphone. À l'étage des cosmétiques, d'accord ? Je serai au rayon Clarins. À deux heures. C'est noté ?

— À quel rayon ? »

Elle épela, impatiente. Il avala sa salive.

« Katie ?

— Quoi ?

— T'es pas, euh... enceinte ?

— Hein ! Ça va pas, non. Bien sûr que non. Bon, faut que j'y aille. Je te vois samedi. Hé, Josh ?

— Oui ?

— Vérifie que personne ne te suit, d'accord ? »

C'est seulement à ce moment-là qu'il comprit de quoi il s'agissait. Non mais quel con !

« C'est au sujet d'Abb...

— Ça va pas ! Il faut que je te laisse, Josh. »

Elle avait raccroché. Et maintenant il rôdait chez Bloomingdale. Arrivé une heure en avance, il avait parcouru chaque recoin du magasin, jetant des regards furtifs par-dessus son épaule et dans les miroirs, prenant les escalators et les ascenseurs dans les deux sens, cherchant à détecter sur les visages une marque d'intérêt ou une indifférence affectée. Les agents de la sécurité auraient déjà dû l'arrêter mille fois !

Jusque-là, il n'avait pas trop pris au sérieux toutes ces histoires de surveillance. À la rigueur, il admettait qu'on puisse lire leurs e-mails et que leur téléphone fixe, voire son portable, soient sur écoute. Pendant quelques semaines après la disparition d'Abbie, sur le chemin du lycée, il avait cherché à voir si quelqu'un l'observait dans une voiture ou un fourgon aux vitres fumées, comme dans les films. Mais il était vite arrivé à la conclusion que s'il était filé, ça devait être par des pros, parce qu'il n'avait jamais vu personne. Qu'est-ce qu'ils devaient s'ennuyer. Lui le premier, il trouvait sa vie sans intérêt. Alors pour ces pauvres types qui étaient obligés de le regarder la vivre, y'avait de quoi se flinguer !

Freddie, qui était à fond dans les ordinateurs et les trucs hi-tech les plus déments, disait que maintenant, tout passait par l'électronique. Les satellites étaient équipés de caméras tellement puissantes qu'elles pouvaient zoomer sur un bouton d'acné. Si c'était vrai, Josh était déjà repéré, de toute façon... Dans le train qui l'avait amené de Long Island, il avait scruté les autres voyageurs et fait deux fois le tour de Penn Station avant de prendre un taxi pour la 55e Rue et Park Avenue, puis il avait suivi un itinéraire compliqué jusqu'à la 59e et Lexington, jetant un œil – même les deux – par dessus son épaule, et avait fini par s'engouffrer dans le grand magasin.

Enfin, il était deux heures. Le rayon Clarins se trouvait devant lui, Katie Bradstock aussi, blonde et sublime en petite veste marron cintrée au col de fourrure, treillis noir et baskets argent, l'air inquiet, très inquiet. Josh eut un pincement au cœur. Elle sourit en le voyant, mais son regard se porta immédiatement derrière lui pour vérifier que personne ne le suivait. Il la prit dans ses bras pour l'embrasser. Elle s'appliqua bravement à lui rendre son étreinte mais il la sentit crispée par la peur.

Elle lui dit de la suivre et s'éloigna si vite qu'il dut presque courir pour rester à sa hauteur. Quelques instants plus tard, ils étaient dehors, sous le soleil d'avril, et fonçaient toujours. Il y avait un café Starbuck qu'elle avait dû repérer à l'avance parce qu'elle y entra d'autorité. En attendant leurs cafés, il parla de choses et d'autres, annonça qu'il était accepté à l'université de New York, et qu'il était finalement très content d'y aller. Mais visiblement, elle était distraite et semblait à peine entendre ce qu'il disait. Quand ils furent installés seuls dans un coin, elle se décida enfin à parler.

« J'ai vu Abbie.

— Tu l'as vue !

— Elle est venue à Ann Arbor. La semaine dernière. Elle est venue à la résidence sur le campus...

— Quoi ? Elle est venue sonner à ta porte ? Comme ça ?

— Josh, tu te tais et tu me laisses parler, d'accord ?

— Pardon. Vas-y.

— Elle surveillait les lieux et m'a suivie. J'avais un cours ce matin-là. Quand je suis sortie de la salle, elle m'a à nouveau suivie jusqu'à ce que je sois seule, alors elle s'est approchée de moi par-derrière et m'a dit : « Katie ? »

— Seigneur !

— Je ne l'ai pas reconnue. Je te jure. Elle était changée du tout au tout. Ses cheveux et le reste. On lui aurait donné dix ans de plus. Elle avait des lunettes et un vieux manteau noir. Je lui ai demandé : « On se connaît ? » Alors elle a eu un drôle de sourire et m'a dit : « Katie, c'est moi, Abbie. »

Katie s'était approchée de lui et parlait si bas que sa voix était à peine un murmure. Elle regardait sans arrêt derrière lui et de chaque côté pour s'assurer que personne ne les écoutait.

« Qu'est-ce que tu as fait ?

— On a marché jusqu'à ce qu'on trouve un endroit pour s'asseoir et parler.

— Elle t'a raconté ce qui s'est passé ?

— Pas vraiment. Elle a dit que toute cette histoire était un terrible accident. Ils croyaient la maison vide. Ils voulaient juste l'incendier.

— *Juste* l'incendier, ben voyons.

— Écoute, tu m'as demandé de te raconter. Je te raconte. Elle a dit qu'ils voulaient montrer au père, celui qui a la compagnie de gaz, qu'il n'avait pas le droit de traiter les gens comme il avait traité les parents de Ty. Ils ne voulaient tuer personne.

— Alors pourquoi elle se rend pas ?

— Elle a dit qu'elle aurait sans doute dû le faire, mais que maintenant c'est trop tard, personne ne voudra les croire.

— Alors elle est toujours avec Rolf ?

— Oui. Elle dit qu'elle l'aime, et qu'elle n'a plus que lui au monde.

— Rien que ça.

— Josh, elle a besoin de fric.

— Et elle voit ça comment, elle ? D'après ma mère, le FBI vérifie chacune de nos dépenses, au centime près.

— Abbie a dit que ton grand-père doit savoir comment se procurer discrètement quelques milliers de dollars en liquide.

— Quelques milliers de dollars ! »

Josh secoua la tête et regarda au loin. Dehors, le soleil de printemps brillait dans un ciel clair, ce qui accentuait encore le côté surréaliste de l'histoire. Il regarda à nouveau Katie et vit qu'elle pleurait. Il prit sa main dans les siennes.

« Tu n'imagines pas à quel point je suis terrorisée », déclara-t-elle.

Il mit ses bras autour d'elle quelques instants. Ses cheveux sentaient délicieusement bon. Il aurait tout donné pour... Elle se redressa, fouilla dans sa poche à la recherche d'un kleenex, essuya ses larmes et le mascara qui avait coulé, puis se ressaisit. Elle attrapa son sac d'où elle sortit une enveloppe cachetée en papier kraft.

« Elle m'a dit de te donner ça. Je ne sais pas ce qu'il y a dedans, et je ne veux pas le savoir. Je ne veux plus être mêlée à tout ça, tu comprends ? Je ne veux pas bousiller ma vie. Ni celle de mes parents. J'aime Abbie, du moins celle que j'ai connue, mais je lui ai demandé de ne plus me contacter. Et il faut aussi que je te dise, Josh... »

Elle avala sa salive, incapable d'enchaîner tout de suite. Elle s'essuya les yeux une dernière fois et referma son sac.

« Je ne veux plus que tu me contactes, toi non plus.

— Katie...

— N'insiste pas. Ne m'envoie pas d'e-mail, ne m'appelle pas. Plus jamais. D'accord ? »

Elle se leva, l'embrassa sur le front, puis se dirigea prestement vers la porte, sortit dans la rue ensoleillée et disparut.

Josh resta assis un long moment, regardant l'enveloppe entre ses mains. Les idées et les émotions se bousculaient dans sa tête, si nombreuses qu'il était incapable de se concentrer sur quoi que ce soit. Quel merdier, bon Dieu, quel merdier ! Il soupira et ouvrit l'enveloppe. Elle contenait une seule feuille de papier jaune arrachée à un bloc et pliée en quatre. Ce n'était pas vraiment une lettre. De sa belle écriture élégante, Abbie avait écrit :

Josh. R.V. à l'angle de la 58e Rue et de Madison à trois heures.

Vérifie que tu n'es pas suivi. Détruis cette lettre tout de suite. A.

Il jeta la feuille dans une poubelle puis se ravisa, la récupéra, alla la mettre dans les toilettes et tira la chasse. Il regarda sa montre. Il avait presque vingt minutes devant lui mais partit en courant. Deux rues plus loin, il faillit se faire renverser en traversant au vert. Les coups de klaxon furieux le ramenèrent à la réalité, et il finit le trajet en marchant, respirant à fond pour essayer de se calmer, mais sans grand succès.

Il arriva avec cinq minutes d'avance. À trois heures vingt, il attendait toujours. Chaque passant, chaque automobiliste était devenu un agent du FBI en puissance, tout comme le groupe de touristes qui se trouvaient sur le trottoir d'en face depuis cinq minutes et faisaient semblant de regarder un plan. Merde ! Il y en avait même un qui le prenait en photo ! Le ciel sans nuage était truffé de satellites qui zoomaient sur ses boutons.

Au moment où il se disait qu'à part ses hallucinations, il ne se passerait rien, un taxi s'arrêta à sa hauteur, une portière s'ouvrit et une femme avec des lunettes noires lui fit signe de monter. Dans l'état de terreur paranoïaque où il se trouvait, sa première réaction fut de refuser. Mais comme il reculait, la femme ôta ses lunettes, et il reconnut sa sœur.

« Salut ! C'est sympa de te trouver là ! dit-elle en se poussant pour lui laisser de la place. Monte. »

Mais le ton joyeux, celui que l'on utilise pour s'adresser à un ami qu'on n'a pas vu depuis longtemps, avait déstabilisé Josh, qui resta planté là comme un idiot, jusqu'à ce qu'elle tape sèchement sur le siège à côté d'elle et abandonne un instant son rôle de composition, le temps de lui glisser dans un souffle de se magner le cul et de monter.

Il obéit, referma la porte et le taxi reprit sa place dans le flot des voitures. Il gardait les yeux fixés sur elle, cherchant à se raccrocher à quelque chose derrière ce masque étranger. Il voulut dire son nom, mais elle l'interrompit.

« Dis donc, c'est chouette de te revoir ! »

Il comprit enfin qu'elle voulait qu'il lui donne la réplique.

« Ouais. Sympa. Comment ça va ? »

Elle se pencha vers le chauffeur et lui dit d'entrer dans le parc, puis se cala dans son siège, regarda Josh et sourit.

« Bien, dit-elle. Et toi ?

— Super. »

Il prononça le mot d'un ton monocorde, cherchant à peine à déguiser le sarcasme. La surprise qu'il avait ressentie en la voyant cédait le pas à la colère. Comment pouvait-elle croire qu'elle allait le manipuler aussi facilement ? Pour qui se prenait-elle ?

« Tant mieux », dit-elle, feignant l'enthousiasme.

Elle regarda le chauffeur, qui croisa son regard dans le rétroviseur et détourna les yeux. Puis elle se retourna pour jeter un rapide coup d'œil derrière afin de s'assurer – Josh commençait à connaître la musique par cœur – que personne ne les suivait.

« Tout va bien », dit-il.

Elle sourit avec une pointe d'inquiétude. Josh secoua la tête et regarda par la vitre.

Au milieu du parc, elle demanda au chauffeur de s'arrêter pour qu'ils descendent. Elle ne bougea pas, et Josh comprit qu'elle s'attendait à ce qu'il paie. Elle avait dû passer un certain temps dans le taxi, parce que la course s'élevait à trente-cinq dollars, quarante avec le pourboire. Il se retrouvait presque à sec. Ce qui le rendit encore plus furieux, et Abbie s'en aperçut.

« Je te rembourserai, dit-elle à mi-voix.

— Ben voyons. »

Ils montèrent la côte et s'enfoncèrent dans le parc sans rien dire. Le soleil printanier avait attiré du monde, des gens qui faisaient leur jogging ou du roller, des touristes qui se promenaient dans les voitures à cheval tartignoles. Certains arbres étaient en fleurs, d'autres avaient des feuilles d'un vert lumineux, irréel. Josh bouillait toujours de rage. Quand Abbie lui prit le bras, il faillit la repousser, mais se retint.

« Comment va Maman ?

— Oh, elle... pète la forme. Elle n'a jamais été aussi heureuse.

— Josh...

— Arrête Abbie ! » Il repoussa son bras, plus violemment qu'il ne l'aurait voulu. « Tu te rends compte de ce que tu fais ? »

Un type qui passait en skateboard se retourna sur eux.

« Je t'en prie, Josh...

— Fous-moi la paix. Je ne sais pas à quel jeu à la con tu joues, mais tu peux pas nous forcer à jouer aussi. Tu comprends ça ? »

Elle détourna le regard et opina. Elle avait ses lunettes et le fameux manteau noir. Elle était très pâle, avec un cou décharné où saillaient les vertèbres. Curieusement, ses cheveux noirs lui donnaient l'air d'une réfugiée famélique, rescapée d'une guerre sans nom.

« T'as une idée de ce que tu as fait subir à Maman ? Et à Papa ? À Katie, à moi, et à tout le monde ? Tu sais combien de vies tu as foutues en l'air ?

— Je m'en doute.

— Tiens donc ! Et maintenant, tu reprends contact juste parce que t'as besoin de fric ! Putain, Abbie ! Tu es incroyable !

— J'ai écrit une lettre.
— Quand ? On n'a jamais rien reçu.
— J'ai écrit à Maman il y a des mois.
— La lettre n'est pas arrivée. »

Ils marchèrent en silence pendant un long moment. Un homme jouait au foot avec deux petites filles pendant qu'une femme enceinte, allongée à l'ombre d'un arbre, les encourageait. Josh jeta un coup d'œil vers sa sœur. Elle avait la tête tournée de l'autre côté mais il vit une larme rouler sur sa joue, sous les lunettes.

« Putain, Abbie. »

Il mit ses bras autour d'elle et l'étreignit. Alors, elle enfouit son visage dans sa poitrine. Son corps secoué de sanglots était aussi frêle que celui d'un oiseau, il aurait pu lui briser les os en serrant trop fort. Elle sentait un peu le renfermé, une odeur de vêtements restés trop longtemps dans un grenier.

« Pardon. Je ne l'ai pas fait exprès.
— Ça va aller. »

Lui aussi était au bord des larmes. Mais il n'avait pas pleuré depuis la sixième, alors il n'allait quand même pas s'y remettre maintenant.

« C'est juste que tu nous manques, tu sais. Tu as laissé un grand trou dans nos vies. Maman a été super-courageuse, mais au fond elle est brisée et terrifiée à l'idée qu'il arrive autre chose... Putain, Abbie, je sais plus. Il n'y a plus rien de normal, plus rien qui tourne rond. Rien de tout ça n'aurait jamais dû arriver.
— Je sais.
— Pourquoi est-ce que tu ne te rends pas ? Quoi qu'il arrive, ça ne peut pas être pire.
— Oh, si !
— Écoute, tout le monde sait que ce doit être à cause de Rolf... »

Elle se détacha de lui, ôta ses lunettes et essuya ses larmes d'un poing rageur.

« Tu ne sais rien de lui. Tu ne l'as même pas rencontré !

— Je sais, mais...

— Alors arrête de dire n'importe quoi. Tu ne sais pas ce qui s'est passé ! Personne ne le sait. C'était un accident. Tout le monde croit que c'est un sale type qui m'a détournée du droit chemin, ce genre de conneries. Mais c'est pas vrai. Il se préoccupe plus de ce qui se passe dans ce monde que vous tous réunis ! »

Elle essaya de nettoyer ses lunettes, mais elle frottait les verres avec ses doigts comme une malade, et ne réussit qu'à les salir davantage. Il les prit doucement et les essuya avec le pan de son T-shirt, puis les lui rendit. Elle évita de le regarder avant de les avoir remises.

« Écoute, j'ai pas beaucoup de temps. Il faut qu'on parle de l'argent.

— Abbie, c'est de l'aide qu'il te faut.

— Ce qu'il me faut, c'est ce putain de fric ! »

Josh soupira. Elle promena autour d'elle un regard inquiet avant de reprendre sa marche, et il la suivit.

« J'en parle à Maman ? Je lui dis que je t'ai rencontrée ?

— Je ne sais pas. À toi de voir.

— Je ne sais pas non plus. De toute façon, ils surveillent tous nos comptes.

— Alors vendez quelque chose.

— Tu en as de bonnes.

— Ou demandez à Grand-père. L'argent, c'est son truc. Il doit en blanchir des wagons pour ses clients pleins aux as. »

Il lui demanda combien elle voulait, et faillit s'étrangler lorsqu'elle répondit vingt mille dollars. Elle refusa de lui dire pourquoi elle avait besoin d'une telle somme et quand il insista, elle se remit en colère et s'éloigna à grands pas.

Ils étaient maintenant à l'ouest de Central Park, et lorsqu'ils sortirent, Abbie se dirigea d'autorité vers les rues voisines. Josh se rendit compte qu'ils ne marchaient pas au hasard et lui demanda où ils allaient. À RadioShack, dit-elle, pour qu'il s'achète un téléphone à carte sur lequel elle pourrait le contacter. Elle ne voulait pas entrer dans le magasin, et il devrait faire bien attention d'acheter le bon modèle, celui qu'on peut mettre en service sans montrer de pièce d'identité ni même donner son adresse. Il coûtait dans les cent dollars, et Josh devrait payer en liquide pour ne pas laisser de trace.

Quand Josh lui objecta qu'après avoir payé le taxi, il n'avait plus assez d'argent sur lui, elle lui répondit du ton sarcastique qu'elle aurait pris pour parler à un demeuré que justement, ils allaient d'abord passer à un distributeur, et pendant qu'il y était, il pouvait retirer davantage et le lui donner. Depuis sa plus tendre enfance, Josh avait l'habitude d'être tyrannisé par sa grande sœur, mais il y avait dans cette inconnue hargneuse et déjantée avec sa liste d'instructions minutieuses quelque chose qui lui donnait envie de la prendre par les épaules et de la secouer jusqu'à ce qu'elle entende raison. Mais il s'abstint.

De toute façon, ça n'aurait sans doute rien changé. Toute l'émotion à fleur de peau qu'elle avait manifestée au début semblait s'être évanouie. Elle était venue régler cette affaire et avait prévu tous les détails du scénario. Josh ne devrait utiliser le téléphone que pour écouter les messages qu'elle lui laisserait. Personne à part eux deux ne devrait en connaître l'existence, sans parler du numéro. Même pas leur mère. Une fois l'appareil en service, il devrait le laisser éteint, et écouter sa messagerie deux fois par jour, matin et soir. Cependant, il ne devrait sous aucun prétexte s'en servir à l'intérieur de leur maison, où tous les appels étaient manifestement scannés.

Ils trouvèrent un distributeur de billets sur Broadway, où il retira deux cent cinquante dollars, dont cent pour Abbie. Puis ils se rendirent à RadioShack, un peu plus loin, et, après avoir laissé sa sœur dans un café, Josh entra dans le magasin. Sans avoir à répondre à la moindre question, il acheta un téléphone à carte qui coûtait cent vingt dollars, avec trente minutes de communications incluses.

Quand il retrouva Abbie dans le café, elle était nerveuse et dit qu'elle devait rentrer sans plus tarder. Elle nota le numéro du téléphone et tendit à Josh une feuille de papier jaune sur laquelle elle avait noté deux colonnes de lettres et de chiffres. D'une voix si basse qu'il dut se pencher pour entendre, elle lui expliqua qu'il s'agissait du code qu'elle utiliserait. Il ne devait en parler à personne. À chaque chiffre entre zéro et neuf, elle avait attribué une lettre de l'alphabet choisie au hasard. Quand elle aurait besoin de parler à Josh, elle l'appellerait sur son nouveau portable et lui laisserait un message de deux mots ; le premier étant un numéro de téléphone codé et le second la date et l'heure auxquelles il devrait appeler ledit numéro. Il devrait toujours appeler à treize heures quinze exactement, et si personne ne répondait, réessayer une heure plus tard, puis toutes les heures jusqu'à ce qu'elle réponde. Il ne devrait appeler que d'une cabine téléphonique, en vérifiant toujours qu'il n'était pas surveillé. Cette avalanche de directives finit par donner le tournis à Josh. Mais il ne put s'empêcher de demander si c'était Rolf qui avait eu l'idée de ce scénario à la James Bond. Pour toute réponse, elle le gratifia d'un soupir exaspéré.

Le mercredi suivant, elle lui laisserait un message

avec un numéro qu'il devrait appeler le lendemain à treize heures. Ce laps de temps devrait permettre à leur mère de rassembler l'argent.

« Elle voudra te parler elle-même », annonça Josh.

Abbie regarda au loin et réfléchit un moment.

« S'il te plaît, dit Josh, laisse-la entendre ta voix. »

Elle hocha la tête.

« D'accord. Qu'elle appelle. Mais seulement d'un téléphone public, à l'heure que je t'indiquerai. Et dans un endroit sûr, où personne ne risque de l'espionner. Fais-lui bien comprendre qu'elle doit être très prudente. Et dis-lui que si elle commence à me prendre la tête, je raccroche, vu ? »

Seigneur, pensa Josh. C'était à Abbie qu'on prenait la tête, maintenant ! Et tout ce cirque de précautions. Comme si, depuis le temps, il n'avait pas capté le message. Mais il ne dit rien, se borna à hocher la tête.

Elle se leva et se dirigea vers la sortie ; il crut un instant qu'elle allait partir comme ça, sans même lui dire au revoir. Mais elle se retourna pour l'attendre, et lui adressa un petit sourire triste dans lequel il eut l'impression d'entrevoir la sœur avec laquelle il avait grandi.

« Merci, Joshie.

— Pas de quoi. J'aurais seulement voulu que...

— Je sais. »

Elle l'embrassa sur la joue puis s'éloigna rapidement. Au bout de la rue, il y avait une station de métro. Il regarda le frêle fantôme noir se frayer un chemin dans la foule. Abbie allait-elle se retourner ? Mais non. Le trottoir était au soleil alors que l'entrée de la station se trouvait dans l'ombre nette d'un grand building. Il la regarda passer de la lumière à l'ombre et se mettre à descendre les marches jusqu'à ce que l'obscurité l'engloutisse.

VINGT-QUATRE

Cela faisait dix bonnes minutes que son père était sur ce maudit tapis de course et, au mépris de son éventuelle réaction, Sarah se sentait incapable de patienter encore longtemps. Il fixait son reflet dans le miroir en face de lui, ce qu'elle avait du mal à comprendre, car le spectacle n'était pas ragoûtant. Il suait à grosses gouttes, et sous le T-shirt trempé, ses pectoraux ballottaient à chaque foulée tandis que ses joues se gonflaient et se dégonflaient comme celles d'un poisson-globe en colère.

Elle n'aurait pas dû descendre ici pendant sa sacro-sainte séance de gym. D'autant plus qu'on était dimanche, et que ladite séance était doublement sacrée. Il avait déjà refusé deux fois : la veille au soir quand elle était arrivée, et à nouveau ce matin. Mais avant de rentrer chez elle, elle devait tenter sa chance une dernière fois.

« Papa, est-ce que tu ne pourrais pas juste...

— Je t'ai déjà répondu, Sarah. C'est hors de question.

— S'il te plaît, écoute-moi une minute.

— Je t'ai déjà écoutée. J'ai bien entendu. La réponse est toujours non.

— Ça suffit ! »

Si elle avait réfléchi, elle n'aurait pas osé. Mais au moment précis où elle hurlait, elle appuya sur l'interrupteur du tapis, son père fit une embardée et dut se retenir à la rampe pour ne pas tomber en avant.

« Non mais, qu'est-ce qui te prend ?

— Nom de Dieu, papa, tu vas m'écouter ! »

Elle n'avait pas l'habitude de parler sur ce ton à son père et faillit s'excuser. Mais sa sortie semblait avoir fait son effet, pour quelques instants du moins.

« Sarah, ça fait dix fois qu'on revient là-dessus.

— Il s'agit de ta petite-fille, je te le rappelle ! »

Il descendit du tapis et prit une serviette.

« Abbie n'est pas seule en cause dans cette histoire. Vous êtes devenus fous, tous. Combien de fois faudra-t-il que je te le répète, Sarah. Ce que tu demandes est illégal. Purement et simplement illégal.

— Et depuis quand est-ce que ça te dérange ?

— Pardon ?

— Oh, je t'en prie, papa. Ne joue pas l'innocent. Tu ne vas pas me dire que tu as toujours été réglo. Et tous ces contrats fantômes, ces transactions offshore, ces voyages aux îles Caïmans ? Tu me prends pour une idiote.

— Comment oses-tu ? »

Il prit son peignoir et se dirigea vers l'escalier pour remonter à la cuisine. Elle était plus bouleversée que lui par ce qu'elle venait de dire. C'était comme si l'instinct maternel de la femelle qui sommeillait s'était réveillé brutalement. Mais puisque c'était fait, elle n'allait pas reculer à présent. Elle suivit son père à l'étage. Assise à la cuisine devant le coin du petit déjeuner, sa mère faisait mine de lire le journal. À en juger par ses sourcils relevés et sa façon délicate de pencher le verre pour boire son jus d'orange, Sarah comprit qu'elle avait entendu la conversation en bas. Ils se trouvaient en territoire inconnu, et sa mère était intriguée. Son père ouvrit le réfrigérateur et se servit un verre d'eau.

« Papa, parle-moi.

— J'ai dit tout ce que j'avais à dire. Quant à toi, tu en as dit plus qu'assez.

— Écoute, j'aurais pu prétendre que l'argent était pour moi.

— Tu aurais peut-être dû. Pourquoi veut-elle cet argent ? Pour fabriquer des bombes ? Tuer d'autres innocents ?

— Tu sais bien qu'elle ne ferait pas ça. C'était un accident.

— Alors elle devrait se rendre et dire la vérité.

— Ce n'est pas exclu, mais il faut d'abord qu'on rétablisse une forme de contact. »

Il but son verre d'eau et le remplit à nouveau. Il évitait de la regarder.

« Papa ?

— Quoi ?

— Si c'était moi qui étais à sa place, morte de peur et de faim... » Elle se mordit la lèvre. Elle n'allait tout de même pas pleurer. « Est-ce que tu ferais ça pour moi ? »

Sa mère, qui n'avait pas levé les yeux de son journal, marmonna quelques mots. Le père de Sarah se retourna vers elle et la fusilla du regard.

« Qu'est-ce que tu dis ?

— J'ai dit, bien sûr que oui. »

Il vida son second verre et le reposa sur le plan de travail, puis s'essuya à nouveau le visage et le cou avec sa serviette.

« Tu auras dix mille dollars.

— Quinze.

— D'accord, quinze. Mais c'est tout. Je ne veux plus en entendre parler. C'est pour toi, et tu en disposes comme tu veux. »

Sarah le serra dans ses bras.

« Merci, papa.

— Je dois avoir perdu la tête. »

Sarah s'était imaginé qu'il lui faudrait un jour ou deux pour rassembler une somme pareille, mais après s'être douché et habillé, il se retira dans son bureau, où se trouvait le coffre, et moins d'une heure plus tard elle rentrait chez elle, un sac plastique jaune contenant l'argent dans le coffre de la voiture.

Elle avait pris l'habitude de conduire en regardant dans le rétroviseur pour voir si on la filait, mais n'avait jamais remarqué quoi que ce soit qui pût éveiller ses soupçons. Ce jour-là cependant, tout le monde lui semblait suspect. Elle ne redoutait pas seulement les flics, mais aussi les voleurs. Chaque piéton qui attendait sagement au feu devenait un agresseur potentiel. Elle pensa à Josh et se dit qu'elle vivait la même expérience que lui lorsqu'il avait retrouvé Abbie.

La veille au soir, dès le retour de son fils après des courses en ville, aussi mystérieuses qu'improbables, Sarah avait compris qu'il s'était passé quelque chose de grave. Il l'avait fait asseoir sur le canapé du salon et lui avait raconté toute l'histoire. Après s'être assurée qu'elle n'en tirerait rien de plus (il ne savait pas mentir, et elle était sûre qu'il ne lui avait pas tout dit), elle avait bouclé un petit sac de voyage et pris la voiture pour aller à Bedford. Elle aurait voulu que Josh l'accompagne, pensant qu'un compte rendu direct de sa rencontre avec Abbie aurait plus de chances de toucher son grand-père, mais pour rester à Syosset, il avait prétexté qu'il devait voir Freddie. Le pauvre gosse ne s'était pas encore remis de son entrevue avec sa sœur, et elle n'avait pas insisté. Mais maintenant qu'elle se trouvait sur le chemin du retour, assaillie par des flics et des loubards fantômes, elle le regrettait.

Alors seulement elle songea à prévenir Benjamin que Josh avait vu Abbie. Même si la perspective de l'appeler ne l'enchantait guère, il avait le droit de savoir. La dernière fois qu'ils s'étaient parlé, ils avaient frôlé la catastrophe. Après la nuit où ils avaient fait l'amour, avant la conférence de presse, elle avait eu la sottise de croire que les choses changeraient. Ce qui était arrivé à Abbie avait provoqué un choc si rude qu'il se rendrait compte de sa folie et reviendrait. Il l'aimait, elle le savait. Après ce qui s'était passé cette nuit-là, c'était évident. Les hommes étaient incapables de simuler dans ce domaine.

Mais quelques jours plus tard, il était reparti. À Santa Fe. Au fil des semaines puis des mois, elle avait compris qu'elle s'était bercée d'illusions. Rien n'avait changé. À ceci près que sa solitude et son chagrin lui semblaient plus insupportables que jamais. Elle s'en voulait à mort d'avoir été assez sotte pour laisser cet incident se produire. Et lui, comment avait-il pu lui faire l'amour comme ça, avec tant de tendresse, comme s'il lui demandait pardon, alors qu'il n'avait pas la moindre intention de revenir ? Comment avait-il pu ?

Si elle s'était sentie mal alors, ce n'était rien à côté de la situation humiliante dans laquelle elle s'était mise le mois précédent. Après une semaine à Pittsburgh chez Iris, elle était rentrée dans la maison vide. Le temps était à nouveau hivernal et la chaudière avait rendu l'âme, alors elle s'était retrouvée sans chauffage ni eau chaude. Josh était sorti, tout comme les gens qu'elle avait essayé d'appeler : Martin et Beth, Jeffrey et son petit ami Brian. Elle avait mis deux pulls et liquidé une bouteille de chianti, puis en avait ouvert une autre, et, une fois ivre, avait commis l'erreur de téléphoner à Benjamin, alors qu'elle s'était juré qu'on ne l'y reprendrait plus.

Il avait la bouche pleine quand il avait décroché, sans doute dérangé au cours d'un petit dîner aux chandelles avec Le Catalyseur. Sarah avait brandi d'emblée le tomahawk et déclenché les hostilités, l'accusant de tout ce qui lui passait par la tête, y compris de fautes qu'il n'avait pas commises et ne commettrait jamais. Il ne l'avait jamais aimée, ni elle ni les enfants, tout ce qui l'intéressait, c'était son boulot et son sale ego. À cause de lui, elle avait gâché sa vie, perdu toutes ces précieuses années pendant lesquelles elle aurait pu entreprendre des choses tellement plus importantes et se construire la carrière qu'elle méritait, au lieu de faire tous ces sacrifices qu'on lui renvoyait à la figure !

Les bruits de fond indiquaient qu'il était passé dans une autre pièce, pour s'isoler, par égard pour les oreilles du Catalyseur. Après plusieurs tentatives pour placer un mot, il avait fini par couper d'autorité la parole à Sarah.

« Écoute-moi un instant, Sarah, sinon je raccroche.

— C'est ça, raccroche. Va donc baiser ta salope, comme tu m'as baisée l'autre nuit. Et va aussi te faire foutre, pendant que tu y es. »

De quoi secouer les espions du FBI en plein milieu d'une des interminables parties de poker qu'ils disputaient pour passer le temps.

Le souvenir de ce qu'elle avait dit était resté alors qu'elle aurait préféré qu'il s'estompe avec la gueule de bois. Depuis, elle avait voulu appeler Benjamin pour s'excuser, mais n'en avait pas encore trouvé le courage. Puisque maintenant ils avaient des nouvelles d'Abbie, que Josh l'avait vue, elle ne pouvait plus reculer. D'une façon ou d'une autre, sans alerter les autorités, Benjamin devait être mis au courant.

Cet après-midi-là, après avoir planqué l'argent dans la machine à laver (un endroit qui lui parut approprié, faute de coffre-fort), elle fit un clin d'œil à Josh et lui demanda de la suivre dans le jardin pour l'aider à planter deux ou trois choses dans le jardin. Elle ignorait si les agents du FBI avaient placé des micros dans la maison. Ce n'étaient pas les occasions qui leur avaient manqué. Ils avaient défilé ces derniers mois, fouillant dans les affaires d'Abbie et posant un million de questions afin de mieux « établir son profil », il y avait donc de fortes chances pour qu'ils aient posé quelques micros. Jusque-là, Sarah et Josh n'avaient rien eu à cacher, mais maintenant que ce n'était plus le cas, Sarah ne voulait courir aucun risque.

Josh n'était pas au courant de son coup de fil nocturne, alors elle lui en parla sans entrer dans les détails scabreux. Il avait énormément mûri depuis le départ de son père. Abbie avait toujours été celle avec qui Sarah préférait discuter des problèmes affectifs sérieux. Mais il s'avéra que Josh aussi savait écouter, et ses conseils, bien que plus rares, étaient plus judicieux. Avant même que Sarah ne songe à le suggérer, Josh annonça qu'il appellerait Benjamin lui-même.

Il avait tout prévu. Pour ne pas éveiller les soupçons, il dirait à son père qu'il y avait pas mal de choses à régler pour son entrée à l'université de New York. Des formulaires à remplir, par exemple. Dans la conversation, il glisserait que Sarah était gênée après leur dernier coup de fil, et il proposerait qu'ils aillent tous les trois au restaurant pendant que Ben serait à New York. Sarah trouva son plan excellent.

Quand ils rentrèrent, Josh monta dans sa chambre pour appeler son père pendant que Sarah s'efforçait de se concentrer sur le repas qu'elle préparait. Cinq minutes plus tard, Josh redescendait. Tout était réglé. Benjamin prendrait un avion le vendredi suivant. Ils dîneraient ensemble. Il l'embrassait.

Josh avait refusé de dire d'où il tenait ses informations. Il avait promis à Abbie de garder le secret, et c'était plus prudent ainsi. En rentrant du lycée la veille au soir, il avait tendu à Sarah un morceau de papier sur lequel était inscrit un numéro de téléphone, avec l'indicatif du New Jersey. D'après Josh, c'était très probablement celui d'une cabine publique. Dans un centre commercial ou une station-service.

Toute la semaine, Sarah avait réfléchi fébrilement au meilleur endroit d'où passer son appel, et avait finalement opté pour le Roberto, un restaurant où elle et Benjamin étaient souvent allés. Il y avait deux cabines au fond, après les toilettes, et suffisamment de bruit et de mouvement en provenance des cuisines pour couvrir une conversation. De plus, le restaurant n'était pas loin de la librairie. Donc, le jeudi à midi et quart, comme sur une impulsion, elle invita Jeffrey à déjeuner.

L'endroit était encore calme, mais commença à se remplir peu à peu. Ils mangèrent leurs salades composées et discutèrent boulot un moment, puis Jeffrey se mit à parler à Sarah d'un nouveau film français qu'il était allé voir avec Brian au ciné-club. Elle s'efforça de prendre l'air intéressé, mais, chaque fois qu'elle voyait quelqu'un se diriger vers les toilettes, elle se demandait ce qui arriverait si, au moment d'aller appeler, à treize heures, elle trouvait les deux téléphones occupés. Elle regarda sa montre. Encore quatre minutes.

« Ça va ?

— Pardon ? »

Jeffrey fronçait les sourcils.

« Tu as l'air préoccupé.

— Non, tout va bien. Jeffrey, je suis vraiment désolée. Je viens juste de me rappeler. Je devais téléphoner à Alan Hersh ce matin. Ça avait l'air important, et j'ai complètement oublié. Tu m'excuses un instant ?

— Bien sûr. »

Elle prit son sac, se leva et traversa la salle du restaurant, se faufilant entre les tables des clients qui, subitement, semblaient tous la dévisager. Elle avait l'impression d'être Al Pacino dans *Le Parrain* au moment où il va chercher l'arme. Les deux cabines étaient libres. Elle choisit la plus éloignée des toilettes. Il était une heure moins deux. Elle posa son sac sur la tablette en inox et sortit un rouleau de pièces de monnaie et le papier que Josh lui avait donné. Lorsque la grande aiguille de sa montre se trouva sur le douze, sa respiration était précipitée, et ses mains tremblaient tellement qu'elle faillit laisser tomber les pièces. Elle prit le combiné, mit l'argent et composa le numéro.

« Allô ? »

Sarah eut le souffle coupé et, pendant un instant, la parole aussi. Entendre cette voix, après de longs mois de silence, la bouleversait.

« Maman ?

— Bonjour, ma chérie.

— Oh, maman. »

Au son de cette petite voix frêle et hésitante, Sarah comprit qu'elle n'était pas la seule à retenir ses larmes. Soudain, bêtement, elle était perdue. Il y avait trop de choses à dire. Et rien.

« Ma puce, comment tu vas ?

— Bien. Et toi ?

— Bien aussi. »

Il y eut un long silence. Sarah entendait de la musique derrière Abbie, puis le hurlement d'un klaxon. Inutile lui demander où elle se trouvait, elle ne répondrait pas.

« Maman, je suis vraiment désolée.

— Oh, ma puce.

— Écoute, nous n'avons pas beaucoup de temps.

— Ma chérie, rentre à la maison, s'il te plaît.

— Maman...

— Tout le monde comprendra. Si tu leur expliques ce qui s'est passé...

— Arrête ! J'ai dit à Josh que je ne voulais pas de ça !

— Pardon. Pardon. »

Une autre longue pause.

« Tu as l'argent ?

— Abbie, chérie...

— Tu l'as ?

— Oui.

— Bon. Alors écoute-moi bien. Je vais te dire ce qu'il faut faire. Tu dois respecter les instructions à la lettre. Tu as de quoi écrire ? »

Un homme apparut dans le couloir, se dirigeant vers Sarah. Elle se retourna, essuya ses larmes et prit son sac. Elle pensait qu'il allait aux toilettes. Mais non, il voulait utiliser l'autre téléphone.

« Maman ?

— Oui. Attends une seconde. »

Elle trouva un stylo mais ses mains tremblaient si fort qu'elle laissa tomber son sac à main, dont le contenu se répandit par terre.

« Merde ! »

L'homme, un assez joli garçon vêtu d'un blouson marron, se baissa à côté d'elle pour l'aider à tout ramasser. Il la regarda dans les yeux, peut-être trop directement, et sourit. Était-ce... ? Elle le remercia, se releva et reprit le téléphone.

« Désolée, dit-elle d'un ton qui se voulait désinvolte, mais sonnait faux même à ses propres oreilles. J'ai fait tomber mon sac.

— Tu y es ? » demanda Abbie.

Quelqu'un tapa sur l'épaule de Sarah, qui, de surprise, faillit pousser un cri. Le type lui tendait son bâton de rouge à lèvres. Elle sourit, prit l'objet et le remercia.

« Il y a quelqu'un avec toi ? demanda Abbie, inquiète.

— Tout va bien.

— Qui c'est ?

— Ne t'inquiète pas. Ce n'est rien. »

Elle savait qu'elle devait adopter un ton léger et enjoué. Au cas où. Le type ne pouvait pas être un agent. Il ne s'y prendrait pas comme ça, avec un tel manque de subtilité. À moins que... Elle sentait qu'Abbie était sur le point de raccrocher. Mais elle resta en ligne et commença à dicter ses instructions.

Lorsque Sarah revint à table, Jeffrey lui dit qu'il était à deux doigts d'appeler les secours pour commencer des recherches. Il avait presque fini ses pâtes et avait demandé à ce que l'assiette de Sarah soit tenue au chaud. Le serveur, qui l'avait vue revenir, la rapporta. Jamais elle n'avait eu aussi peu envie de manger. Jeffrey lui demanda si tout allait bien. Oui, merci, répondit-elle. Pas de problème.

Vingt-cinq

Ben arriva au centre commercial à sept heures et demie passées, avec une bonne heure d'avance. Il avait calculé large à cause des éventuels embouteillages, et des difficultés à se repérer dans l'obscurité. Si c'était un de ces centres gigantesques avec dix hectares de parking, il risquait de se perdre et de tout faire foirer. Il s'avéra que c'était encore plus grand que ce qu'il avait imaginé, mais, par chance plus que compétence, il trouva l'endroit exact sans difficulté.

Zone M, allée 18, dans le coin extérieur du parking, en face des magasins Petland et Old Navy. Il distinguait même la poubelle noire, la troisième en partant de la gauche, dans laquelle il était censé jeter le sac. Il ne voyait aucune caméra de surveillance, ce qui expliquait sans doute pourquoi Abbie avait choisi cet endroit. Peut-être était-elle déjà là, à l'observer sans être vue. Auquel cas, il avait plutôt intérêt à ne pas rester le nez au vent comme un curieux pour éviter de l'effrayer.

Il fit le tour du parking, ralentissant çà et là pour laisser passer des clients aux chariots remplis, puis il reprit l'autoroute en direction de l'ouest. À un peu moins d'un kilomètre, il vit une flèche rouge clignotante et une pancarte annonçant BAR RODÉO. Il s'arrêta, se gara, puis entra et s'assit au bar pour commander une bière.

Il était pratiquement sûr de ne pas avoir été suivi. Sorti du Waldorf Hotel par une porte de service, il avait sillonné Manhattan dans trois taxis différents, était entré chez Macy par une porte et ressorti de l'autre côté, puis avait pris un quatrième taxi jusqu'à l'agence de location de voitures. Si un agent avait réussi à lui coller au train et à ne pas le perdre dans la circulation jusqu'à Newark, il méritait une promotion immédiate.

Le BAR RODÉO essayait, sans grand succès, de se donner des allures de Far West. Il y avait quelques photos de cow-boys sur les murs et une fausse tête de bison à l'air triste, qui semblait regarder le match de baseball à la télé installée au-dessus du bar. Le barman portait un gilet de satin rouge et, autour du cou, un de ces lacets noirs retenus par une boucle métallique. Il accueillait chaque client avec un « Salut, ça va ? » sans doute obligatoire, mais peu convaincu.

Ben ne s'était pas encore remis du choc. Il était arrivé à New York pensant parler université avec Josh et faire la paix avec Sarah, et voilà qu'il s'apprêtait à balancer discrètement quinze mille dollars dans une poubelle du New Jersey pour sa terroriste de fille.

La veille au soir, dans le restaurant animé d'Oyster Bay, juste au moment où il pensait que la réconciliation avec Sarah se passait mieux qu'il n'aurait osé l'espérer, elle et Josh s'étaient regardés et avaient échangé un signe de tête avant de se pencher vers lui pour le mettre au courant.

À ce stade, ils étaient bien plus impliqués dans la conspiration que lui. Josh laissait tomber des phrases comme « faut pas la griller » et « on va lâcher le paquet », comme s'il émargeait déjà à la Mafia. Ben les écoutait, écarquillant les yeux un peu plus à chaque phrase. Josh s'intéressait à l'aspect technique, alors que Sarah se concentrait sur la psychologie. Elle ne parlait que de Rolf.

« À l'évidence, elle est complètement sous la coupe de ce type. Josh dit qu'elle n'est plus la même. Ce que j'ai pu vérifier au téléphone. Complètement à cran, presque survoltée. Elle a besoin d'aide, Benjamin. Il faut qu'on arrive à l'arracher à ce type. »

Elle prêchait un convaincu. Quinze jours plus tôt plus tôt, Ben avait eu la visite du nouvel agent du FBI de Denver, celui qui avait pris le relais de Frank Lieberg. Il s'appelait Kendrick et semblait beaucoup plus compréhensif que tous ceux à qui ils avaient eu affaire jusque-là. À un moment donné, il avait même sorti son portefeuille pour montrer des photos de sa fille à Ben, en disant qu'il ne savait pas comment il pourrait tenir le choc dans une situation pareille.

Ce qui était arrivé à Abbie, d'après lui, était un cas classique de dépendance amoureuse, appelé syndrome Patti Hearst. Une jeune femme issue d'une famille aisée et aimante tombe pendant une période difficile sous le joug d'un homme charismatique, plus âgé et plus expérimenté. Celui-ci la convainc que le système de valeurs avec lequel elle a grandi est pourri, et l'entraîne dans une vie où le crime devient une alternative romanesque, voire excitante et morale. En général, il s'y ajoute une volonté de choquer, traumatiser, voire punir les parents. Kendrick avait ajouté, un peu mal à l'aise, qu'il y avait souvent une relation sexuelle intense, qui masquait la réalité à la jeune femme et la mettait encore davantage sous la coupe de son nouveau mentor.

Ben, qui lui avait fait subir un contre-interrogatoire

à propos de Rolf, avait été déçu d'apprendre qu'ils ne savaient pour ainsi dire rien d'autre. Il y avait plus de six mois que Ben leur avait transmis les informations données par Hacker lors de cette fameuse soirée à Missoula, selon lesquelles Rolf était peut-être ce Michael Kruger ou Kramer responsable de toute une série d'attentats à la bombe quelques années plus tôt. D'après Kendrick, ils avaient suivi toutes les pistes sans rien trouver qui permette de jeter un éclairage nouveau sur la véritable identité de ce Rolf.

En partie à cause du coup de téléphone explosif, et en partie parce qu'il ne voulait pas perturber Sarah avec des détails qu'elle avait compris toute seule, il ne lui avait rien dit de son entretien avec Kendrick. Et la veille au dîner, il avait jugé déplacé d'en parler devant Josh. Et puis voilà, ils s'étaient retrouvés tous les trois à discuter de « larguer le paquet » et à concocter un scénario dans lequel Ben allait jouer le rôle principal, et qui (même s'il ne connaissait pas le détail de la loi) risquait de lui valoir la prison s'il se faisait prendre. Seigneur, avait-il pensé, notre ange blond nous a tous transformés en criminels.

Tout en buvant sa bière et en regardant le match d'un œil distrait, Ben ne pouvait s'empêcher de se dire que Sarah avait probablement eu raison. C'était plus à elle que ce rôle revenait. Avant même d'être en cavale, Abbie avait clairement signifié qu'elle ne voulait plus le voir. Dans son actuelle instabilité d'esprit, elle risquait de se mettre dans une colère noire en constatant sa présence ce soir. En revanche, se trouver face à sa mère pourrait peut-être l'adoucir et la toucher. Bien évidemment, Abbie s'attendait à ce que ce soit Josh qui livre l'argent, et le brave gosse y était tout disposé. Mais Ben et Sarah s'y étaient absolument opposés. Après en avoir parlé toute la soirée de la veille, et avoir retourné le problème sous tous les angles, ils avaient décidé que ce serait Ben qui irait. Physiquement, c'était lui le plus fort. Si nécessaire, il pourrait s'emparer d'Abbie, la maîtriser, peut-être la forcer à monter dans la voiture et la convaincre de se rendre. Peut-être.

Il pensa à Eve fut soudain tenté de l'appeler, puis se rappela que, conformément aux instructions d'Abbie, il avait laissé son portable à l'hôtel au cas où les flics réussiraient à capter le signal et le suivraient. D'ailleurs, il lui avait parlé quelques heures plus tôt, sans lui dévoiler ses intentions. Elle lui avait raconté une chose qui l'avait un peu perturbé.

La veille au soir, elle avait trouvé Pablo devant la télé, regardant une vidéo qu'il disait avoir trouvée dans le placard de leur chambre. C'était une copie d'un film amateur. Eve était restée perplexe. Deux jeunes enfants inconnus, un garçon et une fille, pataugeaient sur une plage. Puis la caméra avait pivoté pour révéler Sarah en maillot de bain, qui levait les mains et essayait de sortir du champ, alors que derrière la caméra la voix de Ben la grondait en riant, lui disant qu'elle était très bien et qu'elle devait arrêter de bouger.

C'était une des cassettes qu'il avait glissées dans ses valises en partant. Un jour, il avait essayé de la regarder pendant qu'Eve était sortie, mais n'avait pas eu la force d'aller jusqu'au bout. Pablo, bien sûr, savait que Ben avait deux grands enfants, mais affirmait que ces deux-là étaient plus jeunes et différents, et voulait savoir quand il allait pouvoir les rencontrer pour jouer.

Il était huit heures et quart. Ben finit sa bière et paya. Le barman l'incita à revenir au plus tôt, et Ben lui affirma que c'était bien son intention.

Dehors, la nuit était presque tombée. L'air était vif et léger, et les néons publicitaires de part et d'autre de l'autoroute brillaient de tous leurs feux multicolores. Ben sortit lentement du parking, reprit le chemin du centre commercial et longea les magasins. Ils étaient encore tous ouverts, cependant il y avait moins de voitures. Dans la zone M, une bonne trentaine de véhicules étaient garés, mais tous semblaient vides. Peut-être viendrait-elle à pied.

À son deuxième tour, l'horloge du tableau de bord indiqua 20 : 28. Cette fois-ci, arrivé à la hauteur de Petland, il tourna dans la zone M et avança lentement jusqu'à l'allée 18. Il n'y avait que deux voitures, qui semblaient vides, dans un rayon de vingt mètres autour de la troisième poubelle. Il pourrait se garer tout près. Un peu plus loin, de l'autre côté du petit trottoir séparant les zones M et L, un homme et une femme âgés essayaient d'extraire de leur chariot quelque chose de lourd pour le mettre dans le coffre d'un vieux break. Il n'y avait personne d'autre dans les environs.

Il s'arrêta devant l'emplacement et recula de façon à ce que l'arrière de sa voiture se trouve à trois ou quatre mètres de la poubelle. À vingt heures trente pile, il descendit en laissant tourner le moteur et contourna la voiture jusqu'au coffre, puis jeta un dernier coup d'œil autour de lui. Les petits vieux de la zone L se disputaient, mais ni l'un ni l'autre ne lui avait adressé le moindre regard. Ben ouvrit le coffre, prit le sac en plastique jaune et le jeta d'un geste rapide dans la poubelle. Puis il referma le coffre et, conformément aux instructions d'Abbie, remonta dans la voiture et partit.

En retraversant le parking, il regardait sans cesse dans son rétroviseur et autour de lui pour essayer de l'apercevoir. Mais il ne vit rien. Devant Old Navy, il s'arrêta pour laisser passer une voiture, qu'il suivit jusqu'au carrefour. Avant que le parking disparaisse dans le rétroviseur, il y jeta un dernier coup d'œil. Rien n'avait changé. Pas de nouvelle voiture près de la poubelle. Personne en vue.

Abbie devait s'être cachée pour l'observer. Aucune voiture ne le suivait, mais il voulut donner l'impression qu'il obéissait toujours aux ordres, alors il suivit les flèches blanches indiquant la sortie, comme s'il partait pour de bon.

Ce qui n'était pas le cas. Il avait son plan. Il y avait une petite montée à trois cent mètres environ, et ensuite des feux. À ce moment-là, il serait hors de vue et suffisamment loin, donc elle le croirait parti. Seulement, aux feux, il tournerait à droite, puis encore à droite ; il se retrouverait à l'autre bout de la zone commerciale, et il prendrait alors une allée intérieure pour rejoindre le parking.

Il ne lui fallut pas trois minutes pour repasser devant JCPenney, Bed Bath & Beyond ; en face de lui, après un croisement avec une petite route de jonction, il voyait Petland. Il dut laisser passer trois voitures, scrutant l'obscurité pour distinguer les passagers à l'intérieur, mais ne vit pas Abbie. Il traversa le carrefour, se rapprocha de Petland, et avisa sur sa droite une voiture blanche, une petite Ford, qui se dirigeait vers l'extrémité de la zone M, beaucoup trop à l'écart des magasins si elle cherchait seulement à se garer. Ça ne pouvait être qu'elle. Il en était sûr. Mais il était encore trop loin pour distinguer autre chose que la silhouette floue du conducteur.

Dans la zone L, plus proche de l'endroit où il se trouvait, le vieux couple n'était toujours pas parvenu à transférer le gros colis à l'arrière du break. D'instinct, au lieu de continuer vers la zone M, il tourna dans la zone L, et se dirigea vers eux. La voiture blanche était presque arrivée à la hauteur de la poubelle, et Ben eut un brusque serrement de cœur en pensant que si Abbie le voyait, elle risquait de faire demi-tour et de repartir. La nuit était tombée, et il n'y avait aucune chance pour qu'elle reconnaisse sa voiture. Mais il n'allait pas courir le risque d'être découvert trop tôt, alors, après un rapide coup de volant, il se gara entre deux imposants 4 × 4. Puis il descendit et se mit à courir.

La voiture blanche s'arrêta à côté de la poubelle. Apparemment, il n'y avait qu'une personne à l'intérieur. Ben se courba en deux et courut aussi vite qu'il le put, s'arrangeant pour que le break du vieux couple le cache. Cependant, il vit la portière du chauffeur s'ouvrir et quelqu'un sortir. Un homme. Abbie avait dit à Sarah qu'elle viendrait elle-même prendre l'argent. Mais cet homme ne pouvait être que Rolf. Comment avaient-ils pu être assez bêtes pour ne pas y penser ? Il n'allait pas risquer de la laisser opérer seule. Il était venu lui-même. Comment s'assurer que ce salaud donnerait l'argent à Abbie ? Il allait probablement le lui piquer. Ben sentit une vague de fureur incontrôlable monter en lui.

Le type allait droit vers la poubelle, de la démarche la plus naturelle possible, mais en jetant des coups d'œil rapides autour de lui. À une vingtaine de mètres, Ben se déplaçait rapidement près du sol comme un singe, toujours dissimulé par le break qui se trouvait entre lui et la poubelle. Mais la vieille femme, qui l'avait repéré, tapait sur l'épaule de son mari, manifestement terrifiée à la perspective de se faire agresser. Ben leva les mains pour qu'ils comprennent qu'ils n'avaient rien à craindre, et heureusement ils gardèrent tous les deux le silence. Il les avait maintenant dépassés et se rapprochait de Rolf qui avait sorti le sac de billets de la poubelle et retournait vers la voiture. Ben ne se trouvait plus qu'à dix, huit, cinq mètres.

« Attention ! » cria quelqu'un. Une voix de femme venant de la voiture blanche. Ben vit un visage de l'autre côté de la vitre arrière et reconnut Abbie. Elle avait dû rester couchée sur la banquette. Son cri avait alerté Rolf, qui se retourna, vit Ben presque à sa portée. Il se mit à courir vers la portière du conducteur.

« Arrête ! hurla Ben. Sale petit fumier ! »

Rolf monta dans la voiture, mais Ben le rattrapa avant qu'il ait eu le temps de refermer la portière. Il l'empoigna par son blouson en cuir et essaya de l'extirper de la voiture. Abbie, sur le siège arrière, hurlait :

« Va-t'en ! Mais va-t'en ! »

Rolf se débattait, essayait de le frapper et de le pousser.

« Rends-moi ma fille, espèce de salaud ! »

La voiture repartait, mais Ben plongea sur la jambe de Rolf et tira dessus pour lui faire lâcher l'accélérateur. Il essaya d'arracher les clés du contact, mais en vain.

« Papa, non ! Ne fais pas ça !

— Abbie, s'il te plaît ! hurla Ben. Je veux seulement te parler. Je t'en prie.

— Lâche-le !

— Je t'en prie, Abbie. Je veux juste parler ! Dis-lui... »

Il reçut le poing en pleine figure, juste entre les deux yeux. Il vit un éclair blanc, puis se sentit tomber, s'effondrer, sa tête heurta le sol, la portière se referma au-dessus de lui et la voiture s'éloigna, tache blanche ondulante et floue.

La dernière chose qu'il vit à travers le voile déformant du choc, ce fut le visage pressé contre la vitre arrière pour le regarder étalé par terre, les étranges cheveux noirs, les yeux écarquillés par la crainte et la stupeur. Sa fille.

VINGT-SIX

De toutes les images de cette matinée de septembre – les avions qui piquaient, les flammes qui se détachaient sur le ciel limpide, les tours qui s'écroulaient –, celle qui se grava le plus profondément dans l'esprit d'Eve fut celle du nuage de poussière tourbillonnant qui pourchassait les foules en fuite et les recouvrait. Car il semblait rouler à l'infini et recouvrir le monde témoin de l'événement. Et quand il se dissipa enfin, la vie de chacun avait pris une configuration différente.

Eve détestait l'invasion en fanfare des informations – ou de ce qui en tenait lieu d'ordinaire. En été et au début de l'automne, quand Pablo venait la réveiller, elle mettait de la musique, ouvrait les portes donnant sur la terrasse pour laisser les flots d'harmonies sortir, les flots de soleil entrer. Elle avait des goûts musicaux imprévisibles, mais en général déterminés par le tableau sur lequel elle travaillait. Ce matin-là, elle aurait pu choisir Mozart ou Tom Waits, Beth Nielsen Chaplin ou les psalmodies de moines tibétains. Mais à tout cela, elle préféra Bach et les *Variations Goldberg*.

Pablo avait traîné une chaise sous le cerisier et, grimpé dessus, il remplissait la mangeoire des colibris.

En chemise de nuit sur la terrasse, Eve faisait son stretching matinal, couchée sur le dos. À travers la musique, elle entendit vaguement la sonnerie du portable de Ben, sans y prêter attention. Mais lorsqu'elle vit Ben se profiler dans l'embrasure de la porte, elle comprit à son visage qu'il s'était passé quelque chose et pensa tout de suite à Abbie. C'était Sarah qui avait téléphoné, dit Ben. Il s'était produit un événement terrible à New York. Dans la panique qui avait suivi, la résidence universitaire de NYU à Water Street, à deux ou trois rues du World Trade Center, avait été évacuée. Josh avait disparu et son portable ne répondait pas. Sarah était dans un état voisin de l'hystérie.

Pendant ce qui parut une éternité, tandis que l'horreur se déployait sur l'écran de télévision, ils appelèrent tous ceux qu'ils connaissaient à Manhattan, dans l'espoir que Josh les aurait contactés. Personne n'avait eu de nouvelles. Les portables ne paraissaient plus fonctionner. Un appel sur vingt passait, et encore. Enfin, une demi-heure après l'effondrement de la seconde tour, Sarah rappela. Josh était vivant. Les fenêtres de la résidence avaient été soufflées, ils avaient tous pris ce qu'ils pouvaient au hasard et ils étaient sortis. Josh était allé proposer ses services, puis il était parvenu à gagner à pied Penn Station, d'où il avait enfin réussi à appeler sa mère. D'après Sarah, il était à moitié habillé, choqué, couvert de poussière, et toussait. Mais, Dieu soit loué, il était sain et sauf. Il avait pris le train et rentrait.

Il fallut de longues semaines aux Cooper pour se rendre compte que, si la perte d'un second enfant leur avait été épargnée, cette journée avait d'une certaine manière scellé la perte du premier. Le fragment d'espoir auquel ils se cramponnaient jusqu'alors, l'espoir qu'Abbie revienne à la raison et se rende, se dissipa complètement. Avec de la chance, les conseils d'un avocat compétent et un juge indulgent, elle aurait pu bénéficier d'une certaine compréhension, voire d'un minimum de sympathie. Mais à mesure que le monde se durcissait, se retranchait et se préparait à la guerre, toutes les distinctions subtiles autrefois possibles étaient désormais anéanties. Plus de nuances de gris à présent, seulement une ligne de partage aveuglante entre le bien et le mal. Et Abbie était irrévocablement vouée aux ténèbres extérieures.

Ben commença à percevoir cette nouvelle donne lors d'un coup de téléphone de Dean Kendrick, un soir. Il en eut le vertige. Après les banalités d'usage, Kendrick avait posé une série de questions de routine, comme il disait, concernant les contacts possibles d'Abbie avec les pays arabes ou musulmans. Était-elle jamais allée au Moyen-Orient ? Ben lui connaissait-il, au lycée ou à l'université, des amis ou des connaissances originaires de ces pays ou adeptes de cette religion ?

« Vous ne croyez pas que vous envoyez le bouchon un peu loin, Dean ?

— Je sais, Ben. Désolé. Mais malheureusement, on découvre souvent des liens entre ces divers groupuscules terroristes...

— Groupuscules terroristes !

— Ben, je sais que c'est très dur pour vous de penser à Abbie en ces termes, mais c'est une terroriste. Elle a écrit les initiales d'un groupe terroriste sur des murs. C'est un fait. Nous ne devons négliger aucun angle d'approche. »

Depuis la soirée désastreuse de Newark, ils étaient sans nouvelles d'elle. Ben avait l'impression qu'elle n'était même plus dans le pays, que Rolf et elle étaient discrètement passés au Mexique ou au Canada, plus loin peut-être, et qu'ils s'étaient servis de l'argent pour repartir de zéro. Ben était revenu à Santa Fe avec une tête de boxeur, deux yeux au beurre noir et un nez cassé. Bien entendu, Eve s'inquiétait davantage pour les blessures en profondeur que cette nuit-là lui avait infligées.

Mais curieusement, au fil des mois, à mesure que le nouveau et terrifiant statut d'Abbie et la réalité de sa transgression lui apparaissaient dans toute leur clarté, quelque chose changea en lui. Il ne disait pas grand-chose à Eve, qui savait cependant qu'il ne parlait guère que de cela à son analyste. Mais d'après le peu qu'il laissait filtrer, elle avait l'impression que les événements de cette nuit-là l'avaient aidé à tirer une sorte de trait. Un jour, il lui avoua que le visage entrevu par la fenêtre de la voiture semblait appartenir à quelqu'un d'autre, une étrangère qu'il ne reconnaissait pas comme sa fille. Ce n'était qu'en la voyant qu'il s'en était vraiment rendu compte. Et puisqu'il ne pouvait rien y faire, l'alternative était claire : ou bien il s'abandonnait au chagrin, continuait à se culpabiliser et rendait la vie impossible à ceux qu'il aimait ; ou il s'en remettait à la vie et prenait tout ce qui, dans son existence, la nouvelle et l'ancienne, était bon et intact.

Ce qui l'aida le plus dans cette entreprise, ce fut son travail. Les débuts avaient été lents : beaucoup de coups de téléphone, de rencontres stériles et de devis non payés qui n'aboutirent à rien. Aujourd'hui, il avait quelques bons contacts et des projets qui lui tenaient à cœur. Un jeune producteur de Hollywood lui avait commandé les plans d'une maison à construire sur dix hectares de maquis semé de pins au-delà de Tesuque, dans un paysage ondulé et désert avec vue à trois cent soixante degrés sur les montagnes. Ben avait lu tous les livres publiés sur l'architecture du Sud-Ouest et l'adobe ; et bien d'autres encore sur le bâtiment et l'écologie, ainsi que sur tout ce qui permettait de mieux respecter l'environnement lorsqu'on construisait une maison. S'il n'en parlait jamais, Eve savait qu'il avait l'intention de construire le type de maison qui rendrait sa fille fière de lui. Quand il donna ses plans, le jeune producteur fut absolument enthousiasmé. Les travaux commencèrent au printemps suivant. Jamais Eve n'avait vu Ben aussi débordant d'énergie.

En juillet, pour la première fois, Josh vint les voir. Naturellement, Eve éprouvait une certaine appréhension. Mais elle connaissait assez d'histoires de méchantes belles-mères pour savoir que la pire chose serait d'en faire un peu trop, ce qui n'était pas dans sa nature. Elle n'aurait pas dû s'inquiéter. Josh ne resta qu'un long week-end, mais se montra décontracté et ouvert d'emblée, ce qui la toucha et fit un tel plaisir à Ben qu'il parla ensuite de cette visite pendant des jours entiers. Elle n'avait pas revu Josh depuis la fameuse semaine à La Ligne et faillit ne pas le reconnaître. Il avait grandi, mais aussi perdu sa gaucherie, comme s'il était enfin devenu lui-même. Et en dehors de sa nouvelle coupe de cheveux, qui paraissait être l'œuvre d'un marine vengeur qui aurait officié dans le noir, il était beaucoup plus beau que dans son souvenir.

Pablo ne le lâcha pas d'une semelle. Le matin, il réveillait le malheureux à sept heures, et le traînait dehors pour jouer au foot, au baseball ou au frisbee, ou pour chasser les lézards et autres bestioles dans la jungle à côté de l'atelier d'Eve. Après le petit déjeuner du samedi, qu'ils allèrent prendre au vieux marché de Tesuque, Ben les emmena voir la maison qui, en moins de trois mois, avait déjà pris une tournure spectaculaire. Josh parut sincèrement impressionné. Il répéta que c'était incroyable, et Ben avait beau s'efforcer de paraître modeste, il se rengorgeait à vue d'œil.

Le dernier soir, ils firent un barbecue et restèrent longtemps dehors sur la terrasse, sous une lune grise et tachetée, qui serait pleine deux jours plus tard. Pablo dormait depuis longtemps et Ben, sans doute dans l'intention de laisser Eve et Josh en tête à tête, avait disparu tout exprès dans la cuisine avec la vaisselle. Restés seuls, Eve et Josh regardèrent les braises rouges du barbecue tandis que les clameurs rythmées des insectes emplissaient l'air du jardin avec la fraîcheur du soir.

« Il est cool, Pablo, comme gosse.

— C'est vrai. Il te trouve cool aussi. »

Ils se sourirent et reportèrent leur regard sur le feu. Elle sentait qu'il voulait ajouter quelque chose, mais ne savait trop comment s'y prendre.

« Et tous les deux, Papa et toi, vous avez l'air... d'être bien. Enfin, heureux.

— C'est vrai.

— Ça me fait plaisir.

— Merci, Josh. Ça me touche beaucoup.

— Ce que je remarque, c'est que les gens disent qu'ils sont heureux ou malheureux, comme si c'était... je ne sais pas, moi, le fait du hasard.

— Hm-mmm.

— Eh bien ça, je n'y crois pas trop. J'aurais plutôt tendance à penser qu'on peut tous décider, enfin, qu'on peut choisir. Choisir d'être heureux ou pas. Tu vois ce que je veux dire ?

— Absolument. »

Depuis cinq bonnes minutes, Iris regardait le jeune homme qui tondait l'herbe chez Sarah. Elle était à l'intérieur, à côté de la porte-fenêtre donnant sur la terrasse, et restait dans la pénombre, sans doute parce qu'elle ne voulait pas que l'objet de sa concupiscence se rende compte de quoi que ce soit.

« Dis donc, tu as vu les bras musclés qu'il a ? dit-elle.

— Iris, tu as l'âge d'être sa grand-mère, tu le sais, ça ?

— Ne sois pas ridicule.

— Mais enfin, il a dix-sept ans !

— Non ? Tu me fais marcher.

— Je t'assure.

— Ah là là, où va l'espèce humaine ? À dix-sept ans, les garçons ont l'air d'être des hommes. »

La tondeuse était un petit tracteur John Deere, que Jason, bronzé, blond, torse nu et ravageur, faisait pivoter d'un bras expert autour des bouleaux argentés, laissant de petits îlots d'herbe un peu plus longue, comme Sarah l'avait demandé.

« Encore un peu de thé glacé ? » demanda Sarah.

Iris ne parut pas entendre.

« Hé, Mrs. Robinson, vous voulez encore du thé ?

— Hein ? Oui, s'il te plaît. »

Elle retourna vers la table et Sarah remplit son verre. Elles venaient de finir de déjeuner à l'intérieur, à cause de la chaleur. Iris était venue tenir compagnie à Sarah pendant le séjour de Josh à Santa Fe pour faire connaissance avec Le Catalyseur. Il fallait bien que cela se produise un jour ou l'autre, et Sarah le prenait moins mal qu'elle ne l'avait craint. Et puis, c'était un plaisir d'avoir la compagnie d'Iris pour le week-end. Elle avait l'impression d'avoir remonté le temps. Rien qu'elles deux, sans maris ni enfants. Elles avaient dîné dehors trois fois, dormi dans le même lit, pleuré comme des Madeleines devant *Le Patient anglais* en avalant un bac entier de glace aux copeaux de chocolat, et parlé jusqu'à en avoir des courbatures aux mâchoires. Surtout du mariage, et des hommes, cette espèce si peu évoluée qu'elle en devenait touchante. Elles avaient aussi évoqué l'avenir de Sarah, qui avait enfin décidé de vendre la librairie. « Vendre » n'était d'ailleurs pas tout à fait le mot juste.

Le mois précédent, Jeffrey s'était lancé dans une de ses tirades périodiques sur le thème *Il est temps que je donne ma démission.* En général, ces crises passaient à l'aide de compliments, d'une augmentation de salaire ou de quelques parts supplémentaires. Seulement cette fois-ci, il avait l'air bien décidé. Brian avait apparemment fait une nouvelle offensive pour partir en Californie ; d'après Jeffrey, c'était à peu près aussi crédible qu'un personnage de Tchekhov annonçant qu'il voulait partir à Moscou. Il n'avait pas fallu à Sarah plus d'une seconde de réflexion avant de dire : « Tu sais quoi, Jeffrey ? Tu restes et c'est moi qui pars. »

Il avait mis un bon moment à se rendre compte qu'elle ne plaisantait pas. Puisque c'était lui qui menait la barque depuis ces dernières années et qu'il avait déjà quarante-neuf pour cent des parts, autant qu'il ait le reste. Enfin, à condition qu'il le souhaite. Le pauvre Jeffrey n'avait su quoi dire. Plus pour ménager son orgueil que pour son bénéfice à elle, ils se mirent d'accord sur le marché suivant : il paierait officiellement quelques milliers de dollars pour racheter à Sarah ses cinquante et un pour cent, et lui verserait un supplément au noir pour ce qu'il persistait à appeler son « assistance technique », qui se limiterait, d'après ce qu'elle comprenait, à lire les épreuves des livres sur le point de paraître, organiser quelques rencontres avec des auteurs et se rendre souvent à des déjeuners. Iris trouva qu'elle était dingue, mais Sarah s'en moquait. Il était temps de passer à autre chose.

« Mais qu'est-ce que tu vas bien pouvoir faire ? » demanda à nouveau Iris, son verre de thé glacé à la main, pour la dix-huitième fois au moins. Sarah alluma une nouvelle cigarette.

« Je ne sais pas. Voyager beaucoup. Avec toi, si tu veux m'accompagner.

— Gagné. Partons à Venise.

— D'accord. Et j'ai l'intention de lire. Peut-être même de me mettre à écrire. De me refaire une santé. D'arrêter la cigarette...

— D'avoir une aventure avec Jason, le dieu de la tondeuse.

— Hm-mmmm. Ou son petit frère.

— Blague à part, depuis quand tu n'as pas fait l'amour ?

— Depuis hier soir, avec toi. Tu ne t'en es pas rendu compte ?

— Sarah, je ne plaisante pas.

— En dehors de cette fameuse nuit avec Benjamin ?

— Moins on en dit là-dessus, mieux ça vaut.

— Je ne sais pas. Ça doit faire presque trois ans.

— Oh là là !

— Ce qui me manque, c'est plus la compagnie de quelqu'un que le sexe.

— Oui, je sais, mais quand même. Trois ans ! Moi, je péterais les plombs. Pourquoi tu n'essaies pas le speed-dating ?

— Iris, arrête de dire des sottises !

— Oui, eh bien tu te refermes sur toi-même, voilà.

— Tout à fait. Écoute, si je rencontre le bon, parfait. Je suis prête maintenant. Ça ne me déplairait pas. Mais je ne vais pas aller prospecter.

— Même pas dans ton jardin ?

— Obsédée ! »

Iris rentra à Pittsburgh dans l'après-midi. Quelques heures plus tard, Josh arrivait. Il évita habilement toutes les questions que lui posa Sarah sur Le Catalyseur, le genre de maison qu'elle avait, son petit garçon, etc. Elle trouva la discrétion de son fils frustrante, mais la respecta. Elle n'aurait su dire au juste si elle venait d'un désir de la protéger ou d'une certaine loyauté envers son père.

Benjamin et elle ne s'étaient vus que deux fois pendant les quinze mois qui avaient suivi la remise de l'argent, bien qu'ils se soient parlé à plusieurs reprises au téléphone. Jamais elle n'oublierait la vision de Ben sur le pas de la porte, la chemise couverte de sang et déchirée, les yeux réduits à deux fentes tant son visage était enflé. On aurait dit un homme de Néanderthal. Ni la soirée dans la cuisine lorsqu'elle avait nettoyé ses plaies, tandis qu'il répétait qu'il avait agi comme un idiot, qu'il avait tout fait louper, que si seulement il avait réussi à saisir les clés, s'il avait eu une arme ou crevé les pneus...

Quand il vint à la remise des diplômes de Josh un mois plus tard, il avait désenflé, mais autour des yeux injectés, la chair était encore un vrai camaïeu de bleus, de violets et de jaunes ; quant à la bosse de boxeur sur son nez, elle y resterait sans doute. Il avait fait preuve de courage en venant, car il savait que les parents de Sarah seraient là. Ce fut à peine s'ils lui adressèrent un signe de tête et ils partirent tout de suite après la cérémonie. Ce soir-là, Josh alla à une fête et elle dîna en tête à tête avec Ben. Naturellement, ils passèrent l'essentiel de la soirée à parler d'Abbie. Mais pas comme avant. On aurait dit que ce qui s'était passé ce soir-là au centre commercial avait en quelque sorte cristallisé, clarifié les choses. Tacitement, ils admettaient l'un et l'autre que leur fille était inaccessible et irrémédiablement perdue, conclusion que devait sceller la chute des tours, quelques mois plus tard.

Sarah savait que, si insensé que cela puisse paraître, les événements de ce matin-là, ces heures terribles où ils étaient restés sans nouvelles de Josh, suggéraient une sorte de marché pervers : son fils avait été épargné mais sa fille avait disparu, probablement pour toujours.

C'était curieux, la façon dont les gens se protégeaient, pensa Josh. Par exemple, du moment qu'on évitait de parler de quelque chose, ça n'existait pas, ou ça disparaissait. Son père réagissait comme ça, sa mère aussi. Pendant les quatre jours qu'il avait passés à Santa Fe, personne n'avait prononcé le nom d'Abbie. Et il ne se rappelait pas la dernière fois où sa mère avait parlé d'elle. Impossible de croire qu'ils ne pensaient plus tout le temps à elle. Il était même certain du contraire. Peut-être qu'ils ne voulaient pas parler d'elle devant lui, pour ne pas le perturber. Peut-être même qu'ils avaient raison, allez savoir. On pouvait bien parler jusqu'à plus soif, ça ne changeait rien.

Le séjour à Santa Fe avait été bien moins pénible qu'il ne se l'était imaginé. En fait, il avait bien aimé, surtout les moments passés à jouer avec Pablo. Certes, ça faisait drôle de voir son père avec cette nouvelle famille, de le regarder mettre son bras autour d'Eve comme il le faisait avec sa maman à lui, et s'occuper de Pablo comme s'il était le vrai père du petit. Mais curieusement, on s'y habituait très vite. Et Eve était chouette, vraiment chouette. Il ne savait pas trop à quoi s'attendre ; allait-elle se montrer froide et méfiante et le traiter en ennemi, ou au contraire démonstrative, en rajoutant pour essayer de devenir sa meilleure copine ? Ni l'un ni l'autre. Elle avait été naturelle et accueillante sans du tout forcer les choses. Au fond, il la trouvait sympathique. En plus, elle était plutôt canon, et il pouvait comprendre – enfin, presque – pourquoi son père avait agi ainsi.

Sa seule gaffe, c'était quand il avait demandé à voir sur quoi elle travaillait pour le moment. Elle l'avait emmené dans son atelier pour lui présenter ces énormes toiles représentant des hommes et des femmes nus. Elle prétendait s'être inspirée des statues érotiques de temples en Inde, et Josh, ne sachant que dire, était resté les bras ballants, s'efforçant de cacher sa gêne.

Cela l'ennuyait de ne pas en parler davantage à sa mère, mais ce serait une erreur : quelle que soit la version choisie, son récit la laisserait meurtrie. Par exemple, s'il disait qu'Eve était charmante et que Papa et elle avaient vraiment l'air heureux. Et s'il mentait en disant qu'Eve était une sale bonne femme et qu'ils paraissaient malheureux comme les pierres, cela vaudrait-il mieux ? Elle s'imaginerait alors qu'ils avaient tout foiré des deux côtés ou, pire, elle recommencerait à espérer que son père reviendrait. Non. Dans un cas comme dans l'autre, mieux valait éviter d'en dire trop.

Il avait dîné avec elle, et puis Freddie s'était pointé pour l'inviter. Juste au moment où il déclinait l'offre, disant qu'il venait juste de rentrer et allait tenir compagnie à sa mère, elle avait crié de la cuisine : « Mais enfin, Josh, c'est ridicule, vas-y ! » Alors il avait pris une douche et passé une chemise propre, puis avait emprunté la voiture pour aller chez Freddie à l'autre bout de la ville.

Les parents de Freddie Meacher étaient sacrément riches. Il n'avait pas une simple chambre, mais un appartement complet au-dessus du garage, où son père entreposait des voitures fabuleuses, dont deux Porsche et une Aston-Martin. On avait toujours laissé Freddie faire plus ou moins ce qu'il voulait. Ses parents savaient qu'il se droguait, mais ne lui mettaient pas trop de bâtons dans les roues, et le laissaient vivre sa vie. Josh le voyait moins depuis qu'ils étaient tous les deux en fac. Freddie était à l'université du Colorado à Boulder. À l'entendre, c'était la ville la plus cool de la planète ; et puis jamais il n'avait vu nulle part de plus belles nanas. Si on en jugeait d'après les deux qu'il avait invitées à passer quelques jours chez lui, ce n'étaient pas des bobards. L'une des deux, Summer, était sa copine. Elle avait de longues jambes dorées et un sourire entendu.

Josh était vert de jalousie. Katie était la seule fille avec qui il avait couché, et ça faisait un tel bail que ça ne comptait même plus. Il y avait plein de filles qui lui plaisaient à la fac, et il plaisait même à certaines, mais pas comme il l'aurait souhaité. Il ne voulait pas trop se plaindre, mais quand même, il ne pouvait pas s'empêcher de penser que c'était malheureux que pour un type de son âge, pas trop moche ni trop inadapté socialement, le sexe se réduise encore à quelques visites furtives à des sites sur Internet ou à des pratiques en solitaire, penché sur un exemplaire fatigué du magazine *Hustler*.

La copine de Summer, Nikki (Josh était prêt à parier qu'elle signait son nom avec un petit cœur, une fleur ou un smilie en guise de point sur le dernier *i*) était drôlement sexy elle aussi, mais sur un mode plus discret. Et après quelques joints, lorsqu'ils s'étaient retrouvés vautrés tous les quatre devant la télé de

Freddie – un écran plat d'un kilomètre carré –, à regarder une version récente d'*Apocalypse Now* – genre la copie gravée pour la coiffeuse de la femme du réalisateur – Josh avait eu quelques espoirs en sentant la tête de Nikki se nicher sur son épaule, et il s'était dit qu'il avait peut-être une ouverture. Mais elle s'était seulement endormie.

Plus tard, ils étaient descendus à la piscine, où Freddie et Summer s'étaient mis à nager nus. Josh avait déclaré qu'il avait un rhume : il ne voulait pas prendre le risque que sa bite rebelle le ridiculise à nouveau. Il se contenta de rester sur la terrasse, à jouer avec la Gameboy de Freddie tandis que Nikki (en bikini, ouf !) était gentiment venue s'asseoir à côté de lui en se séchant les cheveux dans une serviette et s'était mise à le bombarder de questions sur Abbie. Il y était habitué, maintenant, à ce rôle du frère de la célèbre Abbie. Cela ne changeait guère, car il l'avait joué toute sa vie, à ceci près que maintenant, le bel ange blond était devenu le grand méchant loup. Et les réponses qu'il donnait étaient fonction de qui les posait. Avec Nikki, il était prêt à se montrer aussi généreux que possible. Sans pour autant dire toute la vérité.

« Elle vous a déjà contactés ?

— Non.

— Tu veux dire qu'elle n'a jamais écrit à tes parents, ni téléphoné ?

— Non, jamais.

— Oh là là, ça doit être terrible pour eux.

— Oui. C'est dur.

— Et pour toi, dis donc ! »

Josh serra les mâchoires d'un air viril et hocha la tête, ignorant la petite voix qui disait dans sa tête : *Espèce d'enfoiré ! Te servir de ça pour essayer de la sauter. Comment peut-on tomber si bas ?*

Nikki était originaire de Boston, mais ses parents s'étaient installés dans le Colorado quand elle était encore au collège. Elle s'y plaisait beaucoup ; elle adorait la montagne, les randonnées, le snowboard. Il faudrait qu'il vienne avec Freddie. Josh, qui ne voulait pas paraître ignorant, borné ou trop citadin, lui parla de leurs vacances dans le Montana et dit qu'il avait toujours rêvé de faire du snowboard dans le Colorado. À Vail ou dans un autre endroit sympa. À la vérité, il n'avait jamais posé le pied sur un snowboard. Parfois, surtout quand il s'efforçait de ne pas mater ouvertement les seins d'une nana, ce genre de chose lui échappait.

Mais il n'en était plus à un mensonge près. Ils mentaient tous à présent. À cause d'Abbie. Et le pire, c'était de tromper ses parents comme il le faisait jour après jour. Parce que garder pour soi un secret aussi énorme, c'était aussi grave, sinon plus, que de dire une contre-vérité. Abbie avait repris contact. Il lui avait parlé deux fois. Et il n'en avait soufflé mot à personne.

Il avait toujours le téléphone à carte qu'elle lui avait fait acheter, et il le regardait chaque matin, comme elle le lui avait recommandé. Le lendemain du jour où son père était venu à la maison avec la tête d'un mec qui se serait colleté à Mike Tyson, il avait eu un message. Deux mots qui, décodés, lui avaient donné un numéro à appeler. Il était allé dans une cabine et avait téléphoné à l'heure prévue. Pendant dix minutes, il avait écouté Abbie cracher son venin, déblatérer et traiter leur père de tous les noms. Et en plus le sac ne contenait que quinze mille dollars, *Ah les cons ! Seulement quinze mille dollars, c'est minable*. Il avait failli raccrocher, mais s'était retenu et était resté là à écouter, tête baissée, à encaisser. Elle avait fini par épuiser sa hargne et avait dit : *Bon, c'est comme ça. Dis-leur de ma part qu'ils n'auront pas de seconde chance, d'accord ?* Il avait eu envie de lancer : *Tant que tu n'auras pas de nouveau besoin d'argent ?* Mais là encore, il s'était retenu.

Chaque jour, il regardait religieusement son téléphone secret, dont personne ne devinait l'existence, aussi étonnant que ça puisse paraître. Pendant huit mois, l'appareil resta muet. Jusqu'à Noël. Il se trouvait chez ses grands-parents et était discrètement descendu vers le court de tennis pour vérifier sa boîte vocale. Il avait entendu la voix de sa sœur. Une petite voix, pas celle d'une harpie, qui donnait le message codé en deux mots. Il appela le lendemain et l'écouta encore pendant dix minutes. Mais cette fois-ci, elle ne hurlait plus ni n'insultait personne. Elle pleurait. Elle sanglota pendant dix longues minutes en disant qu'elle se sentait très seule, très triste, et qu'elle avait envie d'en finir. Josh fit de son mieux pour la consoler, mais que pouvait-il répondre ? Il avait répété : *Oh, Abbie* et : *Non, ne fais pas ça, je t'en supplie, ça ira, c'est juste que c'est Noël...* Non mais, quelle idée de dire une chose pareille !

Il ne lui suggéra même pas de rentrer à la maison ou de se livrer à la police parce qu'il ne voulait pas qu'elle se mette à hurler et à s'en prendre à lui. Cette fois-ci, au moins, elle parlait comme un être humain normal. Mais quand il lui demanda où elle était, elle lui rétorqua de ne pas faire l'idiot. Cette fois-ci, le numéro n'était pas celui d'une cabine, mais d'un portable. Il ne révélait rien. Elle pouvait appeler de n'importe où. Quand il essaya de rappeler le même numéro plus tard, s'armant de courage au cas où elle répondrait et lui passerait un savon, il sonnait chaque fois occupé.

Il était plus de trois heures du matin quand Josh rentra chez lui en conduisant prudemment. Nikki lui avait donné son numéro, mais à son avis, il n'avait rien à espérer. Peut-être l'appellerait-il. Ou non. Il avait déjà eu une relation à distance qui lui avait brisé le cœur et n'avait pas envie de recommencer l'expérience.

La lumière était encore allumée dans la chambre de sa mère. Il monta sur la pointe de pieds, mais quand il passa devant sa porte, il l'cntendit l'appeler. Elle était calée contre ses oreillers, un livre à la main et un verre de lait à moitié plein sur la table de nuit. Quand il entra, elle sourit, ôta ses lunettes et tapota le lit pour lui faire signe de s'asseoir. Il obéit, évitant de croiser son regard. Il ne se sentait pas très pété, mais cela devait quand même se voir.

« C'était bien ?

— Oui. Ce n'était pas vraiment une fête. On n'a rien fait de spécial.

— Comment va Freddie ?

— Ça roule.

— Comment ça se passe pour lui à la fac ?

— Bien.

— Tant mieux. Et toi, ça va ?

— Mais oui. Fatigué, c'est tout.

— Fais-moi un câlin. »

Il se pencha pour la prendre dans ses bras et ils restèrent un long moment serrés l'un contre l'autre. Elle était toute menue et fragile. Il lui répétait toujours de manger plus, mais elle n'en tenait aucun compte. Elle le serrait comme si elle ne voulait plus le lâcher. Quand elle se détacha de lui, il vit des larmes dans ses yeux.

« Je t'aime, Joshie.

— Moi aussi, je t'aime. »

Vingt-sept

Abbie appuya son dos douloureux contre le mur blanchi à la chaux du poste de pesage, plissa les yeux et promena son regard sur les vaste champs plats où une centaine de silhouettes courbées sur des plants continuaient à faire la cueillette. Leurs ombres s'allongeaient dans la lumière de la fin d'après-midi. Un camion arrivait de l'autoroute, soulevant derrière lui un nuage de poussière dorée. Abbie regarda sa montre. Bientôt six heures. Elle allait être en retard.

Il restait plus d'une dizaine de cueilleurs devant elle dans la queue, attendant de faire peser leurs derniers paniers et de recevoir leur paie. Elle avait posé ledit panier à ses pieds et quand la file avança, elle le poussa du pied sur la terre desséchée. L'un des surveillants lui cria sans aménité de le ramasser et elle s'exécuta, tout en l'insultant à voix basse. Même mort de fatigue, ou après douze longues heures de travail, le dos moulu, en pleine chaleur, on n'était pas censé poser le panier par terre, pour éviter que les fraises ne se salissent. Comme si elles n'étaient pas déjà assez contaminées par tous les pesticides qu'on leur vaporisait dessus. De sa vie elle ne mangerait plus une seule fraise.

On était au début de septembre et cela faisait trois bonnes semaines qu'elle n'avait pas vu Rolf. Mais elle allait le retrouver ce soir ; son cœur battit plus vite à cette idée, et en pensant à ce qu'elle avait à lui annoncer. Elle n'avait pas fait de test, mais à quoi bon ? Elle était certaine. Elle avait deux semaines de retard, alors qu'elle était normalement réglée comme une horloge, et ce matin, pour la première fois, elle avait eu la nausée. Comment il allait prendre cela, elle l'ignorait. Elle espérait que ça améliorerait leurs relations. Une chose en tout cas était sûre. Quoi qu'il arrive, quoi qu'il dise et quelque pression qu'il exerce, elle était bien décidée à avoir cet enfant.

Il faudrait naturellement attendre le moment propice pour lui annoncer la nouvelle. Ils pourraient peut-être aller sur la côte, à Big Sur par exemple, trouver un endroit agréable et dépenser un peu de ce qu'ils avaient gagné.

C'était Rolf qui avait suggéré qu'ils se séparent quelque temps. Il avait besoin d'air, avait-il déclaré, et quand elle lui avait demandé ce qu'il voulait dire, il s'était mis en colère. Il travaillait sur un chantier de construction à Fresno, et gagnait deux ou trois fois plus qu'elle pour beaucoup moins d'heures de travail. Du moins, d'après ce qu'il lui avait dit la dernière fois qu'ils s'étaient vus. À présent, elle ne savait plus trop quoi croire. Elle n'avait plus de portable et les trois fois où elle avait appelé, il n'avait pas répondu. Elle espérait seulement que cette fois-ci, il serait de meilleure humeur, plus gentil, et qu'il ne se mettrait pas en rage aussi facilement.

Elle avait eu le temps de réfléchir, d'essayer de comprendre pourquoi leurs relations s'étaient dégradées. La faute était plutôt de son côté à elle, elle le savait. Elle était trop possessive, trop jalouse, trop en demande. Après la première fois où elle s'était aperçue qu'il la trompait, quand ils vivaient à Chicago, elle avait vraiment fait de gros efforts pour changer, pour ne pas y attacher d'importance. Cela ne tirait pas à conséquence pour lui, alors pourquoi cela compterait-il pour elle ? Mais à Miami, quand elle l'avait trouvé au lit avec cette petite pétasse cubaine, tous ses beaux raisonnements s'étaient effondrés.

Pour être tout à fait franche avec elle-même, elle avait toujours su qu'il y avait d'autres femmes. Rolf lui disait de mûrir, d'oublier un peu son minable milieu bourgeois. Ils n'étaient pas propriétaires l'un de l'autre, et si elle voulait avoir d'autres amants, il n'y voyait pas d'inconvénient. Cela aussi l'avait blessée, sans qu'elle sache pourquoi. Elle ne voulait personne d'autre. Maintenant moins que jamais. Mais bon, ce soir, demain et pendant tout le week-end, elle ferait un effort particulier. Ils se retrouveraient et tout irait à nouveau bien entre eux. Quand il serait au courant pour le bébé, tout serait différent.

« Au suivant ! »

Devant elle, sa nouvelle amie Inez faisait glisser son panier sur la balance, tandis que de l'autre côté, le minable à face de fouine en vérifiait le contenu, ôtant les fraises que lui, l'infaillible, jugeait abîmées. Inez protesta pour deux qui paraissaient parfaites, mais il lui jeta un regard inexpressif sans même se donner la peine de se justifier. Il cria le poids à ses acolytes, assis à côté de lui derrière la table à tréteaux, l'un avec l'écritoire à pince, l'autre avec l'argent. Puis il saisit le panier sur la balance et le mit sur la pile.

« Au suivant ! »

Abbie était toujours un peu nerveuse au poste de pesage, comme à la poste, à la banque et partout où elle sentait qu'on examinait son identité. En dehors d'une poignée d'étudiants (ce que, si on lui posait la question, elle prétendait être aussi), elle était la seule à ne pas être latino. Les hommes derrière la table à tréteaux la regardaient toujours avec plus d'attention que les autres femmes. Ils essayaient parfois de la draguer, mais elle gardait les yeux baissés et n'embrayait jamais. De toute façon, elle n'avait pas vraiment de souci à se faire. Tous les cueilleurs travaillaient illégalement. Personne n'allait lui poser de questions indiscrètes. De toute façon, aujourd'hui, le type ne semblait s'intéresser qu'à ses fraises.

« Elles sont poussiéreuses.

— Poussiéreuses, mon cul.

— Qu'est-ce t'as dit, là ?

— J'ai dit, poussiéreuses, pas du tout. Et si c'est le cas, c'est la faute du camion qui vient de passer. Faudrait leur dire de ralentir, aux chauffeurs. »

Le contremaître jeta presque tout le dessus du panier, ignorant ses protestations, puis il lui lança un regard mauvais et cria le poids.

« Au suivant ! »

L'homme à l'écritoire demanda son nom à Abbie.

« Shepherd. »

Il inscrivit le poids de son panier, tapa sur quelques touches de sa calculatrice et compta sa paie de la journée : quarante-huit dollars et vingt cents. Il fit glisser l'argent sur la table, et Ann-Marie Shepherd, de Fort Myers, Floride, le prit et le mit dans la poche de sa jupe avant de suivre Inez aux douches.

L'anglais d'Inez était à peine moins rudimentaire que l'espagnol d'Abbie, mais les deux filles étaient devenues amies. Elles s'étaient rencontrées le premier jour où Abbie avait travaillé, alors qu'elle ne savait pas encore où coucher. Le soir, Inez l'avait fait monter à l'arrière d'un camion bondé qui les avait conduites dans les collines au-dessus de la vallée de Salinas. Quand elle était arrivée, Abbie avait eu peine à en croire ses yeux. Elle savait que c'était le pays de Steinbeck, mais pas qu'il avait aussi peu changé.

Il y avait un camp entier de cueilleurs mexicains, tous des clandestins, qui vivaient dans les bois. Les plus vernis avaient trouvé des grottes pour s'y abriter. La plupart dormaient à la belle étoile, enroulés dans des sacs-poubelle pour se protéger de la rosée. Elle n'en revenait pas de voir comme ils étaient généreux et prévenants. On lui avait trouvé une couverture et une natte en guise de matelas, un sac en plastique, de quoi manger, et de l'eau. Étrangement, c'étaient les plus démunis qui donnaient toujours le plus. Elle passa la nuit à écouter les glapissements des coyotes, ce qui lui rappela Ty.

Au bout de quelques jours, Inez réussit à leur trouver un logement plus près des champs où elles travaillaient, un garage équipé d'un évier et de toilettes, qu'elles partageaient avec dix autres femmes pour quatre dollars la nuit chacune. Inez avait un an de plus qu'Abbie, mais déjà deux enfants, qui vivaient chez sa mère à Santa Ana et lui manquaient beaucoup. Le père était parti quand elle était sur le point d'accoucher du second, mais elle ne paraissait pas lui en garder rancune.

« Les hommes ! » dit-elle un soir où elles étaient assises sous les étoiles et partageaient une cigarette. « C'est plus fort qu'eux. Ils ne savent pas qui ils sont ni pourquoi Dieu les a faits. On ne peut pas leur en vouloir, on ne peut que les plaindre. »

Abbie ne lui avait pas dit qu'elle était enceinte, mais si elle vomissait tous les matins, elle aurait du mal à garder le secret.

On était vendredi soir, et tout le monde se sentait en

fonds. Un camion allait à Salinas et quand les deux filles se furent douchées et changées, elles grimpèrent sous la bâche et s'assirent, serrées comme des sardines avec une douzaine d'autres passagers, presque tous des hommes. Abbie s'était faite belle pour Rolf. Elle portait une jolie robe de coton imprimé rouge et noir qu'elle avait achetée sur un marché à Miami. Ces derniers temps, elle se mettait rarement devant une glace, mais ce soir, Inez l'avait forcée à le faire et Abbie avait été agréablement surprise. Elle avait eu l'impression de regarder quelqu'un qu'elle n'avait pas vu depuis des années. Elle ne se teignait plus les cheveux, qui avaient poussé et blondi à force d'être au soleil. Jamais elle n'avait été aussi bronzée. Le seul détail qui gâtait un peu l'ensemble était l'état de ses mains : calleuses et encrassées, les ongles rongés.

Inez était aussi sur son trente et un, comme les trois jeunes gens assis en face d'elles, qui la baratinaient. Abbie ne comprenait pas ce qu'ils disaient, mais saisissait le sens général de la conversation. L'un des trois semblait s'intéresser à elle plus qu'à Inez, et la dévisageait. Il fit une remarque aux autres qui la regardèrent comme pour vérifier, puis hochèrent la tête.

« Qu'est-ce qu'il a dit ? chuchota-t-elle à Inez.

— Que tu as l'air d'une actrice de cinéma. »

Elle avait rendez-vous avec Rolf à sept heures trente dans un bar de la vieille ville, près du cinéma Fox, mais c'était à une demi-heure de marche de l'endroit où le camion la déposa et quand elle arriva, après huit heures, il n'était pas là. Elle trouva une table près de la fenêtre, d'où elle voyait la rue, commanda une boisson gazeuse et sortit son livre d'un vieux sac de marin qui contenait le peu qu'elle possédait. Mais une heure passa, la nuit tomba et il n'apparaissait toujours pas. Les regards des hommes du bar commençaient à la mettre mal à l'aise. Elle se leva et sortit faire un tour, en disant à la femme qui servait au bar qu'elle revenait dans un moment, au cas où quelqu'un demanderait après elle.

Juste avant dix heures, alors qu'elle était à moitié morte d'inquiétude et se demandait où elle allait dormir, elle vit la voiture de Rolf s'arrêter de l'autre côté de la rue, la petite Ford qu'ils avaient achetée en Floride avec le reste de l'argent de son grand-père. Il traversa la rue en parlant dans son portable, et la vit derrière la vitre. Il lui adressa un petit signe de tête mais sans sourire. Abbie se leva et sortit à sa rencontre, mais fut obligée de rester là, les bras ballants, à côté de lui sur le trottoir sans qu'il lui prête la moindre attention, et attendit la fin de sa conversation.

« Oui. D'accord. Toi aussi. Bye. »

Il referma le clapet du téléphone qu'il glissa dans la poche de sa veste. Elle lui mit les bras autour du cou et l'embrassa sur les lèvres.

« Je croyais que tu n'arriverais jamais.

— J'avais des choses à régler. »

Il ne lui dit pas qu'elle était jolie, en fait il la regarda à peine, passa devant elle pour entrer dans le bar, déclara que l'endroit était merdique et qu'ils feraient mieux d'aller voir ailleurs.

Ils trouvèrent un restaurant un peu plus loin dans la même rue, un endroit moins éclairé, avec des box en bois et de petites bougies dans des verres rouges sur les tables. Ils s'installèrent dans un coin et commandèrent deux bières. Il but la sienne en deux longs traits et en commanda une autre. La nourriture était médiocre, mais Abbie, qui ne voulait pas que cela leur gâche la soirée, raconta à Rolf tous les détails de la cueillette, lui parla de la gentillesse de ses compagnons et de leurs conditions de vie très dures. Rolf hocha la tête comme s'il savait déjà tout ça. Il dit à peine un mot et parfois, on eût dit qu'il n'écoutait même pas.

« Tu vas bien ? finit-elle par demander.

— Oui, pourquoi ?

— Je ne sais pas. Tu es très silencieux.

— Je suis fatigué, c'est tout.

— Je t'ai manqué ? »

Au moment même où les mots franchissaient ses lèvres, elle comprit qu'elle avait dit une sottise. Il soupira, leva les yeux au ciel, l'air méprisant.

« Ouiiii, ma chérie, tu m'as terrrrrriblement manqué. »

Il prononça ces mots sur un ton tellement sarcastique qu'elle dut se mordre la lèvre et baisser les yeux vers son assiette. Mais elle garda le silence. Pour Rolf, les larmes étaient un signe de faiblesse, et elle savait qu'elle devait s'abstenir de pleurer. Il dut voir combien il l'avait blessée car il tendit vers elle une main contrite et prit la sienne.

« Pardon. Mais tu sais ce que je pense de ces conneries de bourges.

— Comme de souffrir de l'absence de quelqu'un à qui tu tiens ? »

Il s'approcha, lui passa un bras autour des épaules et l'embrassa sur la tempe.

« Pardon. Tu m'as manqué. Ça te va ? »

Elle hocha la tête, déglutit et sourit bravement.

« Si on allait quelque part ? Juste pour le weekend ?

— Où ?

— Je ne sais pas. Au bord de l'océan, quelque part. J'ai envie de marcher sur une plage.

— Il faut que je sois à Seattle dimanche.

— Je peux venir ?

— Non. »

Il ne lui avait jamais raconté grand-chose, mais depuis quelque temps, il ne lui disait absolument plus rien. Abbie avait pourtant appris par les journaux certains faits divers auxquels il était sans doute mêlé. De la frontière canadienne au nord de la Californie, il y avait eu une série d'incendies criminels, touchant surtout des exploitations forestières et des entreprises de biotechnologie. Les dommages s'élevaient à plusieurs millions de dollars. Il disait que c'était trop risqué pour qu'elle participe à tout cela, mais Abbie soupçonnait que la véritable raison, c'était qu'à Denver, elle n'avait pas été à la hauteur et s'était montrée trop faible, trop craintive.

À une époque, elle avait souffert de ce jugement sans appel. Mais plus maintenant. À la vérité, elle ne voulait plus être mêlée à ces affaires. Elle admirait toujours la passion de Rolf et sa détermination. Mais ces actions qu'elle considérait jadis comme héroïques lui paraissaient aujourd'hui futiles et dangereuses, voilà tout. Et contre-productives de surcroît, parce que leur seul résultat, c'était de provoquer de la sympathie pour les compagnies avides qui en étaient la cible. Toujours est-il que Rolf avait dû trouver une autre adjointe. Une fille qu'il devait aussi sauter, probablement, mais à cela, Abbie s'efforçait de ne pas penser. Maintenant, elle avait plus que jamais besoin de lui.

« Alors partons, juste ce soir et demain », dit-elle. Elle l'embrassa dans le cou et posa la main sur sa cuisse. « S'il te plaît, ça fait si longtemps. »

Ils roulèrent environ une heure en direction du sud et juste avant Big Sur, en restant sur l'autoroute qui épousait les courbes des falaises, ils trouvèrent un petit hôtel donnant sur l'autoroute et l'océan. L'enseigne au néon bleue indiquait *Chambres libres*, ils s'arrêtèrent et garèrent la voiture au parking. Assise au comptoir de la réception, devant un écran de télévision neigeux, somnolait une vieille femme qu'ils réveillèrent pour prendre une chambre.

Abbie posa son sac et se tourna vers Rolf. Lorsqu'il referma la porte, il fixa sur elle des yeux assombris où brillait une lueur métallique qu'elle n'y avait jamais vue.

« Rolf ? »

Il déchira sa robe aux épaules, puis jeta Abbie à plat ventre sur le lit et la baisa avec une telle brutalité et un tel manque d'amour qu'elle lui hurla d'arrêter, mais en vain. Elle réussit à se retourner partiellement pour se débattre, mais il la gifla, un aller et retour violent. C'était la première fois qu'il la frappait. Après quoi, il la saisit à la gorge et serra si fort qu'elle crut qu'il allait l'étrangler. Elle avait peur, non seulement pour elle, mais pour l'enfant qu'elle portait et, cessant de se défendre, elle lui laissa faire ce qu'il voulait. Lorsqu'il en eut fini, il se dégagea, et roula pour s'effondrer à côté d'elle.

Combien de temps elle resta là à écouter sa respiration, elle n'aurait su le dire. Mais lorsqu'elle fut enfin certaine qu'il dormait et qu'elle eut rassemblé assez de courage, elle s'écarta, centimètre par centimètre, puis quitta le lit, ramassa sans bruit ses affaires, tétanisée chaque fois qu'il bougeait. Elle prit les clés de voiture dans la poche de sa veste, ainsi qu'une liasse de dollars, songea à prendre aussi son téléphone, puis y renonça. En sentant le liquide chaud qui coulait sur sa cuisse, elle faillit vomir. Nue elle alla sur la pointe des pieds jusqu'à la porte et l'ouvrit, priant à chaque inspiration tremblante pour qu'elle ne craque pas. Les gonds ne firent aucun bruit.

Dehors, la lumière de la lune éclairait l'allée de bois

blanchie, et Abbie s'habilla à la hâte à côté de son ombre sur le mur, puis, pieds nus, elle traversa l'espace gravillonné, froid au contact, jusqu'à la voiture. Elle était garée sur un terrain en pente, sous des pins mités à une cinquantaine de mètres de la chambre, assez près sans doute pour qu'il entende le moteur et puisse la rattraper. Il n'y avait pas un souffle de vent, et aucun bruit, sauf les aboiements lointains d'un chien. Elle jeta son sac à l'arrière, monta avec précaution et mit au point mort. La voiture roula lentement sur la pente en direction de l'autoroute, les pneus faisant crisser le gravier.

Lorsqu'elle atteignit le macadam, Abbie mit le contact et le moteur commença à tourner. Au large, sur l'océan, un rayon de lune miroitait jusqu'à l'horizon. Elle s'engagea sur l'autoroute, et accéléra lentement. Elle partit dans le sens inverse de la veille. Combien de temps prendrait le voyage, elle ne savait pas trop. Mais elle connaissait déjà sa destination.

Elle conduisit toute la nuit vers le nord jusqu'à l'I-80, puis prit à l'est et vit le soleil se lever sur les Sierras, brumeux, rouge, implacable. Juste après Reno, la nausée la prit. Elle trouva une aire de stationnement réservée aux poids lourds et s'arrêta pour vomir. Après quoi, elle prit une douche, lavant à grande eau toute trace de Rolf. Quand elle retourna à la voiture, elle baissa le dossier du siège et dormit jusqu'à ce que la chaleur du soleil et sa lumière la réveillent.

Il lui fallut huit heures pour traverser le Nevada. Les noms sur les panneaux défilaient : Lovelock, Battle Mountain, Elk, tandis que la Humboldt déployait ses courbes étincelantes sur sa gauche. Parfois, pour prendre de l'essence, manger quelque chose ou simplement se distraire un peu de cette succession de kilomètres soporifiques, elle sortait de la grand-route et traversait des villes perdues et desséchées, où elle voyait des vitrines de magasins couvertes par des planches, des sites tentaculaires pour caravanes et des carcasses de voitures cannibalisées. Puis elle passa dans l'Utah, où la route, droite comme un I, se dévidait sur l'infinité plate du désert que le crépuscule rosissait d'un horizon à l'autre à l'approche de la nuit. Elle dépassa Salt Lake City peu après minuit. Alors, malgré les fenêtres grandes ouvertes et l'air frais nocturne imprégné d'une odeur de sauge qui la fouettait, elle sentit ses paupières se fermer tandis que son menton heurtait parfois sa poitrine. Il fallait qu'elle s'arrête. Elle sortit de l'I-80 et trouva un motel modeste. Elle était si fatiguée qu'elle faillit donner son vrai nom mais se reprit à temps. Le réceptionniste lui demanda en plaisantant si elle avait oublié qui elle était et elle répondit en souriant que oui, en effet.

Elle avait fait près de seize cents kilomètres, et en regardant la carte le lendemain, elle calcula qu'il lui en restait encore à peu près la moitié. Elle avait songé à téléphoner pour s'annoncer, mais décida de s'abstenir. Leurs téléphones étaient peut-être encore sur écoute. De toute façon, il ne serait peut-être pas là et si elle tombait sur sa mère, elle ne saurait pas quoi dire. D'ailleurs, elle ne savait pas non plus ce qu'elle dirait à Ty, après trois longues années, et tous les ennuis et les chagrins qu'elle avait apportés dans sa vie.

Elle traversa la ligne de partage des eaux au début de l'après-midi et à Rawlins, quitta l'I-80 pour prendre en direction du nord, vers Casper. Lorsque le soleil commença à descendre, elle quitta l'autoroute pour traverser Sheridan. Elle longea la grand-rue, franchit la petite place où Ty et elle s'étaient installés pour parler un certain jour ; le cow-boy de bronze montait toujours la garde, le fusil à l'épaule. Elle se gara et, sur le papier qu'elle avait pris au motel, elle écrivit un message qu'elle avait l'intention de glisser dans la boîte aux lettres à l'extrémité de la voie privée menant au ranch. Elle fit une boulette de ses deux premiers essais. Les excuses paraissaient trop futiles, trop complaisantes. La troisième fois, elle écrivit deux lignes toutes simples.

Ty, je t'attendrai à côté du cow-boy de bronze lundi à midi. Si tu ne viens pas, je comprendrai. Je t'embrasse, Abbie.

Après une aussi longue absence, elle eut peur de ne plus se rappeler le chemin du ranch, et de se perdre dans le labyrinthe de routes gravillonnées ; mais malgré la lumière qui baissait, elle n'eut aucun mal à s'y retrouver. Elle croisa un camion venant en sens inverse, sur le flanc duquel était inscrit GAZ ET PÉTROLE MCGUIGAN. Le nom fit aussitôt surgir les associations familières dans sa tête : l'image du fils mourant à genoux se détachant sur la maison en feu. En traversant le nuage de poussière soulevée par le camion et qui se redéposait, elle se demanda comment elle avait pu en arriver à acquérir une mentalité aussi épouvantable et gâcher la vie de tant de gens.

Quand elle s'arrêta au bout de la route des Hawkins, un éclair blanc attira son œil. Elle regarda sur sa gauche dans la pénombre et vit une petite harde de chevreuils, avec femelles et faons, qui, au-dessous d'un bosquet de trembles, l'observaient. Elle pensait les voir fuir sous les arbres, mais non, ils restèrent là à la regarder tandis qu'elle se dirigeait vers la boîte aux lettres. Elle s'arrêta devant et tapota quelques instants l'enveloppe fermée tout en observant les chevreuils qui continuaient à la fixer. Sentit-elle dans leur regard une forme de défi, ou hésita-t-elle à l'approche d'une autre nuit solitaire ? Elle n'en savait rien, mais au lieu de laisser le message, elle le remporta dans la voiture, fit demi-tour et prit la direction de la maison.

Comme elle s'y attendait, les chiens arrivèrent à la course en aboyant. Elle n'avait pas encore fini de se garer qu'elle aperçut un visage à la fenêtre de la cuisine, puis la lumière extérieure s'alluma. Lorsqu'elle ouvrit la portière de sa voiture, les chiens semblèrent la reconnaître aussitôt. Ils cessèrent d'aboyer et se mirent à sauter et à lui faire la fête. Elle sortit et s'accroupit pour les caresser tandis qu'ils se tortillaient et lui léchaient le visage. Elle entendit des pas sur la véranda. En levant les yeux, elle vit Ty qui venait vers elle sur le gravier.

« Bonsoir, je peux vous aider ? »

Abbie se leva et lui fit face. Elle vit le choc qu'il eut en la reconnaissant. Il s'arrêta net.

« Mon Dieu, dit-il à mi-voix.

— Pardon. Si tu veux que je parte, je m'en vais.

— Je n'arrive pas à croire que tu es là.

— Je ne savais pas où... Écoute, je m'en vais. »

Mais il s'approcha et elle resta plantée là à l'observer, incapable de faire un geste. Sans un mot, il l'entoura de ses bras. Elle se mit à trembler et serait sans doute tombée s'il ne l'avait tenue. Il la laissa pleurer, lui caressant les cheveux. Tout ce qu'elle pouvait articuler, c'était son nom, et pardon, pardon, pardon pour tout, jusqu'à ce qu'il la fasse taire et la conduise lentement vers la maison. Sa mère attendait sous le porche, mais Abbie avait la vue brouillée par les larmes et dans la pénombre, elle était incapable d'estimer si elle était la bienvenue ou si elle allait se faire jeter dehors. Alors Martha s'avança, la dégagea de l'étreinte de Ty et l'enlaça comme si elle était sa propre fille, lui tapotant le dos et la réconfortant.

« Pauvre petite, murmura-t-elle. Ma pauvre petite fille. »

C'en était presque trop pour Abbie. Pour la première fois depuis des années, elle prit un bain chaud, sentit le contact de serviettes fraîchement lavées, huma l'odeur d'un repas qu'on prépare et entendit les bruits familiers qui l'accompagnent. Ces mille et un petits détails banals mais oubliés ouvrirent les vannes qui emprisonnaient ses souvenirs de sa maison et des siens. Martha lui trouva des vêtements propres et mit dans son assiette plus de nourriture qu'elle n'avait l'habitude d'en voir en une semaine. Lorsqu'elle fut incapable d'avaler une bouchée de plus, que la table fut débarrassée et qu'ils se retrouvèrent tous trois assis à se regarder avec une tendresse incrédule mais prudente, alors seulement ils se mirent à parler de ce qui s'était passé et de ce qui risquait d'arriver maintenant.

Abbie avait remarqué le fauteuil vide de Ray devant la télévision, et Ty lui dit que son père était mort presque deux ans auparavant, et que son décès avait été un soulagement pour eux tous. Après son attaque, il n'avait plus jamais parlé. Abbie les plaignit et regretta de ne pas l'avoir mieux connu. Puis elle prit une grande inspiration et commença à leur raconter les événements de la nuit de Denver, trois ans auparavant. Elle s'efforça de parler simplement, sans s'apitoyer sur elle-même ni chercher un noble motif pour se justifier. Elle leur dit avec sobriété ce qui avait été prévu et la manière dont les événements avaient si tragiquement dérapé.

Ty et sa mère écoutèrent, posant une question de

temps à autre. Ils écoutèrent aussi la version expurgée de la vie qu'elle avait menée ensuite, qui, de son propre aveu, lui apparaissait maintenant comme une vallée noyée dans le brouillard, dont elle venait juste de réussir à sortir. Si elle leur évita le récit des heures les plus sombres et parla de Rolf comme d'un des fantômes peuplant ce brouillard, elle dit qu'elle avait enfin compris ce qu'était la folie. Et qu'elle ne pouvait plus vivre avec.

Alors, Martha se leva pour aller chercher dans le buffet ce qui ressemblait à un press-book.

« Maman, s'il te plaît, dit Ty. Pas maintenant.

— Je crois qu'il faut qu'Abbie voie ça. »

Elle plaça l'album sur la table devant Abbie qui, en l'ouvrant, comprit tout de suite de quoi il s'agissait. Des pages et des pages d'articles découpés dans des journaux et des magazines, racontant l'arrestation de Ty et son incarcération, des photos anthropométriques de lui, pâle et hagard, portant autour du cou son nom et son numéro de détenu. Et partout, le visage souriant d'Abbie le jour de la remise des diplômes. Les titres proclamaient la culpabilité de Ty. ARRESTATION DANS L'AFFAIRE DU CRIME TERRORISTE DE DENVER. UN HABITANT DE SHERIDAN EST L'AMANT D'ABBIE LA TERRORISTE. TYLER LE TERRORISTE ARRÊTÉ POUR MEURTRE. Il y avait aussi des photos de Ray et de Martha, salis par contrecoup. Même les comptes rendus ultérieurs de la remise en liberté de Ty – beaucoup plus concis et glissés dans les pages intérieures, la nouvelle étant naturellement beaucoup moins intéressante – laissaient encore planer un léger doute sur sa culpabilité.

Abbie referma l'album et leva les yeux. Tous deux avaient le regard braqué sur elle. Elle ne put articuler une parole.

« J'avais besoin que vous sachiez ce que vous nous avez fait », dit Martha.

Abbie hocha la tête.

« Je ne sais pas quoi dire. »

Martha eut un sourire triste, tendit la main et saisit celle d'Abbie de l'autre côté de la table. Ty se mordait les lèvres. Il se pencha pour prendre l'autre main d'Abbie. Ils restèrent un moment ainsi unis, chacun perdu dans ses pensées, tandis que la vieille horloge égrenait le douloureux silence.

« Si vous saviez comme j'ai honte, dit enfin Abbie.

— Je sais, ma petite fille. Ty réagira en son nom. Moi, je vous pardonne. Ce qui importe maintenant, c'est de savoir ce que vous décidez de faire.

— Ray savait tout ça ? »

Elle pensait à l'arrestation de Ty et se demandait si elle avait précipité la mort de son père, mais ne put se résoudre à poser la question.

« Je ne crois pas », dit Ty à mi-voix.

Martha se leva et reprit l'album

« Je vais me coucher. Vous avez sûrement des choses à vous dire, tous les deux. »

Elle embrassa Abbie sur le front et sortit.

Abbie sentait le besoin de prendre l'air. Ils traversèrent donc la cour, longèrent les écuries et prirent la route de terre battue qui montait au-dessus des prairies. Le ciel s'était couvert et une brise s'engouffrait dans la vallée. Elle rafraîchit le visage d'Abbie, qui y décela les premières odeurs de l'automne proche. De temps à autre, loin au-dessus des montagnes, la clarté bleue d'un éclair muet illuminait les nuages. Ty passa un bras autour des épaules d'Abbie et pendant un long moment, ils marchèrent en silence. Ils s'arrêtèrent près d'une barrière et s'appuyèrent côte à côte sur la barre du haut, regardant la prairie en pente où l'on distinguait les formes immobiles et sombres des chevaux se détachant sur l'herbe décolorée par le soleil.

Sans oser regarder Ty, Abbie dit d'une voix sourde qu'elle aimerait pouvoir effacer tout le mal qu'elle lui avait fait, et trouver un moyen de réparer ses torts. Elle devinait que sa mère voulait qu'elle se rende, d'ailleurs c'était ce qu'elle avait l'intention de faire, mais pour l'instant, elle se sentait comme une enfant perchée sur un rocher au-dessus de l'océan, qui veut sauter de tout son cœur, mais a trop peur pour franchir le pas.

« Tu sais, tu n'es sans doute pas vraiment en sécurité ici, dit Ty, les yeux toujours perdus dans le noir. Est-ce qu'ils se donnent encore la peine de nous surveiller, je n'en sais rien, mais je ne pense pas qu'ils aient oublié. Nos téléphones doivent encore être sur écoute.

— Je repartirai demain matin.

— Non.

— Ty, ce n'est pas tout. Je suis enceinte. »

Il la regarda un long moment et elle vit la souffrance emplir ses yeux, mêlée à une autre émotion qu'elle ne put encore déchiffrer. Il s'approcha et la prit par les épaules.

« Pendant ces trois ans, pas un jour ne s'est écoulé sans que je pense à toi. Malgré tout ce qui est arrivé, je n'ai jamais cessé de t'aimer. Et quoi qu'il arrive, je serai toujours là pour toi. Tu as raison de te rendre, c'est bien. Et c'est ce que tu dois faire pour l'enfant. Mais donne-moi d'abord quelques jours. Je te le demande, Abbie.

— Oh, Ty, comment peut-on...

— Quelques jours. Juste pour nous deux. On pourra réfléchir à ce que tu dois faire, pour s'y prendre au mieux. Je sais où aller. »

VINGT-HUIT

Boulder était aussi cool que Freddie l'avait dit. Et même, bien trop cool pour Josh, en fait. Au milieu de tous ces gens si beaux, il avait l'impression d'être le vilain petit canard. Les types étaient tous grands, blonds, musclés par la gonflette et bronzés. Les filles, elles, avaient des sourires parfaits, un diamant dans le nombril et, à les voir, on aurait cru qu'elles venaient de quitter un défilé de mannequins. Ça ressemblait à une colonie pour démarrer une nouvelle race d'humanité supérieure. Ou peut-être cela ne s'appliquait-il qu'à la bande de Freddie ? Oh, et puis rien à foutre, se dit Josh. Il était là, il faisait un temps superbe et Nikki – Dieu seul savait pourquoi – semblait toujours s'intéresser à lui. Alors il allait se laisser porter et s'amuser.

Négocier le billet d'avion pour aller aux vingt et un ans de Freddie dans le Colorado n'avait pas été une mince affaire. Il avait eu une sacrée prise de bec avec sa mère à ce sujet. À la réflexion, il n'avait pas été très malin. Il aurait dû le lui demander carrément, au lieu d'annoncer qu'il partait toute la semaine. Ça ne valait pas la peine de faire le voyage pour moins longtemps, avait-il dit, et il se ferait passer par des copains les notes des cours qu'il allait manquer. Il en avait déjà manqué la plupart, mais jugea plus prudent de ne pas en parler. Enfin bref, elle avait piqué une crise, et pendant la dernière semaine des vacances d'été, ils s'étaient à peine adressé la parole. Finalement, ils étaient parvenus à un compromis : Josh prendrait l'avion le jeudi et rentrerait à l'université de New York le mardi suivant.

La maison que Freddie partageait avec trois autres colocataires, tous aussi beaux, cool et friqués que lui, était située dans une des rues donnant sur Spruce Street. Tout le monde la connaissait ; elle était surnommée le Temple Maudit à cause de tout l'encens qu'on y brûlait pour camoufler l'odeur de l'herbe ; à cause aussi des draperies orientales, des statues et de l'absence totale de chaises dans toute la maison, compensée par abondance de coussins et de matelas le long des murs.

On était samedi, le soir de la fête. Encore qu'elle ait commencé au moment où Freddie, Summer et Nikki étaient allés le chercher à l'aéroport de Denver l'avant-veille. La maison était pleine. Pour des raisons connues de lui seul, Freddie avait loué les services d'un traiteur japonais, et des serveuses habillées en geishas circulaient, faisant des courbettes à tout le monde et proposant des sushis et des petits verres de saké tiède dont Josh avait déjà bu un certain nombre. Les effets n'étaient pas désagréables en principe, mais venant après la bière et les joints qui circulaient généreusement, ils risquaient de le devenir. L'effet était d'ailleurs plus proche de l'anesthésie que de l'ivresse. Josh ne sentait plus certaines parties de son corps et, quand il tournait la tête, il avait l'impression que son visage restait un temps scotché avant de reprendre sa place. Il était vautré sur un tas de coussins avec Nikki et quelques autres. Tout le monde parlait, riait et s'amusait visiblement beaucoup. Mais la musique lui parut devenir un peu grinçante et il se mit à avoir des sueurs froides.

« Ça va ? lui demanda Nikki, les sourcils froncés.

— Bof.

— Tu es blanc comme un linge. Viens, il faut que tu prennes l'air. »

Elle l'aida à se lever et, le tenant par la main, le conduisit à travers la cohue jusque dans le hall, où il y avait autant de monde, mais où il faisait moins chaud.

« Écoute, je ne veux pas t'emmerder, dit-il. Je vais sortir un moment.

— Je t'accompagne.

— Merci, mais non. Ça va aller. Je fais juste faire le tour du pâté de maisons.

— Tu es sûr ?

— Oui, oui. Je te rejoins en revenant. »

Il trouva sa veste là où il l'avait laissée avec son sac, sous le lit dans la chambre de Freddie, puis franchit la porte d'entrée, et descendit les marches. Une fois dans la rue, l'air de la montagne le rafraîchit et lui fit du bien. Il respira à pleins poumons une demi-douzaine de fois en marchant sur le trottoir, s'efforçant d'aller aussi droit que possible. Lorsqu'il atteignit le centre commercial de Pearl Street, il commença à se sentir moins embrumé et le traversa dans toute sa longueur en regardant les vitrines déjà emplies de vêtements d'hiver et de tenues de snowboard. Puis il traversa pour lécher les vitrines de l'autre côté en revenant.

Il avait les idées plus claires à présent, et les mains froides. En les enfonçant davantage dans les poches de sa veste, il sentit le téléphone portable qu'il emportait toujours, par loyauté ou par sottise. Il ne l'avait pas regardé depuis qu'il avait quitté New York et se demandait pourquoi il s'en inquiétait encore. Abbie ne s'était plus manifestée depuis ce Noël, deux ans auparavant, où elle avait pleuré et dit qu'elle voulait se suicider. Elle l'avait peut-être fait, allez savoir, mais il s'efforçait de ne pas y penser. Il sortit le téléphone de sa poche et quelques secondes plus tard, à sa grande surprise, il entendit un bip et vit s'afficher la petite icône signalant qu'il avait un message vocal.

Mais il ne s'était pas servi de l'appareil depuis si longtemps qu'il avait oublié le foutu code. Et le morceau de papier sur lequel il l'avait écrit était resté à New York, glissé entre les pages d'un vieux dictionnaire. En entendant Abbie répéter pour la seconde fois les deux mots, il se mit à paniquer. Le premier indiquait le numéro à appeler, le second, l'heure. Mais c'était tout ce qu'il se rappelait, putain ! Il avait beau appuyer sur le bouton « bis » et réécouter le message, il ne fut pas plus avancé. Puis il entendit un déclic indiquant qu'il avait un autre message. C'était encore Abbie. Elle disait qu'elle avait attendu son appel, mais que peut-être il n'avait pas regardé son mobile ou avait oublié le code. Elle lui donnait un numéro en lui demandant d'appeler à six heures le dimanche soir. Elle avait une petite voix hésitante. Ni stridente, ni autoritaire, ni hystérique comme avant.

« J'espère que tu auras ce message, disait-elle. Si je n'ai pas de nouvelles, j'essaierai de trouver un autre moyen de te joindre. S'il te plaît, essaie de m'appeler. C'est important. Ne dis rien encore aux parents. Je t'aime, Joshie. »

En rentrant, il réécouta le message quatre fois, jusqu'à ce qu'il le sache par cœur. Qu'est-ce qui pouvait bien être si important ? Elle devait juste vouloir encore de l'argent. Enfin, au moins, elle était vivante. Ce qui l'intriguait le plus, c'était le « je t'aime » final. Il ne se souvenait pas l'avoir jamais entendue dire ça, en tout cas pas depuis qu'il était petit. Quand il rentra, la fête se calmait. Les geishas étaient parties. Il chercha Nikki et la vit avec un autre type, un des apollons blonds. Elle lui demanda comment il se sentait et il répondit que ça allait. Quelqu'un lui tendit un joint qu'il repassa sans y avoir touché. Et pendant le reste de la nuit, afin de garder la tête claire pour le coup de téléphone du lendemain, il ne but que de l'eau.

Le matin, quand elle ouvrait la porte de la cabane et marchait le long de la rivière, passait sous les arbres, puis débouchait là où la terre s'affaissait brutalement et où l'on voyait la vallée à l'est et les montagnes à l'ouest, elle s'attendait toujours à voir quelque chose de changé. Mais les signes marquant le passage de ces jours précieux étaient presque imperceptibles. L'éclat jaune des trembles était peut-être un peu plus vif, leurs troncs blancs un peu plus nets sous le soleil plus doré, les montagnes un peu plus enneigées et le ciel un peu plus bleu. Chaque jour, l'exquise beauté du monde s'affirmait un peu plus.

La dernière centaine de mètres de la piste en épingle à cheveux qui grimpait à la cabane était trop raide et trop escarpée pour permettre l'accès d'une voiture. Ils laissèrent donc le camion de Ty sous les arbres en contrebas. La cabane se composait d'une seule pièce de dix mètres carrés éclairée par deux petites fenêtres et équipée d'un poêle ventru. Un confort rudimentaire, mais suffisant : juste un lit, une petite table et deux chaises. Il n'y avait pas l'électricité et il fallait aller chercher l'eau à la rivière. Dehors, adossé à l'un des murs latéraux, se trouvait un appentis ouvert où l'on coupait le bois et où on le rangeait. Les selles et les brides y étaient accrochées. Derrière, au-delà de la cahute abritant les toilettes, un petit corral accueillait les chevaux.

Ils montaient surtout le matin de bonne heure, puis en fin d'après-midi quand le soleil inondait la terre de sa lumière ambrée. Parfois, ils prenaient une tente, de quoi manger, et partaient pour la journée en pleine nature, là où les canyons réverbéraient étrangement le brame des élans. Quand tombait la fraîcheur du soir, ils allumaient du feu et préparaient le repas, puis se blottissaient, enveloppés dans une couverture, la tête d'Abbie sur la poitrine de Ty, pour regarder les flammes et les explosions d'étincelles qui montaient vers le ciel immense et constellé.

Redécouvrir la tendresse non seulement en lui mais en elle-même la bouleversait. Il lui tenait les épaules quand elle avait des haut-le-cœur le matin et la prenait dans ses bras chaque nuit quand elle dormait. On trouve précieux ce qu'on va perdre bientôt, elle le savait. Peut-être fallait-il la présence de cette nouvelle vie en gestation pour lui rendre supportable le lent effritement de ces journées dérobées, couleur d'or, ainsi que l'approche de l'hiver.

La cabane se trouvait sur un terrain de plusieurs centaines d'hectares acheté quelques années auparavant par un présentateur de télévision vieillissant. Il s'était fait construire un ranch dans la vallée pour le plaisir et venait chaque été en avion passer quinze jours avec une épouse ou une petite amie différente. Les gens du pays surnommaient l'endroit « Le Ponderosa » car il en avait fait un vrai décor de western. Et au cas où quelqu'un s'aviserait de le prendre pour un dingue, il avait agrémenté ses terres d'un petit troupeau de buffles et de quelques beaux chevaux, dont il fallait s'occuper. C'est pourquoi il avait fait construire cette cabane à l'abri des regards, au bout d'une piste sinueuse et caillouteuse, un kilomètre et demi plus haut dans la montagne, et il employait Jesse Wheeler, l'ami de Ty, à demeure.

Abbie se souvenait l'avoir vu à La Ligne lors du dernier été qu'elle y avait passé, mais très vaguement. D'après Ty, c'était un silencieux qui aimait la solitude de ce Front des Rocheuses. Mais cinquante semaines d'affilée, c'était beaucoup, aussi était-il toujours à l'affût de quelqu'un qui voudrait bien assurer la relève et lui permettre de souffler un peu. Quand Abbie était arrivée à Sheridan et que Ty l'avait appelé, Jesse n'en avait pas cru sa chance. Au cours de l'été, il avait fini par se trouver une petite amie. Il disait que s'il réussissait à avoir quinze jours pour lui faire la cour, il la convaincrait peut-être de l'épouser. Ty lui avait accordé trois semaines. Jesse avait laissé la clé de la cabane sous un gros rocher rond, comme convenu, et il était parti avant leur arrivée.

Ils étaient venus de Sheridan séparément, Ty dans son camion et Abbie derrière, dans la voiture de Rolf, maintenant à l'abri dans l'une des granges du ranch. Elle s'en voulait d'avoir pris cette voiture, et se sentit plus mal encore lorsque Ty, en inspectant le coffre, y trouva l'ordinateur portable de Rolf enveloppé dans une serviette et caché dans la roue de secours. Abbie songeait à trouver un moyen de le lui rendre, mais Ty ne voulut pas en entendre parler. L'appareil contenait forcément des preuves qui se révéleraient utiles pour sa défense lorsqu'elle se livrerait. Ils l'emportèrent dans la cabane et le branchèrent, mais il fallait un mot de passe. Ty le mit dans un sac en plastique et le cacha dans le hangar à bois.

Pendant les deux semaines qu'ils avaient passées dans la cabane, Rolf avait été la seule source de friction entre eux. Ty n'arrivait pas à comprendre comment elle avait pu aimer quelqu'un qui la traitait si cruellement. Abbie, qui avait passé sous silence la moitié de ses épreuves, avait parfois du mal à le comprendre elle-même. Pour Ty, tout était noir ou blanc : ce type était mauvais et responsable de tout ce qui était arrivé. Abbie lui enviait cette vision tranchée, et aurait peut-être pu la partager sans ce qui était en train de se passer en elle. Bien qu'il fût encore à peine formé, le bébé semblait brouiller sa vision du présent et du passé, et adoucir même la violence traumatisante de la nuit où elle s'était enfuie.

Malgré ce que Rolf avait fait, malgré sa dureté et son manque de cœur, personne ne l'avait touchée ni possédée aussi intensément. Elle était bien sûr parfaitement consciente qu'il l'avait trouvée au moment où elle était le plus vulnérable. Cela pouvait-il suffire à expliquer les sentiments qu'elle éprouvait encore pour lui, au bout de plus de trois ans ? Il lui fallait admettre qu'elle admirait encore sa détermination, lui enviait son audace et son indépendance. Et si, dans ses moments d'objectivité, elle reconnaissait la face obscure de la personnalité de Rolf, l'amour qu'elle lui portait ne révélait-il pas l'existence de quelque chose d'analogue en elle ? Imperméable à la raison, cette partie ténébreuse d'elle-même continuait à voir en lui un guerrier dont elle portait la semence en elle. Et leur enfant combinerait le meilleur de leurs deux personnalités.

Naturellement, il était impossible de discuter franchement avec Ty d'un sujet si douloureux. Mais il courait comme une rivière souterraine et sous-tendait leurs nombreuses discussions prolongées sur la marche à suivre lorsque Abbie se rendrait.

Elle tenait avant tout à revoir ses parents. Mais pas à travers la vitre d'un parloir de prison dénué d'humanité. Elle voulait les voir avant de se livrer, pouvoir les serrer dans ses bras et leur demander pardon. À sa mère, pardon pour tout, bien sûr, mais surtout pardon d'avoir été si égoïste dans sa colère et son chagrin, d'être partie sans la soutenir quand son père l'avait abandonnée. Et pardon à lui aussi. Pour ce qui était arrivé cette nuit-là au centre commercial, et pour avoir été si cruelle avec lui avant que sa vie prenne un tour tragique.

Ty voyait la question sous un jour plus pragmatique. Si elle parvenait d'abord à entrer en contact avec ses parents, ils seraient en mesure d'arranger pour elle une sorte de marché avec la justice. Ce genre d'accord était fréquent d'après lui. Avec de bons avocats, ils pourraient obtenir la promesse de charges moins lourdes contre Abbie si elle se livrait de son plein gré. Le corollaire, bien entendu, était que grâce à ce qui se trouvait sur l'ordinateur, l'essentiel de la responsabilité incomberait à Rolf. En tout cas, ils tombèrent d'accord sur le fait qu'il fallait d'abord appeler Josh.

Choteau, la ville la plus proche, était trop petite pour que des inconnus y passent inaperçus. Ils allèrent donc à trois quarts d'heure de voiture de là, à Great Falls, pour trouver une cabine. Abbie appela le mobile de Josh et laissa un message codé. Quand ils revinrent le lendemain soir, ils attendirent que le téléphone sonne, mais en vain. Comme ils voulaient éviter de se faire remarquer, ils trouvèrent de l'autre côté de la ville une station d'essence sans caméras de surveillance, avec la cabine téléphonique à l'extérieur. Cette fois-ci, Abbie laissa à Josh un message plus complet, sans code.

Ils revinrent le lendemain et, pendant que Ty faisait le plein, Abbie resta à côté du téléphone, le doigt discrètement posé sur le support, comme si elle appelait quelqu'un, et à six heures tapantes, le téléphone sonna. C'était Josh. Quand elle lui annonça qu'elle allait se livrer, il réagit avec fougue, affirmant que c'était la meilleure chose à faire et que leurs parents seraient incroyablement heureux quand ils le sauraient. Abbie lui demanda de ne rien leur dire avant que ses projets aient pris une tournure un peu plus précise. Elle lui dit où elle se trouvait et, à ce moment seulement, il lui annonça qu'il était dans le Colorado. Il viendrait la chercher le lendemain, soit en empruntant une voiture soit en prenant l'avion ou le car, peu importait. De toute façon, il viendrait, rien ne l'en empêcherait. Abbie lui demanda de garder son portable branché pour le rappeler deux heures plus tard, quand il aurait mis ses projets au point.

Pour passer le temps, ils allèrent faire quelques courses dans un supermarché, puis se promenèrent un moment. Des nuages arrivaient de l'ouest et Ty déclara que l'air sentait la pluie. Ils trouvèrent un restaurant et, lorsqu'ils eurent fini de manger, Abbie alla à la cabine pour rappeler Josh. Il n'avait pas réussi à emprunter une voiture, et avait pris un billet d'avion de Denver à Great Falls pour le lendemain après-midi. Il lui donna le numéro du vol et son heure d'arrivée. Ty irait le chercher, dit Abbie. Les dispositifs de surveillance étaient tels dans les aéroports à présent qu'elle ne voulait pas risquer d'être reconnue.

« À demain, lui dit-elle.

— À demain. Hé, Abbie ?

— Quoi ?

— La demi-paix soit avec toi, ma vieille.

— La demi-paix. »

Après avoir raccroché, elle s'apprêtait à s'éloigner quand elle vit que, dans la salle de restaurant, Ty était en train de bavarder avec un vieux cow-boy à la table voisine. Elle reprit le téléphone. Ce serait peut-être sa seule chance de réaliser le projet qui lui trottait dans la tête depuis des jours. Elle se demandait si elle en aurait le courage. Mais il avait le droit de savoir qu'elle attendait un enfant et ce qu'elle avait l'intention de faire. S'il se fâchait ou s'il essayait de lui mettre la pression, elle raccrocherait tout simplement. Mais au moins, elle l'aurait informé. Son cœur cognait quand elle sortit d'autres pièces de sa poche et composa le numéro du portable de Rolf. Il répondit à la première sonnerie.

« Oui ?

— C'est moi.

— Bon Dieu ! Où es-tu ?

— Rolf, écoute...

— Je me suis fait un sang d'encre. Ça va ?

— Oui. Écoute, je veux te dire...

— J'étais fou d'inquiétude. Tu sais, je regrette ce qui s'est passé. Je ne sais pas ce qui m'a pris, j'avais perdu la tête ce soir-là, avec tous ces emmerdements. Je t'en prie, Abbie, je t'en prie, reviens. »

Ce repentir, la douceur de sa voix la laissèrent pantoise. Elle s'était préparée à une volée d'insultes.

« Impossible, dit-elle. Je vais me livrer à la police.

— Quoi ?

— Rolf, je suis enceinte. Et je vais me livrer à la police. »

Il y eut un long silence.

« Je voulais te le dire ce fameux soir, mais...

— Bon Dieu, Abbie. Je te demande pardon. Écoute, il faut que je te voie. »

Elle déglutit péniblement, les yeux fixés sur Ty qui, pour la première fois, se retourna et la regarda brièvement.

« Je ne crois pas que ce soit une bonne idée.

— Je t'en prie, Abbie. Il faut que nous parlions de

tout ça. On peut trouver une solution. Je sais que c'est possible. Où es-tu, dis-moi ?

— Rolf...

— Allez, je t'en prie. Je te rejoins.

— Non. Je rentre chez moi. Josh va venir de Denver pour me chercher. »

Elle se mordit la langue, mais il ne releva pas la phrase.

« Tu ne rentres pas chez toi, tu vas en prison. Pire, peut-être. Tu ne peux pas avoir notre enfant en prison.

— Si. Ce genre de situation est prévu.

— Abbie, j'ai tout de même mon mot à dire, non ?

— Si tu veux que tout rentre dans l'ordre, fais comme moi. Livre-toi. Dis-leur ce qui est arrivé. Tout peut s'arranger au mieux, j'en suis sûre.

— Abbie...

— Il faut que j'y aille.

— Chérie, je t'en prie...

— Je t'aime. »

Quand elle raccrocha, les larmes ruisselaient sur ses joues. Il avait dit *Notre enfant.* Elle se détourna prestement, fila aux toilettes et s'aspergea le visage d'eau froide en essayant de retrouver son calme. Elle avait fait ce qu'elle devait. Lorsqu'elle sortit, Ty l'attendait devant la porte, très inquiet.

« Ça va ?

— Oui. J'ai juste pleuré un peu. Josh m'a dit des choses tellement gentilles, et puis voilà. » Elle eut un rire un peu forcé et s'essuya les yeux.

« Ah là là, ces hormones !

— Il vient ?

— Oui, demain. »

Quand ils quittèrent le restaurant, le ciel s'était couvert et un vent froid soufflait du nord en rafales. Lorsqu'ils atteignirent Choteau, il s'était mis à pleuvoir.

VINGT-NEUF

Josh n'avait jamais vu une pluie pareille. On aurait dit la mousson. On y voyait à peine. Ty lui avait gentiment apporté un ciré, mais il lui arrivait presque aux chevilles, et sur le raidillon menant à la cabane, il se prit un pied dedans et faillit tomber. Avec le courant, la rivière faisait un tel bruit qu'Abbie ne les avait pas entendus, mais elle avait dû guetter leur arrivée et apercevoir les phares de Ty, car lorsqu'ils approchèrent de la cabane, la porte s'ouvrit à la volée et elle courut à leur rencontre. Elle n'attendit même pas qu'il ait ôté le ciré, mais jeta les bras autour de lui et le serra comme si elle ne voulait plus jamais le lâcher.

Elle avait joliment décoré la pièce avec des bougies ; le poêle ronflait et le dîner était prêt. Ty avait tué deux grouses, qu'Abbie avait fait mijoter avec des légumes et des baies sauvages. Josh, qui n'avait rien mangé de la journée, aurait volontiers fini le contenu de la cocotte. Ils tirèrent la table près du lit, sur lequel Abbie s'installa pendant que Josh et Ty prenaient les deux chaises. Il y avait tant de sujets de discussion que personne ne semblait savoir par où commencer. Ils mangèrent et parlèrent de tout et de rien, de la pluie, du vol de Josh et de la fête chez Freddie.

Jamais il n'avait vu Abbie aussi belle. Rien de commun avec la sorcière aux cheveux aile de corbeau qu'il avait rencontrée à New York. Elle avait une sorte d'éclat qui, Josh le savait, accompagnait parfois la grossesse et allait de pair avec l'envie de vomir ou de manger des morceaux de charbon. Ty lui avait annoncé la nouvelle en venant de l'aéroport. Heureusement, parce que Josh avait été assommé et sans voix pendant dix bonnes minutes. Il était resté assis comme un idiot à dire *Ça alors* et *Ben dis donc*, en secouant la tête. Ty n'avait pas besoin de dire comment il avait pris la chose. Le pauvre type avait la tristesse gravée sur le visage. Bon Dieu, c'était salement tragique, cette histoire. Et pourtant, elle était là, radieuse et heureuse à la lumière des chandelles. Enceinte et sur le point d'aller en prison. Josh avait du mal à se mettre ça dans la tête.

Le ragoût était délicieux et lorsqu'il eut avalé une seconde assiettée et nettoyé tous les os, ils abordèrent enfin les sujets importants. Ty et Abbie avaient manifestement déjà bien réfléchi à la marche à suivre, et Josh les écouta attentivement. Ils estimaient que l'endroit le mieux choisi pour se rendre était New York. Comme il était trop risqué pour elle de prendre l'avion sous une fausse identité, Josh et elle regagneraient la ville dans la voiture de Rolf. Ty l'avait bricolée et il était sûr qu'elle était en état de faire le voyage. Il ajouta qu'il leur prêtait bien volontiers sa tente et ses sacs de couchage. Traverser l'Amérique en voiture était une aventure dont Josh avait toujours rêvé. Mais jamais il ne se serait imaginé qu'il réaliserait ce rêve un jour en compagnie d'une sœur recherchée pour meurtre.

Les téléphones de la famille et des amis étant sûrement encore sur écoute, il était plus prudent d'attendre d'arriver à destination pour annoncer la nouvelle à qui que ce soit. Abbie resterait planquée dans un motel ou quelque autre endroit pendant que Josh mettrait sa mère au courant. Leur père viendrait de Santa Fe, ils fêteraient leur réunion, puis contacteraient des avocats et tout le reste pour lancer l'opération. Josh posa quelques questions mais d'après ce qu'il voyait, tout était au point. Ils n'avaient plus qu'à conduire prudemment.

« Alors, on part quand ? demanda-t-il. Demain ? »

Abbie regarda Ty, lui prit la main, et Josh vit sur le visage du pauvre type combien il allait souffrir de la perdre encore.

« On s'est dit qu'on s'offrirait encore une journée, dit Ty à mi-voix. Ça te permettra de te reposer un peu. Vous avez un très long trajet à faire. »

Ils avaient déjà préparé un lit de fortune pour Josh dans un coin de la pièce et, après avoir débarrassé, ils soufflèrent les chandelles et s'installèrent pour la nuit. Malgré sa fatigue, Josh n'arrivait pas à dormir. Il avait la tête pleine de tout ce qui allait se passer. Il resta donc étendu à fixer la lueur déclinante du poêle et à écouter la pluie tambouriner sur le toit.

À un moment, Abbie cria dans son sommeil *Non, pas question !* et Josh entendit Ty la réconforter à voix basse. Ce cri le troubla et il se demanda ce qu'elle avait bien pu rêver. Il se l'imagina menottée, en pyjama bleu pâle, conduite par des gardes vers une grande porte en acier, dans un long couloir bordé de chaque côté par des portes à grilles derrière lesquelles on voyait des visages. Il fit de son mieux pour chasser cette image, mais en vain. Quand il sombra dans un demi-sommeil, elle se transforma en visions plus terrifiantes issues de films, de jeux vidéo violents et des zones les plus ténébreuses de son cerveau. Il s'éveilla couvert de sueur froide, ne sachant plus où il était. L'aube miséricordieuse pointait à la fenêtre. La pluie s'était arrêtée et il n'entendait plus que le bruit de la rivière.

La journée était froide et venteuse ; le soleil faisait de brusques apparitions entre les nuages qui filaient, poussés par le vent du nord, et dont les ombres roulaient comme des boules de chardons dans la vallée. Ty dit que ça ressemblait au premier vrai jour d'hiver. Après le petit déjeuner, il prêta une veste à Josh et tous deux sortirent pour donner à manger aux chevaux et prendre un peu de bois pour le poêle.

« Tu veux venir faire un tour à cheval avec nous ? demanda Ty. On pourrait faire monter un autre cheval du ranch.

— Tu sais, je crois qu'il vaut mieux que vous ayez cette journée pour vous. Je vais aller en ville acheter une ou deux bricoles pour le voyage.

— Tu n'es pas obligé.

— Ça me fait plaisir. De toute façon, je ne suis pas très bon cavalier. Abbie a toujours été plus sportive que moi. Je suis un gars de la ville, au fond. »

Ty sourit et lui posa une main sur l'épaule.

« Merci, vieux. C'est gentil.

— J'espère seulement qu'un jour, vous deux, vous pourrez... enfin... »

Il ne savait comment terminer sa phrase, mais Ty parut comprendre.

« Oui. Moi aussi. »

Ils ouvrirent une balle de foin pour les chevaux et, appuyés contre la clôture, les regardèrent manger. Puis Ty empoigna une hache à manche court rangée dans l'appentis et commença à fendre des bûches avec des gestes d'expert sous l'œil admiratif de Josh.

« Tu t'y connais en informatique ? demanda Ty.

— Oui, un peu. Pourquoi ?

— Tu sais si on peut forcer un mot de passe ?

— Je crois qu'on peut le court-circuiter, oui, avec un peu de savoir-faire. Mon copain Freddie saurait, c'est sûr. »

Ty planta la hache dans le billot, se dirigea vers l'appentis et revint en tenant un objet enveloppé dans un sac en plastique noir.

« C'est le portable de Rolf. Il y a forcément dedans toutes sortes de choses qui pourraient servir à la défense d'Abbie. Elle n'arrive toujours pas à être très objective à son égard, et l'idée ne lui plaît pas. Il vaut mieux ne pas lui en parler, mais je trouve qu'on serait idiots de ne pas chercher à l'ouvrir. Tu peux peut-être passer un coup de fil à ton copain. »

Josh emprunta le camion et se rendit à Great Falls. Dans un centre commercial, il s'acheta un anorak bien chaud, et de quoi manger et boire pour le voyage. Puis il appela sa mère sur son portable habituel pour lui dire qu'il était bien rentré à New York. Il lui raconta l'anniversaire de Freddie en version expurgée à l'usage des parents et se permit une dose acceptable d'insolence – avec le ton adéquat, boudeur mais vertueux – en disant que le cours dont il sortait était tellement chiant qu'il regrettait bien d'être revenu pour ça. Il mentait avec une facilité presque effrayante.

Il essaya d'appeler Freddie à trois reprises et laissa un message à chaque fois. Ce ne fut qu'au milieu de l'après-midi, alors qu'il était assis dans le coin-café d'une librairie, avec l'ordinateur ouvert devant lui, que Freddie le rappela. Josh lui raconta que l'ordinateur appartenait à un de ses potes de New York, et que ce crétin avait oublié son mot de passe. Freddie posa quelques questions sur la marque, le modèle et l'âge de l'appareil, puis lui dit de prendre des notes au cas où il serait obligé de recommencer l'opération, et entreprit de lui expliquer la marche à suivre. Au bout de cinq minutes, l'écran de Windows apparut. Freddie lui fit vérifier que les fichiers n'étaient pas protégés. Ils ne l'étaient pas.

« Freddie, tu es un magicien.

— Je sais. Ça fera deux mille dollars.

— C'est comme si tu les avais. »

Pendant les deux heures qui suivirent, le cœur battant, Josh fouilla les fichiers. Des listes entières de noms, d'adresses et de numéros de téléphone ; des détails sur des sociétés, leurs hangars, leurs entrepôts ; sur des dépôts de bois et des laboratoires ; des notes apparemment basées sur des observations concernant la surveillance, les téléphones et les lignes d'électricité ; et surtout, le plus intriguant, une liste bien rangée dans un fichier de contacts alphabétiques, sous F pour Flics, environ deux douzaines de noms et de numéros. Il essaya d'aller dans la boîte e-mail de Rolf, mais il fut bloqué parce qu'il fallait un autre mot de passe.

Il aurait aimé continuer, mais il était presque six heures et il lui fallait rentrer s'il ne voulait pas qu'Abbie et Ty s'inquiètent. Cependant, une dernière opération s'imposait : réaliser une copie de ce qu'il avait vu. Au cas où l'ordinateur viendrait à se perdre, à être détruit ou volé. Sans l'éteindre, il regagna le centre commercial à la hâte et acheta une clé USB pas plus grosse que son pouce, sur laquelle il copia tout ce qu'elle pouvait contenir.

Il était plus de huit heures et il faisait presque nuit quand il regagna Choteau. Comme la jauge d'essence était presque à zéro, il s'arrêta à la station de la grand-rue pour faire le plein. Quand il entra payer, ses mains étaient si froides qu'il laissa tomber au sol une volée de pièces qui roulèrent partout. La fille derrière le comptoir vint gentiment s'accroupir à côté de lui pour l'aider à les ramasser.

« Sale nuit pour sortir, dit-elle.

— Oui, à moins d'être un ours polaire. »

Elle rit. Quand il paya, elle lui demanda s'il était de passage et il dit que oui. Bêtement, il ajouta qu'il venait du Canada et qu'il allait voir son père. Lorsqu'il regagna le camion, le vent avait cessé et il commençait à neiger.

Il gelait à pierre fendre, et sur la route menant à la montagne, il dérapa deux fois sur des plaques de verglas. Il ne fut pas fâché de passer sur la surface gravillonnée. Un virage pris trop vite faillit lui faire heurter une harde de chevreuils ; puis il se trompa à un embranchement et dut faire demi-tour, en se maudissant à chaque fois d'avoir tant tardé à rentrer. Ils devaient tous les deux être morts d'inquiétude. Quand il passa devant le ranch et les granges, le paysage qui s'ouvrait devant lui était tout blanc.

À un kilomètre et demi, lorsqu'il arriva au bout de la route, il fut surpris de voir une voiture garée sous les arbres, à l'endroit où il voulait laisser le camion de Ty. Josh s'arrêta derrière elle et sortit l'examiner. Il n'y avait personne dedans, et rien ne permettait de savoir à qui elle appartenait. Il chercha une torche dans le camion, mais n'en trouva pas. Transporter les provisions pour le lendemain jusqu'à la cabane lui paraissait idiot, alors il laissa le tout dans le coffre, y compris l'ordinateur, et ferma les portières à clé. La neige tombait dru, et il faisait très froid. Il rabattit le capuchon de son anorak sur sa tête et grimpa le raidillon.

Il chercha des empreintes de pas, mais il faisait trop sombre pour distinguer quoi que ce soit, et de toute façon, la neige les avait sans doute déjà recouvertes. À qui pouvait bien appartenir cette voiture. Elle ne ressemblait pas à un véhicule de police. D'ailleurs, des flics seraient sûrement venus en force, non ? C'était peut-être un voisin qui était passé, ou quelqu'un qui s'était perdu. Ou peut-être l'ami de Ty, Jesse, qui était revenu. Oui, ce devait être ça. Ce fut seulement en arrivant en haut de la côte et en voyant la cabane que Josh eut le pressentiment que quelque chose ne tournait pas rond du tout. Quelqu'un criait. Puis une ombre traversa la fenêtre. Et ce n'était ni celle d'Abbie ni celle de Ty.

Il faisait les cent pas dans la cabane. Les flammes des chandelles vacillaient quand il passait et projetaient des ombres déchiquetées sur les murs de bois nus. Abbie et Ty, assis à la table comme il le leur avait enjoint, l'observaient avec méfiance. Ty paraissait plus calme qu'il ne l'était sans doute en réalité. Abbie était encore en état de choc.

« Non mais tu ne manques pas d'air. Putain, je rêve !

— Écoute, dit Ty, j'ai dit « je m'excuse ». Quand il rentrera, tu le reprendras. Tu le prends et tu t'en vas.

— Putain, ce n'est pas à toi de me dire ce que j'ai à faire, OK ? »

Rolf regarda à nouveau sa montre et alla jeter un coup d'œil par la fenêtre, où on ne voyait que la chute régulière de la neige dans l'air immobile. Quand il avait surgi de la pénombre alors qu'ils faisaient rentrer les chevaux dans l'enclos, Abbie avait failli s'évanouir. Comment il avait pu les retrouver, elle l'ignorait et avait trop peur pour poser la question. L'expression de son regard avait fracassé d'emblée ses espoirs naïfs. Non, le bébé ne changerait rien. Quelle idée stupide d'avoir cru que cela l'inciterait à se livrer.

Si seulement Ty n'avait pas été aussi obstiné à propos de cet ordinateur. Elle avait encore du mal à croire qu'il ait pu envoyer Josh comme ça, avec mission d'appeller Freddie, sans même lui en parler avant qu'ils ne soient en promenade, trop tard pour qu'elle l'en empêche. Il soutenait devant Rolf que tout ça était fortuit, que l'ordinateur se trouvait dans le coffre du camion et qu'il pourrait le reprendre dès que Josh rentrerait. Mais Abbie se rendait bien compte que Rolf n'avalait pas ce bobard. En voyant Ty, il avait été absolument furieux, et l'absence de l'ordinateur lui avait donné un prétexte pour exploser. Il n'avait encore blessé personne, mais chaque mot, chaque geste, était une promesse de violence physique.

« Où il est, ce petit con ?

— C'est sûrement la neige qui le retarde, dit Ty. Peut-être que les routes sont bloquées. »

Rolf regarda à nouveau par la fenêtre. Au même moment, Ty lança de nouveau un rapide coup d'œil vers le pied du lit. Alors seulement, Abbie comprit pourquoi. C'était là qu'il cachait son fusil chargé, dont on voyait dépasser le bout cannelé. Elle lui jeta un regard d'avertissement. Bon sang, il n'allait tout de même pas faire une bêtise pareille ?

« Bon, j'en ai marre, lança Rolf. Tu mets ton manteau.

— Hein ? dit Abbie.

— Je t'ai dit de mettre ton manteau. On se tire.

— Pas question, intervint Ty en se levant.

— Je t'ai parlé, à toi ? Tu restes où tu es. Assis. Et tu la boucles. »

Il prit d'un geste brusque l'anorak rouge d'Abbie pendu à la porte et le lui jeta.

« Enfile ça.

— Allons, dit Ty. Soyons raisonnables...

— Putain, tu vas la boucler, oui !

— Tu ne l'emmènes nulle part. »

Ty s'avança vers Rolf qui se retourna pour lui faire face.

« Assis ou je te bute. »

Abbie se hâta d'enfiler son anorak.

« Ça va, Ty. Je m'en vais. On rencontrera Josh sur la route. Rolf pourra récupérer son ordinateur et s'en aller.

— Pas question que je te laisse partir avec lui. Il t'a fait assez de mal comme ça.

— Tu devrais dire à ton Zorro de s'occuper de ses fesses », lança Rolf.

Là-dessus il ouvrit toute grande la porte et empoigna Abbie par l'épaule pour la pousser dehors. Ty se précipita, mais Rolf anticipa son mouvement et lui expédia dans le ventre un coup de poing sec qui l'envoya de l'autre côté de la pièce. Il s'écrasa contre la table, qui se renversa avec les chandelles. Abbie hurla. Ty avait perdu le souffle, mais se relevait.

« Mais enfin, arrêtez ! cria Abbie, J'y vais. Arrêtez ! »

Dans l'encadrement de la porte grande ouverte, la neige tombait en silence, blanche sur la nuit noire. Ty se déplaçait en crabe en direction du lit.

« Ty, non ! »

Elle n'aurait pas dû crier, car le regard de Rolf balaya aussitôt la pièce jusqu'au lit et s'arrêta sur le canon du fusil. Au même moment, Ty plongeait pour le saisir. Rolf fut aussitôt sur lui. Il l'empoigna aux hanches et réussit à le tirer en arrière avant que Ty puisse saisir l'arme. Oh, mon Dieu, se dit-elle, ça ne va pas recommencer ! Ils étaient par terre, chacun essayant d'empoigner les cheveux et la gorge de l'autre. Debout à la porte, Abbie hurlait comme une folle, les suppliant d'arrêter. Mais Rolf, qui avait replié les genoux, se rejeta brusquement en arrière et, d'une brusque détente, lança ses pieds dans la poitrine de Ty, allongea le bras et attrapa le fusil qu'il se mit à tirer de sous le lit.

Quand la silhouette enneigée entra en trombe en la frôlant, il fallut quelques instants à Abbie pour comprendre qui c'était. Josh se jeta sur Rolf, le plaquant au sol, passa les bras autour de son cou et lui tira brutalement la tête en arrière.

« File, Abbie ! cria Ty. Va-t'en d'ici ! FILE ! »

Elle ne se le fit pas dire deux fois. Voir les trois hommes qu'elle aimait lutter sans merci, c'était au-dessus de ses forces. Elle tourna les talons, courut dans la neige et contourna la cabane. Elle vit les chevaux encore attachés à la clôture, là où ils les avaient laissés quand Rolf était arrivé, deux centimètres de neige sur la selle. Elle détacha le sien, tira sur les rênes pour le faire pivoter et lui enfonça les talons dans les flancs. Alors il partit comme un pur-sang à la starting-gate, prit le sentier qui montait et disparut sous les arbres. Elle ne savait pas où elle allait et s'en moquait. De toute façon, elle avait la vue trop brouillée par la neige et le désespoir pour enregistrer autre chose qu'une impression vague de la piste devant eux. Tête baissée, la joue contre la crinière enneigée du cheval, elle se laissa emporter. Elle connaissait la configuration générale du terrain, mais pas de nuit, ni sous un tel linceul de neige. Il galopait toujours, continuant à grimper, tandis que les troncs des sapins défilaient comme une armée d'ombres. Le martèlement du galop ne l'empêcha cependant pas d'entendre en contrebas un bruit plus mat, plus aigu, suivi d'un écho qui se réverbéra. Alors elle comprit qu'un coup de fusil avait été tiré et se mit à hurler. Son angoisse galvanisa encore le cheval.

La piste tournait à angle aigu à gauche et descendait. Brusquement, l'eau les éclaboussa tandis qu'ils traversaient un torrent, puis le cheval s'élança à l'assaut de la berge de l'autre côté. Il s'immobilisa, obliqua et grimpa tant bien que mal, faisant rouler sous ses sabots des pierres qui dégringolèrent à grand fracas.

Ils filaient à nouveau sur une pente plus raide, beaucoup plus raide qu'avant. On entendait la respiration sifflante du cheval qui se prenait dans sa gorge, avec un bruit de moteur étouffé par la rouille.

Ils étaient sortis des arbres et, à cette hauteur, le terrain s'aplanissait. En contrebas sur sa droite, Abbie ne distinguait que des ténèbres insondables derrière la neige tourbillonnante. Elle se rendit compte qu'ils devaient être sur une sorte de crête ou d'arête. À peine avait-elle eu cette pensée qu'ils se trouvèrent brusquement sur du rocher, ou de la glace, ou les deux, et les sabots du cheval dérapèrent sous lui. Il fit une embardée, poussa un gémissement aigu et elle se sentit éjectée des étriers, propulsée comme un missile dans les ténèbres. Elle heurta la pente et dégringola, ricocha dans sa chute, et se tordit, décrivant des vrilles et des roues sans fin. La neige vaporeuse volait autour d'elle, lui emplissant la bouche et les yeux. Soudain, elle sentit une douleur fulgurante dans sa jambe, un craquement dans son épaule, puis sa tête heurta quelque chose de dur ; alors le monde devint plus blanc que la neige, et plus lent, tandis qu'elle glissait, filait, dévalait la pente. Ses dernières perceptions de la nuit et du monde furent une longue chute en apesanteur, comme la volute d'une plume arrachée, et l'étreinte glacée de l'eau qui bouillonnait en se refermant au-dessus d'elle.

TROISIÈME PARTIE

Trente

Ils avaient entendu les élans bramer toute la matinée, mais ne les avaient pas encore vus. Au-dessous d'eux, à côté de la rivière, dans l'ombre de la vallée, se trouvait un troupeau d'environ vingt femelles. Un vieux mâle puissant, avec de belles ramures, montait la garde. Le shérif Charlie Riggs tira doucement sur les rênes pour arrêter son cheval sur la crête et Lucy, qui le suivait sur son petit quarter horse pie avec sa jolie selle neuve, s'approcha de lui et l'imita. Charlie désigna le bas de la pente et lui passa les jumelles.

« Tiens, dit-il. Tu les aperçois ? »

Comme elle avait le soleil dans les yeux, il ôta son chapeau afin de lui faire une visière.

« Oui. Dis donc, il est gros.

— Oui, hein. C'est le chef, c'est sûr.

— Combien de cors sur ces bois ?

— C'est toi qui vois le mieux.

— Sept, je dirais. »

Ils se promenaient depuis près de trois heures. À mesure que l'ombre gagnait la vallée, on sentait l'air se refroidir. Ils descendaient vers le sentier où ils avaient laissé la remorque. Si les choses avaient dégénéré avec Sheryl, c'était en partie parce qu'il travaillait le week-end ; alors, en allant chercher Lucy ce matin-là, il avait évité de dire qu'ils iraient se promener du côté de Goat Creek. Il est vrai que ça ne ressemblait pas à du travail et que Lucy ne le percevait pas du tout ainsi. Bien sûr, comme tout le monde, elle était au courant de la découverte du corps de la fille au début du printemps. Mais cela faisait six mois maintenant et personne n'en parlait plus guère. Ce que sa fille ne savait pas – et Charlie se garderait bien de le lui dire –, c'était que les élans étaient en train de brouter à l'endroit précis où ils avaient découpé Abbie Cooper dans sa gangue de glace.

Lorsque la rivière avait dégelé à la fin du mois d'avril, ils l'avaient passée au peigne fin à la recherche d'indices, mais en vain. Et depuis, pendant le printemps et l'été, Charlie était revenu sur les lieux à plusieurs reprises. Tantôt il venait à cheval, seul ou avec Lucy, tantôt il venait à pied. Combien de centaines de kilomètres il avait couverts, il n'en savait rien, mais il avait dû parcourir à cheval ou à pied toutes les pistes existantes dans un rayon de trente-cinq kilomètres, ainsi que des terrains vierges, scrutant le sol à la recherche d'un objet qui aurait pu tomber ou demeurer caché. Mais malgré tous ces kilomètres, malgré toutes ces heures passées, il n'avait pas trouvé le moindre indice permettant d'éclairer un tant soit peu la façon dont la pauvre gosse était morte.

On commençait à le mettre en boîte à cause de ce cas qui l'obsédait toujours. Il voyait bien la mine de ses adjoints quand il leur demandait de suivre une piste ténue ou une de ses intuitions. Même le personnel du Grizzly Gril où Charlie allait dîner quand il était fatigué de bouquiner tout seul ou qu'il avait oublié de faire des courses plaisantait à ce sujet et lui demandait s'il avait trouvé son assassin. *Non*, disait-il, *pas encore. Mais je continue l'enquête, mon pote.* La vérité, c'était qu'il n'avait ni le temps ni les ressources nécessaires pour résoudre un cas pareil, et qu'il aurait sans doute dû confier l'affaire depuis plusieurs mois aux gars de la police criminelle de l'État, à Helena.

« Dis donc, pourquoi est-ce qu'il n'y a qu'un mâle pour toutes ces femelles ? demanda Lucy.

— Qu'est-ce qui te fait croire que c'est ça ? Peut-être qu'elles l'ont pris en otage.

— Papaaaa !

— On t'a parlé des gènes et de tous ces machins-là au lycée ?

— Évidemment.

— Bon, eh bien, d'après ce que je comprends, le rôle du mâle, c'est de répandre ses gènes le plus possible, si bien que le plus fort essaye d'empêcher les autres d'approcher les femelles.

— C'est pas juste pour elles ! Les plus jeunes sont bien plus mignons que ce vilain vieux machin.

— Oui, et un jour, ils le tabasseront et prendront sa place.

— Et les femelles, elles n'ont pas leur mot à dire ?

— Non.

— C'est sexiste.

— Sans doute. Mais ça rend la vie drôlement plus simple. Allez, viens, j'ai faim. »

Ils firent doucement avancer leurs chevaux le long de la crête et redescendirent lentement la piste sinueuse sous l'ombre crépusculaire de la forêt, où l'air était froid et sentait l'automne. C'était à peu près à cette époque l'année précédente qu'il avait gelé sévèrement et qu'il était tombé beaucoup de neige. Et s'il n'avait aucune preuve à l'appui, Charlie pensait que c'était sans doute à se moment-là qu'Abbie avait trouvé la mort. Pendant tout l'hiver, gels et dégels s'étaient succédé à plusieurs reprises. Mais d'après ce qu'il avait pu savoir par Ned et Val Drummond et quelques autres, chasseurs, gardes forestiers ainsi que par des gens qui aimaient se promener en motoneige là-haut, après cette première chute de neige importante et la glace qui s'était formée ensuite, le torrent n'avait jamais été complètement dégagé.

Il ne savait à peu près rien de plus. Pour six longs mois de travail, cela ne lui vaudrait pas d'être élu Détective de l'année. Aucune des pistes qu'il avait suivies au début n'avait rien donné. Avec l'idée bien arrêtée qu'elle avait dû mourir à l'époque de cette première grosse chute de neige à la fin du mois de septembre, il avait circulé dans toute la ville en demandant si quelqu'un avait vu des inconnus à cette époque. Le seul étranger qui avait été repéré et qui pouvait présenter un intérêt était un jeune type qui avait fait le plein à la station d'essence le soir de la tempête de neige. Il avait payé en liquide et laissé tomber toutes ses pièces par terre. Apparemment, il avait dit à la caissière qu'il venait du Canada pour voir son père, et elle avait remarqué qu'il lui manquait une phalange à l'index droit.

Charlie avait été tout excité à cause des caméras de surveillance à la station, à la fois à l'intérieur et sur le devant, mais on ne gardait les vidéos qu'un mois, et les images qui l'intéressaient avaient été effacées depuis longtemps. La fille ne se souvenait pas du véhicule qu'il conduisait, mais elle ajouta obligeamment qu'il avait l'air très gentil, et qu'il ne ressemblait pas du tout à un assassin.

Pendant un moment, Charlie crut avoir une piste du côté de Ty Hawkins, le garçon de Sheridan que le FBI avait d'abord pris à tort pour le complice d'Abbie. Charlie découvrit que Ty était un ami de Jesse Wheeler, qui s'occupait du « Ponderosa ». Le ranch se trouvait dans la vallée suivante, à plusieurs kilomètres au nord de Goat Creek. Mais Charlie monta tout de même le voir.

Il ne regretta pas cet effort. Quand Charlie l'interrogea, il le trouva plutôt méfiant et nerveux. Il apprit que Jesse avait vu Abbie une fois six ou sept ans auparavant, dans un ranch pour touristes où il travaillait l'été. Il jura qu'il ne l'avait pas revue depuis, et qu'il n'avait pas non plus vu Ty depuis longtemps ; que depuis trois ans qu'il travaillait là, Ty n'était pas venu le voir une seule fois. Mais Charlie n'était pas totalement convaincu.

Il se rendit à Sheridan pour parler avec Ty. Il ne put s'empêcher de le plaindre. Charlie, qui aimait les chevaux, connaissait la réputation de Ray Hawkins et il l'avait vu à l'œuvre quand il soignait les siens. Non seulement le pauvre Ty avait perdu un excellent père, non seulement leur ranch avait été foré et bousillé par l'exploitation du méthane des gisements houillers ; non seulement il avait été incarcéré à tort pendant plusieurs semaines et son nom sali par des accusations de terrorisme, mais à l'évidence, il venait aussi de perdre le grand amour de sa vie.

Quand il parlait d'Abbie, ses yeux et sa voix le trahissaient, et on voyait que sa mort lui avait brisé le cœur. Il déclara qu'il ne l'avait pas vue depuis des années. Charlie le crut. Tout son instinct lui disait que ce garçon n'aurait pas pu davantage la tuer qu'il n'aurait pu tuer sa propre mère. Il n'avait pas une once de méchanceté. Mais malgré tout, Charlie était bien obligé de faire son travail. Il demanda à Ty s'il acceptait de faire un prélèvement ADN qu'on enverrait au laboratoire de médecine légale de Missoula pour comparer avec celui du fœtus. Dieu merci, il n'y avait aucune similitude.

Lorsqu'ils regagnèrent le camion et la remorque, Charlie regarda sa fille guider d'une main experte son cheval sur la rampe, puis il en fit autant avec le sien. Tandis qu'ils revenaient en ville dans le jour qui baissait, il sentit la tristesse s'abattre sur lui comme toujours à la fin d'une journée avec sa fille, quand il devait la ramener chez sa mère. Comme disait sa grand-mère, la vie était une vacherie. Une vacherie et un beau gâchis.

Toutes les semaines environ, même quand il n'y avait rien de nouveau (et il y en avait rarement), Charlie appelait les Cooper. Juste pour garder le contact et leur faire savoir que l'affaire était toujours en cours et qu'on s'en occupait. Ils avaient gagné son estime et il admirait la dignité avec laquelle ils avaient affronté la mort de leur fille. Une fois, timidement, il l'avait dit à Ben à peu près en ces termes et il ne devait jamais oublier le petit silence qui avait suivi et les mots exacts qu'il avait employés.

« C'est il y a quatre ans que nous l'avons perdue. Au moins, maintenant, nous savons où elle est. »

Charlie veillait à les appeler tous les deux, mais c'était surtout à Sarah qu'il aimait téléphoner. Il avait beau ne pas vouloir l'admettre, c'était à cause d'elle qu'il était réticent à passer la main. Il ne l'avait rencontrée qu'une fois à Missoula, le jour où elle était venue chercher le corps ; mais son image était restée dans son esprit. Il aimait entendre sa voix au téléphone, royale et suave, un peu rauque, le genre de voix dont un homme pouvait tomber amoureux. Il leur arrivait de parler une demi-heure ou plus, beaucoup longtemps que ne le demandaient toutes les nouvelles sur la soi-disant enquête.

Au cours de l'une de ces conversations, un mois auparavant environ, elle avait découvert qu'il lisait beaucoup et, de plus, qu'ils aimaient tous deux certains auteurs. Il imaginait à Sarah des goûts beaucoup plus sophistiqués que les siens, mais quand il lui dit qu'il adorait Elmore Leonard, Pat Conroy et Daniel McCarthy, elle embraya avec enthousiasme et lui dit que *Le Prince des marées* et *De si jolis chevaux* faisaient partie de ses livres favoris une fois pour toutes. Il était vraiment dommage qu'elle ait vendu la librairie, ajouta-t-elle, parce qu'elle aurait pu lui envoyer des épreuves et les nouveaux livres qu'elle découvrait.

Lorsqu'ils parlèrent la fois suivante, le lendemain du jour où Charlie et Lucy avaient vu les élans à Goat Creek, Sarah lui dit qu'elle était en train d'écrire elle-même un texte. À propos d'Abbie. Et elle prévoyait de se rendre à Missoula pour y faire quelques recherches. Elle lui demanda s'il avait parfois l'occasion d'y être, et il mentit en disant qu'il s'y rendait souvent. Peut-être pourraient-ils se voir, proposa-t-elle. Charlie lui dit qu'il serait ravi, puis craignit de ne pas avoir eu l'air assez professionnel et ajouta qu'il espérait que d'ici là, il y aurait de nouveaux développements dont il pourrait lui parler.

Elle rappela quelques jours plus tard pour lui préciser la date, ajouta qu'elle avait retenu une chambre au Doubletree, l'hôtel qui se trouvait juste en face de l'université, sur l'autre rive, et lui proposa de déjeuner ou de dîner le mardi. Il mentit à nouveau, prétendant qu'il avait une journée chargée et qu'il ne pouvait pas déjeuner, mais qu'il était libre pour dîner. Il ajouta que la cuisine était délicieuse au Doubletree. Et il passa les dix jours restants à essayer de ne pas penser à cette soirée.

Il arriva avec trois quarts d'heure d'avance et se

promena sur le bord de la rivière, à côté des peupliers liards dont les feuilles avaient un éclat jaune au crépuscule ; puis il franchit le petit pont menant au campus, où il regarda des jeunes s'entraîner au football sous les projecteurs.

Il s'était fait couper les cheveux et avais mis sa plus belle veste, la beige en velours côtelé, avec une chemise bleu pâle à boutons pression. Il avait hésité un moment à venir en uniforme, mais craignit d'avoir l'air trop rigide. Pour sauvegarder tout de même une touche d'autorité, il arriva au restaurant avec son attaché-case quelques minutes en retard, comme s'il avait été retenu par une réunion importante.

Elle se leva, sourit et lui tendit la main.

« Bonsoir, Charlie. Ça me fait plaisir de vous voir. »

Elle avait la main fraîche. Il lui dit qu'il était content lui aussi. Elle portait un jean noir et une chemise blanche avec un cardigan bleu marine ouvert, et une rangée de perles autour du cou. Elle était légèrement bronzée et coiffée un peu différemment. Il est vrai que la dernière fois, elle avait les cheveux trempés à cause de la pluie. Elle était superbe. De sa vie, il n'avait jamais dîné avec une aussi belle femme, et qui avait autant de classe.

C'était vraiment gentil d'avoir gardé le contact avec une telle constance, pensa Sarah. C'était peut-être la procédure habituelle lorsqu'ils avaient affaire aux parents d'une victime par opposition à ceux d'une criminelle. Par sa mort, naturellement, Abbie avait changé d'un coup de catégorie.

Il parla à Sarah de sa promenade avec sa fille, une quinzaine de jours auparavant, et du moment où, en regardant cette pente, il avait eu la conviction qu'Abbie était tombée. À l'évidence, il n'avait rien de nouveau à lui dire, mais Sarah n'attendait rien, et elle ne fut pas déçue. C'était vraiment un type bien, dont elle appréciait la compagnie. Elle n'avait pas dîné en tête à tête avec un homme depuis un certain temps, et à la façon qu'il avait de la regarder avec ses bons yeux bleus, elle comprit qu'il était sous le charme.

Il lui avait déjà demandé ce qu'elle avait trouvé. Elle était là depuis deux jours et avait rencontré certains des professeurs d'Abbie et ses amis. Ils s'étaient tous montrés très chaleureux, généreux et serviables, surtout Mel et Scott, qui étaient restés à l'université pour préparer leur troisième cycle. Toutefois elle avait eu un peu de mal à supporter la nouvelle de la grossesse de Mel, qui datait de cinq mois. Ils allaient se marier pour Thanksgiving.

Sarah ne parla guère à Charlie de ce qu'elle comptait écrire, parce que cela la gênait et aussi parce qu'elle ne le savait pas très bien elle-même. Iris appelait cela un *point final*, et elle n'avait sans doute pas tort.

« Alors, Lucy est votre fille unique ?

— Oui, mais elle a de l'énergie pour vingt. Depuis qu'elle a six mois, c'est elle qui commande. Elle a toujours vécu plein pot, si vous voyez ce que je veux dire.

— Oh, oui. Abbie était comme ça aussi.

— Oh, pardon. Je...

— Charlie, je vous en prie. Ce n'est pas grave, je vous assure. »

Il parut si embarrassé qu'elle posa quelques instants une main sur la sienne.

« Parlez-moi d'elle », demanda-t-elle.

Il s'exécuta, et habilement questionné par Sarah, lui parla de son couple, de son échec, qui était sans doute plus sa responsabilité que celle de Sheryl. Il dit que si l'occasion se représentait, il s'y prendrait autrement, serait plus attentif et plus souvent présent. Puis, sans transition, il lui demanda comment allait Benjamin. Elle fut obligée de répondre qu'elle ne le savait pas au juste, mais qu'il devait aller bien.

À la vérité, Benjamin et elle ne s'étaient parlé que deux fois depuis l'enterrement, et à chaque fois, leur conversation avait été curieusement dépourvue de naturel, un peu guindée. Sarah pensait deviner pourquoi. C'était à cause de ce qu'elle avait dit dans l'avion, quand elle avait rejeté sur lui la mort d'Abbie. Elle ne parvenait pas à croire qu'elle avait prononcé une phrase aussi horrible. Mais en revenant à Missoula ces deux derniers jours, en parlant d'Abbie à Mel, à Scott et aux autres, elle avait eu le temps de réfléchir et un changement s'était produit en elle. Elle songeait même à lui écrire pour s'excuser.

« Il a une nouvelle vie, un nouveau système de soutien, vous savez.

— Pardon.

— Mr. Riggs, si vous ne cessez pas de vous excuser, je crois que je vais me fâcher. »

Il sourit. Quand elle finit son vin, il lui remplit son verre.

« Nous sommes tous les deux majeurs et divorcés, poursuivit-elle. Pourquoi pourrions-nous ne pas parler de cela ?

— C'est vrai.

— Alors, Sheryl s'est remariée. Pourquoi pas vous ?

— Mon Dieu, en partie à cause de mon travail, je pense. J'ai une zone de presque quatre mille kilomètres carrés à couvrir. De quoi être fatigué rien qu'en regardant la carte. Ajoutez à ça qu'on manque de choix. Pour le bétail et les animaux, les arbres et l'espace, on trouve tout ce qu'il faut sur le Front des Rocheuses, mais il n'y a pas énormément de gens. »

Sarah sourit, et pendant quelques instants, ils se regardèrent sans rien dire.

« Et vous ? » demanda-t-il.

Elle rit.

« Quel âge avez-vous, Charlie ?

— Quarante-quatre ans. Non, quarante-cinq.

— Quel âge croyez-vous que j'ai ?

— On m'a appris à ne pas me livrer à ce genre de suppositions.

— Allez, devinez.

— Ouh là là... trente-neuf, je dirais ?

— Vous êtes vraiment très... »

Il lui sourit en avalant une gorgée de vin.

« J'aurai cinquante ans à l'automne.

— Je ne vous crois pas.

— Si, c'est vrai. Il y a des jours où j'ai l'impression d'avoir beaucoup plus. Et d'autres, dix-huit ans.

— Vous avez l'impression d'avoir combien, ce soir ?

— Environ trente-neuf. »

Il se mit à rire.

« Le problème, c'est que les hommes de mon âge – je veux dire ceux qui sont disponibles et potables, et croyez-moi, il n'y en a pas des masses – veulent tous sortir avec des femmes qui ont vingt ans de moins qu'eux.

— Alors, s'ils sont bêtes à ce point, c'est qu'ils ne sont pas dans la catégorie "potables". »

Elle se demanda comment elle réagirait s'il lui proposait de coucher avec lui. C'était peu vraisemblable, d'ailleurs. Il était beaucoup trop bien élevé. Dommage, car l'idée lui plaisait bien. Si l'un d'eux prenait l'initiative, il faudrait que ce soit elle. Mais elle n'avait jamais fait une chose pareille. Et elle finirait sans doute par le regretter.

« D'un autre côté, poursuivit-il, il faut admettre en toute honnêteté qu'il y a quelques avantages à vivre seul. On peut laisser la vaisselle sale dans l'évier sans que personne vous incendie, et traînailler comme on veut. Lire toute la journée si ça vous chante. »

Elle prit la perche qu'il lui tendait (encore qu'elle fût certaine qu'il n'avait pas lancé cette remarque intentionnellement) et sortit de la zone dangereuse en lui demandant ce qu'il lisait en ce moment. Et pendant le reste du repas, ils ne parlèrent que de leurs lectures. Elle promit de lui envoyer le roman d'un jeune écrivain mexicain qu'elle venait de finir. C'était, ajouta-t-elle, ce qu'elle avait lu de meilleur dans l'année.

« Vous pourriez aussi me rendre un autre service », dit-il après qu'elle l'eut laissé gagné la bataille de l'addition.

« Quoi donc ?

J'aimerais de meilleures photos d'Abbie. Vous savez que les gens ont parfois des aspects très différents. Il arrive qu'on montre deux clichés de la même personne à quelqu'un, qui reconnaîtra l'un et pas l'autre. Si je pouvais montrer deux ou trois autres photos, cela permettrait peut-être de réveiller la mémoire des gens. »

Sarah tendit le bras vers son sac posé par terre.

« J'en ai quelques-unes avec moi, si vous voulez. »

Elle sortit la petite pochette en plastique qu'elle emportait toujours avec elle. Dedans, il devait y avoir une douzaine de photos d'Abbie et de Josh. Mais plus une seule de Benjamin. Elle les tendit à Charlie, qui les examina attentivement.

« C'est Josh, n'est-ce pas ?

— Oui.

— Qu'est-ce qu'il fait en ce moment ?

— C'est sa dernière année à l'université de New York. Après ça, on attend tous de voir vers quoi il s'orientera. Il a eu pas mal de choses lourdes à gérer ces dernières années.

— Il a l'air bien, ce garçon.

— Mieux que ça. Il est extraordinaire. »

Charlie se pencha sur la photo suivante, une d'Abbie et de Josh pendant ces fameuses dernières vacances à La Ligne. C'était un gros plan, où ils souriaient en faisant leur signe de la « demi-paix ».

— C'est encore Josh, ça ?

— Oui. Il a eu l'extrémité de l'index coupée dans une portière de voiture quand il était petit. Le signe de la paix est devenu une plaisanterie familiale. La demi-paix. »

Charlie hocha la tête sans détacher son regard de la photographie. Puis il eut un petit sourire abrupt et feuilleta rapidement les dernières photos.

« Certaines de celles-ci sont parfaites dit-il. Est-ce que je peux en faire faire des doubles ?

— Bien sûr. Prenez-les. Du moment que vous me les rendez.

— Merci. Je les ferai reproduire demain. »

Trente et un

Josh espérait que Nikki l'appellerait et bien qu'il fût en cours, où il était strictement interdit d'avoir un portable allumé, le sien était sur vibreur. Il était assis au bout du dernier rang pour pouvoir se glisser dehors comme s'il allait aux toilettes au cas où elle téléphonerait.

Le cours traitait de « L'âge des Lumières », sujet sur lequel Josh, lui, n'en avait aucune. L'enseignante pérorait depuis plus d'une demi-heure, et il avait essayé de prendre des notes qui, lorsqu'il les regardait, n'avaient aucun sens. Des phrases telles que *l'écroulement de l'édifice féodal, la perfectibilité et le progrès, les systèmes théologiques humanistes*. Josh avait les coudes sur son bureau, la tête reposant solidement sur les mains au cas où il se mettrait à somnoler.

« Diderot, cependant, considérait le dogme religieux comme absurde et obscur », déclarait-elle à présent.

Absurde et obscur, écrivit-il. C'est alors qu'il sentit son téléphone bouger dans sa poche ; il le sortit subrepticement, s'attendant à voir le nom de Nikki s'afficher sur l'écran. Mais c'était un numéro qu'il ne connaissait pas ; il laissa donc son répondeur.

Ce ne fut qu'une fois dehors, sous le froid soleil de

novembre, pendant qu'il mangeait un sandwich à la salade de dinde en rentrant chez lui qu'il écouta le message. En entendant le nom, il faillit s'étrangler.

« Bonjour, Josh, ici Charlie Riggs, shérif à Choteau, Montana. Je suis à New York et je vous serais vraiment très reconnaissant de m'accorder une demi-heure, s'il vous plaît. Je pense que vous êtes peut-être en mesure de nous aider pour un ou deux détails concernant votre sœur. Vous pouvez me rappeler sur mon portable. C'est un sujet sensible, et il serait préférable de ne pas en parler à vos parents, ni à qui que ce soit d'autre pour l'instant. J'attends votre appel. Au revoir. »

Josh eut l'impression que son monde commençait à s'écrouler. Oh, mon Dieu, se dit-il. C'est parti. Ils ont découvert le corps de Rolf.

Il appela le numéro, s'efforçant de ne pas paraître effrayé, mais seulement intéressé et coopératif. Le type avait l'air amical. Il fallait éviter de tomber dans la paranoïa. Ils essayèrent de trouver un point de rendez-vous, mais Josh était beaucoup trop secoué pour réfléchir et ce fut le type qui proposa le pont de Brooklyn. Il expliqua qu'il n'était venu qu'une fois à New York, et qu'on lui avait dit que la vue de là-haut au coucher du soleil était spectaculaire. C'était quoi, cette histoire ? se demanda Josh. Il était juste en vacances, le mec ? Ils convinrent de se retrouver à quatre heures sur le trottoir sud, côté Manhattan.

« Comment je vous reconnaîtrai ? demanda Josh.

— J'aurai le Stetson et l'étoile.

— Bon.

— Je plaisante. Pas de problème, je sais à quoi vous ressemblez. »

La paranoïa de Josh grimpa d'un cran. Comment pouvait-il le savoir ? Il passa dans sa chambre les deux heures qui lui restaient avant le rendez-vous. Il habitait juste à côté d'East Broadway, dans un immeuble délabré où il partageait un appartement avec trois autres étudiants de sa fac. Il les trouvait sympas mais n'était pas intime avec eux. Heureusement, ils étaient tous sortis. Il songea à appeler Freddie, puis se ravisa. Il lui avait raconté une partie de l'histoire, mais pas ce qui était vraiment arrivé à Rolf. Ty avait dû parler. C'était sûrement ça. Pourquoi ne pas l'appeler ? Oui, mais s'ils l'avaient justement mis sur écoute, au cas où il le ferait ? Oh, mon Dieu ! pensa-t-il. Mon Dieu !

Pourquoi il fit le geste suivant, il ne le savait pas au juste, mais à trois heures trente, lorsqu'il prit son manteau et se dirigea vers la porte, il s'arrêta et retourna à son bureau. Il se mit à genoux, se pencha et tendit la main à la recherche d'un petit paquet scotché derrière le tiroir. Il l'arracha, le mit dans sa poche et partit.

Penché sur la rambarde, Charlie regardait le soleil descendre vers l'horizon. La ville était sublime, le soleil se reflétait sur des falaises de verre, les lumières des gratte-ciel commençaient à clignoter. Il essaya de se rappeler l'endroit exact où se trouvait le World Trade Center, mais ne connaissait pas assez la géographie de la ville pour le situer.

Il repéra Josh qui venait vers lui ; même à quelques centaines de mètres et sous la lumière rasante du soleil, il voyait nettement à quel point le pauvre gosse était terrifié. Il portait une parka noire et un bonnet rouge enfoncé jusqu'aux sourcils. Lorsqu'il s'approcha, Charlie décela une ressemblance fugitive avec Sarah sur le visage pâle du jeune homme, et s'avança vers lui, main tendue.

« Bonjour, Josh.

— Bonjour. »

La poignée de main du garçon était molle et circonspecte. On n'apprenait plus aux jeunes à serrer la main, de nos jours. Après s'être hâté d'enfoncer à nouveau les siennes dans ses poches, Josh ne parut pas disposé à croiser le regard de son interlocuteur. Charlie hocha le menton en direction de la vue.

« C'est quelque chose, hein ?

— Oui.

— J'essayais d'imaginer où étaient les tours.

— Là-bas, dit Josh, désignant un point sans grand enthousiasme.

— On marche ?

— Si vous voulez. »

Ils se mirent en route, côte à côte sur la passerelle en bois. Au-dessous d'eux, la circulation grondait et les feux arrière scintillaient dans les interstices des planches.

« De quoi s'agit-il ?

— Eh bien, ces derniers mois, nous avons essayé de comprendre ce qui était arrivé à Abbie. Comment elle avait pu arriver là où nous l'avons trouvée, avec qui elle était, ce genre de choses. Et j'ai pensé que vous pourriez peut-être nous aider à éclaircir quelques points. D'accord ?

— Si vous voulez.

— Vous connaissez bien Ty Hawkins ?

— Pas vraiment. Il s'occupait des chevaux dans le ranch où nous allions en vacances. Il y a eu une histoire entre Abbie et lui un moment.

— Je sais.

— Et les flics se sont trompés. Ils ont cru qu'il était mouillé dans cette histoire de Denver.

— Hm-mmm. Quand avez-vous vu Ty ou lui avez-vous parlé pour la dernière fois ? »

Josh haussa les épaules, continuant à regarder droit devant lui.

« Je ne sais pas.

— En gros ?

— Il y a des années.

— C'est bien vrai ?

— Oui, pourquoi ? Il dit autre chose ? »

Charlie ne répondit pas. Il essayait de donner l'impression qu'il en savait beaucoup plus long qu'en réalité. Il ignorait pourquoi au juste il avait commencé à poser des questions sur Ty, mais apparemment, il avait touché un point sensible.

« Et la dernière fois que vous avez vu votre sœur, c'était quand ? »

Il vit Josh déglutir.

« Même chose. Il y a des années. Comme les autres.

— Alors qu'est-ce que vous êtes allé faire à Choteau à la fin septembre, l'an dernier ? »

Josh se tourna vers lui, sourcils froncés et secouant la tête comme s'il ne comprenait pas.

« Qu'est-ce que vous dites ? Je n'y suis pas allé.

— Oh, si, vous y étiez. »

Josh ne dit rien. Un groupe de touristes japonais hilares se faisaient photographier sur fond de soleil couchant. Il commençait à faire froid. Charlie et Josh réussirent à les contourner et attendirent de les avoir dépassés pour poursuivre leur dialogue.

« Josh, tant que vous ne jouerez pas franc jeu avec moi, cette conversation sera beaucoup plus pénible pour nous deux. Je sais que vous étiez à Choteau. Et je sais que vous étiez à Great Falls. »

Josh ne dit rien.

« Josh, dit doucement Charlie. J'ai vu les numéros appelés de votre portable. »

Le garçon ferma les yeux, se maudissant visiblement.

« Et votre réservation d'avion. Vous êtes arrivé de Denver. Les caméras de l'aéroport ont enregistré des images sur lesquelles on voit Ty Hawkins vous attendre à votre arrivée. Vous avez aussi été filmé dans la station d'essence, là où vous avez laissé tomber toutes vos pièces. La fille qui vous a aidé à les ramasser vous a identifié sur des photographies. Alors ne perdons pas de temps et épargnons-nous tout ce cinéma, d'accord ? »

Charlie s'arrêta et Josh s'immobilisa à quelques pas devant lui mais sans se retourner pour lui faire face. Il avait toujours les mains enfoncées dans les poches de sa parka.

« Dites-moi ce qui s'est passé, Josh. »

À quoi bon mentir davantage ? Le type paraissait savoir l'essentiel de l'histoire, de toute façon. Et persister dans le mensonge ne servirait sans doute qu'à aggraver les choses. Pour tout le monde. Il n'allait pas commettre la même erreur qu'Abbie. Si seulement elle avait avoué immédiatement, et expliqué à tout le monde qu'ils n'avaient pas eu l'intention de tuer le fils McGuigan, elle serait peut-être encore en vie. Ses épaules se voûtèrent, il s'avança vers la rambarde pour s'y appuyer, les yeux fixés sur le fleuve et la baie. Charlie Riggs s'approcha de lui et en fit autant. Josh prit une grande inspiration et se lança.

« Abbie avait décidé de se rendre. Quand elle s'est rendu compte qu'elle était enceinte, elle a quitté Rolf et s'est enfuie. D'après ce qu'elle a dit à Ty, ce type la maltraitait, il la battait et... enfin, je ne sais pas. Quoi qu'il en soit, elle est allée chez Ty, et tous les deux, ils sont partis se cacher dans une cabane à l'écart, dans les montagnes au-dessus de Choteau.

— Chez Jesse Wheeler.

— Ty vous a déjà dit ça, j'imagine.

— J'aimerais entendre votre version. En entier. Combien de temps sont-ils restés là-bas ?

— Je ne sais pas. Quinze jours peut-être. Ils essayaient de mettre au point la meilleure façon de procéder pour qu'Abbie se rende, vous comprenez. Pour lui donner le plus de chances possible de ne pas finir ses jours en taule. Vous savez, elle était complètement différente par rapport à la dernière fois où... »

Il se rendit compte qu'il était en train de se couper.

« Où vous l'avez vue ? Et c'était quand ? »

Josh soupira. Autant avouer.

« Le printemps avant le 11 Septembre. Ici, à New York. Elle voulait de l'argent. On aurait dit une folle. Quelqu'un que je ne connaissais pas. Enfin, bref, en septembre dernier, elle m'a appelé. J'étais dans le Colorado, chez un de mes amis. Alors j'ai pris l'avion pour Great Falls et... vous êtes au courant.

— Qu'est-ce qu'ils voulaient que vous fassiez ?

— Que je la ramène à la maison. Ici, à New York. Pour organiser une rencontre avec les parents. Pour qu'ils se chargent de contacter des avocats, et d'obtenir une sorte de marché. C'était l'idée. Abbie était redevenue si jolie. Je retrouvais ma sœur.

— Comment alliez-vous la faire venir ici ?

— Dans la voiture de Rolf. Enfin, la sienne plutôt. Celle qu'elle avait prise en le quittant.

— Et Rolf, vous l'avez rencontré ? »

Il eut un petit rire amer et détourna le regard. Et voilà. Le point de non-retour était atteint. Il devrait peut-être s'arrêter maintenant.

« Josh ? »

Il se retourna. Le sherif avait l'œil rivé sur lui. Il avait l'air d'un type correct. Il devait tout savoir.

« Oui, je l'ai rencontré. Le soir de la tempête de neige. Il est arrivé comme ça, par surprise. Comment il a pu découvrir leur cachette, Dieu seul le sait. Parce que plus paumé, comme endroit, c'est difficile. Ty s'est dit qu'Abbie l'avait peut-être appelé. Ou qu'il savait que j'arrivais de Denver et qu'il nous avait suivis. Mystère.

— Continuez.

— Ty a trouvé l'ordinateur du mec caché dans le coffre de la voiture et je suis allé à Great Falls ce jour-là pour voir si on pouvait avoir accès à son contenu. En forçant le mot de passe, par exemple.

— Et votre ami Freddie vous a aidé. »

Josh le regarda avec appréhension.

« Josh, j'ai vu vos relevés, d'accord ?

— Je vous en prie, ne faites pas d'ennuis à Freddie. Il n'était pas au courant. Je vous en prie.

— On y reviendra plus tard. Continuez.

— Quand je suis retourné à la cabane, il neigeait. Et j'ai vu sa voiture. Il était là. Dans la cabane. Il attendait que je revienne avec ce putain d'ordinateur. Il était dans une de ces colères ! Fou furieux. Je pense que le fait de trouver Abbie avec Ty n'a rien arrangé. Ni l'histoire du portable. Ils ont essayé de lui raconter que c'était une erreur, qu'il était à l'arrière du camion par hasard, etc, mais l'autre était persuadé qu'il y avait une embrouille. Il devait se douter qu'on allait l'utiliser contre lui. Ce type, c'était quelque chose. Un vrai dingue, complètement déjanté, complètement allumé...

« Là-dessus, il a voulu emmener Abbie. C'est là que Ty a essayé de jouer sa carte et je me suis précipité pour l'aider. Rolf tirait le fusil de Ty de sous le lit, je lui ai sauté dessus et après, ça a été la folie. Tous les trois, on s'est battus comme des malades, à coups de pied à coups de poing.

— Et Abbie, qu'est-ce qu'elle faisait ?

— Ty lui a hurlé de partir, n'importe où, de ne pas rester là. Elle a couru dans l'enclos, elle a pris l'un des chevaux et... »

Il sentit les larmes monter. Merde ! Il ne voulait pas pleurer, mais ne put se contenir.

« Ce n'est pas grave, Josh. Prenez votre temps. »

Le shérif lui posa une main sur l'épaule et la laissa. Josh inspira profondément. Le soleil disparaissait dans un dernier flamboiement orange et rouge.

« Enfin, Rolf a été encore plus enragé de la voir partir. Et il était sacrément costaud. Ty est fort, comme type, mais Rolf, c'était autre chose. Il nous a traînés tous les deux par la porte, dehors dans la neige, et tout autour de la cabane. Il n'arrêtait pas de hurler le nom d'Abbie. On voyait bien qu'il voulait se lancer à sa poursuite. J'avais les deux bras coincés autour de son cou, pendant que Ty et lui se disputaient pour avoir le fusil, chacun essayant de faire lâcher prise à l'autre. Et puis, Rolf m'a littéralement balancé, et il m'a envoyé valdinguer dans la clôture du corral, qui s'est cassée sous le choc.

« J'ai dû rester un moment sonné, parce que quand j'ai ouvert à nouveau les yeux, je me suis retrouvé couché dans la neige et eux étaient toujours en train de se battre pour attraper le fusil à côté de la clôture brisée. Alors voilà que Rolf donne un coup de pied à Ty, qui perd l'équilibre et lâche le fusil... oh, non.

— Allons, Josh, calmez-vous.

— Il allait le tuer, c'était sûr. Ty était là, par terre devant lui. Rolf a abaissé le canon, il l'a visé et il a voulu appuyer sur la détente. Je le jure devant Dieu. Mais le cran de sûreté était mis et le temps qu'il le trouve, Ty lui a empoigné la jambe, moi je me suis levé et j'ai foncé, je me suis jeté sur lui, de côté. Il a pivoté et basculé en arrière. Le coup est parti. C'est un miracle que personne n'ait été touché. Mais Rolf, lui, il... »

Josh revoyait la scène. Il l'entendait aussi. Le type qui s'écrasait contre la rambarde cassée, le bruit horrible de la chair qui s'empale, l'expression qui change brusquement, l'étonnement épouvanté dans les yeux.

« Je ne l'ai pas fait exprès, je le jure. C'est juste la façon dont il est tombé. Il y avait ce bout de bois déchiqueté, là où la rambarde s'était brisée. On aurait dit un épieu de bois tout plein d'aspérités, toujours cloué au poteau. Rolf a atterri le dos dessus et... Pendant un moment, on n'a pas compris ce qui se passait. Il s'est juste immobilisé. Et puis, on a vu le sang et... la pointe qui sortait par le devant de sa chemise. Oh, bon Dieu. »

Il se mit à sangloter et ne put articuler un mot pendant quelques instants.

« On l'a dégagé et Ty a couru chercher une serviette. On a essayé d'arrêter l'hémorragie, mais ça n'a servi à rien. On n'a rien pu faire. Que rester là à... à le regarder mourir. »

Le corps agité de spasmes, la main crispée au bout du bras tendu, le sang qui coulait sans qu'ils puissent l'arrêter.

Le shérif le tenait toujours par l'épaule, patiemment, attendant.

« Qu'est-ce qui est arrivé à Abbie ?

— On ne l'a jamais su. Le cheval est revenu sans elle. On en a pris d'autres pour la chercher toute la nuit, et on l'a appelée, appelée. Mais la neige tombait tellement fort qu'on ne voyait rien. On n'entendait rien non plus. Pas de traces, rien. On ne savait pas où elle avait pu aller. On a passé les deux jours suivants à la chercher. Rien. Absolument rien.

— Et qu'est-ce que vous avez fait de Rolf ?

— On l'a... on l'a roulé dans une bâche en plastique et on l'a mis dans le coffre de sa voiture, celle qu'ils avaient cachée dans la grange. La quantité de sang sur la neige, c'était incroyable. On a fait bouillir de l'eau, je ne saurais pas vous dire combien de dizaines de litres, pour essayer de faire fondre tout ça. Et puis on y est allés à la pelle, pour le recouvrir de neige. Mais le rouge ressortait toujours. Ty connaissait un grand lac, un genre de réservoir, à environ trente kilomètres au sud. À l'extrémité d'une espèce de canyon. Vraiment profond.

— Je le connais.

— Enfin, ça, c'était le troisième soir, après qu'on a eu renoncé à chercher Abbie. On avait nettoyé la cabane, réparé la clôture et tout rangé comme c'était, et à la fin, le sang ne se voyait plus. Alors on est allés au lac, moi au volant du camion et Ty dans la voiture avec le corps dans le coffre. Je n'en reviens pas qu'on ait réussi malgré la neige. On a poussé la voiture dans l'eau depuis une falaise.

« Il avait loué l'autre voiture, celle dans laquelle il était arrivé, à l'aéroport de Great Falls. Je l'y ai laissée le lendemain, en prenant l'avion pour rentrer. Et c'est tout. »

Ils restèrent longtemps les yeux dans le vague, sans mot dire. À l'horizon, là où le soleil avait disparu, il subsistait une étroite bande couleur flamme. Les buildings étaient tous illuminés. Au-dessous d'eux, sous la passerelle en bois, la circulation de l'heure de pointe grondait, les phares et les feux étincelaient. Tout le monde rentrait. Qu'allait dire ce type, se demandait Josh. À l'évidence, il allait devoir l'arrêter maintenant.

« Qui est au courant, à part Ty et vous ?

— Vous.

— Vous n'avez raconté ça à personne ?

— Je ne suis pas idiot à ce point.

— Pas même à vos parents ?

— Vous plaisantez ? Vous imaginez ce que ça leur ferait ? Découvrir que leurs deux enfants sont des assassins ? Pas question.

— Pour moi, ça ne ressemble pas à un assassinat, petit.

— Un meurtre, ça suffit. »

Pendant une minute, ils ne dirent plus rien.

« Et l'ordinateur, qu'est-ce qu'il est devenu ?

— On l'a mis dans le coffre aussi. »

Josh sortit de sa poche le petit paquet qu'il avait pris sous son bureau. C'était la clé USB. Il la tendit au shérif.

« Voilà une copie de ce qu'il y avait dessus. »

Couché dans sa petite chambre d'hôtel au centre-ville, Charlie écoutait les voitures et regardait les ombres et les lumières bouger sur le plafond, changeant sans cesse de forme. Il avait toujours eu du mal à dormir dans une ville, mais ce soir, c'était à ses préoccupations qu'il devait son insomnie. Comme si sa tête était une de ces machines à sous de casino où les mêmes pensées s'assemblaient dans un ordre différent à chaque coup joué, sans jamais vous laisser gagner.

Bien entendu, il connaissait son devoir. Il faudrait laisser les événements suivre le cours prévu par la loi. Elle était là pour ça, et il lui avait toujours obéi. La voiture et le corps seraient repêchés dans le lac, Josh et Ty arrêtés et accusés du meurtre. Ils bénéficieraient sans doute de l'indulgence du tribunal. Si le récit qu'avait fait Josh des événements, selon lequel ils avaient agi en état de légitime défense, emportait la conviction du jury, ils seraient sans doute relaxés.

Mais on ne pouvait jamais être sûr de rien. La nouvelle ferait la une des journaux, comme la découverte du corps d'Abbie. Un procureur ambitieux pourrait très bien sentir souffler le vent de la notoriété, ou le profit politique à tirer en peignant les événements sous un jour très différent. Et dans l'actuel climat de peur, le frère et l'ancien amant d'une terroriste notoire se retrouveraient noircis du même coup – comme Ty en avait déjà fait la triste expérience. Le pauvre type était déjà brisé. Comment pourrait-il survivre à une autre épreuve ? Et les Cooper ? Et Sarah ? N'avaient-ils pas déjà assez souffert ?

Charlie se maudit d'avoir laissé Josh livré à lui-même. En quittant le pont, ils avaient pris un taxi jusqu'à l'appartement du jeune homme et s'étaient donné rendez-vous pour le lendemain matin. Charlie voulait prendre le temps de réfléchir. Mais pour Josh, le temps risquait de ne pas avoir un effet bénéfique. Il devait être terrifié maintenant. Et s'il prenait la fuite ? Ou, pire, s'il faisait une bêtise ?

Assez. Il allait se rendre fou. Il se leva, prit son téléphone et commença à composer le numéro de Josh. Puis, s'avisant qu'il était quatre heures du matin, il referma le clapet. Il s'habilla, enfila son manteau, traversa le hall miteux à l'éclairage fluo, sortit et se mit à marcher dans la rue. Carrefour après carrefour, feu après feu – rouges, verts –, les options lui martelant le crâne à chaque pas.

Deux heures plus tard, tandis que le ciel pâlissait à l'est derrière lui, il se trouva de nouveau près de l'Hudson, à regarder l'autre rive obscure et piquetée de lumière. Il savait enfin ce qu'il allait faire. Absolument rien. Il connaissait l'endroit où ils avaient poussé la voiture dans le lac. L'eau y était verte, opaque et très profonde. Le type emballé dans le coffre n'avait eu que ce qu'il méritait, ni plus ni moins. Il pouvait rester où il était.

Charlie tripotait depuis un moment la petite clé USB que lui avait donnée Josh. Il lui faudrait en vérifier le contenu. Ou peut-être que non. Il la sortit et la regarda. Puis, à toute volée, il la lança dans le fleuve le plus loin possible. Il ne vit ni n'entendit l'éclaboussure.

TRENTE-DEUX

C'était Iris qui avait eu l'idée de faire une seule soirée pour fêter leurs cinquante ans respectifs. Sarah n'avait rien prévu de tel, préférant laisser la date redoutée passer le plus discrètement possible. Au début, elle avait repoussé ce projet. Trop de travail, trop de stress. Sans parler des difficultés d'organisation, car tous les amis d'Iris étaient à Pittsburgh et les siens à New York. Aucun problème, avait dit Iris. La fête aurait lieu à New York. Elle avait trop de gens à inviter, alors ce serait une manière astucieuse d'en éliminer quelques-uns. Elle la harcela et insista jusqu'à ce que, de guerre lasse, Sarah accepte à contrecœur.

La date fut fixée au samedi suivant la fête du Travail, qui tombait précisément entre leurs deux anniversaires. En juin, Iris vint chez Sarah et, ensemble, elles écumèrent la moitié du comté de Nassau à la recherche d'une salle, mais sans rien trouver qui leur plaise vraiment et ne soit pas déjà retenu. Les parents de Sarah proposèrent leur maison de Bedford et furent un peu vexés quand leur offre fut déclinée. Mais si la fête avait lieu chez eux, elle aurait l'impression d'avoir vingt et un ans, or elle avait passé ce stade. Juste au moment où elle commençait à espérer pouvoir annuler le projet, Martin Ingram se pointa avec une proposition qu'elles ne pouvaient pas refuser. Il construisait un restaurant, une sorte de brasserie dans un site fabuleux à Oyster Bay. Il n'en était pas seulement l'architecte, mais un des actionnaires, et possédait cinquante pour cent des parts de l'affaire. Sauf catastrophe – et Martin n'en était pas coutumier –, le restaurant serait terminé début octobre, mais pas encore ouvert. Il avait de merveilleux parquets d'érable et une immense mezzanine avec une baie panoramique donnant sur l'océan. Ce serait une bonne initiative commerciale de laisser l'accès à un groupe important en avant-première et il le leur offrait gratuitement. Sarah dut reconnaître que c'était une idée géniale.

Elles retinrent les services d'un certain Julian McFayden, qui organisait des réceptions clés en main et qui était si mignon et si astucieux qu'Iris était à deux doigts de se pâmer chaque fois qu'ils se rencontraient pour discuter de la soirée. Il se chargea de tout, même d'envoyer les invitations, et grâce à lui, tout parut si simple et si agréable qu'à l'approche du jour J, Sarah dut admettre qu'elle l'attendait avec impatience. Un seul détail la contrariait.

On était au lendemain de la fête du Travail, et Iris venait d'arriver par avion pour deux ou trois mises au point de dernière minute avec l'adorable Julien, dont elle refusait encore d'admettre qu'il était gay. C'était le début de la soirée, et ils étaient assis sur la terrasse de Sarah. Julian avait abordé le sujet des discours prononcés avec le champagne, et, sentant qu'elles n'étaient pas tout à fait d'accord, s'était retiré avec tact pour les laisser discuter en paix.

« C'est obligatoire, les discours ? demanda Sarah.

— Mais c'est la tradition ! Ma chérie, est-ce que ça

t'arrive souvent qu'on te dise à quel point tu es extraordinaire devant des centaines de personnes ? De toute façon, si j'interdisais à Leo de faire un discours, il passerait outre.

— Oui, bon, parfait, mais moi ? Qui va en faire un pour moi ?

— Josh. Ou Martin. Ou moi, pardi !

— Oh, Iris !

— Écoute, on ne va pas se prendre la tête avec ça. Je dirai à Leo de faire court.

« Tu as déjà vu Leo faire court ?

— On mettra une horloge, comme dans un jeu télévisé. Au bout de trois minutes, le gong.

— Tout le monde va me plaindre. Je ne supporte plus la rengaine : "Cette pauvre Sarah, encore toute seule..."

— Lâche-moi, tu veux ! »

Sarah écrasa son mégot.

« Je ne veux pas que Martin se charge du discours sur moi.

— Alors demande à Josh. Il est grand, maintenant.

— Tu connais sa timidité. »

Josh était à Santa Fe, où il passait quelques jours avec son père. Sarah promit de lui demander ce service à son retour.

Depuis qu'il avait obtenu son diplôme au printemps, Josh les avait tous surpris. De but en blanc, il avait annoncé qu'il voulait devenir avocat. Il s'était coupé les cheveux, acheté un costume et tout l'été, il avait travaillé comme stagiaire au cabinet d'Alan Hersh à New York. Il rentrait régulièrement chez lui avec une foule de détails à raconter sur les procès, les clients et d'obscurs problèmes juridiques que Sarah devait feindre de comprendre. Bientôt, il serait payé pour faire un travail d'assistant. Si tout allait bien, il entrerait en fac de droit l'année suivante. Entre-temps, le week-end, il gagnait quelques dollars en aidant Jeffrey à la librairie. Le voir si impliqué, si enthousiasmé par ses activités était surprenant et merveilleux à la fois. Il arrivait à Sarah de se demander si elle avait raté l'atterrissage du vaisseau spatial sur la pelouse.

Benjamin disait la même chose. Ces derniers temps, ils se parlaient plus régulièrement. Au lieu de téléphoner systématiquement à Josh sur son portable, Benjamin appelait le fixe, et c'était généralement Sarah qui répondait. Il paraissait moins sur ses gardes avec elle, sans doute parce qu'elle était plus chaleureuse. Ils étaient tous les deux admiratifs devant la métamorphose de Josh, ce qui les avait rapprochés.

« Je me demande quelles erreurs nous avons commises, avait-il dit l'autre soir, lorsqu'il avait appelé pour demander les horaires d'avion de Josh.

« Comment ça ?

— Jamais je n'aurais cru avoir un fils avocat.

— Ah, ça ! Nous aurions peut-être dû l'encourager davantage à fumer de l'herbe.

— Je ne crois pas qu'il ait raté beaucoup d'occasions dans ce domaine. »

Mais la raison première de l'amélioration des relations entre eux était la lettre de Sarah. À Noël, elle avait écrit à Benjamin pour s'excuser de lui avoir dit qu'il était responsable de la mort d'Abbie. Elle avait prononcé ces paroles dans un moment où elle était aveuglée par le désespoir et la douleur. Il répondit par une carte postale, une photographie sereine de ciel et de mer. Il avait simplement écrit : *Merci, avec ma tendresse, comme toujours, Benjamin.*

Une autre raison y avait contribué, c'était que maintenant, il était au courant pour Charlie Riggs. Sarah et Charlie avaient passé une semaine ensemble au mois de juin. Ils étaient descendus dans le Colorado en voiture et avaient séjourné dans un hôtel divin, dans les montagnes. Ils avaient fait de longues promenades à cheval dans des prairies d'altitude couvertes de fleurs, et parcouru une partie de la piste suivant la ligne de partage des eaux, jusqu'à une petite source donnant naissance à deux ruisseaux, dont l'un coulait vers l'est et l'autre vers l'ouest. Et ils étaient enfin devenus amants. Sarah l'aimait beaucoup. Quant à savoir comment évoluerait la relation, elle l'ignorait, et ni lui ni elle ne voulaient brusquer les choses. Elle l'avait invité à l'anniversaire, et après l'avoir soumise à un interrogatoire serré pour savoir si elle souhaitait vraiment qu'il vienne, il avait promis d'être là.

Pour des raisons que Sarah s'expliquait mal, Josh semblait très désireux que les choses marchent bien entre Charlie et elle, alors qu'il ne l'avait même pas rencontré. Peut-être se sentirait-il soulagé de ne plus avoir à veiller sur sa pauvre vieille mère esseulée. Elle était obligée de lui rappeler de temps à autre qu'il était le premier à dire que les relations à distance, ce n'était pas le pied. À quoi il avait rétorqué qu'elle n'avait qu'à aller habiter le Montana. Sarah avait ri, comme si elle n'avait pas déjà envisagé cette idée.

Leo faisait l'éloge d'Iris depuis environ vingt minutes, et si certaines des anecdotes qu'il racontait étaient amusantes (notamment celle où elle était venue le chercher au terrain de golf devant tous ses amis pour l'emmener manu militari), il avait déjà parlé bien assez longtemps. Comme Iris aimait à le répéter, l'important, c'est la dose. Josh voyait les gens échanger des regards. Cela ne lui donnait que plus de raisons de faire bref.

La fête était plutôt réussie. Freddie, penché sur le rebord de la mezzanine, au-dessus de Josh avec Summer et Nikki, avait déjà décrété que c'était la fête de vieux la plus sympa à laquelle il soit allé. La bouffe était géniale, et l'orchestre lui-même n'était pas si nul.

Quand Leo attaqua sa dix-huitième anecdote, Josh relut ses notes une dernière fois. Il savait ce qu'il allait dire. Sa mémoire s'était incroyablement améliorée depuis qu'il avait arrêté l'herbe. Il chercha sa mère des yeux dans la salle et la vit, debout en compagnie des Ingram et de Charlie Riggs. Avec sa robe de soie noire qui découvrait les épaules, elle était absolument superbe. Charlie et elle ne s'étaient pratiquement pas quittés de la soirée. C'était merveilleux de la voir si heureuse.

Quand elle les avait présentés, Charlie et Josh s'étaient naturellement serré la main comme s'ils ne s'étaient jamais rencontrés.

« Votre mère m'a beaucoup parlé de vous, avait dit Charlie.

— Je peux vous en dire autant.

— Tout se passe bien pour vous ?

— Ça va. Merci. »

Pendant les dix mois écoulés depuis leur promenade sur le pont, Charlie l'avait appelé environ une douzaine de fois pour voir comment il évoluait. La conversation n'était jamais sérieuse ; il téléphonait pour raconter une histoire amusante, une blague ou une autre. Son dernier coup de fil remontait à juin, juste avant son départ avec Sarah dans le Colorado. À l'évidence, Charlie avait une question importante à poser, mais il n'y parvenait pas. Alors, Josh comprit qu'en fait, il lui demandait sa bénédiction. Et bien entendu, il la lui donna du mieux qu'il pouvait.

En les observant de l'autre côté de la pièce, l'un à côté de l'autre, en train d'écouter le discours de Leo, Josh trouva qu'ils formaient un beau couple. Il espérait de tout son cœur que leur histoire aboutirait. Sa mère dut sentir son regard, car elle se retourna, lui sourit, et lui fit une grimace discrète pour indiquer qu'il était temps que quelqu'un arrête Leo. Heureusement, ce ne fut pas nécessaire.

« Et maintenant, mesdames, messieurs, je pourrais continuer toute la nuit... »

On entendit des cris : *Au secours, non, de grâce !*

« ... mais je vais céder la parole à ce charmant jeune homme là-bas, que vous connaissez tous, sinon, croyez-moi, cela ne tardera pas – M. Joshua Cooper ! »

Tout le monde applaudit et cria des encouragements quand Josh s'avança et traversa la salle. Leo lui tendit le micro et Iris lui planta un baiser sur la joue.

« Tu es superbe, lui souffla-t-elle Tu vas les mettre à genoux, petit. »

Le silence se fit et Josh sentit le trac l'étreindre. Il regarda ses notes, prit une grande inspiration et s'éclaircit la voix. Il y eut un petit effet Larsen dans le micro, mais cela ne dura pas.

« Merci, Leo. Je n'ai pas beaucoup d'histoires drôles à vous raconter sur Maman. Grandir avec elle, c'était du sérieux. »

Il y eut quelques rires, mais pas autant qu'il l'avait espéré.

« Je pourrais vous parler du jour où j'ai vomi sur sa première édition de *Tendre est la nuit*, mais je n'avais que deux ans, et je ne m'en souviens pas très bien. »

Rires plus nourris. C'était déjà mieux.

« Ou celui où elle a fait tomber les clés de la voiture

dans le caniveau devant le supermarché, et où il a fallu appeler les pompiers pour qu'ils défoncent la route, et ils nous ont raccompagnés chez nous dans leur camion. »

Les gens s'esclaffèrent.

« Ça a été le plus beau jour de ma vie, en fait. »

Fou rire dans la salle. Ce n'était pas si difficile, finalement. Il leva les yeux vers la mezzanine. Nikki lui adressa un large sourire et lui envoya un baiser. Josh mit les notes dans sa poche.

« Il faut que je vous le dise : grandir avec Maman, ce n'était pas une plaisanterie. C'était un bonheur. Un bonheur de chaque jour. Elle tenait la librairie, elle tenait la maison, elle nous aidait à faire nos devoirs. Pour être tout à fait honnête, en ce qui me concerne, c'est elle qui faisait les devoirs. Les seules fois où j'ai cartonné, c'était les fois où le travail de Maman était noté. Je dois reconnaître que tout ce que je sais sur la littérature, c'est grâce à elle. Avec elle, tout paraissait amusant. Même quand ça ne l'amusait pas tant que ça. »

Il s'interrompit et la regarda. Elle souriait, et il vit qu'elle retenait ses larmes. Il hésita. Ne valait-il pas mieux sauter ce qu'il avait à dire ensuite ? Non, il poursuivrait. Les fantômes ne partaient pas comme ça, même si on s'efforçait de les ignorer.

« Et si Abbie était là ce soir, elle dirait la même chose. »

Il se fit un silence à couper au couteau.

« Elle aimait Maman de tout son cœur. Comme moi. Parce que nous avons eu la meilleure maman dont puissent rêver des enfants. Elle est belle, elle est drôle, et incroyablement intelligente et sage. Et elle a un cœur gros comme ça, notre maman. Elle a toujours été là quand nous avions besoin d'elle. Toujours. Et ça continue. »

Oh, non ! Tout le monde pleurait maintenant. Et lui aussi, il avait envie de pleurer, mais ça la foutrait mal. Il avait eu l'intention de dire quelques mots à propos de l'autre fantôme dans la salle, son père. Rien d'extraordinaire, juste une petite allusion, mais il ferait peut-être mieux d'en rester là pendant qu'il avait l'avantage. Il regarda autour de lui, et Julian McFadyen lui tendit discrètement un verre de champagne.

« Alors, levons nos verres à la santé de ces deux femmes incroyables, de ces deux femmes aussi vieilles qu'exceptionnelles : Iris et Sarah. »

Tout le monde répéta son toast, et les applaudissements éclatèrent. D'un seul coup, il fut entouré, embrassé, cajolé, reçut des claques dans le dos, si bien que pendant près de cinq minutes, il ne sut plus trop ce qui se passait. Enfin, la foule s'écarta et il vit sa mère, le visage ruisselant de larmes, lui ouvrir les bras. Il s'approcha d'elle, l'étreignit et la garda longtemps contre lui.

« Je t'aime, chuchota-t-elle. Je t'aime très fort. »

Bien plus tard, lorsque la fête fut terminée et qu'il se retrouva dans son lit, épuisé, mais trop énervé pour s'endormir, Nikki ronflotant doucement à côté de lui, Josh se mit à réfléchir. Décidément, les humains étaient de drôles de créatures. Ils pouvaient être tant de choses différentes à la fois, et éprouver toutes sortes d'émotions contradictoires. Amour et haine, joie et désespoir, courage et peur. On croirait un grand disque tournant, de toutes les couleurs imaginables, sur lequel la lumière danse et change sans cesse. Il se remémora tous ces visages, jeunes et vieux, riant et pleurant en écoutant son discours. Peu importait l'âge, dix-sept ou soixante-dix-sept ans, le disque était toujours là, qui tournait. Peut-être qu'au fil du temps, on parvenait un peu plus facilement à repérer les couleurs et à savoir avec certitude laquelle on regardait et ce qu'elle pouvait signifier.

S'il pensait cela, c'était sans doute parce qu'il ne prenait plus ces horribles pilules, celles que son médecin lui avait prescrites un an plus tôt, après la découverte d'Abbie, et qui le plongeaient dans un univers où régnait une sorte d'uniformité grise. Josh préférait le disque qui tournait. Sans hésitation. Le seul inconvénient, c'était qu'il dormait moins bien à présent.

Peut-être redoutait-il les rêves qu'il risquait de faire. Quand il était petit, il avait une liste de dix ou douze choses effrayantes qu'il se récitait à l'heure d'aller au lit : sorcières, loups-garous, Mrs. O'Reilly (la femme de ménage de la maternelle, qui avait un œil de verre et des moustaches), etc. Il partait du principe que s'il pensait à elles, il n'en rêverait pas. Or, pendant au moins six mois après son retour du Montana cet automne-là, même après que Charlie Riggs était venu le voir pour lui dire qu'il ne comptait pas faire quoi que ce soit, qu'il irait parler à Ty et que cela resterait un secret entre eux, Josh s'était délibérément représenté chaque soir Rolf en train de saigner dans la neige, le corps agité de spasmes, puis surgissant lentement du lac, le visage décomposé à moitié mangé par les poissons.

Était-ce à cause de ces pratiques propitiatoires ? Toujours est-il que le rêve n'était jamais venu et qu'il avait cessé d'évoquer cette vision chaque soir. Charlie avait craint que le poids du secret ne soit trop lourd, mais cela ne semblait plus être le cas. Voir ses parents heureux chacun de son côté lui était une compensation suffisante.

Il sentait le sommeil le gagner. Il songea à réveiller Nikki pour lui dire d'aller dormir dans la chambre d'amis, mais cela lui parut cruel. Cela lui faisait plaisir de l'avoir à côté de lui, et maintenant sa mère était plus cool à propos de ce genre de choses. Si elle s'en apercevait, cela ne la mettrait pas mal à l'aise. Il ferma les yeux. Le disque de la vie continuait à tourner dans sa tête, mais moins vite à présent ; tandis qu'il s'éloignait doucement, Josh sombra enfin dans un sommeil sans rêve.

Ben aurait pu conduire les yeux fermés. Mais au cours des six années qui s'étaient écoulées depuis qu'il ne vivait plus là, des changements s'étaient produits. Des magasins avaient changé d'enseigne dans les zones commerciales, un grand immeuble neuf abritant des bureaux avait été construit dans Jackson Avenue, le lycée avait de nouvelles grilles très chic. Le long de l'allée en bordure du parc, on avait planté une rangée de cerisiers solidement tuteurés et emmaillotés de plastique blanc jusqu'à soixante centimètres du sol afin de les protéger contre les chevreuils. Des souvenirs l'assaillaient à chaque tournant.

Voilà, il était arrivé devant la maison qu'il avait construite tant d'années auparavant. Elle surgissait d'un bosquet d'érables qu'ils avaient plantés et dont les feuilles commençaient à roussir. Le cornouiller coréen ombrageant l'allée paraissait un peu monté en graine et fatigué. Peut-être auraient-ils dû planter un magnolia à la place. La maison n'était pas trop mal réussie, mais aujourd'hui, il la concevrait autrement. Il aperçut Sarah à la fenêtre, et lorsqu'il eut fini de garer la petite Honda qu'il avait louée à l'aéroport, elle sortit de la maison. Il descendit et alla à sa rencontre.

Elle était en beauté. Jupe de toile bleue et pull en cachemire ivoire à décolleté en V. Elle portait un bouquet de lis blancs. Lui aussi avait choisi des lis, qu'il avait posés sur la banquette arrière.

« Tu as l'air en forme, dit-il.

— Toi aussi. »

Elle posa la main sur son bras et, quand elle l'embrassa sur la joue, il remarqua qu'elle portait un parfum différent de celui qu'il lui offrait autrefois à Noël.

« Tu es prête ? demanda-t-il.

— Hm-mmm. »

Il lui ouvrit la portière côté passager, mais elle ne monta pas tout de suite. Elle regardait le cornouiller, sourcils froncés.

« Ah, cet arbre ! dit-elle. Il faut l'enlever. Je me demandais si je ne ferais pas planter un magnolia à la place. Qu'est-ce que tu en penses ? »

Ben hocha la tête, réfléchissant.

« Oui, j'en verrais bien un ici.

— Le problème, c'est qu'ils mettent un temps fou avant de ressembler à quelque chose. »

Elle monta dans la voiture et il referma la portière.

Le cimetière se trouvait de l'autre côté de la ville, mais la circulation du matin n'était pas trop dense, et le soleil assez doux pour donner aux rues les plus quelconques de Syosset un aspect calme et serein.

« Il paraît que Josh a fait un malheur à ton anniversaire.

— Il les a tous mis dans sa poche. Je t'assure que s'il est aussi bon dans un tribunal, ce sera un avocat de première classe. »

C'était Josh qui avait suggéré de choisir ce dernier jour de septembre comme date officielle pour l'anniversaire de la mort d'Abbie. C'était la date de la tempête de neige qui avait eu lieu deux ans auparavant dans le Montana, et cela paraissait leur convenir à tous mieux que la date de son enterrement, qui avait été le fait du hasard. Cette journée abominable qu'ils auraient tous aimé oublier, mais qui resterait gravée dans leur mémoire. Les photographes et les équipes de télévision alignés dans le parking, à attendre, à se bousculer, hurlant des questions sous la pluie tandis qu'il escortait Sarah vers la berline noire qui attendait. Sous la voilette noire, elle avait le visage mouillé et plus pâle que celui de la fille qu'ils venaient d'enterrer.

Mais ce matin, le parking était pratiquement vide. Ils laissèrent la voiture et franchirent les grilles à pied, chacun avec son bouquet de lis, passant devant le planton en uniforme qui leur sourit et leur fit discrètement signe d'entrer. Sur l'herbe d'un vert parfait, l'arrosage automatique ronronnait, les gouttelettes tournoyantes formaient des arcs-en-ciel dans le soleil et retombaient en taches ovales sur l'allée qui montait vers la petite butte où se trouvait la tombe d'Abbie.

« Comment va Eve ? »

Ben se demanda s'il avait bien entendu, car c'était la première fois qu'elle posait cette question.

« Très bien.

— Vous allez vous marier, tous les deux ?

— Je ne sais pas. Peut-être. Ce n'est pas un sujet dont nous parlons beaucoup.

— Mais cela vous arrive ?

— Hé, dis-moi, qu'est-ce qui se passe ? »

Elle se mit à rire et haussa les épaules.

« Ne t'inquiète pas. Je n'y verrais pas d'inconvénient.

— Eh bien, ça me fait plaisir que tu dises ça.

— Je t'en prie. »

Ils avancèrent quelques instants en silence. Un

jeune jardinier qui taillait des rosiers sourit quand ils passèrent et les salua.

« Mon Dieu, il les massacre ! chuchota Sarah. je me demande pourquoi on ne leur apprend pas à tailler correctement. »

Ben se mit à rire à son tour.

« Et toi, avec le shérif, ça va ? »

Elle lui jeta un regard de biais.

« Le shérif et moi. Il est gentil. C'est encore trop tôt pour en dire plus.

— Je me réjouis pour toi. »

Elle glissa un bras sous celui de Ben et ils ne parlèrent plus avant d'être arrivés devant la tombe. Josh était déjà venu avant d'aller au travail. Ses roses roses étaient appuyées contre la stèle en granit toute simple. Ils posèrent leurs bouquets côte à côte et observèrent un moment de silence, à les regarder, sans détacher leurs bras.

« Josh t'a dit, non ? demanda-t-elle à mi-voix.

— Tu veux parler du coup de téléphone ? Oui, il m'a dit. »

L'avant-veille, il avait appelé Ben à Santa Fe. Il avait annoncé qu'il avait à lui apprendre quelque chose d'important qu'il avait gardé pour lui de peur de leur faire de la peine, à lui et à sa mère. Il venait de la mettre au courant et il voulait lui parler aussi. C'était au sujet d'Abbie. Avant sa mort, elle lui avait téléphoné pour dire qu'elle s'était sauvée, qu'elle avait quitté Rolf avec l'intention de se rendre à la police. Elle tenait à ce qu'ils sachent qu'elle leur demandait pardon à tous de ce qu'elle avait fait. Surtout à Ben, avec qui elle s'était montrée très cruelle.

« Je me demande s'il a inventé tout ça pour nous mettre du baume au cœur, dit Sarah.

— Je ne sais pas. Je ne crois pas. »

Ben passa un bras autour de ses épaules, elle lui entoura le dos du sien et le serra légèrement.

« Tu vois ce qu'il y a écrit là ? » demanda-t-elle.

Ben mit ses lunettes et s'agenouilla à côté des roses de Josh. Une petite carte y était attachée. Dessus était écrit ce simple mot : *Paix*.

REMERCIEMENTS

Je suis très reconnaissant à tous ceux qui m'ont témoigné patience et gentillesse et m'ont aidé dans mes recherches : Charles Fisher, Glenys Carl, Blaine Young, Bruce Geiss, Alexandra Eldridge, Buck et Mary Brannaman, Daisy Montfort, Andrew Martyn-Smith, Jill Morrison, Dennis Wilson, Sarah Pol, Barbara Theroux, Doug Hawes-Davis, Dan Pletscher, Tom Roy, Elizabeth Powers, Sara Walsh, Jake Kreilick, Jeff Zealley, Gary Dale, Roger Seewald, Rick Branzell, Sandi Mendelson, Deborah Jensen, Sonia Rapaport, Richard Baron, Pat Tucker et Bruce Weide, Fred et Mary Davis, et George Anderson.

Pour leur aide capitale à différents égards, je remercie aussi vivement Ronni Berger, Rachael Harvey, Elizabeth Davies, Gordon Stevens, Larry Finlay, Caradoc King, Sally Gaminara, Carole Baron et Charlotte Evans.

Composition et mise en page

NORD COMPO
multimédia

Imprimé en septembre 2007 en Espagne par LIBERDÚPLEX
St. Llorenç d'Hortons (Barcelone)
Dépôt légal : septembre 2007

POCKET 12, avenue d'Italie - 75627 PARIS Cedex 13